[西班牙] 塞万提斯————著
罗秀—————译

Don Quijote de la Mancha

Miguel de Cervantes

堂吉诃德（上卷）

万卷出版有限责任公司
VOLUMES PUBLISHING COMPANY

果麦文化 出品

谨以此书献给

贝哈尔公爵、吉布拉莱昂侯爵、
贝纳尔卡萨尔及巴尼亚雷斯伯爵、阿尔克赛尔镇子爵，
以及卡皮亚、库里埃尔和布尔吉约斯镇的诸位大人

目录

导读 | 1
译序 | 9
获准 | 14
定价声明 | 15
勘误说明 | 16
国王特许声明 | 17
致贝哈尔公爵 | 19

前言 | 21
序诗 | 30

第一部分

第一回 | 45
著名绅士堂吉诃德·德·拉曼查的生平及事业

第二回 | 51
天才堂吉诃德第一次离家出走

第三回 | 58
堂吉诃德受封为骑士的滑稽方式

第四回 | 65
我们的骑士离开客栈后的遭遇

第五回 | 73
继续讲述我们这位骑士的不幸遭遇

第六回 | 78
神父和理发师在我们天才绅士的书房里进行的风趣而严肃的审查

第七回 | 86
我们的好骑士堂吉诃德·德·拉曼查的第二次出走

第八回 | 92
英勇的堂吉诃德在可怕而超乎想象的风车冒险中所取得的巨大胜利,以及其他值得愉快回忆的经历

第二部分

第九回 | 103
勇敢的拉曼查人与英武的比斯开人之间惊人战斗的结局

第十回 | 108
堂吉诃德与比斯开人和解,又与扬瓜斯人产生冲突身陷险境

第十一回 | 114
堂吉诃德与牧羊人共度的时光

第十二回 | 124
牧羊小伙向堂吉诃德和众牧羊人讲述的故事

第十三回 | 130
牧羊女玛尔塞拉的故事结局及其他

第十四回 | 139
殉情的牧羊人写下的绝望诗句,以及其他出人意料的事

第三部分

第十五回 | 154
堂吉诃德的不幸冒险:遭遇凶狠的扬瓜斯人

第十六回 | 161
天才绅士在客栈的遭遇,他将之想象为城堡

第十七回 | 169
勇敢的堂吉诃德和善良的侍从桑丘·潘萨在客栈中经历重重磨难,骑士执迷不悟地认为那是城堡

第十八回 | 179
桑丘·潘萨跟主人堂吉诃德之间的对话以及其他值得一提的奇遇

第十九回 | 191
桑丘与主人之间的精彩对话,死尸奇遇以及其他著名事件

第二十回 | 200
英勇的堂吉诃德·德·拉曼查有惊无险地度过全世界闻所未闻的奇遇

第二十一回 | 213
我们战无不胜的骑士收获曼布里诺头盔的奇遇以及其他经历

第二十二回 | 226
堂吉诃德释放了若干不幸之人,他们被强行带往苦役之地

第二十三回 | 237
著名的堂吉诃德在黑山的遭遇,是这个真实的故事中最离奇的冒险之一

第二十四回 | 252
黑山奇遇下篇

第二十五回 | 261
勇敢的拉曼查骑士在黑山的离奇遭遇,以及他模仿"忧郁美男子"所做的忏悔

第二十六回 | 280
痴情的堂吉诃德在黑山中继续一丝不苟地苦修

第二十七回 | 289
神父与理发师如何计谋得逞,以及在这个宏大故事中其他值得一提的事

第四部分

第二十八回 | 309
神父和理发师在同一座山里遭遇的新奇又令人愉快的事情

第二十九回 | 324
把痴情的骑士从艰苦卓绝的忏悔中解救出来的可笑计谋和手段

第三十回 | 336
多萝泰阿秀外慧中，和其他令人愉快的逸事

第三十一回 | 348
堂吉诃德与侍从桑丘·潘萨之间有趣的对话，以及发生的其他事情

第三十二回 | 357
堂吉诃德一行在客栈中的遭遇

第三十三回 | 364
小说《执迷不悟的好奇心》讲述的故事

第三十四回 | 385
小说《执迷不悟的好奇心》下篇

第三十五回 | 406
小说《执迷不悟的好奇心》大结局

第三十六回 | 415
堂吉诃德同红酒囊之间异乎寻常的激烈战斗，以及客栈中发生的其他怪事

第三十七回 | 425
著名的米可米可娜公主故事的后续，以及其他有趣的冒险

第三十八回 | 436
堂吉诃德关于文才和武略的奇谈怪论

第三十九回 | 440
俘虏讲述平生和经历

第四十回 | 449
继续讲述俘虏的故事

第四十一回 | 464
俘虏的故事后续

第四十二回 | 485

后来发生在客栈内的事以及其他值得一提的故事

第四十三回 | 492

赶骡少年的有趣经历,以及客栈中发生的其他奇事

第四十四回 | 505

客栈里发生的闻所未闻的奇事

第四十五回 | 514

曼布里诺头盔和驮鞍的疑问水落石出,以及其他冒险,全都千真万确

第四十六回 | 522

巡警们的惊人冒险,以及好心的骑士堂吉诃德大发雷霆

第四十七回 | 532

堂吉诃德·德·拉曼查被施了奇怪的魔法,以及其他著名事件

第四十八回 | 543

受俸牧师继续发表对骑士小说的看法,以及其他智慧之谈

第四十九回 | 552

桑丘·潘萨跟他的主人堂吉诃德之间的理性对话

第五十回 | 560

堂吉诃德与受俸牧师之间的博学论战及其他事件

第五十一回 | 567

牧羊人向勇敢的堂吉诃德及其同伴们讲述的故事

第五十二回 | 573

堂吉诃德与牧羊人之间的战斗、苦修徒奇遇以及用汗水换来的幸福结局

导读
堂吉诃德的典型形象

文美惠

在四百多年前的西班牙，有一个名叫塞万提斯的作家，写了一部名为《堂吉诃德》的小说。书中的主人公堂吉诃德是一个穷乡绅，他异想天开，自命为游侠骑士，骑上一匹瘦马，带了一个侍从，周游各地，行侠仗义，打抱不平。这部书出版以后，堂吉诃德的故事一时传遍了西班牙全国，不论贵族绅士，还是仆役小贩，举国上下如痴似狂，都爱上了这部书。当时的编年史上记载着这样一个故事：

一天，西班牙国王菲利普三世正站在王宫的阳台上，突然看见街道对面走来一个小学生，他手捧一本书，边读边走，不时用手拍打脑门，发出一阵阵狂笑。国王马上就说，这个学生一定在看《堂吉诃德》，不然就是个疯子。派人过去一问，果然他的猜测不错，那个学生读的正是《堂吉诃德》。

所以，有人说《堂吉诃德》是一本"最逗笑的书"[1]。

---

[1] 说这话的是英国19世纪作家托马斯·卡莱尔。

《堂吉诃德》问世四百多年，读者对它的兴趣始终没有衰退。随着时光的推移，人们对这部作品的深刻思想内容有了更深的感受。《堂吉诃德》使读者发出笑声，也引起读者的感叹和深思。这位善良的骑士受到的侮辱和打击更使有的读者洒下同情的眼泪。

下面是关于《堂吉诃德》的另一个故事：

一个春光明媚的早晨，在德国杜塞多夫城的一个街心公园里，有个男孩正在专心地高声朗读着《堂吉诃德》，这是他识字以后阅读的第一本书。他读到这个思想高尚、行为仗义的骑士受到侮辱和毒打时，禁不住落下了伤心的眼泪。他在悲痛中仿佛觉得身边的树木、泉水、鸟儿和花草都在陪着他一起为这个骑士呜咽抽泣。从这时起，这个孩子深深爱上了堂吉诃德，直到他长大成人，还始终保留着童年的回忆，他的心一直为这位骑士的高尚行为和他遭受的苦难而感动。这个孩子就是十九世纪著名的德国诗人海涅。

为堂吉诃德落泪的不止海涅一人，和他同时代的英国浪漫诗人拜伦也说，《堂吉诃德》是"一切故事里最伤心的故事"[1]。

到今天，堂吉诃德在世界各国人民心目中已经成了一个非常熟悉的形象，他和莎士比亚笔下的哈姆雷特、歌德笔下的浮士德并列为世界文学宝库中的不朽典型。《堂吉诃德》这部文艺复兴时期的巨著，不但成了西班牙民族的骄傲，也是全世界人民共同的精神财富。

许多人不一定读过《堂吉诃德》这部小说，却听说过这个"哭丧脸儿"的游侠骑士的事迹，知道他向风车挑过战，和羊群战斗过。

---

[1] 见拜伦的长诗《唐璜》第十八歌第八节。

一打开《堂吉诃德》，这个有趣的人物就逗得读者忍俊不禁，开怀大笑。他奇特的冒险构成了全书的喜剧性情节，我们从中就认识了堂吉诃德这个人。

作者一开头就使堂吉诃德和骑士小说里的英雄形象形成鲜明的对比，突出了堂吉诃德的滑稽模样：他明明是个年过半百的干瘦老头儿，偏要夸口说自己是个武艺精通、天下少有的模范骑士；他的坐骑明明是匹皮包骨的瘦马，偏要冠以"罗西南多"的雅号，声称它是世间难得的骏马；他的心上人杜尔西内亚明明是个身体粗壮、嗓门响亮、力气完全不输男人的农村姑娘，而且这位姑娘心目中也从来没有堂吉诃德这个人，堂吉诃德却说她是世界上最尊贵的公主，说她的相貌世上无双，她的声名女中第一，不但为她倾倒，还情愿到深山去隐居修炼，为心上人发疯哭泣。

堂吉诃德的性格里一个突出的特点是脱离实际，把幻想当作现实。在他眼里，到处是巨人魔怪，到处有奇境险遇，他把风车当作巨人，把羊群称之为军队，把送葬的教士当作妖怪，把装红酒的皮袋当作巨人脑袋。他认为这些都是他行侠仗义、降魔除怪的好机会。但是他的好心总是得不到好的结果。他不是被风车叶片扔到远处，就是被牧羊人用石头砸伤，不但自己大吃苦头，还连累别人也跟着倒霉。他搭救受毒打的放羊孩子，反害得这个孩子挨了一顿更厉害的打，几个月下不了床，气得这个孩子诅咒世界上所有的游侠骑士，请求堂吉诃德"哪怕是见我被大卸八块，也不要来救我，不要来帮忙，让我自己承受自己的不幸吧！"被堂吉诃德当作妖魔鬼怪而打下马来并摔断了腿的教士对堂吉诃德说："我真不明白您这怎么能算匡扶正义！对我来说您这是赤裸裸的欺凌，害我断了一条腿，可能这辈子都伸不直了！您所谓的锄强扶弱难道就是这样欺负我，让我永受屈辱？"堂吉诃德非常顽固，闯了祸不肯认错，闹了那么多笑话，也不肯吸取教训，仍旧蛮干下去，这表现了堂吉诃德荒唐而又自信，还十分固执的性格。

塞万提斯用滑稽夸张的艺术表现手法，创造了堂吉诃德这个鲜明的人物形象，既嘲笑了荒唐的骑士小说，也嘲笑了过时的骑士制度，嘲笑了"想叫早成陈迹的过去死里回生"[1]的行为。

今天，我们提到"堂吉诃德式"的人物时，首先想到的就是这样一个耽于幻想、不自量力、好打抱不平而又处处碰壁的可笑骑士。

但是，塞万提斯笔下的堂吉诃德是一个具有丰富而深刻意义的典型性格的人，仅仅把他理解为一个荒唐可笑的人物，是很不够的。像阿维亚内达的续集中那样把堂吉诃德写成是一个只有用鞭子抽打才能使他恢复理智的疯子，更是对堂吉诃德这个形象的歪曲和污蔑。堂吉诃德是一个既复杂而又矛盾的人物，他虽然古怪可笑，但他为了锄强扶弱、济世救人而奋不顾身的那股蛮劲儿，却能引起我们的深思，继而博得我们的钦佩。

堂吉诃德有扫尽人间不平的伟大理想和除暴安良、济贫救弱的善良愿望，他看不惯人压迫人、人欺负人的现象，总是路见不平就拔刀相助，尽管常常看错了对象，打错了地方，但是他的目的是扫除害人的妖孽魔怪，在他的可笑举动中流露出的是宏大的胸怀和崇高的理想。

堂吉诃德为了实现理想，还有不畏艰险、百折不回的献身精神。他本来是个身体瘦弱的老头儿，但是在冒险过程中，他好像变成了

---

1 海涅：《精印本〈堂吉诃德〉引言》，钱钟书译。

另一个人，甚至打开狮笼，向巨大的非洲狮子挑战，做出常人所不敢做的勇敢行为。他在游侠冒险时常常被打得遍体鳞伤，被打断肋骨，敲掉门牙，削去耳朵，被猫抓伤，被猪群踩在脚下。然而他都不以为意，把整个身心都献给了骑士事业，只要他的伤口痊愈，他就坐不住睡不稳，又要出发去从事新的冒险。

堂吉诃德本是一个夸张的滑稽人物，作者却把他写得有血有肉，可亲可爱，因为塞万提斯把自己的某些思想、感情和道德品质写进了这个人物里面。塞万提斯在雷邦多海战中不顾生病发热，奋勇当先，参加战斗，左手残废了也不肯离开战斗岗位，一直坚持到胜利，这和堂吉诃德向狮子挑战的勇气和不顾伤残又投入新的冒险的坚持精神不是很相像吗？塞万提斯的大半生都生活在贫困中，曾经几次入狱，深知牢狱的滋味，他说，世界上各种牵制阻碍、一切呼号吵嚷都聚集在监牢里。但是他历尽艰辛，从来没有灰心丧气，从来没有向苦难低头，到晚年还写出了《堂吉诃德》这样一部不朽的作品，这种乐观的精神在堂吉诃德身上不也是非常鲜明的吗？

塞万提斯通过堂吉诃德这个形象，还表达了进步的人文主义思想，在这个人物身上寄托了塞万提斯的爱憎和希望。

人文主义主张个性解放和个人自由，反对封建的君权和神权。在小说里，堂吉诃德放走苦役犯是因为他相信人天生是自由的，把自由的人当奴隶未免残酷。少女玛尔塞拉要求摆脱束缚，过自由的生活。她大胆地走出闺房，抛头露面，到野外放羊。当时这种行为被人们认为是伤风败俗、大逆不道。可是堂吉诃德却完全支持她的行为，不许别人打击她。堂吉诃德还认为所有的好人都该敬重她。

堂吉诃德对被侮辱和玩弄的女性表示了同情和尊重。他主张的是建筑在爱情基础上的婚姻。在小说里赞扬了好几对青年男女对爱情的坚贞态度。堂吉诃德对自己心上人的爱情，既不是中古时期骑士和宫廷贵妇人之间淫乱的两性关系，也不同于文艺复兴时期薄伽丘的《十日谈》里偏重于情欲的爱情。堂吉诃德对杜尔西内亚的爱情没有色欲的成分，强调的是精神的爱慕和灵魂的向往，体现了文艺复兴时期新柏拉图派的恋爱观。

塞万提斯还常常借堂吉诃德这个人物来发议论。堂吉诃德谈到骑士道就神志迷糊，荒唐可笑，但是只要不涉及骑士道的时候，他就显得头脑清醒，很有见识，说出话来学问渊博，令人肃然起敬。堂吉诃德教训要去上任当总督的桑丘怎样做一个贤明的统治者：要关心穷人的疾苦，执法既要公正，又要仁慈。不要偏袒有钱的人，不要接受贿赂等。堂吉诃德主张做文官应该廉洁奉公，做武将应该勇敢，绝不可临阵脱逃。他还主张破除封建等级观念，认为王侯和平民的地位不是永远不变的，王侯不争气也会一代代衰落，而平民由于自己的努力，可以一步步上升，直到王侯。人的贵贱不在于出身或者血统，而在于个人品德的高尚或低劣。堂吉诃德还说，战争的目的是和平。只应该进行正义的战争。这些主张对于当时社会上种种不良现象，如封建等级森严、贵族腐化堕落、官僚贪污纳贿、将官贪生怕死、封建君主对外扩张发动侵略战争等，都有强烈的针对性，反映了塞万提斯反封建的人文主义思想。

促使堂吉诃德出来做游侠的是社会上的黑暗和不平，那么，他到底要把社会改造成什么样子呢？塞万提斯半开玩笑地让堂吉诃德向牧羊人描绘了自己心目中的理想社会——"古人的黄金时代"，在这样原始的社会里，人们吃野果，喝泉水，住树皮盖的屋子，简直成了"茹毛饮血"的野人。这当然是个笑话。然而，堂吉诃德看中了那个时代，主要是因为"生活在那时的人们不分彼此。在那个神圣的时代，天下万物皆为公有"（上卷第十一回）。这种反对私有制的思想不禁使我们联想到文艺复兴时期的思想家如托马斯·摩尔和康帕内拉等人所描绘的理想国的核心内容。

从以上这些方面开看，堂吉诃德是作者笔下的一个理想化的人物。他身上的矛盾很鲜明突出，然而又是十分和谐地融于一身。塞万提斯自己就对堂吉诃德为了实现骑士理想而做出的可笑行为加以嘲笑。但是同时，他又很清楚地把骑士可笑的地方和这个骑士高尚的人文主义理想区分开来。这样，堂吉诃德就成了一个有丰富内涵性格的人。他的幻想是荒唐的，他的行为是鲁莽的，他的游侠冒险惹人发笑。然而，即使在他愚蠢地去进攻大风车和驱赶羊群的时候，他那为理想而牺牲的精神也不由得使我们钦佩。

堂吉诃德性格中的矛盾是现实矛盾的反映。由于西班牙封建势力的顽固，资本主义发展缓慢，代表新兴资产阶级的人文主义运动带有较多的软弱性和不彻底性，再加上塞万提斯本人的阶级局限性，使他看不到解决社会问题的办法，只有把改革社会的希望寄托在过时的骑士理想上。于是，在作者笔下就出现了这样一个堂吉诃德：他穿的是古代骑士的甲胄，要恢复的是中世纪的骑士制度，实际上头脑里却装着当时的人文主义思想。他的理想当然是不可能实现的。堂吉诃德是个喜剧性的人物，但是他身上反映了时代的改革要求和这个要求在当时不能实现的矛盾。这使堂吉诃德这个人物又带有悲剧的性质，以至于像我们在一开始提到的那样，有人认为《堂吉诃德》是一本"最逗笑的书"，有人却认为它是一本"最伤心的书"。马克思就曾在拉萨尔的历史悲剧《弗兰茨·冯·济金根》的主人公济金根身上看到这种悲剧性，并且指出，济金根"实际上只不过是一个堂吉诃德，虽然是被历史认可了的堂吉诃德"[1]。而俄国批评家别林斯基则感叹地说："在所有著名的欧洲文学作品中，这样的把严肃和可笑，悲剧性和喜剧性，生活中的琐屑庸俗和伟大美丽的东西交融在一起的例子，……仅见于塞万提斯的《堂吉诃德》。"[2]

在《堂吉诃德》里，还有一个重要的人物形象，那就是桑丘·潘萨。他又矮又胖，骑着心爱的毛驴，紧紧跟随在堂吉诃德后面，两人成了一对形影不离的伙伴。他和堂吉诃德在很多方面都形成鲜明的对比：堂吉诃德耽迷于幻想中，梦寐以求的是建立骑士功勋；桑丘却十分讲求实际，贪吃爱睡。堂吉诃德有股蛮劲，敢打敢冲；桑丘却胆小怕事，总是把他拉回到现实生活里来。欧洲文学里常常描写和桑丘相类似的人物，把他们当作取笑的对象，但是在塞万提斯的笔下，桑丘却成了一个复杂而又深刻的现实主义形象。

桑丘在游侠的过程中，越来越了解和热爱他的主人，和他有福同享、有难同当。到了后来，他为了追随堂吉诃德去实现骑士理想，完全不计自己的得失。他虽然不止一次和堂吉诃德陷入困境，也常常想脱离辛苦的游侠事业，但到头来也没有抛弃堂吉诃德。他对公爵夫人说，"我是个忠诚的人，所以除了掘墓的铁锹和锄头，没有什么东西可以把我们分开。"也就是说，只有死亡才能把他们主仆两人分开。桑丘的形象写得丰富多彩，有血有肉，既鲜明又饱满，和堂吉诃德的典型性格相互补充，这使得这两个形象都更为突出，更加充实，在读者心中留下了不可磨灭的印象。

---

1 参见《马克思恩格斯选集》第四卷。
2 参见别林斯基《答莫斯科人》。

译序
让堂吉诃德走下神坛

于我而言，翻译《堂吉诃德》本身就是一桩"堂吉诃德式"的疯狂之举。

《堂吉诃德》自1605年面世以来，在全世界已拥有数百个译本，在中国的译介和传播也十分广泛。然而被顶礼膜拜却束之高阁是很多经典名著的共同遭遇，无论从空间还是时间上来讲都离我们十分遥远的《堂吉诃德》，也难免成为今日你我案头的遗珠。

即便如此，堂吉诃德也是一位大众所熟知的人物：人人皆知他是一位大战风车的疯子，也知这是一个关于精神追求的故事。我们印象和概念中的堂吉诃德，更多的是被各种体裁不断改编、演绎的，被深度挖掘、延展其象征性和含义的，被各种场合以各种名义和目的所援引的堂吉诃德，却鲜有人去探究其在原著中究竟是什么样的人。

略加翻阅便可知《堂吉诃德》不是一部完美的小说。作品借鉴了阿拉伯文学的东方化叙事手法，大情节中嵌套的各个独立故事之间并不存在很强的逻辑关联，即使客气一点不批评它漏洞百出，也很难否认其结构的凌乱和情节的粗糙。

既然如此，它何以成为流传数百年的经典，甚至被视为西班牙文学的代名词？

对于这个问题，《堂吉诃德》最激烈的批评者纳博科夫（他曾在礼堂当着六百个学生的面批判《堂吉诃德》一无是处，并称之为一部"残酷而粗糙的老书"）给出了最诚恳而动人的答案："在创作者笔下原是一个小丑的人物，在历史的进程中变成了一个圣人……因为这个人物，一匹瘦马的背上骑着的一个瘦削的巨人，如此奇妙地隐约矗立在文学的地平线上，于是这部书存活了下来，并且将继续存活下去。"

塞万提斯创造了堂吉诃德，然而堂吉诃德却并非塞万提斯意志的产物。文学创作最奇妙的化学反应在这里发生了：作家笔下的人物拥有了自己独立的人性和人生，甚至超越其必然走向的宿命之上。在堂吉诃德的故事中，塞万提斯消失了。

对于这样一部作品来说，情节无关紧要。现有的情节均可以被其他情节所取代（比如我们注意到在下卷中作者为了打击盗版而临时改变了堂吉诃德前往萨拉戈萨的预设情节），因为其中最重要的是这位骑士本身。小说中最主要的矛盾冲突并非是堂吉诃德一次又一次的激烈战斗，而是自我观照与真实的自我、真实的自我与他人所承认的自我之间的冲突——这并非只关乎疯子的世界，你我的世界亦如此。

如果我们接受这一点，就该承认《堂吉诃德》不是一部小说，而是一首真正的诗，一首以诙谐、嘲弄为目的却最终演绎出多重悲剧性的诗。

被讽刺的对象是疯子骑士和他的傻子侍从，从而这两个人物也不自觉地成为悲剧性的载体。堂吉诃德和桑丘，一高一矮，一胖一瘦,一个严肃、一个诙谐,评论往往认为这是两个互补的人物形象。然而如果抛却外在,专注去审视他们各自的内心,会发现两个人物都是理想与现实在某一点上的会合,而且是一种错位的会合:桑丘的现实与吉诃德的理想,桑丘的理想与吉诃德的现实。这种错位是我们这个世界中最平凡的事实,也是整个故事悲剧性的主线——

年迈沧桑的骑士却有一颗天真无邪的赤子之心,在骑士世界中无所不知,可一旦面对现实问题,就像孩子般无助;桑丘看似精明、功利,内心却也像孩子一样善良、无知、轻信。

然而故事在一开始就已清清楚楚地说明:在浊世中保持纯真之心只能建立在自我欺骗的基础上。对于堂吉诃德来说,这种自我欺骗是围绕着以杜尔西内亚为象征的精神荣耀而展开的;对于桑丘来说,他的自我欺骗是围绕着以岛屿总督职位为象征的物质追求而逐渐成形的。

在任何时代,自我欺骗都不会得到现实的怜悯或宽容,作者笔下构建的世界也不例外。在《堂吉诃德》下卷中,当桑丘的追求从现实上升到理想的时候,堂吉诃德的精神却从理想下降到现实。这两条曲线的交叉是主仆二人的冒险历程中最令人动容的伤心时刻,也是小说中最残酷的时刻。桑丘让杜尔西内亚中了魔法——他让最高尚的骑士,为了最纯洁的幻想之爱,跪在最令人厌恶的现实面前:一个粗鲁、丑陋、散发着大蒜臭味的杜尔西内亚(纯洁高贵的爱情理想物化于污秽丑恶的形象)。与此相对应的,愚蠢、贪婪、一心求财的桑丘却成为受人称颂的英明总督(俗世的物质追求升华为正义的精神象征)。侍从不但实现了骑士终生未能实现的伟大理想,甚至在理性和对于生命的洞悉方面超越了骑士。至此,桑丘的现实与堂吉诃德的理想，桑丘的理想与堂吉诃德的现实完成了错位的会合。

对于《堂吉诃德》，有两种阅读的方法：作为学者，或作为读者。

学者们热衷于探究作品背后诸多错综复杂的因素，挖掘文字内外所蕴含的无法确证的寓意，但是作为读者，我们只需要一样东西：阅读的兴趣。

塞万提斯的命运，可以用"万里悲秋，百年多病；艰难苦恨，潦倒一生"来概括。然而正如福楼拜所说，人是无关紧要的，作品才是一切。因此塞万提斯究竟是真正虔诚的天主教徒，抑或在通过作品对教会含沙射影、冷嘲热讽，实际上并没有多大的关系；他对于自身所处时代的态度，甚至对于自己作品中人物的态度，无论是什么，对我们来说也并不重要。《堂吉诃德》所谈论的已经远远超出了作者所存在的有限的时间与空间，而可以被视为洞察不同时代、同一个人世的寓言。几百年来，每一个读者都从中找到了各自需要并认同的东西——无论是因角色的滑稽言行而开怀大笑，还是因作者的一针见血而拍案叫绝——这才是作品的生命力所在，也是一部作品对于读者的意义所在。

这一部长篇巨著，内容浩瀚渊博，又以中世纪西班牙语写成，无论是篇幅还是难度，对于我个人来说都是非常大的挑战。从签下合约到完稿，历时三年半。七十万字，九易其稿，其中艰辛，难以尽述。完成这作品，无异于愚公移山；呈现这部译稿，也不过是敝车羸马，勉力而为，博君一笑。

其间我阅读了诸位前辈大师的译本，听了不少西班牙语文学专家的讲座，查阅了塞万提斯的各种研究资料，受益匪浅。然而作为西班牙语文学的爱好者，却也因此感受到了巨大的压力，无数次想过放弃。最终支撑我完成译者使命的却是作为读者的领悟：这个堂吉河德就是今天的你和我——他的理想、他的浪漫、他的天真、他的痛苦和无解的哀愁，正是我们内心所蕴含的同样的理想、浪漫、天真、痛苦和无解的哀愁。我希望能通过文字把这种感受传达给其他读者，期待有人也许能够透过疯子骑士和傻子侍从小丑般的表演、拨开被各种重新定义的"堂吉诃德精神"迷雾，看到在这个世界上孤独而笨拙地生活着的自己。

西班牙当代评论家安德列斯·特拉皮埃约说，书之成为书，不是在被构思的那一刻，也不是在被写成的那一刻，而是在遇到读者的那一刻。因此我们可以认为《堂吉诃德》出生于1605年，也完全可以认为它出生于当时当下，也就是你翻开它的那一刻。

感谢远在西班牙的马诺（Manuel Pavón），从选择原文版本开始，帮助我查找各种资料，推荐研究塞万提斯和《堂吉诃德》的专家著作，购买参考书籍，对西班牙语原文释疑解惑等，自始至终给了我莫大的支持。感谢西班牙语圈的朋友们对我的不自量力非但不加嘲讽，反而提供各种帮助和便利。

这个译本的原始文本采用的是西班牙 Juventud 出版社以1605年（上卷）和1615年（下卷）的第一版为基础复刻的《堂吉诃德》（2013年，第十九版），在一些语句的理解上参考了安德列斯·特拉皮埃约（Andrés Trapiello）所译现代西班牙语版《堂吉诃德》（2016年6月，第五版）中所采用的语意，文中某些注释参考了西班牙皇家文学院院士马丁·德·里克尔（Martín de Riquer）的《堂吉诃德》注解。

罗秀

二〇二〇年四月于北京

获 准

在国王陛下的弗朗西斯科·德·罗布莱斯书店销售。

核准人：

胡安·德·拉库埃斯塔

一六〇五年于马德里

定价声明

本人,胡安·加约·德·安德拉德,国王书记处书记员及皇家顾问团成员,兹证明顾问团成员已经完成对米格尔·德·塞万提斯·萨维德拉所著题为《拉曼查[1]的天才绅士》一书的审阅,并核准本书定价为每页三个半马拉维迪[2]。本书共计八十三页,因此不计装订的粗略总价为二百九十个半马拉维迪。特批准本书以该价格出售,并按规定将此定价标示于书本扉页,没有该标价不得售卖。

胡安·加约·德·安德拉德
一六〇四年十二月二十日于巴亚多利德

---

1 拉曼查,位于西班牙中部高原地区,中世纪为基督徒和摩尔人军队之间的地带。
2 马拉维迪,西班牙古代货币单位。当时西班牙通行的货币包括金币、银币与合金币,金币名为杜卡多、银币名为雷阿尔,合金币名为布兰卡。所有的货币价值都以马拉维迪进行计量:1个杜卡多等值于8个雷阿尔即272马拉维迪,1个雷阿尔等值于34马拉维迪,1个布兰卡等值于0.5马拉维迪。本书中还提到另一种名为埃斯库多的货币,其价值与杜卡多相当。

勘误说明

本人已完成对此书的核查及修改,兹担保并证明:本书不包含任何值得指出的与其原稿不符之处。

弗朗西斯科·穆尔西亚·德·拉·亚那硕士
一六〇四年十二月一日于阿尔卡拉大学圣母神学院

国王特许声明

致米格尔·德·塞万提斯：

兹收到阁下所著题为《拉曼查的天才绅士》一书，盖阁下呕心沥血之作且于社会大有裨益。您恳切请求国王签发本书的付印许可和资质，并授予在合理期限内或国王恩准的期限内相应的版权。

皇家顾问团已讨论过您的请求，考虑到本书内容已经进行了必要的修改和调整，且符合国王最近颁布的《书籍出版特别法》，顾问团一致同意向您签发许可凭证。

基于上述理由，兹同意所请，并作为国王恩典，授予您如下许可及资质：您或您的法定代理人有权在卡斯蒂利亚所有的王国境内出版上述题为《拉曼查的天才绅士》一书，其他任何人不得侵权。版权许可期限为十年，自本凭证签发之日算起。

据此，如有任何个人或团体，未经您的授权擅自印刷或售卖本书，或指使他人印刷或售卖本书，将被罚没所有印册以及印刷的模具和器材，同时每一次侵权都将被处以五万马拉维迪的罚款。这笔罚款的三分之一奖励给举报人，三分之一归国王书记处所有，另外三分之一交给对此进行审判的法官。

在这十年之内，该书每次付印都须将付印稿同原稿一起呈报本顾问会，每一块印刷版都须由本书记处的书记员胡安·加约·德·安德拉德核准并在末尾签名画押，并获得书记处其他人的签名，以证明该次印刷与原版相符。

此外，在对每一印册进行定价之前，您还需获取并提交一份官方声明，证明由我们任命的一位审校员已经对该版进行了审查和修改，并由他指明样册中的印刷错误。

印刷所在印制样册时，请勿印刷扉页及第一折页，且只需将一份样册与作者原稿一起提交，供出资方或其他有关方面完成上述的修改及定价，直到该版通过本委员会的修改及定价审查。一旦通过审查，扉页及第一折页即可付印，并附上本许可凭证及批准、定价和纠错声明，且不得违反王国法律或法令中包含的条例。

兹命令本委员会成员及各地法院遵守并履行本许可及其所包含的内容，此乃国王御旨。

胡安·德·阿梅斯盖塔
受我们的主人——国王陛下委任
一六〇四年九月二十六日于巴亚多利德

致贝哈尔公爵[1]

吉布拉莱昂侯爵、贝纳尔卡萨尔及巴尼亚雷斯伯爵、阿尔克赛尔镇子爵,以及卡皮亚、库里埃尔和布尔吉约斯诸镇领主[2]:

尊贵的公爵大人,您一向热心庇护美好艺术,尤其赏识并推崇品性高洁、不流俗、不媚世的作品,对于各类书籍独具慧眼,在下慕名已久,在此愿借阁下清名之荫托,将《天才绅士堂[3]吉诃德·德[4]·拉曼查》一书付梓,我本人定当履行对于阁下您如此高贵的人物所应承担的义务。

本书虽不如诸位饱学人士之巨著,有流光溢彩的文笔和

---

1 即堂阿隆索·迭戈·洛贝斯·德·苏尼加·索托马约尔,1601—1619年为贝哈尔公爵。这是塞万提斯唯一的一次将自己的作品献给贝哈尔公爵,且该致辞显得毫无诚意,大部分都是原样照抄费尔南多·德·埃雷拉在其编撰的《加尔西拉索诗集》中对阿亚蒙特侯爵的致辞。
2 均为贝哈尔公爵所兼的封号。
3 在西班牙文中,"堂"是对贵族的尊称,加在男性名字之前,女性则加"堂娜"。
4 在西班牙文中,"德"用作介词,"堂吉诃德·德·拉曼查"意为"拉曼查的堂吉诃德"。

旁征博引的学识作为华丽装饰，然而我在此斗胆恳求您慷慨同意成为本书的庇护人。在您的荫蔽之下，拙作敢于毫无惧色地出现在某些评论家的审判席上。须知评论家对于他人作品提出苛刻而有失公允的谴责，往往并不仅是出于无知。

我深信尊贵的公爵大人您英明睿智，必能体察我的美好愿望，不会拒绝如此谦卑的致意。

米格尔·德·塞万提斯·萨维德拉

前 言

读者您且宽心，无须我赌咒发誓，您也尽可相信，作为本人学识的产儿，我真心希望此书是一个人类能够想象到的最靓丽、最俊美、最聪慧的孩子。然而谁也无法违背大自然的规律：每一样事物都只能孕育与之近似的东西。因而以本人贫瘠又疏于耕种的天赋，生出的也只能是一个干瘪、枯瘦、任性又满脑袋匪夷所思、异想天开的儿子。这就如同一个出生在监狱中的孩子，只能在粗粝而悲惨的环境中成长。和煦宜人的场所、秀丽的田野、澄澈的天空、汩汩的清泉和安详的心灵，都会帮助哪怕是最贫瘠的缪斯，使之变得丰沃，以诞下让世界充满奇迹和喜悦的儿女。

一个父亲，即使自己的儿子不但样貌丑陋，而且一无是处，也会被父子深情蒙蔽双眼，不但看不到孩子的缺点，反而认为他既精致又漂亮，还常常向朋友们夸耀他是多么聪明可人。不过，我虽有一颗慈父之心，却只能说是堂吉诃德的继父。我不愿随波逐流，更不愿像其他父亲那样，眼含热泪地恳求您——无比珍贵的读者——原谅我这个儿子身上的缺点，或对其视而不见。您与他非亲非故，您的灵魂寓于自己的身体，因此享有充分的自由意志——在自己家里您是主人，正如国王之于贸易税。您也知道，人们常说：有自己的斗篷遮挡，杀国王都是小事一桩。所有这些理由都说明，您没有义务必须尊重本书，也无须受任何礼节约束。关于本书，各位尽可畅所欲言，不必担心因为对其有所针砭而受到责备，当然也不会因为对其褒奖有加而受到奖励。

笔者诚愿舍弃冗余的前言，将这部作品干净利落地呈现给诸君，而不致拖泥带水，也有意省略掉书籍开篇惯有的没完没了、花样百出的十四行诗、讽刺诗或赞美诗。不瞒您说，虽然写作这个故事花费不少心力，却远不及写下这篇此刻您正在阅读的前言那样力不从心。很多次我提起笔来，又不得不放下，因为实在毫无头绪。

有一次，我就这样发着呆，纸摊在面前，笔夹在耳后，胳膊肘支在书桌上，手托脸颊，苦苦思索着该写点什么。突然一个聪敏而风趣的朋友走进来，见我正冥思苦想，便问起缘由。我也直言相告：正绞尽脑汁为堂吉诃德的故事作序。虽是勉为其难，但对于一位如此高贵的骑士，我实在不愿他的事迹出版时连序言都没有。

"事实上，我有足够的理由诚惶诚恐。我沉寂多年[1]，早已被世人遗忘，如今再次出现在公众视野，不但年岁老迈，而且作品又如枯草般干瘦无趣，既无奇思妙想，也无鲜明风格，概念贫乏，学识欠缺，那位名叫'大众'的古老立法者看了会作何评论？书侧没有释义，文末也无注脚，这可是其他任何书籍的必备要素。即便是杜撰的作品或异端邪说，字里行间都随处可见亚里士多德、柏拉图和其他著名哲学家的名言警句。这些句子会让读者肃然起敬，认为该书

---

1 塞万提斯在发表《堂吉诃德》之前的最后一部作品《伽拉苔阿》发表于1585年，其间二十年未发表任何作品。

作者必定是饱读诗书、学识渊博的雄辩之人。更有甚者,当作者援引《圣经》的时候,人们会说,那一定是圣托马斯[1]或教会的某位博士再生。作者们往往对这一点分寸拿捏得恰到好处,比如上一行还在描绘一位误入歧途的恋人,下一行就开始了基督教的布道,不管是听到还是读到这些,对读者来讲都是一种愉悦和教益。

"然而这一切我的书里都没有,既没有什么可以在页侧标注的,也没有什么值得在文末注释的,更不知道自己在本书中参考了哪些作者,好效仿其他书籍,将参考书目按照字母表的顺序列在小说正文之前,从亚里士多德开始,以色诺芬[2]、索伊洛[3]或宙克西斯[4]结束,尽管最后这两人,一个专爱骂人,一个只会作画。

"本书也缺少开篇的十四行诗,尤其是公爵、侯爵、伯爵、主教、贵妇或著名诗人的手笔。虽然我知道,如果去恳求两三位身居要职的朋友,他们一定会不吝笔墨,而且他们的文采连西班牙最负盛名的诗人们都望尘莫及。

"总之,我的朋友,"我继续说,"我已经决定,就让堂吉诃德先生从此埋葬于拉曼查的档案馆,直到有一天有人能为本书补齐上述缺少的装饰品。我本人苦于才疏学浅,对此实在无能为力。能力欠缺、言辞匮乏也好,天性疏懒也好,总之我不想满世界去寻找作者,因为有没有他们的引荐,对故事本身的叙述并无影响。因此,朋友,你此刻所见的我正处于这种犹豫不决的状态,而刚才这一番话正是

---

[1] 托马斯·阿奎那(约1225—1274),中世纪经院哲学的哲学家、神学家。
[2] 色诺芬(约前430年—前355),古希腊历史学家、思想家。
[3] 索伊洛(公元前4世纪),古希腊批评家。
[4] 宙克西斯,约活动于公元前5世纪前后,古希腊画师。

充分的理由。"

听到我这番话,这位朋友不禁抚额大笑,回答说:

"我的上帝啊!老兄,认识你这么久,有一件事情我一直弄不明白,现在终于恍然大悟了。我一直以为你在任何事情上都是理性而明智的,然而此刻的你非但不是如此,反而相距甚远!作为一个成熟而颇具才华的人,你怎么会对如此不值一提且轻而易举就能解决的事情感到忧心忡忡、一筹莫展?你的天赋本应足以克服比它更大的困难。在我看来,这不是因为缺乏技巧,而完全是思维的懒惰和贫乏。要不要证实一下我的话?那么你听好了,你会看到如何在一眨眼之间所有的困难都迎刃而解,你提到的所有欠缺的东西都完备妥当。这么点小事你就知难而退了?甚至不敢把著名的堂吉诃德的故事公之于世!他可是整个游侠骑士界的明星和典范!"

"说吧,"我听了他的话,问道,"你打算以什么样的方式填补我所恐惧的这个空洞,将一团乱麻般的困扰梳理清楚?"

对此他回答说:

"第一个要解决的问题是书的开篇缺少十四行诗、讽刺诗或赞美诗,这些诗应该是某些重要的上流人士的手笔。这一点其实只要你自己花点工夫写出来就行了,然后你可以为这些诗句洗礼,随心所欲地假托他人之名,比如说它们是出自印度祭司王约翰[1]或者特拉比松[2]皇帝之手,据说这两位都曾是著名的诗人。即便万一传言有误,或者某些卖弄学识的人在背后质疑事情的真伪,对你来说也无关紧要,就

---

[1] 祭司王约翰,传说在东方穆斯林和异教徒的地域中,存在由一名基督教(宗主教)的祭司兼皇帝所统治的神秘国度。
[2] 特拉比松帝国创立于1204年4月,是从拜占庭帝国分裂出的三个帝国之一。

算真有人来调查这个谎言，你也不会因为写了这些诗而被砍手。至于说在书的页侧作旁注，或找一些作者以便在文中引用他们的格言警句，那只需在文中插入几句你能背诵的名言或者拉丁语经典就足够了，这些句子甚至现用现找也并不费劲。比如，关于自由和囚禁：

Non bene pro toto libertas venditur auro.[1]（宁保自由一身，不取黄金万两。）

"也可以在旁注中援引贺拉斯[2]或其他原创者，比如关于死亡的威力，就找这句话来救场：

Pallida mors aequo pulsat pede pauperum tabernas Regumque turres.[3]（死亡如阴翳，踩皇宫、摧茅舍，一视同仁。）

"如果是关于上帝要求给予敌人友谊和爱，你就立刻拿出《圣经》，照本宣科，直接引用上帝本人的格言：

Ego autem dico vobis: diligite inimicos vestros.[4]（但是我告诉你们，要爱你们的仇敌。）

"如果提到居心不良，可以向《福音书》求救：

De corde exeunt cogitations malae.[5]（因为由心发出来的是恶念。）

"若要形容友谊的变化无常，加图[6]那里就有现成的，可以把他

---

1 出自《伊索寓言》。
2 昆图斯·贺拉斯·弗拉库斯（前65—前8），罗马著名诗人、批评家、翻译家，古罗马文学"黄金时代"的代表人物之一。
3 出自贺拉斯《颂歌集》。
4 见《圣经·马太福音》5:44。
5 见《圣经·马太福音》5:19。
6 马尔库斯·波尔基乌斯·加图（前234—前149），罗马共和国时期的政治家、演说家，也是罗马历史上第一位重要的拉丁语散文作家。

的对句诗借你一用：

Donec eris felix, multos numerabis amicos. Tempora si fuerint nubile, solus eris.[1]（穷在闹市无人问，富在深山有远亲。）

"通过这些拉丁文和其他类似的句子，读者至少会将你视为语法大师，而在今天来讲，成为一名语法大师可是件既荣耀又有利可图的事。如果非要在文末加上脚注，你尽可放心大胆地这样做：如果在书里提到了某个巨人，你就说是巨人歌利亚斯，凭这一点，几乎不费吹灰之力就可以完成一个长篇大论的注释。比如你可以写：'据《列王纪》记载，巨人歌利亚斯，又名歌利亚特，是非利士人，被牧羊人大卫用一块巨石杀死在以拉山谷。'然后你再写上这是在哪一回里提到的。还有，为了显示自己在人类文字学和宇宙志学方面的渊博，你可以在故事中提到塔霍河，这样就产生了另一段著名的释义：'塔霍河以一位西班牙国王的名字命名，它的源头在某处，流经著名城市里斯本的城墙脚下，最后流入大西洋。据传河里的沙子都是金沙。'诸如此类。

"如果你提到了强盗，我可以给你讲讲卡科斯[3]的故事，这个故事我简直倒背如流；如果涉及妓女的话题，我们还有蒙多涅多主教，他会把拉米亚、拉伊达和弗洛拉借给你[4]，关于她们的注解会让人们对你仰慕有加；说到残忍，奥维德会把美狄亚[5]借给你；如果提到巫师

---

1 此处为作者笔误，这两句出自古罗马诗人奥维德的《哀歌》。
2 《列王纪》是《希伯来圣经》的一部分，原文用希伯来语书写，约在公元前6世纪到前5世纪期间完成。
3 卡科斯，希腊神话中会喷火的盗贼。
4 即安东尼奥·德·格瓦拉教士（1480—1545），西班牙宫廷布道士、作家，其作品《书信集》中提到了三个女人，其中，拉米亚是马其顿国王德米特里一世的情妇，弗洛拉是罗马将领庞培的情妇。
5 美狄亚，奥维德作品《变形记》中的人物。

和巫术,荷马有卡里奥索[1],而维吉尔有喀尔克[2];提到英勇的将领,尤利乌斯·恺撒本人的《高卢战记》就可为你所用,而普卢塔尔克[3]也可以为你提供无数个亚历山大。如果说到爱情,你所仅知的那两盎司托斯卡纳语[4]中就会遇到莱昂·埃布雷奥[5],他的金句取之不尽。如果你不想援引外国的著作,咱们自己就有丰塞卡[6]的《上帝之爱》,里面包含着你或任何异想天开的人在这个主题上所能想到的所有问题的答案。

"总而言之,你只需要尽量提到这些名字就够了,甚至你只要在故事中提及我刚才说的这些主题,加旁注和脚注的事就交给我吧!我发誓会把你的页侧填满,再在书末加上洋洋洒洒四页的脚注。现在我们再来看看其他作者所列的参考书目,这也是你的作品所缺少的。这个问题也很容易解决,要做的不过是找一本列举了所有作者的名录,从A到Z[7],就像你说的那样。你就在书里把这名录依样照抄一份,尽管是显而易见的作弊,因为你几乎用不到他们,但也无关紧要,或许真有人会以为你在这个简单明了的故事中参考了他们所有人。虽说这份长长的作者名录实际上一无用处,至少能让本书显得权威。此外,没有谁会真的调查你究竟有没有参考他们,犯不上操这份心。

---

1 卡里奥索,荷马史诗《奥德赛》中的人物。
2 喀尔克,维吉尔作品《埃涅阿斯纪》中的人物。
3 普卢塔尔克(约46—119),罗马帝国时期的作家、历史学家。
4 托斯卡纳语指意大利语。
5 莱昂·埃布雷奥(1470—1521),其作品《爱情对话》用托斯卡纳语写成。
6 丰塞卡(1550—1621),西班牙作家。
7 影射洛佩·德·维加,在其作品《朝圣者》中按字母表顺序列举了155位参考书目作者,《伊西德罗》中列举了267位。

"其实，我突然意识到，刚才提到的这些东西，你这本书里根本用不上，因为整个故事不过是对于骑士小说的反讽。而对于骑士小说，亚里士多德一无所知，圣巴西里奥[1]从未留下只言片语，西塞罗[2]也无缘一见[3]。就骑士小说那些神乎其神的胡言乱语来讲，不管是事实的严谨还是星象的科学都可以忽略不计。在这些书里，几何测量学无足轻重，雄辩术对于情节的逻辑也毫无意义。也不必要求骑士小说有训诫作用，因为把人与神混为一谈，本来就是任何一个具有基督教知识的人都不会犯的错误。在写作时只需利用模仿的手法，因为模仿得越完美，写出的东西就越好。

"既然你这本书唯一的目的就是打破骑士小说在世界上、在平民大众中的权威和光环，那就没有理由到处去乞讨哲学家的警句、《圣经》中的说教、诗人的寓言、修辞学的赞美或圣人的奇迹，只需要使用有意义的、端庄和恰当的词汇，以平铺直叙的方式讲述你所称颂的理念，传达正直、理性的思想，在所有可能的方面力所能及地清楚表达自己的意图，让人们明白你的观念，既不故弄玄虚，也不含蓄隐晦。还要尽量做到，读者在读这个故事时，沉默忧郁的人会忍俊不禁，生性乐观的人会开怀大笑，头脑简单的人不感到乏味，学识渊博的人也拍案叫绝，严肃的人视若珍宝，审慎的人赞不绝口。总之，骑士小说被无数人厌弃，却被更多人赞美，所以你应该把着力点放在瓦解骑士小说中毫无根基的情节上，如果能做到这一点，

---

1 圣巴西里奥（329—379），希腊东正教主教。
2 马库斯·图留斯·西塞罗（前106—前43），古罗马政治家、演说家、法学家和哲学家。
3 亚里士多德、圣巴西里奥和西塞罗都是维加在《伊西德罗》中引用的书目作者。

那就是取得了不小的成就。"

　　我默默地听着这番高论,他的道理正合我意,所以根本无须讨论,我就对此表示赞赏,并决定以此作为前言。亲爱的读者,通过这个前言您会发现,我的朋友是如此明智,而我又是如此幸运,收到雪中送炭的忠告解了燃眉之急。您也可以如释重负,因为发现著名的堂吉诃德·德·拉曼查的故事原来是如此简单明了、直截了当。在蒙帖尔旷野地区所有居民的记忆中,他是自古以来这一带所出现过的最忠贞的恋人、最勇敢的骑士。让你们得以认识如此高贵、可敬的骑士,我不想自夸说这是一份多大的人情,但希望您会因为认识他的持盾侍从、著名的桑丘·潘萨而感谢我。窃以为在他身上集中体现了被广为传颂却毫无意义的骑士小说中这一类侍从身上全部的风趣。谨此,愿上帝赋予您健康,也愿上帝不要忘记我。后会有期。

序诗

百变女人乌尔干达[1]
致《堂吉诃德·德·拉曼查》

《堂吉诃德》,你若
择善而交,蹋高踏厚,
无知者必无由
置喙你胡作非为。
然若迫不及待
落入愚人之手,
虽人人争先恐后
炫耀才高八斗,
须知,口手相传容易得,

---

[1] 乌尔干达,16世纪西班牙骑士小说《阿马蒂斯·德·高卢》中的女巫,善于变形。

知音一个也难求。

人人皆知奥妙：
大树枝繁叶茂，
荫下栖身正好。
贝哈尔的幸运星宿
正是巨树参天，
硕果累累皆是亲王贵胄。
其中有一位公爵花开锦绣，
堪称亚历山大大帝人世转投。
快来到他树荫下寻求庇佑，
命运定保大胆之人无忧。

你将讲述的奇遇是关于
一位高贵的拉曼查绅士，
闲来无事的阅读
使他神魂颠倒如中魔咒，
贵妇、武器和骑士
令他如痴如醉再难回头。
他效仿奥尔兰多[1]，
无论是疯狂、痴情或温柔，
以臂膀的力量

---

1 奥尔兰多，多部骑士小说的主人公，也称罗尔丹，即12世纪法国史诗《罗兰之歌》中的罗兰。

征服了杜尔西内亚·德尔·托博索。

盾牌上没有
冒失的象形图案,
因为花色各异
不过是烂牌一手。
如若在序言中态度谦恭,
没有人会取笑你:
"什么堂阿尔瓦多·德·卢那[1],
什么迦太基的汉尼拔,
什么西班牙的弗朗西斯科国王,
谁不感叹壮志难酬?"

上天赐你博学多才,
是福是祸难以轻诩。
好比黑人胡安·拉丁[2],
切莫张狂吹嘘。
不要对人自作聪明,
哲人也不该随意援引。
因为,一旦信口开河,

---

1 阿尔瓦多·德·卢那(1388?—1452),西班牙胡安二世时期最有权势的大臣。
2 胡安·拉丁,特拉诺娃公爵夫人的黑奴,能用拉丁语写诗,因其语言天赋被称为胡安·拉丁。

识破伎俩的人就会
对你窃窃私语：
"何必故弄玄虚？"
莫问他人隐私，
言行切勿逾矩。
若事不关己，
视而不见乃明智之举，
有意取笑之人
才会自讨没趣。
何况你引火烧身
不过是为沽名钓誉，
蠢话一旦付印成书，
如覆水难收，回天乏术。

切记做事再三思虑：
若天花板是易碎玻璃，
为何将石块拿在手中
用以投掷你的友邻？
就让诸多有识之士
徜徉在你的故事之中，
拖着步履如铅般沉重。
不像某些人著书立说，
空话连篇，避实就虚，
装疯卖傻，委实无趣。

阿马蒂斯·德·高卢的十四行诗
致堂吉诃德·德·拉曼查

我一生坎坷,往事不堪回首。
你何苦效仿?失恋之苦,相思之愁,
"苦岩"山高路陡,
难足我悔罪苦修。

你啊!苦涩的酒
充盈双眸,
让你放弃毕生所有,
靠大地的供养糊口。

你必将永垂不朽,
至少,每当晨曦初露,
金色的阿波罗驱动他的车轴。

勇者之名荣耀万丈、千秋长久,
你的故乡将在一众地方名列榜首,
而你智慧的作者,世间难逢对手。

堂贝利亚尼斯·德·希腊[1]的十四行诗
致堂吉诃德·德·拉曼查

我所言所行、所经历、所摧毁
在全世界游侠骑士中出类拔萃；
我经百战、傲群雄、勇敢无畏，
报仇雪恨千百万次也从不后退。

战功赫赫使我的名声千秋永垂，
作为恋人我曾是多么柔情似水，
巨人似侏儒手到擒来不费吹灰，
再危险的生死决斗我随时奉陪。

把命运牢牢踩在脚底，
我足够清醒不乏勇气，
抓住稍纵即逝的时机。
我虽然美名传遍天地，
哦！伟大的堂吉诃德！
却嫉妒你的丰功伟绩。

---

[1] 堂贝利亚尼斯·德·希腊，西班牙同名骑士小说主人公。

奥莉亚娜夫人[1]的十四行诗
致杜尔西内亚·德尔·托博索

哦！美丽的杜尔西内亚！
你在托博索的居所舒适静谧，
与观花堡[2]伯仲难分，
为它值得放弃整个伦敦！

哦！谁能以你的热情作灵魂的装束？
谁有幸穿上你的族徽制服？
并见证那位因你而幸运的著名骑士
前无古人的杀伐征战之路！

哦！有谁曾如此矜持本分，
疏远阿马蒂斯先生，
正如你将骑士堂吉诃德拒于心门！

哦！愿你从不妒人却受人嫉妒，
所有悲伤的时刻都变成幸福，
尽享生趣而无须付出。

---

1 奥莉亚娜夫人，骑士小说中阿马蒂斯·德·高卢的情人。
2 观花堡，小说中奥莉亚娜夫人的居所。

阿马蒂斯·德·高卢的持盾侍从甘达林的十四行诗
致堂吉诃德的持盾侍从桑丘·潘萨

桑丘好汉,久仰大名!
命运安排你成为侍从之一,
也把你变得心善明理,
处处化险为夷。

锄头和镰刀,与
游侠事业并不对立;
包天揽月的专横侍从都应学习,
你的直言不讳和彬彬有礼。

我嫉妒你的毛驴和名气,
对你的褡裢也同样羡慕不已,
这一切都说明你聪明伶俐。

桑丘好汉,久仰大名!你如此优异,
我们的西班牙人奥维多,也只有对你,
在你行吻手礼的时候抚你的脸颊致意。

半吊子诗人德尔·多诺索的诗
致桑丘·潘萨

我是桑丘·潘萨,
拉曼查人堂吉诃德的侍从,
风尘仆仆,行色匆匆,
小心度日,诚惶诚恐。
《塞莱斯蒂娜》[1]说,
比利亚迭戈密不透风,
无非是为逃亡者
把隐匿之所提供。
依我看,若能对人性多加包容,
此书堪称一代辞宗。

---

1 西班牙中世纪对话体长篇小说,讲述一个以悲剧告终的爱情故事,有人认为它是西班牙文学中仅次于《堂吉诃德》的伟大杰作。

致罗西南多

我是罗西南多,
著名的、伟大的巴别卡[1]之重孙,
苦于形容枯瘦,
暂屈堂吉诃德麾下栖身。
虽年老体迈,慢慢吞吞,
却小心谨慎,屡屡绝处逢生,
口粮尚得维系生存。
在这点上我比小癞子[2]强过几分,
他用麦秸充当吸管,
从盲人手里偷喝美酒香醇。

---

1 12世纪西班牙史诗《熙德之歌》中主人公熙德·鲁依·迪亚斯的坐骑。
2 16世纪中期西班牙小说《托梅斯河上的小癞子》中的主人公。

疯狂奥尔兰多的十四行诗
致堂吉诃德·德·拉曼查

你纵非盖世无双,
也堪称天下无敌:
在众廷臣中脱颖而出,
战无不胜,所向披靡。

我是奥尔兰多,吉诃德,我
为美人安赫莉卡迷失自己;
我在遥远的大海历经风浪,
以不朽的勇气向名声献祭。

你的尊荣来源于丰功伟绩,
我望其项背永远无法企及,
可惜你跟我一样歇斯底里。

今天你我同病相怜情场失意,
若能征服摩尔人[1]和西徐亚[2]人,
明日你的声望与我分庭抗礼。

---

1 摩尔人,即13世纪至15世纪统治西班牙的北非阿拉伯人。
2 西徐亚,又称斯基泰王国,是公元前8世纪至公元前3世纪位于黑海北岸的古国。

太阳骑士[1]的十四行诗
致堂吉诃德·德·拉曼查

我是西班牙的太阳骑士,
争强好胜却不足与您并驾齐驱;
剑如闪电仿佛主宰白昼的生死,
对您的勇气和崇高却难以企及。

我蔑视帝国;君王徒劳赠予
东方日出之地,我弃之如敝履,
只为一睹克拉蒂丽安娜
端庄的面容,如同美丽的晨曦。

我爱她,是独一无二的奇迹,
相思之痛连地狱也退避不及,
我的勇力足以遏制它的怒气。

而你!非凡的哥特人[2]吉诃德啊!
你对杜尔西内亚之心如风光月霁,
她因你,忠贞智慧之名感天动地!

---

1 太阳骑士,西班牙同名骑士小说主人公,下文的克拉蒂丽安娜是书中的公主。
2 此处并非指真正的哥特人,而是指代豪门贵族。

德·索里斯坦的十四行诗
致堂吉诃德·德·拉曼查

吉诃德君,你的愚蠢言行
暴露了空洞无物的脑筋,
却永远不会有人指责你
卑鄙下流或不端行径。

你到处打抱不平,
虽然无数次被
邪恶无耻的暴徒教训,
但丰功伟绩自有论评。

如果美丽的杜尔西内亚
对您无礼傲慢,
或对您的痛苦冷眼旁观,
您或可聊以自慰心安:
桑丘·潘萨挑拨离间,
致使她的无情,您的失恋。

巴别卡与罗西南多之间的对话（十四行诗）

巴：最近可好？罗西南多，为何如此瘦弱？
罗：因为我从不进食，却总在劳作。
巴：那么，饲料和稻草呢？
罗：主人一口也不给我。

巴：我说，先生，你真是不知死活，
竟用蠢驴舌头把主人评说。
罗：他才是蠢驴，从摇篮到坟墓把岁月蹉跎。
看吧！痴心人一身寂寞。

巴：爱是愚蠢的吗？
罗：爱只是一念之错。
巴：你太形而上了。
罗：只因我饥寒交迫。
巴：何不抱怨侍从？
罗：那也不足以开脱。

若主人和侍从或曰管家
都像罗西南多那般瘦弱，
我怎好抱怨所受的折磨？

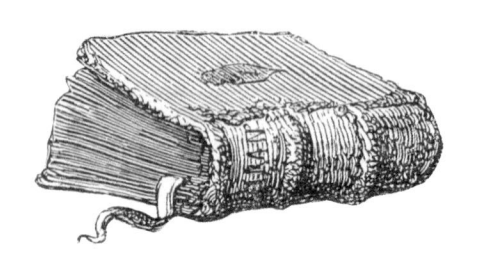

第一部分

DON QUIXOTE

第一回
著名绅士堂吉诃德·德·拉曼查的生平及事业

在拉曼查的某个地方[1]，确切的地名我并不愿提及，不久前曾住着一位绅士。他的家产包括一支挂在兵器架上的长矛、一面古老的椭圆形皮盾、一匹瘦马和一条猎狗。家中难得吃上羊肉，长年只有牛肉下锅[2]。晚餐一般是拌碎肉，周六炖杂烩[3]，周五斋日[4]吃豆角，周日添只乳鸽佐餐。光这些就已经花费掉他日常收入的四分之三了，余下的收入只够添置一套节假日穿的黑呢长外套、丝绒裤子和配套的平底便鞋，还有一件平日里能风风光光穿出去的精致褐色粗呢衣裳。家里有位年过四十的女管家，一个不到二十岁的外甥女，还有一位兼干农活的仆人，既负责照料瘦马，又负责修枝剪叶。

---

1 对于堂吉诃德的故乡到底是拉曼查的哪个村镇，历史上很多学者进行过考证和研究。"在拉曼查的某个地方"是西班牙民谣《棒打鸳鸯》中的一句诗。
2 当时西班牙的羊肉比牛肉贵。
3 13世纪西班牙为纪念对摩尔人的一次胜利，规定星期六不吃荤，但可吃一些动物杂碎。
4 星期五是耶稣受难日，为天主教斋日。

我们这位绅士已年届五十，骨骼粗大，体态精瘦，面容干瘪，习惯于早起，热衷于狩猎。据说他有个诨号叫吉哈达，或者盖萨达，在不同的叙事者笔下稍有区别。据最可靠的推测，人们一般认定应称之为盖哈那。但这一点对我们的故事来说无关紧要，只要情节不偏离一个基本事实，那就是上面提到的这位绅士一年到头大部分时间都无所事事，他把所有的闲暇都用来阅读骑士小说，如痴如醉，以至于不但把打猎这回事抛到了九霄云外，甚至连庄园都无心打理。他沉溺其中，难以自拔，竟卖掉了大片的耕地，只为购置骑士小说来读。就这样，他把所有能找到的骑士小说都搬回了家。在所有的作品中，他认为最出色的是著名的费里西诺·德·席尔瓦[1]创作的故事，因为其行文平实流畅，而且书中错综复杂的玄妙哲理在他看来字字珠玑，尤其是读到那些求爱信和挑战书的时候。这种段落往往是这么写的："理性归于盲目，我于是失魂落魄，怨恨你的美貌实属情非得已。"或者有时是这样的："高远的天际以群星奇妙辉映您的神圣，因崇高而斩获的荣耀于您当之无愧。"

就这样，可怜的绅士走火入魔，为了理解并领会文中的精义而废寝忘食，即便是亚里士多德专为此复生，也未必能挖掘出这么深的含义。他对于堂贝利亚尼斯给别人造成的伤和自己受到的伤心存疑虑，因为据他推测，纵然有名医能妙手回春，面部和身体总该留下些许伤疤和痕迹。但无论如何，他很欣赏作者在小说结尾处的伏笔：征途永无止境。很多次他都想提起笔来，字斟句酌地给作品补上结局，履行书中隐含的承诺。毫无疑问，要不是因为有更宏大、

---

[1] 费里西诺·德·席尔瓦，15世纪西班牙作家。

更执着的理想干扰,他一定已经动笔并著成了。

关于谁才是最杰出的骑士,他跟本村的神父常常意见相左——神父是一位饱学之士,毕业于西根萨大学[1]——究竟是帕尔梅林·德·英格兰还是阿马蒂斯·德·高卢?而村里的理发师尼古拉斯却认为太阳骑士才是任何人都无法企及的,如果非要说有谁能相提并论的话,也只有堂加拉奥尔——阿马蒂斯·德·高卢的兄弟[2],因为他在各方面都很优秀,既不矫揉造作,也不像他哥哥一样频繁落泪,论胆识更是毫不逊色。

总之,他一头扎进书堆,每个夜晚都从黄昏直到黎明,每个白天都从日出直到日暮;因为极度缺乏睡眠以及无休止的阅读,最终神思枯竭,渐渐失去了理智。他头脑中充斥着从书中读到的那些虚妄的故事,诸如魔法、冲突、搏斗、挑战、受伤、调情、恋爱、折磨和种种荒诞不经的事,而且对那些痴人说梦般胡编乱造的情节都深信不疑。对他来说,世界上没有比这更确凿的历史了。他承认熙德·鲁依·迪亚斯[3]的确是位优秀的骑士,但跟"燃剑骑士"[4]相比还是望尘莫及,后者一个反手就能把两个凶残庞大的巨人劈成两半。更厉害的是贝尔纳多·德尔·卡尔皮奥[5],因为他效仿大力神赫拉克勒斯用双臂扼死大地之子安泰的做法,在隆塞斯山谷将被施了巫术的

---

1 此处含讽刺意味,西根萨大学是当时小型大学之一,毕业生受人轻视。后文中的奥苏纳大学也是如此。
2 以上提及皆为骑士小说中的人物。
3 熙德·鲁依·迪亚斯(约1043—1099),11世纪西班牙著名军事统帅,民族英雄,西班牙史诗《熙德之歌》中的主人公。
4 即阿马蒂斯·德·希腊,阿马蒂斯·德·高卢之孙,胸口文有一把红色的剑。
5 贝尔纳多·德尔·卡尔皮奥,西班牙传说中的英雄。

罗尔丹置于死地。他也很欣赏巨人莫尔冈德，虽然出生于一向狂妄傲慢的巨人家族，却难得地谦和有礼。然而，他最最钦佩的还是雷纳尔多斯·德·蒙塔尔班[1]，尤其爱读他离开自己的城堡，一路劫掠，又跑到异国他乡抢回了据说是纯金制成的穆罕默德塑像[2]的经历。要是能把背信弃义的加拉隆[3]狠狠地揍一顿，他情愿赔上女管家，甚至再贴上亲外甥女也在所不惜。

实际上，因为理智已经丧失殆尽，他开始编织世界上任何疯子都没有萌生过的荒唐念头：为了扬名立万，也为了报效国家，他认为自己有理由也有必要成为一名游侠骑士，披坚执锐，跃马驰骋，闯荡天下，把在书中读到的游侠骑士的英雄事迹一一效仿，铲奸除恶、除暴安良，路见不平、拔刀相助，在危急关头挺身而出，一朝功成名就，便可万古流芳。这个可怜的人想象着自己因为英勇善战而被加冕，登上了至少是特拉比松帝国的王位宝座。于是，带着这些想入非非的念头，鬼迷心窍般被虚幻的成就感驱使着，他迫不及待要把自己的远大志向付诸实践。

他做的头一件事就是把祖上传下来的武器擦拭干净。这些武器被遗忘在角落里好几百年，早已腐旧发霉、锈迹斑斑。他不但竭尽全力擦洗，还做了些装饰，最后却发现还有一处很大的美中不足：家里没有上下嵌套式的全盔，只有一顶不带护面的带沿盔帽。不过他灵机一动，用硬纸壳做了类似半截头盔的护面板安到盔帽上，乍

---

1 雷纳尔多斯·德·蒙塔尔班，法兰西十二骑士之一，罗尔丹的对手。
2 显然，伊斯兰教并没有塑像。
3 加拉隆，骑士小说中的人物，因他的背叛，法兰西十二骑士在龙塞斯山谷战败。

一看就是个完整的全盔。然而，常言道乐极生悲，为了检验它是否足够结实能抵御刀锋，他拔出佩剑朝它砍了两下，谁知刚挥出一剑，整整一个星期的劳动成果顷刻间土崩瓦解。头盔如此不堪一击令他沮丧不已，为了避免重蹈覆辙，重新制作时，他在内部镶了几根铁条。这回他对头盔的强度相当满意，但再也不想拿它做什么试验了。好歹就是它了，权当是一顶精致绝伦的嵌套式全盔。

接下来他开始琢磨那匹瘦马。虽然它每只蹄子都裂成八瓣儿，裂纹加起来比一个雷阿尔[1]能兑换的零钱还多，身上的癞疤比戈内拉[2]那匹被当作笑料的劣马还要密，正如拉丁语俗语所说，"瘦得皮包骨头"，但在他眼中，不管是亚历山大的坐骑布塞法罗还是熙德的骏马巴别卡都无法与之媲美。为了给马取个好名字，他花了整整四天时间冥思苦想。因为考虑到，既然效力于一位威名赫赫的骑士，马本身又是这么出类拔萃，没有理由不拥有一个响当当的名字。不仅如此，这个名字应既能体现出它在成为游侠坐骑之前的身份，又能彰显出它如今的卓越价值。主人的身份变了，坐骑的名字也该随之而变，这是毋庸置疑的道理，这样才能赢得如雷贯耳的名声，才配得上主人的新晋头衔和崭新的事业。于是，他搜肠刮肚，想出一个，否定一个；候选名单不断增加，又不断排除。在分解、重组了无数个名字之后，最终决定替它取名为"罗西南多[3]"。在他看来，这不但是个崇高而响亮的名字，同时也寓意着，在此刻之前它曾是一匹卑

---

1 雷阿尔为西班牙古代货币。
2 戈内拉，15世纪意大利朝廷弄臣。
3 罗西南多为音译，由Rocin（瘦马）和Antes（以前/名列前茅）组合而成，意为从前是瘦马，现在是出众的骏马。

微的瘦马，而今却一跃成为全世界所有瘦马中的翘楚。

为坐骑觅得一个如此得意的名字，接下来他开始考虑自己的名号。这次又花费了整整八天，终于决定自称为"堂吉诃德[1]"。正如前文所述，从这个名字看来，这个纪实故事的叙述者们可以据此断定，他的外号应该是"吉哈达"，而不是另一些人认为的"盖萨达"。不过，考虑到英勇的阿马蒂斯并不满足于干巴巴地自称为"阿马蒂斯"，而是把自己的国度和家乡加到了名字中，以使其扬名于世，从而创立了"阿马蒂斯·德·高卢"的名号，因此，作为一名堂堂正正的骑士，他也得把家乡加进来，称为"堂吉诃德·德·拉曼查"。他认为这个名字不但清楚传达了自己的门第和籍贯信息，而且也将为家乡拉曼查带来无上荣耀。

武器都擦拭一新，头盔已天衣无缝，坐骑的名字取好了，自己的名号也确定了，他觉得万事俱备，只差去找一位淑女作为心上人了。要知道，没有爱情的游侠骑士就像一棵既无枝叶又无果实的枯树，就是一具行尸走肉。他自言自语地说：

"假如我罪有应得，哦不！倒不如说是时来运转，遇到某个巨人——这对游侠骑士来说是家常便饭——我一个照面就把他打败了，或者将他一劈两半，总之最终我战胜了他并使他臣服。如果能遣他去见我的心上人，让他走进屋子，在我可爱的小姐面前双膝跪地，并用谦卑而恭顺的声音说：'小姐，我是巨人卡拉库良布洛、马林德拉尼雅岛的领主，在一场空前的恶战中被无比值得赞颂的堂吉诃德·德·拉曼查骑士一举击溃，他遣我来臣服在您的脚下，任尊贵

---

[1] 一说"吉诃德"源于加泰兰语"cuixot"，意为保护大腿的铠甲部位。

的小姐您随心差遣。'岂不美哉?"

哦!我们高贵的绅士在发表完这番演说后是如何地心花怒放,而当他找到合适的意中人时,更是欣喜若狂。原来,在距他家不远的地方,有一位年轻美丽的农家姑娘,他曾经迷恋过一阵子,虽然她明显对此一无所知,也根本没那个意思,但他认为这个叫作阿尔冬莎·洛伦索[1]的姑娘是堪作意中人的不二人选。为了给她选一个既配得上自己"堂吉诃德"的名头,听起来又有几分公主和名媛风范的雅号,他决定称之为"杜尔西内亚·德尔·托博索",因为她是托博索人。他认为,这个名字不但朗朗上口,而且立意崇高又寓意深远,正如他为自己和他所拥有的东西取的名字一样。

第二回
天才堂吉诃德第一次离家出走

万事俱备,他再也等不及要去将理想付诸实践。在他看来,任何一点耽搁都是自己对世界的亏欠,因为有那么多需要他去摧毁的险恶、矫诸的曲枉、匡扶的正义、制止的暴力以及洗雪的冤仇。于是,没有向任何人泄露自己的意图,也没有让任何人看见,七月的一个炎热早晨,天还没亮,他全身穿戴上所有的装备,骑上罗西南多,戴上歪歪扭扭的拙劣头盔,抱着盾,拿起长矛,从院子的豁口里钻出去,来到了旷野,因为看到自己的美好愿望如此轻易地拉开

---

[1] "阿尔冬莎"在当时是一个非常普通而粗俗的名字,有句谚语叫作"没有女人过活,阿尔冬莎也能凑合"。

序幕而狂喜雀跃。

但是刚一进入田野，一个可怕的想法突如其来，让他差点放弃这刚刚开始的事业：他突然想起，自己还没有受封为骑士，而根据骑士道规则，他此时不能也不应该与任何骑士交手；即便是已经受封，作为新晋骑士也只能披挂素色盔甲，盾牌上不得带有标记，直到通过自己的努力赢得这个荣誉。这些想法让他开始对自己的目标犹豫不决，但是狂热战胜了理智，他决定遵循前人先例，让碰见的第一个人为他授骑士衔，就像在书里读到的那样，正是那些书让他如痴如狂。至于素色盔甲，他打算竭尽所能擦拭干净，直到比白鼬的皮毛还闪亮。这样想着，他平静下来，继续上路，任由坐骑信马由缰，因为他坚信，冒险的奥秘正在于此。

我们这位光芒四射的冒险家，一边走一边自言自语道：

"谁会怀疑，将来当我的丰功伟绩被公之于世之时，记录这个真实故事的圣人或智者，在讲述我这第一次清晨出行时会这样写：金红色的太阳神阿波罗刚刚在辽阔的大地上铺开他秀丽的金色发丝，五彩斑斓的小鸟刚刚展开竖琴般的歌喉，用轻柔甜美的和声问候玫瑰色曙光的到来，黎明离开了善妒夫君的软榻，从拉曼查地平线的门廊和阳台上向世人绽露姿容，这时，著名的骑士堂吉诃德·德·拉曼查离开了慵懒闲适的羽绒床垫，骑上著名的骏马罗西南多，举步踏上古老而闻名遐迩的蒙帖尔旷野。"

他此时的确正行走在这片土地。他又继续说：

"我的英雄事迹被公诸天下的时代将是多么幸运的时代、多么美好的世纪，值得镂刻在青铜上、铭刻在象牙上、雕刻在木板上，以保存于后世的记忆中。哦！睿智的魔法师！无论你是谁，讲述这桩旷世奇闻的运气注定会落到你头上！我请求你，不要忘记我的好罗西南多，未来无论坦途还是险路，它将是我永远的伙伴。"

紧接着，仿佛真的已经坠入爱河一般，他又吟诵道：

"哦！杜尔西内亚公主，俘获我这颗心灵的女主人！你将我斥离，固执地遣我不要出现在你的美貌面前，这让我痛苦万分！女主人啊，莫再忧虑伤神，请记住这颗被你俘虏的心，因对你的爱，它正在承受如此巨大的悲伤！"

就这样，他说着一连串的胡话，全是照着那些书里教的，竭力模仿其语气和语言风格，因此前进的速度极为缓慢。阳光很快就照了过来，其炙热程度足以融化他的大脑，如果他还有大脑的话。

几乎一整天他都忙于赶路，没有发生任何值得一提的事，对此他感到绝望，因为他十分渴望尽早遇见有人来证明一下自己强壮臂膀的力量。有些作者会说，他遇到的第一次冒险发生在拉比赛港，另一些作者则声称是大战风车。在这个问题上，我得以从拉曼查的地方志考证到，他游荡了一整天，直到傍晚时分，他和他的瘦马都已经又累又饿，饥肠辘辘，四处寻找有没有城堡或牧人的茅棚能够栖身，并且充充饥，解决一下需求。他看见离道路不远处有一家客栈，仿佛见到了指路的星辰。当然，在他眼中那不是客栈，而是亟待征服的城堡。他急匆匆地赶路，天擦黑时到达了那里。

正巧门口有两个年轻女子，就是那种被称为"讨生活"的风尘女，跟几个脚夫一起前往塞维利亚，那天晚上刚好在这家客栈过夜。对于我们的冒险家来说，他将一切所思所见或纯粹的想象都视为天意，而且会发生跟他读过的小说一样的情节，所以一看到客栈，眼前浮现的形象是一座城堡，有四个尖塔，塔尖银光闪闪，当然也少不了吊桥和深深的壕沟，以及这类城堡中往往都拥有的其他东西。

被他视为城堡的客栈越来越近，在距离不远的地方，他拉住了罗西南多的缰绳，等待着某个侏儒出现在城堞之间，吹响喇叭，示意有骑士抵达城堡。但是迟迟不见人影，罗西南多又着急想进院子，他只好走到客栈门口。那两个心不在焉的姑娘在他眼中是两位美丽的仕女，或可爱的贵妇，正在城堡门口散心。此时碰巧有一个养猪人正从一些已经收获完的庄稼地里赶猪猡（很抱歉提到这个不洁的名字[1]），为了把猪聚拢过来，他吹响了牛角，堂吉诃德立刻将其视为自己正在期待的信号：有个侏儒正在通报他的到来。于是，他欣喜异常地来到客栈和姑娘面前，姑娘们见迎面来了个全副武装的人，手持长矛和盾牌，吓得直往客栈里躲。堂吉诃德见她们奔逃，知道是因为害怕，便抬起卡纸做的护面，露出满是灰尘的干瘦脸庞，用文雅、柔和的嗓音对她们说：

"请你们不要逃走，也不必担心遭遇任何不轨之事。我信仰遵从骑士道，永远不会做出那样的事，更别提是对两位像你们这样姿容华贵、气度不凡的淑女。"

姑娘们盯着他上下打量，寻找那张被粗劣的帽檐遮住的脸，但是当听到来人称她们为"淑女"，而这个称呼跟她们的职业简直天差地别，忍不住笑了起来。这一笑却激怒了堂吉诃德，他严词说道：

"在美人身上都应保有与之相称的矜持，哈哈大笑实在过于放肆，尤其是为一点小事而失态。我说这番话，希望你们不要为此感到难过，或表现出悲伤，在下全心全意愿为二位效力。"

姑娘们听得莫名其妙，又看到我们的骑士那副尊容，笑得更厉害了，这令骑士更加恼羞成怒。如果不是此时店老板闻声而来，他

---

[1] 讽刺当时的习俗，在提到不雅字眼的时候要表示抱歉。

可能会大发雷霆。店老板很胖，因此显得和善。看到这全副武装的奇人，戴着匪夷所思的头盔，拿着长矛、盾牌和穿着紧身胸衣，店老板差点儿就跟姑娘们一样忍俊不禁了。不过慑于来人身上为数众多的武器，最后还是决定一本正经地回答他说："骑士阁下，如果您寻找栖身之所，我这家小客栈除了没有床以外，其他的设施都一应俱全。"

堂吉诃德本就将客栈视为城堡，如今见城堡的主人态度如此谦恭，便回答说：

"对我来说，城堡主人，随便有点什么就足够了，因为'武器即是华服，战斗只作等闲'[1]，凡此种种，莫不如是。"

店老板听堂吉诃德称呼自己为"城堡主人"，以为是因为自己看上去像正直高尚的卡斯蒂利亚人[2]。实际上他是安达鲁西亚人，而且来自圣卢卡海岸，论邪恶，他毫不亚于盗贼卡科斯，论狡黠也毫不逊色于顽童学子。于是他回答说：

"据此而言，坚硬的岩石就是您的卧榻，而不眠不休的守护就是您的睡眠。既然如此，您大可下马，毫无疑问您将在这座简陋的小屋找到一整年不睡觉的机会和场所，遑论一个夜晚。"

他一边说着，一边上前去扶住堂吉诃德的马镫，后者因为一整天粒米未进，艰难而吃力地下了马。

接着，他告诉店老板要精心照料他的马，因为它是世界上吃面

---

[1] 这是一首当时广为传唱的民谣，原文为"武器即是华服，战斗只作等闲；以坚硬的岩石为卧榻，以彻夜不休为睡眠"。堂吉诃德引用了前两句，店老板的回答中包含了后两句。

[2] "城堡主人"与"卡斯蒂利亚人"是同一个单词。

包的牲口里面最出色的。店老板看了看马,并不觉得它有堂吉诃德说得那么好,甚至不及他说的一半。在把马安顿到马厩以后,他又转回去看看客人有什么吩咐。姑娘们已经同堂吉诃德和解,正在帮他解下武器。护胸甲和护背已经拆了下来,但她们不知道该如何解开护颈,也没办法摘掉那扭曲变形的头盔。头盔用几根绿色的带子系着,上面打了死结,想要解得剪掉带子才行,可是堂吉诃德无论如何都不同意。没办法,他只得一整夜都戴着头盔,这简直是人类能够想象到的最好笑、最古怪的形象。就在姑娘们忙活的时候,堂吉诃德想象着,这两位正在帮他解下武器的风尘女子是城堡中尊贵的淑女名媛,便风度十足地对她们说:

堂吉诃德
在众骑士中拔得头筹。
他离开故土,
淑女名媛争相体贴呵护,
嬷嬷们对瘦马悉心照顾。[1]

"或者叫罗西南多,这是我爱驹的大名。我的女士们!堂吉诃德·德·拉曼查是在下的姓名。虽然在创下一番令人啧啧称赞的丰功伟绩之前,我本不想自报家门,不过因为《兰萨罗特》这首古老的民谣与现在的情形如出一辙,我只好在一切水到渠成之前向你们透露身份。将来愿供两位淑女随意驱遣,我将无不遵从,以双臂的

---

[1] 这是一首民谣,主人公是欧洲中世纪传说中的圆桌骑士之一朗萨罗特。这首民谣在整部小说中多次被引用,此处堂吉诃德化用了诗句。

力量证明自己为你们效劳的决心。"

姑娘们根本听不懂这番咬文嚼字的话，不知如何作答，只好问他要不要吃点东西。

"我吃什么都行。"堂吉诃德回答说，"实不相瞒，我也确实该吃点东西了。"

不巧那天正是周五斋日，整个客栈里除了几块鱼之外什么都没有。这种鱼在卡斯蒂利亚称为鳟鱼，在安达鲁西亚称为鳕鱼，有些地方叫长鳕鱼，还有些地方叫小鳟鱼。姑娘们问他吃不吃小鳟鱼，因为没有别的鱼供他享用。

"如果有很多小鳟鱼的话，"堂吉诃德回答说，"那就顶得上一条大鳟鱼了，就像给我八个零的雷阿尔跟给我一个整面值的八雷阿尔没什么区别。更不用说小鳟鱼很可能比大鳟鱼口感更好，正如小牛肉比普通牛肉更嫩，羔羊肉比普通羊肉更美味一样。无论如何，请尽快上菜吧。没有肠胃的支持，这沉重的职责和武器令人不堪重负。"

大家就在比较凉爽的客栈门口给他摆上桌子，客栈老板送来了一份草草腌渍、勉强煮熟的鳕鱼，以及一块跟他的武器一样又黑又脏的面包。他吃饭的样子实在令人捧腹，因为戴着头盔，即便把帽檐抬起来，也无法用自己的手将任何东西送到嘴里，只能请人给他递过去并放进嘴里，于是其中一位女士就替他代劳。但是到喂他喝酒的时候，大家又束手无策了，幸好店老板打穿了一根芦苇，把一端放进他嘴里，从另一端往里灌酒。

堂吉诃德耐心地忍受这一切不便，就为了不弄坏头盔上的绑带。正在这时，一位阉猪人来到客栈，一进门就吹响了自己的芦苇哨子，吹了四五次。这声音让堂吉诃德确信自己身处某个著名的城堡，人们正演奏音乐来招待他，而盘子里的鳕鱼正是鳟鱼，面包是精白面粉的，妓女们都是贵妇，店老板正是城堡主人，所有这一切都表明，他离家出走的决心和行为都正确无疑。唯独让他不安的是自己还没有被授予骑士封号，他认为，没有接受骑士荣誉就无法名正言顺地投身于冒险事业。

第三回
堂吉诃德受封为骑士的滑稽方式

被这个念头所困扰，堂吉诃德匆匆吃完了简陋的客栈晚餐，便叫来店老板，把他单独拉进院子里，在他面前跪下说：

"勇敢的骑士，我对您有一个请求，如果阁下您不肯仁慈地施恩于我，我就永远不站起来！这件事不但将使您受人称颂，也将造福整个人类。"

店老板看到客人跪在自己脚下，又听到这样一番话，完全摸不着头脑，一时张口结舌，手足无措。他坚持要堂吉诃德站起来，堂吉诃德却坚持不肯，直到他不得不表示答应任何请求。

"我的先生！我对您的慷慨寄予厚望，"堂吉诃德回答说，"因此我告诉您，我向您请求的、而您也已经慷慨应允我的恩赐，就是请您明天务必授予我骑士封号，今天晚上我将在您城堡的小教堂内为武器守夜。明天，正如我刚才所说，我将实现毕生夙愿，以便可以名正言顺地闯荡四方，寻找冒险，造福贫苦大众。这是骑士道的真谛，也是我辈游侠骑士的使命，我们的理想就维系于这样的伟大事迹。"

正如我们上文提到的，这位店老板也是个促狭人，他本就已经感觉这位客人有点疯疯癫癫的，听到这样一番请求便对此确信无疑了。为了当天晚上有借以取笑的谈资，他决定顺水推舟，便告诉堂吉诃德，他的所想所求都理所当然，他的抱负也是一位骑士天经地义应当追求的，从英武洒脱的外表就能看出，他是一位高贵的骑士。店老板还说，自己年轻的时候也曾同样投身于这种荣耀的生活，云游世界各地寻找冒险，去过马拉加的晒鱼场、港汉岛以及塞维利亚的康帕斯、塞哥维亚的乱岗子广场、瓦伦西亚的橄榄街、格拉纳达的内环路、圣卢卡海岸、科尔多瓦的马驹泉、托莱多的小酒店[1]，还有其他一些地方，仗着手脚灵便，干了不少伤天害理的事，让很多寡妇为之心碎，欺负过若干淑女，欺骗过不少孩童，最后，在几乎西班牙全境的法院和法庭上都臭名昭著。最终他金盆洗手，隐居在这座城堡，靠自己和他人的财产过活，用城堡庇护所有的游侠骑士，无论他们的品性和状态如何，这样做纯粹是出于欣赏，当然作为对他善意接待的回报，骑士们也会拿出钱财与他分享。

店老板还告诉堂吉诃德，这座城堡里的小教堂已经被拆掉并准备重建，无法供他守卫武器，不过他确信，在必要的情况下，可以在任何地方守夜。所以，当天晚上堂吉诃德可以在城堡的院子里守卫武器。第二天，愿上帝保佑，就可以举行适当的仪式授予他骑士封号，而且是全世界最名正言顺的骑士。

他问堂吉诃德有没有带钱，堂吉诃德回答说自己身无分文，因为从未在游侠骑士的故事里读到这一点：没有哪个骑士会随身携带银两。对此，店老板回答说此言差矣：故事中并未提及这一点，不过是因为作者认为带上钱和干净衬衣是一件显而易见、无须言明的

---

[1] 以上提及皆为当时西班牙各地流浪汉和不法分子聚集的场所。

事情，不应据此就认为大家都不带。相反，毫无疑问，小说里描写的所有游侠骑士都会把荷包塞得鼓鼓的，以应对可能发生的意外，同时还带着衬衣，以及装满软膏的小瓶子，用于治愈所受的创伤，因为在常常发生战斗的旷野和荒漠中，受伤以后并非总是有人来为他们治疗，除非有智慧的魔法师朋友能在这种时候赶来救治，或派遣某个少女或侏儒脚踩祥云送来一瓶神水。这种水只要喝上一滴，所有的溃疡和伤口都会立时痊愈，就好像从来没有受过伤一样。但是，如果没有这样的朋友，古老的骑士们都会确保自己的持盾侍从带着钱和其他必要的东西，比如用于疗伤的绷带和药膏。如果这些骑士没有侍从——这种情况并不常见——他们就把那些当作最要紧的东西装在鞍后一个隐蔽的褡裢里，从外面几乎看不出来，因为若不是为了应对此类情形，游侠骑士携带褡裢是不大合规矩的。既然自己很快就要为堂吉诃德册封，那么就有资格给他这番忠告，甚至可以要求他，从今以后，如果没有钱、没有上述的预防措施，就不要在外游荡。而且，说不定什么时候，堂吉诃德就会发现随身携带这些东西的好处。

堂吉诃德向店老板保证，会一字不差地按照他的忠告行事，于是店老板立即命令他在客栈旁边的一个院子里守卫武器。堂吉诃德收拾起所有兵器，安置在井边的水槽里，然后抱着盾牌，手握长矛，开始以优雅的姿态在水池前来回踱步，此时夜色渐浓。

店老板向客栈里所有人讲述了这位客人的疯狂举动，为武器守夜，以及将要举行的授予骑士封号的仪式。大家对这种疯劲都感到稀奇，便赶来远远地看热闹。只见堂吉诃德时而安静从容地踱步，时而倚着长矛注视着武器，久久不移开目光。夜已深了，月亮的光辉却足以与借予它光亮的太阳媲美，因此这位新手骑士的一举一动

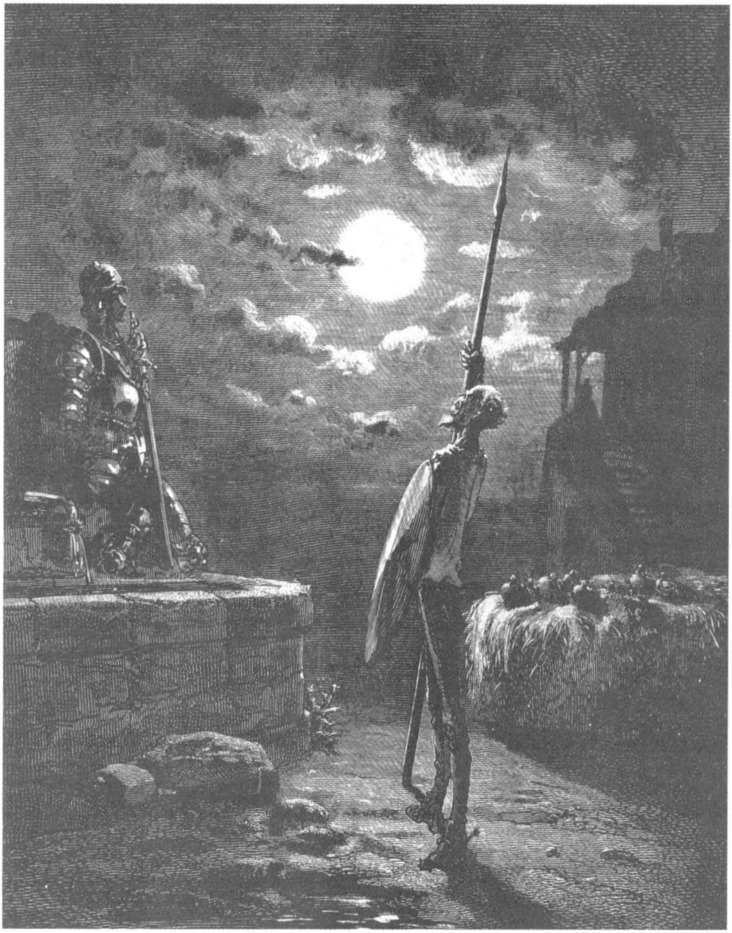

都被清清楚楚、一览无余地尽收眼底。这时,借宿在客栈的一位脚夫突然想起要给马匹喂水,这就必须把堂吉诃德的武器从水槽里挪开。堂吉诃德见他过来,大声喊道:

"咳,你!不管你是谁,胆大妄为的骑士,竟敢来动本人的武器!作为最勇敢的游侠,我从不吝惜自己的剑!瞧瞧你正在干什么,要是不想因为鲁莽送命的话,就别碰它们!"

脚夫毫不理会这些警告——如果他当时没有对此置若罔闻就好了,也不至于受一番皮肉之苦——相反,他抓着这些武器上的皮带,将它们扔得远远的。见此情形,堂吉诃德仰望天空,似乎陷入了沉思,心中默默想着他的杜尔西内亚小姐,吟诵道:

"拯救我吧!我的小姐!这颗对您千依百顺的心第一次遭受羞辱,在这第一个紧要关头,我不能失去您的恩宠和庇护!"

他一边口中念念有词,一边松开盾牌,双手举起长矛,重重地刺向脚夫的头部,将他打翻在地,身负重伤。要是当时堂吉诃德再来这么一下,脚夫连请大夫的麻烦都省了。做完这件事,堂吉诃德重又收拾好武器,像之前一样平静地踱步。过了一会儿,又来了另一个脚夫也想给骡子喂水——对之前发生的事他毫不知情,因为受伤的脚夫还在那里晕头转向——当他挪开武器腾出水槽的时候,堂吉诃德一言不发,也没有向任何人请求庇护,便再次松开盾牌,举起长矛,把这第二个脚夫的脑袋打开了花,就算不是支离破碎,至少也是裂成了四瓣儿,长矛却完好无损。听到动静,全客栈的人都跑了出来,客店老板也在其中。堂吉诃德见此情景,抱住盾牌,手执剑柄,说:

"哦!美丽的小姐,我这颗脆弱心脏的力量和生命之源!这位骑士的心灵早被您俘获,此刻他正严阵以待巨大的冒险,请您用尊贵的目光注视我!"

说完这番话,他仿佛受到了莫大的激励,即使全世界所有的脚夫都蜂拥而上,他也不会后退一步。伤者的同伴们得知这番遭遇,便从远处朝堂吉诃德扔石头,堂吉诃德用盾牌努力抵挡着石头雨,寸步不离水槽,以防武器失守。店老板大喊着叫大家住手:"我早就说过这人疯了,一个疯子,即便杀光了所有人,也照样逍遥法外!"堂吉诃德的嗓门比店老板更大,他骂所有人都是背信弃义的叛徒,指责城堡主人卑鄙无耻,竟然容忍他们以这样的方式对待一位游侠骑士,还说如果他当时已经接受了骑士封号,一定会因为这种卑鄙行径好好教训他们一番:

"至于你们,一群下流低贱的恶棍,我根本不把你们放在眼里!扔吧!上来吧!上来打我吧!尽管打!你们会亲眼看到为自己的愚蠢和放肆付出什么样的代价!"

这些话说得如此气势汹汹,使进攻的人群感到一阵恐慌。由于这通恐吓,再加上店老板的劝说,众人住了手,堂吉诃德也任由他们抬走了伤者,又跟之前一样若无其事地投入到守卫武器的任务中去。

店老板觉得这位客人的言行实在出格,便决定在发生更多的不幸事件之前,加快进程并立即授予他该死的骑士封号。他来到堂吉诃德面前,为那些卑鄙小人的无礼举动道歉,声称这些人竟然背着自己如此对待堂吉诃德,他们一定会为自己的胆大妄为而受到惩罚。他还告诉堂吉诃德,正如之前提到,城堡中没有小教堂,而根据他对骑士册封仪式的了解,余下的那些程序都是可有可无的,成为骑士的关键仪式在于颈部和背部接受击打,这个仪式完全可以在露天举行。至于守卫武器的义务,他早已完成,本来只要满两个小时就可以,而他已经守护了整整四个多小时。堂吉诃德对店老板的话深信不疑，并表示唯命是从，仪式完成得越快越好，这样如果在成为骑士后再受袭击，就可以将城堡内的人杀个片甲不留。当然，店老板命令赦免的人除外，出于对店老板的尊敬，他会放他们一马。

这位"卡斯蒂利亚人"被这番话吓了一跳，立刻拿来一个账本，那是用来记录脚夫们取用的大麦和秸秆等草料的，又叫一个男孩取来蜡烛，前面提到的两位姑娘也来了。店老板命令堂吉诃德双膝跪地，自己读着"祈祷书"，假装念念有词地做虔诚的祝祷，一边读，一边抬起手，对着堂吉诃德的脖子狠狠地打了一拳，并用剑在他背上重重拍了一下，嘴里一直没有停下嘟嘟囔囔的"祝祷"。做完这些，他让其中一个姑娘为他系上佩剑，姑娘壮着胆子，小心翼翼地照做了。虽然整个仪式的每一个环节都需要非常努力才能不笑出来，但是姑娘们见识过了这位新晋骑士的"英雄事迹"，所以一直强忍着。这位善良的小姐为他佩剑的时候说："愿上帝保佑阁下您成为非常幸运的骑士，不停地打胜仗。"

堂吉诃德问她叫什么名字，以便知道该向谁报答这赐福的恩情，他靠自己双臂的勇气将会获得的荣耀，她日后便知。姑娘非常谦卑地答道，自己名叫多罗萨，是托莱多一位修鞋匠的女儿，住在桑却·别亚那的小铺子里，不论身在何处都愿为他效劳并奉他为主人。堂吉诃德回答说，请她发发慈悲，从今往后在名字前加上尊号"堂娜"二字，自称为堂娜·多罗萨，算是对他的怜悯。姑娘依言允诺。另一个姑娘为他穿上了靴刺，堂吉诃德也与她进行了跟前一位捧剑姑娘几乎一模一样的对话。他问她的姓名，得到的回答是茉莉奈拉，是安特盖拉一位本分的磨坊主的女儿。堂吉诃德也同样请求她在名字前面加上"堂娜"，自称为堂娜·茉莉奈拉，并向她许诺效劳。

就这样，这场史无前例的仪式迅速完成，草草收场。堂吉诃德不顾时辰，迫不及待想骑上马背去寻找冒险，便再不耽搁，给罗西南多备好鞍，翻身上马，拥抱了客店老板，对他说了一通奇谈怪论，感谢他让自己成为受封骑士，大恩大德，感激不尽。店老板见他终于出了客栈，用简短却同样文绉绉的话作答一番，连店钱都没要，便送瘟神般赶紧让他离开了。

第四回
我们的骑士离开客栈后的遭遇

天刚拂晓，堂吉诃德满心欢喜地离开客栈，因受封为骑士而洋洋自得，兴奋得差点连马肚带都勒断了。但是他想起店老板关于随身携带的必要物资，尤其是钱和衬衣的忠告，便决定回家一趟，充实自己的装备，再找个持盾侍从。他打算雇一个来自邻近村庄的农夫，最好是家境贫寒、有儿有女，又乐意投身于骑士侍从这项事业的。这样想着，他便掉转罗西南多的头往自家村庄的方向去，而所谓老马识途，罗西南多也难免恋家，便开始脚不沾地般迫不及待地往前跑。

没走多远，他似乎听见右手边密林深处传来几丝微弱的声音，仿佛有人正在呻吟。一听这个动静，他立刻对自己说："感谢上天对我的仁慈，这么快就把大好机会摆到我面前，让我能够履行这项事业的义务，并借此采撷崇高理想结出的果实。毫无疑问，这些呻吟出自某个受苦受难的男人或女人，正急需我的拯救和帮助。"

于是他回转马头，让罗西南多朝着声音传来的方向走去。刚进树林没多远，就看见一匹母马拴在一棵栎树上，另一棵栎树上则绑着一个十五岁左右的男孩子，光着上半身。他就是发出哭喊的人，

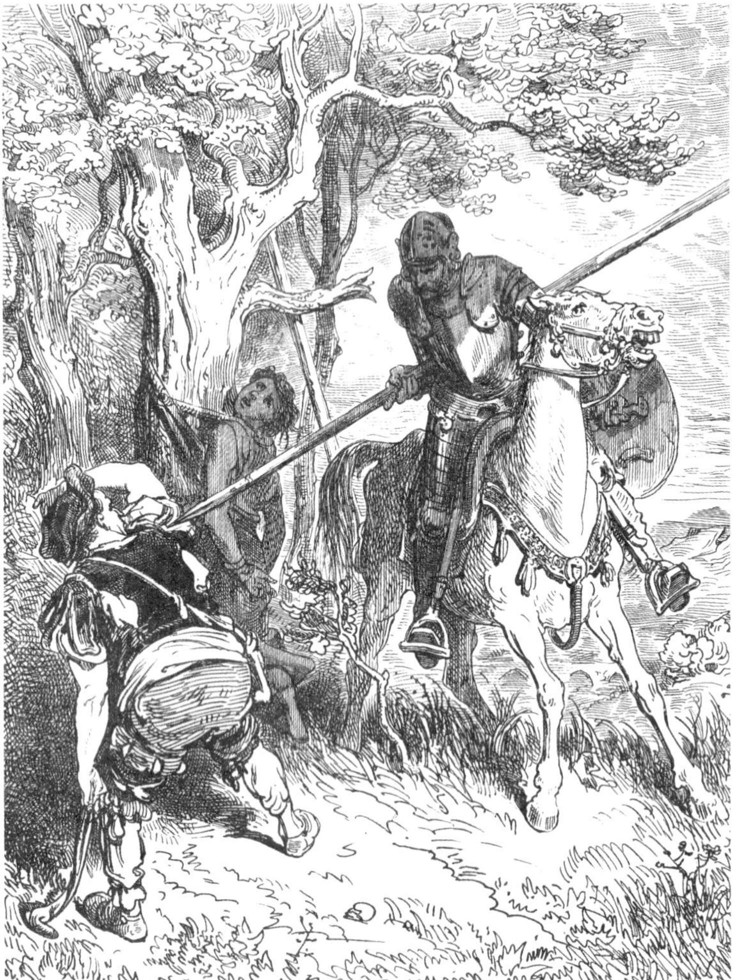

而且这呻吟也并非无缘无故,因为一个身材高大的农夫正在用皮鞭狠狠地抽打他,每打一下就训斥一句。只听他说:"有没有点眼力见儿?还那么多废话!"

男孩回答说:"我再也不敢了!我的老爷!看在上帝的分上,我再也不敢了!我发誓从今往后会好好照料羊群。"

堂吉诃德看到这一幕,愤怒地喊道:"无礼的骑士!欺负一个没有反抗能力的人不是君子所为!骑上你的马,举起你的长矛。"——农夫正巧有一把长矛斜倚在拴马的栎树上——"我会让你明白,自己所做的一切都是懦夫所为!"

农夫看到这个全副武装的怪人劈头盖脸冲上来,朝自己脸上挥动着长矛,吓得半死,好言好语地回答说:"骑士先生,我惩罚的是自己的仆人,他负责替我在这一带照看绵羊,却疏忽大意,每天都丢一只羊。我因为他的疏忽,或者说他的罪过而惩罚他,他却反咬一口说我是因为吝啬,为了赖掉欠他的工钱。我以上帝和自己的灵魂起誓,他在撒谎!"

"他怎么会在我面前撒谎?你这卑鄙的恶棍!"堂吉诃德说,"看在普照众生的太阳的分上,我要用这把长矛将你洞穿!别再抵赖,立刻付钱给他,否则,看在主宰一切的上帝的分上,我现在立刻就结果了你!快替他松绑!"

农夫低下头,一言不发地解开了仆人。堂吉诃德问男孩,主人欠他多少钱。男孩回答说,一共九个月,每个月七个雷阿尔。堂吉诃德算了一下,一共是七十三[1]个雷阿尔,便对农夫说,如果不想为此

---

[1] 第一版原文如此,已无法考证塞万提斯是笔误还是有意如此,后来的版本都改成了正确的六十三雷阿尔。

送命就立刻付清。胆战心惊的农夫回答说,虽然自己一直手头拮据,但是按照他刚刚发的誓——实际上他并没有立下任何誓言——欠下的工钱没有那么多,其中得扣除他给男孩的三双鞋,这理应由男孩自己承担,还有他生病的时候做了两次放血治疗,花了一个雷阿尔。

"这没问题,"堂吉诃德回答说,"但是你平白无故抽打他,就抵了鞋子和放血治疗的账。要说他穿破了你买给他的鞋子,可你也打破了他的肉皮;要说他生病的时候,你请理发师给他放了血,可你也在他健康的时候打得他皮开肉绽。所以在这一点上他不欠你什么。"

"真不巧,骑士先生,我身上没带钱。安德雷斯,你跟我回家吧,我会一块钱一块钱地付钱给你,一个子儿也不少你的。"

"我跟他走?"男孩喊道,"绝对不行!不,先生,想都别想!因为等您一走,他会像对圣巴多罗买[1]一样剥了我的皮!"

"他不会的,"堂吉诃德说,"只要我下命令,他一定会遵守。而且只要他以受封的骑士道向我起誓,我会放他自由离开,也可以担保他付工钱给你。"

"瞧您说的,阁下!"男孩子说,"我的主人不是骑士,也没有什么骑士道的封衔,他是富翁胡安·阿尔杜多,家住琴塔纳尔。"

"这无关紧要,"堂吉诃德回答说,"阿尔杜多家也可以出骑士。再说了,英雄不问出身,只看功绩。"

"这句话没错,"安德雷斯说,"但是我这位主人,他有哪门子功绩?赖我工钱,不承认我的汗水和劳动?"

"我不赖,安德雷斯兄弟,"农夫回答说,"但是麻烦您移步跟我

---

[1] 圣巴多罗买,耶稣十二门徒之一,被斩首剥皮,倒钉在十字架上。

来，我以全世界所有的骑士道发誓，一定付你工钱！就像我刚才说的，一个子儿一个子儿地付清，还熏得香喷喷的。"

"熏香就免了，"堂吉诃德说，"用雷阿尔支付给他，做到这点我就满意了。你必须履行你的誓言，否则，我以相同的名义起誓，一定会回来惩罚你！哪怕你藏得比壁虎还严实，我也能把你找出来。如果你想知道是谁在对你发号施令，以便更加正式地负有践行诺言的义务，你听着：我就是除暴安良、伸张正义者——英勇的堂吉诃德·德·拉曼查！愿上帝与你同在，不要让你的誓言成为谎言，否则我一定按照刚才所说的来惩罚你。"

说着，他拍了拍罗西南多，迅速离开了。农夫目送着他绕过树林，不见了踪影，才转向安德雷斯，并对他说："过来，我的孩子，我打算听从那位见义勇为的好汉的吩咐，还清欠你的东西。"

"我发誓！"安德雷斯说，"阁下您遵从那位好心骑士的吩咐一定是英明正确的，骑士万岁！他既英勇又公正，好像罗克[1]再世，要是您不付我钱，他还会回来的！他一定会说到做到。"

"我也发誓，正是如此。"农夫说，"不过，我实在太爱你了，想多攒点儿欠债，好多攒点儿该付你的钱。"

他抓住男孩的胳膊，重新将他绑在栎树上，用鞭子把他打得死去活来。

"现在，安德雷斯先生！"农夫说，"大声呼唤你那位除暴安良的勇士吧！看看他会不会挺身而出制止这桩暴行。不过恐怕这还不算完，我真想活剥了你的皮！你不就是怕这个吗？"

---

[1] 罗克（1295—1327），法国人，以主持公道著称，死后被追封为圣徒。

但最后农夫还是把男孩解了下来,并由着他去找那位打抱不平的恩人来主持公道。安德雷斯遍体鳞伤地走了,发誓要找到英勇的堂吉诃德·德·拉曼查,并把刚才的事情一五一十地告诉他,让农夫加倍偿还。就这样,他哭着走了,主人却哈哈大笑。

这就是我们英勇的堂吉诃德惩奸除恶的经过。他对刚刚发生的事情志得意满,认为这件事赋予了自己的骑士生涯一个幸福而崇高的开端。他洋洋自得地朝自己的村子走去,低声自言自语道:

"在当今世上的芸芸佳丽中,你可算是幸运的,哦!杜尔西内亚·德尔·托博索,美人中的翘楚!你值得拥有这样的好运:像堂吉诃德·德·拉曼查这样的骑士,无论现在还是将来,英勇的名声必将传遍世界,却被你深深吸引并臣服于你的意志和情绪。众所周知,他昨天刚刚受封为骑士,今天就已对无理和残暴所犯下的最大的凌辱和伤害打抱不平!今天我从那个冷酷无情的敌人手中夺下了皮鞭,因为他竟无缘无故鞭打一个瘦弱的孩子!"

这时他来到一个十字路口,立刻把它想象成游侠骑士通常驻足思考该何去何从的紧要关头。为了效仿前贤,他驻足片刻,经过深思熟虑,决定放开罗西南多的缰绳,将选择权交给这匹瘦马。马儿当然是受直觉的驱使,奔向自己的马厩。

走出大概两米亚[1]路,堂吉诃德遇到一队人马,据他后来得知,是一群前往穆尔西亚购买丝绸的托莱多商人。一行共六人,都打着遮阳伞,另外还有四个骑马的用人和三个牵骡的小伙子。堂吉诃德一看到他们,立即认为这是一次新的冒险。为了尽可能模仿在小说

---

1 "米亚"是古代西班牙使用的"罗马里",约合 1.375 公里。

中读到的遭遇，他觉得这正是天赐良机，得以实现其中的一件。于是，他以英勇潇洒的姿态稳稳地踩在马镫上，手按长矛，把盾牌护在胸前，来到大路中间，等待那些游侠骑士的到来——他已经确信对方的游侠骑士身份了。当这群人来到能看清楚他并听到他说话的距离，堂吉诃德提高了嗓门，神气十足地说："全都不许动！除非你们所有人都承认，全世界没有比拉曼查女王、举世无双的杜尔西内亚·德尔·托博索更美丽的女子！"

商人们听到这番话，停下了脚步，打量着这位说话的怪人。从他的外表和刚才那番话，他们立刻判断出此人颇有些疯癫，不过还是打算耐着性子，看看他提出这个要求究竟是怎么回事。其中一个好开玩笑、说话又风趣的商人说："骑士先生，我们不认识您说的这位大美人。请让我们一睹芳容，如果她真的像您所说的那么美，无须您催促，我们也会心甘情愿地承认这个事实，正如您要求的那样。"

"如果让你们见到她，"堂吉诃德回答说，"相当于要你们承认一桩本就显而易见的事实，那还有何意义？重要的是，即使没有亲眼所见，你们也必须相信、承认、确信、发誓并捍卫她的美貌，否则就是与我为敌！你们这群狂妄自大的乌合之众！你们可以按照骑士道的规矩，一个个上来跟我单打独斗，也可以按照你们的陋习一哄而上，我就在这儿等着！我相信自己代表着正义！"

"骑士先生，"商人反驳说，"要承认一件从未见过也从未听说过的而且不利于阿尔卡利亚和埃斯特雷马杜拉女王和王后们的事情，我们未免良心不安。以在场各位亲王的名义，我恳求阁下您开恩，给我们看一下这位女士的画像吧！哪怕是谷粒大小的呢，即便是管中窥豹，我们也心满意足，并且对得起自己的良心，阁下您也遂了心愿。而且我认为，我们内心非常乐意支持您的观点，就算您向我们展示的肖像有一只眼睛是瞎的,另一只眼睛流着红铅和硫的脓水,为了讨您欢心,无论如何我们都会顺着您的心意,说任何您想让我们说的话。"

"她眼睛不流脓!你这无耻的恶棍!"堂吉诃德气得火冒三丈,"我告诉你,她才不像你说的那样流脓,而是散发着琥珀和丝绸包裹的麝香!她既不瞎,也不瘸,更不驼背,反而比瓜达拉马的纺锤还要挺拔。你亵渎了非凡的美人,她就如同我的女王,你得为所说的话付出代价!"

说着,他举起长矛,猛地刺向刚才说话的人。此怒非比寻常,要不是命运发了善心,让罗西南多半路上绊倒摔了一跤,这个出言不逊的商人定难逃此劫。罗西南多这一摔,主人在地上滚出老远。当他想站起来的时候,却怎么也办不到了——长矛、盾牌、马刺、头盔,这些古老的武器像是有千斤重,让他出了大洋相。他挣扎了半天也动弹不得,便喊道:"你们别跑!胆小鬼!缺德鬼!你们等着!倒在地上可不是我的错,是我的马不好!"

那帮商人带了一个牵骡的年轻人,本就心术不正,听到地上这个倒霉蛋说话如此狂妄,忍不住朝他的肋骨揍了几下,又捡起长矛折成好几段,拿起其中的一段朝着我们的骑士一顿暴打,以至于尽管后者穿着铠甲,全副武装,也被打得像碾过的稻谷一样。商人们劝他手下留情,不要再打了,但小伙子打得兴起,不肯停下这个游戏,直到把一腔怒火都发泄出去,最后又捡起长矛的其他碎片,全都揉碎了扔在倒地不起的可怜虫身上。而堂吉诃德,尽管棒子如暴雨般落到身上,嘴里也不肯闲着,咒天咒地,咒骂这群歹徒——他自然把他们看作歹徒了。

小伙子打累了,商人们继续上路,一路上谈论着这个挨揍的可怜虫。堂吉诃德见四下无人了,便再次尝试站起来。然而,在活蹦乱跳时都办不到的事,现在遍体鳞伤、奄奄一息,又怎么可能做到?可他竟然几乎要以此为乐了,因为在他看来,这正是游侠骑士们独有的不幸,一切都归咎于这匹劣马。他浑身疼痛,怎么也站不起来。

第五回
继续讲述我们这位骑士的不幸遭遇

眼看实在动弹不得,他决定求助于一贯使用的办法,就是想想书中的某一桥段。在疯狂中,他回忆起巴尔多维诺被卡尔洛托伤于密林之后与曼图亚侯爵的对话。这是一个妇孺皆知的故事,年轻人耳熟能详,老人们不但津津乐道,而且还深信不疑。但无论如何,其真实性不会比穆罕默德的奇迹更可靠。他觉得当时的情境与此情此景如出一辙,便忍着巨大的疼痛,开始在地上打滚,并气若游丝地吟诵起受伤的骑士在树林中所念的词句:

我的夫人,你在哪里?
为何对我的痛苦无动于衷?
夫人!你若非不明就里,
便是虚情假意,作哑装聋!

就这样,他一直唱着这首歌谣,直到这两句:

哦!尊贵的曼图亚王侯!

我的舅舅，至亲骨肉！

无巧不成书，他唱到这句的时候，正好一个同村的农夫从那儿路过。这人是堂吉诃德的邻居，刚送了一车麦子去磨坊，看到有个人躺在地上，就上前来问他是谁，出了什么事，为什么这样痛苦呻吟。堂吉诃德确信这就是他的叔叔曼图亚侯爵，于是，他不但不回答农夫的问题，反而继续吟唱着长诗，叙述自己的不幸遭遇，甚至讲到国王的儿子与王后的私情，与民谣所述一句不差。

农夫听到这些疯言疯语惊呆了。他取下堂吉诃德被打得支离破碎的帽檐，给他擦了擦满是灰尘的脸，还没擦完就认出了他。

"吉哈达先生！"由此可知这就是堂吉诃德理智尚存、还未从稳重的绅士变成游侠骑士时的名字，"是谁把阁下您折腾成这般模样？"

无论他怎么问，堂吉诃德只顾一个劲儿地吟诵长诗。这位好心人无可奈何，只好费力地替他除下胸甲和护背，检查一下身上有没有伤口，所幸既没有流血，也没有伤痕。农夫努力把他从地上扶起来，又费了好大的劲儿把他扶上自己的毛驴，因为觉得毛驴比那匹瘦马更稳当些。他捡起一地的武器，连长矛的碎片都没落下，一并绑在罗西南多身上，然后抓住它的缰绳和毛驴的笼头朝村里走去，一头雾水地听着堂吉诃德喋喋不休的胡话。堂吉诃德愁容满面，身上疼得几乎都没法在驴背上坐稳，却还时不时地仰天长叹几声，惹得农夫不得不再三问他哪里不舒服。与当下的遭遇相呼应，仿佛是魔鬼又勾起了他对于其他故事的回忆：这时他已经把巴尔多维诺抛到脑后，转而想起了摩尔人阿宾达拉埃斯被安特盖拉的长官罗德里格·德·纳尔瓦埃斯俘虏并押往要塞的那一段。所以当农夫再次询问他怎么样，感觉如何时，他便原原本本地引用那位格拉纳达穆斯林王国的名门之后被俘时对罗德里格·德·纳尔瓦埃斯所说的一番话，跟霍尔赫·德·蒙特马约尔的作品《狄安娜》一字不差，他正是在这本书中读到这个故事的。堂吉诃德如此一本正经地说出连篇的胡话，把农夫气得咒天咒地。他心下明白这个邻居一定是疯了，于是加快步伐赶回村子，好早点摆脱堂吉诃德这些滔滔不绝又令人厌烦的疯言疯语。

"罗德里格·德·纳尔瓦埃斯阁下，您要知道，"堂吉诃德继续说，"我所说的这位美丽的哈里发[1]如今就是可爱的杜尔西内亚·德尔·托博索，为了她，我过去、现在和将来都会做出一番惊天动地的骑士事业，不但是全世界闻所未闻的，而且将前无古人、后无来者。"

对此农夫回答："您瞧啊，先生，我的老天！我不是堂罗德里格·德·纳尔瓦埃斯，也不是什么曼图亚侯爵，我是您的邻居佩德罗·阿隆索。阁下您既不是巴尔多维诺，也不是阿宾达拉埃斯，而是尊敬的绅士吉哈达先生。"

"我知道我是谁，"堂吉诃德回答说，"而且我知道自己能做到，不只是刚才提到的这些，连法兰西十二骑士[2]和九大豪杰[3]都不在话下，他们所有人的英雄事迹加起来也敌不过我的。"

伴随着这样的对话，他们在黄昏时到达了村子。为了不让人们

---

1 引用的小说《狄安娜》中的人物，上文提到的摩尔人阿宾达拉埃斯的情人。
2 法兰西十二骑士，曾跟随查理曼大帝东征西讨，他们的事迹多发生在基督教国家与中世纪入侵欧洲的阿拉伯人的战争中，夹杂了很多有关神话、魔法和爱情的故事。
3 "九大豪杰"指《圣经》人物约书亚、大卫、犹太·马加比，希腊传说中特洛伊将领赫托尔，以及历史人物亚历山大大帝、恺撒大帝、亚瑟王、查理大帝和第一次十字军东侵的将领格多弗尔·德·布永。

看到这位绅士遍体鳞伤的狼狈样,农夫又刻意拖延了一会儿,等待天色稍暗。当他觉得差不多是时候了,便进村直奔堂吉诃德家,发现他家一片混乱,村里的神父和理发师都在,他们都是堂吉诃德的好朋友,女管家正对着他们大声嚷嚷:

"佩罗·佩雷斯硕士先生(这是神父的名字),关于我家老爷这件倒霉事儿,阁下您怎么说?他已经失踪了三天,连同瘦马、盾牌、长矛和所有武器。我怎么这么命苦!我敢肯定,就跟人生来就得死一样肯定,他有那么多浑蛋的骑士小说,而且总是看个不停,一定是看得脑筋错乱了!这会儿我想起来了,我听见他自言自语过好多次,说要当个游侠骑士,到世界各地去冒险。快把这些书扔了,扔给撒旦也好,巴拉巴斯也好,它们让拉曼查最聪明的脑瓜子变成了没脑子!"

堂吉诃德的外甥女也连声附和,还补充说:

"您要知道,尼古拉斯师傅(这是理发师的名字),我这位舅父先生经常夜以继日、不眠不休地钻研那些尽写倒霉事的恶魔般的书籍,最后把书一扔,拔出剑来往墙上乱砍一气,等到筋疲力尽,便声称自己杀死了四个铁塔般的巨人。累出的一身汗,他非说是战斗中受伤流的血。接着一口气喝掉一大罐冷水,就恢复到平静如常,他说那水是他的好朋友、人见人爱的智者埃斯基非[1]送来的无比珍贵的饮品。这一切都是我的错,我没有及时把舅父的胡言乱语告知二位阁下,以至于你们没能在事情发展到如此地步之前及时采取措施,烧掉那些离经叛道的书。那些书很多都活该遭到火刑,就像异

---

[1] 应为阿尔吉非,骑士小说中常提到的魔法师。

教徒一样。"

"我也是这么认为的,"神父说,"的确,对这些书进行公审一事刻不容缓,将它们付之一炬,以防再有人重蹈我这位好友的覆辙。"

这番对话被农夫和堂吉诃德听了个明明白白,农夫这才知道这位邻居的病根在哪里。于是,他高声喊道:"快给巴尔多维诺先生和曼图亚侯爵先生开门!他受了重伤,还有安特盖拉的长官堂罗德里格·德·纳尔瓦埃斯擒获了摩尔人阿宾达拉埃斯先生!"

所有人都闻声赶来。当他们看到自己的朋友、主人或舅父在驴背上动弹不得时,全都跑上去拥抱他,他却说:"都免了吧,我伤势不轻,都怪那匹马。把我挪到床上去,另外如果可能的话,请把女魔法师乌尔干达[1]叫来,让她检查并照料我的伤口。"

"您瞧瞧吧,倒霉催的!"这时候女管家说,"老爷犯的什么毛病,是不是被我说中了!您赶紧上去吧,就算那位什么胡干达不来,我们也会照料您。该死的!我说得没错,说一百次一千次也没错,就是那些骑士小说让您落得这般下场!"

大家赶紧把他挪到床上,检查他全身,却并没有一处伤口。而据他自己说,不过就是浑身疼痛,因为在跟十多个野人打仗的时候,从罗西南多背上重重地摔了下来,那些可是整个地球上能够找到的最凶恶、最勇猛的野人。

"得,得!"神父说,"还有野人出来张牙舞爪?对着十字架发誓,明天天黑之前我就把他们统统烧死!"

大家向堂吉诃德提了无数问题,可他一个也不肯回答,只要求

---

[1] 骑士小说中常提到的女魔法师,阿尔吉非的妻子。

吃点东西睡一觉，对他来说这是最重要的事。大家都照办了。送他回来的农夫一五一十地向神父讲述了发现堂吉诃德的经过，没有一点遗漏，包括发现他时和带他回来的路上他说的那些胡言乱语。这让硕士先生更加坚定了决心，打定主意第二天就把事情办妥。他叫上他的朋友、理发师尼古拉斯师傅，两人一同赶到了堂吉诃德家。

第六回
神父和理发师在我们天才绅士的书房里进行的风趣而严肃的审查

堂吉诃德还在熟睡。神父和理发师向他的外甥女要了钥匙，好打开那个存放着伤天害理书籍的房间，而她对此求之不得。所有人都进了房间，连女管家也来了。只见一百多本大部头的书摆放得井井有条，还有一些小一点的书。女管家一看到这些，撒腿跑出了房间，很快端来一碗圣水和一把圣水掸洒器，说："拿着，硕士老爷，好好洒洒这个房间，保不齐这些书里众多的鬼怪有哪个就躲在这儿，知道我们想要把他们从这世上赶走送进地狱，说不定打算兴风作怪惩罚我们。"

女管家的傻话把硕士先生逗笑了，他吩咐理发师把书一本一本递给他，看看到底都是什么内容，因为有可能会发现有些不该烧掉的。

"不，"外甥女说，"没有理由放过任何一本，因为所有的书都是罪魁祸首。最好把它们从窗口扔进院子，堆成一堆，放把火烧了，要不就扔进牲口棚，在那儿点一堆篝火，这样不至于弄得烟雾弥漫。"

女管家连声附和，这两人一心盼着把这些无辜的书处以极刑。

神父却不敢苟同，至少要看一下书名。尼古拉斯师傅递到他手中的第一本书是《阿马蒂斯·德·高卢四卷本》，神父说："真是件神奇的事，我听说这是第一部在西班牙出版的骑士小说，后来的作品都与它脱不了渊源。因此我认为，正如对待邪教的教派创始人一样，应该不需要任何理由地将它投入火堆。"

"不，先生，"理发师说，"我还听说，它是所有此类小说中写得最好的一本，因此作为这种技艺独一无二的成就，应该得到宽恕。"

"你说得没错，"神父说，"出于这个理由我们暂且放过它。来看看它旁边那本。"

"是——"理发师说，"《埃斯普兰蒂安的丰功伟绩》，阿马蒂斯·德·高卢的合法儿子。"

"不过事实上，"神父说，"对儿子不必像对父亲一样优待。拿着，管家太太，打开窗户，将它扔进畜栏，点上那堆势在必行的篝火吧。"

女管家欢天喜地地照做了。于是杰出的埃斯普兰蒂安飞奔向畜栏，耐心地等待着将要把它毁灭的火焰。

"继续吧。"神父说。

"接下来这本，"理发师说，"是《阿马蒂斯·德·希腊》，我猜这一侧所有的书都是阿马蒂斯家族系列。"

"那么全都扔进畜栏吧。"神父说，"只要能烧掉平提钦涅斯特拉女王，牧人达利耐尔和他的牧歌，还有作者那着了魔一样颠三倒四的语句，哪怕我的亲生父亲打扮成游侠骑士，我也连他一同烧掉。"

"我也这么想。"理发师说。

"还有我。"外甥女补充道。

"这就得嘞，"女管家说，"来吧，我把它们统统都扔到畜栏里去!"

他们把书递给她,因为太多了,她懒得爬楼梯,直接从窗口扔了下去。

"那本大部头的书呢?"神父问。

"这本是——"理发师回答说,"《堂·奥利韦德·德·劳拉》。"

"这本书的作者还写了《鲜花之园》,"神父说,"事实上我也无法确定这两本书里哪一本更加真实一些,或者更确切地说,哪一本谎言少一些。我只能说,畜栏将是这本书的归宿,因为它既胡言乱语又傲慢无礼。"

"接下来这一本是《弗罗里司马尔特·德·伊尔卡尼亚》。"理发师说。

"弗罗里司马尔特先生也在其中?"神父问道,"那么毫无疑问他很快就得到畜栏里去休息了。虽然他的出身堪称传奇,冒险也如梦似幻,但书的风格生硬而贫瘠。管家太太,把它扔畜栏去吧,还有另外这本也是。"

"非常乐意效劳,我的先生!"她回答说,然后高高兴兴地去执行这个任务。

"这个是《骑士普拉提尔》。"理发师说。

"这可是本老书,不过我看不出里面有什么东西值得被网开一面。跟其他的一起扔了,跟它们做个伴儿吧,该判决不容申辩。"

判决立即执行。他们打开另一本书,书名是《十字架骑士》。

"这本书的标题如此神圣,倒可以原谅它的无知。不过俗话说,十字架后面藏着魔鬼。也扔火堆里吧。"

理发师拿起另一本书,说:"这本是《骑士道典范》。"

"这书我很了解,"神父说,"里面有雷纳尔多·德·蒙塔尔班先生跟他的朋友们，比卡科斯还要强盗，还有十二骑士，再加上真正的历史学家图尔平[1]。事实上我想顶多给他们判个终生流放，甚至是因为其中有一部分是著名的马太奥·博雅尔多[2]虚构的情节，而且基督教诗人卢多维科·阿里奥斯托[3]也从中汲取过灵感。而这本书，如果我发现它使用的是母语之外的任何语言，对它都不会存有一丝敬意，但如果是用它自己的语言写成的，我向它脱帽致敬。"

"我手里这本是意大利语的。"理发师说，"不过我看不懂。"

"这书大家都能看懂也不好。"神父说，"在这件事情上，我们应该原谅把它带到西班牙并翻译成西班牙语的某位上尉[4]，虽然翻译使它失去了很大一部分原有价值——所有企图把诗句转换成另一种语言的尝试都有同样的缺陷，无论多么小心翼翼，无论表现出多么高超的技巧，永远也达不到这些诗句在原生时的高度。实际上这本书和所有那些被传阅的、做此尝试的法国书籍，都该扔进枯井里保存起来，直到有一天人们能就如何处置它们达成更好的一致，除了有一本《贝尔纳多·德尔·卡尔皮奥》，我看这里也有，还有一本叫《隆塞斯山谷》，这两本要是落到我手里，肯定立马转给管家太太，然后递到火堆里，没有任何迟疑。"

理发师对此表示完全同意，并认为神父的话精辟而准确，因为

---

1 图尔平，查理曼大帝时代法国兰斯城大主教，17世纪中叶有人假借他的名义出版了一部有关查理曼大帝的历史书，内容多为杜撰，故此处为反讽之语。

2 马太奥·博雅尔多（1441—1494），意大利诗人，代表作包括《热恋的奥尔兰多》。

3 卢多维科·阿里奥斯托（1474—1553），意大利诗人，代表作包括《疯狂的奥尔兰多》。

4 指赫洛尼莫·乌列阿，他将《疯狂的奥尔兰多》翻译成西班牙语。

他知道神父是一位杰出的基督徒，而且是如此热爱真理，即使拿全世界跟他交换，他也不会说假话。于是他又打开一本书，叫《帕尔梅林·德·奥利瓦》，旁边另一本的书名叫《帕尔梅林·德·英格兰》，神父硕士看到了，说：

"这位奥利瓦应该立刻撕成碎片然后烧掉，连灰烬都不留，而那本《帕尔梅林·德·英格兰》却值得被当作独一无二的珍品来保存，就像亚历山大从大流士手里抢来的战利品中，有一只盒子被用来保存诗人荷马的作品一样，应该照着那个式样专门为它再做一个盒子。这本书，老兄，它的名声和权威来自两个原因：其一，书本身写得很好；其二，作者是一位伟大的葡萄牙国王。米拉瓜尔达城堡所有的冒险都堪称绝妙，笔法高超，文风优雅简明，非常注意保持人物与语言之间的对应，用词恰如其分而见识不凡。我说，尼古拉斯师傅，要是你同意的话，除了这本和《阿马蒂斯·德·高卢》可以免于火刑之外，就把其他所有的书都烧了吧，不必再多费思量。"

"不，老兄，"理发师反对说，"我现在拿着的是著名的《堂贝利亚尼斯》。"

"那本书，"神父回答说，"第二、第三、第四部分，有必要来点大黄给泄泄火，关于拉法玛城堡的那部分也得去掉，还有其他一些重大失误，为此可以判它缓刑，等它修订之后，才能判决对此作出宽恕还是责罚。在此期间，老兄，你就把它收藏在家，但是不要让任何人读它。"

"很乐意效劳。"理发师回答说。

神父不想再劳心费力地一本本检视，便命令女管家把所有的大部头书都收拾起来，扔到畜栏去。女管家对这个吩咐毫不装聋作哑，反而满心欢喜。虽然书那么庞大沉重，而布是那样轻薄，她却宁可去烧书而不是去织布。她恨不得一下抱起八本从窗口扔下去，但是因为一次抓起太多，有一本掉落在理发师的脚边，他随手翻开看看这是谁的书，见上面写着《著名骑士提朗特·埃尔·布兰科的故事》。

"上帝啊！"神父大声惊叫起来，"这里居然有提朗特·埃尔·布兰科！老兄，给我吧，这就像是发现了快乐和消遣的宝藏！这里面有英勇的骑士堂吉列雷森·德·蒙塔尔班，还有他的兄弟托马斯·德·蒙塔尔班，还有冯塞卡骑士，以及勇敢的提朗特跟獒犬的恶斗、'我的幸福源泉'小姐的机智、'安闲'寡妇的情事和谎言，还有皇后娘娘爱上了侍从依波利托。我向您保证，老兄，在同类风格的作品中，这部是全世界最好的。这里面骑士们也一样吃饭、睡觉、在床上死去，临死前也一样准备遗嘱，还有其他很多这类书中都缺少的东西。但即便如此，我告诉你，印刷这本书的人虽然不是刻意做下这些荒唐事，也该被罚终生去服划船苦役。把它带回家，读一读，你会看到我说的都是真的。"

"我一定照做。"理发师说，"不过还有剩下的这些小书，该如何处置？"

"这些，"神父说，"应该不是骑士小说，而是诗歌。"

他翻开其中一本，是霍尔赫·德·蒙特马约尔所著的《狄安娜》。他推测其他也都是同类书籍，便说："这些不该像其他的书一样烧掉，都是些聊以消遣的书，对他人没有损害，不像骑士小说那样贻害世人，将来也不会。"

"哦，先生！"外甥女说，"您最好能下令把这些书跟其他书一样都烧掉，因为我毫不意外，等舅舅的骑士病痊愈之后，读着这些书，又会突发奇想去做个牧人，唱着歌弹着琴，游荡在森林和草甸上，或者还有更糟糕的——当一个诗人，据说那可是不治之症，还传染呢！"

"这位小姐所言极是,"神父说,"最好为我们的朋友扫清将来的障碍,不给他得其他病的机会。那我们就从蒙特马约尔的《狄安娜》开始吧,我的意见是不要烧掉,而是把其中关于女魔法师费里西亚的部分和神奇水的部分都去掉,还有几乎所有的长诗也去掉,只留下合时宜的散文,这是它作为同类书籍中开山鼻祖的荣誉。"

"接下来这一本,"理发师说,"是一个萨拉曼卡人写的《狄安娜》,即所谓的续集,还有一本同名书籍,作者是希尔·波罗。"

"萨拉曼卡人那本,"神父回答说,"只能去跟畜栏里那堆书做伴,徒增焚烧的数量,而希尔·波罗那本,倒该像供奉阿波罗一样保存起来。继续吧,老兄,咱们得加快速度,天色不早了。"

"这本书是——"理发师说着翻开另一本,"《爱情佳运十章》,撒丁岛诗人安东尼奥·德·罗弗拉索的作品。"

"以我所接受的神圣教职发誓,"神父说,"自从阿波罗成为阿波罗,缪斯女神成为缪斯女神,诗人成为诗人,人们从来没有创作出哪部作品像它一样如此异想天开又妙趣横生,在这种风格作品中它是最出色的,在所有问世的同类体裁书籍中也是绝无仅有的,没有读过这本书的人会被认为从没读过有品位的文字[1]。把它递给我吧,老兄,找到这本书,对我来说比获赠一套佛罗伦萨细呢绒的教士服更值得高兴呢。"

他满心欢喜地把这本书放到一边。

理发师继续说:"下面这些书是《伊比利亚牧人》《埃纳雷斯的林中仙女》以及《尽释前嫌》。"

---

1 《爱情佳运十章》实际上是一部荒唐无稽的作品,塞万提斯在此对其大加赞美是讽刺之语。

"那么别无选择,"神父说,"把它们交到世俗之人管家太太的怀里,也别问我为什么,理由长得说不完。"

"接下来这本是《菲利达的牧人》。"

"这位可不是牧人[1],"神父说,"而是非常杰出的朝臣,要像珍宝一样保存它。"

"这本大书的书名叫——"理发师说,"《诗歌珍选》。"

"要不是选的篇目太多,"神父说,"这本书会具有更高的价值。它需要剔除糟粕,精简掉一些鱼目混珠的内容。此书的作者是我的朋友[2],为了表达对他的尊重,把这本书留下吧,他写过其他更英雄、更高尚的作品。"

"这本是洛佩兹·马尔多纳多的《歌者》。"理发师说。

"这书的作者也是我的一位好友,"神父回答说,"他口中吟诵的诗句会让每个听到的人肃然起敬,他朗诵的嗓音是如此柔和,令人愉悦。虽说书中那些牧歌稍显冗长,不过精品永远不嫌多。留着吧,跟其他选好的放在一起。不过,它旁边那本是什么书?"

"米格尔·塞万提斯的《伽拉苔阿》。"理发师说。

"这个塞万提斯跟我是多年的好友,他的不幸遭遇远远超过了在诗歌方面的造诣。他的书里有些善意的杜撰;他总是提出一些想法,但从不妄下结论。有必要等着他承诺的下卷面世,也许经过修改,这书能够得到目前暂时得不到的认可。不过在此之前,先将它封存在你家吧,老兄。"

"乐意照办。"理发师回答说,"下面是一套三本的:堂阿隆

---

1 指西班牙诗人路易斯·加尔维斯·德·蒙塔尔渥(1546?—1619)。
2 指16世纪西班牙诗人佩德罗·德·帕德亚,是塞万提斯的朋友。

索·德·埃尔西利亚的《阿劳加纳》、科尔多瓦法官胡安·卢弗的《奥地利颂》,以及瓦伦西亚诗人克里斯托瓦尔·德·比卢埃斯的《蒙塞拉特圣山》。"

"这三本书,"神父说,"都是以西班牙语写作的英雄史诗中最出色的,可以跟意大利最负盛名的史诗相媲美。把它们作为西班牙最宝贵的诗歌财富来保存吧!"

神父感到厌烦,不想再看更多的书了,于是他收回目光,打算把其余的都烧掉。但这时理发师已经打开了一本,书名叫《安赫莉卡的眼泪》。

"我会流眼泪的,"神父听到这个名字,说,"要是我真的吩咐把这本书烧掉的话,因为它的作者[1]不只在整个西班牙,甚至在全世界都是最著名的诗人之一,而且他在翻译奥维德的寓言方面有很高的造诣。"

第七回
我们的好骑士堂吉诃德·德·拉曼查的第二次出走

就在这时,堂吉诃德大喊大叫起来:"这里,这里!勇敢的骑士们,这里需要你们展示英勇臂膀的力量!那帮朝臣正在比武中占据上风!"

大家匆匆循声赶去,对余下书籍的审判便没有再继续下去。据

---

[1] 指西班牙诗人路易斯·巴拉奥纳·德·索托(1548—1595)。

说《查理大帝之歌》《西班牙雄狮》，连同堂路易斯·德·阿维拉所著的《皇帝的丰功伟绩》就这样悄无声息地一起被扔进了火堆，谁也没有察觉。毫无疑问，这些本应属于保留下来的那部分，如果神父当时看到了这些书，也不可能作出如此严苛的判决。

当大家来到堂吉诃德身边时，他已经从床上起来，还在继续大喊大叫、手舞足蹈，正手反手地四处乱砍，清醒得好像根本没睡着过。大家抱住他，又把他摁回了床上。过一会儿他稍稍平静了一些，却又对神父说：

"顺便说一句，图尔平主教大人，既然我们这些冒险家在过去三天内已经赢得了尊重，如今任凭那帮朝臣骑士如此无缘无故地赢得比武的胜利，这对我们十二骑士的名誉是极大的损害。"

"您快别说了，老兄。"神父说，"上帝会保佑的，风水轮流转：今天失去的，明天还能赢回来。现在好好保重身体吧，依我看，你即使不是伤势严重，也一定是劳累过度了。"

"我没有受伤。"堂吉诃德说，"但是被打得死去活来，这是毫无疑问的，那个混账堂罗尔丹用一根栎树枝抽打我，这完全是因为看到我单枪匹马挑战他的雄风而心生嫉妒。管他有多少魔法！只要我能从这床上下来，必定让他加倍偿还，否则我就不叫雷纳尔多斯·德·蒙塔尔班！不过，现在赶紧拿点吃的来，我知道这是我最需要的，报仇的事我自有主张。"

大家照做了。堂吉诃德吃了东西，又睡着了。见他疯到这般地步，所有人都感到震惊。

当天晚上，女管家烧掉了院子里和家里所有的书，其中肯定有一些是值得作为资料永久保存的。但是厄运使然，加上审查者的懒惰，最终没能逃过此劫，正可谓"玉石俱焚"。

为了治好朋友的病，神父和理发师出了一些主意，其中一个办法就是砌道墙把藏书的房间堵上，这样等堂吉诃德下床的时候就找不到那些书了，就说是有位神仙把房间和里面的一切都带走了。或许摘除了病根，病也就好了。大家迅速一一照办。两天后，堂吉诃德起床了，起来后第一件事就是去看他的书，可是从这头找到那头，怎么也找不到素日藏书的房间。他来到以前房门的位置，一边用手试探，一边上上下下地打量，一句话也不说。过了好久，他才问女管家，藏书的房间在哪里。管家太太对于如何作答早已胸有成竹，便回答说："什么书房？您找的东西简直是无中生有啊！这栋房子里已经没有什么书房，也没有什么书了，是魔鬼本人把一切都带走了。"

"那不是魔鬼，"外甥女纠正说，"而是一位仙人，有一天晚上驾云而来，就是您从家里离开的第二天，他骑着一条蛇白天而降进了房间，不知道在里面捣鼓些什么，很快就从房顶飞出去，留下满屋子烟雾。当我们想起来去看看他到底做了什么的时候，既没找到房间也没看到书。不过我和管家太太记得很清楚，那个老坏蛋离开的时候大声说，这栋房子受到什么破坏一会儿就见分晓，他这么做是因为跟这些书和书房的主人之间有密不可宣的怨仇。他还说自己是魔法师穆尼亚通。"

"应该是弗雷斯通[1]吧？"堂吉诃德说。

"这我可不知道。"女管家说，"也许叫弗雷斯通或者弗利通，反正他的名字是以'通'结尾的。"

"这就对了。这是个很有智慧的魔法师，也是我的死对头。他仇

---

[1] 弗雷斯通是骑士小说《堂贝利亚斯·德·希腊》的假托作者，正如熙德·哈梅特之于《堂吉诃德》。

视我,因为他掐指一算,随着时间的推移,将来我一定会跟他所支持的一位骑士展开惊天动地的战斗,而且我一定会胜利,连他也阻止不了,所以才不遗余力地找我的麻烦。但是我敢断言,他无法违背也无法避免上天的安排。"

"谁会怀疑这一点呢?"外甥女说,"但是舅父大人,是谁把您搅进这些争斗里去的?安安稳稳待在家里不好吗?不要满世界去缘木求鱼了,难道您不想想,很多人都是羊毛没薅着,反被剃成秃瓢?"

"哎呀,我的外甥女儿,你真是大错特错了!若有谁胆敢动我一根头发丝儿,在他们剃到我头发之前,我已经把他们的胡子都拔得干干净净了。"

两个女人不愿再跟他理论,因为她们注意到他怒气又上来了。

事实上,有半个月时间他安安生生地待在家里,没有表现出任何重复前次短暂出走的意图。这些天他跟神父和理发师这两位朋友进行了非常愉快的对话,声称当今世上最需要的就是游侠骑士。神父有时反驳他,有时也附和他,因为如果不使这种心眼儿,是没有办法跟他理智对话的。

这些天,堂吉诃德叫来邻近的一个农夫,一个体面人——如果这个词可以用在穷人身上的话——但是穷得揭不开锅。经过苦口婆心的劝说和信誓旦旦的许诺,这位穷苦的村民决定作为持盾侍从跟他一道出门。堂吉诃德对他讲了很多道理,叫他高高兴兴地跟自己上路,因为指不定哪天遇到一场冒险,不费吹灰之力就赢得某个海岛,自己就任命他为这个岛的总督。听信了这样那样的承诺,这位名叫桑丘·潘萨的农夫便抛妻弃子当了邻居的持盾侍从。

接下来,堂吉诃德就忙着筹钱,他把一些家当以极低的价钱有的贱卖、有的典当,攒了一笔钱。从一个朋友那里借了一面圆盾,再想尽办法把破碎的头盔修补好，便通知了他的持盾侍从桑丘·潘萨计划出发的日期和时间，以便他也打点好必要的行装。他特地嘱咐桑丘带上褡裢。桑丘说他会带的，而且还打算带上自己家里一头很好的毛驴，因为靠步行他可走不了远路。对此堂吉诃德颇为踌躇，努力回想是否有哪个游侠骑士带着骑驴的持盾侍从，但一个也想不起来。不过无论如何，他还是决定同意桑丘带上毛驴，打算以后一有机会就提供给他更像样的坐骑，把遇到的第一个无礼骑士的马抢过来。按照客店老板的忠告，他还准备了衬衣和其他能够筹措到的东西。一切就绪，潘萨没有向老婆孩子告别，堂吉诃德也没有跟外甥女和女管家打招呼，两人摸黑溜出了村子，没叫任何人看见。他们急匆匆地赶路，到天亮时才放下心来，即使有人来寻他们也找不到了。

桑丘·潘萨像个长老一样骑坐在驴背上，带着褡裢和皮酒囊，一心盼着立刻就当上海岛总督，就像主人许诺的那样。堂吉诃德决定还是取道前一次出行的路线，也就是蒙帖尔原野，不过这次走在这条路上，心情比上次轻松不少，因为此时天色尚早，阳光斜斜地照过来，并不使人焦灼。

这时桑丘·潘萨对主人说："您瞧，游侠骑士先生，您可别忘了许诺给我的海岛，不管多大的岛，我都能管好。"

对此，堂吉诃德回答说："要知道，桑丘·潘萨老兄，在古代的游侠骑士中，封自己的持盾侍从当总督来管理赢得的岛屿或王国是一个很普遍的做法，我不但决心遵从这种知恩图报的传统，而且还打算比他们做得更好。以前的骑士往往，或者说绝大多数情况下，都要等到持盾侍从老迈年暮，厌倦了伺候人，也厌倦了日夜风餐露宿的艰苦生活，才给他们一个山谷或某个差不多面积的省份，授予伯爵甚至是侯爵的封号。但是只要你活着，我也活着，很可能不出六天，我就将赢得一个王国，只要王国的属地中有合适的，我就封你为国王。你别以为这不可能，发生在骑士身上的事情往往是匪夷所思的，除了已经承诺的，我轻而易举就能赏赐给你更多的东西。"

"这么说，"桑丘·潘萨回答，"要是照您说的发生了什么奇迹我当上了国王，那我老婆胡安娜·古铁雷斯就成了王后，我的孩子们就成了王子和公主？"

"是啊，谁会对此表示怀疑呢？"堂吉诃德回答。

"我呀！"桑丘说，"因为我觉得，即使上帝让王国跟雨点儿似的掉到地上，也没有哪个能砸到玛丽·古铁雷斯[1]头上！您要知道，主人，她可不是当王后的料，还是当个伯爵夫人更适合她，那还得上帝保佑呢。"

"就让上帝来决定吧，"堂吉诃德说，"桑丘，一切都是最好的安排。而且你也不要看轻自己，别当个省总督这样的芝麻官就满足了。"

"不会的，我的主人。"桑丘回答说，"再说了，有您这样慷慨的主人，一定会把所有我应得而且担得起的东西都赏赐给我。"

---

[1] 玛丽·古铁雷斯，桑丘之妻，上文提到叫作胡安娜·古铁雷斯。此人姓名在书中有多次变化，最后统一为特蕾莎·潘萨。

第八回

英勇的堂吉诃德在可怕而超乎想象的风车冒险中所取得的巨大胜利,以及其他值得愉快回忆的经历

这时,旷野中出现了三四十座风车,堂吉诃德一看到它们,便对侍从说:

"真是天遂人愿,福星高照!桑丘·潘萨老兄,你看那边,那里有三十多个无法无天的巨人,我打算跟他们大战一场,把他们杀个片甲不留!此役的战利品会让我们变得富有。这是一场正义的战争,把这样的恶势力从世间清除是对上帝最大的效忠。"

"什么巨人?"桑丘·潘萨问。

"就是那儿,你看,"他的主人回答,"他们的手臂很长,有些几乎有二里格[1]那么长。"

"您瞧仔细些,"桑丘说,"您看到的那些不是什么巨人,而是风车,看起来像手臂的东西是风车的叶片,风吹动叶片,再推动石磨。"

"很显然,"堂吉诃德回答,"你没有接受过冒险方面的训练。他们就是巨人。如果你感到害怕,就离远点儿开始祈祷吧!虽然敌众我寡,我也要去跟他们展开殊死搏斗!"

说着,他用马刺一踢罗西南多,侍从桑丘大声警告说他要决斗的对手毫无疑问是风车而不是巨人,他却毫不理会,因为他对于这些巨人的身份深信不疑,所以根本就听不见桑丘的叫喊,一直到很

---

[1] 里格,古代西班牙的距离单位,指步行或骑马一小时前进的路程,在不同的语境中代表不同的长度,在西班牙不同的地区也有不同的计量标准,取值范围在 4—7 公里之间。现代计量换算常取 1 里格约合 5572.7 米。

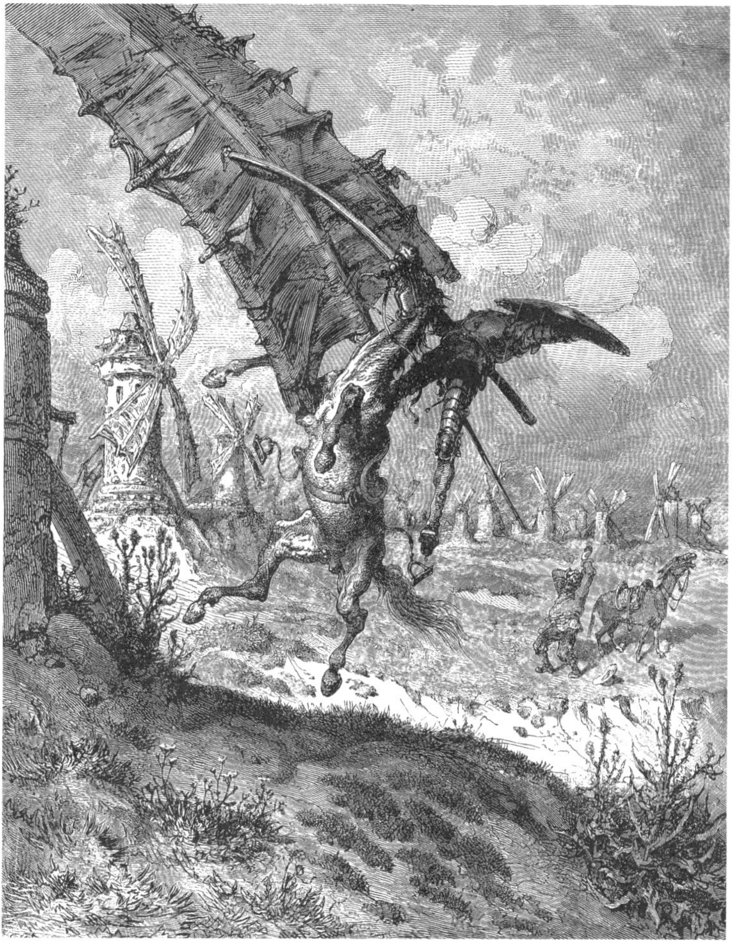

近的距离也无暇辨别它们的真实面目,只顾边冲边喊:"别跑!胆小鬼!卑鄙小人!向你们发起进攻的不过是一个单枪匹马的骑士!"

这时候刮起一阵风,巨大的叶片开始转动,堂吉诃德看到这一幕,说:"就算你们挥动比百臂巨人布里亚柔斯[1]更多的手臂,我也要让你们尝尝厉害!"

说完,他全心全意地向杜尔西内亚小姐祈祷,请求她在这紧要关头保佑自己,接着便抬起盾牌挡住全身,举起随身携带的长矛,催动罗西南多四蹄腾空向前疾驰,猛攻过去,刺向面前的第一座风车。他一枪打中叶片,然而风力如此强劲,长矛立刻被卷成碎片,连带着把马和骑士都往后带倒,在地上骨碌碌地滚得晕头转向。桑丘·潘萨赶紧骑着毛驴赶过去,到跟前时,发现堂吉诃德已经动弹不得——罗西南多把他摔得不轻。

"我的上帝啊!"桑丘喊道,"我不是告诉您好好瞧瞧自己在干什么吗?那不过是些风车而已!除非有人脑袋里长了风车才会看不出来!"

"闭嘴,桑丘老兄,"堂吉诃德说,"战事无常,不足为怪。何况我认为,何止是认为!事实明摆着:那个偷走了我的书和书房的魔法师弗雷斯通把这些巨人变成了风车模样,目的无非是剥夺我战胜他们的荣耀!他对我恼恨至此。不过在我长剑的震慑之下,他这些拙劣的伎俩最终都将徒劳无功。"

"上帝自有安排!"桑丘·潘萨回答说。

他扶着堂吉诃德站起来,重新骑上罗西南多,这匹马也差点脱

---

[1] 希腊神话中乌拉诺斯和该亚生了三个长有一百只手、五十个头的儿子,布里亚柔斯是其中之一。

了臼。两人一边谈论着这场冒险,一边继续朝拉比塞港口前进,因为堂吉诃德说,那个地方人来人往、川流不息,一定能遇到各种各样的冒险。但是他失了长矛,未免有些垂头丧气,便对侍从说:"我记得读到过,有一位名叫迭戈·佩雷兹·德·巴尔加斯的西班牙骑士,在一场战斗中折断了佩剑,便从栎树上折下一根沉重的树枝,并在一天之内用这根树枝完成了惊人的壮举,消灭了无数摩尔人,最终赢得了'树棍侠'的名号,从那天起,他和他的后代们就改姓为'树棍侠巴尔加斯'[1]。和你说这些,是因为我打算一遇到栎树或者橡树就照样折下一根树枝,跟我想象中巴尔加斯那枝一样出色,我还要用它大展宏图呢!你应该感到十分幸运,能亲眼看见并见证这些令人难以置信的事迹。"

"听凭上帝的安排。"桑丘说,"我对您说的一切都深信不疑。不过请您坐正一点,您歪得太厉害了,一定是摔得太重了。"

"正是如此。"堂吉诃德回答说,"不过我可没有因为疼痛而呻吟,因为游侠骑士不管受了什么伤都不允许呻吟,哪怕是开膛破肚!"

"如果是这样的话,我倒没啥可说的。"桑丘回答说,"不过上帝明鉴,我真希望您在感到疼痛的时候能哼哼几声。至于我嘛,我得说,再小的疼痛都得嘟囔几句,如果游侠骑士的持盾侍从不必遵守这禁止呻吟的规定的话。"

堂吉诃德听到侍从的傻话哈哈大笑,告诉他不管有没有这个需要,随时随地都可以呻吟,因为到目前为止还从未在骑士守则中读到针对持盾侍从的相关禁令。桑丘提醒主人,吃饭时间到了。主人

---

[1] 西班牙费尔南多三世时期的历史人物。

则回答说自己暂时不需要进食，桑丘什么时候想吃就吃吧。得到主人的允许，桑丘跟在后面，优哉游哉地坐在驴背上，从褡裢里取出提前准备好的食物，随心所欲地边走边吃，还时不时怡然自得地拿起皮酒囊喝一口，即便是马拉加生活最滋润的酒窖主见到他这副模样都会心生嫉妒。就这样一边行路一边大快朵颐，主人的承诺早已被他忘到九霄云外，他不但不觉得这工作有什么辛苦，反而感到，虽然时有危险，但云游四方、寻找冒险是件十分逍遥自在的事。

最后，他们在几棵树间过了一夜。堂吉诃德从其中一棵树上折下一根枯树枝，勉强可以用作长矛，又从断了的长矛上拆下铁质部件安在树枝上。为了效仿书中的情节，他一整夜都没合眼，思念着杜尔西内亚小姐，因为骑士们总是饱受相思之苦，在树林或偏远之地度过无数个不眠之夜。桑丘·潘萨这一夜的情形可是与主人大相径庭：既然填饱肚子的不是菊苣而是酒饭，他便心满意足，一下子就进入了梦乡。当无数鸟儿兴高采烈迎接新的一天到来时，若不是主人叫他，无论是照到脸上的阳光，还是小鸟的歌唱，都不足以将他唤醒。他爬起来摸了摸酒囊，发现比头天晚上瘦了点，这让他难过了一会儿，因为眼下走的这条路看来无法很快得到补给。堂吉诃德还是不愿意用早餐，正如前文所说，他决意以美好的回忆充饥。于是他们再次朝着拉比塞港进发，到下午三点钟左右，港口已经遥遥在望。

一看到港口，堂吉诃德说："桑丘·潘萨兄弟，就在这里，我们将在被称为冒险的事业中大显身手。不过记住，哪怕我身处全世界最大的危险之中，你也不该拔剑而起捍卫我，除非冒犯我的是下三滥的地痞流氓，在这种情况下你完全可以出手相助。而如果对方是骑士，你绝对不能帮我，这在骑士道中是不合法的，也是被绝对禁止的，除非你自己成为武装骑士。"

"当然啦，主人，"桑丘回答说，"在这一点上我对您绝对服从！再说了，我是个再老实不过的人，最不愿意掺和吵嘴打架这种事。不过要是为了保护自己，我就顾不上什么规矩了，因为不管是神仙还是凡人，都有保卫自己不被冒犯的权利。"

"我完全同意你的观点。"堂吉诃德说，"但是在不得帮我对战其他骑士这一点上，你必须得抑制住天性的冲动。"

"我说了，这一点我绝对能做到，"桑丘回答，"而且会遵守得比星期日不工作的规矩还要好。"

说话之间，路上远远过来两个本笃会的修士，骑着两头骡子，戴着赶路的风镜，撑着阳伞，骡子体型巨大，堪比单峰驼。他们身后跟着一辆马车，由四五个骑马的随从和两个步行的马夫陪伴着。后来他们得知，马车里是一位前往塞维利亚的比斯开贵妇，她丈夫在塞维利亚即将前往新大陆担任一个非常荣耀的职务。修士们虽然跟她一路，却不是一伙的。

堂吉诃德一见到这些人，就对侍从说："如果我没弄错的话，这将是一场举世瞩目的大冒险。毫无疑问，对面那些黑衣人是一群魔法师，诱拐了坐在马车里的某位公主，我必须全力出手相救。"

"这可比风车更糟糕。"桑丘说，"主人，您好好看看，他们是本笃会的修士，那马车一定是其他过路人的。您瞧，我不是跟您说了吗，得想清楚自己在干什么，别让魔鬼给骗了。"

"我已经告诉过你了，桑丘，"堂吉诃德回答，"你对于冒险实在知之甚少。我所言千真万确，你这就等着瞧吧！"

说着，他跑上前去挡在修士们的来路中央，等他们来到近前可以搭话的距离，便高声喊道："你们这群妖魔鬼怪，立刻放了马车里

97

的公主——她一定是被你们掳掠来的——否则就准备好受死吧,任何惩罚都是你们罪有应得!"

两位修士勒马停步,被堂吉诃德的奇装异服和奇谈怪论惊呆了,最后他们回答说:"骑士先生,我们既不是鬼怪,也不是妖魔,而是本笃会的修行者。我们自顾赶路,不知道马车里有没有什么被劫持的公主。"

"什么花言巧语都骗不了我,我一眼就识破了你们,满口胡言的无耻之徒!"堂吉诃德说。

不待对方答话,堂吉诃德便催动罗西南多,举起长矛猛地刺向第一个修士。这一下来势汹汹,用尽了全力,若不是这位修士自己从骡背上掉了下去,准也一样被打翻在地,不死也得重伤。另一位修士见同伴如此遭遇,赶紧用靴刺催动他健壮的骡马,一阵风似的在田野上狂奔而去。

桑丘·潘萨见修士倒地不起,从驴背上一跃而下,朝他扑过去,开始动手剥他的修士服。这时候修士们的两个小厮赶到,质问他为何抢衣服。桑丘回答说,他做这件事合理合法,因为这是自己的主人堂吉诃德在跟修士的战斗中赢得的战利品。小厮们可没心思开玩笑,也不明白什么战斗、战利品,见堂吉诃德转身去跟马车里的人交谈,便抓住桑丘一顿拳打脚踢,打得他瘫倒在地,人事不省,连胡子都一根不剩。接着小厮们赶紧把修士重新扶上马,此时修士早已胆战心惊,面无人色,上马之后,便快马加鞭追随同伴而去。他的同伴正远远地等着他,不知道这场突如其来的灾祸会如何收场。他们可不想留下来看好戏,所以立刻继续上路,手上不停画着十字,比背后有魔鬼阴魂不散还要慌张。

正如前面所说,堂吉诃德正在同马车中的贵夫人交谈:"美丽的夫人,现在您可以凭您的心意自由行动了,劫持您的人已经被我强壮的臂膀打败。为了避免您因为不知救命恩人的名讳而感到遗憾,请容我禀告:在下名叫堂吉诃德·德·拉曼查,是一位游侠骑士和冒险家,也是举世无双的美人杜尔西内亚·德尔·托博索小姐的裙下之臣。我为您效力不求其他回报,只希望您回到托博索,以我的名义去拜访这位小姐,向她讲述我为您重获自由所做的一切。"

马车后有一位随行的侍从是比斯开人,堂吉诃德这番话他一字不落都听见了。见堂吉诃德不但拦着马车不让继续赶路,反而要他们立即返回托博索,便走到堂吉诃德面前,抓住他的长矛,用不堪入耳的卡斯蒂利亚语和更加污秽的比斯开语骂道:"得啦!什么倒霉骑士!看在养育我的上帝的分上,你要是不放开马车,我这个比斯开人就要了你的命!这一点就像你此刻人还好好站在这里一样不用怀疑!"

堂吉诃德听得明明白白,非常淡定地回答说:"如果你是骑士,我早就出手惩戒你的胆大妄为了,不过你当然不是,只是个恶棍罢了。"

比斯开人反诘道:"说我不是绅士[1]?作为基督徒,我向上帝发誓,你撒谎!有种就扔掉长矛,拔出剑,看看到底是谁把谁揍扁!陆地上的比斯开人,大洋里的绅士!你这个见鬼的骑士,再胡扯一句试试!"

"套用一句阿格拉赫斯[2]的名言:你等着瞧吧!"堂吉诃德回答。他扔下长矛,拔出剑,圆盾护胸,朝比斯开人一剑刺来,一心

---

[1] 西班牙语中"绅士"和"骑士"是同一个词。
[2] 阿格拉赫斯,骑士小说《阿马蒂斯·德·高卢》中的人物。

要取他性命。比斯开人见他来势汹汹，来不及跳下骡子（廉价租来的劣骡靠不住），不得不拔剑相迎。他运气不错，正好在马车旁边，便从里面取了个垫子当作盾牌。两人你来我往，像一对不共戴天的仇人。其他人想要劝架，却根本无济于事，因为比斯开人用磕磕绊绊的卡斯蒂利亚语说，如果不让他们打完这一架，就把主母和挡道的人全砍了。马车里的贵妇被眼前的场景惊呆了，战战兢兢地命令车夫把马车赶开一段距离，从远处观察这场激烈的战斗。就在这时，比斯开人从垫子上方狠狠一剑砍中了堂吉诃德一侧肩膀，万幸他有铠甲保护，否则这一剑简直能把他劈成两半。

堂吉诃德受这重重一击，感到一阵剧痛，仰天长啸道："哦！我灵魂的女主人，美貌之花杜尔西内亚，快来救救您的骑士！他一向遵从您的教诲，慈悲为怀，如今才遭此不幸，身陷如此危险之境！"

说着，他紧紧握住长剑，用圆盾护住身体，纵身扑向比斯开人，这些动作一气呵成，一副拼命的架势。

比斯开人见他奋不顾身地直扑过来，知道堂吉诃德已下了破釜沉舟的决心，便也决意不计后果，决一死战。于是他用垫子护住身体，严阵以待，胯下的骡子已经吓得一步都挪不动了——不管是往后、往左或往右，不仅是因为连日疲惫，更是因为从没见过如此阵仗。

如前所述，堂吉诃德正高举长剑朝小心谨慎的比斯开人扑过去，一心要将他劈成两半；比斯开人也举起长剑，垫子护身，严阵以待；在场的所有人都心惊胆战，不知道这场气势汹汹的相持会酿成什么样的恶果。马车里的贵妇和她的侍女们都忙着向全西班牙所有的神灵和祷告所不停地许诺发愿，祈求上帝解救她们，脱离这场飞来横祸。

正当这个紧要关头，故事却在此戛然而止，作者推说关于堂吉诃德的这桩事迹没有找到任何其他记录。不过毫无疑问，本书的第二作者[1]不愿相信如此离奇的故事竟会落入被遗忘的境地，也不相信拉曼查的能人才俊们会如此大意，没有在纸间或案头留下关于这位著名骑士的只言片语。执着于这个念头，他不懈地四处寻找故事的结局。蒙上天保佑，终于找到了将在第二部分[2]讲述的内容。

---

1 第二作者指塞万提斯自己，第一作者是下文中提到的熙德·哈梅特·贝内赫里。假托他人之作是当时骑士小说常用的创作手法。
2 塞万提斯把《堂吉诃德》（上卷）分为四个部分。

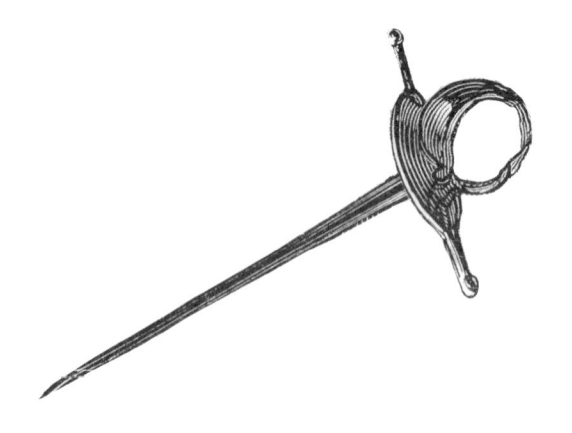

第二部分

DON QUIXOTE

第九回
勇敢的拉曼查人与英武的比斯开人之间惊人战斗的结局

本故事的第一部分,以勇敢的比斯开人和著名的堂吉诃德高举锋利的长剑而收尾,看这不拼个你死我活誓不罢休的劲头,长剑如果真的砍下去,两人都会像开裂的石榴一样被从头到脚一劈两半。就在这个悬而未决的时刻,这扣人心弦的故事竟戛然而止,如同大树被砍断了树干。作者没有给我们留下寻找故事佚失部分的任何线索。

这一点令我十分困扰,因为读到的那一点点内容所带来的愉悦反而变得如鲠在喉,尤其是想到这样一个动人的故事,能找到缺失部分的希望非常渺茫,甚至几乎是件不可能的事。况且这不符合骑士惯例:这样一位优秀的骑士,竟然没有哪个魔法师尽心尽力记录下他前无古人的英雄事迹,而这本该是任何一位游侠骑士都享有的荣誉,如诗云:

口口传颂的英雄
为寻找冒险当先奋勇[1]

---

[1] 出自阿尔瓦尔·戈麦斯翻译的意大利诗人彼德拉克的诗句,但原诗中并无此句,该句应是来自民谣。

通常每一位骑士都拥有一到两位魔法师相伴，不仅负责记录下骑士的事迹，还会刻画出他们最隐秘的思绪和最琐碎的细节，这是连普拉提尔等人都轻松享受的待遇[1]，堂吉诃德这样一位出类拔萃的骑士更不可能无人问津。因此，我无法相信这样风光无限的故事已经归于残缺损毁，只能归咎于时间的险恶：时间是一切事物的吞噬者和消磨者，要么将其隐藏，要么将其磨灭。

另一方面，据我推测，既然在堂吉诃德的藏书中发现了诸如《尽释前嫌》和《埃纳雷斯的山林仙女》这样近代的书，那么他本人的故事也不至于十分久远，就算没有被书面记录下来，也很可能仍存在于他的村庄或附近乡民的记忆中。这个想法令我激动不已，迫切地想知道真相，进一步了解我们著名的堂吉诃德·德·拉曼查的一生及其传奇事迹。他是拉曼查骑士精神的明星和典范，也是我们这个多灾多难的时代中第一个将游侠骑士道付诸行动和实践的人，惩恶扬善、救助孤寡、保护贞洁少女。古时的少女都尽可扬鞭策马、翻山越岭，不会有什么下流坏子，或者拎板斧、戴风帽的乡下流氓，甚至身形硕大的巨人对她们构成暴力威胁。有的姑娘活到七老八十，都无须费心寻找庇护之所安眠，而且进入坟墓时仍然冰清玉洁，跟她们从娘胎里出来时一样。我的意思是，因为上述原因，以及其他许多方面的原因，英勇的堂吉诃德值得长久地被缅怀和赞颂。就我本人来说，不可否认为了寻找这个美好故事的结局付出了许多辛劳和努力。当然我很清楚，若不是上天、命运和运气助我一臂之力，这个世界将继续残缺，人们也将失去在专注阅读这个

---

[1] 讲述游侠骑士普拉提尔事迹的骑士小说也有一位假托作者，即魔法师贾尔特诺尔。

故事的将近两小时内所获得的消遣和趣味。发现完整故事的经过真可谓无巧不成书。

有一天我在托莱多的阿尔卡纳商业街，一个小男孩走上来向旁边的丝绸商兜售一些本子和旧纸张。我一向爱好阅读，连路边的破纸也不放过，所以本能地从他售卖的本子里拿出一本，认出上面的文字是阿拉伯文。虽然能认出来，却看不懂，我便四下寻找有没有哪个懂卡斯蒂利亚语的摩尔人能给读一读。想找到这样一个翻译并非难事，甚至要找一个懂更久远、更古老文字的人也不无可能。总之，我碰巧遇到了一个，说明了我的请求，并把书交给他。他从中间随便翻了一页，略读了一读，就笑了起来。

我问他笑什么，他说是因为本子里一处写在页边上的批注。我请他翻译给我听，他一边笑着一边念道："正如我所说，批注是这样写的：据说，这位在本故事中反复出现的杜尔西内亚·德尔·托博索，腌猪肉的手艺在整个拉曼查无人能及。"

听到他说出"杜尔西内亚·德尔·托博索"时，我惊呆了，并且立刻意识到这些笔记本中所记载的正是堂吉诃德的故事。念及此，我便急切地催他读读开头。他一边读，一边把阿拉伯语翻译成卡斯蒂利亚语转述道："《堂吉诃德·德·拉曼查的故事》，阿拉伯历史学家熙德·哈梅特·贝内赫里著。"一听到这个书名，我费了好大的劲儿才掩饰住内心的狂喜，急忙找到丝绸商，以半个金币的价格向男孩买下了所有的纸张和记事本。要是这孩子足够机灵，看透我急切的心理，也许能从这笔买卖中赚走六个雷阿尔金币。然后我带着那个摩尔人一起离开，把他带到教堂的一个房间，并请他将这些本子里有关堂吉诃德的内容都替我从阿拉伯语翻译成卡斯蒂利亚语，既不遗漏任何内容也不添油加醋，价钱他随便开。他表示只要得到两个阿罗瓦[1]的葡萄干和两个法内加[2]的小麦就心满意足了，并承诺尽快细致、忠实地翻译出来。为了这桩交易进行得更加顺利，也为了不让这个重大发现再次离开自己的视线，我还是将他带回自己家里，不过一个半月，译作便完成了，行文记叙如下。

在第一册记事本中，有一幅插图栩栩如生地描绘了堂吉诃德和比斯开人的战斗，两人的姿势恰如故事中所描述：高举长剑，一个用圆盾护住身体，另一个用垫子，而比斯开人的骡子画得栩栩如生，一箭地之外就能一眼看出是租来的。比斯开人的脚下写着一行字，"堂桑丘·德·阿兹佩蒂亚"，毫无疑问是他的名字，而在罗西南多脚下，有另一行字写着"堂吉诃德"。罗西南多也画得入木三分：身体又细又长，羸弱干枯，瘦骨嶙峋，跟害了痨病似的，一望而知主人给它取的"罗西南多"这个名字是多么贴切传神。它旁边站着桑丘·潘萨，正抓着坐骑的缰绳，毛驴脚下也有一行文字写着"桑丘·桑卡斯"，从插图上看，他大腹便便，五短身材，两腿细长，也许正因如此才管他叫"潘萨（大肚子）"和"桑卡斯（细长腿）"，故事下文也有几次提到他这个诨名。还有其他一些引人注目的细节，不过都是些细枝末节，对于本故事的真实性无关紧要，因为凡是真实的，总不是坏的。

如果要就这个故事的真实性提出什么质疑的话，只能说它的作者是阿拉伯人，而这个民族的禀性就是谎话连篇。尽管摩尔人跟我们民族有不共戴天之仇，但反而可以认为这个故事会在某些方面有所保留，相应地夸张和谎言也会少一些。我认为，当能够也应该对

---

[1] 阿罗瓦，古代西班牙重量单位，约合11.5千克。
[2] 法内加，古代西班牙容量单位，在不同地区分别合22.5升或55.5升。

这位出色骑士不吝笔墨、大肆赞颂时，作者似乎是故意对此保持缄默。这种做法不但有失公允，居心更是叵测。历史学家们不就应该是准确、真实、绝不偏颇的吗？不涉及任何利益关系，不抱有任何恐惧、怨恨或友好的个人情绪，因为这些因素会扭曲真相，而真相的母亲就是历史——时间的对手、事实的仓库、过往的见证、现实的参照和提醒，以及对未来的警示。我认为，在颐神养性的功用方面，这个故事已近乎完美，如果说还有所欠缺的话，应该完全归咎于作者的卑劣而不是主角的失当。总之，按照译文，故事的第二部分是以如下内容开始的：

两位怒火中烧的斗士高举锋利的长剑，仿佛连上天、大地和地狱都不惜谩骂诅咒——当时的景象就是如此激烈。暴怒的比斯开人抢先发难，手起剑落，来势汹汹，要不是半路失了准头，这一剑就足以终结这场鏖战，同时我们的骑士未来所有的冒险也都一并完蛋了。幸好命运还要留着他去干出一番大事业，特意令对手剑锋走偏，虽然命中了堂吉诃德的左肩，造成的伤害也不过是打飞了他左半边身子的武器和铠甲，顺带打掉了大半个头盔和半边耳朵而已。这些东西像一堆惊人的废墟掉在地上，堂吉诃德受了重创。

上帝啊！我们的拉曼查勇士受到如此羞辱，谁能用言语描述此刻他心中汹涌的狂怒！他二话不说，直直在马镫上立起，更加用力地握紧长剑，怒不可遏地向比斯开人直砍过去，正砍中他的垫子和头部。尽管比斯开人拼尽全力抵抗，这一剑却如大山压顶般震得他七窍流血，差点从骡背上掉下去，幸亏他紧紧抱住了这牲口的脖子。不过他最后还是双脚滑下马镫，双臂松开，骡马惊吓过度，竟在田野上撒腿狂奔起来，还尥了两三下蹶子把主人摔到了地上。

堂吉诃德十分镇静地看着他，见他倒地不起，便纵马上前，脚步轻快地来到他身边，用剑尖指着他的眉心叫他投降，否则便取他首级。比斯开人早已不省人事，一句话也说不出来，堂吉诃德却已经杀红了眼。马车中的贵妇一直心惊胆战地瞧着这场争斗，这时便赶过来再三恳求堂吉诃德开恩，饶了侍从的性命。若不是她求情，比斯开人早已倒了大霉。

对于贵妇的请求，堂吉诃德高傲又庄重地回答说："当然，美丽的女士们。我十分乐意应你们所请，不过有一个条件，也就是说，我们需要在某件事情上达成一致：这位骑士必须承诺前往托博索村，替我向天下无双的杜尔西内亚小姐致意，并听凭她随心所欲地处置。"

几位女眷吓得失魂落魄，根本没听清堂吉诃德的要求，也没问谁是杜尔西内亚，便信誓旦旦说她们的侍从一定会按他的要求照做。

"那么我就相信您的话，不再伤害他，虽然他的罪过值得再被狠狠地教训一顿。"

第十回
堂吉诃德与比斯开人和解，又与扬瓜斯人[1]产生冲突身陷险境[2]

这时候桑丘·潘萨已经爬了起来，虽然在教士侍从们的拳脚下

---

1 扬瓜斯，西班牙塞哥维亚省的一个城镇，当地多数人以脚夫为业。
2 此处为第一版原标题，事实上跟比斯开人的战斗已经结束，而跟扬瓜斯人的冲突在后面章节才会讲到。后来有的版本将标题修改为"堂吉诃德与持盾侍从桑丘·潘萨之间的有趣对话"。

受了点轻伤,但他一直在全神贯注地观战,并在心中暗暗向上帝祈求让自己的主人赢得胜利,从而赢得某座岛屿并履行承诺,封自己为海岛总督。看到斗争结束,主人重新翻身上马,他便赶上去扶着马镫。在堂吉诃德上马之前,他双膝跪地,拉住堂吉诃德的手,亲吻着说:"我的主人堂吉诃德,求您大恩大德,发发慈悲,把在这场战斗中赢得的岛屿交给我来统治。不管这岛屿有多大,我相信自己有能力把它管好,不比世界上任何一个海岛总督差劲。"

堂吉诃德听了,回答说:"请你注意,桑丘兄弟,这次冒险,还有以后其他类似的冒险,都不是为了争夺岛屿而战,是为了正义而战!在这种战争中除了打个头破血流或丢一个耳朵之外,没有任何战利品。你得有点耐心,有些冒险不但能让你当上总督,甚至还有比这更好的结果。"

桑丘千恩万谢,再次亲吻了主人的手和盔甲下摆,并把他扶上罗西南多,自己骑上了驴子,跟在主人后面。堂吉诃德志得意满,既没有跟马车中的贵妇告别,也没再说一句话,便钻进了旁边的一片树林。桑丘骑着毛驴一路小跑追上去,谁知罗西南多发足狂奔,眼看着自己落在后面,他不得不大声喊主人等等他。堂吉诃德便拉住罗西南多的缰绳,直到筋疲力尽的侍从赶到,桑丘嚷嚷着说:

"主人,我觉得咱们最好找个教堂去躲一躲。刚才跟您交手的那个人看来伤势不轻,他一定会去找神圣兄弟会[1]告状,到时候神圣兄弟会一定会派人来抓我们。不用想,要真是这样的话,咱们在监狱里可得遭大罪了。"

---

[1] 神圣兄弟会是于1476年建立的西班牙民间司法机构,负责偏远地区的治安。

"闭嘴！"堂吉诃德说，"你在哪儿见过或读到过游侠骑士会进监狱？即便是杀人如麻也不会被绳之以法！"

"什么麻呀烦的，这我可是一窍不通。"桑丘回答说，"我一辈子也没对人使过坏心眼，只知道打架斗殴归神圣兄弟会管，至于找麻烦的事，我可不想掺和。"

"你别难过，老兄，"堂吉诃德说，"'我必救赎你脱离仇敌的手[1]'，哪怕是迦勒底人[2]把你劫走，至于把你从神圣兄弟会手里救出来这种小事更是不在话下。不过现在请你告诉我，以你的生命起誓，你见过普天之下有比我更勇敢的骑士吗？你在别的故事里可曾听说过有人拥有比我更挥洒自如的英勇、更坚持不懈的魄力、更精纯熟练的剑术，或者更无坚不摧的本领？"

"说老实话，"桑丘回答说，"我从来没读过任何故事，因为我既不会读也不会写。不过我敢打赌，这辈子从来没有服侍过比您更大胆的主人。愿上帝保佑！您干的这桩胆大包天的事可千万别害咱们落个倒霉的下场，就像我担心的那样。不过现在要紧的是赶紧治伤，算我求您了，您这耳朵流了好多血！我随身带了绷带，褡裢里还有一点白药膏。"

"其实不用这么费事，"堂吉诃德说，"要是我出门前记得装满一瓶费拉布拉斯[3]的神药，只消用上一滴就药到病除，既快捷又经济。"

"什么瓶？什么神药？"桑丘·潘萨问。

1　出自《圣经·弥迦书》4:10。
2　迦勒底人是闪米特人的一支，居住在古代巴比伦。
3　费拉布拉斯，12世纪末法国民谣中的人物，传说他从罗马偷了两罐为耶稣尸体防腐的药水，伤者喝了会瞬间自愈。

"这种神药的配方我还记得呢。"堂吉诃德说,"有它在手,伤不足惧,即便伤势严重到危及生命也没问题。这样吧,等我调制出来就交给你。你知道,在战场上身负重伤是家常便饭,如果有一天我被别人从身体中间一劈两半,你的任务就是在我的血液凝固之前,将倒在地上的那半边身子麻利地安到还留在马鞍上的那半边身子上,注意两部分要精确完美地拼合在一起。然后你再给我喝两口刚才说的神药,就会看到我立刻变得比苹果还鲜活。"

"如果真有这种神药,"桑丘说,"那么我现在立刻宣布,您许给我的那座海岛我不要了!我一定尽心尽力服侍您,绝不糊弄,而且不求别的回报,只求您把这种神奇药水的配方传给我。这样的神药不管到哪儿,一盎司至少能卖上两个雷阿尔金币。这样一来,我啥都不用干就可以体体面面、逍遥自在地过一辈子了。不过我得先知道,这种药水的成本高不高?"

"要不了三个雷阿尔金币,就可以调制出三个阿孙勃雷[1]。"堂吉诃德回答说。

"我的老天爷啊!"桑丘惊呼道,"那您还等什么?还不赶紧做出来教教我?"

"闭嘴,老兄,"堂吉诃德回答说,"我还有更大的秘密打算教你,还有更大的恩惠打算赏赐给你呢!不过此刻赶紧给我疗伤吧,耳朵实在疼痛难忍。"

桑丘从褡裢中取出绷带和药膏。堂吉诃德这才发现头盔被打坏了,他手按剑柄,举目望天,气急败坏地说:"我向世界万物的造物

---

[1] 阿孙勃雷,古代西班牙使用的液体计量单位,约合2公升。

主起誓！向四大福音书中长篇大段的叙述起誓！我要效仿曼图亚侯爵，为了替死去的侄子巴尔多维诺报仇，他曾发誓不在铺着桌布的餐桌上用餐、不跟妻子同床共枕，还有其他一些什么规矩，我一时忘了，但权当我已经公开表达过了：我也要坚持同样的生活，直到向这个无礼之徒一雪怨仇。"

桑丘听闻此言，对他说："堂吉诃德阁下，您要知道，如果那位骑士兑现承诺，按照您的要求前去拜见我的女主人杜尔西内亚·德尔·托博索，那么他已经履行了自己的义务，只要不再犯下新的罪过，就不该受到其他惩罚。"

"有道理！多谢提醒。"堂吉诃德说，"那么我声明撤回刚才说的再次找他复仇的誓言。不过，我要重新起誓：我会以刚才所说的方式生活，直到以武力缴获某个骑士的头盔，而且得跟我这个头盔一样出类拔萃！你不要觉得这样做是无中生有的突发奇想，这是有先例可循的，同样的事情原原本本地发生过——曼布里诺的头盔让萨科利潘德[1]付出了昂贵的代价。"

"让这种誓言见鬼去吧，我的主人！"桑丘反驳道，"这样做对身体不好，对脑袋也大有坏处。不信的话，您倒是说说看，要是好多天都没有遇上一个戴头盔的人该怎么办？难道也非得照做吗？在荒郊野地里睡觉，还不脱衣服，既不方便又不舒服。曼图亚侯爵那个老疯子还念叨了好多别的麻烦事，您都想学吗？您好好瞧瞧，就咱这个地方，哪条路上见过全副武装的人？都是些脚夫、车夫之类的，不但不戴头盔，甚至一辈子都没听说过这个东西。"

---

[1] 曼布里诺及萨科利潘德均为骑士小说中的人物，据说曼布里诺的头盔刀枪不入。

"这一点你可就错了。"堂吉诃德说,"只要在这样的十字路口待上两个小时,遇到的武士就会比在抢夺美人安赫莉卡[1]时前往阿尔布拉卡[2]的战士还要多。"

"但愿如此吧!"桑丘说,"求上帝保佑我们一切顺利,赶快赢得一座岛屿吧!不然的话我死也不安心,因为我为此付出的代价太大了。"

"我已经跟你说了,桑丘,这一点你完全不用担心,就算没有岛屿,还有丹麦王国,或者索布拉萨王国,这些都会像戒指套上手指头一样自然而然落到你手里。更何况,这些都是稳稳生根的陆地,你应该更感到满意才对。不过这件事情下次有机会再说,先看看你的褡裢里有没有带什么吃的,然后去找一个城堡过夜,顺便熬制刚才所说的那种神药。向上帝发誓!我这耳朵实在疼得厉害。"

"我带了一个洋葱,一点儿奶酪,还有几块硬面包。"桑丘说,"不过这些都是像您这样的英勇骑士看不上眼的寒酸玩意儿。"

"你这么想就大错特错了!"堂吉诃德说,"让我告诉你吧,桑丘,对于游侠骑士来说,一个月不进食是一种荣耀,然而一旦吃东西,也决不挑三拣四。你要是像我一样博览群书的话,就会对这一点确信不疑。不过,话虽如此,在浩如烟海的故事里,我还没有从古往今来游侠骑士的饮食中找到什么确凿的规律。除了偶有盛宴款待,其他时间他们都靠野果充饥。我理解人离不开食物,也不能无视其他天然的生理需求,而且他们的确是跟我们一样的凡人。但同时也得考虑到,他们一辈子大多数时间都行走于密林和荒野,没有厨师随行,最惯常的食物就是乡间的粗茶淡饭,就像此刻你为我提供的

---

[1] 安赫莉卡,小说《热恋的罗尔丹》中的人物。
[2] 阿尔布拉卡以及下文中提及的索布拉蒂萨王国均为骑士小说中虚构的地名。

这种。所以，桑丘老兄，我自己都欣然接受，你又何必发愁。不必费心钻研花样美食，也不要违背游侠骑士的惯例。"

"请您原谅，"桑丘说，"因为刚才已经说过，我既不会读也不会写。游侠这个行当的规矩，我既不懂，也不必遵守。既然您是骑士，那么从现在开始我会为您把褡裢装满各种干瘪的水果，至于我嘛，反正也不是骑士，就吃点什么飞鸟之类更有营养的东西吧。"

"桑丘，"堂吉诃德说，"我可没说游侠骑士除了干果之外不能吃别的东西。我的意思是，果子应该是他们最常见的果腹之物，还有一些从田间找到的野菜。他们懂得辨认这些植物，我也能。"

"能找到可以吃的野菜真了不起！"桑丘回答说，"我猜啊，这些知识早晚能用得上。"

桑丘边说边取出携带的食物，主仆二人开始享用晚餐，倒也其乐融融，不过因为急切想找个投宿之处，便匆匆忙忙吃完了这顿少得可怜又干巴巴的晚餐，立刻又跳上坐骑，快马加鞭，急着在天黑前赶到某个村落。然而日光逐渐暗淡下去，想要找到容身之所的希望也愈加渺茫，这时正巧遇到一座牧羊人的小茅屋，便决定当天在这里过夜。对于桑丘来说，不能在村里安眠令他十分烦恼，但他的主人却因为有机会露宿旷野而暗暗心喜，因为他觉得，发生在自己身上的事情越来越像是一种骑士身份的证明。

第十一回
堂吉诃德与牧羊人共度的时光

牧羊人们热情地接纳了他们。桑丘尽其所能将罗西南多和自己的毛驴安顿好，便循着香味找到了架在火上的小锅，锅里的羊肉块正咕噜咕噜地沸腾。他真恨不得立刻上去看看是否火候已到，能直接把羊肉从锅里搬到胃里去。不过倒不用他牵肠挂肚了，因为牧羊人已经把小锅从火上取下来，在地上铺开几张羊皮，食物就摊放在上面。众人很快摆放好简陋的"餐桌"，倾其所有地盛情款待堂吉诃德主仆二人。住在茅舍的六位牧人以粗简的乡村礼仪邀请堂吉诃德坐在一只倒扣的木盆上，然后大家围着羊皮坐成一圈。堂吉诃德坐下后，桑丘站在地下为他奉酒，酒杯是羊角做的。

主人见他站着，就说："桑丘，为了让你体会到游侠骑士道所蕴含的美德，明白无论是谁，只要努力践行骑士道，就将成为世界上最受人尊敬的君子，所以我邀请你坐在我身边，与这些好人作伴。虽然我是你的东家和理所当然的主人，但我允许你跟我平起平坐，还要邀请你在我的碗里吃饭，用我的酒杯喝酒。因为游侠骑士道的理念可以借用关于爱情的一句话来形容：人人平等。"

"我感念您的恩德！"桑丘说，"但我不得不说，这么好吃的东西，我最好还是站着吧。俗话说，随心所欲地大吃大喝胜过在帝王身边陪坐。况且说实话，要是能让我自己躲到一边儿吃就更好了，不用扭扭捏捏，没有那么多规矩，哪怕是吃面包洋葱也比吃火鸡大餐强！吃大餐又得细嚼慢咽，又得小口饮酒，还得常常注意整洁，连打喷嚏、咳嗽都得忍着点儿，更不能干一些只有在身边没人的时候才能干的事。所以，主人啊，既然我是您的侍从，那也算是游侠骑士道的仆人，您想要赐予我的这份尊荣，不如换成更实用的恩赏吧！您的好意我心领了，不过哪怕到世界末日我也不想接受这种礼遇。"

"无论如何，你必须得坐下，因为上帝会让谦逊的人变得高贵。"

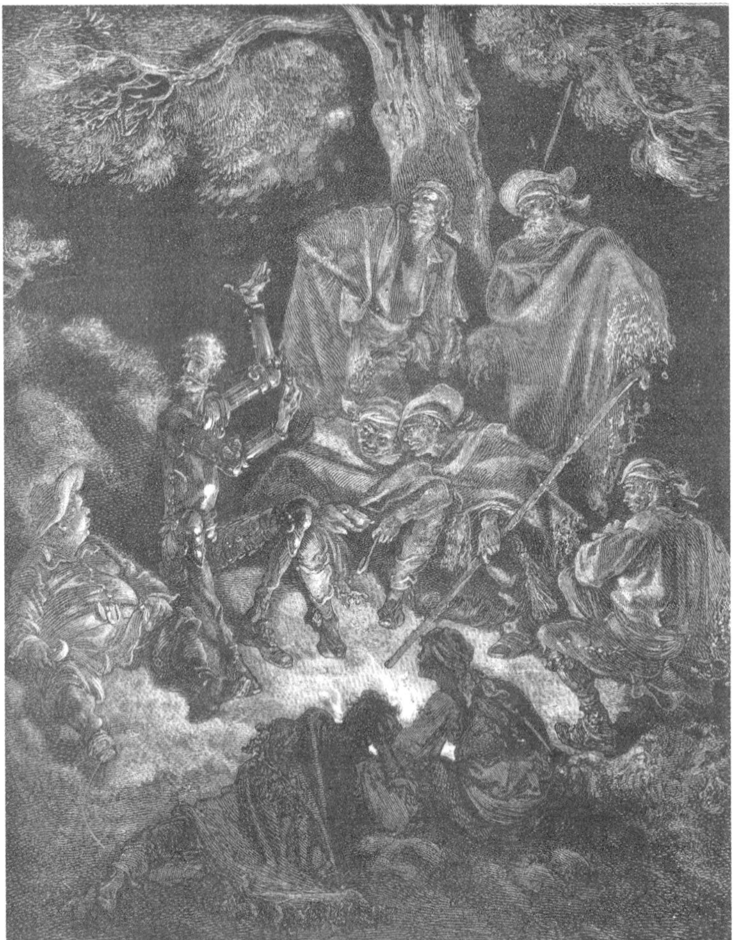

说着，堂吉诃德强拽着他的胳膊，让他在自己身边坐下。

对于游侠骑士跟持盾侍从之间的荒唐话，牧羊人完全摸不着头脑，便只顾默默地埋头吃饭，时不时看一眼他们的客人。两位客人虽然极力保持风度，却掩饰不住胃口大开，对着拳头大小的肉块狼吞虎咽。羊肉吃完后，牧人们往羊皮上倒了很多干巴巴的橡果，旁边还放着半块比灰浆还硬的奶酪。整个用餐时间，羊角杯一刻也没闲着，如同水车的水罐被一圈人频繁地传来递去，不时装满，不时又喝空，两个皮酒囊不一会儿就见底了。

酒足饭饱之后，堂吉诃德凝视着手中的一把橡果，大声自言自语道："古人所谓的黄金时代是多么幸福的年代，多么美好的世纪！被称为黄金时代，并非因为那时黄金唾手可得——只有在我们这个黑铁时代，金子才如此受人追捧——而是因为生活在那时的人们不分彼此。在那个神圣的时代，天下万物皆为公有：想要维持日常生计，谁也不用刻意操劳，只需抬手够到粗壮的栎树，它们便慷慨供应甜美的成熟果实；清澈的山泉和欢快的河流无穷无竭，奉献着洁净可口的水源；勤勤恳恳的蜜蜂在岩石的裂缝和树洞中建立王国，不求回报地向任何一只伸出的手提供甜蜜劳作的丰沃成果；无须人们付出任何努力，高大的栓皮栎殷勤地脱下宽阔而轻盈的外皮，供人们覆盖居所。那时的房屋都是用简陋的枝条搭建的，用来防御严酷的天气而已。

"一切都是如此平和、友好、和谐。沉重的耕犁还没有肆意划破土地母亲那慈悲的胸膛，她甘心情愿地从这富饶宽广的胸膛付出一切，使拥有她的儿女们得以饱食，并维持生命和欢愉。在那个时代，单纯美丽的姑娘们可以任意遨游在山谷之间，或编起发辫，或披散长发，除了端庄地遮盖起关乎贞洁的部位，不着任何其他衣饰。哪像如今，繁复的饰品风靡一时，产自提尔[1]的骨螺紫染料令人趋之若鹜，丝绸织物以百般机巧裁剪。用牛蒡和常春藤绿叶编织而成的简陋衣裙一样华贵大方，今天的贵妇们因百无聊赖、盲从潮流而穿着的奇装异服也不过如此。在那个时代，人们表达爱情的方式简单而纯洁，总是直抒胸臆，不必用拐弯抹角的矫饰语言来美化它；舞弊、欺骗和邪恶还没有夹杂在真实与质朴之间鱼目混珠；正义自有其权威，特权阶层和利益阶层还不敢妄加干涉，不至于像如今一样将正义中伤、扰乱，迫害至此；投机取巧和阴谋诡计还没有进入到法官的意识中，因为那时还没有什么事情需要裁决，也没有人需要受到审判；少女们毫无贞洁受犯之忧，正如我刚才所说，到处都可以独身而行，无须担心受到厚颜无耻或好色猥亵之徒的危害，即便失身，也全出自她们自己的喜好和意愿。而今天，在我们这个可憎的时代，没有哪位少女是安全的，即使新建一座如克里特[2]一般的迷宫将她隐藏、禁闭起来也无济于事，因为不知羞耻的情欲会如瘟疫般从任何缝隙，甚至从空气中渗透进来，葬送她们的幽闭生活。随着时间的推移，邪恶渐长，世风日下，为了少女们的安全，游侠骑士的制度才得以确立，目的就是保卫贞女，护佑孤寡，救助苦难众生。

"亲爱的牧人们，在下正是骑士道的践行者，你们对我和持盾侍从的盛情款待令我感激不尽。虽然按照不成文的规矩，所有人都有义务礼敬游侠骑士，然而我明白，你们是在完全不了解这份义务的情况下接纳并款待我们的，这就是为何我应该竭尽诚意感谢你们的好心。"

---

1 提尔，地中海沿岸古代腓尼基港口，盛产骨螺紫染料。
2 克里特迷宫的传说来源于克里特神话，在古希腊神话和《荷马史诗》以来的各种文学著作中都有描写。

我们的骑士发表这番冗长却完全赘余的演说，不过是因为牧羊人分享的橡果令他回忆起了黄金时代，便突发奇想向众人做了这番无用的宣讲。牧人们呆呆地听着，不明就里，更不知所措。桑丘则一直默不作声地吃着橡果，还时不时从第二个酒囊中喝上几口。为了让酒保持凉爽，酒囊就挂在一株栓皮栎上。

　　这番长篇大论持续的时间比用餐时间还长。等他结束演讲，其中一个牧羊人说："游侠骑士先生，我们有个同伴很快就会到达这里。为了再次证明您刚才所称赞我们的热情和善意，我们想让他为您歌唱一曲聊以消遣。他是个聪明的小伙子，正在热恋中，不但能读会写，还会弹三弦琴，琴声再美妙不过了。"

　　牧羊人话音刚落，就传来了三弦琴的旋律。没多久演奏的人就出现了，这是一个非常讨人喜欢的小伙子，二十二岁上下。伙伴们问他有没有吃晚饭，他回答说吃过了，于是那位邀请堂吉诃德听演奏的牧羊人就说："既然如此，安东尼奥，你大可唱点什么让我们欣赏一下，也好让这位客人先生看看，在这穷山恶水之间也有人懂得音乐。我们已经向他介绍过你高超的琴艺，所以希望你能露一手，让他看到我们并非吹嘘。请你坐下来吧，唱起你的神父叔叔专程谱写的那些爱情歌谣，这些歌曲在村里演出时曾大受欢迎。"

　　"我非常乐意。"年轻人说。

　　小伙子毫不推辞，找了一棵砍断的栎树树干坐下，给三弦琴调了一下音，很快就以优美的姿态开始演唱：

安东尼奥

　　我知道，欧拉雅，你爱我。

虽然从未吐露心意,
连目光都不曾传递,
爱的喉舌默默无语。

你的心意我了然于胸,
你的爱情我坚信不疑。
若两情相悦情投意合,
将终成眷属双飞比翼。

虽然也许,欧拉雅,
你的确曾给我暗示:
你的灵魂如铜墙铁壁,
柔软的胸膛比巨石粗砺。

你曾对我大加斥责,
也曾拒我于千里,
然而希望女神仿佛
悄悄露出一线裙裾。

我奋不顾身如飞蛾扑火,
我信仰坚定,矢志不渝,
从不因未受垂青而黯然神伤,
也不因承蒙错爱而忘形得意。

若彬彬有礼是爱情的形式之一,

你再也无须心存怀疑:
我的美好期望,
终将称心如意。

若殷勤效力
能博美人芳心之万一,
那我付出的一切
都是增加胜算的点滴。

你若心有灵犀,
就会不止一次地注意,
我每个周一都还
身着周日礼拜的华服锦衣。

既然爱情与优雅
总是相伴相依,
我愿在你的眼中
永远光鲜亮丽。

我不再起舞,因你,
也不再用音乐倾诉别离。
虽然你也曾彻夜聆听,
直至第一声报晓鸡啼。

我曾对你的美貌津津乐道,

如今却绝口不提。
对你的赞美从不言过其实,
却着实令姑娘们败坏气急。

贝罗卡尔家的特蕾莎,
每当我赞美你,便反唇相讥:
"有人以为自己爱上了天使,
其实却拜倒在猢狲裙底。

这女人全身珠光宝气,
一头秀发尽是弄虚作假,
自欺欺人的美丽,
连爱情本身都被蒙蔽。"

我斥她胡言乱语,她却阴阳怪气,
她的表兄也视我为敌。
至于后来的事迹,
想必早已不是秘密。

我对你并非虚情假意,
我的殷勤追求
绝非一时兴起。
我心地纯良,用情专一。

婚姻如同辕轭,在教堂中结缔,

用柔情的丝线将你维系。
你低头把脖颈伸进轭弓,
我将依样而为,不差毫厘。

否则,以最贤达的圣人名义,
我在此立下重誓,
决不离开这群山绵密,
除非向空门皈依。

牧羊少年一曲终了,虽然堂吉诃德恳求他再歌一曲,但桑丘·潘萨却不同意,因为他想要的是睡觉而不是听歌。于是他对主人说:"阁下您是可以在这里凑合过一夜,但是这些好心人辛劳了一整天,不该再累他们整夜唱歌。"

"桑丘,我明白你的意思了。"堂吉诃德说,"这个暗示很巧妙。喝了这么多酒,更需要睡眠的慰藉而不是音乐。"

"感谢上帝!您太体贴我们了。"桑丘说。

"我不否认,"堂吉诃德说,"但你还是自找地方安歇吧,我因为肩上负有使命,似乎守夜比睡觉更为合适。不过无论如何,桑丘,你最好再帮我看一下这个耳朵,感觉痛到彻心彻骨。"

桑丘依言照做。一个牧羊人看到伤口,劝他不必担心,有办法很快治愈。此地漫山遍野都是迷迭香,牧人摘了一把迷迭香叶子嚼碎,加一点点盐拌好,然后敷在堂吉诃德的耳朵上,再细致地包扎好。他保证说不需要再敷其他药了,事实果真如此。

第十二回
牧羊小伙向堂吉诃德和众牧羊人讲述的故事

就在这时,又来了一个小伙子,是从村里来送补给的。

他问:"伙计们,你们知道村里发生的事吗?"

"我们怎么可能知道?"其中一个人回答。

"告诉你们,"那小伙子继续说,"今天早上那个很有名的大学生牧羊人格利索斯托默死了,传言说是死于殉情。他爱上的是富翁吉列尔莫那个妖精似的女儿,就是一身牧羊女打扮、整天在山里游荡的那位姑娘。"

"你说的是玛尔塞拉?"一个人说。

"就是她。"牧羊人回答说,"稀奇的是,他在遗嘱中要求自己像摩尔人一样被安葬在田野里,就埋在栎皮栎清泉那边的一块岩石下。传言说,当然他自己也亲口说过,那是他对这姑娘一见钟情的地方。遗嘱里还有其他同样奇怪的要求,但村里的神父们说不该照他的意思办,因为那些做法实在不妥,听上去都像是叛教异端行为。对此,他的好朋友安布罗西奥,就是那个跟他一起打扮成牧羊人模样的学生,坚持说必须样样照做,按照格利索斯托默的吩咐,一件都不能少。为了这件事,全村都炸了窝。不过据说最后还是决定尊重安布罗西奥和他所有牧人朋友的意愿,就在明天,大家会将他隆重下葬于刚才提到的地方。这可是值得一看的事,至少我肯定要赶去看看,虽然不知道明天能不能赶回村子。"

"我们都会去的。"牧羊人们都说,"我们抽签决定谁留下来看守羊群吧。"

"好主意,佩德罗。"一个牧羊人说,"不过不用这么费事,我留下来吧。别以为我是富有牺牲精神，或者缺乏好奇心，只不过是前两天脚上扎的那根钉子害得我至今都没法走路。"

"无论如何我们一样感谢你。"佩德罗回答说。

堂吉诃德恳请佩德罗告诉他死的是什么人，牧羊女又是什么样。对此，佩德罗回答说，他只知道死者是一位有钱的贵族，住在山上的一个村子里，在萨拉曼卡求学多年，学成归来后在村子里以智慧和博学著称。

"尤其是，据说他懂得星相学，知道太阳和月亮在天上发生的一切，还精准地向我们预言了太阳和月亮被吃掉的事。"

"这两个最大的天体暗淡下来的现象称为日食和月食，朋友，没有被吃掉。"堂吉诃德说。

然而佩德罗无意修正这点细枝末节的谬误，继续讲述道："而且他还准确地预见了稻谷满仓的丰年和颗粒无收的害年。"

"你是想说荒年吧，朋友？"堂吉诃德说。

"荒年还是害年，"佩德罗回答说，"反正都一样。我想说的是，由于这些预言，他父亲和信任他的朋友们得以发家致富，只需要遵照他的忠告去做，比如今年种大麦别种小麦，这一年种鹰嘴豆不要种大麦，下一年油橄榄会大丰收，或者接下来三年将颗粒无收等。"

"这门学问叫作占星术。"堂吉诃德说。

"我不知道叫啥名。"佩德罗说，"但我知道这些他都懂，而且不止这些。总之，他从萨拉曼卡回来没几个月，有一天突然换上了一身牧羊人打扮，挂着放羊的木棍，穿着羊皮袄，把萨拉曼卡带回来的那身学生习气也都抛弃了。他有一个好朋友名叫安布罗西奥，曾是他的同窗密友，也跟他一起穿上了牧羊人的衣服。我忘了说，格利索斯托默，就是那个死者，还是一位民谣创作大师。他为圣诞夜谱写的村夫谣，还有圣体节的寓言短剧，由我们村里的年轻人表演出来，所有人都赞叹太美妙了。

"村里人看见这两个学生娃突发奇想换上牧羊人装束，都惊呆了，怎么也想不出这番离奇转变的缘由。那时格利索斯托默的父亲已经去世，他继承了一大笔遗产，包括动产和不动产：一批数量不小的羊群，有大有小，还有一大笔钱。这个年轻人成了这笔遗产的绝对主人，当然他也完全有资格得到这一切，因为他是好人们的伙伴、善主和朋友，还长着一张圣人的脸。后来人们才知道，他改换装束不是因为别的，而是为了在荒郊野岭追随那位名叫玛尔塞拉的牧羊女，就是我们的小伙子刚才提到的那个。可怜的逝者格利索斯托默爱上了她。现在我要告诉你们这姑娘是谁，这一点不可不知。也许，甚至可以肯定，你们一辈子都不会听说这样的事情，哪怕活得比癞疤[1]还长久。"

"你是说萨拉吧，就是老寿星。"堂吉诃德插嘴说，他实在受不了这个牧羊人老是用错词。

"癞疤活腻了。"佩德罗说，"先生，要是您一直这样，我说一句您就纠正一句，咱们讲到明年都讲不完。"

"对不起，朋友，"堂吉诃德说，"我这么说是因为癞疤跟萨拉之间差别太大了，不过你说得没错，癞疤确实比萨拉活得长。你继续讲故事吧，我再也不打断了。"

"我是说，亲爱的先生，"牧羊人说，"在我们村里有一个比格利索斯托默的父亲还要有钱的农夫，名叫吉列尔莫，除了万贯家财，

---

[1] 此处牧羊人想说的是萨拉，《圣经》中亚伯兰之妻，据说活了一百二十七岁。

上帝还赐予他一个女儿。他的妻子在生女儿时难产死了，她可是我们十里八村最贤淑的女子。当年见到她时，仿佛她的脸上一面是太阳、一面是月亮一样光彩照人。她不但善于料理家务，而且友爱穷人，因此我相信此刻她的灵魂正在另一个世界享受着上帝之爱。由于痛失爱妻，丈夫吉列尔莫也去世了，留下年幼而富有的女儿玛尔塞拉由一位叔父照料，他是我们村里的神父和受俸教士。小姑娘长得非常漂亮，让人不由得想起她母亲令人惊叹的美貌，大家都认为这份样貌会遗传给女儿。果然，小姑娘长到十四五岁的时候，凡是见到她的人没有不赞美上帝的。她是如此美丽，无数人为她坠入爱河，以致失魂落魄。她的叔父小心翼翼地守护她，令她深居简出。尽管如此，她的美貌还是远近闻名。

"因为容貌，也因为她的万贯家财，不但我们村里，连周边很远的地方都有出类拔萃的小伙子赶来求娶她为妻，甚至向她的叔父恳求、讨好，纠缠不休。她叔父是一位虔诚的天主教徒，虽然眼看着侄女到了该嫁人的年纪，自己也希望尽快把她嫁出去，但他坚持要征得姑娘本人的同意。虽说如果姑娘推迟结婚，作为叔父能继续享用她的财产所带来的收入和好处，但他看重的可不是这个。村里人每每谈起来，都对这件事津津乐道，赞颂这位好心的神父。游侠先生，您要知道在这样的小村子里，人们总是无所不谈，不过我知道，您也要相信，这位神父太善良了，不会强迫教民们说他的好话，尤其是在本村。"

"你说得没错。"堂吉诃德说，"请你继续，这故事非常精彩，而你，好心的佩德罗，也讲得妙趣横生。"

"保持虔诚的宗教趣味才是最重要的，您接着往下听。要知道，虽然叔叔多次向侄女提议，还向她一一介绍众多求亲者的种种好处，请她挑一个可心的人结婚,可她却每次都回答说暂时还不考虑,而且因为年纪还小,自己还没有准备好挑起婚姻的重担。她给出的这些理由听上去无可厚非,叔父也就不再坚持,打算等她年纪再大一些,更懂得按照自己的心意挑选伴侣。他的想法很有道理:做父母的都不该违背孩子的心意把婚姻强加于他们。

"不过,唉!出人意料的是,有一天羞涩的玛尔塞拉突然换上一身牧羊女打扮,不顾叔父和村里人的劝阻,在没有任何人陪伴的情况下只身去到辽原,跟那里的姑娘们一起,照看自己的羊群。她一在街头亮相,美貌便昭然于天下,数不清有多少有钱的单身汉、贵族和农夫,都和格利索斯托默一样换上牧人装束,去到田间野外向她献殷勤。我们刚才提到的逝者就是其中之一。据说他对她的感情简直不是爱,而是崇拜。

"虽然以前玛尔塞拉的美誉来自叔父细致严密的监护,但您千万不要以为,她过上了这样自由闲散的生活,不再深居简出以后,就做出什么损害自己贞洁端庄形象的举动。完全不是那么回事!在无数向她献殷勤、对她苦苦追求的人中间,没有任何一个能够自夸说曾从她那里得到过哪怕是最渺茫的、如愿以偿的希望。虽然她并不回避牧羊人们的陪伴和交谈,对待所有人都谦和友爱,但一旦有谁表露出自己的倾慕心意,哪怕是最合理、最神圣的婚姻意图,她都会干脆利落地甩掉他们。就这样,她在这世上的杀伤力超过了瘟疫:她的亲和与美貌吸引着那些爱慕之心、殷勤之意,而她的冷漠和斥责却令人心灰意冷、望而却步。

"就这样,他们找不到机会对她倾诉,只好高声指责她残忍无情、忘恩负义。类似的怨言反而将她的品质昭告天下。先生,如果您在这里多待几天,就会听到这些群山深谷之间回荡着追求者们绝望的哀叹。离这里不远的地方有十来棵高大的山毛榉，没有哪棵树的光滑树皮没被刻上或写上玛尔塞拉的名字。其中有一棵树上，还用树干本身雕刻了一顶桂冠，这位爱慕者声称只要玛尔塞拉戴上它，便无愧于集世间万千秀丽于一身的美名。在这个地方，到处都有牧羊人在长吁短叹或仰天长啸，到处回响的不是缠绵的情歌就是绝望的哀诗。有人整夜整夜坐在栎树或巨石脚下，泪眼蒙眬、神思恍惚，直到第二天早上太阳升起；有人一刻不停、无休无止地哀叹，在令人烦躁的炙热夏午，躺在灼人的沙子上，将满腹怨言倾诉给慈悲的天空。

"无论是谁，无论是何身份地位，美丽的玛尔塞拉都赢得坦然而洒脱。所有认识她的人都在拭目以待，她的高傲最终将止于何人，谁将是那个幸运儿，能驯服这样可怕的性情，享受如此出众的美貌。

"我讲的这些都是人尽皆知的事实，所以我愿意相信这位小伙子说的格利索斯托默的死因是真实可靠的。先生，我建议您不要错过明天的葬礼，一定大有看头，因为格利索斯托默有很多朋友，而且他要求下葬的地方离这儿不过半里格路程。"

"我一定要去的。"堂吉诃德说，"非常感谢您为我讲述了这么动听的故事。"

"哦！"牧羊人谦逊道，"发生在玛尔塞拉的仰慕者身上的故事，我所知的也不过一鳞半爪，也许明天能在路上碰到知情的牧羊人给我们一道究竟。现在您最好去屋里睡觉，因为夜露可能会让伤口恶化。不过我们给您敷的药非常管用，不必担心有什么灾祸。"

桑丘·潘萨听牧羊人滔滔不绝、没完没了，心里早就咒骂了千遍，一听这番话，便立刻请求主人进佩德罗的茅舍睡觉。主人同意了，不过大半个夜晚他都像玛尔塞拉的爱慕者一样痴痴地想念着他的杜尔西内亚。桑丘·潘萨睡在罗西南多和他的毛驴之间，他可不像什么失意的恋人，倒像是被人暴打了一顿似的。

第十三回
牧羊女玛尔塞拉的故事结局及其他

东方天际刚刚露出一线曙光，六个牧羊人中有五个都起来了。他们叫醒堂吉诃德，说如果他还想去看格利索斯托默那场轰动的葬礼，可以结伴而行。堂吉诃德当然一心想去，便立刻起床，吩咐桑丘·潘萨备马上鞍。桑丘麻利地收拾好，大家很快便出发了。还没走出四分之一里格，在穿过一条小道时，迎面过来六个穿着黑色羊皮袄、头戴柏木和苦涩夹竹桃花环的牧羊人，每人手里都握着一支粗大的枸骨叶冬青。同行的还有两位骑马的绅士，衣着华贵，带着三个步行的仆从。两队人马相遇时，互相彬彬有礼地问候，并询问对方要去哪里，得知大家都是赶去葬礼的地方，便自然地同路而行。

其中一位绅士对他的同伴说："比瓦尔多先生，我觉得咱们这次为了亲眼见证这场著名的葬礼而耽误行程是值得的。按照牧人们的讲述，这位殉情的牧羊人和无情的牧羊女之间的离奇故事，将来绝不可能湮没无闻。"

"我也这么认为。"比瓦尔多回答说，"照我说，为了参加这场葬礼，别说是耽搁一天，就是等上四天也值得。"

堂吉诃德问，关于玛尔塞拉和格利索斯托默他们都听说了什么。这位路人说，那天凌晨，他们遇到这队牧羊人，见他们个个一身丧服，便询问缘由。其中一人便向他们讲述了那位名叫玛尔塞拉的牧羊女是如何沉鱼落雁又如何铁石心肠，大批爱慕者如何苦苦追求，以及这位即将下葬的格利索斯托默如何为情而死。总之，他向堂吉诃德重复了佩德罗已经讲述过的所有情节。

这段谈话结束，又引起了另一个话题。这位名叫比瓦尔多的绅士问堂吉诃德，此地平静祥和，他却为何全副武装。对此，堂吉诃德回答说："我所从事的事业不支持也不允许我以其他方式行走四方。平静、安逸和闲适的生活是不谙武事的朝臣的专利，而所谓游侠骑士，劳碌、动荡、时时刻刻全副武装才是其独有的生活。我虽不够资格，却得以忝列其间。"

听到这番话，所有人都觉得他是个疯子。为了进一步探究他到底是哪里出了毛病，比瓦尔多转而问他游侠骑士是什么意思。

"难道你们没有读过英格兰编年史和传说中亚瑟王的丰功伟绩？"堂吉诃德反问道，"在咱们卡斯蒂利亚语歌谣中一般称他为阿尔图斯国王。按照大英帝国古老而深入人心的传说，这位国王没有死，而是中了魔法变成了一只乌鸦，将来还会东山再起收回王位，重新统治他的国家。正因如此，自那以后在英国没有任何一只乌鸦遭到残杀。闻名于世的圆桌骑士制度就是在这位伟大国王的统治时期形成的。就在同一时期，还发生了后来家喻户晓的堂朗萨罗特·德尔·拉格跟希内布拉女王的爱情故事，正直的管家嬷嬷钦塔尼奥娜正是为他们穿针引线的红娘，从这个故事还衍生出了那首在咱们西班牙脍炙人口的著名歌谣：

朗萨罗特
在众骑士中拔得头筹，
他离开大不列颠故土，
淑女名媛争相体贴呵护。

"还有许多甜蜜又温柔的诗句，讲述这场惊天动地的爱情故事。从那时起，骑士团制度在世界各地迅速普及，代代相承。其中包括以英雄事迹名扬四海的勇士阿马蒂斯·德·高卢和他的子子孙孙，一直到第五代传人；还有悍勇的菲里克斯马尔特·德·伊尔卡尼亚、无论如何赞美都不为过的提朗特·埃尔·布兰科，以及所向披靡的勇士堂贝利亚尼斯·德·格来西亚，他的飒爽英姿几乎在我们这个时代仍口口相传。先生，这就是所谓的游侠骑士。而我所说的骑士道，必须再次重申，正是我矢志投身的事业。虽然资历尚浅，但我跟刚才提到的骑士们一样踌躇满志。正因如此，我才会在这荒芜偏僻之所四处寻找冒险，在命运安排的每一个危难时刻，怀着满腔热情奉献自己的臂膀和生命，扶助弱者，救苦救难。"

听到这番话，所有的同路者都确信堂吉诃德已经疯了，也明白了他这疯魔的症结所在。对此大家都很吃惊，每一个得知此事的人第一反应都是如此。碰巧比瓦尔多素来机灵又天性幽默，听说距离葬礼的山头尚有一小段路程，为了行程中不感到无趣，便想要找机会让堂吉诃德继续胡言乱语，于是说道："游侠骑士先生，以我之见，您所从事的是世界上最艰苦的事业，甚至连卡尔特会修道院僧侣的日常也不至于此。"

"艰苦程度可能不相上下，不过在这个世界上，卡尔特会的僧侣是否跟游侠骑士一样有存在的必要，我未免表示怀疑。因为说句实话，发号施令的是长官，躬身执行的却是士兵。我的意思是，僧侣们只管安安稳稳地向上天祈求人世间的福祉，可真正去实现这些祈愿的却是战士和骑士们。我们从不躲在安逸的屋顶下，而是风餐露宿，以英勇的臂膀和利剑保卫世界，夏日迎着酷热灼人的炙烈阳光，冬日挨过寒冷刺骨的万里冰封。因此，我们才是上帝在世间的使者，是维护正义的臂膀！像战争这样的事，以及一切与此相关的事，真正做起来，就必须付出努力，不怕艰辛、不辞劳苦。基于这个理由，埋头苦干的人毫无疑问比那些安安稳稳、不费心不费力、只会祈求上帝照应弱势群体的人付出更多。

"我的意思并不是说游侠骑士的地位应该跟宗教苦修者相提并论，也从没这么想过，无非是想根据本人亲身经历得出结论：我们所从事的是更加艰巨的事业，更加窘迫贫寒，忍饥挨饿，衣衫褴褛，这是毋庸置疑的。过去的游侠骑士们一生都经历过很多不幸，虽然其中有一些凭其勇力成为帝王，却也付出了无数血汗的代价。何况如果这些平步青云的人身边没有仙人或魔法师相助，也一定无法得偿所愿，壮志难酬。"

"骑士先生所言极是。"一位同路人说，"不过游侠骑士也难免瑕疵，我觉得其中最值得诟病的一点就是，当他们面临巨大的危险，或在性命攸关的时刻，从不记得请求上帝保佑——这可是每个天主教徒在危境下的义务——反而都是祈求心上人的保护，而且态度如此虔诚热烈，仿佛她们才是上帝。这一点在我看来颇有些异教做派。"

"先生，"堂吉诃德回答说，"骑士们这样做无可厚非。相反，如果哪位游侠骑士不这样做，倒可谓是大谬不然了。游侠骑士的惯例和传统便是如此：在投入殊死决战之前，如果心上人就在身边，须用充满柔情的目光注视她，仿佛在用眼睛恳求她在这即将到来的未知关头保佑自己、庇护自己；即使心上人并不在场，也须低声发愿，声称将自己全心托付于她。关于这点，在书中能找到无数范例。但是不要因此就以为他们不会向上帝祈祷，在建功立业的过程中有的是时间和机会这样做。"

"这个解释无法打消我的疑虑。"这位路人追问道，"我们经常在书里读到，两个游侠骑士之间往往一言不合就恶语相向，怒从心头起，恶向胆边生，并无特别缘故，便各自掉转马头拉开一段距离，再催马疾驰，短兵相接。这短暂的间歇他们用来祈求心上人的护佑。可常常刚一照面，一个人就被对手的长矛洞穿，从鞍后掉下来，而另一个人也许遭遇其他的不幸，比如没有抓紧自己的马鬃，最后摔到地上。我不明白的是，这一切都是电光石火般刹那间的事，可死人哪儿有时间祈求上帝保佑呢？因此在这个过程中，他们用来祈祷心上人保护的时间，难道不是应该而且必须用来履行作为基督徒的义务吗？况且，我认为不是所有的游侠骑士都拥有可以祈求的心上人，因为不是所有人都坠入了情网。"

"这不可能！"堂吉诃德反驳道，"我是说，游侠骑士不可能没有心上人。对他们来说，恋爱是一件如此自然而然、相得益彰的事，就如同天上点缀着星星一样。而且我非常肯定，从没见过哪个故事里的游侠骑士没有恋人的。如果真有这样的事，那一定不是合法的正统骑士，而是来路不正的那种——不是从大门进入骑士城堡的，而是像盗贼和小偷一样翻墙进去的。"

"无论如何，"路人仍不肯罢休，"如果没记错的话，我似乎读到过勇士阿马蒂斯·德·高卢的兄弟堂加拉奥尔可从来没有能够祈求护佑的女郎，而这一点也丝毫没有辱没他的英名，他仍是一位以勇敢著称的骑士。"

对此，我们的堂吉诃德回答说："先生，一只燕子飞来不能代表夏天已至，切莫以偏概全。何况，我知道这位骑士深爱着一个女郎，不过这是个秘密。当然了，对可爱的女士们心生爱慕、敬仰有加是男人的天性，他也不能免俗。然而只有唯一的女子得到他托付真心，这是确凿无疑的。他也经常偷偷地祈求她的保佑，并视之为珍贵的秘密。"

"既然所有的游侠骑士都必须心有所属，"路人问道，"而您也是从事这项事业的，那我们可以相信您也同样沐浴在爱河之中。如果您不是像堂加拉奥尔那样保守矜持并以此为傲，我以万分的尊敬，以及所有同行者和我自己的名义恳请您告诉我们这位女士的姓名、家乡、品性和样貌。她一定会为此感到幸福，因为这样一来，全世界都知道她被您这样一位出众的骑士爱慕着、追求着。"

这时，堂吉诃德深深叹了口气，说："我不敢肯定我这位甜蜜的冤家是不是愿意让全世界都知道我在追求她。我只能说，既然您如此谦逊地向我提出这个问题，我愿意回答您：她的芳名叫杜尔西内亚，家乡在托博索，那是拉曼查的一个村子；她的品性绝不亚于真正的公主，因为她是我的女王和主人；她的美貌超凡脱俗，诗人们用于咏颂情人的所有超凡虚幻的美的特性，在她身上都变成了现实：她的头发如万缕金丝，前额似极乐净土，柳眉弯弯好比彩虹，美目能与太阳争辉；脸颊如玫瑰绽放，朱唇似珊瑚轻启，珍珠般的牙齿，雪花石般的脖颈，汉白玉般的胸脯；纤手如象牙般光洁，肌肤胜白雪莹润。至于为了保护贞洁而被遮盖、回避他人目光的那些部位的美妙之处，我认为只有最私密的想法能表达赞美，而无法进行比较。"

"可否赐教她的家世、血统和门第？"比瓦尔多问。

对此，堂吉诃德回答说："她不是来自古罗马的库尔西奥、卡约斯和席彭斯家族，也不是来自近世的科隆纳斯和伍尔西诺斯家族；不是加泰罗尼亚的蒙卡达斯和瑞克森内斯家族，也不是瓦伦西亚的瑞拜亚斯和比亚诺瓦斯家族；或阿拉贡的帕拉福克斯、努萨斯、罗卡贝尔蒂斯、科雷亚斯、鲁纳斯、阿拉贡内斯、乌雷亚斯、福赛斯和古列雷阿斯家族，或卡斯蒂利亚的塞尔达斯、曼里盖斯、门多萨斯和古斯曼内斯,更不是葡萄牙的阿伦卡斯特罗、帕亚斯和梅内塞斯家族。她来自托博索·德·拉曼查,这个姓氏虽然还很新,但即将开创未来几个世纪最辉煌的家族。在这一点上,谁也不要提出异议,否则,我就效仿塞尔维诺[1]在奥尔兰多武器纪念碑下的题词:谁都不得擅动,除非与罗尔丹一较高下。"

"尽管我来自拉雷多的卡却平[2]家族,"这位同行者回答说,"却不敢与托博索·德·拉曼查相提并论。不过说句实话,到目前为止我还从来没有听说过这个姓氏。"

"这不可能!"堂吉诃德说。

所有人都津津有味地听着两人之间的谈话,甚至连牧人们都听出来我们的堂吉诃德有些疯疯癫癫。只有桑丘·潘萨相信主人所言句句属实,因为他知道他是谁,而且打小就认识。他唯一怀疑的是所谓的美人杜尔西内亚·德尔·托博索,因为他的家乡离托博索没多远,却从未听说过这个名字或关于这位公主的任何消息。

正谈论着,从高耸的两山之间走下来二十来个牧人,清一色黑色羊皮袄,头戴花环,细看起来,有些是紫杉枝条,有些是柏树枝。其中有六个人抬着一副棺木,上面覆满了各种各样的鲜花和枝叶。一位牧羊人看到,说:"对面过来的那些人是为格利索斯托默出殡的,他要求埋葬的地方就在那座山脚下。"

大家加快了脚步。此时从山上下来的人们已经将棺木放到了地

---

[1] 塞尔维诺,《疯狂的奥尔兰多》中的人物,苏格兰国王之子,下面两句诗即引自这部小说。
[2] "卡却平"是墨西哥人对西班牙殖民者的称呼,此处讽刺在新大陆发了横财,回来自诩名门望族的暴发户。

上，其中四个人带着尖镐，正在一块坚硬的巨石旁边挖掘墓穴。

众人礼貌地互相致意后，堂吉诃德和同行们便专注地打量起棺木，只见里面有一具覆盖着鲜花的遗体，牧人打扮，大约三十岁。虽然已经死去，仍能看出他活着的时候面容俊美，体态潇洒。尸体周围摆放着一些书和许多纸张，有零散的，也有成册的。所有围观的人、挖墓穴的人，以及在场的其他人，全都保持着一种奇妙的沉默，直到扶柩而来的一个人对另一个人说："安布罗西奥，既然你们想一字不差地遵守格利索斯托默在遗嘱中的要求，请好好看看，这是不是他指定的地方。"

"就是这里。"安布罗西奥回答说，"我这位不幸的朋友多次向我倾诉过他的伤心事。就是在这里，他第一次见到那个全人类的死敌；也是在这里，他第一次向她表白，满腔赤诚，一往情深；还是在这里，玛尔塞拉最后一次打破他的幻想，拒他于心门之外，他也因此而结束了悲剧的一生。在这里，念及这无尽的痛苦，他希望将自己埋葬于永久的遗忘深处。"

他回头转向堂吉诃德和同行的人们，继续说："先生们，你们仁慈的眼睛看到的这具遗体，曾寓居其中的灵魂得到了上天馈赠的无尽财富。这就是格利索斯托默的遗体，他智慧无双、教养出众、优雅过人、心怀大爱；他优秀而不标榜、严肃而不狂妄、开朗而不下流。总而言之，他的优秀无人能及，而他的不幸却同样无出其右者：一往情深却遭厌弃，一片痴情却被无情伤害。他向残忍的野兽苦苦哀求，对冰冷的大理石纠缠不休；他仿佛追逐着风，又仿佛在对着虚无呐喊。他对忘恩负义的人报以真心，最终从她那里得到的奖赏却是在风华正茂时成为死神的战利品。一位牧羊女终结了他的生命，他却曾试图令她流芳百世，永远活在人们的记忆中。若不是他要求我在遗体安葬后把所有手稿都付之一炬，眼前的这些纸张书页可以证明这一点。"

"你们如此对待这些手稿，岂非比它们的主人更冷酷、更残忍？"比瓦尔多劝道，"如果某个要求完全脱离常规、缺乏理智，那么服从这个要求也是不公平、不正确的。如果当初奥古斯都·恺撒同意人们按照'曼图亚诗圣'维吉尔的遗嘱执行，恐怕也会遭人非议。因此，安布罗西奥先生，请不要让你们的朋友在遗体被安葬之后，作品也被人遗忘。万一他这个要求是出于一时羞愤呢？你们不该故作不知地遵照执行，反而应该放这些纸页一条生路，以使玛尔塞拉的残忍被人铭记，也能警示后人，将来遇到类似情形时懂得悬崖勒马，及时逃离。我和所有专程赶来的人都已经听说了你们这位朋友痴情而绝望的故事，知道你们的友谊、他撒手人寰的原因，以及他在生命结束时提出的要求。从这个悲伤的故事中可以体会到玛尔塞拉是多么残忍，格利索斯托默是多么痴情，你们的友谊又是多么坚定，也了解到遇到爱情盲目追逐的人会落得什么样的下场。昨天晚上听说格利索斯托默去世的消息，还听说他要求必须埋葬在此，我们出于好奇和同情绕路过来，都想亲眼见证这件令人如此扼腕叹息的事情。这份遗憾，以及我们想要尽己所能弥补遗憾的善意，不求别的回报，只想以大家的名义，或至少以我自己的名义恳求您，公正的安布罗西奥，不要焚毁这些手稿，请允许我带走一些吧！"

不等牧羊人答话，他便伸手拿起了最近处的一些纸张。

安布罗西奥见状，说道："先生，出于礼貌我将同意您留下已经拿走的这些，但若想让我放弃烧毁剩下的那些，恕难从命。"

比瓦尔多急于查看手稿的内容，便打开其中一张，标题写着《绝望之歌》。安布罗西奥听到便说："这是这位不幸的人写下的最后一页。先生,为了让大家明白他的痛苦有多深,请您大声读给大家听,挖掘墓穴所需的时间足够做这件事了。"

"乐意之至。"比瓦尔多说。

所有在场的人都抱有同样的愿望,便在他身边围成一圈。比瓦尔多用清朗的嗓音念道……

第十四回
殉情的牧羊人写下的绝望诗句,以及其他出人意料的事

格利索斯托默之歌

狠心的女人!你难道不怕
我将你的冷酷昭告天下,
口口相传,人人痛骂?
悲伤的音乐痛彻心扉,
我的嗓音嘶哑破碎,
在地狱中声声萦回。
我渴望着,挣扎着,
倾诉我的痛苦、你的绝情,
歌声令人动魄惊心,
因为包含着
我的肝肠寸断和破碎的魂灵。
那么,请你仔细聆听,
从我苦涩的内心

胡乱喷薄而出的,
不是协调的韵律,而是癫狂的杂音,
皆因由爱生恨,情难自禁。

雄狮在咆哮,野蛮的狼
发出令人恐惧的悲嗥;
鳞甲幽幽的蟒蛇口中
可怖的咝咝呼啸,魔鬼的哀嚎,
寒鸦的聒噪,皆不祥之兆。
翻腾的海面,狂风搏击巨浪;
战败的斗牛无法抑制狂怒的吼叫;
失偶的雌斑鸠咕咕作响,
声声悲鸣是被嫉恨的枭鸟。
地狱中黑暗的族群
与痛苦的幽魂一起引爆。
震耳欲聋的旋律交织,
闻者心惊肉跳。
因痛苦超出想象,
倾诉也异乎寻常。

悲伤的回声,混乱的呼喊,
塔霍河置若罔闻,漠然流过沙滩,
著名的贝蒂斯河两岸,橄榄树林沉默依然。
我深沉的痛苦遍布
高高的峭壁,深深的峡川;

我的口舌已死,语言却侥幸生还,
在黑暗的深渊,或空无一人的海岸,
声嘶力竭地呐喊。
在终日不见阳光的阴暗,
或与利比亚平原上繁衍的
恶毒野兽为伴,
抑或荒芜的沙漠边缘,
我悲伤而沙哑的歌声,隐约
与你超越人寰的冷酷一同动荡不安。
因我生命短暂,
必将在宽广的世界扬名立万。

冷漠置人于死地,耐心葬送于猜忌,
无论是空穴来风,或确凿无疑。
嫉妒若能杀人,手段最为残忍,
相思日久,令人意乱情迷。
无须好运相助,坚定的希望
足以对抗永久的遗忘。
死亡对任何人都是必不得已,
何况我,从未见证过奇迹!
相思之苦、失恋之痛,陷我于死地,
何况又一一证实我心中猜疑!
我的火焰,将在遗忘中复燃。
苦苦煎熬中,我从未
触碰到梦想的围栏;

绝望之人何必试图靠近希望?
相反,我宁可终日哀叹,
发誓永绝于希望的门槛。

能否侥幸地有那么一瞬间,
一边恐惧,一边心存期待?
然而恐惧的理由更加无可疑猜。
如果心生嫉妒,我是应该
闭上双眼,还是正视
灵魂中千疮百孔的伤害?
当眼神泄露倦怠,
谁不是,不信任的大门洞开?
直至一切猜疑都真相大白。
哦,多么苦涩的转变!
往昔确凿的事实竟转而成为谎言?
哦!在爱情的国度,嫉妒
是凶残的暴君,请将我的双手绑缚铁链;
轻蔑,请用绳索捆住我的双肩!
然而,哦!你的胜利多么彻底,
只要拥有你的回忆,忍受折磨我甘之如饴。

我终将死去,因为从未期待
无论死亡或生存,能有美好未来;
我将永远执着于幻想,
相信精诚所至,金石为开。

爱情是最古老的暴君，
驯服的灵魂才能逍遥法外。
我会宣称自己永久的敌人
灵魂与身体一样美丽慷慨，
她将我遗忘，全因我的过错失败。
人们为情所困，为爱所伤，
不过是爱情在它的国度维持公正的和平。
念及此，我只想以一条坚实的套索
尽快结束这苦难的生命。
她的冷漠苦苦相逼、如影随形，
我愿向清风献上身体与魂灵，
再不奢望月桂和棕榈的降临。

爱情如此无理取闹，
让我终于不再困惑：
早该厌弃这疲惫的生活。
从这颗心上深深溃烂的皮开肉破，
你已经明明白白地看到，
我是如何心甘情愿委身于你的冷漠。
有朝一日请你承诺：
你美丽的双眸就是我明媚的天国，
当我死去，莫让它们变得浑浊；
当我奉上灵魂，作为你胜利的战果，
切勿惆怅，更无须泪落；
相反，请在葬礼上绽放笑靥梨涡，

把我的末日当成节日来过。

然而,光是告知你这一点就大错特错,

因为我知道,当我的生命匆忙陨没,

你的荣耀名声将传遍每一个角落。

是时候了,离开万丈深渊吧!

饥渴难耐的坦塔罗斯[1];踏歌而来的西西弗斯[2],

推着可怕的巨石;

请提提俄斯[3]带来他的秃鹫,同时

伊克西翁[4]的车轮从未停步,

姐妹们的操劳无休无止[5];

所有这些致命的折磨

都在我心中堆积,低低

吟唱着悲伤痛苦的丧曲,

如果这是对绝望之人恰如其分的处理,

---

1 坦塔罗斯,希腊神话中宙斯之子,因侮辱众神被打入地狱永受折磨:他站在一池深水中,只要弯腰去喝,池水就从身旁流走;累累果实悬在额前,只要他踮起脚试图摘取,就会刮起一阵大风把树枝吹开。
2 西西弗斯,希腊神话中的人物,因触犯众神,被罚将一块巨石推上山顶。由于巨石太重,每每未上山顶就又滚下山去,前功尽弃,于是他就不断重复、永无止境地做这件事。
3 提提俄斯,希腊神话中宙斯和厄拉瑞的儿子,因对勒托那无理而在冥土受罚,肝脏为群鹰啄食。
4 伊克西翁,希腊神话中的人物,因追求宙斯之妻赫拉,被打下地狱,绑在一个不停旋转的火轮上,急速旋转的火轮永远折磨、撕扯着他的躯体。
5 指希腊神话中利比亚国王达那俄斯的五十个貌美的女儿,其中四十九个因在新婚之夜杀死各自的丈夫,灵魂到了冥界之后被处以严厉的惩罚:朝一个无底的水桶里倒水,直到水桶装满为止。

连裹尸布都不肯接纳他的躯体。
看守地狱的三头犬[1]
与其他的魔鬼百怪千奇,
将可怕的多声部音乐共同演绎。
这是一位殉情者
所能得到的最隆重葬礼。

即使失去我伤心的陪伴,
也无须以绝望的歌哀叹。
相反,这是你的天命使然:
我的不幸,正是你幸运的踏板。
所以在墓穴旁,也不必神思黯淡。

众人听完格利索斯托默的诗都觉得很优美,但是朗读者却有所质疑,因为诗中的描述跟他所听闻的玛尔塞拉端庄善良的品性不符。格利索斯托默的字里行间充满了醋意、猜疑以及相思之苦,这些都有损于玛尔塞拉的清白和名誉。对此,安布罗西奥最了解朋友内心的想法,便回答说:"先生,这个问题不难解释。要知道,这个不幸的人在写下这首诗时已经远离了玛尔塞拉。既然爱情总是会随着空间距离的增加而淡化,他情愿自我放逐,想试试分离能否缓解他的相思之苦。对于不能常伴心上人左右的痴心人来说,任何一点小事都会让他烦恼忧虑、担惊受怕,因此捕风捉影的醋意、忧心

---

[1] 希腊神话中负责把守地狱大门的怪物,拥有三只犬首,每一只都咧着长满獠牙的血盆大口。

忡忡的猜疑,都令格利索斯托默难以承受,仿佛一切臆想都成了现实。所以说,玛尔塞拉被口口相传的美德是实至名归的,除了铁石心肠、一分高傲和十分无情之外,即便是最善妒的人也挑不出其他的缺点。"

"这倒是事实。"比瓦尔多回答说。

他正要继续读其他幸免于难的手稿,却被一幅仿佛从天而降的美妙幻象打断了——牧羊女玛尔塞拉出现在开挖墓穴的石山顶上,如梦似幻。她是如此美丽,更甚于传说。那些此前从未一睹芳容的人们都仰视着她,默默无言。即使是那些早已习惯见到她的人们,所受的震惊一点都不亚于素未谋面之人。

只有安布罗西奥一见到她,就愤愤不平地说:"蛇蝎心肠的女人,你如同山间的野兽,残忍地害他性命,此刻又所为何来?是想看看自己的出现会不会让这位可怜人的伤口再次血流如注[1]?或是你把自己一手造成的悲剧看成是值得沾沾自喜的成就?还是像那冷酷无情的暴君尼禄,高高在上地俯视火海中的罗马废墟?抑或是,想要得意扬扬地踩过这具不幸的遗体,像塔吉诺那令人齿寒的女儿对待父亲的尸体一般[2]?快快说明来意,或者告诉我们,要如何才能让你称心快意?我知道格利索斯托默活着的时候从不违背你的意愿,所以我也可以保证,虽然他不在了,我们这些被他称为朋友的人也都会顺从你。"

---

1 按照西班牙民间传说,如果杀人凶手出现在被害者身边,被害者的伤口会再次流血。
2 指传说中罗马国王塞尔维乌斯·图利乌斯的女儿,为帮助丈夫篡位而杀死自己的父亲。但前文的塔吉诺是她的丈夫而不是父亲。

"安布罗西奥，你刚才说的任何一点都不是我出现的理由。"玛尔塞拉回答说，"我是为了捍卫自己，为了让所有将自身的痛苦以及格利索斯托默的死归咎于我的人明白：他们大错特错了！我请求在场的各位听我一言，不会耽误很多时间，也不需要长篇大论，对于理智的人，事实可以说明一切。

"按照你们的说法，上天赋予我美貌，而这份美貌令你们对我情难自禁。难道仅仅因为你们对我表白，我就有义务爱上你们，并且真的爱上你们吗？上帝赐予我智慧，我理解所有的美都值得爱慕，但我不理解的是，为什么因为美而被爱的人就必须要爱上爱她的那个人。更何况，如果爱上美的那个人是丑的，而丑陋又本该被厌弃，那又该如何？如果说'因我爱你的美，所以你必须爱我的丑'，那将是何等灾难！即便是一对样貌美好的璧人，也不该因为美貌相匹配，心意就必须同样匹配。并不是所有的美都值得一见倾心：有些美令人赏心悦目，却并不摄人心神。如果所有的美都教人爱慕、令人臣服，那么人的感情必将遭遇困惑、误入歧途，不知该情归何处——因为美的事物是无止尽的，那么欲望也会无止境。

"而且我听说，真正的爱应当是人人平等的：情出自愿，无法强迫。这也正是我的信念。既然如此，你们为何要求我的意志屈服于外在的压力，强迫我爱上你们，仅仅因为你们说很爱我？反过来讲，既然上天赋予我美貌，也同样可以令我天生丑陋。如果我因为你们不爱丑陋的我而提出控诉，这公平吗？何况你们必须考虑到，美貌不是我自己的选择，而是上天的恩赐，我既没有请求也无法推辞。蝮蛇不该因为体内有毒素而被怪罪，因为毒素虽然致命，却是自然赋予的，同样我也不该因为美貌而受到指责。

"一个贞洁的女人，她的美貌如同被隔离的火，又像锋利的剑，只要不靠近,这火并不炽烈,这剑也不会伤人。正直和美德是灵魂的装饰,没有了这些装饰,再漂亮的肉体也不该被视为美丽。那么,如果贞洁是肉体和灵魂最美好的装饰之一,为什么因美而被爱的人要放弃这个美德?难道是为了满足那些只顾自己欢愉、千方百计夺她贞洁的人?我生来自由。为了自由地生活,我选择了荒野的寂寞,与高山上的树木为伴,以小溪中的清水为镜,向树木和溪水倾诉心事。我是被隔离的火,被搁置的剑。对于那些因外貌而爱上我的人,我都用言语使他们清醒。我从未给过格利索斯托默任何一线希望,也没有满足过任何人的任何愿望。但如果他执迷不悟,那么害死他的与其说是我的残忍,不如说是他自己的固执。如果有人指责说,他是一腔真诚并无邪念,所以我有义务对他投桃报李,那么我只想说,他当初向我表露心迹的时候,就在此刻挖掘墓穴的同一个地方,我清清楚楚地告诉过他,我只愿孤独终老,把清白和美貌献给大地。受到这样的警醒,他却仍然一意孤行地追逐无望的希望,就好比逆风行船,怎么可能不在大海中迷失航向而沉没呢?

"如果曾以此为乐,我就是个虚伪的人;如果曾为此自喜,我的行为就有悖于自己的善意和初衷。各位明鉴:受警示而执迷不悟,没有被抛弃却心生绝望,他的痛苦难道应该归咎于我吗?如果我欺骗过谁,他尽可心生怨恨;如果我曾给人以希望又亲手扑灭,他尽可伤心绝望;如果我曾召唤过谁,他尽可沾沾自喜;如果我曾接受过谁,他尽可洋洋自得。但是那些我从未承诺、从未欺骗、从未召唤也从未接受过的人,不要再指责我残忍,也不要污蔑我为杀人凶手。时至今日,上天还未曾替我安排下命中注定的情缘,而所有认为我必须挑选爱人的想法都是徒然的。

"今天这个公开的警告适用于每一个对我有非分之想的人,大家好自为之！请各位周知：从今以后，若有人为我而死，绝不是死于醋意或失恋，因为一个谁也不爱的人，不可能让任何人争风吃醋，我的好言相劝不该被误解为抛弃。称我为野兽和蛇蝎的人，请把我当作妖魅敬而远之；指责我忘恩负义的人，不要再向我献殷勤；怪我冷面的人，不要来结识我；怪我残忍的人，不要再追随我。我这个野兽、蛇蝎，我这个狼心狗肺、残忍冷漠的人，绝不会去寻找、追求、结识或追随任何人。

"格利索斯托默死于他追切而放肆的愿望，为何要归咎于我合情合理的贞洁与矜持？若我愿以树木为伴保持纯洁之身，为什么一定要我将这份爱转移到男人身上呢？众所周知，我有自己的财产，从不觊觎他人的财富；我天性自由，不愿有所羁绊；我不爱任何人，也不厌弃任何人；我不欺骗任何人，也不追求任何人；我不愚弄任何人，也不戏谑任何人。跟村里姑娘们纯洁的对话以及照料羊群就是我全部的生活。我的整个世界就在这群山之间，如果有一天离开，也是为了欣赏天空的美丽，那是灵魂走向最终归宿的脚步。"

说完这番话，不等任何人回答，她便转身消失在山林深处，留下在场的所有人震惊于她的美貌和理性。有几个人仿佛被她美丽双眸射出的光芒利箭射中心扉，毫不理会刚刚听到的明确警告，竟然追了上去。堂吉诃德见此，认为这是践行骑士道、庇护弱女的大好机会，便手按剑柄，朗声说道："无论何人，无论何种情势缘由，都不得纠缠美丽的玛尔塞拉，除非他想领教一下我的义愤填膺！她的一番道理已经足够明确、足够充分，说明对于格利索斯托默之死，她没有、或基本没有责任，同时表明她完全无意屈从于任何一位爱慕者的心意。因此，她非但不应被追随纠缠，反而应该受到全世界正人君子的景仰和尊重，这样才合情合理，因为她似乎是世界上唯一持心纯正的女人。"

也许是因为堂吉诃德的威胁，也许是因为安布罗西奥的劝说——为了朋友，先把该做的事情做好——最终没有一个牧羊人离开。最后，墓穴挖掘完成，格利索斯托默的手稿化为灰烬，遗体也被安葬，在场的人洒了不少泪。由于墓碑还没做好，墓穴先用一块巨石封上。据安布罗西奥说，他想请人刻上以下的墓志铭：

此处长眠痴心爱人，
可怜躯体已经僵冷。
他曾是无忧的牧人，
因失恋而迷失灵魂。

他离开人世心灰意冷，
因无情美人负义忘恩，
爱情的暴君有机可乘，
开疆拓土，跃马驰骋。

大家往坟墓上撒了许多鲜花和枝叶，并一一向死者的好友安布罗西奥致哀，接着便告辞了。比瓦尔多和他的同伴们动身上路，堂吉诃德也向招待他的牧人和同行的人告别。人们邀请他同去塞维利亚，因为那是一个奇遇之地：在每一条街道，每一个街角，都有比其他地方更多的冒险机会。堂吉诃德感谢他们的邀请以及友爱相助的善意，不过他暂时还不想、也不该前往塞维利亚，而立志留在这片素以遍地盗贼出名的山野上肃清宵小。见他决心已定，同行的人也不再坚持，便再次向他辞别而去，继续赶路。这一路他们可不乏谈资：不管是玛尔塞拉和格利索斯托默的故事，还是堂吉诃德的疯癫。堂吉诃德则决定去寻找牧羊女玛尔塞拉，竭尽所能为她效力。不过据这个千真万确的故事记载，他的遭遇可没有想象中那么幸运。第二部分就结束于此。

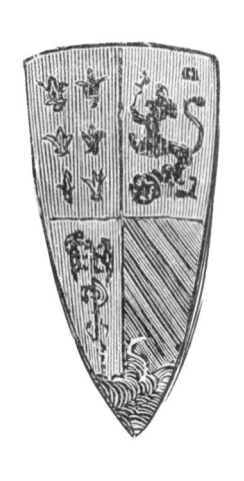

第三部分

DON QUIXOTE

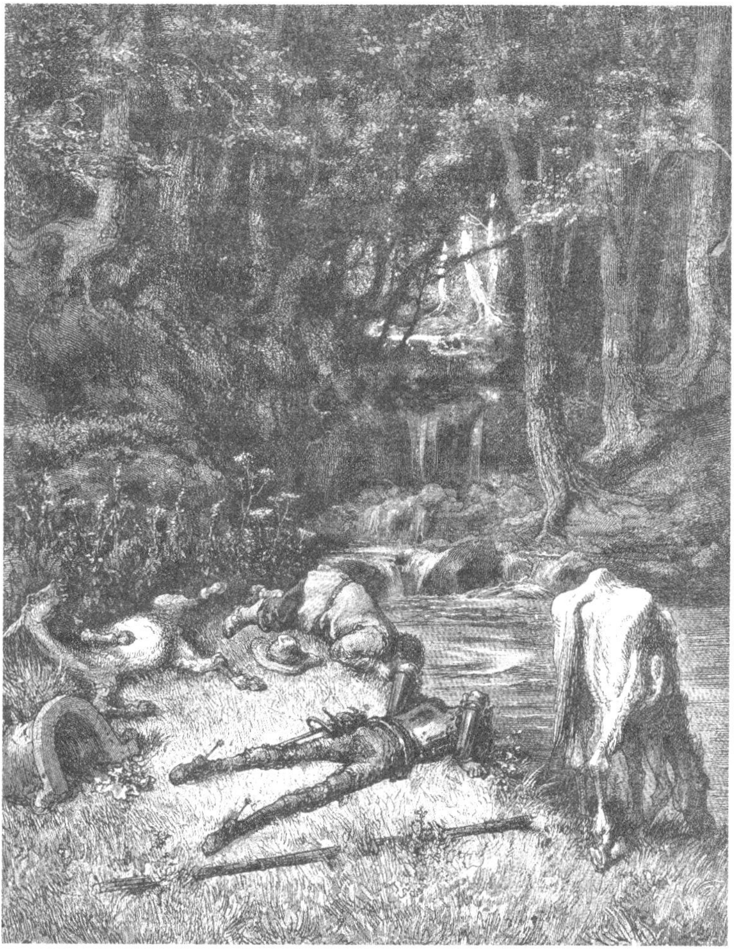

第十五回
堂吉诃德的不幸冒险：遭遇凶狠的扬瓜斯人

智慧的熙德·哈梅特·贝内赫里讲述道，堂吉诃德辞别了盛情款待的主人，也辞别了参加牧羊人格利索斯托默葬礼的所有人，带着侍从走进了亲眼看见牧羊女玛尔塞拉消失的那片树林。在里面寻寻觅觅两个多小时，却没有发现她的踪迹。此时天气已经变得十分炎热，主仆二人来到一片草地，只见碧绿如茵，一条平静清澈的小溪流淌而过。环境如此清新宜人，他们不由得停下脚步，打算在那里午休小憩。

堂吉诃德和桑丘下了各自的坐骑，见此地牧草丰美，便把罗西南多和毛驴放出去随意觅食。主仆二人搜遍了褡裢，食物已所剩无几。没有任何繁文缛节，两人这顿饭倒也吃得其乐融融。

罗西南多一向温驯，也很少发情，哪怕把整个科尔多瓦[1]所有牧场上的母马都找来也很难引起它的冲动，所以桑丘根本就没想过要拴住它。然而天意弄人，当然除了上天还有魔鬼，它们也并不总是

---

1 科尔多瓦，西班牙南部省份。

在打盹儿：一队加利西亚[1]脚夫正好赶着一群加利西亚小母马在同一片山谷漫步吃草，此地水草丰美，正是十分理想的午休之所。

事情是这样的：罗西南多突然来了兴致想找点乐子，它一闻到母马群的味道，便一反常态，也没有征得主人的同意，径直迈着小碎步上去表白。谁知马女士们的食欲似乎超越了其他欲望，对于这份殷勤反报之以蹄踹和撕咬，直到罗西南多断了肚带、丢了马鞍，露出光秃秃的毛皮。不过这还不是最糟糕的——脚夫们见它对母马们行为不轨，纷纷拿着棍棒赶来助战，打得它倒在地上奄奄一息。

这时堂吉诃德和桑丘见罗西南多横遭棒打，也气喘吁吁地赶过来。堂吉诃德对桑丘说：

"桑丘老兄，若我所见不虚，这些人不是骑士，而是下流的恶人。我的意思是，对于罗西南多就在我们眼皮底下遭受的欺凌，你可以帮助我一起采取正当的报复行为。"

"见鬼！我们要采取什么报复行为？"桑丘说，"他们有二十多个人，咱们才两个人，甚至说一个半也差不多。"

"我以一当百！"堂吉诃德说。

话不多说，他立刻拔剑出鞘，砍向扬瓜斯人。桑丘受到主人身先士卒的鼓舞和激励，便也跟他一样冲上去。堂吉诃德一下就砍中了一个敌人，不但划破了他身上的皮外套，还划伤了他的背。

这帮加利西亚人见对方只有两个人，竟然欺负到自己头上来了，便仗着人多势众，举着棒子蜂拥而至。他们将主仆二人围在中间，

---

[1] 加利西亚，西班牙西北部地区。除第一版外，其他版本均改成"扬瓜斯"，但也有学者认为此处并非作者笔误，而是有两个名为扬瓜斯的地方，有一个位于加利西亚。

棒子如暴风骤雨般猛烈地招呼下去。事实上,才不过两个照面桑丘就倒在了地上,堂吉诃德也未能幸免。他的高超剑术和高涨热情毫无用武之地,反而很不走运地摔倒在罗西南多脚下,而罗西南多直到这时候还没能站起来:这些人下手之狠毒可见一斑。

见现场惨烈,脚夫们以最快的速度整理好马群,继续上路了,只留下这两位外形狼狈不堪、内心更加惨淡的冒险家。

先回过神来的人是桑丘·潘萨。见自己正躺在主人身边,便用虚弱而哀怨的声音说:

"堂吉诃德先生!唉,堂吉诃德先生!"

"桑丘兄弟,有何指教?"堂吉诃德接话的语调跟桑丘一样痛苦沮丧。

"如果可能的话,"桑丘说,"要是您手里有'肥不拉唧'的那个水,能不能让我喝两口?既然它能接好断骨,也许对伤口愈合也管用。"

"真倒霉!我要是有药的话,还有什么可发愁的?"堂吉诃德回答说,"不过桑丘·潘萨,我以游侠骑士的信仰向你发誓,只要命运不再节外生枝,只要我这双手好了,用不了两天时间我就能熬制出来。"

"那么,依您之见,咱们这手脚要几天时间才能动弹?"桑丘·潘萨问。

"我只能说,"遍体鳞伤的骑士回答说,"我也不知道。不过这一切都是我咎由自取:对于那些并非武装骑士的平民,作为骑士不得拔剑相向。所以,一定是因为我违反了骑士道规矩,掌管战事的神明才略施薄惩。总之,桑丘·潘萨,你最好记住我现在要对你说的话,因为这对你我二人的人身安全都很重要:下次再遭遇类似的恶棍欺凌，不要指望我拔剑而起，我以后再也不会这样做了！应该由你出手，随心所欲地惩罚他们。当然，如果有骑士赶来为他们助阵，我也会挺身保护你，竭尽全力迎战。经过无数次经验的证明，你已经了解我这双强壮的臂膀是何等骁勇。"

因为战胜了勇敢的比斯开人，这位可怜的先生竟变得如此骄傲自大。不过桑丘·潘萨对主人的嘱咐可并不买账，他反驳说：

"主人，我是一个爱好和平、性情温顺的人，何况还得养家糊口，所以对于任何欺辱都可以宽容忍耐。我必须跟您说清楚：在这件事情上我可没法听您的！以后不管遇到什么情况，不管对方是平民还是骑士，我都不会再冲上去了。看在上帝的分上！从今天开始，我原谅人们曾经对我造成的和将要对我造成的任何伤害，不管是上等人还是下等人，富人还是穷人，贵族还是平民，对我做过的、正在做的、将要做的，统统都一样，没有例外。"

主人听到这番话，回答说：

"真希望这边肋骨不要疼得那么厉害，好让我有力气能从容地说话，好好给你讲讲你到底错在哪里。潘萨，过来！你这个罪人！虽然到目前为止咱们还没有交上好运，但如果命运掉转风向，吹着我们无惊无险、一帆风顺地如愿着陆在某个小岛，又让我赢得了它，并按照承诺封你为海岛总督，到时你该如何自处？你根本不可能管好这块领地，因为你既非骑士，又无成为骑士的意愿和决心，更无勇气报复所受到的伤害，更别提捍卫你的主人！要知道，凡是新近被征服的国度或省份从不会老老实实地服从新的领主，这是天性。如果不对此有所戒备，稍有动荡就会让一切再度陷入混乱，并且回到人们常说的听天由命的状态。因此，新领主必须要具备治理国家的学识、主动进攻的胆略，以及在任何事件中捍卫自己的勇气。"

"就此刻的遭遇而言,"桑丘回答说,"我倒是希望自己有您说的这种学识和勇气。但是以倒霉蛋的名义向您发誓,我现在更需要糊膏药而不是耍嘴皮子。您试试能不能站起来,然后咱们一起把罗西南多扶起来。要我说,帮它都是多余,就是因为它咱们才挨的这顿好打!真不敢相信是罗西南多捅的娄子,我一直以为它跟我一样又纯洁又温和。不过还是老话说得好,路遥知马力,日久见人心。人这辈子,没什么事情是一定的。谁能想到呢,您刚狠狠砍伤了那位倒霉的游侠骑士,转过脸来咱们背上就挨了这一顿痛打?"

"桑丘,"堂吉诃德说,"你皮糙肉厚,应该更习惯棍棒交加才对。不像我细皮嫩肉,是在绢纱和洁白亚麻细布间长大的,所以毫无疑问在这场不幸遭遇中会感受到更大的痛楚。我猜想……说什么猜想啊,我敢肯定,所有这些磨难都是投笔从戎所必须要承受和经历的,否则我会当场气死。"

持盾侍从闻听此言问道:

"主人,要是对骑士道的回报就是这些倒霉事的话,请您告诉我,这是家常便饭呢,还是只在特定的时候发生?因为我觉得,这样的事要再来那么两次,咱们就没命挨到第三次了,除非上帝大发慈悲。"

"要知道,桑丘老兄,"堂吉诃德说,"游侠骑士的一生得经历无数危难,他们不但具备成为国王或皇帝的潜力,也有此宏图大略,很多骑士的经历都证明了这一点,他们的故事我如数家珍。若不是疼得厉害,我现在就可以给你讲一讲凭一己之力成为九五之尊的豪杰故事,那些人或早或晚都曾遭遇过大灾大难。比如英勇的阿马蒂斯·德·高卢落到死对头、魔法师阿尔卡拉乌斯手里,被囚禁在一个院子里,绑在柱子上拷问,又被马鞭抽了二百多下。还有一位翔实可信的佚名作者声称，有人设诡计抓住了太阳骑士，当时他正在某个城堡内，脚下突然塌陷，摔下去后发现自己身处地下深渊，手脚都被捆住，在那里还被强行灌进用雪水和沙水制成的所谓灌肠液，被折磨到奄奄一息，要不是他的魔法师好友在此危难时刻前来营救，这位可怜骑士的结局将不堪设想。因此我也完全可以忝列其间，跟那些英豪所遭受的凌辱相比，我们目下的遭遇完全不值一提。

"桑丘，希望你能明白，偶然或随机的、器械所造成的伤口并不值得令人感到羞辱，这一点在决斗法则中写得清清楚楚。如果一个鞋匠用手上的鞋楦子打另一个人，虽然这是实实在在的棍打，但并不因此就认为被打的那个人受到了侮辱。我说这些是为了让你不要因为在这场械斗中被打伤了，就认为我们受到了欺辱——如果我没记错的话，那些人用来行凶的不过是手中的牧棒，他们中没有人携带有剑杖、剑或匕首。"

"我根本没来得及看清楚，"桑丘说，"我还没来得及拔出'提索纳宝剑'，肩膀就重重挨了一棍子，只觉得眼前一黑，两腿发软，就倒在了现在躺着的地方。至于这顿痛打算不算一种侮辱，我是不大在乎的，倒是这些棍棒落在背上，疼在心里，想忘也忘不掉啦！"

"无论如何，潘萨老兄，我告诉你，"堂吉诃德说，"没有什么记忆是时间抹不去的，也没有什么痛苦是死亡终结不了的。"

"只能等待被时间抹去、被死亡终结，"桑丘抱怨说，"难道还有比这更不幸的事吗？如果伤处贴几剂膏药就能好，还能勉强挨过，可我渐渐觉得，哪怕用上一整个医院的膏药都救不过来了。"

"够了！桑丘，振作起来，别那么软弱，"堂吉诃德回答，"我也会振作起来。咱们去看看罗西南多怎么样了。依我看，这个可怜的家伙遭的罪一点也不比我们少。"

"这没啥可奇怪的，"桑丘回答说，"因为它属于这么优秀的游侠骑士。真正令人惊奇的是我的毛驴竟然躲过一劫，我们丢了半条性命，它却没伤着一根毫毛。"

"天无绝人之路，"堂吉诃德说，"我这么说是因为这个畜生正好可以顶替罗西南多，驮着我离开这里，找一座城堡养伤。当然了，这样做对骑士道并无不敬，因为我记得曾经读到过，那位善良的老头西勒尼[1]，也就是欢乐之神的抚养者和伙伴，在进入百门之城[2]时就是怡然自得地骑着一头漂亮的驴子。"

"您说他骑着毛驴倒有可能是真的，"桑丘说，"不过，像个垃圾袋一样横在驴背上跟骑着毛驴可是两回事，一个天上，一个地下。"

对此堂吉诃德回答说：

"在战斗中所受的伤只会为人增光添彩而不是令人颜面尽失。所以，潘萨老兄，别再跟我顶嘴了。照我刚才说的，尽量站起来，把我放到毛驴背上，能怎么放就怎么放。我们快离开这里，免得夜色降临，在这荒芜之地再遇上抢劫。"

"可我曾听您说过，"潘萨说，"常年睡在不毛之地和荒郊野岭才是十足的游侠骑士做派，而且您还认为那是很幸福的事呢。"

"的确如此，"堂吉诃德说，"不过只有无计可施或饱受相思之苦的时候才是这样。这话千真万确，甚至有骑士睡在一块巨石上，在风吹日晒的严酷天气下生活了两年，他的心上人却对此毫不知情。

---

[1] 西勒尼是古希腊神话中的"森林之神"，也是后文"欢乐之神"即酒神狄奥尼索斯的导师。
[2] 古希腊诗人荷马所说的"百门之城"是古埃及的底比斯，这里塞万提斯以此指代古希腊的底比斯，即酒神的故乡。

阿马蒂斯也是其中之一，那时他还叫作'忧郁美男子'，就在'苦岩'上度过了不知是八年还是八个月，我对数字不太擅长：只知道他那样做是为了忏悔自己对奥利亚娜女士造成的某桩烦恼。不过先不提这个了，桑丘，到此为止吧，别等着这毛驴也遭到像罗西南多一样的不幸。"

"也许魔鬼还在那里没走呢。"桑丘说。

在发出了三十遍呻吟、六十声叹息和一百二十句对肇事者们的谩骂和诅咒之后，桑丘在路中间站了起来，身子弯成了一张土耳其弓，怎么也直不起腰，就这样挣扎着给毛驴套上了鞍。因为当天过分自由，连毛驴都有些心不在焉。桑丘又扶起罗西南多，这畜生要是能开口抱怨，牢骚肯定不比桑丘或者自己的主人少。

长话短说，桑丘把堂吉诃德安置到驴背上，又把罗西南多拴在后面，便拉着毛驴的缰绳，向估摸着能通往官道的方向走去。这回他们运气不错，走出不到一里格就到了尽头，那里有一家客栈，不过按照堂吉诃德的执念，这是座城堡无疑。桑丘坚持说是客栈，主人却一口咬定是城堡。两人争论不休，一直到客栈门口都没辩出个高低。桑丘不再纠缠，带着全班人马进了客栈。

第十六回
天才绅士在客栈的遭遇，他将之想象为城堡

店老板见堂吉诃德横躺在驴背上，便问桑丘怎么回事。桑丘告诉他，主人并无大碍，只是从一块巨石上跌落，挫伤了肋骨。这个店的老板娘品性跟一般生意人不同，她生性仁慈，对他人的不幸极

富同情心，立刻赶过来给堂吉诃德疗伤，还让一个待字闺中的女儿来做帮手，这姑娘年纪尚小，模样俊俏。客栈里还有一位来自阿斯图利亚斯的侍女，宽脸膛、扁扁的后脑勺、塌鼻子，一只眼睛失明，另一只视力也不大好。不过她身体的姿态更盖过了其他所有缺陷的风头：从头到脚身长不过七拃，背驼得厉害，导致她不得不总是盯着地面，尽管自己并不情愿。这位体态非常的侍女帮着小姐一起在一间小小的阁楼中为堂吉诃德搭了一张粗劣的床。很显然，这间阁楼之前很多年间都是用来存放干草堆的。

那天客栈里还住着一位脚夫，他的床正好在堂吉诃德睡榻旁边，虽然只是用骡子的驮鞍和毯子搭成的，却比堂吉诃德的床强多了——骑士的卧榻不过是四块平板架在两张高低不同的板凳上，床垫极为狭窄，而且到处坑坑洼洼，要不是从几个破洞里露出点羊毛，光用手摸还以为是硬邦邦的鹅卵石。床单用两张椭圆形皮盾充数，再加一条毯子。如果仔细数数，能把毯子上的线一根根数清楚。

堂吉诃德就在这张粗制滥造的床上躺下，接着老板娘和女儿便从头到脚给他抹上膏药，而玛丽托尔内斯，就是那位来自阿斯图利亚斯的侍女，为大家掌灯照明。老板娘敷药时见堂吉诃德全身都青一块紫一块，便说这不像是摔的，倒像是被打的。

"不是被打的，"桑丘说，"而是石头上有很多尖角和坑坑洼洼，所以才有瘀青。"他又补充说："太太您行行好，膏药好歹剩一点，因为少不得还有别人需要它，连我背上也有点疼呢。"

"那就是说，"老板娘问，"你也摔下来了？"

"我没有，"桑丘·潘萨说，"只是看到主人摔下来吓了一跳，我身上也像受了感应一般，疼得仿佛被打了千万棍。"

"这倒有可能。"小姐说，"我好几次梦见自己从一座塔上掉下来，却怎么也落不到地上。当我从梦中醒来，发现自己又累又疼，就好像真的摔下来了一样。"

"太太，可真是这样。"桑丘·潘萨回答说，"不过我可没有做梦，那时比现在还要清醒，我身上的瘀青也不比我的主人堂吉诃德少。"

"这位绅士叫什么名字？"来自阿斯图利亚斯的玛丽托尔内斯问道。

"堂吉诃德·德·拉曼查，"桑丘·潘萨告诉她，"是一位冒险骑士，是全世界前所未有的最好、最强大的骑士之一。"

"什么叫冒险骑士？"女仆问道。

"你们真没见识，连这都不知道？"桑丘·潘萨回答说，"告诉你吧，我的姐妹，冒险骑士就是一会儿无缘无故挨揍，一眨眼又当上了皇帝的人：今天还是全世界最倒霉、最困苦的人，明天就会拥有两到三个王国的王位可以分封给他的持盾侍从。"

"既然你有一个这么厉害的主人，"老板娘说，"怎么你看上去连一个伯爵封地都没有？"

"还早呢，"桑丘回答说，"我们才刚出来一个月[1]，到处寻找冒险，不过到目前为止还没遇到什么真正的挑战。俗话说踏破铁鞋无觅处，得来全不费工夫。不过毫无疑问，只要我的主人堂吉诃德从这次受伤……我是说，摔伤中恢复健康，我自己也没落下驼背，就是拿西班牙最尊贵的封号来换我这个前途，我也不干。"

堂吉诃德专注地倾听着这些对话，然后挣扎着在床上坐起来，拉住老板娘的手对她说：

---

[1] 此处为桑丘大话，其实主仆二人刚出来三天。

"相信我,美丽的太太,我在这个城堡中留宿可称得上是你们的荣幸;作为风云人物,本该自报家门,不过正所谓'自夸者无长,自伐者无功',我的持盾侍从会让你们了解我的身份。我只想说,你们的恩情我会永远铭记,并在有生之年一直心存感激。苍天在上,无情的美人杜尔西内亚啊!但愿爱情没有让我如此臣服于您的意志、如此羁绊于您的目光!我对这位美丽的小姐心心念念,她的言语主宰着我的自由。"

老板娘母女和善良的玛丽托尔内斯听到游侠骑士这番话大惑不解,仿佛他说的是希腊语一般。虽然她们都明白这是骑士在表达感谢和奉承,不过这种古怪的语言还是让她们目瞪口呆,觉得这位先生不是寻常人。女士们以客店里常用的客气话回应他的殷勤,接着便离开了。来自阿斯图利亚斯的玛丽托尔内斯又去为桑丘疗伤,他的伤势一点也不比主人轻。

此前脚夫早已跟玛丽托尔内斯约好当天晚上行苟且之事。姑娘信誓旦旦地保证,等客人们都悄无声息了,主人们也都入睡了,就过来找他,满足他的任何要求。据说这位好心的姑娘在这种事情上一向言而有信,哪怕是在深山中许下的无人见证的诺言,也绝不出尔反尔。有人猜测她本是贵族出身,所以即使在客栈中当个侍女也不肯自甘堕落。据她自己说,落到如此境遇不过是因为家道中落、命途不济。

阁楼里杂乱无章,堂吉诃德那张坚硬狭小、挤挤巴巴的床就在入口处,旁边还给桑丘搭了一个睡榻,只铺一张灯芯草席,毯子不像是羊毛的,倒像是光秃秃的大麻布。再往里去是脚夫的床,正如上文提到,是用他自己带来的两套最好的驮鞍和配件搭成的。脚夫一共带了十二头骡子,全都膘肥体壮,远近闻名。他是阿雷瓦洛最有钱的脚夫之一，本故事作者还在文中对其做了专门的注释，据说对此人非常了解，甚至暗示跟作者本人有某种亲戚关系。

熙德·哈梅特·贝内赫里似乎是一位在所有事实上都极度细致而精准的历史学家，凡有所提及，哪怕是细枝末节、无足轻重的事，也不肯略过任何信息。有一些号称严谨的历史学家则不然：他们讲述事实是如此简单扼要，不知是由于疏忽、由于无知还是刻意为之，对作品中最有意义的东西一笔带过、不着笔墨。因此，精细描述一切细节的《塔布兰特·德·瑞卡蒙特》[1]和另一本讲述托米亚斯伯爵[2]事迹的书籍，它们的作者值得受到无数次的赞美！

闲话少叙。脚夫在巡视畜群并喂过第二遍饲料以后，就躺在自己的驮鞍上，开始等待一向准时的玛丽托尔内斯。这时桑丘已经敷了膏药躺下，虽然很困，可肋骨的剧痛让他辗转难眠。堂吉诃德也一样疼痛难忍，眼睛睁得老大，像兔子一样。整个客栈陷入沉寂，一片漆黑，只有门厅中间悬挂的一盏灯发出幽光。

我们的骑士时时刻刻都在琢磨，负责讲述自己经历的作者应该如何原原本本记录他所遭遇的各种不幸。眼前这绝妙的静寂，让他产生了一种匪夷所思的疯狂想象：他幻想自己来到一座著名的城堡——上文说过，在他眼中，住过的所有客栈都是城堡——而那位客栈老板的女儿正是城堡主人的千金，为他的翩翩风采所折服，疯狂爱上了他，并承诺当天晚上背着父母来与他私会。这些凭空编织出来的荒唐美梦，他越想越认定是真实发生的，于是开始感到不安，

---

1 《塔布兰特·德·瑞卡蒙特》，12世纪末法国骑士小说，于1513年在西班牙问世。
2 托米亚斯伯爵，法国12世纪英雄史诗中的人物。

将之视为考验自己忠贞的紧要关头。他暗下决心：即便是希内布拉女王[1]带着她的侍女钦塔尼奥娜亲临，也绝不背叛心上人杜尔西内亚·德尔·托博索。

正胡思乱想间，阿斯图利亚斯女人与脚夫约定的时间到了——对堂吉诃德来说，这真是个不幸的时刻。她只穿衬衣，光着脚，头发用绒发网束起，蹑手蹑脚摸进他们三个人住的储藏室去与脚夫幽会。谁知她刚到门口，堂吉诃德就感觉到了，虽然满身膏药，却仍强忍着肋骨的疼痛从床上坐起，伸出双臂迎接他美丽的小姐。

阿斯图利亚斯女人本来蜷缩着身子不声不响，仅靠双手摸索着往前寻找情人，却正好遇上堂吉诃德的手臂，一把抓住她的手腕，把她拉进怀里。姑娘不敢作声，只好在床沿坐下。他抚摸她粗麻布的衬衣，却认为是最精美、最轻薄的细纱；姑娘手腕上戴了几颗玻璃珠子，在他眼中却像是珍贵的东方珍珠闪着微光；姑娘马鬃一样的头发，他却看成是最澄澈的阿拉伯黄金制成的金丝，其光辉足以令太阳失色；虽然她的气息毫无疑问是隔夜冷沙拉的味道，他却感觉她嘴里呼出柔美馥郁的香气。

总而言之，他在想象中勾勒着她的形象，跟某部书中刻画的公主一模一样。这位公主一片痴情，穿戴起满身的珠光宝气来看望受伤的骑士。这位可怜的绅士如此全情投入想象，不管是手上的触感，还是姑娘身上的气味，还是她佩戴的其他任何东西，都没能让他清醒过来。尽管除了那位脚夫之外，任何人都会对这些东西感到反胃，可他却觉得自己抱在怀中的正是美神本人。他紧紧抓住姑娘，用充

---

[1] 希内布拉女王，苏格兰国王之女，著名的亚瑟王之妻。

满爱意的语调低声说：

"美丽高贵的小姐，我真希望自己有能力回报一睹绝色美人芳容的恩情。怎奈天妒英才、命运弄人，如今我受困于这方卧榻，伤势严重、浑身酸痛，即便有心偿你所愿，也无能为力。何况，除了行动不便，更重要的原因在于我对举世无双的杜尔西内亚·德尔·托博索抱有忠诚的信念：她是我内心深处唯一的女人！若不是早已心有所属，我绝不至如此冥顽不灵，白白错失这个大好机会，辜负您的一片深情。"

玛丽托尔内斯被堂吉诃德紧紧抓住，心烦意乱、汗流浃背。他说的那番话，她既不明白，也不在意，只顾一言不发地努力挣脱。脚夫因为心有邪念，所以一直醒着，相好的姑娘一进门他就感觉到了，后来又侧耳细听堂吉诃德这番表白，以为阿斯图利亚斯姑娘移情别恋，不由得心生醋意，便朝堂吉诃德的床凑过去，想听听这番喋喋不休、莫名其妙的话到底是怎么回事，谁知正好看到姑娘奋力挣脱，堂吉诃德却紧抓不放。脚夫认为这玩笑开得实在过分，于是高高挥舞着胳膊，照着被爱情冲昏头脑的骑士那消瘦的颌骨重重打了一拳，打得他满嘴是血。这还不够，脚夫又踏住堂吉诃德的肋骨，将他从头到脚乱踩一气。

这床本就摇摇欲坠，基础十分脆弱，一加上脚夫的重量当然承受不住，立即轰然倒塌。这巨大的响声吵醒了店老板，他立刻就意识到这一定是因玛丽托尔内斯而起的冲突，因为大声喊她她却一言不答。店老板心中惊疑，爬起来点了一盏油灯，循着争吵声而来。姑娘见主人暴跳如雷地找来，吓得浑身发抖，慌不择路地钻到还在呼呼大睡的桑丘·潘萨床上，身体蜷缩成一团。店老板进来问道：

"你在哪儿呢？你这个婊子，不用问，一定是你干的好事！"

这时候桑丘醒了,感觉被什么东西压得喘不过气来,还以为自己在做噩梦,便开始胡乱地拳打脚踢,也不知道有多少拳脚打中了玛丽托尔内斯。姑娘疼痛难忍,不甘示弱,再不顾什么矜持名声,开始激烈还手。这下桑丘完全醒了,见这不明身份的人如此对待自己,便挣扎着抬起身子一把抱住玛丽托尔内斯,这两人开始了全世界最激烈也最好笑的打斗。

借着店老板油灯的光亮,脚夫看到相好的姑娘正与人缠斗,便丢下堂吉诃德赶去助阵。这时店老板也扑了上来,不过他的目的正好相反,是去惩罚那姑娘,因为他认定是她一手造成了这场闹剧。这正应了俗话说的"猫追老鼠,老鼠追绳子,绳子追棒子"——脚夫打桑丘,桑丘打姑娘,姑娘打桑丘,店老板又打姑娘,所有人都胡乱地你来我往,谁都不肯停手。最妙的是,店老板的油灯灭了,屋里一片漆黑,所有人下手更不留情,拳头所到之处几乎无物幸免。

无巧不成书。那天晚上客栈里住了一个托莱多神圣兄弟会的巡逻队长。他也听到了这场打斗发出的奇怪巨响,便抓起短杖和装职位介绍信的铁皮盒子,摸黑进了房间,高声喊道:

"以法律的名义,都不许动!以旧神圣兄弟会[1]的名义,都不许动!"

他头一个碰上的就是吃饱了拳脚的堂吉诃德,直挺挺躺在倒塌的床上,毫无知觉。他一边摸索着把手放到堂吉诃德鼻下,一边不停地喊:

"谁敢目无王法!"

---

[1] 旧神圣兄弟会,13世纪在托莱多建立,区别于15世纪重新组建的神圣兄弟会。

他发现自己抓住的那个人已经音息全无,便推测此人已惨遭毒手,屋里那些人正是凶手,这样想着,便提高了声音喊道:

"关上客栈的门!别让任何人跑了,这里死了一个人!"

这句话把所有人都吓了一跳,齐齐住了手。店老板回了房间,脚夫回到驮鞍上,姑娘也跑回了自己的破屋,只有倒霉的堂吉诃德和桑丘还在案发地动弹不得。这时巡逻队长松了堂吉诃德的胡子,打算出去找个火,以便搜捕罪犯,谁知遍寻不着,原来店老板回房的时候故意把灯灭了。巡逻队长只好赶到烟囱那里,费了半天劲终于点燃了另一盏油灯。

第十七回
勇敢的堂吉诃德和善良的侍从桑丘·潘萨在客栈中经历重重磨难,骑士执迷不悟地认为那是城堡

这时候堂吉诃德已幽幽醒转,他用前一天躺在"棍棒之谷"中呼唤侍从一样的嗓音,开始喊叫起来:

"桑丘老兄,你睡了吗?你睡了吗?桑丘老兄?"

"还睡什么该死的觉!"桑丘回答,一腔烦闷,满腹委屈,"今天晚上好像所有的魔鬼都找上我了。"

"那么毫无疑问,你可以相信,"堂吉诃德说,"除非是我孤陋寡闻,这座城堡一定被施了魔法!因为你要知道……不过我现在告诉你的事,你得发誓一直到我死都要保守秘密。"

"行,我发誓。"桑丘说。

"我这么要求,"堂吉诃德坚持说,"是因为我不愿毁人名誉。"

"我说了,我发誓在您死前绝不说出去!"桑丘重复了一遍,"不过愿上帝保佑明天就可以说出来。"

"桑丘,我待你这么差吗?"堂吉诃德问,"你希望我那么快就死?"

"不是这样的,"桑丘回答说,"只是因为我心里藏不住事,受不了把秘密烂在肚子里。"

"不管怎么说,"堂吉诃德说,"我相信你的友爱和守礼。所以我必须告诉你,今天晚上我经历了匪夷所思的奇遇。简单地说,刚才这座城堡主人的女儿来找我了,她可算是全世界最年轻美貌的小姐。哦!我要如何描述她佩戴的首饰?如何形容她出众的才智?又如何将其中的曲折隐衷向你和盘托出?比如,为了坚守对心上人杜尔西内亚·德尔·托博索的忠贞信仰,我竟放她完璧归赵悄悄离去?我只能说,也许是上天嫉妒我竟有如此艳遇,或者也许更准确地说是这座城堡被施了魔法,正如我刚才所说,我既没看清她,也不知她是从哪儿冒出来的。正当我与她你侬我侬、情意绵绵、互诉衷肠时,不知从哪里凭空飞来一只手,仿佛是某个异乎寻常的巨人伸出胳膊往我的颌骨上重重打了一拳,打得我满嘴是血。后来他又把我痛打了一顿,昨天因为罗西南多的放肆而被脚夫们欺负的时候都没那么糟糕,那事你知道的。据此我推测,一定有某个摩尔巫师在看守着这位小姐的美貌,而这宝藏并非为我存在的。"

"肯定也不是我,"桑丘回答说,"因为我就像被整整四百个摩尔人一拥而上痛打了一顿似的,相比之下,此前挨的那些棍棒简直就是小菜一碟。不过,主人啊,您倒是说说看,咱们都弄成这样了,怎么还说这次奇遇是难得交了好运?您还好,至少还摸到了您说的那位绝世美人,可我呢?我得到什么了?只落得比棍棒更狠的一顿好打！我这辈子做梦也想不到会受这样的罪！真不幸啊，想是我妈把我生得不是时候：我既不是游侠骑士，也从没想过要当游侠骑士，可为什么大部分厄运都降临到我头上了？"

"后来你也被打了？"堂吉诃德问。

"我不是跟您说了吗？哪怕我只是个仆从。"桑丘说。

"别难过，老兄，"堂吉诃德说，"我这就熬制那种珍贵的神药，有了它我们一眨眼的工夫就能好。"

这时那位巡逻队长刚点上油灯，进来查看他以为的死人。桑丘见来人穿着睡衣、戴着睡帽，手上拿着油灯，面色不善，便问主人：

"主人，这会不会就是那个摩尔人巫师？生怕刚才打得不够，又要来惩罚我们？"

"不可能，"堂吉诃德回答说，"巫师们是不会让任何人看见的。"

"就算看不见也能感觉到吧？"桑丘说，"否则，我背上这伤是怎么回事？"

"我的后背也一样痛，"堂吉诃德说，"但这不足以说明这个显形的人是摩尔巫师。"

巡逻队长进来见这两人正从容聊天，愣住了。不过堂吉诃德确实仍然仰面躺着，一动不动，遍体鳞伤、满身膏药。巡逻队长走到他跟前问：

"怎么样啊？伙计！"

"我要是你的话，"堂吉诃德回答说，"说话就放尊重点。难道此地的习俗是用这样不恭敬的语气跟游侠骑士说话吗？蠢货！"

巡逻队长一看此人模样如此狼狈，态度居然如此恶劣，实在咽不下这口气，便举起油灯连同满壶的油一起砸到堂吉诃德脑袋上，差点把脑袋砸开了花。屋里重又陷入黑暗，巡逻队长拂袖而去。桑丘·潘萨说：

"主人，毫无疑问这一定是那个摩尔巫师。他一定是在为别人看守宝藏，留给咱们的只有拳头和油灯。"

"没错，"堂吉诃德回答说，"不用理会那些巫术，也不用为此生气着恼，因为他们是来去无踪、神出鬼没的，我们再怎么努力也找不到报复的目标。桑丘，如果你可以的话，请起身找一下这座城堡的主人，想办法让他给我找点油、酒、盐和迷迭香，用来熬那种药到病除的神药。我此刻实在急需此药，因为那个幽灵给我留下的伤口在不停地流血。"

桑丘强忍着钻心的疼痛站了起来，摸黑去找店老板的房间，却正好撞上那位巡逻队长，他正竖着耳朵听屋里的敌人到底要干什么。桑丘说：

"先生，不管您是谁，请发发慈悲给我们一点迷迭香、油、盐和酒，用来治愈全世界最优秀的游侠骑士之一。此刻他正躺在那张床上，被客栈里的摩尔巫师打得奄奄一息。"

巡逻队长听到这番话，认定桑丘是个白痴。这时天已放亮，他打开客栈的门，又唤来店老板，转告了这位好人需要的东西。店老板尽数找来了，桑丘便给主人送去。堂吉诃德此刻正用手捧着头，因为挨了那一下油灯而疼得直哼哼。其实他脑袋上不过是起了两个大包，并无别的伤口，而他以为的血也不过是之前受尽折磨、呼吸困难而出的满头大汗。

最后他终于拿到这些配料并用它们做成了一种复合物：把所有材料都混合在一起慢火熬煮，直到他认为火候已成。接着他要求用一个细颈大肚瓶用来装成品，但是客栈里没有。最后的解决办法是把神药装进了一个铁皮油壶中，这还是店老板免费赠送的。最后他对着油壶念了八十多遍的《天主经》，还念了无数遍《万福玛利亚》《圣母颂》和《信条经》，一边念一边画着十字，就像在祈祷一样。所有这一切，桑丘、店老板和巡逻队长都在场见证，而那个脚夫早就没事人儿一般忙着照顾他的牲口去了。

待这些仪式完成，堂吉诃德迫不及待想要体验一下这珍贵药水的神奇功效。正好因为油壶装不下，煮药的锅里还剩一些药水，他便就着锅一口气喝下了差不多半个阿孙勃雷。刚喝完，只觉腹中翻江倒海，直吐得天昏地暗。呼吸困难加上情绪激动，顷刻间汗如雨下，赶忙吩咐众人替他盖好被子，留他独处，大家便依言照做。堂吉诃德昏睡了三个多小时，醒来只觉身体轻盈，伤痛大减，便自以为痊愈了。他真心实意地相信这费拉布拉斯水真是灵丹妙药，从今以后可放心使用，无论遇到多么危险的战斗，都无须惧怕遭遇任何不幸。

桑丘·潘萨也同样相信主人奇迹般大有好转，见锅里还剩得不少药汤，便恳求主人赐药。堂吉诃德慨然应允，桑丘便双手捧着，满怀希冀、义无反顾地往自己的肚内灌进去，这番豪饮几乎不输主人。谁知可怜的桑丘啊，也许是他的肠胃没有主人那么娇气，所以并没有直接吐出来，反而感觉呼吸困难、恶心难忍，他汗流浃背，几乎昏厥，以为自己死到临头。实在受不过这番折磨，他不但咒骂这个神药，连熬制药水的主人也一并骂成了强盗。堂吉诃德见状，对他说：

"桑丘，我认为你遭遇此番痛苦都是因为你还不是受封的骑士。据我推想，不是骑士的人饮不得这种汤药。"

"您既然知道，"桑丘反问他，"为什么还让我喝？您跟我、跟我们一家老小有啥过不去的？"

谁知就在这时,药效突然发作,可怜的侍从以迅雷不及掩耳之势开始上吐下泻,又倒了下去,不管是身下的灯芯草席,还是盖在身上的麻布毯子,都被糟蹋得再无可用。他几度昏厥,全身战栗,汗如雨下,不只他自己,所有人都以为这回他准没命了。整整折腾了近两个小时,直到最后他也没有像主人一样好转,反而更痛苦不堪。

正如刚才提到,此时堂吉诃德已精神大振,恨不得立刻出发去寻找奇遇,甚至感觉自己每耽搁一刻,都是对这个世界、对急需救助和保护的人们的亏欠。何况如今有了神药,更觉得安全无虞。于是他迫不及待,亲自动手给罗西南多备了鞍,给侍从的毛驴上了驮鞍,帮着桑丘穿上衣服,又将他扶上毛驴。接着他翻身上马,来到客栈的一个角落,取了根长竿用作长矛。

当时客栈里有二十多个人,都眼睁睁在那里看着。堂吉诃德见店老板的女儿也看着自己,便目不转睛地报以深情注视,并不时地唉声叹气。这叹息来得深沉,所有人都以为那是双肋疼痛的缘故——至少头天晚上亲眼见他敷膏药的人们都是这么认为的。

两个人都上了坐骑,来到客栈门口。堂吉诃德叫来店老板,一本正经地用非常严肃而平静的口气对他说:

"堡主先生,在城堡中承您的大恩大德,终生难以为报。若您曾受过任何欺凌,我愿为您一雪前仇作为酬谢。阁下容禀:区区不才,却肩负行侠仗义、惩奸除恶的大业。请您细想,如有任何此类的怨恨宿仇尽可托付于我。我以骑士道的名义向您起誓,只消您吩咐,我一定赴汤蹈火、在所不辞!"

店老板以同样沉稳的语调回答说:

"骑士先生,我不需要您为我报什么仇、申什么冤,因为本人也并非任人欺凌的人。不过这一晚在客栈中产生的费用您得付给我——两头牲口吃的干草和大麦，还有你们二位的晚餐和床铺。"

"怎么？闹了半天，这是一家客栈？"堂吉诃德问道。

"如假包换。"店主人回答。

"我竟被蒙骗至此！"堂吉诃德回答说，"这是一座城堡，而且是座颇具规模的城堡，对此我始终深信不疑。但如果这不是城堡而是客栈，那么现在您唯一的选择就是免除我的费用，因为我不能违反游侠骑士的规矩。到目前为止，我尚未读到过与这些规矩相悖的准则，因此可以肯定，游侠骑士无须为住宿或其他事情向接待的客栈支付费用，因为无论于法于理，他们受到的任何款待都是应得的，以酬答他们四处冒险所经受的常人无法忍受的辛劳：无论步行还是骑马，无论严冬还是酷暑，日夜兼程、忍饥挨饿，挨受各种严酷天气和路途艰险。"

"这跟我毫无关系。"店老板回答，"把欠我的钱付清就行。咱们别再讲什么故事，谈什么骑士道了。我只管照看好自己的财产，其他事情一概不管。"

"你这个蠢货、奸商！"堂吉诃德骂道。

接着他用马刺一踢罗西南多，斜端着长矛，就从客栈冲了出去。没有人阻拦，他也没顾上回头看看持盾侍从有没有跟上来，一气跑出老远。

店老板见堂吉诃德赖账逃跑，便上来找桑丘·潘萨要钱。谁知桑丘一口咬定，既然主人不付钱，自己也不会付，作为游侠骑士的持盾侍从，在住店不买单这件事情上，适用于主人的规则和情理，也同样适用于自己。店老板听了大为光火，威胁说再不付钱就让他吃不了兜着走，到时候后悔都来不及。对此桑丘回答说，以他的主

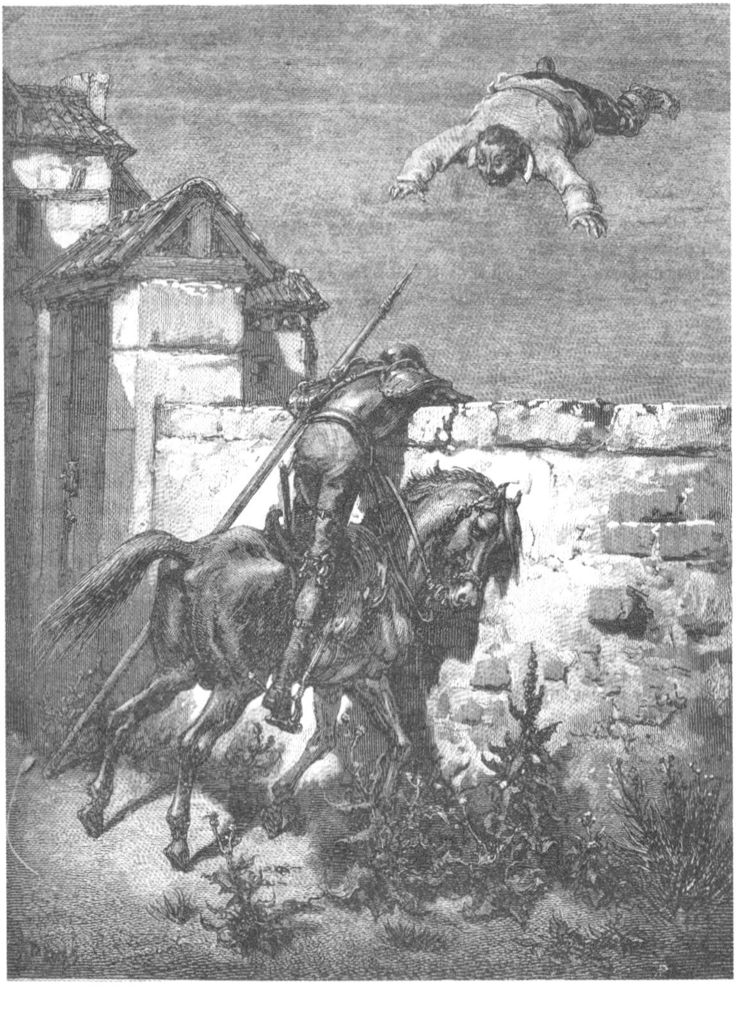

人所受的骑士封号发誓，自己一个马拉维迪都不会付的，哪怕为此丢掉性命：因为他不想破坏游侠骑士们古老的优良传统，也怕被以后将要步入江湖的持盾侍从们所不齿，明明自己持心公正却被指责为背信弃义。

可惜运气不肯眷顾，活该他倒霉。在那天住店的人中，有四个来自塞戈维亚的羊毛工，三个来自科尔多瓦马驹泉的匕首工匠，还有来自塞维利亚大市场的两位街坊。这些人虽说心眼不坏，却专爱拿人取乐，又胆大又刁钻。此时仿佛心有灵犀般不约而同来到桑丘身边，把他从毛驴上拉下来。一个人进屋从客房的床上取来毯子，把桑丘扔到毯子上。大家抬头看看屋顶，对于将要进行的游戏来说这高度实在不够，于是决定挪到院子里去，那可是个天高地阔的所在。就这样，他们把桑丘兜在毯子中间，一下一下高高地抛起，当成狂欢节上的狗一样取乐。

这可怜的落难人惨叫声惊天动地，传到了主人的耳朵里。堂吉诃德以为又遇上了什么新的冒险，便勒马细听，这才听清楚这叫喊声正是来自他的持盾侍从。他掉转马头，劣马加鞭奔了回来，谁知客栈已经大门紧闭。没奈何，他只好围着客栈转悠，想看看有没有可以进去的地方。

刚到院子的矮墙外，便看到人们正捉弄自己的侍从。只见桑丘在空中忽上忽下，身姿优雅敏捷，若不是堂吉诃德心中燃着熊熊怒火，我敢肯定他一定忍不住笑出声来。他试着从马背爬上墙头，可怜他全身伤痛，连下马都下不得，只好骑在马上喋喋不休地咒骂那些恶作剧的家伙。连珠炮似的辱骂难以尽述，但那些人并不因此就放弃取笑或停止恶作剧。空中飞人桑丘一刻不停地呻吟，间或时而威胁、时而恳求，不过几乎都是徒劳，这伙人直闹到实在累了才停

177

手。他们牵过毛驴,将桑丘扶上驴背,又给他披上外套。好心肠的玛丽托尔内斯见他奄奄一息的样子,觉得应该救济他一罐水,便刻意从井里打了更凉的水来。桑丘接过罐子正往嘴边送,堂吉诃德却大叫着制止他:

"孩子!桑丘!不要喝这水!孩子,不要喝,你会送命的!你看,我这里有无比神奇的药水。"说着,他拿出装汤药的铁皮油壶,"只要喝两滴这个,你一定会药到病除的!"

听到这些话,桑丘翻了个大白眼,并比主人更大声地说:

"您难道又忘了我不是骑士吗?还是您想让我把昨晚剩下的内脏都吐出来?留着您那些汤药,让它们通通见鬼去吧!不要管我!"

说完他立刻抬起罐子,但喝了一口才发现是水,立刻老大的不乐意,恳求玛丽托尔内斯拿点酒来。姑娘不但欣然照办,还自掏腰包替他付了酒钱。事实上,人们说她虽然有些事情见不得人,却颇有些基督教徒的教养和做派。

此时客栈大门敞开,桑丘一边喝着小酒,一边用脚后跟踢了踢毛驴,因为分文未付还得以全身而退,所以高高兴兴地出了门。当然了,这种欠账向来都是用自己的后背偿还的。其实店老板扣下了他的褡裢以弥补欠款,可桑丘离开时昏头昏脑的,完全没想起这茬。见他出了门,客店老板打算牢牢闩上门,可捉弄桑丘的那些人却不同意。他们才不怕呢!哪怕堂吉诃德是真正的圆桌骑士,在他们眼里也一文不值。

第十八回
桑丘·潘萨跟主人堂吉诃德之间的对话以及其他值得一提的奇遇

桑丘回到主人身边时,垂头丧气、奄奄一息,连毛驴都赶不动了。堂吉诃德见状对他说:

"亲爱的桑丘,现在我终于相信了:那个城堡,或者说客栈,毫无疑问被施了魔法。那些毫无人性的家伙竟拿你消遣,不是魑魅魍魉又是什么?此外还有一点也让我对此更加确信:我走到院子矮墙那里时,发现自己身体完全无法动弹,既无力爬上墙头,也不能跳下罗西南多,只能眼睁睁看着你受折磨。我一定也被施了魔法。我以骑士道信仰和骑士身份向你发誓!当时若不是上又上不得,下又下不得,我一定早替你出头了!如果我能这样做的话,那些心术不正的下流坯子一定会受到终生难忘的教训!虽然这种做法可能与骑士道有所背离,正如我多次告诉过你,一名骑士不该对非骑士的对手拔剑相向,除非是情况紧急,为了自保不得已而为之。"

"我要是有能力的话早就自己还手了,管他是不是武装骑士呢!偏偏我没那本事。"桑丘说,"不过我认为,事情并不像你说的那样。那些戏弄我的家伙既不是鬼魂也没中魔法,倒是跟你我一样有血有肉的人。因为所有人都有名有姓呢!我被兜在毯子里的时候听见他们互相称呼:一个叫佩德罗·马丁内斯,另一个叫特诺里奥·埃尔南德斯,还有那个店老板,我听见他叫左撇子胡安·帕罗麦克。所以,主人啊,您爬不上墙也跳不下马,不是因为中了魔法,而是有别的原因。这回我算弄明白了:我们到处寻找的这些冒险,说白了就是自寻晦气,总有一天连自己的右脚都找不到!我虽然没啥见识,不过我认为现在最好的办法就是各回各家去。这会儿正是收获的季节，也是忙着挣钱的时候，可别再四处奔走了，免得就像老话说的，破屋更遭连夜雨，漏船又遭打头风。"

"桑丘，对于骑士道你实在一无所知！"堂吉诃德说，"闭嘴吧！多点耐心，总有一天你会亲眼看到，作为骑士行侠仗义是一件多么荣耀的事！不信的话，你说说看，这世界上还有什么比打了胜仗、打败敌人更大的乐趣吗？或者有什么样的喜悦能与之比拟？没有，绝对没有！"

"也许吧，"桑丘回答说，"不过我不懂。我只知道，自打当上游侠骑士——我说的是主人您，我是无论如何也没那个福分的——咱们还从来没打过什么胜仗呢，除了对比斯开人那一次。就算是那一仗，您最后不也损失了一个耳朵和半个头盔吗？从那以后，您碰上的不是棍棒就是拳脚。我就更惨了：被人兜在毯子里取乐，被中了魔法的家伙争相戏弄。我既然没办法还手，也就没法体验您说的打败敌人究竟有多大的乐趣。"

"这正是我的遗憾。桑丘，也是你应该感到遗憾的。"堂吉诃德说，"不过从今往后我会努力去寻觅一把有特异功能的剑：凡佩此剑者，不惧任何魔法。何况，万一命运眷顾，让我遇到阿马蒂斯还被称为'燃剑骑士'时期用的那把剑，那是全世界骑士拥有过的剑里头最好的一把，因为除了我刚才说的辟邪功能，它还削铁如泥，不管多么坚硬或施咒的武装都无法与之抗衡。"

"就冲我这运气，"桑丘说，"即使有一天您真的找到这样的宝剑，肯定也跟那神药一样，只为受封骑士效力，只对他们发生作用。而我们这些侍从嘛，就活该倒霉了！"

"桑丘，别担心，"堂吉诃德说，"上天会保佑你的。"

主仆二人正说着话，只见路上滚滚而来一大团浓密的尘土，堂吉诃德立刻对桑丘说：

"桑丘，就在今天，命运为我守护的财富即将揭晓。我的意思是，就在今天，我的臂膀就要展露出其他任何一天都无法比拟的力量！今天我必将完成流芳百世、永载史册的壮举！桑丘，你看到那边的滚滚尘土了吗？那是各路人马组成的大部队行军时扬起的沙尘。"

"要这样说的话，应该有两支部队，"桑丘说，"因为对面也腾起了同样的沙尘。"

堂吉诃德回头一看，果真如此。他高兴极了，认定是两支军队要在这辽阔的平原上交战。他头脑中无时无刻不充满着对于骑士小说中描述的战斗、魔法、奇遇、迷途、情爱、挑战之类的想象，因此他的所思所想、所言所行，无一不是与此相关的。他们所见的尘土飞扬其实是从同一条路的两个方向过来的羊群带起的，但是因为漫天沙尘，所以直到近前才能看清楚。堂吉诃德确信这是两军交战，模样恳切、言之凿凿，连桑丘都不由得信了，便问主人说：

"主人，那我们该怎么办？"

"怎么办？"堂吉诃德说，"当然是扶助苦难、庇护弱小。桑丘，你要知道，来到我们面前的正是伟大的帝王阿里凡法龙指挥和引领的大军，他是巨岛塔普罗瓦纳[1]的主人；而从我们背后过来的是他的死敌卡拉曼塔斯[2]国王，人称'赤膊潘塔柏林'，因为他总是赤着右臂上阵。"

"那这两位先生之间有什么深仇大恨？"桑丘问。

---

1 塔普罗瓦纳，指锡兰岛，今斯里兰卡。
2 卡拉曼塔斯，古代占据利比亚的蛮族。

"他们互相仇恨是因为,"堂吉诃德回答说,"阿里凡法龙是一位性格暴烈的异教徒,他爱上了潘塔柏林的女儿——一位非常美丽可人的小姐。但她是基督徒,所以父亲不愿意将她许配给一个异教国王,除非他先放弃先知穆罕默德这个错误的信仰,并皈依自己的宗教。"

"以我的胡子发誓,"桑丘说,"潘塔柏林做得太对了,我必须尽力帮助他!"

"桑丘,在这件事情上你完全可以尽到你的责任,"堂吉诃德说,"因为参与这样的战斗并不要求一定是受封骑士。"

"这我明白。"桑丘回答,"不过,这头毛驴怎么办?藏在哪儿才能保证打完仗一定能找到它?我可不认为曾经有人骑着这样的畜生参加战斗。"

"你说得没错,"堂吉诃德说,"你唯一能做的就是让它听天由命吧,即使迷路也无所谓,因为一旦打赢这场战争,我们就会拥有数不清的马,连罗西南多都有被替换的危险。不过现在咱们得集中注意力,你看,我想让你认识一下这两支军队中最主要的骑士们。为了看得更清楚,好一一辨认出他们,我们退到那边的小山丘上去吧,那里可以俯瞰全局。"

于是他们来到山岗上。如果不是这漫天尘土扰乱、模糊了视线,从那里可以清楚地看到被误认为是军队的两个畜群。但即便如此,堂吉诃德也凭想象见到了事实上既看不到也不存在的场景。他提高了嗓门说:

"你看到那位身穿金色战袍的骑士,盾牌上有一只戴皇冠的狮子拜倒在一位小姐的脚下,那是勇往直前的劳尔卡尔克,也就是银桥国的主人;另一位穿着金色雕花的铠甲,携带的盾牌上有三个蓝底银色皇冠的,那是令敌人闻风丧胆的米可可棱博,也就是伟大的吉罗西亚公爵；他右手边那位身强力壮的正是无所畏惧的布朗达巴尔巴朗——阿拉伯三大封地的主人；而那位身着蟒皮战袍的骑士用一扇门作为盾牌，据传正是来自参孙[1]以死誓仇时所摧毁的寺院。

"不过现在回头看看另外一方：在另一支军队中你可以看到那位无往不胜的提莫奈尔·德·卡尔卡赫纳，他是新比斯开王子，身穿蓝、绿、白、黄四色铠甲，手持的盾牌是棕黄底色，上面有一只金色的猫，还刻有'喵呜'的铭文，这是他心上人名字的字首谐音，传说就是阿尔菲尼肯·德尔·阿尔卡比公爵的女儿、举世无双的苗乌丽娜；另一位，骑在强健的骏马背上，身穿雪一般白色战袍，手持没有任何标记的白色盾牌的，是来自法国的新晋骑士，名叫皮埃尔·帕平，他是乌特里克男爵领地的领主；还有一位用脚后跟钉掌的马靴催动五花马，武器上有对置银蓝钟图案，那就是威名赫赫的内尔比亚公爵，人称'森林中的艾斯帕尔塔费拉尔朵'，他的盾牌上有天门冬的标记，还有一行西班牙语的铭文：'好运随行'。"[2]

就这样，他将这两个骑兵队中想象出来的众多骑士一一道来，这一阵前所未有的疯意简直令他才思泉涌，所有人都被即兴描绘出了各自的铠甲、徽记、铭文。只听他滔滔不绝地继续说道：

"咱们面前这个军团由众多不同民族的人聚集而成：有的喝惯了特洛伊境内著名的桑托河那甘甜的水；有的来自马西洛平原，身形巨大；有的在阿拉伯福地筛过精致细小的黄金；有的来自清澈的特尔莫东特河那闻名遐迩的清新河岸；有的曾在金色的帕克托罗河

---

1 参孙，《圣经·士师记》中的一位犹太士师，拥有天生神力。
2 这部分提及的人物均为各骑士小说中的主人公。

以血肉开凿无数交错纵横的渠道。有言而无信的努米蒂亚人、以弓和剑闻名的波斯人、经常临阵脱逃的帕提亚人和米堤亚人、游牧迁徙的阿拉伯人、像生番一样残忍的西徐亚人、嘴唇穿孔的埃塞俄比亚人,以及其他很多民族,我记得他们的样貌,却记不住他们的名字了。

"而在另一个军团里,有的来自遍地橄榄树的贝提斯河岸,喝的是晶莹的泉水;有的在塔霍河的金色美酒滋养下面容光洁透亮;有的享用过神圣的赫尼尔那令人延年益寿的河水;有人曾在牧草丰美的塔尔特苏斯平原上驰骋;有人曾在赫雷斯天堂般的牧场逍遥度日。那戴着金色麦穗皇冠的是富裕的拉曼查人;那身着铁衣、披坚执锐的是高贵的哥特血统后裔。有人曾在匹苏埃尔加河中沐浴,这条河以平静徐缓的水流而闻名;有人曾在蜿蜒曲折的瓜蒂亚娜河所滋养的广阔牧场放牧,这条河因暗藏支流而受人称道;有人曾在比利牛斯的深山密林和亚平宁的积雪高山冻得瑟瑟发抖……总之,这几乎是整个欧洲所容纳的所有民族。"[1]

我的上帝啊!他数了那么多的省份,叫出了那么多民族的名字,而且把每一个的特征都描绘得活灵活现,完全沉醉于书中那满纸荒唐话了!

桑丘·潘萨一声不吭,全神贯注地听着主人口若悬河的解说,还时不时地回头看看是否能找到主人指名道姓的那些骑士和巨人,却一个也没发现,便对主人说:

"主人!你刚才所提到的那些勇士、巨人和骑士,也许出现在这

---

[1] 这部分提及的地理信息混杂了事实、传说与杜撰。

里却又被魔鬼带走了,至少我是没看到。也许这一切都是巫术,就像昨天晚上的幽灵一样。"

"这话从何说起?"堂吉诃德说,"莫非你没听到马的嘶叫、吹响的号角和擂起的鼓声?"

"我只听到咩咩的羊叫声,"桑丘说,"其他什么都没听到。"

这是事实,因为此时两个畜群走近了。

"桑丘,是恐惧让你闭目塞听。"堂吉诃德说,"恐惧的作用之一就是扰乱人的感官,让事物看上去面目全非。你如果实在怕得厉害,就退到一边,让我一个人去。我以一当百,足以让我相帮的一方取得胜利。"

说着,他用马刺一踢罗西南多,把长矛架在甲胄的矛托上,闪电般冲下山丘。桑丘大声喊他:

"堂吉诃德先生,快回来!看在上帝的分上,你要攻打的不过是两群羊!快回来!哎呀!我爹生下我,这是造的什么孽!您看,哪儿有什么巨人、骑士,什么猫啊、武器啊,什么零的、整的盾牌啊,什么对置银蓝钟图案,什么魔法鬼怪!您在干什么?真糟糕!"

堂吉诃德听到这番话头也不回,反而一边跑一边高声喊道:

"啊!骑士们!所有效忠于英勇的赤膊潘塔柏林皇帝并为之而战的人们,都跟我来!你们会看到我如何轻而易举向你们的敌人塔普罗瓦纳君主阿里凡法龙复仇!"

说着,他一头冲进羊群,像真的遭遇死敌一样开始奋力砍杀。照看畜群的牧羊人们大喊着叫他住手,见他根本置若罔闻,便解下投石器,开始向他耳边投掷拳头大小的石块。堂吉诃德却对这些石块满不在乎,反而不停从一头跑到另一头,喊着:

"狂妄自大的阿里凡法龙,你在哪儿?快快现身!我只是一个单

185

枪匹马的骑士，想要一对一地跟你较量，取你性命，作为你冒犯勇敢的赤膊潘塔柏林的惩罚！"

这时一颗鹅卵石刚巧击中他的侧身，打断了两根肋骨。受此重创，他自觉毫无疑问已到垂死关头，想起了随身携带的汤药，便拿出油壶放到嘴边喝了起来。谁知还没喝到他认为足够的剂量，另一块杏子大小的卵石不偏不倚正好打中他的手和手里的油壶，这一下不但把油壶打成了碎片，还打飞了他嘴里三四颗牙，打断了手上的两根手指。

受此接二连三的重创，可怜的骑士除了从马上跌落之外别无他法。牧人们跑过来查看，以为他已经死了，便匆忙赶拢畜群，收拾起被砍死的七八头羊，什么也没说就溜之大吉了。

桑丘在小山丘上眼睁睁看着主人的疯狂举动，气得揪着胡子，诅咒着命运令二人相识的那个时刻。后来见主人倒在地上，牧人们也已离去，便走下山坡来到主人身边。只见堂吉诃德狼狈不堪，不过意识还算清醒，便说：

"堂吉诃德先生啊，我不是叫您赶快回来吗？您要对付的不是什么军队，只是两群绵羊。"

"别说是两支军队，与我为敌的卑鄙魔法师有能力让更多的东西消失或变形。桑丘，你要知道，这些人想让我们看到什么，我们就看到什么，这对他们来说轻而易举。那个阴魂不散纠缠我的恶魔，见我即将在这场战役中取得无上的荣耀，便心生嫉妒，把敌方的军团变成了羊群。桑丘，你要是不信的话，我会让你清醒过来。以生命起誓！你只消做一件事，就会发现我所言非虚：骑上毛驴悄悄地跟着他们，稍微走出一段距离，他们就会恢复本来面目，不再是羊群了，而是货真价实的人，正如我之前向你描述的那样。不过现在

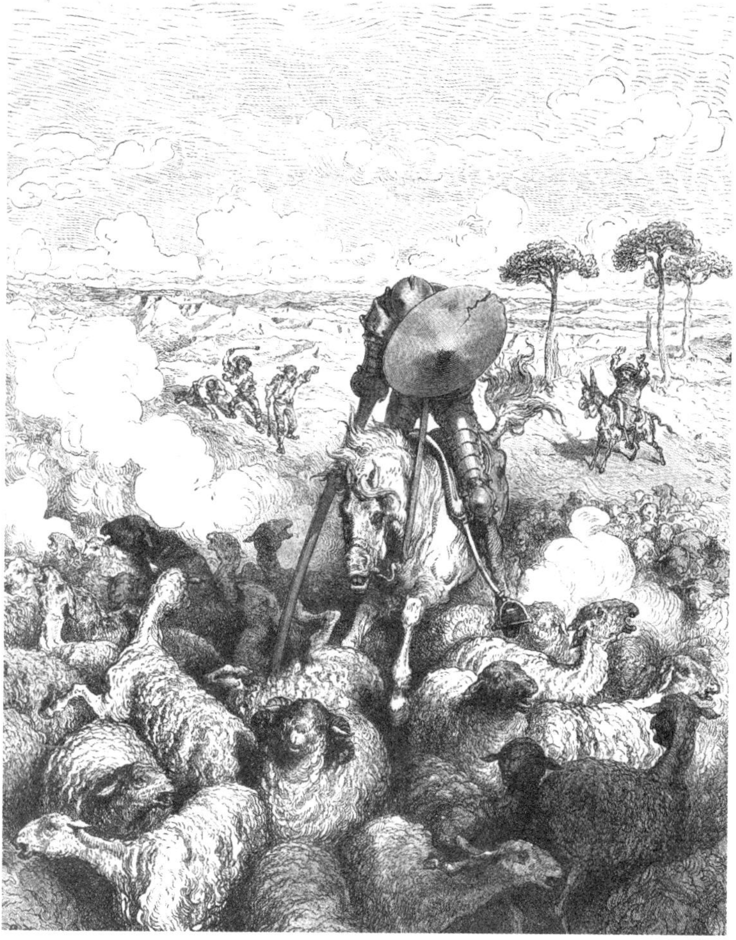

暂且别走,我需要你的帮助:你过来看看,我的门牙和槽牙掉了几颗?我怎么感觉嘴里一颗牙都没了。"

桑丘凑过去。他挨得那么近,几乎要把眼睛塞进主人嘴里去了。偏偏就在这时候,堂吉诃德胃里的汤药开始起效了。桑丘刚凑到他嘴边,他胃里所有的东西一下喷了出来,比猎枪的火力还要猛,全都喷到了可怜侍从的胡子上。

"圣母玛利亚!"桑丘喊道,"在我身上发生了什么事?这个罪人一定是伤得要死了,居然从嘴里喷出血来了!"

不过,稍微定了定神,他从颜色、味道和气味上发现这并不是血,而是油壶中的汤药,那是他亲眼看到主人喝下的。这下把他恶心坏了,胃里一阵翻腾,差点把肠子都吐了出来,也一股脑儿全还到主人身上了,这时两人的样子简直妙不可言!桑丘跑到毛驴身边,想从褡裢里找点东西清理一下自己,再给主人疗伤,谁知褡裢也不见了。他差点气疯了:一边指天咒地,一边暗下决心抛弃主人回老家去,哪怕拿不到这些日子的薪水,哪怕失去当海岛总督的机会,那可是主人信誓旦旦许给他的。

这时堂吉诃德站了起来,为了不让牙齿从嘴里掉出来,不得不用左手捂住嘴巴。他牵住罗西南多的缰绳——罗西南多是如此忠诚而伶俐,在主人身边寸步不离——来到侍从身边。桑丘正趴在毛驴背上,以手托腮,做沉思状。堂吉诃德见他如此悲伤,便对他说:

"桑丘,你要知道,伟人并不是生来就比别人伟大,而是比别人付出更多。我们经历的所有这些危难都是即将雨过天晴的迹象,一切都会好起来的。不管是厄运还是好运,都不可能永远持续。既然我们已经连遭厄运,那么从现在开始,好运便已为期不远。不要因为我的不幸遭遇而伤心，这些灾难又没降临到你头上。"

"怎么没有？"桑丘回答，"昨天被人兜在毯子里取乐的难道是别人，不是我爹的儿子我本人吗？而且今天丢失的褡裢可是我的全部家当，难道是别人的，不是我的吗？"

"桑丘，你的褡裢怎么丢了？"堂吉诃德问。

"就是丢了。"桑丘回答说。

"那今天我们没东西可吃了？"堂吉诃德责问道。

"那倒不会。"桑丘说，"草原上不是还有您认识的野菜吗？就是像您这样走了霉运的游侠骑士们在缺乏食物的时候常常用来充饥的那些。"

"无论如何，"堂吉诃德说，"此刻我更愿意吃一块面包，或者一小块黑面包加上两打干沙丁鱼，而不是迪奥思科瑞德斯[1]描写的那些野菜，哪怕是拉古那医生[2]插画的也不行。不过，好桑丘，骑上你的毛驴跟我走吧！上帝照应万物，不会就这样抛弃我们的，更何况我们正在替天行道呢？就连空中的蚊子、地上的虫、水里的蝌蚪，上帝都存怜悯之心。他是如此仁爱，总让阳光普照好人和坏人，正义与不公雨露均沾。"

"您啊，"桑丘说，"更适合当个布道牧师而不是游侠骑士。"

"桑丘，游侠骑士都是无所不知，而且理当如此。"堂吉诃德说，"就在之前的几个世纪中，曾有游侠骑士在官道上亲自讲经布道，堪比巴黎大学的毕业生。从这一点就可以推断，刀锋从不会使笔锋失

---

[1] 迪奥思科瑞德斯（约40—约90），希腊医生，药理学家。
[2] 拉古那（1499？—1560），西班牙医生，曾将迪奥思科瑞德斯的著作翻译成西班牙语。

色，而笔锋也从不会令刀锋暗淡。"

"好吧，您说什么就是什么。"桑丘说，"咱们还是离开这里吧，找个地方过夜。不过愿上帝保佑那个地方既没有毯子，也没有用毯子捉弄人的家伙；既没有鬼魂，也没有什么中了巫术的阿拉伯人。要是有的话，我就把他们统统打发去见鬼！"

"向上帝祈祷吧，孩子！"堂吉诃德说，"你来带路，想往哪儿走都行，这次你来选择投宿的地方。不过你先把手伸过来，用手指摸一下看看我右边上颌的门牙和槽牙少了几颗，我觉得那里很疼。"

桑丘把手指伸进去，摸索着说：

"您这边以前有几颗槽牙？"

"四颗，"堂吉诃德回答说，"除了智齿，所有的牙都是完好无损的。"

"先生，您好好想想再说。"桑丘说。

"我说了是四颗，要不就是五颗，"堂吉诃德回答，"因为我一辈子都没拔过牙，也没有哪颗牙齿因为龋齿或感染而磨损或掉落。"

"那么，在这一侧，"桑丘说，"下面只剩了两颗半，上面连半个也没有啊，就像手掌心那么平滑。"

"我真是太不幸了！"听到侍从传达这个悲伤的消息，堂吉诃德哀叹道，"我宁愿被砍掉一条胳膊！当然不是使剑的那条。因为我告诉你啊，桑丘，没有槽牙的嘴巴就像是没了石头的磨盘。对待一颗牙齿应该比对待一颗钻石更珍惜。但是我们这些严格遵守骑士道的人本该经历如此劫难。上来吧！朋友，你来带路，我跟着你去任何你想去的地方。"

桑丘依言，沿着官道朝他认为能找到客店的方向走去，堂吉诃德紧随其后。

一路上，堂吉诃德因为颌骨越来越疼而坐立难安，无法集中精力加紧赶路。为了让他转移注意力消遣一下，桑丘不停地跟他讲话，其中就有我们下一回将要讲述的内容。

第十九回
桑丘与主人之间的精彩对话，死尸奇遇以及其他著名事件

"主人，我认为咱们这些天的不幸遭遇一定是老天在惩罚您，因为您违反了骑士道规矩，没有遵守自己的诺言：比如不在铺着桌布的餐桌上吃饭、不跟女王打情骂俏，还有后面种种您发誓要遵守的事情，直到赢得那个叫'蛮得理'还是什么的阿拉伯人的头盔为止，名字我记不清了。"

"你说得很有道理，桑丘。"堂吉诃德说，"不过说实话，这件事早被我忘到九霄云外了。而且你也要相信，因为你没有履行责任及时提醒我，才会发生抛毯子那件事。不过我会做出补救的，在骑士道中，任何事情都有处理的方法。"

"怎么，难道我也发誓了吗？"桑丘问道。

"你没有发誓，但这并不重要，"堂吉诃德回答说，"反正我认定你并非毫无过错。无论如何，找到解决办法总不是坏事。"

"要是这样的话，"桑丘说，"您得留神别把这事儿也像誓言一样给忘了。说不定那些妖怪又来了兴致，还想找点乐子，甚至万一看到您这么钻牛角尖，还要拿您取乐呢。"

两人边走边聊，走到半路天色已晚，没有找到当天晚上可以栖身的地方。最糟糕的是他们都已饥肠辘辘，可是褡裢丢了，所有的

食物储备都丢了。仿佛这一天的倒霉事还不够,他们又遇到了一桩奇事,说是奇事实在毫不夸张:此时夜幕降临,但他们还是决定继续赶路,因为桑丘认为,这条路既然是官道,那么只消走出一两里格便理所当然能遇到某个客栈。

就这样,腹中饥饿的持盾侍从和同样渴望大快朵颐的主人摸黑赶路,突然看到前面路上一大片星星点点的亮光朝他们走来,仿佛是星辰在移动。桑丘看到这个景象魂飞魄散,连堂吉诃德也目瞪口呆。侍从拉住毛驴的笼头,主人勒住瘦马的缰绳,呆呆地站着,全神贯注地观察那是什么东西。亮光越走越近,光点也越来越大,见此情形,桑丘开始像得了汞中毒震颤症一般瑟瑟发抖,连堂吉诃德也汗毛倒竖。他振作了一下说:

"桑丘,这毫无疑问将是一个惊天动地且极其危险的奇遇,在这种时刻我必须拿出全部的勇气和力量。"

"太倒霉了!"桑丘哀号道,"我越来越觉得这又是妖魔鬼怪们干的好事,要真是这样,咱们浑身还哪儿有一块好肉去挨打?"

"哪怕有再多的妖魔鬼怪,"堂吉诃德说,"我也不会让他们动你一根头发!上次他们能捉弄你,是因为我无法跳过畜栏的墙头。但是此刻身处一马平川的原野,我可以随心所欲挥舞利剑。"

"可是如果他们对您施魔法让您动弹不得,就跟上次一样,"桑丘反问道,"再开阔的平原又有什么用?"

"无论如何,"堂吉诃德说,"桑丘,我恳求你振作起来,你会亲眼看到我为何如此踌躇满志。"

"我会的,如果上帝保佑的话。"桑丘回答。

两人让到路旁,又去专注地观察那些行走的光点到底是什么。很快他们就辨认出很多穿白色罩衣的人,这恐怖的样貌让桑丘·潘萨的勇气荡然无存，上下牙齿开始打架，像得了四月疟一样不停地哆嗦。等看清楚之后，他抖得更厉害了，牙齿咯咯作响。只见二十来个穿白色罩衣的人，都骑着马，手举火把。他们身后是一个盖着丧布的担架，再后面跟着另外六个骑马的人，从头到骡子脚都盖着丧服。没错，看这从容的步履，会发现他们骑的不是马而是骡子。这些穿白色罩衣的人个个都压低了嗓音喃喃自语。在这个时间、这样的荒郊野岭，这奇怪的景象让桑丘胆战心惊，甚至足以让他的主人也心生恐惧。桑丘此时已经连壮胆的力气都没有了，可他的主人却恰恰相反：此时此刻书中所描述的奇遇活灵活现地浮现在堂吉诃德的想象中：

这个担架是一座肩舆，上面躺着某个重伤或身亡的骑士，而为他复仇的使命就落在堂吉诃德肩上。他不再废话，而是架起长矛，在马鞍上坐正，以无畏的精神和潇洒的姿态横在半路，那是夜行人队列的必经之处。见他们走近，他放开喉咙喊道：

"站住，骑士们！不管你们是什么人，快快通报你们是谁，从何处来，往何处去，轿子里抬着什么！一切迹象都表明，不是你们干了坏事，就是有人对你们干了什么不法勾当。不管是为了惩罚你们，还是为了替你们报仇，我都应该也必须知道一切。"

"我们着急赶路。"其中一个夜行人说，"客栈还离得很远，这事又说来话长，没时间停下来闲话。恕难从命！"

说着用马刺踢了踢骡子，继续往前走。堂吉诃德听了怒从心起，抓住骡绊子说道：

"站住！放尊重些！快回答我的问题，否则，你们所有人都是在与我为敌！"

这骡子生性胆小，此刻被抓住绊子受了惊吓，四蹄腾空一下把主人颠倒在地。一个步行的随从见夜行人摔下来，便开始对堂吉诃德恶语相向。这时堂吉诃德已怒不可遏，再不答话，直接端起长矛刺向其中一个穿丧服的人，把他打得受伤倒地，接着又掉转枪头攻向其他人。这一番来势汹汹、势不可当，罗西南多仿佛生了双翅一般，脚步轻盈、神情倨傲。

所有夜行人都是手无寸铁，这一下俱各胆战心惊，毫无招架之意，转眼间纷纷擎着火炬在旷野上四散奔逃，仿佛节庆夜晚奔跑的假面面具。而那些穿着丧服的人则被大袍子裹住了手脚，无论如何挣扎翻腾也动弹不得。堂吉诃德趁机将所有人都酣畅淋漓地痛打了一顿，让他们垂头丧气，落荒而逃。所有人都以为他不是人，而是从地狱来的恶魔，来从他们手里抢走担架上的死尸。

桑丘目睹了这一切，被主人的风姿所折服，自言自语地说：

"毫无疑问，我这位主人是如此英勇无畏，他自己说得一点不假。"

第一个被挑下骡子的人还躺在地上，身边有一支火把还在燃烧。堂吉诃德借着火光看到他，便走过去用长矛指着他的脸要求他投降，否则就杀了他。对此，倒在地上的人回答说：

"够了，我已经投降了。我有一条腿断了，根本无法动弹。如果您是天主教骑士，我恳求您不要杀我，因为这将是件亵渎神明的罪行：我可是神学硕士，还是个初级教士。"

"你若是教会的人，"堂吉诃德问，"为何来到这里？"

"为何？"地上的人回答说，"先生，当然是因为倒霉。"

"那么，你若不照我之前所问将实情和盘托出，"堂吉诃德说，"将会面临更大的霉运。"

"这点我完全可以从命，"硕士回答说，"我刚才说自己是硕士，实际上不过是个学士，名叫阿隆索·洛佩兹，出生于阿尔克本达斯。我和另外十一位神父一起从巴埃萨城来，他们都已举着火把逃走。我们扶一具灵柩前往塞戈维亚城，那是一位在巴埃萨城去世的骑士，不忍遗体客葬他乡。正如刚才所说，我们正将遗体送往塞戈维亚，那既是他的出生地，也将是他的安息地。"

"是谁杀了他？"堂吉诃德问道。

"是上帝。"学士回答说，"他染上了瘟疫。"

"既然如此，"堂吉诃德说，"上帝保佑，我不必费事去为他的死报仇，如果他是因别人而死，我就得这样做。但既然导致他死亡的人已经死了，咱们也只好闭嘴，耸耸肩膀。即使是我自己这样死去，也无可奈何。阁下您可知，我是一位来自拉曼查的骑士，名叫堂吉诃德，我的使命和事业就是游侠天下、匡扶正义、锄强扶弱。"

"我真不明白您这怎么能算匡扶正义！"学士说，"对我来说您这是赤裸裸的欺凌，害我断了一条腿，可能这辈子都伸不直了！您所谓的锄强扶弱难道就是这样欺负我，让我永受屈辱？遇到您我够倒霉的了，您却说自己在四处寻找好运！"

"不是所有的事情都只有一种结果。"堂吉诃德说，"阿隆索·洛佩兹学士先生，你此刻所受的伤害，祸根还是在于你们行为不端：深更半夜穿着这些白袍子，点着火把，念着经，浑身素缟，看上去不正像来自另一个世界的鬼鬼祟祟的东西？所以，我不得不履行自己的义务对你们出手。哪怕你们是货真价实从地狱里来的撒旦，我也决不手软。我不但当时、而且一直就是这么认为的。"

"既然我命该如此，"这位学士说，"给我带来如此灭顶之灾的游侠骑士先生，我恳求阁下帮我从这头骡子底下脱身，我有一条腿卡在了马镫和马鞍之间。"

"你怎么不早说！"堂吉诃德说，"还打算等到什么时候才告诉我你的困境？"

于是他大声喊桑丘·潘萨，可桑丘却磨磨蹭蹭半天不过来。原来他发现其中一头骡子背上驮着好多吃的东西，便赶忙把那些好心的先生携带的口粮席卷一空。他把外套系成细口袋，把一切能找到、能装下的东西全都装到自己的毛驴背上，然后才循声赶来，帮着主人把学士先生从骡子的压迫下解救出来，并扶上骡背，还将火把也还给了他。堂吉诃德吩咐他沿着同伴们溃逃的路线离开，并请他转达自己对这次暴行的歉意，因为当时无法控制自己不这样做。桑丘也对他说：

"如果那些先生想知道这位把他们打得屁滚尿流的勇士是谁，请转告一声，这位就是著名的堂吉诃德·德·拉曼查，别号愁容骑士。"

学士就这样走了。堂吉诃德此时更加愁眉不展，问桑丘为什么管他叫愁容骑士。

"这么说是因为，"桑丘回答说，"我刚才借着那个倒霉蛋手里的火光观察了您好一会儿，千真万确，您此刻的形象是这段时间以来我所见过最糟糕的。不是因为这一仗打得太累，就是因为掉了门牙和槽牙。"

"不是这样的。"堂吉诃德回答说，"而是有一位魔法师肩负着使我的丰功伟绩永载史册的重任，他认为我最好取一个雅号，这是过去所有骑士的惯例：有人以'燃剑'为号，有人以'独角兽'自称；有人号称'猎艳骑士'，有人别号'凤凰骑士'，还有人被称为'飞狮骑士'；再久远一点，还有称为'死亡骑士'的。游侠骑士们正是以这些别名和外号闻名天下。所以，我想一定是刚刚提到的那位魔法师把'愁容骑士'这个称呼塞进了你的脑子里,放在你的舌头上,所以我打算从今以后就以此为号。为了让这个名字与我更加般配,等找到机会,我会请人在盾牌上画一个满面愁容的形象。"

"根本没必要浪费时间和金钱去画这个像,"桑丘说,"您只消露出自己的面容。只要一看到您的脸,不用任何解释,也不用在盾牌上画像,人们自然而然就会称呼您'愁容骑士'了。主人,请相信我说的话都是千真万确的,我可以向您保证!说句玩笑话:饿着肚子,又掉了牙,您这脸色难看得啊,就像我说的,连愁容的画像都省了。"

堂吉诃德被桑丘的打趣话逗笑了。不过无论如何,他决定就以此为号,并尽快在圆盾上画上自己设想的形象。

就在这时,刚才那位学士又返回来对堂吉诃德说[1]:

"忘了提醒一句,您可留神了!对神圣的东西下这样的毒手,会被逐出天主教会的,正如 *iuxta illud, Si quis suadente diabolo...*(据此,凡受魔鬼教唆者……[2])下面我就不说了。"

"这句拉丁文我可不懂。"堂吉诃德回答说,"不过我很清楚自己并没有伸手,我用的是长矛。此外,我并无意冒犯神父或任何属于教会的事物。作为天主教徒和忠实的基督徒,我对于教会怀有无比的尊敬和爱戴之情。我攻击的是来自另一个世界的妖魔鬼怪。说起这个,我想起发生在熙德·鲁依·迪亚兹身上的事:他当着教皇的面把国王使者的椅子砸了,为此被教皇逐出了天主教会,可是当天杰出的

---

1 原版文本中均无此句,舍维尔在编撰时加入,使上下文符合逻辑关系。
2 引自特伦托天主教大公会议上通过的教规,规定侮辱教士者应被逐出教会。

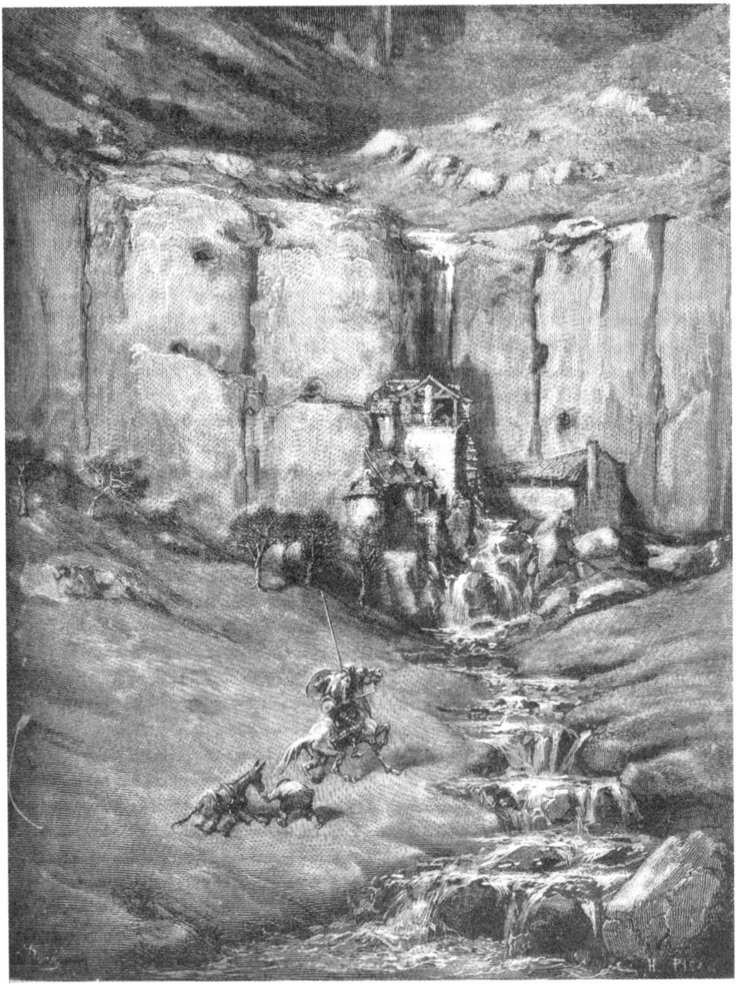

罗德里克·德·比瓦尔[1]的所作所为堪称尊贵而勇敢的骑士典范。"

学士听到这番话,一言不发地走了,正如前文所述。堂吉诃德想看看担架上的遗体是否只存尸骨,桑丘却不同意:

"主人,这次经历这么危险的奇遇您竟然还全须全尾的,这可是咱们从来没有过的侥幸。不过,这些人虽然被打得屁滚尿流地逃走了,但有可能很快就回过味儿来了。到时候想想把他们打成这样的不过就是单枪匹马一个人,免不了又气又羞,回来报复我们,那可就有咱们好受的了!如今毛驴已经备好,深山就在附近,肚子又饿得咕咕叫,咱们要做的就是脚底抹油赶紧溜!俗话说得好,死人只管进坟墓,活人还得填肚皮。"

桑丘赶着毛驴,恳求主人跟他走。堂吉诃德觉得此话有理,便不再反驳,跟了上来。没走出多远,只见两山之间铺展开一片宽阔而隐秘的山谷,两人便在那里下马。桑丘卸下了毛驴的重负,一头躺倒在绿茵茵的草地上。饥饿是最好的开胃菜,主仆二人一口气把午餐、正餐、午后点心和晚餐一块儿享用了。牧师们的伙食一向不赖,那些扶灵的教士用骡子携带的口粮极其丰盛,两人吃光了不止一个饭盒的食物才心满意足。

但这时他们发现了另一桩倒霉事,甚至在桑丘看来简直是所有厄运中最糟糕的:佐餐不但没有酒喝,连口水都喝不上。口渴难耐之时,桑丘见所在的草甸遍地都是嫩绿的小草,便说——他的话咱们下回再讲。

---

[1] 罗德里克·德·比瓦尔,即指熙德。

第二十回
英勇的堂吉诃德·德·拉曼查有惊无险地度过全世界闻所未闻的奇遇

"我的主人,这些草证明附近应该有泉水或小溪滋养着,所以最好再往前走一点,肯定能遇到一处所在让我们解解渴。口渴这事真是太可怕了,比饿肚子难受多了!"

堂吉诃德觉得这建议不错。于是他们把晚餐剩下的东西装好放到驴背上,堂吉诃德拉着罗西南多的缰绳,桑丘拉着毛驴的嚼子。夜里一片漆黑,伸手不见五指,只能摸索着沿草地往前走。谁知刚走出两百来步,就听到巨大的水声,仿佛水是从高处的岩石上倾泻而下。这声音让他们喜出望外,便停下来仔细辨认声音的方位。此时突然传来另一种巨响,好似当头一盆冷水,浇灭了水声带来的喜悦,尤其是生性胆小畏缩的桑丘。事实上,在水的暴怒轰鸣声中夹杂着几声有节奏的撞击,伴着某种铁器和锁链的吱嘎作响。听到这动静,除了堂吉诃德,换了谁都一样满心恐惧。

刚才说了,此时正是深夜,伸手不见五指,他们又恰好走进了几棵参天大树之间。树叶在微风的吹拂下发出沙沙的声音,令人毛骨悚然。四下无人,环境阴森,一片漆黑,再加上水流的咆哮和树叶的私语,一切都令人惊惧不已。尤其是他们发现撞击声一直不停,风也不住,天却总也不亮,而且根本就无法得知自己身在何处。然而堂吉诃德被大无畏的决心所激励,跳上罗西南多,抱着盾牌,斜端着长矛,说:

"桑丘老兄,你要知道,上天让我出生在这个黑铁时代,就是为了让我去光复黄金时代,或者常常也叫金色时代。我就是那些艰难险阻、丰功伟绩和英勇壮举所等待的那位真命天子。容我重申：我就是那个必将重振圆桌骑士、十二骑士和九大豪杰之精神的人！我就是那个必将使人们遗忘普拉提尔家族、塔布兰特家族、欧利万特家族、提兰特家族、太阳骑士家族和贝利亚尼斯家族等所有这一大批古代著名游侠骑士的人，因为与我在当今时代所成就的惊人壮举与赫赫战功相比，从前无论多么熠熠生辉的事迹都将黯然失色。

"你听好了，忠诚的侍从：今夜漫山迷雾，一片沉寂，树木的响动低沉而令人困惑，我们循声而来的水流发出令人心惊胆寒的咆哮，仿佛是从高高的月亮山[1]上倾泻奔腾而下，还有那不肯停歇的、让人听着又刺耳又忧心的撞击声……所有这一切加在一起，甚至它们任何单独的一样，都足以让战神阿瑞斯本人都满心惊惶、魂不附体，更别说是那些不习惯于这样的奇遇和冒险的人了。然而正是我刚才向你描述的这一切燃起了我的斗志，我激动得心都要跳出胸腔，迫切渴望投身于这场冒险，不管将面对多少艰难险阻。所以你快把罗西南多的肚带紧一紧，然后就待在这里，等我三天，上帝会与你同在。若三天以后我没有出现，你就回村里去。同时，你若对我心怀怜悯，也当是做一件善事，请你前往托博索去告诉我那举世无双的杜尔西内亚小姐：钟情于她的骑士战死疆场，这使他有资格自称为她的臣属。"

桑丘听到主人的这番话，哭了起来。他哭得那么伤心，全世界没有比这更凄惨的眼泪了：

"主人，我不明白您为什么要掺和这样吓人的事。这深更半夜

---

[1] 希腊时代认为月亮山是尼罗河的发源地。

的，在这儿谁也看不见我们，咱们完全可以换条路走，避开这个危险，哪怕三天不喝水呢！既然神不知鬼不觉，更没有人会指责我们胆小了。再说，我曾听到村里的神父，也是您的老熟人，他说过：往枪口上撞等于自寻死路。您也不要再试探上帝，除非有奇迹发生，搅进这样不同寻常的事情就别想逃命了！上天对您已经够意思了，没让您跟我一样被裹在毯子里抛来抛去地戏弄，还让您在护送尸体的众多敌人中全须全尾地打个胜仗。

"如果这一切都没法让您这副铁石心肠软下来并改变心意，那请您想想吧：要知道，只要您一离开这里，我一定怕得要死，任何人都能把我的魂魄带走。我离开老家，抛下妻儿，就是为了来服侍您，而且一心相信回报比付出只多不少。可您呢？我可真是贪心涨破了袋子，为了点好处简直要把命给搭上。您三番五次许诺的那个该死的小岛好不容易快要够得着了，可现在您却想把我一个人扔在这鸟不拉屎的地方！这是要我付出点代价，不肯让我白白得了便宜的意思吗？

"看在无所不能的上帝分上，主人啊，不要这样对我！如果您实在不愿意放弃这次冒险，请至少等到明天早上吧！按照我以前放牧时学到的经验，再有三个小时天就亮了，因为小熊星座的嘴巴已经到了咱们头顶上，刚才半夜的时候还在左胳膊那条线上。"

"桑丘，你怎么能看到那条线在哪儿？"堂吉诃德问，"还有你说的什么嘴巴、后脑勺的，都在哪儿？明明今夜一片漆黑，整个天上都不见一颗星星？"

"话虽这么说，"桑丘说，"但'害怕'这玩意儿可是长着眼睛的，能看到地底下的东西，更能看到天上的东西。只要有点常识，就不难看出过不多久天就亮了。"

"管它过多久！"堂吉诃德坚持说，"不管是此时此刻，还是任何时候，反正不能落下话柄，叫人说一点眼泪和哀求就让我放弃了骑士应尽之责。所以，桑丘，请你闭嘴吧！上帝既然给了我勇气立刻去投身于如此闻所未闻、令人胆寒的冒险，一定也会照应我的健康、宽慰你的忧愁。你现在要做的就是绑好罗西南多的肚带，在这里待着。不管是死是活，我很快就回来。"

桑丘见主人决心已定，自己的眼泪、忠告和恳求统统毫无用处，便决定耍个花招，尽可能拖延到天亮再说。于是，在为罗西南多紧肚带的时候，他偷偷地用毛驴的缰绳把马的两个前蹄绑在了一起。可想而知，当堂吉诃德准备上路的时候，马却走不了了，只能挣扎着往前蹦。桑丘·潘萨见伎俩得逞，便说：

"啊，主人！一定是上天被我的眼泪和祈求感动了，才下令让罗西南多动弹不得。如果您还要固执己见用马刺踢它，一定会触怒天意，就像俗话说的，用脚指头踢针尖。"

堂吉诃德简直绝望了：他越用马刺踢，罗西南多越寸步难行。他没有发现桑丘系的绳子，没奈何只好安静下来，等待着要么天亮，要么罗西南多恢复正常。不过他丝毫没怀疑这是桑丘搞的鬼，反而认定事出有因。他对桑丘说：

"桑丘，既然罗西南多动弹不得，我只能退而求其次等待晨曦露出笑脸。不过曙光姗姗来迟，真令我着急垂泪。"

"您不必流泪，"桑丘说，"从现在开始一直到明早天亮，我给您讲故事解闷儿。当然啦，您最好还是下马来，按照游侠骑士的习惯，在绿草地上睡一会儿，这样当专等着您的那场惊人冒险来临的时候，您会更加精力充沛。"

"你怎么能叫我在此时此刻下马，还叫我睡觉？"堂吉诃德怒道，

"身临险境却只顾自己休息,我难道是那样的骑士吗?你睡吧!你生来就是为了睡觉的!你想干什么都请便,我会做我认为最符合自己宏图大志的事情。"

"我的主人,您别生气!"桑丘说,"我不是这个意思。"

他走到主人身边,一只手放在前鞍架上,另一只手搭在后鞍架上,就这样抱住主人的左大腿,不敢松开一个手指,那些还没停歇的撞击声真是让他吓破了胆。他之前主动提议要讲些故事消遣,堂吉诃德便叫他此刻快快讲来。桑丘回答说,传来的声音让他害怕极了,等缓一缓再讲。

"不管怎么说,我一定会壮起胆子讲个故事。要是我没讲错,也没丢三落四的话,一定会是个绝好的故事!您可听好了,我开始讲了:话说,好运是为所有人准备的,而厄运却是人自找的……我的主人!您要知道,老祖宗们讲故事,这开头可不是随便瞎编的,这句是罗马'间察官'[1]加图·松索利诺的格言,原话是这样说的:厄运是为自寻倒霉的人准备的。这话用在您身上简直就像戒指套上手指那么贴切。所以您最好还是老实待着,不要到处自寻死路。咱们完全可以从另一条路往回走,没有人强迫我们非得继续往那吓人地方去。"

"继续讲你的故事吧,桑丘,"堂吉诃德说,"至于接下来该走哪条路,我自有主张。"

"好吧。我是说,"桑丘继续讲道,"在埃斯特拉马杜拉的一个地方,从前有一位牧羊人,我的意思是,一个照看羊群的人,是一个

---

[1] 桑丘的口误,应为"监察官"加图,其为罗马共和国时期的政治家,曾任罗马执政官。

牧人或者也叫放羊的。照这故事里说,他名叫罗贝·鲁依兹。这位罗贝·鲁依兹爱上了一个牧羊女,名叫托拉尔巴。这位名叫托拉尔巴的牧羊女是一个有钱牧主的女儿,这位有钱的牧主……"

"桑丘,像你这样讲故事,"堂吉诃德说"什么话都要重复两遍,那两天也讲不完。你最好讲得连贯点,有点条理,否则干脆什么都别讲了。"

"在我老家,"桑丘说,"所有的故事都是这么讲的,我可不知道别的方法,您可别要求我讲出新花样来。"

"算了,你爱怎么讲就怎么讲吧!"堂吉诃德回答说,"造化弄人,此刻除了听你唠叨,我别无选择。继续吧。"

"好的,我亲爱的主人,"桑丘继续说,"我刚才说了,这位牧羊人爱上了牧羊女托拉尔巴,那是一个胖胖的姑娘,脾气不小,有点男人气,还长了点小胡子呢。现在一说起来,就好像人就在我眼前。"

"你的意思是,你认识她?"堂吉诃德问。

"不认识。"桑丘回答,"不过给我讲这个故事的人讲得跟真的似的,让人不信都不行。所以再讲给别人听的时候,最好打包票说是亲眼所见。后来,魔鬼可是一年到头从不打瞌睡的,专门到处惹是生非,竟然让牧羊人对牧羊女的爱变成了怨恨与厌恶。据爱嚼舌根的人传言,原因是姑娘让他吃了不少醋,行为不轨,有点过火了。从那以后,牧羊人对她烦得要命,甚至为了眼不见为净,情愿离开老家,远走高飞到永远看不见她的地方。而托拉尔巴见罗贝这样,竟转而爱上了他,在这之前她对他可不感兴趣。"

"这是女人的天性。"堂吉诃德说,"嫌弃爱她们的人,爱上嫌弃她们的人。接着讲吧,桑丘。"

"于是,"桑丘说,"这位牧羊人下定了决心,赶着他的羊群,沿着埃斯特拉马杜拉原野去往葡萄牙王国。托拉尔巴知道了这件事,便一路跟了过来。她光着脚,远远地徒步跟着他,手里拄着一根长拐杖,也就是牧棍,脖子上挂着褡裢,据说里面装的是一块镜子、一把梳子,还有不知道什么搽脸油的瓶瓶罐罐。不过管她带的啥,这会儿我可不想打探个究竟。我只想说,据说牧羊人赶着畜群来到瓜迪亚纳河边,正是涨潮的时节,河水几乎决堤泛滥,而他到达的那个地方,既没有大船也没有小船,也没有人能将他和他的羊群渡到对岸去。他十分苦恼,因为眼看托拉尔巴已经近在咫尺了,很快要用哀求和眼泪对他苦苦相逼。

"正四处张望呢,突然看到一个渔夫身边有一条小船,小得只能装下一个人和一只羊。尽管如此,他也只得上去搭话,并跟渔夫约好,请他将自己和所带的三百只羊都渡过河去。渔夫爬上小船,带着一只羊渡了过去;掉头回来再渡一只;再回来,再渡一只……您好好数着渔夫渡过河的羊的数量,因为只要数错一只,这故事就结束了,再没有半个字可讲。我接着说吧,就这样,对岸的码头一片泥泞,地上滑溜溜地,所以渔夫来来回回花了很长时间。尽管如此,他还是不停地来回运送一只、一只、又一只……"

"你就假设所有的羊都渡过去了吧,"堂吉诃德说,"别这样来来回回地,这样一年都数不完。"

"到现在为止渡过去几只了?"桑丘问。

"见鬼,我怎么知道?"堂吉诃德说。

"我不是跟您说了吗?得好好数着。看在上帝的分上,这故事结束了,我不会再继续讲了。"

"怎么能这样?"堂吉诃德问,"确切地知道已经过河的羊的数量,在这个故事里有这么重要吗?只要数错一个,故事就没法继续下去了？"

"没错，主人，绝对不能。"桑丘回答说，"因为我叫您告诉我已经有几只羊过了河，您却回答我说'不知道'，就在那一刻我已经把后面要说什么都忘到九霄云外了，其实后面的内容才有趣呢。"

"所以，"堂吉诃德问，"这故事完蛋了？"

"完蛋得跟我妈一样彻底。"桑丘说。

"实话跟你说，"堂吉诃德回答说，"你讲的这个故事真算是顶顶新奇了。这种讲述方法和结束方式，恐怕全世界换了谁也想不出来，堪称空前绝后。当然了，对于你的头脑，我也不可能抱有更高的期望。而且这也并不奇怪，一定是这些不停歇的撞击声让你方寸大乱了。"

"都有可能。"桑丘说，"不过我知道在这个故事里已经没有别的内容可讲了。从数错过河的羊开始，一切就在那里结束了。"

"你觉得该在哪儿结束就赶紧结束吧，"堂吉诃德说，"让我们看看罗西南多能不能动了。"

他再次用马刺踢了踢马，可罗西南多还是跳了几下就不动了，因为蹄子被系得死死地。

就在这时，也许是因为曙色微明时的寒意，也许是晚饭时吃了什么顺气通便的食物，也或许仅仅是出于人类本能——这是最令人信服的理由——桑丘感觉自己想要做那件别人无法代劳的事情。可怜他早就被吓破了胆，满心害怕，不敢离开主人一个指甲缝的距离。然而这种紧急需求，谁能憋得住呢？于是，他不得不小心翼翼地松开抓着后鞍架的右手，并悄无声息地用这只手麻利地解开裤带上的活结。因为除了这个结之外没有其他任何固定物，所以结一打开，裤子立刻掉下去，像脚镣一样套在脚踝上。然后，他竭尽所能地把衣服高高撩起，把两瓣肥硕的屁股都露了出来。

本以为完成这些动作就能摆脱此刻的焦虑和窘境，谁知却遇到了另一个更大的麻烦：他感觉不弄出点轰响和噪声就无法顺利排出来。于是他咬紧牙关，缩起肩膀，尽量屏住呼吸。不幸的是，即便这样努力，最后还是发出了一点声音，这动静跟那个令人惊惧的声音截然不同。堂吉诃德听到了，便问：

"桑丘，这是什么声音？"

"不知道啊，主人。"桑丘说，"可能又是什么新的灾难吧！俗话说福无双至，祸不单行。"

他又试了试运气，这次一切顺利，没有再弄出任何声响，也不像头一次那样慌乱，轻松排出了重负，这点负担可把他折腾苦了。谁知堂吉诃德的嗅觉跟听觉一样灵敏，而且桑丘紧挨着他，恨不得贴在他身上，这气味扶摇直上，就难免有几缕飘到他鼻子里。一闻到这个味道，他赶紧去抢救自己的鼻子，用两个手指紧紧捏住，齉声齉气地说：

"桑丘，我觉得你好像很害怕。"

"没错，"桑丘说，"但是您为什么之前没发现，现在却发现了？"

"因为你现在的味道比之前更浓了，而且肯定不是香味儿。"堂吉诃德回答说。

"也许吧。"桑丘说，"但这不是我的错，反而是您的不是！谁让您在这种时候把我带到这里！我可不习惯这种地方。"

"老兄，你退开三四步，"堂吉诃德说，这期间他一直没把手指从鼻子上挪开，"从今往后你要多加检点自己，并且注意对我的礼节。是我跟你聊得太多了，才造成你尊卑不分。"

"我敢打赌，"桑丘回答说，"您一定以为我做了什么不合身份的事。"

"桑丘老兄,你最好不要乱晃。"堂吉诃德呵斥他。

就这样不停说着话,主仆二人终于挨过了这一夜。桑丘见天亮得很快,便摸索着松开了罗西南多的蹄子,并系上了裤子。罗西南多虽然天性并不刚烈,可一被松开,却也颇感愤愤不平地开始乱踢腾,说句不怕它生气的话:它以前可是连尥蹶子都不会。堂吉诃德见罗西南多能动弹了,便认为这是好迹象,相信该是时候赶赴那场惊人的冒险了。

此时晨曦刚刚露头,一切都开始变得清晰。堂吉诃德看到自己身处几棵高高的栗树之间,树木投下浓黑的暗影。他还注意到,撞击声并未停止,但看不到究竟是什么发出的这个声音。于是他再不耽搁,用马刺一踢罗西南多,再次告别了桑丘,并吩咐他在此等候三天,还把头天晚上嘱咐过的话全都重复了一遍,也就是说三天以后如果他没回来,就可以确认上帝认为应该在这场危险的奇遇中结束他的生命。他复述了一遍需要带给杜尔西内亚小姐的口信和其他重要指令,至于桑丘所应得的报酬也不用担心,因为自己在离开村子之前已经写好了遗嘱,所有的薪水福利都会根据他服侍的时间,遵照遗嘱补偿给他。但是如果上帝保佑自己平安无虞地脱离这次的险境,桑丘就更无须担心,一定会得到承诺的小岛。

听到好心的主人说出这番令人心酸的话,桑丘又哭了起来,并下决心再也不离开他,直到最后的结局或主仆关系的结束。

从桑丘·潘萨的这些眼泪和如此忠诚的决心中,故事的作者得出结论说,他一定出生于正派家庭,而且一定是世代基督徒家族。这份真情流露稍稍打动了桑丘的主人,但是还没有到令他表现出脆弱的程度。相反,他尽量掩饰着自己的情绪,开始朝着水声和撞击声传来的方向走去。

桑丘徒步跟在他后面，跟往常一样牵着毛驴。无论是兴旺发达的风光日子还是命途不济的倒霉年月，这毛驴是他永久的伙伴。林木阴森，他们在栗树间走了很远，来到一小片草地。只见从几块高高的巨石上飞奔而下一股湍急的巨大水流。巨石脚下有几座破破烂烂的房子，说是房子，倒不如说是残垣断壁。他们发现巨大的撞击声正是从那些房屋之间传来，而且直到此时尚未停止。

罗西南多被水流的巨响和撞击声吓得心慌意乱。堂吉诃德一边安抚它，一边慢慢地靠近那些房屋。他全心全意地将自己委托于心上人的庇护，祈求她在这次惊人的征战和艰巨的任务中保佑自己，顺便也向上帝祈祷护佑。桑丘寸步不离主人，努力伸长了脖子，从罗西南多的腿缝间张望，想看看能不能找到让他们如此提心吊胆、惊惶不安的东西。

又往前走了百来步，拐过一个弯，真相赫然跃入眼帘，一目了然。原来，那恐怖至极、让他们吓破了胆并整个晚上都心惊肉跳的声音不是别的，正是——啊！读者诸君，希望你们不要为此生气失望——捶布机的六个大棒槌，轮流捶打时发出的巨响。

真相大白，堂吉诃德仿佛被当头浇了一盆冷水，哑口无言。桑丘看着主人，一副垂头丧气、似乎羞愧不已的样子。堂吉诃德也看着桑丘，见他鼓着腮帮子，咧着嘴巴，一看就是忍着不敢哈哈大笑。桑丘滑稽的样子令堂吉诃德把自己的忧伤烦恼也抛开了，情不自禁笑起来。桑丘见主人先笑了，便好似洪水决堤，恨不得要用拳头抵住肋骨才能避免笑到爆炸。他歇了四回气，又数次重新大笑起来，笑得跟之前一样前仰后合。堂吉诃德本就有点冒火，又听到桑丘阴阳怪气地学自己说话：

"你要知道,桑丘老兄!我出生在这个黑铁时代,就是因为受了天命,要让金色时代或黄金时代在现世复兴。我就是无数危险、丰功伟绩和英勇事迹都在等待的那个真命天子……"

就这样,桑丘把两人第一次听到那些可怕的撞击声时堂吉诃德说的话都学了一遍。

堂吉诃德见桑丘竟敢取笑自己,恼羞成怒,举起长矛打了桑丘两下。这番下手之狠,以至于如果不是打在背上,而是打在脑袋上的话,连欠他的薪水都不用付了,只能直接结算给他的继承人了。桑丘见自己的嘲笑引来如此严重的后果,害怕主人会做出更出格的举动,便用非常谦卑的语气说:

"请您息怒!看在上帝的分上,这不过是个玩笑!"

"你在开玩笑,我可没开玩笑!"堂吉诃德说,"你过来,开心先生!难道你以为,如果那些不是捣布机的大棒槌,而是其他危险的事情,我不会展示出相当的勇气去跟它动手,把它杀个片甲不留吗?作为一个骑士,难道我有义务去认识和分辨各种声音,以判断出哪些是捣布机,哪些不是吗?更何况,很可能……不!事实就是如此:我这一辈子都没见过这个玩意儿!不像你,你肯定见过,因为你是个乡野平民,就是在这些东西中间出生长大的。你要是不信,就把这六个棒槌变成六个身强力壮的人,不管是一个一个上,还是所有人一起上,如果我不把所有人都打得四脚朝天,随你怎么嘲笑我都行!"

"不要再说啦,我的主人!"桑丘说,"我承认自己是笑得有点过分了。可是您说说看:此刻咱们平安无事了(但愿上帝保佑您的每一次冒险都像这次一样平平安安地度过),那么之前那样的害怕难道不可笑、不值得说说吗?至少我当时是被吓坏了,至于您,我是知道的:您从不知道害怕,也不知道什么是恐慌,什么是惊吓。"

"我不否认发生在我们身上的事情值得一笑，"堂吉诃德说，"但不值得津津乐道。并不是所有人都有足够的智慧去准确理解事情的本质。"

"至少，"桑丘说，"您可懂得把长矛对准要害！感谢上帝！幸亏我躲得快，长矛指着我脑袋却打到了背上。不过，管它呢！俗话说，碱水一泡，脏渍全掉，话说开了不就没事了？我听说：打是亲，骂是爱。这还不算：贵人们骂了仆人以后都会赏条裤子什么的，虽然我不知道那些贵人如果棒打了仆人会赏点儿什么，但至少，游侠骑士们在这种情况下会给一座海岛，或陆地上的王国。"

"幸运女神会保佑你所说的一切都成真。"堂吉诃德说，"刚才的事很抱歉，幸而你一向宽厚，而且你也明白：人的第一反应不取决于自身，也不是自己可以控制的。不过从今以后有件事你得注意：记住尽量保持缄默，克制自己不要跟我说太多话。我读过的骑士小说数不胜数，可没有见过哪一部里头有哪个持盾侍从跟主人之间的对话像你我之间那么多。事实上，我认为这是一个很大的失误，是你的，也是我的：你的失误在于对我不够尊重，而我的失误就是没有要求你对我更加敬重。要知道，阿马蒂斯·德·高卢的侍从甘达林当过费尔梅岛伯爵，但书里写他跟主人说话时，总是脱帽致意，低下头，像土耳其人一样弯腰鞠躬。而堂·加拉奥尔的侍从卡萨瓦尔就更没得说了：他总是缄默不语。作者为了表现他这一美德，在那个跌宕起伏而又真实浩瀚的故事中只有一次提到他的名字。

"桑丘，从我这番话中你应该能推断出，主仆之间应该尊卑有别，贵族和仆人、骑士和侍从应泾渭分明。所以，从今天开始，我们之间应该更加以礼相待，不要这样不分彼此。无论如何，我若对你发火，正如俗话说，不管是用石头砸罐子，还是用罐子砸石头，最后遭殃的肯定是罐子。我向你承诺过的恩典和赏赐,该来的时候都会来;即使实现不了,至少你的薪水是有保障的,正如我之前已经告诉你的那样。"

"您说的这些都没错,"桑丘说,"不过我倒想知道:如果赏赐没有实现,必须要讨薪水的话,在那个时代游侠骑士的持盾侍从能挣多少钱?是按月算呢,还是像泥瓦匠的杂工一样按天算呢?"

"我可不认为那些侍从是奔着薪水去的,"堂吉诃德回答说,"他们是为了得到主人的赏赐和恩宠。我在家中留下秘密遗嘱,其中之所以指定给你薪水,不过是为了以防万一,因为我不确定骑士生涯在如今这种灾难年代中会有什么样的结局,也不愿意自己的灵魂到了另一个世界还为这样的小事而感到遗憾。桑丘,希望你明白:在这个时代没有谁比冒险家们的处境更加危险。"

"这倒是事实,"桑丘说,"连捶布机的棒槌声都能让像您这样勇敢的冒险骑士心慌意乱。不过您可以放一百个心!从今以后我再也不会张开嘴巴拿您的事情打趣,只会把您当作我天经地义的主人那样崇拜。"

"正应如此。"堂吉诃德回答说,"这才是你在这世上过活应有的态度,因为除了父母,对于主人也得像对父母一样恭敬。"

第二十一回
我们战无不胜的骑士收获曼布里诺头盔的奇遇以及其他经历

这时开始有点下雨,桑丘想到捶布机的磨房里去躲一躲,但堂吉诃德因为之前受到的嘲笑而对那些东西深恶痛绝,坚决不肯钻进去。于是他们往右一拐,走上了一条跟头一天差不多的路。

没走多久,堂吉诃德看见一个人骑着马,头上戴着一个闪闪发光好像黄金做的东西,便立刻回头对桑丘说:

"桑丘,我觉得没有哪句俗语是毫无道理的,因为它们都是从经验本身总结出来的,是一切科学之母。尤其是那句:上帝为你关上一扇门,就会打开一扇窗。我的意思是,如果说昨夜命运用捶布机蒙骗了我们,为我们寻找冒险关上了一扇门,此刻却为我们打开了另一扇窗,通向另一个更好、更真实的奇遇。如果没有准确地抓住此刻这个机会,那就完全是我自己的过错,再也无法推卸责任,借口对于捶布机知之甚少或夜色太浓。我说这番话绝非自欺欺人:一个头戴曼布里诺头盔的人正朝我们走来。你知道那正是我发誓要抢夺的东西。"

"您可得瞧仔细了再说,更要瞧仔细了再做。"桑丘说,"我可不希望又是一堆捶布机,把咱们魂儿都吓飞了。"

"你这个坏心眼儿的家伙,愿魔鬼把你带走!"堂吉诃德怒道,"头盔跟捶布机有什么关系!"

"我是没啥见识。"桑丘说,"不过如果我能像以前一样多说几句,也许能讲出一番道理,让您明白这话纯属糊弄自己。"

"你这个疑神疑鬼的叛徒!我说的话怎么可能是自欺欺人?"堂吉诃德怒道,"你说说看,难道你没看到正朝我们走过来的那位骑士?他骑着灰色圆斑花马,头上戴着一顶黄金头盔。"

"我只能依稀看见,"桑丘回答说,"有个人骑着一头棕褐色的毛驴,就跟我的一样,头上戴着一个光芒四射的东西。"

"那就是曼布里诺的头盔!"堂吉诃德说,"你退到一旁,让我跟他单打独斗。你会看到我是如何不费一句话的工夫便大获全胜，而那个我梦寐以求的头盔就会属于我了！"

"我会注意离远一点。"桑丘说，"不过我还是要说，但愿上帝保佑这次一切顺顺当当，遍地牛至，而不是遍地捶布机。"

"老兄！我已经告诉过你别再跟我提捶布机的事儿，想都别想！"堂吉诃德说，"我发誓……别的话我就不说了，愿上帝用捶布机打得你灵魂出窍。"

桑丘闭了嘴，害怕主人真的把这毒誓付诸行动。

其实，堂吉诃德看到的头盔、马和骑士是这么一回事：那一带有两个村子，其中一个非常小，既没有药店也没有理发师[1]，而相邻的村子里都有，所以大村子的理发师也服务于小村子。这天小村子里有一个病人需要放血，另一个人需要刮胡子，这位理发师就是为此而来，随身带着一个黄铜的胡茬钵。估计这天戴了顶新帽子，偏巧走着走着下起雨来，为了不弄脏帽子就把铜钵倒扣在头上。因为钵子很干净，所以从半里格外就能看到闪闪发光。桑丘说得没错，这人骑着一头棕褐色的毛驴，正因如此才被堂吉诃德认为是灰色圆斑马、骑士和黄金头盔，他眼中的一切都很容易对应上那些谵妄的骑士情节和倒霉的想象。看到那位可怜的骑士走近，堂吉诃德也不上去理论，骑着罗西南多直扑过去，举起长矛当头一棒，恨不得将对方一劈两半。眼看就要刺中，堂吉诃德仍是马不停蹄往前冲去，高声喊道：

"反抗吧！倒霉蛋！要不就乖乖交出你欠我的东西！那是天经地义属于我的！"

---

[1] 在当时的西班牙，理发师一般兼任村镇的医师。

理发师猝不及防，只见一个鬼魅般的影子扑向自己，实在招架不及，为了躲开长矛的攻击，只能从毛驴背上掉下来。身体刚一着地，整个人比扁角鹿还要敏捷地站起来，开始在平原上发足狂奔，比一阵风还快，铜钵被扔在地上。堂吉诃德对此心满意足，评价说这个倒霉鬼倒挺识趣，就跟河狸一样，被猎人追赶的时候会用牙齿咬下自己的睾丸并扔出去（这正是药剂师最珍视的东西），似乎它们凭本能就知道这是被追猎的原因。他命令桑丘捡起头盔，桑丘把头盔捧在手里说：

"看在上帝的分上！这钵子很不错，我敢肯定它值八个雷阿尔，也就是一个马拉维迪。"

他把钵子递给主人，堂吉诃德将它顶在脑袋上，转到一边，又转到另一边，却怎么也找不到面罩，便说：

"锻造这个著名头盔的异教徒一定有个巨大的脑袋，糟糕的是这头盔只有半截。"

桑丘听到主人管这个钵子叫作头盔，实在忍不住笑了起来，但他立刻发觉主人生气了，便硬生生止住了笑。

"桑丘，你笑什么？"堂吉诃德问。

"我想到，"桑丘回答，"这个头盔的倒霉主人有那么大的脑袋，就忍不住发笑。这头盔好像理发师的胡茬钵一样。"

"桑丘，你知道我的看法吗？这个神奇的头盔大名鼎鼎，一定是经历了离奇的事故，才落到了某个既不认识也不懂得其价值的人手里。见它是纯金制成，因为贪财就把一半给熔化了，另一半做成了这个据你说像理发师钵子一样的东西——他根本不知道自己在做什么。不过无论如何，对我来说这种外形的转变无关紧要，因为我慧眼识珠。只要一找到有金匠的地方，我就会好好修理它。运气好的话，连上帝为战神锻造武器的工艺都无法超越它，甚至都不能与之比拟。与此同时，我会尽己所能随身携带。有总比没有强，这半截头盔足以保护我不受石块的伤害了。"

"没错，"桑丘说，"只要敌人不使用投石机。上回两军对战时他们用那玩意儿打得您满嘴是血，还打破了您的油壶，那壶里装的可是无比神圣的汤药，让我差点把内脏都吐出来。"

"失去那个我并不感到多么遗憾。桑丘，你知道的，"堂吉诃德说，"那个配方我烂熟于心。"

"我也记得，"桑丘说，"不过我这辈子也不会再做、不会再尝了，不然小命都得断送了。再说了，我也不想再落到需要喝汤药的境地。我打算动用所有的五个感官来保护自己不被伤害，也不伤害任何人。至于说再次被裹在毯子里抛，我也没啥可说的，因为这种不幸是完全无法预见的。但万一真的发生了，唯一能做的就是缩起肩膀，屏住呼吸，闭上眼睛，听凭运气和毯子的摆布了。"

"桑丘，你不是个好基督徒，"堂吉诃德听了这番话回答说，"因为总是忘不了人们曾经对你的羞辱。要知道，慷慨、高贵的胸膛绝不理会鸡毛蒜皮的小事。你哪条腿瘸了？哪边肋骨断了？还是脑袋破了？值得你对那番嘲弄念念不忘？说到底那也不过是消遣的玩笑。我若不是这样认为的，早就回到那里去为你复仇了！一定比当年海伦被抢，希腊人前去复仇还要轰轰烈烈。话说，如果海伦活在当今世上，或者我的杜尔西内亚活在那个年代，几乎可以肯定海伦绝不会负有如此美貌的盛名。"

说到这里，他长叹一声，简直响彻云霄。桑丘说：

"虽然他们不过是寻开心，也不能真的去寻仇，但我知道什么是当真，什么是玩笑，也知道这些事情不会从我的记忆中消失，就像

217

疼痛不会从我的背上消失一样。不过且抛开这些不说，请您告诉我，咱们拿这匹灰色圆斑马怎么办？它看上去像一头棕褐色的毛驴，被您打败的那位'蛮不利落'脚底抹油、溜得飞快，将它遗弃在这里无依无靠，也没有任何迹象表明他会回来找它。我敢赌上我的胡子，这一定是头好驴子！"

"我没有掠夺手下败将的习惯，"堂吉诃德说，"而夺去他们的马，让他们徒步而行，也不符合骑士惯例。除非战胜者在打斗中丢失了自己的坐骑，在这种情况下，夺取战败者的马是合法的，被视为战争中正当的战利品。所以，桑丘，放过这匹马，或者这头驴，或者你认为的任何东西吧！它的主人看到我们走远了，自会回来寻找。"

"天晓得！我真想把它带走，"桑丘不满地说，"或者至少把我这头毛驴换下来，感觉这头没那头好。骑士道的规矩再严格，也不至于管这么宽吧？连换头毛驴都不行！那我想知道，难道连换套鞍具都不行吗？"

"对此我不敢肯定。"堂吉诃德说，"不过这一点虽有疑问，却并非明令禁止。如果你真的非常迫切的话，我可以允许你换过来。"

"我当然非常迫切！"桑丘说，"就是给我自己换上一身新衣裳也没那么着急。"

得到了主人的许可，他立刻举办了"换季礼[1]"，调换了鞍具，把自己的毛驴打扮得花枝招展，这畜生简直是改头换面、焕然一新。

收拾停当，他们拿出从之前的骡子背上俘获的战利品，就着剩余的东西吃完了午餐，又喝了捶布机那条溪流里的水，便头也不回

---

1 换季礼，指复活节时红衣主教举行的相关仪式，脱下厚重的夹袍，换上轻薄的法袍。

地走了：那些机器曾让他们如此害怕以至于现在深恶痛绝。

不再生气，也不再忧伤。主仆二人骑上马和驴，也不再刻意选择道路，听凭罗西南多信马由缰，因为行无定踪本就是游侠骑士的潇洒做派。主人随坐骑心意，而仆人的毛驴，出于深深爱恋与常相伴的情谊，一直追随左右。无论如何，他们还是回到了官道上，并漫无目的地沿着官道前进，听天由命。

就这样一边走，桑丘一边对主人说：

"主人，能不能允许我跟您交谈一下？自从您给我下了那冷酷的缄默令，我已经有四次把话烂在肚子里了！而此刻有一句话到了嘴边，实在不想浪费了。"

"说吧。"堂吉诃德说，"长话短说，任何长篇大论都不会令人愉快。"

"那我说了，主人！"桑丘回答说，"这些天来我一直在想，咱们这样四处游荡寻找冒险，能从中赢得或收获的东西太少了。您尽在这些荒郊野岭和偏僻道路上转悠，就算打了胜仗，破了最惊人的危局，也不会有人看到或听到。这样的话，不是永远都没人知道了？这样无法实现您的志向，冒险也失去了价值。我觉得啊，除非您有更好的想法，我们还是去为正在征战的某个皇帝或其他大人物效力。这样您可以尽情展示您的英勇、无穷的力量和渊博的学识。只要我们为之效力的那位先生看到这些，一定会按照我们的贡献论功行赏，那就不愁没有人把您这些事迹写下来，永载史册。至于我的功绩嘛，没什么可说的，不过就是持盾侍从的本分。虽然据说骑士小说中有时也会描写侍从的功绩，但我不认为自己的事迹会被文字记录下来。"

"桑丘，你说得不错。"堂吉诃德回答说，"但是在获得这样的美满结局之前，有必要游历四方，去体验世界、寻找冒险，以便通过克服某些危险而获得相应的名声和美誉。当骑士前往某个伟大王朝的宫廷时,早已因其所作所为而名扬天下了。小伙子们一看到他进入城门,都会跟随而至将他簇拥在中间大声呼喊:这位就是太阳骑士,或者神蛇骑士,或者任何其他名号,他们以这些名号做下了惊天动地的事业。他们会说:就是他,在惊天一战中打败了力大无穷的巨人布罗卡布鲁诺;就是他,为受困于巫术九百年之久的波斯王玛姆卢克[1]大帝解除了魔法。

"就这样,他的事迹被口口相传。听到人们的喧闹,国王从王宫的窗口探出身来,一见到那位骑士,便从武器或盾牌的徽章上认出了他,情不自禁地说:啊!我的骑士们!快快起身!宫廷中所有的骑士,快去迎接我们的骑士之光!随着这一声令下,所有人都涌了出来。骑士来到台阶中央,国王会紧紧地拥抱他,并亲吻他的脸颊作为问候,还会拉着他的手来到王后的房间。在那里,骑士会遇见公主,也就是国王的女儿,她毫无疑问是世上打着灯笼也难找的最靓丽、最完美的小姐之一。接着,一切就这样发生了:当她的目光落到骑士身上,而他的目光也落到她身上,两人都觉得对方是超凡脱俗的存在,不知不觉就坠入了剪不断、理还乱的情网。两颗心一样激动不安,不知如何表白一片深情。

"接着骑士又被带到宫殿的某个装饰华丽的房间,在那里,人们为他解下武器,又送来一件华美的猩红色斗篷为他穿上。如果说全副武装时他看上去英姿飒爽,除下武装后却显得更加俊美。夜幕降临,他与国王、王后和公主共进晚餐。在此期间他的目光从未离开

---

[1] 玛姆卢克原指中世纪埃及苏丹王的奴隶兵,此处堂吉诃德将其认作波斯大帝的名字。

过公主,不过巧妙掩饰,没有被在场的人发现他的凝视。公主也同样如此,表现得一样聪明机警,因为正如我已经说过,她是一位非常矜持的小姐。

"等餐桌撤下,突然从大厅外走进来一个又矮又丑的侏儒,他的身后,一位美丽的侍女在两位巨人的左右护卫下款款而来。她说有位极其古老的魔法师创造了一个谜题,只有全世界最杰出的骑士才能解开。于是国王下令所有在场的人都来一试身手,但是谁都无法破解,除了这位做客的骑士。由此证明他名不虚传,公主对此欣喜不已,庆幸如此出众的人物,不枉自己将一颗真心托付。

"巧的是这位国王,或者亲王,或者不管什么头衔的贵人,正在与实力相当的对手激烈交战。骑士作为贵客在宫廷里住了几天之后,便向国王请命开赴沙场,为他征战。国王大喜过望,立刻允准,骑士彬彬有礼地亲吻国王的手感谢厚待。当天晚上,他来到公主卧室毗邻的铁栅栏外向心上人告别,他们已经多次在那里幽会。公主有一个十分信任的侍女,一向为他们居中传信。

"骑士深深叹息,公主晕了过去,侍女送来了水。她万分焦急,因为天快亮了,万一被人发现,难免玷污了小姐贞洁的名声。最后,公主醒了过来,从栅栏中向骑士伸出雪白的手,他吻了千遍万遍,她的双手沾满了泪水。两人约定了互相传递消息的方法,不管前路生死凶吉,公主请求他千万不要耽搁。他则诅咒发誓,许诺快去快回,并再次吻她的手。这场离别如此凄凄切切,令人痛不欲生。

"骑士回到自己的房间,躺在床上,却因离别相思之苦而难以入眠。次日黎明即起,向国王、王后和公主辞行。但却只拜别了国王和王后,因为据说公主身体不适,不能见客。骑士明白公主是因为自己的离去而心碎卧病。他肝肠寸断,差点把持不住,露了真情。

221

那位通风报信的侍女当时陪侍在侧,她记下了目睹的一切,并回去报告了公主。公主听了泪流满面,并对侍女说,她最大的遗憾之一就是不知心上的骑士是何身份,是否王族后裔。侍女向她保证,她的骑士若不是皇室正统血脉,怎么会如此温文尔雅又英姿勃发?忧伤的公主稍得宽慰。她努力调整情绪,以免父母看出蛛丝马迹,两天以后才公开露面。

"骑士出征了:他在战场奋力厮杀,战胜了国王的敌人、攻下了许多城池、赢得了无数战役后凯旋。他与心上人在老地方相会,并约定向国王求娶公主,作为对他赫赫战功的奖赏。谁知国王因为骑士的身份颇不明朗而不肯将公主许配。不过无论如何,不管是暗度陈仓还是别的机缘巧合,公主最终还是成了他的妻子。而公主的父亲最后也认定这是一桩金玉良缘,因为终于查访出,原来这位骑士是一位勇敢的国王之子,虽然他的王国名字不得而知,因为我相信地图上是找不到的。

"长话短说,老国王仙逝,公主继承了王位,骑士成为国王。他立刻对自己的侍从和曾经辅佐他登上大位的人都大加封赏,并把公主的一个侍女指配与他的侍从为妻。当然了,就是那位红娘,她本身是一位非常显赫的公爵之女。"[1]

"这正是我的愿望,您可不要骗我。"桑丘说,"我就盼着这个呢!既然您是大名鼎鼎的愁容骑士,那么一切都会一字不差地实现的。"

"桑丘,请不要怀疑。"堂吉诃德说,"因为游侠骑士们正是以我所描述的方式,一步一步登上国王或皇帝宝座的。如今我们所缺的

---

[1] 这是《著名骑士提朗特·埃尔·布兰科的故事》的情节梗概。

只是一个基督教或异教的国王,他正在打仗并拥有一个美丽的女儿。不过有的是时间考虑这件事,因为正如我已告诉过你,在前往宫廷之前必须要在其他地方先崭露头角。

"还有一桩美中不足的事:如果找到了正在打仗、又有美丽女儿的国王,我也已经名扬天下,却不知如何才能让自己拥有国王的血统,或者至少是跟王室沾边的皇亲国戚。因为假如不能确知这一点,不论战功如何显赫,国王也不会同意把公主许配给我。所以我担心,因为这点欠缺会失去以自己的勇力所应得的东西。不过我出身名门确是事实,拥有受封的头衔,而且根据法律,如果受到伤害,完全有权利要求五百苏埃尔多的赔偿。[1] 很可能将来为我撰写生平传记的魔法师通过细致调查我的家世和血统,最后发现我是某位国王的第五世或第六世孙。

"桑丘,我告诉你,这世上有两种世系沿袭的方式:有些人生来就拥有公侯或皇室的血统,但时间一点一点地消磨掉他们的贵族性,最后终结于式微,状如倒置的金字塔;而另一些人祖上原是平民,但通过一级一级的升迁,终成大器。这两种贵族的区别就在于:有些人曾经是而现在已不是,另一些人现在是而曾经不是。我有可能是前一种,通过寻根溯源,发现祖先是著名的大人物,这样那位将要成为我岳父的国王会感到欣慰。不过即便不然,公主也会因为对我用情至深而不顾父亲反对,明知我只是一个卖水人的儿子,也执意要接纳我作为主人和丈夫。我甚至可以把她偷走,带到任何我想去的地方,时间或死亡会终结她父母的怨恨。"

---

[1] 西班牙中世纪法律规定,凡侵犯贵族人身安全者,应按照受害者身份高低程度缴纳相应数量的罚款。

"这事儿正应了一句俗话，"桑丘说，"有些不知天高地厚的人说，摇尾乞怜不如强取豪夺。或者套用一句更应景的话：不为自己着忙，莫指望他人相帮。我的意思是，如果这位国王大人，也就是您的老丈人，不肯乖乖地将公主，也就是我的女主人交给您，您就说到做到，把她劫走。不过，这样做有一个坏处：您得等着跟国王和解，才能安安稳稳地享受荣华富贵，可怜的侍从呢，就更有可能啥好处都捞不着了！除非那位将要成为他妻子的红娘侍女也跟着公主一起跑出来，跟他一处过活，直到上天另有旨意。我相信主人一定会将她许配为侍从的合法妻子。"

"这是毫无疑问的。"堂吉诃德说。

"如果是这样的话，"桑丘回答说，"我就只消等着上帝安排，好运会把我带上最适合的路。"

"希望上帝能遂我所愿，予你所需，"堂吉诃德说，"桑丘，要知道皇天不负苦人心。"

"上帝保佑！"桑丘说，"我是老派基督徒，凭这一点就足够当个伯爵了。"

"富富有余，"堂吉诃德说，"不过即便你不是伯爵，那也没有关系。既然我是国王，就完全可以给你贵族身份，不需要你去重金贿赂或对我额外报答。只要你当了公爵，就得拿出绅士派头，不管人们说什么，不管他们心里多么不情愿，都得乖乖称你一声'大人'。"

"我的天啊！有了嚼号，难道我还不会摆谱吗？"桑丘说。

"你得说爵号或者封号，不是嚼号。"他的主人说。

"您说得对。"桑丘·潘萨回答说，"我的意思是，我一定能达到这个要求的。以性命发誓，我曾当过一段时间的教友会传召差役。那身制服太合身了，所有人都说我那派头完全可以当教友会的总管。

所以，要是我穿上一身公爵的官衣，或者像外国公爵们那样披金戴银、满身珠宝，不是会更了不得吗？我觉得人们在一百里格以外就能看见我了。"

"你的气派一定错不了。"堂吉诃德说，"不过你得常常修剪胡子，因为你的胡子长得太浓密、太茂盛，乱糟糟的。至少每两天就得用刀片刮一次，否则一眼就能看出来你是什么人。"

"那有什么？"桑丘说，"不就是请个理发师，把他养在府上吗？甚至如果有必要的话，我会让他整天跟在我后面，就像大人物的马夫一样。"

"咦？"堂吉诃德问，"你怎么知道大人物都有个马夫跟在后面？"

"我这就告诉您。"桑丘说，"几年前我在京城待过一个月，在那里见过一个身材特别矮小的先生散步，据说是某位大人物。有个男人总是骑着马跟在他后面转来转去，像条尾巴一样。我问为啥那个人不跟大人物一起走，而是永远跟在他后面呢？人们告诉我那是他的马夫，身后跟着马夫是大人物们的习惯。从那以后我一直记得清清楚楚，从来没忘记过。"

"你说得有道理，"堂吉诃德说，"所以你也可以用这样的方式带着你的理发师，因为惯例也不是凭空出现、一蹴而就的，而是一项一项发明出来的。你可以成为第一个身后带理发师的伯爵，何况理发是比备鞍更私密的事情。"

"理发师这件事就交给我吧，"桑丘说，"您的任务就是努力成为国王，然后封我为伯爵。"

"没错。"堂吉诃德回答。

他抬起头，看到了我们将在下一回中讲的景象。

第二十二回
堂吉诃德释放了若干不幸之人,他们被强行带往苦役之地

拉曼查的阿拉伯作者熙德·哈梅特·贝内赫里在这个既严肃又浮夸、既琐碎又温馨,充满奇思妙想的故事中讲道:在著名的堂吉诃德·德·拉曼查和他的侍从桑丘·潘萨结束第二十一回末尾处提到的对话之后,堂吉诃德抬起头,只见前方路上迎面过来十二个徒步的行人,个个被大铁链拴着脖子,像念珠子一样穿成一串,所有人手上都戴着镣铐。与他们同行的还有两个骑马的人和两个徒步的人:骑马的人手持左轮猎枪,走路的人举着长矛和剑。一看到他们,桑丘·潘萨就说:

"那些都是被国王强迫服划船苦役的人,正要去服役呢。"

"什么被强迫的人?"堂吉诃德问,"国王怎么可能强迫任何人?"

"我不是这个意思,"桑丘回答说,"而是说这些人犯了罪,被判决强制劳动,为国王划船。"

"那你的意思是说,"堂吉诃德反驳道,"这些人虽然有人带领,却是被强迫而不是自愿的?"

"没错。"桑丘表示同意。

"如果是这样的话,"他的主人说,"这正是我大展宏图的好机会:铲除强暴,救苦救难。"

"您要知道,"桑丘说,"司法,也就是国王本人,没有强迫也没有欺凌这些人,只是对他们的罪行作出惩罚。"

说话间那群苦役犯已经来到了跟前,堂吉诃德用非常谦恭有礼的言辞请求押送的法警们告诉他,是什么原因使这些人被如此驱赶。

一个骑马的法警回答说,这些是苦役犯,是陛下的罪人,将要

去大船上服苦役,其他的无可奉告,也没有什么是他应该知道的。

"无论如何,"堂吉诃德坚持说,"我想知道他们每一个人具体的原因,为什么遭遇如此不幸。"

为了打动那些法警说出事情的究竟,他又说了好多言辞恳切的理由,于是另一个骑马的看守对他说:

"这些倒霉蛋,虽然我们随身带着每一个人的判决记录和证明,不过现在不可能停下取出来,更不是当众宣读判决的时候。您可以过来问问他们自己,如果他们愿意,就会告诉您。不过他们肯定会乐意的,因为这些人不但爱干坏事,还以吹嘘那些卑劣行径为乐。"

得到了法警的允许,堂吉诃德便走上前去询问。其实即使得不到同意,他也一样会这样做。他走到那群人面前,问第一个人犯了什么罪,竟然被如此对待。那人回答说是因为坠入爱河才落得如此下场。

"仅此而已?"堂吉诃德问,"如果仅仅因为坠入爱河就要被判去划船,那我可能早就在大船上服苦役了。"

"不是您想的那种爱情,"那位苦役犯说,"我深深爱上的是一个装满了雪白衣服的洗衣筐。我把它使劲抱在怀里,要不是法官强行夺走,我到现在也不愿意松开。人赃俱在,当场拿获,根本不需要动酷刑就结了案。我背上挨了一百鞭子,还额外被判在'古拉帕斯'待上三年,故事到此结束。"

"什么是'古拉帕斯'?"堂吉诃德问。

"'古拉帕斯'就是大船。"苦役犯回答说。

这小伙子二十四岁上下,自己说是界石村人。堂吉诃德又向第二个人提出同样的问题,但此人一言不发,只顾愁容满面,悲伤不已。于是第一个人替他回答说:

"他呀,先生,是因为当了金丝雀,我是说,因为奏乐和唱歌。"

"怎么会?"堂吉诃德反问道,"演奏和歌唱也得去服苦役?"

"是的,先生,"苦役犯说,"没有什么比在烦恼中歌唱更糟的事了。"

"可是我听说,"堂吉诃德说,"唱歌的人能远离烦恼。"

"在这里正相反,"苦役犯说,"谁唱一次歌,就得哭一辈子。"

"我不明白。"堂吉诃德说。

其中一个法警对他说:

"骑士先生,'在烦恼中歌唱'是这些人的黑话,意思就是在严刑下招供。这个犯人受不住拷打,只得统统招了。他是个窃马贼,就是盗牲口的小偷,因为对罪行供认不讳,所以除了背上挨了两百鞭子之外,还被判了六年苦役。他一直是那副愁眉苦脸的样子,因为其他的小偷,不管是留在监狱里的,还是跟着来到这里的,都虐待他、羞辱他、嘲弄他、瞧不起他,就因为他招供了,没胆量嘴硬到底。因为他们说,说个"是"和说个"不"都是同样数量的音节,而如果一个罪犯是生是死都掌握在自己嘴里,而不是在那些证人和证据手里,那他的运气够好的了!在我看来,这话也不无道理。"

"我也是这么认为的。"堂吉诃德回答。

轮到第三个,堂吉诃德也向他提出了跟别人一样的问题,这位立刻用坦然自若的口气回答说:

"我因为欠了十个杜卡多金币而被判在'古拉帕斯太太'那里待五年。"

"我很愿意给你二十个,"堂吉诃德说,"好让你从这种痛苦中解脱出来。"

"这就好像,"这位苦役犯说,"一个人腰缠万贯却落在大海上,饿得要死却没有地方去买吃的。我想说的是,如果早点得到您现在想要赠予的这二十个杜卡多金币,我就能用它们收买法庭书记员的笔,使检察官显显神通,那样的话今天我就会在托莱多的索克多维尔广场上,而不是在这条路上,像狗一样被人用链子拴着。不过上帝是伟大的:还是耐心等待吧!"

堂吉诃德走向第四个人,这人的面容令人肃然起敬,白色的胡子垂到胸前。听到堂吉诃德询问被带到这里的原因,他哭了起来,却一句话也不说。于是第五个服刑犯充当了他的代言人,替他说:

"这个老实人被判了四年苦役,来之前还穿着盛装、骑着马,风风光光地巡视了一回呢!"

"如果我理解得没错,"桑丘·潘萨说,"这意思是,他被拉去游街示众了。"

"没错,"苦役犯代言人回答,"他受到这样的处罚,就是因为当过中间人,不只传话,还传人呢。我的意思是,这位绅士是个拉皮条的,还鼓捣一些法术什么的。"

"你要不说他装神弄鬼,"堂吉诃德说,"光是清清白白的皮条客,可不该被判去服苦役,反而应该管理那些女人,成为她们的统领。要知道拉皮条可不是一个随随便便的职业,在一切井然有序的共和国里,这是一个体面而且必不可少的行当,只有出生非常正派的人才配从事。而且跟其他的职业一样,还应该配备巡视官和检察官来监督他们工作,并效仿火腿交易商的管理,给他们编号以便登记和标识。这样一来就能把很多坏人排除在外,否则,这个职业和行业会落到不称职又没学问的人手里,比如不三不四的年轻女人,乳臭未干、毫无经验的小听差和小混混们。这些人一到关键时刻,或遇到什么重要的事情需要解决的时候,就慌得不知所措,手里的面包快结冰了都送不进嘴里,连哪只是右手都搞不清了。

"对于一个共和国中如此必不可少的行业,为什么应该对从业人员进行筛选,我很愿意就这个话题继续探讨,陈述理由。不过此处并非合适的场所:总有一天我会向有能力解决问题的人建言。此刻我只想说,看到这位满头白发、面容令人敬重的先生因为拉皮条而遭受这样的折磨,我心中对他的同情超过了对他装神弄鬼的憎恶。当然了,我很清楚,很多头脑简单的人都以为世界上的巫术可以改变和强制人的意愿,事实并非如此:我们的意志是自由的,没有任何药物或魔法能够强迫它。有些愚蠢的小妇人和骗人的无赖常做的是一些有毒的混合物,那些东西让人发疯,让人误以为他们有能力让男人深深爱上一个女人。不过,正如我刚才说的,那些东西不可能强迫意志。"

"没错,"这位善良的老人说,"说真的,先生,在装神弄鬼这件事情上我是无辜的。至于拉皮条嘛,这个我不否认,不过天地良心,我可从没想过利用这个职业作恶。我不过是全心全意地希望全世界都得到快乐,在平静祥和中生活,没有争吵也没有痛苦。谁知这个美好愿望没给我带来任何好处,没能让我免于苦役之灾。离开了家乡,我就再也别指望回去了,被判了这么多年的苦役,小便还有毛病,这个毛病真是让我一刻也不得安宁。"

接着他又像之前一样痛哭起来,惹得桑丘大发同情,从胸口掏出四分之一个雷阿尔金币施舍给他。

堂吉诃德继续往前走,向另一个犯人询问他的罪行。这个人回答起来不但不像前一个人那样犹豫,反而几乎不假思索:

"我来到这里是因为跟两个表姐妹,还有两个不是我姐妹的姐妹俩乱搞。到最后跟她们所有人都纠缠不清,以至于亲戚关系乱成一团,连魔鬼都掰扯不明白了。我走投无路、没人帮忙又没有钱,还差点被人勒死。被判了六年苦役，对此我没有异议：这是我罪有应得。我还年轻，来日方长，一切都会好的。如果您，骑士先生，身上有什么东西能够救救我们这些可怜人，不但上帝在天堂会报答您，我们也会在世上为您的生命和健康虔诚地向上帝祈祷，愿您的幸福长寿无愧于您尊贵的外表。"

此人一副学生装束。一个法警说，此人十分聒噪，不过很有文化，也颇有风度。

这些人后面跟着一个三十岁上下的男人，十分英俊，虽然似乎两个眼睛过分亲密了些。他的拷锁方式跟其他人有所不同：不但脚上拖着脚铐，巨大的锁链缠满全身，而且咽喉处还套着两个金属环，一个是铁链子，另一个叫作托枷，这东西俗称"朋友的脚"，就是从枷锁上垂下两根铁条到腰部，连着两个手铐铐住双手，再用一把粗大的锁锁住，这样他既不能抬手够到嘴巴，也不能把头低下去够到手。

堂吉诃德问此人为何受到比其他人更加严厉的监管。法警回答说，因为他犯下的罪行抵得上其他所有人罪行的总和，而且他过于大胆无耻，就算是现在这样五花大绑，都令人不放心，生怕他逃跑。

"他能犯下什么大罪？"堂吉诃德问，"他被判的刑罚不过是发往大船服苦役而已。"

"他被判了十年，"守卫回答说，"这就相当于'查无此人'了。不说别的，只要知道这位好人就是著名的希内斯·德·帕萨蒙特，别名叫作希内小厮·德·噼里啪啦。"

"警官老爷，"这位苦役犯抗议道，"您别太过分了！现在可不是争辩名字和外号的时候。我叫希内斯，不是希内小厮，帕萨蒙特是我家族的姓氏，而不是像你说的噼里啪啦！各人都管好自己吧，这就够各人操心的了。"

231

"鼎鼎大名的小偷先生,"警察训斥道,"你要是不想让我叫你闭嘴的话,说话放尊重点儿,否则没你的好果子吃!"

"没问题,"苦役犯回答说,"人各有命,一切都是最好的安排,不过总有一天人们会明白我到底是不是叫希内小厮·德·噼里啪啦!"

"难道人们不是这么叫你的吗?你这个骗子?"守卫说。

"是,"希内斯回答说,"不过我发誓会改变这一点,否则就拔光自己的胡子!骑士先生,您要是有什么能给我们的就赶紧给,然后滚开吧,愿上帝与您同在!对别人的私事问东问西,真够烦人的!如果您想知道我的平生,就请记住我是希内斯·德·帕萨蒙特,我的一生都是由这两个大拇指写就的。"

"没错,"法警说,"他确实把自己的故事写了下来,这就很难得了,还在监狱中把那部书典当了两百个雷阿尔金币。"

"我会赎回来的,"希内斯说,"哪怕出价两百个杜卡多。"

"这书有这么好吗?"堂吉诃德问。

"实话告诉您吧,"希内斯回答说,"遇到我这本书,《托梅斯河上的小癞子》[1]和诸如此类已经写就或正在撰写的小说简直是生不逢时!书里写的不但全是事实,而且相当精彩、风趣,没有任何虚构可以与之媲美。"

"那书名又是什么?"堂吉诃德问。

"《希内斯·德·帕萨蒙特的一生》。"那人回答。

"这书写完了吗?"堂吉诃德问。

"怎么可能写完?"罪犯回答说,"我这一生还没结束呢!已经写

---

1 《托梅斯河上的小癞子》,作者不详,16世纪中期于西班牙出版,文字质朴简洁,故事精彩生动,是流浪汉小说的鼻祖。

完的部分不过是从出生到最近这次被发配大船。"

"怎么？你以前也曾被发配过去大船服苦役？"堂吉诃德问。

"为了替上帝和国王效力，上一次我在那待了四年，所以知道硬面包和鞭子是什么滋味。"希内斯回答，"不过在大船服役我并不觉得多痛苦，因为在那里有机会写完我的书。我还有很多故事要讲，而在西班牙的大舰船里有足够的平静生活。当然了，其实我写作对环境没有什么要求，因为对自己要写的东西都了然于胸。"

"你似乎很有文才。"堂吉诃德说。

"而且很不幸，"希内斯回答，"所谓天妒英才。"

"是天恨无赖吧。"法警说。

"警官老爷，我已经跟您说过了，"帕萨蒙特回答说，"请您克制一下，法官授予你们的权杖可不是用来虐待我们这些可怜人的，你们不过是负责把我们引导、护送到陛下命令的地方去。否则，以生命的名义……够了！总有一天你们在客栈中做的污糟事会大白于天下，全世界都闭嘴吧！各人都仔细过活，仔细说话！快上路吧，已经耽搁够久了。"

听到这番威胁，看守高高举起权杖想要抽打帕萨蒙特，但是堂吉诃德将权杖拦在半空中，恳求看守不要虐待他。何况，对于一个双手被绑得如此严实的人来说，嘴巴放肆一下也不算什么大事。接着他转向被锁在一起的囚犯们说：

"仁慈的兄弟们，通过你们所讲述的一切，我已然明白：虽然你们是因犯罪而受惩戒，但此去服刑却并非出于自愿，反而是情非得已、被逼无奈。不管是因为抵受不住严刑拷打，还是因为没钱上下打点，或是因为无人施以援手，总之，法官的歪曲审判是你们落到如此境地的原因，也是正义最终未能站在你们一边的原因。

"此刻所有这一切都令我心潮澎湃,让我不但有意愿、甚至有义务向你们宣布:上天让我降生于这个世间,并赋予我振兴骑士道的重任,我也在践行的过程中曾亲口发誓要扶弱济贫、救助被强权压迫的人们。不过同时我也相信谨慎是一种美德,也就是说,能够和平解决的问题就不要诉诸暴力。因此我想恳求这些看守先生和警察先生发发慈悲,解开你们身上的枷锁,放你们自由。遇到更合适的机会,决不乏愿意为国王效力的人。我无法接受上帝和大自然造就的自由人成为奴隶。"

"更何况,看守先生们,"堂吉诃德补充说,"这些可怜人没有做任何对你们不利的事情。人生在世,孰能无罪?上帝在天堂不会疏于惩罚坏人,奖励好人。你们各位跟他们无冤无仇,而正直的人不该成为另一些人的刽子手。我以如此平和忍让的态度提出这个请求,并承诺如果你们能够答应这个请求,我必将有所报答。但如果你们不肯接受,我这支长矛、这把长剑,以及强壮的臂膀,会迫使你们这样做!"

"这是什么连篇鬼话?真让人笑掉大牙!"法警回答说,"这不是半路杀出个程咬金吗?您可真会开玩笑,竟然想让我们放了国王的这些苦役犯!就好像我们有权力放人,他又有权命令我们这样做似的!先生,您还是赶紧好好走自己的路吧,把您戴在头上的屎盆子扶正了,别到处找三条腿的猫。"

"你们才是猫!是老鼠!是无赖!"堂吉诃德回答说。

一不做、二不休,堂吉诃德一挺长矛疾刺过来,说话的警察猝不及防,一下就被刺伤倒地。堂吉诃德运气不错,因为这正是唯一的持枪法警。其他看守被这突如其来的事故惊得目瞪口呆,不过大家立刻就回过神来,骑马的拔剑而出,步行的举起长矛,一齐攻向堂吉诃德。

骑士还优哉游哉地等着他们呢！要不是那些苦役犯眼见获得自由的机会从天而降，连之前从未企图逃跑的人都纷纷试着砸开身上的锁链，堂吉诃德必定难逃此劫。此时场面一片混乱，看守们不得不一边追赶挣脱锁链的犯人们，一边还要招架堂吉诃德的进攻，手忙脚乱、应付不暇。

这会儿桑丘却在帮希内斯·德·帕萨蒙特解开枷锁，他是第一个加入混战的。他猛攻向倒在地上的法警，抢下了长剑和火枪，用火枪一会儿瞄准这个，一会儿瞄准那个，不过一枪也没打出去，因为这时候整个战场上都找不到法警的踪影了：看守们四散而逃，因为不但帕萨蒙特举起了火枪，而且挣脱了锁链的苦役犯们也扔出了无数石块。

桑丘为此事忧心忡忡。他相信这些犯人四处逃窜，一定会让事情传到神圣兄弟会那里，而神圣兄弟会一定会立刻鸣钟示警，派人搜捕肇事者。所以他恳求主人尽快离开这里，躲到附近的山里去。

"你的想法不错。"堂吉诃德说，"不过此刻应该做什么，我心里有数。"

他叫来所有的苦役犯，这些人已经乱哄哄地把倒在地上的法警扒得一干二净。大家在堂吉诃德身边围成一圈，想听听他还有什么话说。于是堂吉诃德宣布道：

"正直的人都懂得知恩图报，而忘恩负义是最亵渎上帝的罪过之一。我的意思是，先生们，即便是出于常理，你们也该明白自己受了我的恩情。我不图别的回报，只希望你们带着这些我刚从你们脖子上解下的锁链，立刻前往托博索城，去拜见杜尔西内亚·德尔·托博索小姐，并告诉她你们是受愁容骑士之托而来。恳求她不要忘记我，并原原本本地向她讲述我在这次伟大的奇遇中的所作所为，以及如何赋予你们梦寐以求的自由。做完这件事，你们就可以去任何想去的地方试试运气。"

希内斯·德·帕萨蒙特代表所有人回答说：

"先生，我们的拯救者，您所要求的事情是根本不可能办到的：我们不可能所有人一起大摇大摆上路，只能一个一个分散溜走。神圣兄弟会一定会派人搜捕，每个人都得自寻门路，隐匿行迹，哪怕是钻到地底下。而最公平合理的做法，就是可以将您为杜尔西内亚·德尔·托博索小姐殷勤效力的心意，转化成无数声《万福玛利亚》和《信条经》，我们都会为您的意愿祈祷，这是我们日日夜夜都可以为您做的事，无论是逃亡还是安居，无论是和平还是战争。但是想让我们此刻回到埃及的肉锅[1]旁，我的意思是，想让我们披枷戴锁前往托博索，那无异于在还不到上午十点的此刻要求日落天黑，无异于缘木求鱼！"

"什么？婊子养的！"堂吉诃德勃然大怒，"希内小厮·德·噼里啪啦还是什么先生，我发誓！我不但要叫你去！还得让你夹着尾巴，背着所有七七八八的枷锁！"

帕萨蒙特可不是什么逆来顺受的角色，他早已发现堂吉诃德神志不太清醒，竟然说出要求释放罪犯的胡言乱语。此刻见他恶语相向，便向同伴们使了个眼色，大家一边往旁边退开，一边群起朝堂吉诃德扔石块。人多手杂，堂吉诃德用圆盾左支右绌，招架不开。可怜的罗西南多全然不顾马刺踢打，泥塑木雕般一动不动。桑丘躲在毛驴后面，用毛驴抵挡着雨点般落下的石块。

---

1 埃及的肉锅，典出《圣经·出埃及记》16:3，"以色列子民向他们说：'巴不得我们在埃及国坐在肉锅旁，有食物吃饱的时候，死在上主的手中！你们领我们到这旷野里来，是想叫这全会众饿死啊！'"

堂吉诃德抵挡起来破绽百出，不知被多少卵石打中。而且石块来势迅猛，竟将他打翻在地。一见他坠地，学生装束的囚犯立刻跳到他身上，从他脑袋上摘下钵子，朝他背上打了几下，又重重地往地上一摔，钵子差点四分五裂。犯人们扒下他穿在铠甲外面的罩衫，要不是绑腿太麻烦，连长袜都给他脱下来了。桑丘也未能幸免，被脱掉了外套，只留下衬衣。罪犯们把这场战斗中的战利品分赃停当，就各奔前程了，当然是去小心躲避他们害怕的神圣兄弟会，而不是抬着锁链去拜见杜尔西内亚·德尔·托博索小姐。

现场只剩下毛驴和罗西南多、桑丘和堂吉诃德。毛驴垂着头，若有所思，还时不时晃晃耳朵，以为那场震耳欲聋的石块暴雨还没停歇；罗西南多躺在主人身边，是被另一阵石块打倒的；桑丘只着衬衣，还在提心吊胆害怕神圣兄弟会的搜捕；堂吉诃德则义愤填膺——如此施恩与人却被恩将仇报、打得重伤。

第二十三回
著名的堂吉诃德在黑山的遭遇，是这个真实的故事中最离奇的冒险之一

堂吉诃德见自己遭此横祸，便对持盾侍从说：

"桑丘，我常听人说，与恶人为善，无异于往海里倒水。如果我当时听你的话，就能避免这场灾祸了。但此刻木已成舟，只能暂且忍耐，从今往后吸取教训。"

"您要能吸取教训，那我就是个土耳其人！"桑丘回答说，"不过，现在既然您已经意识到之前应该听我的话，那么不妨再请听我一句

劝，以避免遭遇更大的灾祸。我告诉您啊，在神圣兄弟会面前，什么骑士道都不管用。对他们来说，所有的游侠骑士加起来也值不上两个马拉维迪。您要知道，我仿佛已经听到他们的箭在我耳边嗖嗖响了。"

"桑丘，你真是个无药可救的懦夫。"堂吉诃德说，"但是，为了不让你怪我固执己见，从不采纳你的建议，这一次我就听从你的意见，不再以身涉险，免得你担惊受怕。但我有一个条件：不管是现在活着，还是将来死去，永远不要对别人说我是因为害怕才躲避这个危险，而要澄清这完全是因为你的苦苦相求。如果你在这件事情上弄虚作假，散布不实言论，无论何时我都会公开辟谣，昭告天下：你每一次想到或提到此事时都在说谎！不要反驳我！一想到刻意避开某个危险，尤其是眼前这一个，就可能留下胆怯的口实，我就恨不得独自留在这里等待，别说是让你吓破了胆的神圣兄弟会，哪怕是以色列十二支派[1]，加上马加比七兄弟[2]，加上卡斯托尔和波吕丢刻斯兄弟[3]，甚至还有全世界所有的兄弟和神圣兄弟会一拥而上也毫不足惧！"

"主人，"桑丘说，"撤退不是逃跑，等待实在不是明智之举。只要危险的可能大于安全的希望，最聪明的做法是能躲过今天就别拖到明天，不要把所有的冒险都放在同一天。您要知道，虽然我是个平民百姓，还是个粗人，但还是有点脑子的，所以您不要因为听信

---

1 以色列十二支派是由以色列第三代始祖雅各的十二个儿子发展起来，其中第十一子约瑟后来成为埃及首相，成了极为重要的一支派而得到了两份家产，分别由其子以法莲和玛拿西继承，而后来由于雅各三子利未成为耶和华拣选的祭司，不参与分配土地，故而总数还是十二。
2 马加比家族是公元前2世纪至前1世纪巴勒斯坦地区耶路撒冷附近的犹太教世袭祭司长家族，在对抗塞琉古王朝的起义中获得了犹太省的领袖地位。
3 在希腊神话中，卡斯托尔和波吕丢刻斯是后来化成双子座的孪生兄弟，一般称为"狄俄斯库里兄弟"。

了我的话而后悔。如果可以的话，快骑上罗西南多，如果您实在动不了，我来帮您，您跟着我。我的头脑告诉我，现在咱们需要的是脚而不是手。"

堂吉诃德没再反驳，骑上了马，桑丘骑着毛驴带路。主仆二人从附近的黑山进去，桑丘打算穿过整座山脉前往埃尔韦索或阿尔莫多瓦尔·德尔·康柏，在深山密林里躲藏几天，免得被神圣兄弟会的搜捕人员发现。他这样打算也是因为，在与苦役犯们的冲突中，毛驴背上的口粮居然逃过一劫。按照这帮人无所不掠、洗劫一空的架势，这简直就是个奇迹。

*********[1]

那天晚上他们走进了黑山深处。桑丘认为，随身携带的口粮足够支撑到穿越这座山，哪怕是再多走几天也没问题。所以主仆二人在栓皮栎林的两块巨石间过了夜。然而，在没有真正的信仰来照亮灵魂的人看来，厄运总是指引一切、安排一切，为所欲为。希内斯·德·帕萨蒙特，这位大名鼎鼎的骗子和大盗，得益于堂吉诃德的善良和疯狂而挣脱了枷锁。他理所当然也担心神圣兄弟会的搜捕，便同样决定在那片深山之中藏身。

巧的是，相同的运气和相同的恐惧把他和堂吉诃德主仆引到了

---

[1] 在 1605 年第一版中，由于塞万提斯的疏忽或印刷者的疏忽，小说中没有交代桑丘丢毛驴的情节，几个月后的第二版中加入了以下内容。在之后的情节中，作者有时说毛驴已经丢了，有时又描写桑丘骑着毛驴，有诸多矛盾之处。

同一个地方。更巧的是，相遇不早不晚，正好是他还能辨认出两人，而那两人却已经熟睡的时间。坏人总是忘恩负义的，而满足需求正是干坏事的直接动机，再加上取走眼前唾手可得的东西总比将来再找可乘之机容易得多，所以希内斯不但不心存感激，反而恩将仇报决定偷走桑丘·潘萨的毛驴。至于罗西南多，他可看不入眼：这匹马就像一件破衣服，既不够典当也卖不出去。趁桑丘·潘萨睡得正香，希内斯偷走了他的毛驴，在天亮之前就已经逃得无影无踪了。

黎明破晓而出，大地一片欢愉。桑丘却悲恸欲绝地怀念自己的灰毛儿。一发现毛驴不见了，他便哭天抢地，直哭得闻者流泪、见者伤心。堂吉诃德被哭声惊醒了，只听他哭诉道：

"啊，我的宝贝儿子！你出生在我家，是孩子们的好伙伴，老婆拿你解闷儿，邻居们嫉妒你能干，能分担我的负担。总而言之，你支撑着我的半个人生，因为你每天挣的二十六个马拉维迪是我家一半的口粮！"

堂吉诃德见他伤心难过，问明了原因，便尽其所能用好话安慰桑丘。他叫侍从忍耐些，并承诺给他写一份出让书，要求家人从家里剩下的五头毛驴中分给他三头。桑丘听了这话才宽了心，止了哭泣，擦干眼泪，谢过主人的恩赏。

* * * * * * * * *

一走进这座大山，堂吉诃德就心中暗喜，认为这种地方正是自己梦寐以求的，是最适合的奇遇之所。他回想起在类似孤寂、崎岖的地方，发生在游侠骑士们身上的惊人故事。他边走边想，越想越出神，别的事什么都顾不上了。连桑丘也放松了警惕，觉得此刻正行走在安全的范围，惦记着从教士那里得来的战利品还剩一些东西可以填饱肚子。于是他像女人一样侧身坐在毛驴背上[1]，一边跟在主人后面，一边从侧袋里往外掏吃的，狼吞虎咽地往肚里填。就这样边走边吃，寻找新的冒险这件事对他来说完全是无稽之谈。

就在这时，他一抬头见主人突然停了下来，正用长矛尖努力把地上一个不知道什么东西挑起来。于是他急忙赶上去，准备有必要的话就搭把手。等他赶到，堂吉诃德已经用长矛尖挑起了一个鞍垫，上面还系着一个很大的包裹，已经烂了一半，甚至可以说整个都腐烂了，残破不堪。这包裹太沉，桑丘不得不跳下驴背去捡起来，主人吩咐他查看一下行李内的东西。

桑丘乐颠颠地照办了。虽然行李用链条和锁扣锁着，不过因为已经腐烂破损，很容易看到里面的东西：四件洁白亚麻细布的衬衫，还有一些粗棉布的织物，既精美又整洁。桑丘还发现一块手帕中包着一堆埃斯库多金币，立刻感叹道：

"上天赐福，终于让我们遇到一桩有利可图的奇事！"

他继续翻找，又发现了一个装订精美的小记事本。堂吉诃德把记事本要过来，并吩咐桑丘，钱就归他了，叫他好生保管。桑丘亲吻主人的手表示感谢，然后把袋子里的亚麻布织物等统统倒出来，装进自己随身的侧袋里。他正忙碌着，堂吉诃德说：

"桑丘，我觉得这件事没有别的可能，一定是某个迷路的行人经过这座山的时候被一群强盗拦劫了。强盗们把他杀了，埋在这个如此隐秘的地方。"

---

[1] 因与前文丢毛驴的情节矛盾，从第三版开始此句改为"背着所有本该由毛驴驮负的行李"。

"这不可能,"桑丘回答说,"如果是强盗的话,不会把钱留下。"

"你说得对,"堂吉诃德说,"如此说来,我倒猜不出这究竟是怎么回事。不过等一下,看看这个小本子里会不会有内容能提供一些线索,让我们找到想要的答案。"

他打开本子,第一页的内容看上去像是一份草稿,不过字迹十分秀丽。这是一首十四行诗,他高声朗读起来,以便桑丘也能听到。诗里写道:

爱神若非愚蠢
便是过于残暴;
或是痛苦还无法抵消
我的刑罚,罪责难逃。

然而爱情若真是神明,
自然无所不晓,
洁身自好。那又是谁?
令我在爱恨之间苦苦煎熬?

如果是你,希莉,不可能是你!
无上美德中不该包含无尽罪戾,
厄运也不该处处与我为敌。
我将不久于人世,这一点确凿无疑:
不知症结的顽疾,
除非发生奇迹,才能有药可医。

"就凭这首行吟诗,"桑丘说,"等于什么也没说啊,除非顺着里面说的那条丝线能顺藤摸瓜。"

"这里面有什么丝线?"堂吉诃德问。

"我记得,"桑丘说,"您好像说了什么关于丝线的事情。"

"我可没说。我说的是'希莉',"堂吉诃德回答,"这毫无疑问是这首十四行诗的作者所怨恨的那位女士的名字。说他是位诗人一点也不过分,否则就是我对诗歌艺术过于孤陋寡闻。"

"这么说,"桑丘问,"您对行吟诗也有研究?"

"我懂得可比你想象的多,"堂吉诃德回答说,"等你将来给我的杜尔西内亚·德尔·托博索小姐送信的时候就知道了。信从头到尾都是诗句。你要知道,桑丘,在古代,所有的、或者说几乎所有的游侠骑士都是大抒情诗人和大音乐家。这两项技能,更准确地说是两种风雅,是恋爱中的游侠们必备的。不过当然啦,过去的骑士们写的诗确实推崇精神甚于辞藻。"

"您再读一段吧,"桑丘说,"肯定会发现一些让我们满意的东西。"

堂吉诃德翻了一页,说:

"这是一篇散文,像是一封信。"

"是家信吗?主人?"桑丘问道。

"看开头就知道除了爱情没有别的主题。"堂吉诃德回答说。

"那您就大声读一读吧,"桑丘说,"我很喜欢这些谈情说爱的东西。"

"乐意之至。"堂吉诃德说。

于是他就应桑丘所请,大声念了起来,信是这么写的:

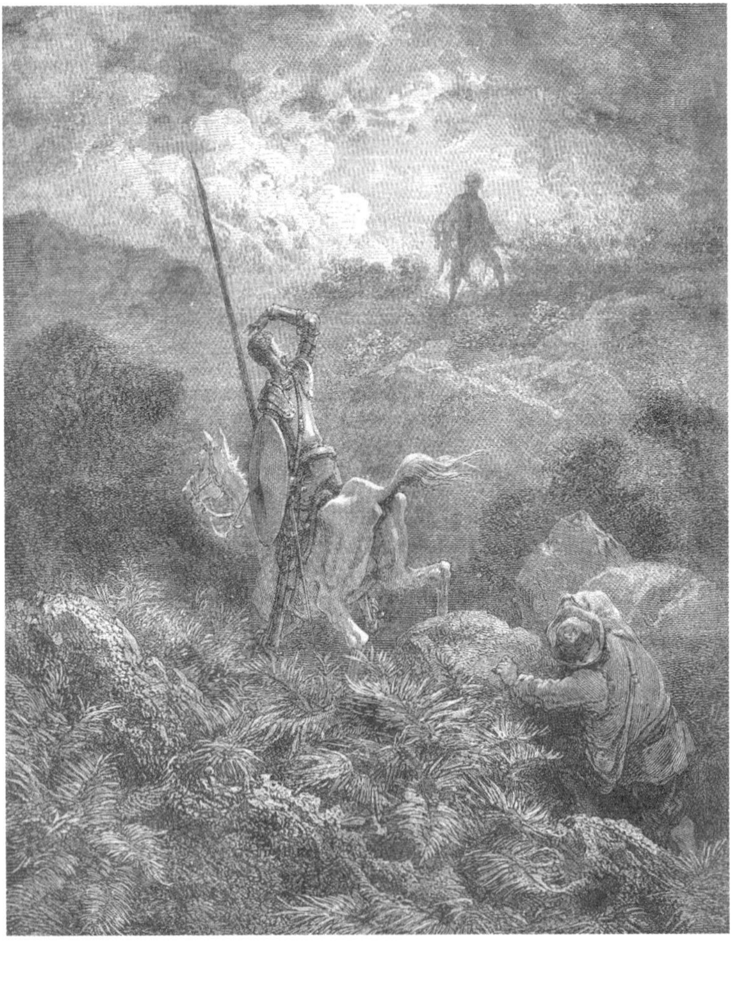

你的背信弃义和我的流年不济使我流落于此。想来在你最终明了我如此怨恨你的原因之前，一定已先得知我的死讯。你抛弃了我，负心的女人！为了一个比我富有、却并不比我更有价值的人。若美德果真是为人所珍视的财富，我不会嫉妒他人的幸福，也不会哭泣自己的不幸。你的美貌在我心中激起的感情，已被你的所作所为摧毁：我曾因容貌将你认作天使，如今却因行为意识到你不过是个女人。好自为之吧！你是挑起战争的罪魁祸首，我却愿上天保佑你丈夫对你的欺骗永远不被揭穿，这样你才不会对自己的所作所为追悔莫及，而我也不必为自己并不钟情的事物报仇雪恨。

读完这封信，堂吉诃德说：
"读这封信比从诗里看得更清楚，可以肯定信的作者是一个被抛弃的痴心人。"

他几乎翻完了整本册子，发现了另一些诗句和信件，有一些能读懂，有一些读不懂。但是所有的文字都充满怨恨、嗟叹和怀疑，讲述快乐与烦恼、恩爱与抛弃，有时欣喜，有时忧伤。

趁着堂吉诃德翻阅记事本的工夫，桑丘仔细检视着行李。不管是包裹还是鞍垫，每一个角落都细细翻找查看，每一条接缝都扯开，每一团羊毛都梳理一遍，生怕因为着忙或疏忽而遗漏了什么——刚才发现的金币足有一百多枚，着实让他起了贪心。虽然再无其他收获，但他认为光这一点就足以弥补这段时间以来遭的罪：被裹在毯子里抛掷取乐、喝了汤药吐得死去活来、被棒打、挨脚夫的拳头、丢失了褡裢、被抢走外套，还有在服侍好心的主人期间所忍受的一切饥饿、口渴、疲惫。

愁容骑士很想知道行李的主人究竟是谁。从十四行诗和信件、金币和质地上乘的衬衣来看，应该是某位痴情的贵公子，心上人的背叛和侮辱令他伤心至极，走上绝路。但在这荒无人烟的崇山峻岭，找不到任何人打探消息。他便不再胡思乱想，专心赶路，所走的方向不过是罗西南多随意选择的——也是马儿能找到的仅容下足的地方——一心相信在这样杂草丛生的地方少不得发生奇遇。

正边走边想，突然看见对面小山顶上有个人在巨石堆和灌木丛间腾挪纵跃，灵巧得惊人。这人似乎光着身子，胡子又黑又密，头发蓬松茂盛，光着脚，连小腿上也无寸缕覆盖。只穿一条短裤遮住了大腿，看上去像是棕黄色的丝绒材质，但已经破烂不堪，很多地方都露出了皮肤。他的头部并未包裹，虽然身手敏捷、行动迅疾，但愁容骑士已经把上述这些细节都看在眼里。

骑士试图跟上他，却无功而返，因为罗西南多体弱多病，无法在这样崎岖的地面奔跑，更何况它一向只会迈小碎步，行动迟缓。此时堂吉诃德已经想到，这位可能就是鞍垫和行李的主人，便决定四处寻找，哪怕在这大山中走上一年，也要找到他才肯罢休。于是他命令桑丘跳下毛驴，找条近路截住那人，而他自己则从另一个方向去找，这样依计而行，就有可能遇见那个急匆匆在他们面前消失的人。

"这可不行！"桑丘回答说，"因为只要一离开您，我就立刻怕得要命，生怕有人用各种各样的手段和魔法来袭击我。您就听我这一回吧，从今往后再也别让我离开您哪怕一根手指的距离。"

"这没问题，"愁容骑士说，"我很高兴你愿意信赖我的勇气，不过你自己也应当有点儿胆量，哪怕身体不够强健也没关系。现在你就寸步不离跟在我后面吧，尽可能把眼睛睁得像灯笼那么大。我们要踏遍这些山丘，也许能碰上刚才看见的那个人。我敢肯定他不是别人，正是我们发现的失物的主人。"

对此，桑丘回答说：

"那样的话，我们最好还是不要找了。因为万一真的找到他，又万一他真是这些金币的主人，那我不是得还给他吗？这样说来，我最好还是发发善心暂时保管这些财物吧，可别干那么吃力不讨好的事。说不定通过另外一种不用那么费心费力的方式，就会碰到真正的失主，不过也许到那时候我已经把钱花光了，到那时国王不得不宣布我没有偿还能力。"

"桑丘，你这是自欺欺人。"堂吉诃德说，"一旦我们怀疑，甚至敢肯定谁是失主，就有义务寻找他并完璧归赵。如果不去寻找，对于他究竟是不是物主这个强烈的猜疑会让我们如鲠在喉，并承担等同于他就是失主本人的罪责。所以，桑丘老兄，不要为寻找他而感到烦恼，因为只要能找到他，我就没有遗憾了。"

于是他用马刺一踢罗西南多，桑丘跟往常一样骑着毛驴跟在后面[1]。沿着山路没走多远，便在一条小溪中发现了一头备着鞍、戴着嚼子的骡子倒在水里，已经死了，而且身体已经被野狗和乌鸦啃啄了一半。这一切让他们更加确信，逃走的那个人就是骡子和鞍垫的主人。

主仆二人正看着骡子，突然听到一声呼哨，似乎是牧人看管畜群的哨声。只见左手边涌来一大群羊，羊群后面的山顶上出现了照看羊群的牧羊人，是一位年迈的老人。堂吉诃德大声呼喊，请求他下到自己所在的地方。牧羊人也大声回应，问他们为什么来到这个地方，因为除了羊群和狼群，或周围出没的野兽，几乎没有别的脚

---

[1] 此处第三版改为"感谢希内斯·德·帕萨蒙特，桑丘只能负重步行"。

踏上过这里的土地。桑丘回答说请他下来，会告诉他一切情由。于是牧羊人来到堂吉诃德身边，说：

"我敢打赌您正打量这头出租骡子怎么会死在这个洼地。其实它已经在这里六个月了。请告诉我，你们是否在这里遇到了它的主人？"

"我们没有遇到任何人，"堂吉诃德回答说，"只在不远处发现了一个鞍垫和一件小小的行李。"

"我也见到过，"牧羊人回答说，"不过从没想过要捡起来，甚至都不敢靠近，生怕沾染什么倒霉事，也怕别人以为这是赃物而日后来追赃。精明的魔鬼总是找点什么东西给人使绊子，让人稀里糊涂地就摔一跤。"

"谁说不是呢，"桑丘插嘴说，"我也一样，看见了但没靠近，甚至连石头都没朝它扔一块，就把它原样留在那里。我可不想牵一条挂着铃铛的狗。"

"好心人，请告诉我，"堂吉诃德说，"您知道谁可能是这些衣物的主人？"

"我只知道，"牧羊人说，"大概是差不多六个月前，一群牧羊人在离这里大约三里格远的地方遇到一个挺拔俊美的少年骑士，骑的就是如今死在这里的这匹骡子，随身带着你们刚才说看见但是没动过的鞍垫和行李。他问我们，这座山里什么地方最崎岖、最隐秘。我们告诉他正是此刻咱们所在的地方。这话千真万确，因为如果你们再往里走半里格，也许连回头路都找不到了！我很惊奇你们是怎么到达这里的，因为没有任何小路通进来。

"话说回来，当时那位少年听了我们的回答便掉转马头，朝着指示的方向走去。我们所有人都愣在那里，既为他的英姿倾倒，又被他的要求和他匆匆忙忙转身走向深山的急迫所震惊。从那以后我们就再也没有见到过他,直到前几天,他在半路上拦住了一个牧羊人,一句话也不说便扑上去拳打脚踢,接着又袭击驮着口粮的毛驴,抢走了所有面包和奶酪。做完这件事,他又敏捷地躲回深山密林去了。

"后来我们大家都知道了这件事,便在这座山最隐秘的地方找了将近两天,最后发现他藏身在一棵高大粗壮的栓皮栎的树洞里。他彬彬有礼地出来相见,衣服破破烂烂,脸被太阳晒得都变形了,我们几乎都认不出他来。要不是那些衣服虽然破烂但还能看出原形,加上之前已经得知他的现状,否则我们都不敢相信这就是要找的人。

"他温文尔雅地向我们问好,并用非常简明优雅的语言解释说,不要因为他沦落到如此地步而感到惊讶,那不过是在为犯下的诸多罪孽而苦修悔罪。我们请问他的身份,但他不肯透露。我们又请求他,当需要补给的时候,请告诉我们在哪儿能找到他,我们会真心诚意地给他送来,因为没有食物他没有办法活下去。如果他也不愿意这么做,那么至少应该出来找我们要,而不是从牧人那里抢夺。他对我们的慷慨表示感谢,并为之前的袭击道歉,答应从此以后看在上帝之爱的分上会出来索要,而不会骚扰任何人。至于栖身之所,他说自己没有固定的住处,都是当夜幕降临时随处而栖。

"说完这些话,他不禁伤心流泪,我们所有人听到这哀怨的哭泣,想到初见时他是什么模样,如今又是什么模样,就是铁石心肠也不能不陪着一起掉眼泪。因为我刚才已经说了,他是一个风度翩翩的美少年,彬彬有礼、简明动人的语言也表明他出身高贵,是一个非常有教养的人。我们这些听众都是乡野粗人,他的言谈举止如此优雅,实在令我们对自己的粗鲁自惭形秽。谁知正说到动情处,他却突然打住话头陷入了沉默:把目光盯着地面很久很久。我们所有人都屏息静气,悬着心,不明白他为什么这样出神。

"这景象真是令人惋惜：他只要是睁着眼睛，就定定地看着地面，很长时间连睫毛也不动一下，有时候又闭上眼睛，紧紧抿着嘴唇，挑起眉毛，令人很容易觉察到他正受到某种疯狂情绪的突然袭击。而他也立刻证实了我们的猜测：突然倒在地上，又突然狂怒地一跃而起，扑向离他最近的那个人。来势又凶又猛，要不是我们上前拉开，那人就在他的拳头和撕咬下送命了。

"他一边打人一边嘶叫：啊！背信弃义的费尔南多！你对我做出伤天害理的事，此时此刻我就要你付出代价！我要亲手挖出你的心脏，你这颗心里包藏的邪恶比全世界所有的恶行加起来还要多，尤其是陷害和欺骗！除了这些他还说了很多其他的话，总之一直在控诉那个费尔南多的邪恶，骂他是个叛徒，背信弃义的家伙。

"我们把他拉开，心中十分难过，他却不再多说一句话便弃我们而去，在灌木杂草丛中飞奔着躲了起来，我们根本追不上他。我们推测，他的疯病是间歇性的，而那个叫费尔南多的人一定是对他做了什么坏事，而且是很严重的事，否则不会把他逼上这样的绝路。后来这个猜测也得到了证实，因为他多次出现在路上，有时是向牧人求取他们携带的食物，有时候却是强抢。每当疯病发作的时候，哪怕是牧人们好意相赠，他也不接受，反而用拳头强取豪夺。然而每当神志清醒的时候，他就以上帝之爱的名义请求施舍，彬彬有礼、谦和恭谨，而且千恩万谢、涕泪横流。"

"实话跟你们说，先生们，"牧羊人继续说，"昨天我已经跟四个小伙子约定，一定要把他找到。四人中有两个是仆役，另外两个是我的朋友。找到他以后，不管是否能征得他同意，哪怕是采用强制的手段，也要把他带到离此地八里格开外的阿尔莫多瓦尔山谷。到了那里，只要他的病还有药可治，我们一定会把他治好。或者至少等他神志清醒的时候，我们一定要问出他是谁，有什么亲戚，好把他的不幸遭遇写信捎过去。先生们，这就是对于你们的问题我所能回答的一切。现在你们知道了，你们寻找的那些衣物的主人，正是你们见到的赤身裸体、身手敏捷、一闪而过的那个人（此前堂吉诃德已经告诉他见到那个人如何跳跃着跑过山峦）。"

堂吉诃德被牧羊人的一番话惊呆了。他更加强烈地渴望弄清楚那个不幸的疯子究竟是谁，便向牧羊人提出自己也正有此意：踏遍山林，不放过任何一个角落或山洞，直到找到此人为止。谁知他的运气比想象的或期待的还要好，因为正当此时，众人遍寻不见的那个少年恰好出现在这座山的峡谷中，边走边喃喃自语。这些话就是到了近处凝神细听都未必分明，更别提隔了那么远的距离了。他的衣着正如前文描述，只是当走近了之后，堂吉诃德才注意到他身上那件褴褛的皮上衣是香薰鞣制过的，他明白穿着这种衣衫的人绝不是草芥出身。

少年上前问候了他们，虽然嗓音破碎嘶哑，态度却十分有礼。堂吉诃德也以毫不逊色的繁文缛节向他回礼。他从罗西南多背上下来，以优雅的风度和潇洒的姿态上去拥抱少年，并将他紧紧地抱在怀中好一会儿，仿佛相识多年的老友一般。而对方——我们可以称之为"褴褛骑士"，正如称堂吉诃德为"愁容骑士"一样——在挣脱他的怀抱之后，稍稍退后几步，将双手放在堂吉诃德肩上凝视着他，仿佛在细细辨认是否相识。也许是愁容骑士的形象、风采和武器也着实令他吃了一惊，不亚于堂吉诃德初见他时的惊讶程度。总之，在拥抱之后先开口的是那位褴褛骑士，他说了下面的一番话……

第二十四回
黑山奇遇下篇

上回说到，堂吉诃德正聚精会神地听这位衣衫褴褛的"高山骑士"说话。只听他说道：

"先生，虽然我们素不相识，但不管您是谁，我衷心感谢您以如此大礼盛情相待。您待我如此深情厚谊，只恨我如今除了心怀感激之外实在无以为报。命运让我沦落至此，身无长物，对于诸位的善行，空有报答之心，却无报答之力。"

"我心甘情愿为您效劳，"堂吉诃德回答说，"而且这份心意如此坚定迫切，甚至早在相遇之前我就已下定决心，一定要找到您，并当面问清楚：您遭此横祸，伤心欲绝，这份痛苦是否还有药可解？否则我决不离开这座大山。即便是寻人路漫漫，我也必将尽心竭力。万一您的痛苦是任何安慰都无济于事的，我将尽己所能报以最真挚的哭泣和悲伤，因为在不幸中遇到心怀同情的人总算是一种宽慰。先生，我从您身上看到了谦恭有礼的美好品性，若我这份善意尚值得您通过某种礼节来表示感谢，我恳求您：看在您这一生中曾经深爱过或现在最深爱的事物的分上，请告诉我您是谁，为何来到这蛮荒之地，如野兽般苟活于世，又意欲如野兽般曝尸荒野？从衣着和人品都可以看出您身份高贵，却为何将要在与您的身份格格不入的环境中死去？"堂吉诃德补充道："而且以我所接受的骑士封号的名义（虽然我罪孽深重、受之有愧），以游侠骑士道的名义发誓：先生！骑士身份赋予我忠诚的义务，若您能满足我这个心愿，我定当将这份忠诚回报给您，为您的不幸施措筹谋。若实在无计可施，也与您同悲同泣，正如我方才的承诺。"

这位"森林骑士"听到愁容骑士说话的奇怪腔调，便目不转睛地盯着他看了又看，反反复复上下打量。看了半天才对堂吉诃德说：

"如果你们带有什么食物，请看在上帝之爱的分上给我一些。吃完东西我会按照你们的吩咐去做，以感谢你们对我的善意。"

于是桑丘从自己的侧袋里掏出口粮，牧羊人也从自己的皮口袋里掏出食物，给"褴褛骑士"充饥。他像个傻子一样狼吞虎咽，不等一口吃完就塞进另一口，与其说是吃下去的，不如说是吞下去的。整个这段时间，不管是他，还是那些围观的人，谁都没说话。吃完东西，他做了个手势示意众人跟他走，于是大家都跟了上去。他把人们带到附近一块巨石背后的小片绿色草地，在草地上坐下，其他人也都纷纷效仿。在这段时间还是谁也没说话，直到"褴褛骑士"在安顿好以后开口说道：

"如果你们愿意，先生们，就让我简略地讲述一下自己的惨痛遭遇，不过你们必须保证不用任何问题或任何别的话题打断我的叙述，因为一旦你们这么做，我这个悲伤的故事也就到此为止了。"

"褴褛骑士"的这番话让堂吉诃德想起了侍从给他讲过的故事：一旦数错已经过河的羊的数量，故事就戛然而止。不过回到"褴褛骑士"，他继续说：

"我提醒你们不要这样做，是因为我希望能尽量简短地讲完这个不幸的故事。让往事重新浮现在记忆中，对我来说只会增加新的痛苦。你们提问越少，我就能越快讲完。当然，我不会漏掉任何重要的情节，免得你们意犹未尽。"

堂吉诃德代表所有人做了保证。得到了这个承诺，"褴褛骑士"开始这样讲道：

"我名叫卡尔德尼奥[1],家乡是安达鲁西亚最繁华的城市之一。我出身贵族世家,父母富可敌国。然而我的不幸遭遇如此惨痛,不但父母理当为之哭泣,连我的家族血统也应为此感到遗憾。无论多少财富都无法减轻这种痛苦:在命中注定的灾祸面前,物质往往于事无补。在这片土地上生活着一位天之骄女,她代表着爱情全部的荣耀,而我偏偏爱上了她。

"她叫露丝辛达,是一位跟我一样高贵而富有的小姐,而且貌若天仙。虽然她比我幸运,但她的心意却不似我纯洁的爱恋值得托付那般坚贞。这位露丝辛达,我从很小、很稚嫩的年纪就开始爱她、喜欢她、珍视她,而她也以幼小心灵所包含的全部单纯和热情爱着我。

"双方父母对于我们的心意都心知肚明,但并不介怀,因为他们明白:这段感情继续发展下去,我们最后一定会走入婚姻的殿堂。我们的家世和财富如此门当户对,这简直是一件不言而喻的事情。随着年龄渐长,我们之间的情意也更加深厚,可是露丝辛达的父亲认为,出于体面,他必须要禁止我出入他们家,在这件事情上几乎是模仿那位被诗人们吟咏不绝的提斯柏[2]的父母。然而这个禁令却让我们更加情切意笃,难舍难分。虽然口不能言,却无法阻止我们鸿雁传书,因为文字比语言更自由,更能表达一个人灵魂深处的感情:很多时候,在爱人面前,最坚定的决心也会慌乱,最大胆的口舌也会失语。

---

1 莎士比亚以塞万提斯创造的这个形象为原型创作了喜剧《卡尔德尼奥的故事》,已佚失。
2 提斯柏,传说中古巴比伦少女,奥维德《变形记》中记载了皮剌摩斯和提斯柏的爱情悲剧,两人比邻而居,日久生情,却遭到双方父母的禁止。

"啊,苍天啊!我写下了多少信笺,又得到了多么甜蜜而忠诚的答复!我谱写了多少曲子,写下了多少爱的诗句!在字里行间,灵魂倾诉并传递着感情,表达出如火如炽的愿望,使人沉迷,令人陶醉!事实上,当时婚事迟迟没有进展,而我对她日思夜想,精神日渐消沉,所以决定采取行动,去向她的父亲求娶她为合法妻子,这样不但能彻底解决烦恼,而且终能得偿所愿,得到我应得的奖赏。

"我真的这样做了,对此她父亲的答复是:非常感谢我表现出的诚意、对他的敬意以及求娶他的掌上明珠为家门增辉的心意,不过既然我的父亲还在世,由他来上门提亲才是天经地义的事,因为若没有家长的首肯和认可,露丝辛达可不能偷偷摸摸地嫁过去。我对他的好意表示感谢,也认为这番话很有道理。而且只要我开口,父亲一定会欣然同意。

"这样一想,我便立刻去找父亲,打算把自己的愿望对他和盘托出。谁知一走进他的房间,就见他手里拿着一封打开的信,我还没来得及说话,他便把信递过来说:'卡尔德尼奥,从这封信中可以看出理查德公爵对你的赏识提携之意。'先生们,你们应该知道,这位理查德公爵是西班牙的一位大人物,他的封地在安达鲁西亚最富庶的区域。

"我接过信,信中说公爵希望我成为他长子的同伴,而不是仆人,并表示他对我相当看重,一定把我安排到适当的职位。信中再三恳请我尽快赶去,以至于连我自己都觉得,如果父亲不按照信中所请的那样去做,很是不妥。读着信,我不禁沉默了,尤其是当听到父亲说:'卡尔德尼奥,遵照公爵的意愿,两天后你就出发吧。感谢上帝!我知道你必将前途无量,而如今通向未来的道路正在开启。'除了这些话,他还从父亲的角度提出了其他的忠告。

"出发的时间到了,我跟露丝辛达谈了一夜,把发生的一切都告诉了她，同时也把详情禀承了她父亲，并恳求他等待一段时日，把婚姻大事暂时搁置，直到理查德公爵将我安置妥当。她父亲答应了我，而她自己也发了千般誓愿、万般承诺，伤心欲绝。总之，最后我终于来到理查德公爵领地，在那里受到了盛情款待。

"公爵待我如此亲厚，以至于从一开始我就备受嫉妒，尤其是府里的老仆人们，对于公爵予我的赏识和恩赐颇有微词。但是对于我的到来，最称心快意的是公爵膝下二公子，名叫费尔南多。他是一个英俊、优雅、慷慨而多情的小伙子，很快就把我当成至交好友，因此也招来不少流言蜚语。虽然公爵长子对我很器重，也待我甚厚，却没有堂费尔南多那样满腔热情地爱我、待我。

"问题是，朋友之间总是无话不谈，而费尔南多与我之间的友谊超越了阶级差异，他把所有的心事都向我倾诉，尤其是令他心神不定的爱情：他深爱着一个农家女，也是他父亲的属臣。她有很多富有的追求者，因为她如此美丽、端庄、矜持而贞洁，所有认识的人都无法下定论，在她身上究竟是哪种美德使之如此出类拔萃。这位美丽的农家女有那么多美好品质，费尔南多对她爱得如痴如醉。为了得偿所愿，征服她的贞洁之身，他决定许诺娶她为妻，因为任何别的方法都不可能达到目的。

"为了尽到朋友的义务，我试图用所知的大道理和活生生的例子来阻止他，劝他放弃这个念头。可他执意不听，我便决定把这件事情告诉他的父亲理查德公爵。精明过人而诡计多端的堂费尔南多对此十分担心害怕，因为他也明白作为忠诚的仆人，我有义务揭发一件如此有损于主人，也就是公爵大人名誉的事情。因此，为了蒙混我的视听，他欺骗我说，既然没有别的办法能忘怀那位令他魂牵梦萦的美人，倒不如离开几个月。他提议我们两人到我父亲家里去，并对公爵借口说是为了去我的城市物色、采购几匹骏马,那里正是世界上最好的千里马产地。

"我一听他的提议,虽然明知这个决定并非最好的办法,但出于对爱情的私心,立刻就同意了,附和说这是能想到的最明智做法之一,因为这正巧提供了最好的机会回去见我的露丝辛达。怀着这个念头,我不但认同了他的建议,还鼓励他尽快把这个想法付诸实施,因为再坚定的心志也会因为长久的分离而动摇。

"然而我后来才知道,在他找我商量这件事之前,已经以丈夫的名义占有了那位农家女。因为害怕他的父亲公爵大人在得知他的胡作非为之后不知会如何教训他,所以他打算等待合适的机会再和盘托出。原来,年轻男人的爱往往不是真爱,而只是以愉悦为最终目的的某种欲望,当目的达到,爱也就终结了,这时就必定会把曾以为是爱情的感觉抛诸脑后。因为谁也不可能超越人性,而真正的爱不属于人性的范畴。我的意思是,当堂费尔南多得到了农家女之后,他的欲火也熄灭了,热情渐冷。如果说他最初是假装想要以离别相思解热恋不得之苦,那么此时却是为了不履行自己的诺言而真正想逃离。

"公爵同意了他的请求,并安排我陪同前往。我带他回到家乡,父亲以得体的礼仪接待了他。我去见了露丝辛达,重新燃起了熊熊爱火,当然,这份感情也从未减灭分毫。然而我千不该、万不该,不该把这件事情告诉堂费尔南多。我当时认为我们之间情谊深厚,不应该对他有所隐瞒。我不遗余力地吹嘘露丝辛达的美貌、优雅和矜持,以至于他提出想见见这位兼备如此多美好品性的小姐。我也实在是命中注定该有此劫,竟满足了他的愿望。

"有一天晚上,借着蜡烛的光,透过一个我们从前常常说话的窗口,我把露丝辛达指给他看。他见她长裙曳地,仪态万方,一下子把在此之前见过的所有美丽女子都忘到九霄云外。他默然不语,失魂落魄,不能自拔。总而言之,他深深坠入爱河,在听我继续讲述这个不幸的故事时,你们还会不断了解到这一点。此事他一直瞒着我,只有天知道。而让他更加欲罢不能的是,有一天他碰巧发现了露丝辛达写给我的一封信,请求我向他的父亲提亲。这封信写得如此矜持、纯洁又情真意切,他边读边对我说,在这位露丝辛达身上隐藏着集全世界女子的美丽和学识为一身的优雅。

"此刻我不得不坦白地说,虽然我理解费尔南多对露丝辛达的赞美有着无比公正的理由,但是从他嘴里听到这些溢美之词还是让我烦恼。我开始担心害怕,因为他无时无刻不想跟我谈论露丝辛达。只要他挑起话题,哪怕稍稍跟她有关,这些谈话都在我心中引起了某种醋意。虽然我并不担心露丝辛达的善良和忠贞会有改变,却不知怎的害怕自己福薄命浅,无福消受她的承诺。堂费尔南多总是借口说很欣赏我们的理性,要求阅读我寄给露丝辛达的信和她给我的回信。后来,因为露丝辛达非常喜欢骑士小说,此前她曾向我借过一本骑士小说来读,书名叫作《阿马蒂斯·德·高卢》……"

堂吉诃德一听他说出这本骑士小说的名字,便插嘴道:

"要是您在故事一开始就告诉我,您的露丝辛达小姐阁下是骑士小说的爱好者,就没必要多费口舌让我明白她是多么才情出众。若不是爱好这类有趣的阅读,她就不会拥有您所描述的如此出色的才智。所以对我而言,无须过多宣扬她的美丽、勇气和才情,只消知道她的这一爱好,我就承认她是全世界最美丽、最明事理的女人。

"先生,除了《阿马蒂斯·德·高卢》,我希望您应该同时借给她另一本叫作《堂卢格尔·德·希腊》的书,因为我知道露丝辛达小姐一定会非常喜欢达拉伊达和加拉雅,以及牧人达利奈尔的机敏——那些田园诗中令人仰慕的诗句，都被他以迷人的风度、过人的天赋和坦率吟唱、演绎出来。

"不过这个遗憾总有一天会得到弥补，只要您愿意赏脸，随我一起回到我的村子就可以做到这一点。我家里有三百多本书供您选择，它们是我灵魂的寄托和生活的消遣。当然，现在可能已经一本不剩了，这都是邪恶善妒的巫师们干的好事。请您原谅我违背了不打断您叙述的诺言，因为一听到关于骑士道和游侠骑士的话题，我就无法控制不去谈论它们，就像无法禁止太阳光发热，或禁止月光清冷一样。所以，实在抱歉，请您继续，此刻才讲到故事真正的重点。"

正当堂吉诃德滔滔不绝地说上面这番话的时候，卡尔德尼奥的头几乎垂到了胸口，似乎陷入了沉思。虽然堂吉诃德两次请求他继续讲述，可他既不抬头也不回答。过了很久，他才抬起头说：

"埃里萨巴特师傅是个无耻之徒，他跟马达西玛王后[1]有奸情。这个想法在我脑海中根深蒂固，世界上没有任何人能让我放弃这个念头，也没有人能说服我。凡是不这样认为或相信事实与之相反的人都是笨蛋！"

"不是这样的！我敢打赌！"堂吉诃德怒不可遏，跟往常一样忍不住咒骂起来，"这太过分了，简直卑鄙下流！马达西玛王后是一位非常尊贵的女士，怎么可以妄加猜测？如此高贵的王后怎么会跟一个庸医有私情？如果谁不同意我的观点，就是个彻头彻尾的无赖和骗子！我会让他改变主意的，不管是步战还是马战，不管是徒手还是械斗，不管是白天还是黑夜，或者以任何他喜欢的方式。"

---

[1] 这两位均是骑士小说《阿马蒂斯·德·高卢》中的人物。

卡尔德尼奥目不转睛地盯着他,渐渐显露出疯意,他的故事肯定是讲不下去了。堂吉诃德也不愿再继续听了,因为小伙子关于马达西玛的这番话已经把他激怒了。这真是咄咄怪事!他如此不顾一切挺身而出捍卫这个女人,仿佛她真的是自己天经地义的女主人!那些离经叛道的小说竟让他走火入魔到如此程度。刚才说到,卡尔德尼奥本就已经疯了,此刻又听别人骂他骗子、无赖,还有其他更不堪的漫骂,认为是奇耻大辱,不禁大为光火,顺手捡起身边的一块卵石正好打中堂吉诃德的胸口,让他摔了个四脚朝天。桑丘·潘萨见疯子竟然袭击自己的主人,跳起来一拳打过去,谁知"褴褛骑士"反而迎面给了他一拳,把他打倒在自己脚下,接着跳到他身上,朝着他的肋骨一顿暴打。牧羊人想上去把桑丘救下来,却也挨了一顿打。疯子制服了所有人,把他们全都痛打一顿,扔在当地,便从从容容地扬长而去,躲进了深山里。

桑丘站起来,无辜挨打,实在气愤难平,便跑过去找牧羊人出气,埋怨说都是他的错,没有及时告诉他们这个人疯起来像一阵疾风,否则大家就会有所防备了。牧羊人说之前已经警示过,桑丘自己没听见可怪不着他。桑丘·潘萨不停地唠唠叨叨责备牧羊人,最后两人互相揪住胡子打了一架。要不是堂吉诃德拉开,两人恨不得打个你死我活。桑丘揪着牧羊人说:

"您别管我,愁容骑士先生!我这样没有骑士封号的贱民,好容易有个机会能痛痛快快地为自己所遭受的欺辱出口气,跟他结结实实地打一架,像个堂堂正正的人!"

"你说得没错,"堂吉诃德说,"不过我知道,在这件事情上他没有任何过错。"

于是他为两人做了和解。堂吉诃德又问牧羊人有没有可能找到卡尔德尼奥，因为自己非常想知道这个故事的结局。牧羊人回答说，此前已经说过此人居无定所，不过只要一直在周围寻找，总会找到的，只是不知道是清醒的还是疯的。

第二十五回
勇敢的拉曼查骑士在黑山的离奇遭遇，以及他模仿"忧郁美男子"所做的忏悔

堂吉诃德辞别了牧羊人，再次骑上罗西南多，吩咐桑丘跟在后面。桑丘牵着毛驴，极不情愿地照做了。他们逐渐进入了这座山最崎岖的部分。桑丘一直想跟主人说话，都快被憋死了。他盼着主人主动发起谈话，以避免自己违背他的命令。然而最终实在忍受不了这样的沉默，便对主人说：

"堂吉诃德先生，您还是为我祝福然后打发我回家去吧，去找我的妻子和孩子们！跟他们我至少可以说说话，分享我想说的一切。可是您呢？我跟您日夜跋涉在这荒郊野岭，您却要求我有话也不许说，这简直就跟把我活埋了一样！如果上天能让牲口也开口说话，就像基索[1]的时代那样，那么事情还没那么糟糕，因为我想说话的时候还可以跟毛驴嘀咕嘀咕，这坏日子也就熬过去了。这真是太残酷了！谁能受得了一辈子勤勤恳恳到处寻找冒险，找到的却只是被拳打脚踢，被毯子抛，被砖头砸，被打耳光？这些还不算，还得把嘴

---

[1] 此处为桑丘口误，他想说的是伊索（约前620—前560），古希腊著名的哲学家、文学家，与克雷洛夫、拉·封丹和莱辛并称世界四大寓言家。

巴缝上,不敢把心里的想法说出来,跟个哑巴一样。"

"桑丘,我明白你的意思。"堂吉诃德回答说,"你是希望我取消之前对于你的舌头所发布的禁令。你就当它作废了吧,想说什么就说什么。不过有个条件:这个豁免期只限于我们在这山中的时间。"

"如果是这样的话,"桑丘说,"我现在可就说了!以后怎么样只有上帝知道。既然得到您的特许,我想说的头一件事就是:您那样维护那位叫玛吉玛莎还是叫什么的女王,这跟您有什么关系?或者说,那位什么阿巴特究竟是不是她的姘头,又有什么要紧的?您又不是她的法官!您要是当时不理会这事,我相信那个疯子一定会继续讲他的故事,而且后来被扔石头、被拳打脚踢的,都可以避免,也不用挨那六拳。"

"事实上,桑丘,"堂吉诃德回答说,"如果你像我一样了解马达西玛女王是一位多么坚贞、多么高贵的女士,我相信你一定会认为我已经表现得很有耐心了,竟然没有把说出这种猥亵之语的嘴巴打烂。说一位王后跟一个外科医生私通,哪怕只是有这个想法,都是一种巨大的亵渎。真实的故事是,那个疯子所说的埃里萨巴特大夫是一位非常谨言慎行的人,是王后的家庭教师和私人医生,给予王后非常明智的忠告。说他们之间有私情完全是一派胡言,应该受到惩罚。你要明白,卡尔德尼奥并不知道自己在说什么,因为他说这些话的时候已经神志不清了。"

"所以我才说,"桑丘说,"没有理由去在意一个疯子说的话。这回要不是您运气好,那块打中您胸口的石头可能会打中您的脑袋,那就有得好看了!都只因为咱们捍卫那个天杀的女士!而且,按照我的信仰,不该因为卡尔德尼奥是个疯子就能逃避打人的责任!"

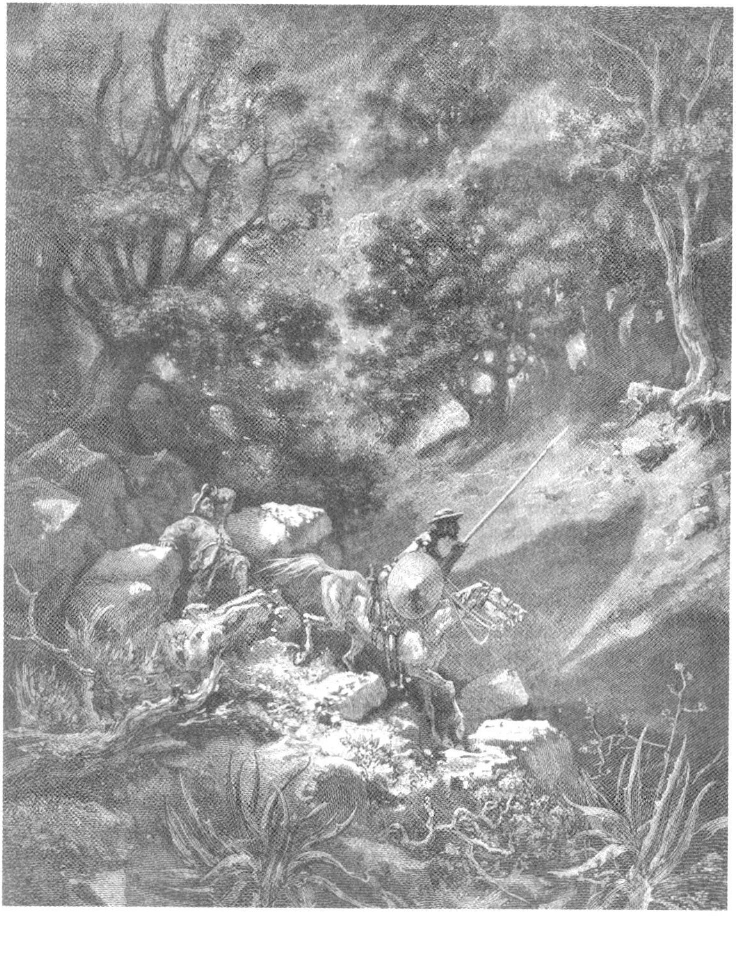

"不管是面对清醒的人,还是面对疯子,游侠骑士都有义务捍卫女士们的尊严,无论她们是谁,更何况是自己景仰的高贵女士们,比如马达西玛王后,她的美好品性令我格外着迷。她不但天生丽质,而且非常稳重。她多灾多难,历经困苦折磨,埃里萨巴特大夫的忠告和陪伴对她来说是一种帮助,也是一种宽慰,这样她才能审慎而耐心地开展工作。也正因如此,那个心术不正、不学无术的庸人才会认为并宣称她是他的情妇。但他们都在说谎!我再说一次,或者哪怕再说二百次,所有这样想、这样说的人都在说谎!"

"我可没这么说,也没这么想。"桑丘回答说,"如果真有这样的人,也都是各过各的日子,管他们是不是姘头呢,上帝心里有数!各管各的葡萄园,莫与他人说短长;东西买没买,只消问口袋。再说,我赤条条来到这世上,到现在还是一无所有,就算不亏不赚。就算他们真是姘头,这跟我有什么关系?别弄得羊肉没吃到,反惹一身臊。话说回来,谁能给田野关上门?何况,连上帝都有人说闲话呢。"

"我的上帝啊!"堂吉诃德说,"桑丘,你语无伦次地说的都是些什么蠢话!我们现在所做的事情跟你唠叨的那些俗语有什么关系?看在你这条命的分上,桑丘,闭嘴吧!从现在开始好好赶你的毛驴[1],别再搅和与你无关的事情了。你所有的感知器官都该明白,我过去、现在和将来做的事情都有充分的理由而且完全符合骑士道。对于骑士道,我比世界上其他所有从事这份事业的骑士都更了解。"

"主人,"桑丘反问道,"那么我们现在像没头苍蝇一样在这些

---

[1] 此为桑丘的毛驴失而复得前最后一个矛盾之处。

大山里乱转，寻找一个疯子，也是好的骑士道吗？而且就算找到他，说不定他又心血来潮把之前没做完的事情给做完。我不是指讲完他的故事，我说的是把您的脑袋和我的肋骨打个稀巴烂！"

"闭嘴！桑丘，我再说一遍，"堂吉诃德说，"你要知道，我不单是为了找到这个疯子而在此地流连，而是希望在此做出一番惊天动地的大事业，足以在全世界流芳百世。所以我要让这一切有个完美的结局，这会让一名游侠骑士获得崇高的名声。"

"那这个事业非常危险吗？"桑丘·潘萨问。

"不，"愁容骑士回答，"虽然这种事情有可能像掷骰子一样，掷出来的是厄运而不是幸运，但是一切都取决于你的勤勉。"

"我的勤勉？"桑丘不明白。

"没错。"堂吉诃德说，"因为如果我差遣你去一个地方，而你能尽快回来复命，那么我的痛苦就将很快结束，荣耀就将很快到来。桑丘，为了让你不再继续狐疑猜测，不明白我这番大道理到底想说什么，且听我说：著名的阿马蒂斯·德·高卢是史上最完美的游侠骑士之一。所谓之一也并不确切：他是唯一的、第一的、独一无二的，是那个时代中全世界所有游侠骑士的典范。不管是堂贝利阿尼斯，还是所有那些据说在某一方面可以与之相提并论的骑士，与阿马蒂斯同世真是生不逢时，与阿马蒂斯比肩都是自欺欺人，这一点毋庸置疑。

"同时我认为，如果某位画家想要出名，他在作品中总是力图模仿自己所知的最举世无双的绘画大师们的原作，这个道理也适用于共和国中大部分形而上的重要行业。推而论之，如果有人想要获得艰难困苦，玉汝于成的名声，那么他应该做的就是身体力行去效仿乌利西斯——荷马通过这个人物和他的事业为我们描绘了一幅生动的英雄肖像：谨慎、稳重、富有牺牲精神。同样，维吉尔通过埃涅阿斯这个人物向我们展示了一个心地仁慈的儿子所具有的价值，以及一位勇敢而见多识广的将领所独有的精明。这些描写和刻画所依据的并非他们真正的行为，而是理想的行为标准，目的是为后世之人立下美德的典范。

"同样的道理，阿马蒂斯就是所有勇敢而痴情的游侠骑士的指南针、启明星和太阳。我们这些践行骑士道、以爱为名的人都应该向他学习。因此，桑丘老兄，我发现越模仿他、模仿得越相似的游侠骑士，就越接近骑士道的完美境界。而这位骑士用于表现其谨慎、高洁、勇敢、仁慈、坚定和痴情的诸多行为中，有一桩就是当他被奥莉亚娜小姐抛弃，只身前往'苦岩'忏悔，并把名字改成贝尔特内布罗斯，意为'忧郁美少年'，这个名字某种程度上意味着他已经决定将要过的生活，也很贴切。这一点很容易模仿，比把巨人一劈两半、斩下蛇头、杀死神怪、打败军队、摧毁武装或破除巫术容易得多。要模仿苦修，此地正是天赐的理想场所，既然幸运女神如此青睐，我没有理由放过这个手到擒来的机会。"

"说到底，"桑丘问，"您在这样一个鸟不拉屎的地方到底想做什么？"

"不是刚告诉过你吗？我打算效仿阿马蒂斯，在此地体验绝望、震撼与暴怒，同时也模仿勇敢的堂罗尔丹：当他在泉水中发现美人安吉利卡跟梅多罗有私情的迹象，便痛苦发疯，拔出大树、搅混清澈的泉水、杀死牧人、摧毁畜群、烧毁茅屋、铲倒房舍、卷走马匹，还做了其他无数不可想象的事情，值得永载史册、万古留名。而对于罗尔丹，或者奥尔兰多或者罗多兰多——这三个名字都是他——虽然我不打算把他做过、说过和想过的所有疯狂之举都一一效仿，但是会尽我所能、照猫画虎,模仿我认为最根本的事情。不过话说回来,也许光模仿阿马蒂斯我就该心满意足了,不用再做什么疯狂有危害的事,只需要哭泣和感伤就能获得跟他一样或比他更大的名声。"

"我觉得,"桑丘说,"那些骑士这样做都是有什么由头的,也就是说他们都有理由去忏悔、去做这样愚蠢的事。但是您呢?您有什么理由疯掉?哪位女士抛弃您了?或者有什么迹象让您发现杜尔西内亚·德尔·托博索小姐跟哪位摩尔人或基督徒做了什么不轨的事儿?"

"这就是关键所在。"堂吉诃德回答说,"这就是我对于这份事业的格外尽心之处:一个游侠骑士合情合理地疯掉,这事既无趣味也无功绩。事情的关键在于,既然能在心上人一无所知的情况下迷失自我,那么在真正消沉的时候还有什么是我做不到的呢?更何况,我也是有充分理由的:与心上人杜尔西内亚·德尔·托博索长期两地相思,而你也亲耳听到那个我们已经熟悉的牧人安布罗西奥说过,不在一起,所有的不幸和担忧都会成真。

"所以,桑丘老兄,不要浪费时间劝我放弃这次如此奇特又如此幸福、人们闻所未闻的效仿。我疯了!我要求你替我向杜尔西内亚小姐送一封信,只有你带来的回信才能结束这段疯狂。如果她对我忠贞不贰,正如理所应当,那么我的疯病自然痊愈,忏悔也就此结束;但如果事实正相反,我一定会真的疯掉,而既然真疯了,也就不会有任何感觉。所以,不管她如何回复,我都将从你出发送信时我内心的冲突和挣扎中解脱。如果我还清醒,便可享受你带回的好消息;如果我疯了,就感受不到你给我带来的痛苦。

"不过,桑丘,请告诉我:你还保存着曼布里诺的那个头盔吗?我看见你从地上捡起来的。此前那个无耻叛徒想要将它打碎却没能得逞，这正好能够试探出它的锻造工艺是多么精细。"

桑丘听了回答说：

"上帝啊！愁容骑士先生，我受不了了，没法心平气和地听您说这些事。这回我终于明白了，您对我说的一切，什么骑士道，什么赢得王国或帝国，什么赏赐小岛，还有别的什么恩赐和丰功伟绩，什么游侠骑士的传统，所有这一切都不过是一阵风、一派谎言，全是花诏，还是胡诏来着，管它叫什么呢！因为无论是谁，听您管一个理发师的钵子叫作曼布里诺的头盔，而且都四天了还不觉得自己错了，谁不认为这么想、这么说的人已经疯了呢？那钵子就在我的侧袋里放着呢，全瘪了，我带着它是为了回家修理一下用来刮胡子，如果上帝保佑我有一天还能见到老婆孩子的话。"

"你看，桑丘，就冲你刚才发誓的内容，我也向你发誓，"堂吉诃德说，"你这见识在全世界哪怕是侍从里面都是最短浅的！你跟着我行走江湖，经历了这一切，怎么还没有发现，游侠骑士们的所有事情看上去都像是幻想、蠢事和迷失心智，而且所有的事情都与事实相反？这并非因为事情本来如此，而是因为在我们中间总有一群魔法师，把所有事情都随心所欲地歪曲改变，不管是为了帮助我们还是为了摧毁我们。所以，在你眼中是理发师钵子的东西，在我看来就是曼布里诺的头盔，而在别人看来又是另一样东西。一定是为我助阵的魔法师施展法术，使真正的曼布里诺头盔在所有人眼中都只是钵子。因为它是如此珍贵，全世界都会追着我来抢夺，但当他们看到这不过是一个理发师的钵子，就不会费尽心机来占有。这一点从那个无赖只想打碎它，而且最后把它扔在地上没有带走这个事实就可以看得很清楚，因为如果他能认出头盔的真实面目，就一定不会把它留在那里。老兄，好好保存吧，我暂时还不需要它。如果我决定在忏悔中更多地追随罗尔丹而不是阿马蒂斯,首先得解除全身所有的武装,像出生时一样赤身裸体。"

他们交谈着,不觉来到一座高山脚下。这是一座几乎陡直的山峰,一枝独秀地伫立在众多环绕的山丘之间。山坡上流淌着一条温顺的小溪,一片绿油油的草地在周围铺展开来,令人赏心悦目。众多的野生树木、花朵使这个地方显得宁静和煦。愁容骑士一眼相中了这个地方来践行忏悔,于是,一来到这个所在,便开始神志不清般地大声说:

"就是这里!哦,苍天啊!命中注定我选择这个地方来为您加诸我的不幸而哭泣。就在这里,我眼中的泪水将汇入这条汩汩的溪流,我无尽的深重叹息将吹拂这些大树的枝叶摇动不止,它们见证并昭告着这颗备受折磨的心所承担的痛苦。哦!你们!以此荒芜之地为居所的乡野神明!无论你们是谁!请你们侧耳细听这位不幸的痴心人倾诉衷肠:与心上人长久的分离和捕风捉影、满腹狐疑让他流离失所,来到这崎岖山林妄自嗟叹,只恨那位忘恩负义的美人!她的美貌超越人类的界限,却有一副铁石心肠。哦!你们,娜佩阿斯和德里阿达斯[1]!你们长久幽居于这深山密林,使那些如萨缇罗斯[2]般轻浮好色的登徒子只能无谓地遥遥爱慕,却永远无法扰乱你们和煦的岁月。你们若不肯应和我的哀叹,至少莫要厌烦我的太息。哦!杜尔西内亚·德尔·托博索!你是我暗夜中的白昼、痛苦中的荣耀、道路的指南针、命运中的星辰!愿你每一次祈祷都如愿以偿,愿你时时想到:是你的绝情将我逼入此时此境,更愿你赋予我因忠贞所

---

1 娜佩阿斯为山谷女神,德里阿达斯为森林女神。
2 萨缇罗斯,希腊神话中的森林之神,以淫荡著称。

应得的美好结局。哦！孤独的大树们！从今往后你们将是我寂寞中的伴侣，请你们轻柔舞动枝叶给我一些暗示，说明我的出现并未使你们不悦。哦！而你，我的持盾侍从，你是我在或荣耀或黯淡的生涯中令人愉快的陪伴！现在请你好好观察并牢牢记住我的所作所为，好向我的心上人讲述这一切，因为这一切都是为了她。"

说着，他跳下罗西南多，迅速从它身上取下马刺和座椅，在马屁股上拍了一下说：

"没有自由的人却给你自由。哦，马儿啊！你的行为是如此优秀，运气却是如此糟糕。去你想去的地方吧！你的额头上明明白白写着，连阿斯托尔夫的飞马依波格里夫也比不上你的脚步轻盈，甚至是那匹被取名为福龙提诺的骏马也无法跟你相提并论，虽然它让布拉达曼特付出了昂贵的代价。[1]"

桑丘看到堂吉诃德的这番举动说：

"那个缺德的盗贼，此刻倒是让我省了给毛驴卸下驮鞍这项活计。要是毛驴还在，我肯定也一样会不停地抚摸，也有一肚子表扬的话对它说。不过我可不同意任何人给它卸下驮鞍，因为没必要这么做：它的主人，也就是我，上帝安排我当它的主人，但我既没有爱上任何人，也没有伤心绝望。说实在的，愁容骑士先生，如果您真的要发个疯，然后派我去报信的话，最好还是重新给罗西南多套上马鞍，好让它替代丢了的毛驴，这样才能节省我来回的时间。我要是光靠两条腿走路，不知道什么时候能送到，更不知道什么时候能回来。说实话，我一向不擅长步行。"

---

[1] 本段中提及的人物及坐骑皆出自《疯狂的奥尔兰多》。

"我说,桑丘,"堂吉诃德回答,"就照你说的做吧,我觉得你的想法不错。从现在开始算起,三天以后你再出发,因为我想让你利用这段时间观察我为她所做的事和所说的话,以便你转述给她。"

"不是已经看到了吗?"桑丘说,"我还需要看什么?"

"你可不知道!"堂吉诃德说,"一会儿我还要撕掉衣服,抛下武器,用头去撞这些巨石,还有其他诸如此类的举动,你一定会感到震惊的。"

"看在上帝的分上!"桑丘惊呼道,"用脑袋撞石头?您可得瞧仔细了!万一脑袋撞到巨石的尖角上呢?这要撞一下子,您这悔罪也悔不成啦!要我说啊,如果您实在认为有必要用脑袋去碰石头,没有这个举动就无法完成这桩大事,那您就装装样子,走个形式,别太认真了。我的意思是,您就往水里撞一撞,或在什么软的东西上磕磕脑袋,比如棉花。把这个任务交给我,我会告诉女主人您是在一个巨石尖角上撞的,比钻石的尖角还要坚硬。"

"桑丘老兄,感谢你的好意,"堂吉诃德回答说,"不过希望你明白,我做的所有这些事情都不是儿戏,而是认真的,否则就有违于骑士道。骑士训诫要求我们不能说谎,说谎要按照旧罪重犯论处,刑罚加倍,而说一套做一套与说谎无异。所以我必须真的撞石头,而且必须是坚定的、有实际效果的,不得使用任何诡计或弄虚作假。你得给我留一些绷带用来包扎,因为很不幸我们丢失了神药。"

"更不幸的是毛驴也丢了,"桑丘回答说,"跟毛驴一起丢的还有绷带和所有的行李。我恳求您,不要再想起那该死的汤药,只要一听见提起,我不但反胃,连三魂六魄都在翻腾。我还要恳求您:刚才说给我三天时间用来观察您的疯狂举动,您就当这三天期限已经到了,我已经全都看到了,就当这件事情过去了、结束了。我会惟妙惟肖地把您的言行都告诉女主人。您赶紧写信打发我走吧,我不忍把您留在这水深火热之中,所以盼着能赶紧回来解救您。"

"桑丘,你管这个叫水深火热?"堂吉诃德说,"你应该称它作地狱,或者什么更糟糕的东西,如果还有地方比地狱更糟的话。"

"我听说,"桑丘说,"下地狱的人,永世不得超生。"

"我不明白不得超生是什么意思。"堂吉诃德说。

"不得超生就是,"桑丘回答说,"身在地狱的人永远不出来,也出不来,而您现在可不是这样。除非我的脚走不动路,要是能骑着罗西南多快马加鞭,我头一件事就是前往托博索去到女主人杜尔西内亚面前,向她一五一十地讲述您这些愚蠢和疯狂的行为,已经做过的和将要做的,其实都是一回事。即使女主人的心肠比栓皮栎还要坚硬,我也能让她变得比手套还柔软。然后我会像巫师一样飞回来,带着她甜言蜜语的回复,把您从水深火热中解救出来。所以说,此刻这个境地像地狱,却并不是地狱,因为还有脱离的希望。这种希望,正如我所说的,在地狱中的人们是没有的。这一点我认为连您都不会有异议。"

"这倒是事实。"愁容骑士说,"但是,怎么写信呢?"

"还有我丢了毛驴以后您许诺的赠予声明。"桑丘补充说。

"都会写进去的。"堂吉诃德说,"既然没有纸,也许我们最好效仿古人,写在树叶上,或写在几张蜡板上,虽然目前来说,找到这些东西跟找到纸一样困难。不过我想起来了,有一个不错的办法,就是写在卡尔德尼奥的记事本上。这真是个绝妙的主意!你无论经过哪个村子,只要找一个学校的老师,请他用漂亮的字体把信抄写到纸上就行了。如果找不到教师,任何一名教堂司事都可以帮你抄写。不过记住别找书记员帮你抄,他们那写诉状的字体连撒旦都认不出来。"

"那签名怎么办？"桑丘问。

"阿马蒂斯的信从来不签名。"堂吉诃德说。

"那好吧。"桑丘说，"但毛驴的赠予声明或字据却必须要签名。这东西要是转抄一份，人们会说签名是假的，那我就啥也捞不着了。"

"赠予声明我就直接在本子上签名，我外甥女看到签名，一定会立即偿付给你。至于情书，你就落款：至死效忠于您的，愁容骑士。假他人之手也无妨，因为如果我没记错的话，杜尔西内亚既不会读也不会写，她这一辈子都没见过我的字迹或信件。我和她之间的爱情一直是柏拉图式的，从未超出过纯洁凝望的界限，虽然连这样的机会也没有过几次，但我敢以事实发誓：从十二年前我爱上她以来，我爱她胜于爱我这双终将泯灭于泥土的眼睛的光芒。我只见过她四次，而且有可能在这四次会面中，她一次都没有注意到我在凝望她：她的父亲洛伦索·科尔丘埃罗和母亲阿尔冬莎将她教养得如此端庄娴雅。"

"什么！"桑丘惊叫道，"杜尔西内亚·德尔·托博索小姐就是洛伦索·科尔丘埃罗的女儿？她名叫阿尔冬莎·洛伦索？"

"就是她。"堂吉诃德说，"她值得成为全世界的女主人。"

"我很了解她。"桑丘说，"不过只能说，她在掷棒游戏中投铁棒的本事不比村里最有力气的小伙子差。恩主啊！这可是个刚勇的姑娘，不折不扣的女汉子！不管是哪个正在当游侠的还是将要当游侠的骑士，谁要是把她娶到手，就算掉进泥坑里，她都能揪着胡子把他拎出来。妈的！那气势！那嗓门儿！我只想说，有一天她爬上村子的钟楼，去喊在她父亲的休耕地上干活的几个小伙子，虽然相距有半里格多地，他们却像就在塔底下一样听得清清楚楚。最妙的是，她从不扭捏作态，很有些豪放作风：跟谁都开得起玩笑，什么事都能拿来眉来眼去地打趣一番。要我说啊，愁容骑士先生，您不但可以而且应当为她做出些疯狂的事,而且完全有理由伤心绝望、寻死觅活什么的,知道的人都会夸您这事儿办得地道,哪怕被魔鬼带走呢!我这就打算上路了,这就去见她。好久不见,她应该也变了不少,因为她总在田里干活,风吹日晒会损伤女人的容貌。堂吉诃德先生,坦白说吧,直到刚才我还一直被蒙在鼓里呢!我一直老老实实地以为杜尔西内亚小姐是您爱上的某位公主,或者是某个大人物,值得您打发那么多人前去拜见。从那个比斯开人,到那些苦役犯,此外,既然您打过那么多胜仗,在我还没有当上您侍从的时候,应该也派遣过很多其他人去。不过,您该好好想想,对于阿尔冬莎·洛伦索小姐,我是说,杜尔西内亚·德尔·托博索小姐来说,不管是过去还是将来,您把手下败将打发过去跪在她面前,有什么好处呢?很有可能当他们找到她的时候,她不是在亚麻地里耕作,就是在场院里打谷。他们见到这场面会很尴尬,而她也会嘲笑这种礼节甚至感到生气。"

"桑丘,此前我已经警告过你很多次了,"堂吉诃德说,"你太多嘴了,而且虽然生性愚钝,言语却常常流于尖刻。为了让你明白自己是多么狂妄无知,而我又是多么谨言慎行,我给你讲一个很短的故事,你听着:

"有一个年轻漂亮的寡妇,既富有,又自由,性格放荡不羁。她爱上了一个膀大腰圆的年轻僧侣。长老知道了,有一天便如父兄般对那位好心的寡妇谆谆教诲说:

"'夫人,我真的很惊讶,而且也有充分的理由感到惊讶,一位像您这样高贵、美丽、富有的女人,居然爱上一个如此卑微、低贱、愚钝的无名之辈。在我们这座寺院中有那么多大师、硕士、神学家,您完全可以在这些人中间随意挑选,就像挑梨一样:这个要,那个不要。'

"然而女士却坦率而泰然地回答说:

"'我的先生,如果您认为我选了一个凡夫俗子是看走了眼的话,那就大错特错了。您的思想太老套了:他虽然看似愚钝,但在如何让我爱上他这一点上,他懂得的哲理决不逊于亚里士多德。'

"所以,桑丘,在我爱杜尔西内亚·德尔·托博索这一点上,她的价值堪比世界上最高贵的公主。没错,诗人们总是以任性编造的名字去赞美女人,却并非所有人都确有其人。难道你以为,那些什么阿玛莉丽、菲丽、西尔维亚、黛安娜、伽拉苔阿、菲丽达和其他许多诸如此类充斥于书籍和传奇故事中、在理发店和剧院流传的名字,是真的有血有肉的女人吗?是真正属于那些称颂她们的人吗?当然不是!大部分是虚构的,目的只是为他们的诗句赋予一个主题,也为了让别人认为他们是痴情汉,是有勇气去爱的人。所以对我来说,只要认为并相信善良的阿尔冬莎·洛伦索是美丽而忠贞的就足够了,至于家世,无关紧要。只要我假设她是世界上最高贵的公主,没必要为了凸显她的高贵血统而编造一些信息。桑丘,如果你还不知道的话,让我告诉你:世上有两样东西最能燃起人的爱意,那就是美丽的容貌和美好的名声,而非其他。这两种品质在杜尔西内亚身上得到完美的结合:论美貌无人能出其右,论美名鲜有人能望其项背。总而言之,这就是我想表达的一切,既无赘言也无遗漏。我可以在想象中随心所欲地勾画她,连海伦也难比她的美貌,卢克蕾西亚[1]也不及她的高贵,更别提过去的时代中任何其他小有薄名的女子,不管是古希腊、蛮族还是古罗马。别人怎么说我不在乎,即便

---

1 卢克蕾西亚(1480—1519),费拉拉、摩德纳和雷吉奥公爵夫人,罗马教皇亚历山大六世私生女,以美貌著称。

因此被无知的人们指责，明智的人也必然能理解。"

"您说什么都有道理。"桑丘说，"我就是头蠢驴！不过，瘸子面前不说短话，怎么从我嘴里提起毛驴来了？您还是赶快写信吧，上帝保佑！我要动身了。"

堂吉诃德拿出记事本，找了个僻静地方，开始从从容容地写信。写完之后他叫来桑丘，打算朗读一遍，以便他能记在心里，万一信在路上丢失了。他一向这么倒霉，不能不让人担心。对此桑丘回答说：

"您就在这本子上写上个两遍三遍的再交给我，我会好好保存的。想要让我背下来，那是不可能的！就我这记性，常常连自己叫什么名字都忘了。不过无论如何，您还是给我念一遍吧，我很乐意听听，这信应该写得非常好。"

"那你听着，信是这样写的。"堂吉诃德说。

堂吉诃德致杜尔西内亚·德尔·托博索的信

至高无上的尊贵女士：

最甜蜜的杜尔西内亚·德尔·托博索，饱受相思之苦、断肠之痛的伤心人祝你安好，虽然他自己仍在水深火热。若你的媚颜将我厌弃，若你的勇气不再予我庇护，若你的高傲无视我的悲伤，那么无论我对于煎熬和折磨多么习以为常，也无法再承受这样的痛苦，因为这痛苦不但深沉，而且缠绵不休。哦！美丽的负心人！我深爱的敌人！我的好侍从会原原本本地向你讲述我此时此刻的境遇，而这一切都是因为你！你若肯拯救我，我就是你的；你若不肯，就请按照心意为所欲为吧！我愿舍弃生命满足你的残忍和我的愿望。

至死不渝的
愁容骑士

"以我爹的生命发誓！"桑丘听了这封信说，"这是我听到过的最高级的东西！我的妈呀！这么短的一封信就把所有想说的都说明白了，您是怎么做到的？而且这跟'愁容骑士'的落款简直是绝配！真的，我不得不说，您就是魔鬼本人啊，没有什么事情是您不知道的。"

"这一切，"堂吉诃德说，"都是从事我这个事业所必备的技能。"

"啊，那么，"桑丘说，"您就在后面写上那三头毛驴的赠予声明吧，然后清清楚楚地签上名，好让看到的人都能辨认出来。"

"乐意至极。"堂吉诃德说。

写完以后他念了一遍，内容如下：

"外甥女小姐：依据本赠予声明，请你将我留在家中托付照管的五头毛驴中选出三头交给我的持盾侍从桑丘·潘萨。我要求立刻将这三头毛驴交付给他，作为我在此接受的其他事物的交换，以他的收据为证，收付两讫。此据立于黑山深处，本年度的八月二十二日。"

"很好，"桑丘说，"请您签名吧。"

"这个没必要签名，"堂吉诃德说，"只要盖上我的花押就行了，跟签名是一样的，别说是三头毛驴，就是三百头也足够了。"

"我相信您。"桑丘说，"请等一下，我去给罗西南多备鞍，您也准备一下好为我祝福。我打算现在就出发，不想看您接下来要干的蠢事了。不过我会说自己是亲眼看着您做的这些，而且看够了，不想再看了。"

"桑丘，我希望你至少、而且必须亲眼看到我赤身裸体，做下十几、二十几桩疯狂事。放心，我会在半个小时内做完，以便你亲眼看到之后，能够心安理得地发誓，再添油加醋一番。我向你保证，你编出来的一定没有我打算做的那么多。"

"看在上帝的分上！主人啊，别让我看到您赤条条的样子，那样我会很难过，忍不住掉眼泪的！而且就我这脑袋，昨天晚上因为丢了毛驴哭得太厉害了，可受不了再大哭一场。如果您非得让我看几件荒唐事，就穿着衣服干吧，拣最简短、最容易说得绘声绘色的那些事情。再说，其实完全没必要啊！我已经说了，早去才能早回，我一定会带着您渴望的答复回来，因为您值得她如此答复。否则的话，杜尔西内亚小姐可得仔细了，她要是不给出个合情合理的回答，我向上帝庄严发誓，会用拳头和耳光从她肚子里掏出好话来。一个像您这样有名的游侠骑士怎么能受这样的折磨？为了一个……无缘无故地疯掉？可别再提这位小姐了，看在上帝的分上，我都要忍不住骂脏话了，反正我也不怕失去什么。以为我干不出这种事儿吗？那真是看走眼了！说实在的，她要是认识我，也得让我三分！"

"说实话，桑丘，"堂吉诃德说，"你看上去一点也不比我更清醒。"

"我可没您那么疯，"桑丘说，"不过比您性急倒是真的。不过，先不说这个，我回来之前您吃什么呀？难道也学卡尔德尼奥跑到路上去从牧人手里抢？"

"这你就不用操心了。"堂吉诃德说，"因为就算有食物我也不会吃的，只会食用草地上生长的野菜和树木恩赐的果实。做目前这桩大事，我的尽心和殷勤之处就在于不进餐，以及其他程度相当的苦修。那么，再见了。"

"不过，您知道我担心什么吗？我怕这一离开就找不回来了，这个地方太隐秘了。"

"你做好标记,我会尽量不离开此地周围,"堂吉诃德说,"甚至我可以爬到那些最高的山石上去,这样你回来的时候我能远远看见。不过,为了不迷路,能顺利找到我,你最好从遍地都是的金雀花树上砍下一些枝叶,走一程放一枝。这才是正确的做法,模仿帕耳修斯[1]在迷宫中放线,直到走上平坦大路。这些树枝可以作为路标和记号,以便你回来的时候能找到我。"

"我会这么做的。"桑丘·潘萨回答说。

他砍下一些,向主人祈求祝福。两人都洒了不少泪,桑丘便告辞而去。他骑上罗西南多,堂吉诃德千叮咛万嘱咐,要他如同自己本人一样照看爱马。桑丘朝着旷野出发了,并按照主人的建议,每走一段就往地上扔一根金雀花枝。虽然堂吉诃德坚持要他亲眼看自己做两件疯狂事,他却执意不肯。谁知刚走出不到一百步,他又调头回来说:

"我说,主人啊!您说得没错:为了能够心安理得地发誓说我亲眼看到您做下这些疯狂事,的确应该等着看看,哪怕是一件呢!虽然跟了您这么久,已经见识过您的厉害了。"

"我不是早就跟你说了吗!"堂吉诃德说,"你等着,桑丘,用不了念一遍《信条经》的工夫就做完。"

他急急忙忙脱下裤子,赤身裸体,只穿着一件衬衣。接着,他凭空倒立起来,头朝下脚朝上,朝空中踢了两脚,又翻了两个跟头。露出的那些部位不堪入目,桑丘不想再看第二眼,便立刻掉转罗西

---

[1] 此处应为忒修斯,而非帕耳修斯。

南多的缰绳，好在他已经心满意足，可以发誓说他的主人已经疯了。就这样，且让他走他的吧，待他回来再叙，反正不会耽搁很久。

第二十六回
痴情的堂吉诃德在黑山中继续一丝不苟地苦修

再回头讲述愁容骑士在独自一人留下后的所作所为。上回讲到，堂吉诃德上身只穿一件衬衣，光着下身，翻了几个跟头之后，见桑丘不肯再等着看更多蠢事，已经走了，便爬上一座高高的石山，重又开始思考那个反复思量却从未得出过结论的问题——是模仿罗尔丹无法无天的疯狂之举，还是模仿阿马蒂斯缠绵悱恻的忧伤思虑？到底哪一个更好、更容易被传颂？他自言自语道：

"若罗尔丹当真如世人传颂，是一位如此出类拔萃、骁勇过人的骑士，那么最后虽然身中魔法，却无人能取他性命的事实，又有什么可惊讶的？除非将一根一拃多长的针插进他的脚底板，可他常年都穿着七层铁底的鞋子。不过在跟贝尔纳尔多·德尔·卡尔皮奥的对决中，什么计策都不管用了，因为这个对手无所不知，最终在隆塞斯山谷用双臂将他扼死。且不论他的武力如何，要说发疯，却是千真万确的。他在命运的安排下[1]偶然发现蛛丝马迹，又得到牧羊人带来的消息说安赫莉卡已经跟梅多洛苟合不止两次了。梅多洛是一

---

1 在第一版以及胡安·德·拉·库埃斯塔的后几个版本中保留的是"命运（fortuna）"，现代版本中则改成了"泉水（fuente）"，即他在泉水中发现蛛丝马迹。

个鬈发的摩尔年轻人,是阿格拉曼特的年轻仆役。既然明白爱妻已确凿无疑令他蒙羞,发疯也合情合理。但是我呢?既然我并未遭遇令他发疯的理由,又如何效仿他的疯狂呢?我敢发誓,我的杜尔西内亚·德尔·托博索这一辈子都没见过摩尔人!也不知道摩尔人长什么样,穿什么衣服。时至今日她守身如玉,纯洁如婴儿初生。如果假装是她的不贞让我发疯,就像罗尔丹那种暴怒的疯狂,那简直就是对她赤裸裸的侮辱。

"从另一方面来说,我看阿马蒂斯·德尔·高卢既没有丧失理智,也没有做下什么蠢事,得到的'伤心人'美誉却盖过了其他名声。传说,他被心上人奥丽亚娜冷落,命令他除非召见,不得出现在她面前。于是他远遁到'苦岩',只有一位隐士做伴。在那里他泪流成河,潜心委身于上帝,直到上天将他从巨大的折磨和危难中解救出来。如果这是真的……不对,这当然是真的!那么此刻我何苦百般费事,又要脱光衣服,又要折腾这些树?何况它们对我也秋毫无犯?我也没有理由搅混小溪中清澈的水,口渴的时候还需仰仗它们解渴。阿马蒂斯的故事万岁!他的经历将会被堂吉诃德·德·拉曼查尽可能地模仿!堂吉诃德也将同阿马蒂斯一样得到如此评价:不成功,便成仁。既然我没有被杜尔西内亚·德尔·托博索赶走,也没有被她抛弃,那么,正如刚才已经说过,几分离别相思足矣。啊!那就开始吧:快让阿马蒂斯的所作所为浮现在我的记忆中,指引我从何处着手开始效仿。我知道他做得最多的事就是向上帝祈祷和祷告,可我手里没有念珠,拿什么来念《玫瑰经》呢?"

他突然灵机一动,从衬衣下摆撕下一大块布条,在上面打了十一个结,其中有一个结比其他的结都大,这就可以在他苦修期间用作玫瑰经念珠。他用它念了千百万遍《万福玛丽亚》,然而令他沮丧不已的是，在那里找不到另一个隐士可以听他忏悔，为他宽慰，无奈只能以在小草地上散步自娱。他还写下了很多诗句，有的刻在树皮上，有的写在细碎的沙子上，所有的诗句都在抒发感伤，有些还对杜尔西内亚极尽赞美。不过后来当人们找到他时，周围发现的还算完整、可读的诗句只有下面这些：

> 此地林立参天古树，
> 绿草如茵遍布，
> 处处可见繁茂的植物。
> 诸君若不取笑我的痛苦，
> 请听我圣洁的倾诉。

> 无论苦难多么惊天动地，
> 莫要为我意乱情迷。
> 为了报答你们的情意，
> 堂吉诃德在此哭泣
> 与杜尔西内亚
> 德尔·托博索的相思别离。

> 正是在此处
> 心上的姑娘千里殊途，
> 痴心人执迷不悟，
> 方沦落如此地步，
> 不知何时，不知何处。

他为爱情颠沛流离，
痛哭流涕，
泪水如丰沛的小溪。
堂吉诃德在此哭泣
与杜尔西内亚
德尔·托博索的相思别离。

他在嶙峋山石深处
寻找冒险；控诉
恋人的心肠恶毒，
如荆棘丛生、乱石遍布，
伤心人找到的只有痛苦。

他被爱情狠狠鞭笞，
那并非表达爱意，
而是实实在在对后脑的重击。
堂吉诃德在此哭泣
与杜尔西内亚
德尔·托博索的相思别离。

在杜尔西内亚这个名字后面加上"德尔·托博索"，这件事让发现诗句的人们取笑了好一阵。据他们猜测，堂吉诃德一定是觉得如果直呼杜尔西内亚其名而不加上"德尔·托博索"，读者就无法理解诗句中的押韵。而据他后来承认，事实正是如此。他还写了其他很多诗句，不过正如刚才所说，除了上面这几段诗，其他都已经模糊不清或残缺不全。他每日的娱乐就是写诗和哀叹：在树林里呼唤农牧之神和森林之神，请他们回应；呼唤水中的仙女，求她们安慰；呼唤令人潸然泪下的回音女神，请她听他倾诉。当然他还得寻找一些在桑丘回来之前用于果腹的野草。如果桑丘不是去了三天，而是三个星期的话，愁容骑士一定会饿得不成人形，连亲妈都认不出来。

就让他沉浸在嗟叹和诗赋中暂且不表，先来说说桑丘·潘萨在这趟差事中的遭遇。他上了官道去寻找托博索，第二天来到了曾经发生毯子悲剧的那家客栈。

一看到这家店，他就仿佛感觉又一次被抛上了高空。虽然正赶上饭点，正是应该投宿的时候，而且他已经饿了很多天，正想吃口热乎饭，可他实在不情愿再次踏进客栈。腹中饥饿让他不由自主地来到客栈门口，却犹豫着不敢进去。就在这时，从客栈里出来两个人，一下子就认出了他，其中一个对另一个说：

"硕士先生，你说说看，骑马那人不是桑丘·潘萨吗？据女管家说，他当了咱们冒险家的持盾侍从，正跟随着主人呢。"

"正是他。"硕士说，"那正是咱们堂吉诃德的马。"

这两人之所以能如此准确无误地认出桑丘，因为他们正是同村的神父和理发师，也就是对堂吉诃德的宝贝小说进行检视和判决的那两个人。所以，当他们认出桑丘·潘萨和罗西南多时，因为很想知道堂吉诃德的消息，便赶上去。神父喊着他的名字说：

"桑丘·潘萨老兄，你的主人到哪儿去了？"

这时候桑丘·潘萨也认出了他们。他决定隐瞒主人目前的藏身处和境况，便回答说，主人正在某个地方忙着某件非常重要的事，即使挖出自己长在脸上的两只眼睛，也不能说出来。

"不，不，"理发师说，"桑丘·潘萨，你如果不告诉我们他在哪儿，我们就会认为是你把他杀了，还抢了他的东西，实际上我们现在就已经这样想了，因为你正骑着他的马呢。实话告诉你，你要不交代出这匹瘦马主人的下落，咱们就在这里干一架。"

"您别想威胁我！我可不是有本事抢劫杀人的人：但凡人死，不是因为走了背运，就是上帝干的。我的主人正在山里忏悔，那完全是他自愿的。"

接着，他滔滔不绝地向两人讲述了他们的遭遇，发生的奇事，以及自己如何受命去向杜尔西内亚·德尔·托博索小姐送信。这位小姐正是洛伦索·科尔丘埃罗的女儿，主人打心眼儿里爱她。

这两人被桑丘·潘萨的一番话惊呆了。虽然已经知道堂吉诃德有些疯疯癫癫，也知道他的疯病是怎么回事，但是每次听到详情他们还是感到震惊。他们请求桑丘·潘萨把带给杜尔西内亚·德尔·托博索小姐的信拿出来看看。桑丘说信写在一个小记事本上，而且主人吩咐他，在到达的第一个村子就找人抄到纸上。于是神父就请他拿出来，自己会帮他用非常工整的字体抄写出来。桑丘把手伸进胸口摸了半天也没有找到。当然了，哪怕找到今天他也不会找到的，因为堂吉诃德留下了本子没有给他，而桑丘也忘记找主人要了。

找不到本子，桑丘一下子哭丧了脸。他慌慌张张地又把全身摸了一遍，还是找不到。他突然用两只手扯着自己的胡子，差点扯下一半来，接着又朝自己脸上和鼻子上狠狠打了几拳，弄得满脸是血。见此情形，神父和理发师忙问他发生了什么事，要这样虐待自己。

"还能有什么事？"桑丘回答说，"三头毛驴瞬间就从我手里溜走了，每头驴子都健壮得跟堡垒一样。"

"这是怎么回事？"理发师问道。

"我把小本子弄丢了,"桑丘回答说,"里面不但有给杜尔西内亚的信,还有一封主人亲笔签名的声明,凭这个他让外甥女把他们家四头或五头驴子里面的三头分给我。"

于是他又讲了丢失毛驴的事情。神父听了安慰他说,一旦找到堂吉诃德,一定让他承认这份声明,并按照惯例重新做一份纸质的支付委托书,因为写在记事本上的那种票据是不被承认也不会被执行的。

桑丘听了大感欣慰,便回答说,如果是这样的话,他并不遗憾丢失了给杜尔西内亚小姐的信,因为这信他几乎能背下来了,可以随时随地抄写出来。

"那你就说吧,桑丘,"理发师说,"随后我们会抄写出来。"

桑丘·潘萨停下来搜肠刮肚地回忆着信的内容。一会儿跷起一条腿,一会儿换条腿支着,一会儿看着地下,一会儿看着天上。神父和理发师就那么一直等着他开口。过了很久很久,几乎啃掉了半个手指肚以后,他才说:

"上帝啊!硕士先生,魔鬼把我记住的信都带走了。我只记得开头是:高贵的、至高无敌的女士。"

"不叫至高无敌,应该是超凡脱俗或是至高无上的女士。"理发师说。

"没错就是这样。"桑丘说,"然后,如果我没记错的话,接下来是……我是说如果没记错的话:我这个肝肠寸断的人、缺觉的人、受伤的人,亲吻您的双手,忘恩负义的、十分陌生的美人,还有不知道什么关于向她问好的、什么疾病的,然后我就记不清了,最后落款是至死不渝的愁容骑士。"

桑丘·潘萨的好记性让两人开怀大笑,大大表扬了他一番,还让他把信又背了两遍,好让他们也能记住,并及时抄写出来。桑丘重新又讲述了三遍，还反复说了好多其他的胡言乱语。接着他又讲了主人的好多事情，但是对于自己不敢进客栈，以及其中发生的毯子事件却只字未提。他还说，等把杜尔西内亚·德尔·托博索小姐的肯定答复带回去，主人就要出发去看看怎么样能成为帝王，或者至少也是个君主。主仆两人是这样约定的，而且照主人的勇气和臂膀的力量来看，这是一件轻而易举的事情。等主人当上了皇帝，还要给他指婚，将王后的一个侍女许配给他为妻，这姑娘的父亲还是国内一位有钱有势的大人物，不过到那时候他一定已经鳏居了，不然肯定不行。至于什么大岛、小岛的，他已经不稀罕了。

桑丘这些话说得一本正经，还时不时地擤擤鼻子。这些昏话却让神父和理发师又大吃一惊，以为堂吉诃德疯得太厉害，连这个可怜人都跟着神志不清了。他们没有费劲试图纠正他的错误，因为既然这个想法无甚危害，最好还是让他保持原样，其实他们还是更愿意听他胡说八道。于是他们便对桑丘说，为主人的健康向上帝祈祷吧，因为假以时日，如他所言，成为君王是一件很可能、也很可行的事情，或至少是大主教或者其他地位相当的人物。对此，桑丘回答说：

"先生们，如果命运女神改变了心意，不让我的主人成为皇帝，而是当上了大主教，我想知道一般来说游侠主教们会赏给持盾侍从什么东西。"

"一般来说，"神父回答说，"不是一笔赏赐，就是一份年俸，或者是教堂司事职务，这个职位可是大有油水可捞，这还不算从弥撒里面挣的钱，算起来这些收入可也不少呢。"

"这样的话，"桑丘反问说，"侍从就不能结婚了？而且至少要懂得如何帮助弥撒吧？如果是这样的话，我就太不幸啦！我已经结婚了，而且连字母表上第一个字母都不认识！要是主人任性起来，非当个大主教而不是按照游侠骑士的惯例去当个皇帝,那我怎么办?"

"不要难过,桑丘老兄,"理发师说,"我们会动之以情,晓之以理,恳求你的主人当个皇帝而不要去当大主教,因为这对他来说更容易些,他的勇敢胜于学识。"

"我也这么想。"桑丘回答,"不过我得说,他在各个方面都很有能耐。至于我嘛,我想做的就是祈求天主引领他走向最适合的位置,引领我走向能受到最大恩赐的位置。"

"这一点你倒是说得很在理,"神父说,"你将来的所作所为也一定会像个虔诚基督徒的样子。不过,既然你说主人正在忏悔,此刻我们必须做的是想想如何将他从那个无用的忏悔中解救出来,商量一下如何做到这一点。还得吃饭呢,已经到饭点了,我们最好进客栈去。"

桑丘请他们俩进去,自己在外面等着,还答应以后会告诉他们自己为什么不进去,也不好进去。不过他请求两人从里面带点热乎的东西出来吃,还有罗西南多的饲料。神父和理发师便进去了,留下桑丘一个人在外面,很快理发师给他拿了些食物出来。随后,这两人讨论着如何达到他们的目的。经过深思熟虑,神父想出了一个主意,既能讨堂吉诃德欢心,又能把事情办成。他告诉理发师,自己可以打扮成落难的小姐,而理发师尽量装扮成侍从的样子,然后一同前往堂吉诃德所在的地方,假装是一个饱受苦难的小姐向他求助,他作为勇敢的游侠骑士必定无法拒绝她的请求。而小姐的唯一所请就是要堂吉诃德跟她去一个地方,向伤害过她的一个坏骑士寻仇。同时还请求他,在大仇得报之前,不要命令自己揭开面纱,也别要求解释。神父几乎可以肯定,只要开口请求,堂吉诃德一定会立刻同意的,这样他们就能带他离开那里回到村子,到家以后再试试看这奇怪的疯病有没有什么办法可以医治。

第二十七回
神父与理发师如何计谋得逞，以及在这个宏大故事中其他值得一提的事

理发师觉得神父的主意岂止是不错，简直是妙极了。他们立刻行动起来，向客栈老板娘借了一条裙子和几块头巾，留下神父一件全新的教士服作为抵押。理发师用一条牛尾巴做了一把巨大的胡子，牛尾巴颜色介于金黄和红色之间，那是店老板用来插梳子的。老板娘问他们为什么借用这些东西，神父三言两语给她讲了堂吉诃德的疯病，以及他们如何打算乔装改扮将他从现在身处的深山老林里解救出来。老板和老板娘立刻就明白他们说的是熬汤药的那位客人，也就是被兜在毯子里抛的那位侍从的主人。他们便向神父讲述了堂吉诃德在这里发生的所有事情，连桑丘闭口不提的那件事也一并抖搂了出来。

最后，老板娘把神父打扮停当，像模像样：下身穿一条羊毛裙子，裙面上全是一道道巴掌宽下摆尖角的黑色丝绒流苏条，上身穿一件绿色丝绒女式紧身背心，装点着白色缎子滚边。这背心和裙子应该都是万巴王[1]时代做的老物件。大家还要给他戴上一块头巾，神父不同意，而是在脑袋上扣了一顶粗棉布的棉帽子，那是老板娘晚上睡觉时戴的。前额处用一条黑色的塔夫绸带子绑住，用另一条带子做了一块面纱，严严实实地遮住了胡子和脸。他戴好帽子，这帽子大得可以当阳伞，然后用短斗篷盖住自己，侧身坐上他的骡子，

---

1 万巴王，公元672—680年统治西班牙的西哥特族国王。

理发师也骑上自己的骡子，红白相间的胡子长及腰际，就是刚才说的浅红色牛尾巴。

他们向众人告辞，包括善良的玛丽托尔内斯。她承诺念一遍《玫瑰经》，虽然自己也身有罪孽，但祈求上帝保佑他们不虚此行，因为他们要做的是一项如此艰巨又如此符合基督教义的事业。

但是刚离开客栈，神父就醒悟过来：自己如此乔装改扮可不合适。虽说事出有因，但作为一名神职人员，弄成这样实在不成体统。他对理发师说了此番原委，恳求他与自己交换衣着，由理发师来假扮落难的小姐更合情合理，自己则扮演侍从，这样不至于太有损教会的颜面。如果理发师执意不肯，他决定此事就到此为止了，哪怕堂吉诃德被魔鬼带走。

这时桑丘赶到了，看见两人的装束忍不住哈哈大笑。最后理发师还是同意了神父的要求。他们一边交换行头，神父一边交代着该怎么做，怎么说，才能让堂吉诃德心悦诚服，即使对自己选择的忏悔之地再不舍，也不得不跟他们走。理发师回答说，神父没必要这么事无巨细地叮嘱，他自会做得完美无缺。不过他可不想马上穿戴起这些衣服，等到达堂吉诃德藏身之地附近再说。于是，他把衣服叠起来，神父戴上胡子，两人继续上路了。桑丘·潘萨在前面带路，边走边给他们讲述在山上发现那个疯子的事。当然，捡到行李以及在行李中找到的东西他却闭口不谈，因为他虽然愚笨，却不乏贪婪。

为了能找到当时与主人分别的地方，桑丘曾留下树枝作为记号。第二天，一行人来到标记的位置。桑丘一认出这个地方，就告诉神父和理发师这是树林的入口，如果乔装改扮真的有助于主人恢复自由的话，此刻就该动手了。神父和理发师之前已经告诉过桑丘，他们如此装扮，如此行事，对于能不能将他那自讨苦吃的主人解救出来至关重要,并再三叮嘱他,不要告诉主人他们是谁,而要装作根本不认识的样子。如果主人追问——当然也肯定会问——他有没有把信送到杜尔西内亚手里,就说送到了,而且因为她不识字,所以只给了个口信。就说她请桑丘转告,请堂吉诃德立刻前去见她,因为这对她来说非常重要,不然后果自负。这些话,再加上神父和理发师准备好的一番说辞,一定能使他回心转意去追求更好的生活,甚至立刻就上路去努力成为皇帝或君主。至于劝说堂吉诃德别当大主教这事,包在他们身上。

桑丘对他们言听计从,并把这番话牢牢地记在心里。他千恩万谢,因为神父和理发师会劝说他的主人称王称帝,而不要去当大主教。他心里盘算着,就赏赐侍从而言,皇帝的权力可比一个居无定所的主教大多了。他又建议神父和理发师,最好是让自己先去找主人,把杜尔西内亚的口信捎回去:万一主人一听就愿意离开了呢?那样就不用之后百般费事了。神父和理发师觉得桑丘·潘萨说得很有道理,便决定先在那里等着听他的信儿。

桑丘沿着一道山沟进了树林,神父和理发师留在山口,旁边流淌着一条宁谧的小溪,山石和树木投下清凉怡人的阴影。正值八月酷暑,长日炎炎,此地气候一贯酷热难耐,此时又是下午三点,因此这个地方显得格外令人愉悦,仿佛正殷勤邀请他们就地休息,他们自然也难却盛情。

两人正怡然自得地享受着阴凉,突然传来一阵歌声,没有任何乐器的伴奏,却十分甜美温柔。在这样一个地方,听到如此美妙的歌喉,他们感到非常惊讶。虽然人们常说,在山林和田野中才有天籁之音,但那不过是诗人们的夸张而非事实。当他们发觉歌词是一首诗的时候愈发感到惊疑,这歌声一定不是来自乡野牧人,而是很

有教养的绅士。事实的确如此,他们听到了以下的诗句:

> 是谁伤害了我的善良?
> 抛弃。
> 是谁增加我的惆怅?
> 妒忌。
> 是谁在考验我的坚强?
> 别离。
> 所以,我的悲伤
> 无药可医。
> 因为抛弃、妒忌和别离
> 早已扼杀了我的希冀。

> 是谁让我百结愁肠?
> 爱意。
> 是谁阻挠我荣耀万丈?
> 运气。
> 是谁冷眼旁观我的悲伤?
> 上帝。
> 所以,我怀疑自己终将
> 死于如此罕疾,
> 因为在所有伤害之上,
> 爱意、运气和上帝又雪上加霜。

> 谁能改变命运的方向?

死亡。
谁能撷取爱情的蜜糖？
变化无常。
谁能治愈爱情的创伤？
疯狂。
所以，将激情扑灭扼亡
并非明智之举。
只有死亡、无常和疯狂，
才是灵药妙方。

如此荒芜、孤独的此时此境，美妙的嗓音和高超的歌唱技巧使这两位听众又惊又喜，他们屏息静气地等待着是否还有下文。然而这嗓音沉默了许久，他们便决定出去寻找这位拥有如此迷人歌喉的音乐家。刚要起身，歌声又传来了，他们不敢稍有动弹，倾听着这首：

十四行诗

友谊展开轻盈的双翼，
与良善灵魂相伴游弋。
你飞升天堂尽享欢愉，
在人间早已徒留躯体。

你将天意向人世传递：
友爱和平被阴翳遮蔽，

世间常生妒忌，
善心终成恶意。

哦！友谊！切莫流连天堂，
也别让欺骗穿上你的衣裳，
它会把最真诚的心意毁伤；
若不撕去友谊的伪装，
世界将很快祸起萧墙，
一如混沌初开时模样。

歌声以一句深深的叹息结束，神父和理发师又专注地等待着旋律是否会再次响起。然而此时歌声已经变成了抽泣和令人心酸的哀叹，他们决定去一探究竟：这位嗓音如此美妙，痛苦又如此深重的伤心人是谁。没走多远，绕过一块山石，便看到一位男子，身形模样都与之前桑丘·潘萨在讲述卡尔德尼奥的故事时描述的毫无二致。而这位绅士看到他们突然出现，并没有表示惊讶，只是垂头发呆，好像在沉思。除了刚开始在神父和理发师突然出现的时候看到了他们，此后既没有抬头，也没有再看他们一眼。

神父本就能言善辩，加之对卡尔德尼奥的不幸故事已经有所耳闻，此刻通过种种迹象认出了他，便走上前去，以非常简洁有力的理由，既是恳请，也是忠告，要他放弃这般悲惨生活，切莫终老于此，否则那才将是所有不幸中最大的不幸。卡尔德尼奥此时倒是完全清醒，突如其来的暴怒经常令他丧失自我意识，所幸狂暴情绪此刻并未侵扰，所以乍见神父和理发师的衣着打扮与此地偏隅常来常往的人迥然不同，不禁感到惊讶，尤其是当他听到两人言谈间似乎对自己的事情知之甚详（他从神父的一番话中听出了这一点），便回答说：

"先生们，无论你们是谁，我很明白上天从不忘记拯救好人，甚至常常会拯救坏人。虽然我受之有愧，却仍派人到这样一个人迹罕至的偏远之地，摆出各种生动、充足的理由，证明我过着现在这样的日子是毫无道理的，试图把我从这个境地拯救出去，过上更好的生活。但是他们不知道，也许会以为我是一个见识短浅的人，甚至是一个失去理智的人。只有我自己清楚，一旦离开，此刻的悲剧就会陷入更大的困境。不过即使真是这样也没有什么奇怪，因为我渐渐发现，对于不幸遭遇的回忆具有无坚不摧的毁灭力量，令我彻底迷失。因为对这种力量毫无抵抗之力，所以只能将自己当成一块顽石，没有情感、没有理性。我也是渐渐才意识到这个事实的：有人把我被可怕情绪主宰时的所作所为都告诉了我，而且证据昭然，除了无用的追悔和徒劳地诅咒自己的命运之外，我无计可施。为了表达歉意，作为补偿，我向所有愿意聆听的人们讲述这般疯狂之举的原因。因为知道了原委，明理的人们就不会对此刻的后果感到惊讶了。即便他们不替我出谋划策，至少不会怪罪我，而是把对无理举动的恼怒，转变成对不幸遭遇的同情。先生们，如果你们也跟其他前来劝慰的人们怀着同样的意愿，在继续谆谆教诲之前，我恳求你们先听听我的不幸故事，这是一个永远不会结束的故事。因为也许在明白前因后果之后，你们就无须徒劳费力去安慰一个任何医治都无济于事的病人。"

神父和理发师所求无他，正是从卡尔德尼奥嘴里亲口听到事情的原委，便恳求他细细讲来，并承诺说，除了他要求的帮助或安慰，不会贸然采取别的行动。于是，伤心的骑士便开始讲述那段令人恻隐的故事，用词和叙述过程几乎与几天前对堂吉诃德和牧羊人讲述时一模一样。那一次，因为关于埃里萨巴特师傅的争端，以及堂吉诃德在捍卫骑士道的形式主义上过分自尊，故事讲到一半就戛然而止了，就像那个数羊的故事一样。不过这一次运气不错，疯病没有来扰乱，使卡尔德尼奥有机会讲述到结局。接着上次讲，堂费尔南多在《阿马蒂斯·德·高卢》这本书中找到一张便条，卡尔德尼奥说上面的内容他至今记得清清楚楚，是这样写的：

露丝辛达致卡尔德尼奥的信

> 您的美德让我对您的敬爱与日俱增。若您愿意解救我脱离情海而不损害我的名声，您完全可以做到：我父亲了解您，也很爱我，不会违背我的意愿。只要您所求正当，他一定会满足。如果您对我的爱，真的如您所说、如我所想，请务必这样做。

"因为这张便条，我决定立刻求娶露丝辛达为妻，这一点我之前已经讲过。也因为这张便条，让堂费尔南多发现露丝辛达是这个时代最矜持、忠贞的女人之一。但也正是这张便条激起了他的占有欲，密谋在我求婚之前将我毁掉。我告诉堂费尔南多，露丝辛达的父亲提出要我的父亲上门提亲，但这件事我不敢跟父亲说，担心他不同意。不是因为他对露丝辛达的品性、善良、美德和美貌不够了解——他完全明白她足以为西班牙任何一个门第家族增添光辉——而是因为我觉得他并不希望我这么早结婚，至少先看看理查德公爵究竟要如何重用我。最后，我告诉他，我不敢向父亲提这件事不只是因为上述的不便，还因为很多涌上心头的莫名担忧，虽然说不清担心什么，但是感觉好像这份夙愿永远无法得偿。

"对我这番倾诉，堂费尔南多回答说，他会负责跟我的父亲谈，并说服他去找露丝辛达的父亲提亲。哦！野心勃勃的马里奥[1]！哦！残忍的喀提林[2]！哦！恶贯满盈的西拉[3]！哦！谎话连篇的加拉隆[4]！哦！背信弃义的维利多[5]！哦！燃着熊熊仇恨的胡利安[6]！哦！贪婪的犹大！背叛、残忍、复仇、欺骗，这个可怜人难道对你不够忠心耿耿？他如此毫无保留地将心中的秘密和喜悦向你和盘托出！他难道对你有所冒犯？他对你所说的一切、所有的忠告，哪一条不是全心全意为了增加你的名声和利益？可是，我又有什么可抱怨的？我生来不幸，这一点千真万确：当星辰运势带来流年不利，正如灾难从天而降，挟风雷暴烈以千钧之势从高处砸下，世界上没有任何力量可以与之相抗，也没有任何人力可以预防。谁能料到，尊贵的骑士、崇高的堂费尔南多，我对他尽心尽力，他尚欠我十分情意，竟然会悍然下手，正如人们常说的，抢走我还未曾拥有的唯一羔羊？更何况以他的条件，无论爱上什么样的人，都有能力轻而易举、手到擒来！不过，这些都可以暂且不提，因为多说无益，还是接着讲我的不幸故事。

"前面说到，堂费尔南多认为我的存在会阻碍他把邪恶念头付诸

1　马里奥（前157—前86），罗马大将。
2　喀提林（约前108—前62），罗马贵族，曾策划政变推翻元老院。
3　西拉（前136—前78），罗马独裁者，马里奥的政敌。
4　加拉隆，骑士小说中的人物，因他的背叛，法兰西十二骑士在龙塞斯山谷阵亡。
5　维利多，熙德传说中杀害国王的叛臣。
6　胡利安，安达鲁西亚总督，于公元711年与摩尔人结盟，将其引入西班牙领土。

实施，便决定派我去向他的长兄要钱，用来支付购买六匹马的价款。其实购马是假意，唯一的目的是把我遣开，以便于他暗箭伤人。就在他自告奋勇去找我父亲谈话的同一天，便遣我出发去要钱。谁能预见、预防这样的背叛？谁能侥幸猜到这样的事故？相反，为了不浪费时间，我自告奋勇立刻出发，还因为这笔合算的采购而洋洋得意。那天晚上我去跟露丝辛达幽会，告诉她我已经跟费尔南多说好了，让她相信我们美好而正当的愿望一定能够实现。她跟我一样对堂费尔南多的背叛无知无觉，只叫我快去快回，因为我们的感情很快就会有结果，只要我父亲跟她父亲提亲，心愿就能实现了。但是不知道怎么回事，她对我说完这些话时，眼中盈满了泪水，声音也哽住了，仿佛心中千言万语，却一句话也说不出来。这个意外状况令我震惊，因为到那时为止，我从未见过她那样伤心。

"每一次为了见到她，我都要努力设法，再凭借点好运，而每一次见面我们总是高高兴兴、亲亲热热地谈话，对话中从未有过泪水、叹息、醋意、猜疑或恐惧。这一切都让我愈发觉得自己足够幸运，因为上天将她赐予我为妻：我既爱慕她的光彩照人，也为她的勇气和见识所倾倒。而她的回应也同样夸张，跟任何一个坠入爱河的女人一样，赞美我身上任何她认为值得称赞的品质。就这样，我们说了无数甜言蜜语，聊遍了邻居和熟人的琐事，在最大胆的时候，我几乎是强行抓住她的手——一只美丽白皙的手——穿过我们之间相隔的矮篱那狭窄的缝隙中，将它放到我的唇边。但是在我出发的前夜，那个令人悲伤的夜晚，她竟然哭了，在抽泣和叹息中离去，只留下我满心困惑和惊疑。因为从未见过露丝辛达如此痛苦、如此悲伤，我几乎被吓到了。然而，因为心中存有一线希望，我把一切都归咎于她对我爱得太深，而深深相爱的人们总是因为离别而伤心欲绝。

"总之，我出发时心事重重，心中凄切，满腹疑云，却说不清楚猜疑什么，忧虑什么：所有的迹象都清楚地表明悲剧和不幸正等待着我。我按照指令到达了目的地，把信交到堂费尔南多长兄的手上。我受到了热情的接待，却没有被立刻打发走，反而要求我在那里等候八天，这实在令我不快。而且长公子把我藏在他的父亲公爵大人见不到的地方，因为他的弟弟写信要钱并没有得到公爵的同意。事实上这一切都是虚伪的堂费尔南多出的主意，因为他哥哥当时根本不缺打发我立刻回程的钱。想到离别时露丝辛达悲伤欲绝，我恨不得违抗命令，立刻回程，因为担心她没有了我，独立支撑不了那么久。然而作为一个忠实的仆人，我最终还是顺从了，虽然明知自己将付出代价。

　　"谁知刚第四天，就有人上门送信来了。从封面的字迹我认出了那是来自露丝辛达的信。我惊疑不定，几乎是战战兢兢地打开信。我知道，她千里迢迢送信给我一定是有什么重大的事情，因为以前长相厮守的时候她也很少这样传信。在读信之前，我问送信的人：是谁把信交给他的，路上花了多长时间。

　　"他回答说：

　　"'有一天中午我偶然经过城里的一条街道，一位非常美丽的女士从窗户叫住我，眼中噙满了泪水，十分焦急地对我说：

　　"'兄弟，您看上去是基督徒，若果真如此，看在上帝的分上！我恳求您立刻把这封信送到信封上所写的地方，交给这个人；地方和人名都是为人熟知、很容易找到的，这将是您对上帝所做的天大的好事；这手帕里的东西请您收下，用作路上的盘缠。'

　　"'说着，她从窗户里扔给我一块手帕，里面仔细地包着一百个金币和我带来的这只金指环，还有此刻交给您的这封信。接着，她没有等我的回答就匆忙离开了窗口,不过在捡起这封信和手帕之前,我以手势告诉她会按照她的话去做。就这样,一方面送这封信能得到如此丰厚的报酬,另一方面我也从信封上认出了您的名字。先生,我熟识您的姓名,加上那位美丽的女士泪水涟涟,我决定不相信任何其他人,而是亲自来送信。从拿到这封信开始,我在路上花了十六个小时,您也知道,这是十八里格的距离。'

"随着这位出人意料又令人感激的信使的述说,我心里七上八下,两腿开始发抖,几乎都站不住了。事实上,当我打开信,看到上面写的是:

> 堂费尔南多兑现了对你的承诺,去找你父亲并请他向我父亲提亲,不过是为了满足他的意愿而不是为了实现你的愿望。要知道,先生,他已经求娶我为妻,而我的父亲考虑到堂费尔南多能带来的好处,已经允他所求。这事千真万确,两天后就要举办订婚仪式,而且是避人耳目的秘密仪式,只有上天和几个家里人作为见证。你完全可以想象我现在状况如何。如果对你来说这件事情值得回来一趟,请你回来看一看:这桩交易的结局会让你明白我是否真的深爱着你。愿上天保佑!在我不得不把双手交到那个背信弃义的人手中之前,你能收到这封信。

"总而言之,这些就是信的内容。我看了这封信立刻就上路了,再也不等任何其他答复或什么价款。因为那时我已经完全明白,堂费尔南多把我派到他长兄这里不是为了买马,而是为了实现他的企图。我跟露丝辛达这么多年一往情深方两情相悦,怀着对堂费尔南多的怨恨和对失去恋人的恐惧,我恨不得插上双翅,一路上骑得飞快,第二天就赶到了我的村子,那正是去找露丝辛达说话的合适时间。我偷偷地进了村,把一路骑来的骡子留在为我送信的好心人家里。

"感谢上天保佑!那天我运气不错,正巧露丝辛达在见证我们爱情的篱笆下徘徊,她一下子就认出了我,我也认出了她。然而,所谓知人知面不知心,女人的心思高深莫测又善变无常,在这个世界上谁敢夸口说有能力看透并读懂一个女人?绝对没有!露丝辛达一看到我就说:

"'卡尔德尼奥,我已经穿上嫁衣,背信弃义的堂费尔南多和我那贪婪的父亲,以及其他的见证人,都已在客厅等候。不过在见证我的订婚仪式之前,他们将见证我的死亡!亲爱的,你不要慌,想办法混入现场亲眼见证我的死亡吧!如果言语的道理无法阻止这场仪式,我身上藏了一把匕首,足以对抗最坚定的意志,结束自己的生命,这样你才会明白我过去和现在对你的爱始终不渝!'

"因为时间紧迫,我慌乱而匆忙地回答说:

"'小姐,就按照你的计划行事吧,请践行你的诺言!你若携带了短剑以表明心迹,我同样也携带了长剑用它来捍卫你!如果命运不肯眷顾我们,我就用它来杀了自己!'

"我相信她没能听完我所有的话,因为家人在焦急地唤她,订婚仪式已经就绪。这一刻,悲伤仿佛夜幕降临,幸福仿佛落日沉没,我眼前一片黑暗,脑中一片空白。别说溜进她家,我几乎寸步难行。然而,一想到在那个场合可能发生的事,想到我的在场对她来说有多么重要,我终于勉强振作精神,竭尽全力混了进去。我对她家的所有出入口都了如指掌,而且当时家中人人都因为正在秘密进行的事情而纷乱,所以没有人看见我。就这样,我得以有时间神不知鬼不觉地藏身在客厅一个窗户的角落里,用两条挂毯的花边盖住自己。从两条挂毯之间,可以看到客厅中发生的一切而不被人看到。

"彼时彼刻,谁能想象呢?我躲在那里心跳得有多么厉害,脑海中有多少思绪纷至沓来,又是多么心忧如焚?繁复纷杂,无以言表,也难以言表。你们只要知道,新郎走进客厅时,只穿着日常的衣服,没有任何其他修饰。他带着露丝辛达的一位表兄作为伴郎,整个大厅里,除了家里的用人没有一位宾客。过了一会儿,露丝辛达在母亲和两个侍女的陪同下从一间侧室走了出来,盛装打扮,完美无瑕,集宫廷优雅和英姿飒爽于一身,正与她的品性和美貌相得益彰,把两者的美都发挥到了极致。那时我已心迷神醉,无暇细看她的穿着打扮,只注意到红与白的配色,还有头饰和全身的宝石及珠玉发出的光芒,但这一切都无法与她那一头美丽的金发相比拟。甚至与身上的宝石和厅中四个火炬的光芒比起来,她的美更加令人眼前一亮。

"哦!回忆!你是打破我内心平静的死敌!那个我深爱的仇人,此刻再回想起她举世无双的美还有什么用?残忍的记忆!难道你不应该提醒我,一次次重现她当时的所作所为,反反复复回味这奇耻大辱,即使不去报仇,至少也应该试图结束生命?先生们,请你们不要对这些题外话感到厌倦,因为我的不幸遭遇既不能也不应该简明扼要、轻描淡写地一笔带过,其中的每一个细节对我来说都值得一番长篇大论。"

对此,神父回答说,这些内容不但不会令人厌烦,他讲述的那些细微之处反而增添了许多趣味。这些情节都很重要,不但不该被一笔带过,反而应该受到跟故事主线一样的重视。

"刚才说到,"卡尔德尼奥继续讲述,"等所有人都到了厅中,教区神父走了进来。他拉起两人的手,开始履行婚礼必要的程序。他

问：'露丝辛达小姐，您愿意听从圣母教会的安排，让您面前的这位堂费尔南多先生成为您合法的丈夫吗？'

"我从挂毯间露出整个脑袋和脖子，竖起耳朵，心神不定地等着听露丝辛达会如何作答，她的答案也是对我的最终判决，决定了我是生还是死。哦！我多么希望自己当时有胆量跳出来大喊：'啊！露丝辛达，露丝辛达！看看你在做的事，想想你欠我的承诺！记住，你是我的，不可以属于别人！你只要说一句愿意，我的生命就将在一瞬间结束！啊！堂费尔南多，你这个叛徒！你这个强盗！你抢走了我的名誉，终结了我的生命！你想要什么？你想干什么？要知道，你不可能以基督教的方式达成你的愿望，因为露丝辛达是我的妻子，我是她的丈夫！'

"啊！我真的疯了！此刻我已远走高飞，逃离险境，却还在设想着自己早该做却没有做的事情！我竟然任凭他抢走了深爱的珍宝！千刀万剐的强盗！如果有心复仇，我本该能够做到，此刻就不必怨天尤人！总之，那时我太过懦弱又太过愚蠢，现在就是在羞愧、追悔和疯狂中死去也是咎由自取！

"神父等待着露丝辛达的回答，她沉默了许久，一言不发。正当我以为她要拔出短剑表明心迹，或为了我说出真相、澄清事实时，却听见她用奄奄一息、气若游丝的声音说：'我愿意。'堂费尔南多也给出了同样的回答，于是他们交换了戒指，从此永结连理。新郎靠近去拥抱他的妻子，而她却用手捂着胸口，晕倒在母亲的怀里。

"我当时感受如何已无须赘言：全部的希望因耳中听到的那句'我愿意'而幻灭为乌有，她的信誓旦旦全是谎言，那一瞬间失去的美好永远无法找回。世界之大，我却无人可倾诉，也无人庇护，连养育我的土地也变成了敌人：空气拒绝给我呼吸用来叹气，河流拒绝给我水分用来流泪，只有火焰越燃越旺，以至于愤怒和醋意让我整个人都熊熊燃烧起来。所有人都因为露丝辛达的昏迷而手忙脚乱。她母亲解开她胸前的扣子以便她呼吸通畅，却露出一张折好的纸。堂费尔南多立刻抢过去，借着火炬的光读了字条。接着他在椅子上坐下，一手托着脸颊，陷入了沉思，而并没有赶上去帮忙抢救他的妻子以使她从昏迷中醒来。

"见屋里一片混乱，我不顾可能被人发现，试图侥幸离开。我下定决心：如果被他们抓住，就做一件惊天动地的事，无论对错！这样全世界才会明白我胸中的愤怒是如何公正，才会谴责虚伪的堂费尔南多，甚至谴责那位晕倒过去的朝三暮四的叛徒。可是，也许幸运女神还等着在我遭遇更大的不幸时再来眷顾——如果说还有更大的不幸在等待我的话——命运偏偏安排在那个时刻我十分理智，虽然从那以后我就再也没有了理智。尽管当时复仇是轻而易举的事，因为他们毫无防备，我最后却并没有伤害令我铭心刻骨的敌人们，宁愿自己背负痛苦，把他们应得的刑罚加诸自身。也许我对自己的惩罚比对他们的复仇还要残酷：如果当时杀死了他们，突如其来的死亡就在瞬间结束了一切刑罚，然而在痛苦折磨中迟迟不来的死亡在不停地啃噬我，却不取我性命。

"总而言之，我离开了露丝辛达家，去取留下的骡子。我叫人替我备鞍，没有一声道别，就骑上骡子离开了城市，像罗德[1]一样，不

---

[1] 耶和华上帝从天上降下硫黄及火，所多玛城和蛾摩拉城成为一片火海。天使叮嘱罗德一家往山上跑，途中不得停留或回头看。罗德的妻子半途回头张望，立即变作了一根盐柱。

敢再回头看一眼。不知不觉，蓦然发现自己已经独自在旷野中，无边的黑暗笼罩着，寂静的夜里我情不自禁长吁短叹，放声咒骂着露丝辛达和堂费尔南多，不在乎被听到也不害怕被认出，仿佛这些言语就能消除他们对我造成的侮辱。我骂她残忍、狼心狗肺、虚伪、忘恩负义，但最主要的是贪婪，敌人的财富竟使她蒙蔽，从而将她从我手中被夺走，交到另一个更受命运慷慨垂青的人手中。在这些咆哮般的咒骂和谴责中，我又替她开脱、自我安慰说这是很正常的事：一个拘养在父母家中的小姐，生来就习惯于顺从父母，迁就父母的意愿，更何况他们将她许配给一位如此高贵、富有而又风度翩翩的绅士，如果她不接受的话，人们可能会认为她昏了头，或者猜到她已经私心暗许，这对于小姐的名声和名誉是非常大的损害。然而我又对自己说，如果她当时说出真相，告诉父母我就是她的丈夫，也许他们会发现这也并不是多么糟糕的选择，最后也能原谅她。如果抛开感情因素冷眼掂量，毕竟在堂费尔南多求婚之前，他们也没能为自己的女儿找到另一个条件比我更好的夫婿。走到订婚这一步，箭已在弦上，如果她在这最后关头之前把实情和盘托出，也许我早已跟她订婚了，早已得她托付终身，她又何至于在订婚仪式上被逼无奈！总之我得出结论，她对我爱得不够深，又不够理智，被野心和欲望支配，忘记了自己说过的话。正是她这些承诺让我坚守着希望和正直的信念，却也正是这些话欺骗了我。

"就这样在大喊大叫中，我惶惑不安地度过了余下的黑夜，天亮时来到了这片山脉间的一个入口。我在既无大路也无小径的山中又走了三天，来到一片草地上停了下来，茫然不知此时身在山中的哪个角落。我向几位牧人询问这山里最偏僻崎岖的地方在哪里，他们告诉我就在这一片。我立刻循着方向走来，打算在这里结束生命。

走到这乱石嶙峋的地方，我的骡子因为疲惫和饥饿倒地而死。或者，倒不如说，它是为了从自己身上卸下'生命'这个无用的包袱，就像我背负的沉重痛苦一样。我徒步而行，慑服于自然，又饥肠辘辘，既找不到人，也不想找人来救我。就这样，也不知道在地上躺了多久，最后醒过来时已经不觉饥饿。身边有几个牧羊人，毫无疑问是他们帮我渡过了难关。他们讲述了发现我时的情形：我是如何说着胡话、做着傻事，一切都已经清楚地表明我已经失去了理智。

"从那以后，我感觉到理智在我身上并不总是完美强大，反而是如此羸弱无力，以至于我做下了无数疯狂的事：撕扯自己的衣服，在孤寂中大喊大叫，诅咒自己的命运，反反复复徒劳呼唤着那个虽是仇人却依然深爱的名字。在那样的时刻，除了在呐喊中结束生命，我没有其他任何念头或想法；而每当恢复清醒时，总是感到疲乏无力、浑身酸痛，几乎无法动弹。我最常栖身的地方是一棵栓皮栎的树洞，堪堪容下这具可悲的躯体。山上来来往往的放牛人和牧羊人，出于怜悯供应我的口粮，把食物留在他们认为我可能经过并能够发现的路上或石山上。就这样，即便处于癫狂的状态，食欲的天性也能使我辨认出那些食物，并唤醒我前去寻找和获取的欲望。在我清醒的时候他们还告诉我，我常常跑到路上用暴力抢夺那些从村里带着食物去找畜群的牧人，哪怕他们本就自愿给我。

"我就这样日复一日在可悲而偏激的状态中苟延残喘，只盼上天慈悲，引导我走向生命的尽头，或让我失去记忆，不再想起露丝辛达的美丽和背叛，以及堂费尔南多的侮辱。如果上天能够让我忘掉一切而不失去生命，我才会恢复有条理的思维。否则，只有恳求上天宽恕我的灵魂！是我自己心甘情愿置身于如此窘境，此刻却没有任何勇气或力量把这具躯体解救出去。

"先生们，这就是我的悲惨故事。请告诉我这是否能让你们庆幸：我真实的痛苦没有表露的那么深重。你们也不必费心用自认为有益于我恢复理智的金玉良言来劝我，或给我什么忠告。因为这些话在我身上的效用，就像名医为拒绝吃药的病人开药一样。没有露丝辛达，健康于我毫无意义。她本来是、也应该是属于我的，如今既然她愿意成为别人的人，我宁可承受不幸，虽然曾有过幸运的希望。她既然用她的变心使我失去的一切不可挽回，那么我就以迷失自我的方式满足她的意愿。我的故事将成为后人的警示：我所缺少的清醒神志正是所有不幸的人所赘余的，对于他们来说，无法拥有理智反而往往是一种安慰，可是对于我，却只会带来更多的伤心难过，因为我一直认为，连死亡也不能结束一切。"

卡尔德尼奥讲完了这个长长的爱情悲剧，神父正准备说几句安慰的话，却被突如其来的声音打断了。这个同样悲切的嗓音讲述了另一个故事，将在本书的第四部分叙述，因为智慧而细心的历史学家熙德·哈梅特·贝内赫里恰在此时结束了第三部分。

第四部分

DON QUIXOTE

第二十八回
神父和理发师在同一座山里遭遇的新奇又令人愉快的事情

英勇的骑士堂吉诃德·德·拉曼查投身江湖、闯荡世界的时代真是极其幸福而幸运的。正因他怀着如此光荣的决心,意欲复兴几乎消亡的游侠骑士道,将已失去的精神归还于世界,我们在今天这个时代才能享受到这般消遣谈资。除了这个真实故事本身的趣味,其中的插曲和片段在真实性和稀奇古怪、令人愉悦的程度上并不亚于故事本身。情节线索千头万绪,且接着上文的话头,讲到神父正准备安慰卡尔德尼奥,却被一个嗓音打断了。这个悲伤的声音说:

"啊!上帝!但愿这就是我所寻找的地方,能够成为这具躯体的隐匿墓穴。生命已不堪重负,维系此身实非我所愿!若群山永远如此刻般孤寂,那么就是这里了。啊!不幸的女人!于我而言,嶙峋巨石和荒芜杂草是多么令人愉悦的伴侣啊,任何男人的陪伴都无法与之相比!只有在这里,我才能向苍天倾诉不幸,因为世界上没有谁能从疑惑中找到答案,从怨愤中找到原谅,或从疾病中找到解药。"

神父、理发师和卡尔德尼奥都听到了这番话,他们发现声音是从一侧传过来的,事实也的确如此。众人一同起身去寻找声音的主人,刚走出不到二十步,就看到一块巨石背后的白蜡树下坐着一个农夫装束的年轻人。因为他正低头在流淌的小溪中洗脚,所以看不清他的脸。三人蹑手蹑脚地走近,他并没有觉察,只是专心洗脚,而不理会周遭任何事情。这双脚洗得洁白莹润,仿佛溪流中的石间长出两块白色水晶。这白皙美丽的双足令人惊讶,仿佛不是行走于凡间的,可是这双脚的主人却一身粗布衣裳,显然是日常驾辕赶牛、勤于耕作的。

见没有被发觉,走在前面的神父向另外两个人做了个手势,叫他们蹲下或藏身在几块巨石后面。所有人都这样做了,专注地看着那位年轻人的一举一动。只见他穿着一件棕褐色的短斗篷,把前襟后背都挡住,用一块白色的布紧紧地缠在身上。裤子和绑腿也是棕褐色的,头戴一顶棕褐色的斗牛士帽子。他把绑腿卷起到小腿肚的位置,那两条小腿像是白色的雪花石膏。洗完美丽的双足,他又从斗牛士帽下面取出头巾把脚擦干。当他拿掉帽子的时候,正好抬起脸,一直在观察他的那几个人终于能够看到那无与伦比的美丽容颜,以至于卡尔德尼奥小声对神父说:

"这位姑娘不是露丝辛达,那就一定不是凡人,而是仙女。"

年轻人摘下帽子,摇了摇头,一头连太阳都要为之嫉妒的秀发倾泻而下。于是大家确定,这位农夫打扮的年轻人是个女人,而且是个美丽的女人。她是神父和理发师迄今为止见过的最美的女人,甚至连卡尔德尼奥,如果没有认识露丝辛达的话,也认为自己见过的最美的女人都比不上她。后来他亲口承认,只有露丝辛达的美能够与之匹敌。她长长的金发不但盖住了后背,而且把整个身子都盖住了。这头长发如此浓密,除了裸露的双足,看不到她身体的任何其他部分。此时她正以指为梳,若说她的双足在水中像是两块水晶,那么双手在发间就像是两团白雪。这一切都让暗处的三人愈加吃惊

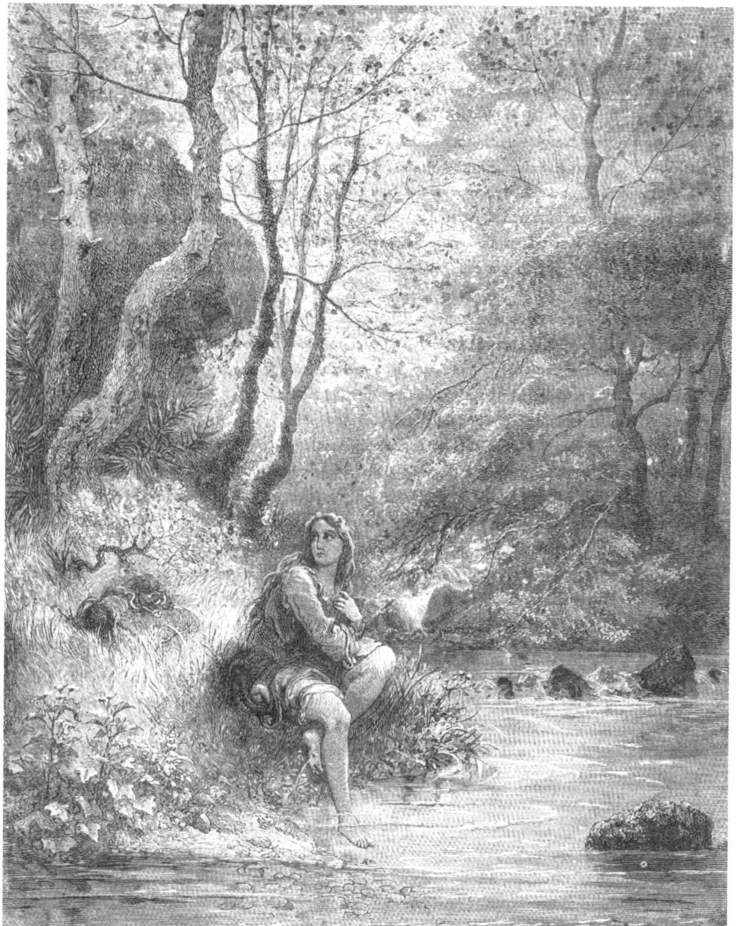

地凝望着她,愈加迫切地想知道她是谁。

于是他们决定现身。听到他们起身发出的动静,那个美丽的年轻女子抬起头,双手撩开垂在眼前的头发,一看到声音的来源,便急忙站起来,来不及穿上鞋子,也等不及系上头发,飞快地抓住身畔一个像是装衣服的包裹,惊惶逃走。但是没走出几步,那双细嫩的脚就经受不住地上的乱石,摔倒在地。三人见此便赶上来,神父先开口对她说:

"小姐,不管您是谁,请您停下脚步!我们并无恶意,只想为您效劳。逃走既无必要,也无用处,您的双足受不了这个苦,我们也不肯让您受这个苦。"

对于这番话她没有回答,依旧沉浸在震惊与困惑中。三人来到她身边,神父拉着她的手说:

"小姐,您的衣着极力隐瞒的事情,您的秀发却已经暴露了:这些迹象都清楚地表明,一定是非常重要的事,才会让您把自己的美丽伪装在如此不成体统的装扮中,而且来到这样一个偏僻之所。能在这里遇见您是我们的幸运,即使不能治愈您的痛苦,至少能给您一些忠告。因为只要生命没有结束,就没有任何病痛会让人心灰意冷到连针对病情的善意忠告都不肯听。所以,我的小姐,或我的先生,或任何您想成为的人,我们的出现让您受惊了,但现在可以不必害怕,请告诉我们您的幸或不幸,我们几个人,或者说我们每一个人,都愿意为您分担。"

神父说这番话的时候,乔装的姑娘似乎听得出神,怔怔地看着所有人,不但没有开口说话,连嘴唇都没有动一下,就像乡下人突然看到闻所未闻的稀奇事。然而神父耐心地又说了一些类似的话,最后她深深叹了口气,终于打破了沉默:

"既然群山的孤寂不足以将我掩藏，披散的长发也不允许我的舌头再吐露任何谎言，重新开始假装也于事无补，即便你们说相信我，也只是出于礼貌而不是发自真心。先生们，我的意思是，感谢你们为我所做的努力，这种努力使我有义务满足你们对我提出的要求。虽然我担心，知晓我的不幸只会给你们带来同情和痛苦忧愁，因为你们找不到任何办法来解决，甚至找不到能够减轻痛苦的安慰。不过无论如何，既然你们已经认出我是个女人，一个姑娘，孤身一人在此，又穿着这样的衣服，所有这些事，或者其中任何一件事都足以败坏无论多么正直的名声。为了不让你们误解我的清白和贞洁品性，我必须告诉你们本不愿意提起的事情，虽然如果可以的话，我宁愿保持沉默。"

此番话滔滔不绝，出自一个如此美丽的女人之口，言语流畅、嗓音柔美，这清晰的思路令他们吃惊的程度决不输于她的美貌。他们再次表示愿意效劳，并一再恳求她兑现承诺，而她无须他们更多恳求，落落大方地穿好鞋子，束起长发，在一块大石头上坐下。三人围在她身边，她努力忍住眼中的泪水，开始以平静、清晰的嗓音讲述自己的故事：

"在人们所谓的西班牙几大家族中有一位公爵，他的领地在我们安达鲁西亚。公爵有两个儿子：大儿子是爵位的继承人，而且似乎也继承了父亲的好品性；至于小儿子，除了维利多的背叛和加拉隆的谎言，不知道他还将继承什么。我的父母正是这位公爵的属臣，虽然门第低微，却家财万贯。如果他们的血统能与财富相匹配，那就别无所求了，我也不必担心陷入正在经受的不幸。也许我的命途多舛和他们的命运不济，正是源自没有显赫的家世。总而言之，他们并没有低贱到羞于见人，也没有高贵到让我打消疑虑，不把自己的不幸归咎于他们的卑微身份。他们就是普通农夫，一介平民，但家门从未出过任何名声败坏的人，正如人们常说的，是正统的老基督徒。但是因为如此富有，财富和人缘渐渐为他们赢得了绅士甚至是贵族的名声。

"然而，他们最珍视的财富却是拥有我这个女儿。因为父母天性慈爱，又没有其他儿女，我成了天下备受父母疼爱的女儿中最受宠的一个。我是他们自我观照的镜子，是他们暮年的依靠和人生的意义，他们把全部的希望都寄托在我身上。他们是如此善良，我从未违逆过他们的任何意愿。我是他们精神上的主人，同样也是他们财产的主人：负责雇用或辞退用人，决定播种的比例和数目，一手经管油磨、酿酒的压榨场，掌握大小畜群的数量、蜂箱的数量等。总之，我掌管着一个像我父亲这样富有的农夫拥有和可能拥有的一切，既是女管家，又是女主人。我自告奋勇操持家事，父母也乐得安享晚年，一切都堪称完美。除了跟牧工头、庄园总管和其他的工人打交道，余下的时间我都以飞针走线或手工编织为娱，这些对于大家闺秀来说都是正当而必要的练习。有时为了振作一下精神，我会放下这些活计，寄情于读一本虔诚的书，或弹弹竖琴。经验告诉我，音乐能重塑涣散的精神，缓解灵魂的疲惫。这就是我在父母家中的生活。如果我讲述得过于细致，不是为了炫耀，也不是为了让你们知道我很富有，而是为了让你们明白：从那样美好的生活落到如今的地步，我是多么无辜！

"我的生活就是这样忙碌而封闭，几乎可以跟修道院相提并论。除了家里的仆人，我从未被任何其他外人看见过。每次去做弥撒也都是赶大清早，在母亲和其他女仆的陪伴下，全身遮盖得严严实实，端庄无比，眼睛只能看到脚下的土地。然而尽管如此，爱情的眼睛，或者更确切地说,饱暖思淫欲的眼睛——这种敏锐的视力连猞猁都无法与之匹敌——堂费尔南多看到了我并开始追求我,这就是刚才提到的那位公爵小儿子的名字。"

讲故事的姑娘一说出"堂费尔南多"的名字,卡尔德尼奥脸上骤然变色。他情绪激动,汗如雨下,神父和理发师发现了,直担心他的疯病会突然发作,因为他们已经听说这是间歇性的。但是卡尔德尼奥没有任何其他举动,只是大汗淋漓,呆若木鸡,直勾勾地看着那个姑娘,猜测她到底是谁。而她并没有注意到卡尔德尼奥的情绪,继续说道:

"据他后来所说,他一见我就深深坠入了情网,这一点从他的各种表现就能看出来。不过,为了尽快讲完这个似乎永无尽头的不幸故事,我不愿再提及堂费尔南多向我表白时的百般殷勤:他贿赂了我家里所有的仆人,向我的亲戚们赠送礼物、大加赏赐;我家所在的那条街上每个白天都像节日般热闹非凡,每个夜晚的音乐使任何人都无法入睡;无穷无尽的情书不知道通过什么渠道纷纷到达我手里,满篇都是浓情蜜意,更多的是承诺和誓言。然而所有这一切不但没有让我心软,反而令我更加坚如磐石,几乎视他为死敌,仿佛他为了征服我的心而做出的一切都发挥了相反的效力。不是因为堂费尔南多不够英俊潇洒,也不是因为他的追求太过夸张。被一个如此高贵的骑士这样深爱着、珍视着,我也有一种羞与人言的窃喜,而且对于他的情书中的赞美我也并不厌烦。我相信,一个女人不管容貌如何,总是喜欢听别人的赞美。但是我的忠贞品性抵制所有这一切,而且父母也不停地警示我。此时堂费尔南多的心意已经路人皆知,因为他不介意全世界都知道这件事。父母对我说,他们二老的尊严和名声都取决并依赖于我的品质和美德,无论堂费尔南多如何甜言蜜语，只需想想我跟他之间的差距，就能看穿他的追求只是为了满足自己的私愿而并没有为我考虑。而且如果我愿意以某种方式设置障碍，以断绝他的邪念，父母可以同意我立刻跟自己最喜欢的人结婚，不管是当地的显赫人物，还是周围的左邻右舍，都有希望获得他们丰厚的家产和我的好名声。有了父母的坚定支持和一番承诺，我的意志愈发坚决，从不肯对堂费尔南多有任何回应，更不给他一丝希望，哪怕是再模糊的希望。

"也许他把我的矜持理解为高傲，而这又更加激发了他的好色之心。我将他表现出的殷勤称为好色之心，是因为如果这份心意是光明正大的，此刻各位就不会听到这个故事，我也不可能有机会讲述。后来，堂费尔南多得知我的父母正到处为我物色夫婿，以断绝他觊觎我的念头，或者至少使我有多一道屏障来保护自己。这个消息，或者仅是他的猜疑就足以让他做出此刻你们将要听到的事情：

"有一天晚上，我正在自己的房间，只有一个贴身丫鬟服侍。为了保卫贞洁，我不敢稍有疏忽，房门全都细心关好。然而即便是如此步步谨慎、处处设防，就在闺房深深、一片幽寂中，他突然出现在我面前。我实在不知道也无法想象他是怎么做到的。那一瞬间我惊慌失措，眼前一黑，一句话也说不出来。就这样，我没有办法发出声音，他也决不会让我喊出来。他迅速走到我身边，用双臂抱住我，开始不住地甜言蜜语。刚才说过，此时我已经方寸大乱，毫无抵抗之力。我真的不明白他怎么能那样巧言辞令，懂得把谎言编织得如此真实。不仅如此，那个负心人还用眼泪来辅证誓言，用叹息来印证心意。我，可怜的姑娘，在此时此境孤立无援，从未有人教过该如何应对类似的状况，虽然还没有被他的眼泪和叹息感动，却不知为何竟开始将这些虚情假意渐渐信以为真。就这样，在度过了最初的惊吓之后，出乎我自己的意料，我竟然振作起来，鼓足勇气对他说：

"'先生，此刻我落入您的怀中，正如落入野蛮雄狮之手，即使您保证只要我说出有损于贞洁的话，或做出有损于贞洁的事情就放开我，我也绝不会答应，这就像让今夜发生的事情倒回去没有发生一样不可能。所以即使您将我的身体紧紧地抱在怀中，我的灵魂却仍保持着纯洁美好。如果您想要强迫我满足您的愿望，将会看到我们的意愿是如何背道而驰。我是您的臣属，但不是您的奴隶。您虽然血统高贵，却并没有、也不该有权力剥夺我的正直名声、藐视我的卑微血统。我虽是臣属、是农家女，您虽是主人、是绅士，但我对自己的珍惜跟您一样。您的权势对我不起作用，您的财富对我没有价值，您的甜言蜜语无法欺骗我，您的叹息和眼泪也无法打动我。但如果是父母替我择为夫婿的人，权势、财富、甜言蜜语、叹息和眼泪，任何一样都足以令我全心顺从，对他的意志不会稍有违逆。只要保全贞洁名声，即使并非称心如意之人，我也会心甘情愿地向他交出此刻您以暴力试图强夺的东西。我的意思是，除了我的合法丈夫，任何人想要从我身上得到任何东西都是妄想！'

"'美丽无比的"多萝泰阿"（这正是这位可怜姑娘的名字），如果你担心的只是这一点，'那位狡猾的绅士说，'我就在此向你求婚，请苍天为证！因为什么事情都瞒不过苍天，还有你这里的圣母像也可以做证。'"

卡尔德尼奥听到多萝泰阿这个名字又吃了一惊，终于证实了自己之前的怀疑。不过为了听到这个几乎已知的故事究竟是何结局，他并没有打断，只是说：

"小姐，您的芳名是多萝泰阿？我听说过另一个同名的姑娘，她的不幸也许跟您不相上下。继续讲吧，有机会我会告诉您一些事情，

317

您一定会感到惊讶,甚至超过忧伤。"

多萝泰阿听到卡尔德尼奥没头没脑的话,又见他衣衫褴褛、装扮奇特,略思片刻,便恳求他将所知之事直言相告,因为若说命运还给她留下什么好的东西,那就是承受任何灾祸从天而降的勇气,她确信不可能有任何灾难能超越自己此刻所遭受的不幸。

"我会的,小姐。"卡尔德尼奥回答说,"若事情果然如我所料,我一定把一切和盘托出,不过此刻时机未到,是否知道这个并不重要。"

"无论如何,"多萝泰阿回答说,"我的故事是:后来堂费尔南多拿起房间里的一幅画像,作为我们订婚仪式的见证。他巧舌如簧、信誓旦旦,保证一定娶我为妻。虽然在他说出这些话之前,我再三劝他好好考虑自己的所作所为,想想他的父亲一旦得知他跟一位村姑、自己的臣属之女结婚,将会多么怒不可遏。我劝他不要被我的美貌所蒙蔽,无论多么惊人的美貌,都不足以成为他犯下过失的借口。既然他口口声声说爱我,若真心为我考虑,就该让我接受命运的安排、缔结与我的社会阶层最相配的婚姻,因为门第如此悬殊的婚配不会给人带来幸福,恋情初始时的那份甜蜜也不会持久。这一切,还有很多此刻我已记不清的道理,我都对他反复劝说,然而都不足以让他放弃继续得偿所愿的意图,因为蓄意赖账的人在策划诈骗的时候从不考虑后果。

"那时我自己心中也在反复思量:没错,我不是第一个通过婚姻从平民上升为贵族的女人,堂费尔南多也不是第一个惑于美貌的男人,或更可能是因为盲目的爱,而迎娶配不上自己高贵门第的新娘。所以,我若接受他,也并非标新立异、特立独行之事,不过是随缘接受命运安排的荣耀。虽然这个人在欲望得到满足之后,对我的感情也会随之烟消云散,但如果上帝愿意的话,我总归会成为他的妻子。反之，如果我此刻冷漠地拒绝，他一定会行为不轨，而且显然有能力用暴力夺走我的贞操。到时我反而会被千夫所指、百口莫辩，谁也不会相信我走到这一步是多么无辜——要找出多少理由才能说服我的父母和其他人，说这位绅士是没有经过我的允许而强行闯入房间的？

"那极短的时间内，这些纷至沓来的念头在我脑海中回还往复，而最重要的是，堂费尔南多的山盟海誓、他援引的神明见证、他真挚的泪水，以及他的英俊潇洒，开始在我身上发生作用。不知不觉间，我竟迷失了自己，更何况他浓情蜜意的表白足以征服任何一颗像我一样自由而矜持的心。我叫来侍女，以便除了苍天之外，也有实实在在人间的证人。堂费尔南多再次诅咒发誓，在前番誓言的基础上又呼唤了很多新的圣徒作为见证。他信誓旦旦说，如果不履行对我的诺言，情愿遭受千般报应。在无数的眼泪与哀求中，他将我抱得更紧了，一刻也不曾放开。当仪式结束，侍女再次离开房间，我就听凭他摆布，他也终于迈出了成为不守信义的负心人和骗子的最后一步。

"那个不幸的晚上，我感觉到堂费尔南多只恨天迟迟不亮，因为他满足了私欲之后，最想做的事就是逃离人们的视线。我这么说并非平白无故，只因他急于与我分手，加上把他私放进来的侍女有些小聪明，天亮前他就已悄悄离去。虽然辞别时他的热切和激情已经不如初来时那么强烈，但还是恳求我相信他的忠诚，相信他的誓言是坚定而真挚的。为了证明此言非虚，他从手指上取下一枚贵重的戒指套在我的手上。就这样他走了，留下我不知道是悲还是喜。不过可以肯定的是，这件突如其来的事情令我如此困扰忧愁，几乎魂不守舍，都没有精神去责骂我的侍女，怪她做下背叛之事，把堂费尔南多关到我的房间，甚至连这样的念头都没有产生过。我还没有弄清楚，在我身上发生的究竟是好事还是坏事。堂费尔南多离开时，我对他说，既然我已经是他的人了，他每天晚上都可以通过同样的途径来见我，直到等他愿意的时候，将这件事情公之于世。但是除了第二天夜里，他再也没有来过。

"在一个多月内，无论是在街上还是在教堂，我都没有见到他。我徒劳无功、不知疲倦地寻找他，虽然明知他就在庄园中，大部分时间都在打猎，这是他的一大爱好。我很清楚，那些日日夜夜、那些分分秒秒对我来说都是愁云惨淡的，我也很清楚自己开始怀疑那些日子，甚至开始怀疑堂费尔南多的忠诚。我意识到自己开始指责侍女的胆大妄为，我也知道自己必须十分小心收起眼泪、控制脸上的表情，以便不让父母有机会询问我为什么不开心，而我却不得不找一些谎话来应对。然而终于有一天，所有这一切都在瞬间倒塌，所有的爱都分崩离析，所有忠贞的誓言都灰飞烟灭。那一刻我彻底崩溃了，因为所有隐秘的猜疑都真相大白：那一夜之后没过多久，村里就有传闻说，堂费尔南多在不远的一座城市跟一位美丽非凡的小姐结婚了。她的父母也同样出身高贵，虽然没有富裕到令贵族联姻也要觊觎嫁妆的程度。据说她名叫露丝辛达，而在他们的订婚仪式上发生的事情实在令人惊讶。"

听到露丝辛达的名字，卡尔德尼奥没有其他反应，只是缩起肩膀，咬着嘴唇，眉毛高挑，眼中突然流下两行热泪。但是多萝泰阿并没有因此停下叙述，她说：

"这个悲伤的消息传到我的耳中，我不但没有心灰意冷，反而满心暴怒，恨不得冲到街上去大喊大叫，把他对我的背叛和抛弃昭告天下。不过我还是冷静下来，打定主意当天晚上就采取行动。我找到父亲的一个仆人,在农夫家中叫作小厮的,找他要了这身衣服。我向他倾诉了自己的不幸遭遇,并恳求他陪我去那个负心人所在的城市。他先是对我的决定大加指责,批评我过于胆大妄为,然而见我心意已决,便自告奋勇陪伴我,用他的原话说:哪怕到世界的尽头。于是我在一个亚麻枕套中塞进了一条女裙,几件珠宝和一些钱,以备万一,然后趁着寂静的黑夜,在仆人的陪伴下离开了家,连背叛我的侍女都没有觉察。我心潮难平,徒步而行,因为太过迫切,几乎是脚不沾地地赶路。我想,即便木已成舟无法改变,至少要求堂费尔南多给我一个解释,他怎么可以这样做!

"我花了两天半的时间到达了目的地,进城时便打听露丝辛达父母的家在哪里。刚问到第一个人,得到的回答却大大超出我的预期。他不但给我指了他们家的方向,还把他们的女儿在婚礼上发生的一切都告诉了我。这件事情已经传遍了全城,闹得人尽皆知。他告诉我:就在堂费尔南多跟露丝辛达结婚的那天晚上,在说了愿意成为他的妻子之后,露丝辛达一下子晕倒了。当堂费尔南多想上前解开她胸前的扣子好让她呼吸顺畅时,却看到她亲笔写下的一张字条,宣称自己无法成为堂费尔南多的妻子,因为她是卡尔德尼奥的妻子。据说,这是城里一位很高贵的绅士。她对堂费尔南多说'我愿意',不过是为了不违逆父母的意愿。总之,纸上写的那番话说明她打算在婚礼仪式结束后自寻短见,而字条的内容就是她要结束生命的理由,人们从她衣服里不知什么地方找到的一把短剑也证实了这一点。堂费尔南多看到这一切,认为自己受到了露丝辛达的嘲弄、侮辱和轻视,便在她还未醒来的时候扑上去,想用找到的那把匕首刺死她。如果不是她的父母和在场的人们阻拦,他就真的这样做了。人们还说,堂费尔南多立刻离开了,而露丝辛达一直到第二天才从昏迷中醒过来,并告诉父母:她是刚才提到的那位卡尔德尼奥真正的妻子。

"我听说的还不止这些:据说这位卡尔德尼奥也在婚礼现场,见她亲口应允婚事,如遭五雷轰顶,绝望地离开了城市。走之前他留下了一封信,讲述了露丝辛达的背叛和抛弃,并说自己将去往没有人能找到的地方。这一切闹得满城风雨,所有人都在谈论这件事。而当人们得知露丝辛达已经离开了父母的家、离开了这座城市以后,就谈论得更起劲了。满城不见她的踪影,为此她的父母都要急疯了,不知道如何才能找到她。这些消息让我重新燃起了希望,而没有找到堂费尔南多这件事比发现他并没有成婚这个事实更让我庆幸,因为似乎我的不幸还有一丝希望的曙光。也许这是上天有意安排,为他的第二次婚姻设置障碍,目的是让他认识到自己还亏欠着第一次婚姻,意识到自己是基督徒,对于自己的灵魂比对于肉体的享乐负有更大的义务。这些千头万绪的想法似乎预示着一些遥远而微弱的希望,安慰着我却并不能真正令我感到宽慰,只能让我将这已经厌弃的生活勉强挨下去。

"正当我在那个城市里因为找不到堂费尔南多而无所适从的时候,突然听说有人贴出告示,重金悬赏能找到我的人,还写明了我的年龄和出走时穿的衣服。传言还说,是跟我同行的小厮把我从父母家中拐走的。这个消息让我痛心疾首,因为我的名声已经在这个地区败坏到如此地步,我不但要承担起自己的所作所为不应承担的罪名,还要承受与地位如此卑贱、也配不上我聪明才智的人私奔的污名。一听说这个告示,我便带着仆人离开了那座城市。对于当初许诺于我的忠心,他似乎已经有所动摇。因为害怕被人找到,那天晚上我们走进了这座深山密林。俗话说祸不单行,一桩厄运的结束常常是另一个更大灾难的开端,这句话在我身上应验了。

"我这位好心的仆人，直到那时为止还是忠诚可靠的，然而当看到我身处如此偏僻的地方，便起了色心。这不能怪罪我的美貌，只能怪他自己的邪念，在他看来这荒无人烟的地方正是天赐良机。他毫不畏惧上帝，也毫不尊重我，寡无廉耻地向我求爱。他本想通过苦苦哀求达到目的，然而见我对他厚颜无耻的意图报以辞色严厉的斥责，便放弃了恳求，开始动用暴力。但上天是公正的，从不疏于响应那些正直的意愿，这次也同样眷顾了我的坚贞。以我微薄的力量，竟然没费多大气力就把他从一个悬崖上推了下去，后来就把他留在那里，生死不知。此后我又惊慌又疲惫，却竟然以反常的灵活身手潜入了这片山中。我一无办法，二无计划，只想藏身其中，逃离我的父亲和他派出来到处寻找我的人们。

"就这样，数月之前我到达这里，遇到一位牧人，收我做了仆人，领我来到了群山深处。这期间我一直扮作小厮为他效力，并尽量留在田野中劳作，以便隐藏这头长发，虽然此刻一头青丝如此出人意料地暴露了我。然而我的聪慧和费尽心机、小心隐瞒都没有带来任何好处，因为当主人发现我不是男子，便也生出了跟我的仆人一样的邪恶想法。命运不会永远以同样的热忱给人出路，我找不到任何悬崖或峭壁能把主人推下去，以摆脱他的骚扰，就像之前对付仆人那样。我无法以力相搏，也无法用巧言来化解危难，为了避免更大的麻烦，不得不离开了主人并再次藏身于这穷山恶水之间。我的意思是，我再次躲藏起来，只盼能找到一个地方，在没有任何人打扰的情况下，以叹息和眼泪恳求上天同情我的不幸遭遇，为我指点迷津，或就在这偏远之地结束自己的生命，让这悲伤的记忆永不再留存。我清白无辜，却成了人们闲言碎语和流言中伤的受害者，恶名不仅遍布我的家乡，还流传到了其他地方。"

第二十九回
把痴情的骑士从艰苦卓绝的忏悔中解救出来的可笑计谋和手段[1]

"先生们,这就是我的悲剧,千真万确。现在你们可以自行考虑、自行评判,我的这些叹息、这番倾诉,以及眼中流出的泪水,是不是有足够的理由表露出更加深沉的痛苦。而想一想这件事情的性质,你们会发现安慰是徒劳的,因为这种灾难无可挽回。我只想恳求诸位一件应该很容易做到的事:请给我一个建议,在哪里我可以安然度过一生,而不必担惊受怕被人找到。虽然我知道父母爱我至深,而且毫无疑问他们一定会接纳我、善待我。可是只要一想到出现在他们面前,却辜负了他们的期望,我就感到无地自容,最好还是从他们的视线中永远消失,不要再看到他们的面容,也不要让他们看到我已经失去了贞洁的模样,因为我曾经承诺要保守贞洁之身。"

说完这些她就沉默了,她的脸色清楚地表明灵魂深处的痛苦和愧意。听众们对于这个悲剧全都感到既痛心又惊讶。神父正想要安慰她,给她些建议,卡尔德尼奥却抢先一步上去说:

"小姐,这么说您就是美丽的多萝泰阿,富翁克莱纳尔多的独生女儿。"

听到父亲的名字,多萝泰阿惊呆了,又见此人形容潦倒——前文已经说过卡尔德尼奥衣衫褴褛,不成体统——便问道:

"这位兄弟,请问您是谁?居然知道我父亲的名字?因为如果我

---

[1] 在第一版中本回标题跟第三十回的标题对调。

没记错的话，到现在为止我的叙述中从未提到过他的名讳。"

"我就是那位不幸的人，"卡尔德尼奥回答说，"小姐，如您所说，露丝辛达声称是我的妻子，而我就是那个倒霉的卡尔德尼奥。那个害您落到如此境地的人，他的恶行也同样害我变成了您现在看到的这个样子：衫履破碎、衣不蔽体，失去了一切人世乐趣。最糟糕的是我已经失去了理智——我如今已是个疯子，除了上天突发善心给我一些短暂的清醒时间。我，多萝泰阿小姐，就是那个亲眼看到堂费尔南多胡作非为的人，就是那个束手无策等待着，却听到露丝辛达说出'我愿意'并成为他妻子的那个人！我没有勇气继续等待她晕倒后的结局，也没有看到从她胸口找到的那张字条所造成的结果，因为我的精神实在不够坚韧，无法一下子承受这么多的不幸。为此我心灰意冷，离家出走，在留宿我的主人那里留下一封信，并恳求他把信交到露丝辛达手中。此后我就来到这片荒芜之地，打算在这里结束生命。从那一刻开始，我就厌恶这个生命如同死敌。然而命运不肯遂我的心愿，反而捉弄般夺去我的理智，或许就是为了让我等待着遇到您的这个幸运时刻。

"如果您在此所说的一切都是真的，当然我相信这一定是真的，那么，也许在如今的灾难中，上天还为我们两人保留着意料之外的好运。因为，露丝辛达是属于我的，她不能同堂费尔南多结婚，而堂费尔南多也不能跟她结婚，因为他是属于你的。如今露丝辛达已经把这件事情昭告天下，我们完全可以等待着上天归还我们各自拥有的东西，因为这些东西还存在，既未丧失，也未消亡。这种安慰并非建立于谵妄的想象之上，而是来自并不遥远的希望。所以我请求您，小姐，保持忠贞可以有其他的方式，您应该做好准备，等待更好的命运，正如我已改变打算。我以绅士的名誉和基督徒的信仰向您发誓：在您与堂费尔南多团聚之前，在他面对事实俱在、无法拒绝承认对您的亏欠之前，我绝不让您失去庇护，也不放弃必要时使用骑士的权利，因为他对您的所作所为，而以正义的名义向他挑战！他对我的侮辱可以暂且不提，我将复仇的权利交给上天，然而您的仇恨，我一定在人间替您讨回公道！"

听了卡尔德尼奥这番话，多萝泰阿不再感到惊讶，而是感激莫名，不知如何报答这巨大的恩惠，便想要亲吻他的双脚，但是卡尔德尼奥执意不肯，最后还是神学硕士先生替两人打了圆场。他赞赏卡尔德尼奥的这番许诺，并恳请两人跟自己一起回村里。在那里他们可以添置一些缺少的东西，然后设法寻找堂费尔南多，或把多萝泰阿带回她父母那里，或找到其他任何他们认为更适合的办法。卡尔德尼奥和多萝泰阿谢过了他，也接受了他的好意。一直在旁目瞪口呆、张口结舌的理发师，此时也同样说了一番好话，表达了与神父相同的好意，愿意做任何对他们有利的事情。

理发师还简要说明了他与神父为何来到此处以及堂吉诃德奇特的疯病，此刻他们正等着堂吉诃德的侍从去寻找主人。他这一说，卡尔德尼奥想起了自己跟堂吉诃德打的那一架，恍若一场梦。他把这件事告诉了大家，但是怎么也说不清当时究竟是何原委。

这时大家听到有人在喊叫，原来正是桑丘·潘萨，在之前与神父和理发师分手的地方找不到他们，便放声呼唤。大家出来彼此见过，便向他问起堂吉诃德的近况。桑丘告诉他们，自己找到主人的时候，他正赤身裸体，只穿着一件衬衣，饿得瘦骨嶙峋，面色蜡黄，却还在为心上人杜尔西内亚小姐长吁短叹呢！桑丘还说，虽然自己已经告诉主人说杜尔西内亚命令他离开此地前往托博索见她，主人却回答说，他心意已决，不做出一番配得上她恩宠的轰轰烈烈的大事业，决不出现在她的美丽容颜面前。桑丘担心的是，如果主人继续这样下去的话，就很可能当不上皇帝了，而这可是他的义务，甚至哪怕退而求其次当个大主教都悬了。因此，桑丘恳请大家想想办法把主人从这里解救出去。

神学硕士劝他不要难过，大家一定会设法带走堂吉诃德，不管他本人有多么不情愿。接着他把自己的计策告诉了卡尔德尼奥和多萝泰阿，即使无法治好堂吉诃德的病，至少能把他带回家。多萝泰阿听罢说，要扮演落难小姐的角色，自己是比理发师更好的人选，何况她随身带着女装，完全可以按照本来面目打扮起来。她请大家放心，自己包管能演得天衣无缝，达到目的，因为她读过很多骑士小说，很了解那些不幸的小姐在寻求游侠骑士帮助时言行举止的风格。

"如此说来，"神父说，"我们无须再大费周折，只要尽快把这个计划付诸行动。一定是幸运女神在眷顾大家，因为，你们两人的问题出人意料地有了解决的希望，命运打开了曙光之门，而我们又恰好找到了扮演小姐的最佳人选。"

多萝泰阿从包袱中取出一件布料精美的连身长裙和一块华丽的绿色大披巾，又从一个小匣子里取出一条项链和其他的珠宝。用这些东西她很快就打扮起来，看上去完全是一位富有而高贵的小姐。她说这些都是从家里带出来以备不时之需的，不过直到此时还没有机会用上。她的高贵、优雅和美貌让所有人都喜出望外，并且更加认定堂费尔南多目光短浅，居然抛弃这样的美人。

然而最受震惊的是桑丘·潘萨，因为他觉得一辈子都没见过这么美丽的人，当然这也是事实。他激动地询问神父，这位貌若天仙的小姐是谁，为何会来到如此偏僻的地方。

"桑丘兄弟，"神父回答说，"既然她不开金口，且容我来介绍。这位美丽的小姐来自伟大的米可米可王国，是王位的直系女继承人。她专程来寻找你的主人，请求他帮助报血海深仇。她受到一个邪恶巨人的欺凌，因为听闻你的主人是一名杰出的骑士且声名远扬、世人皆知，所以特地从几内亚前来寻找他。"

"这找的真是时候，巧遇得更是时候！"桑丘·潘萨说，"尤其是，如果我的主人能报复这样的欺辱，铲除这样的暴恶，杀死您说的那个下贱的巨人，那真是撞了大运了！只要能找到那个坏蛋，就一定能杀死他。不过可千万别是鬼魂，我的主人对于鬼魂可是束手无策。不过硕士先生，我有一件最重要的事要求您：千万别让我的主人打定主意当个大主教，这是我最担心的事。您呀，干脆劝他就跟这位公主成婚吧，这样他不但不可能再接受大主教的任命，而且不费半分力气就得到了一个王国，连我也能如愿以偿了！这事儿我想了好久，终于想清楚了，主人当上大主教对我来说可不是件好事，因为在教会里头我啥也干不了。我不但已经结婚了，还有老婆、有孩子，要领教会的俸禄得请求特许，这申请起来可就没完没了。所以，先生，关键是让我的主人同这位小姐成婚，不过我还不知道她的名字，不知如何称呼。"

"她名叫米可米可娜公主，"神父回答说，"因为她的王国叫作米可米可，所以如此称呼理所当然。"

"这是自然。"桑丘回答说，"我见过很多人都以出生地作为世袭的姓氏，比如叫作佩德罗·德·阿尔卡拉、胡安·德·乌贝达，还有迭戈·德·巴亚多利德。这个规则应该也适用于几内亚，女王们都以王国的名字命名。"

"理应如此。"神父说，"至于说让你的主人跟她结婚，我尽力而为吧。"

桑丘对于这个承诺感到非常满意。神父见他如此头脑简单，主人坚信自己一定能成为帝王，他却跟主人一样对这些胡言乱语抱有深信不疑的期望，感到十分惊讶。

此时多萝泰阿已经在神父的骡背上坐好，理发师也戴上了马尾巴做的胡子。他们请桑丘带路，前去寻找堂吉诃德，同时提醒桑丘，千万装作不认识硕士和理发师，因为这是他的主人能否当上皇帝的关键。不过神父和卡尔德尼奥都不愿意与他们同行，卡尔德尼奥是为了不让堂吉诃德想起两人之间的争执，而神父则是因为暂时还不需要出现。于是，大家决定让多萝泰阿与理发师跟着桑丘先走，神父和卡尔德尼奥徒步尾随。神父犹在指点多萝泰阿该如何行事，多萝泰阿却请他不用担心，自己一定一丝不苟地按照骑士小说中的要求和描述做到滴水不漏。

走出大约四分之三里格，大家在乱石堆里发现了堂吉诃德。此时虽然没有全副武装，好在已经穿上了衣服。多萝泰阿看到了他，桑丘又告诉说这位就是堂吉诃德，多萝泰阿便催鞭向前，好心的长胡子理发师跟在她后面。来到堂吉诃德面前时，这位侍从抢先一步从骡子上跳下来，准备上去把女主人抱下来。多萝泰阿却落落大方地翻身下骡，在堂吉诃德面前双膝跪地。虽然骑士再三请她起来，她却执意不肯，只对骑士说道：

"英勇善战的骑士！我不会起来的，除非您出于美德和教养而答应我的请求。您的慷慨不但会为您带来荣耀和声望，而且能解救普天之下、古往今来，最伤心、最屈辱的公主于水火。若您强壮的臂膀所拥有的勇气真如人们传说的那样值得万古流芳，您就有义务照顾一位遭受巨大不幸的弱女子。她不远万里，慕名而来，求您助她脱离困境。"

"美丽的小姐,"堂吉诃德回答说,"我不会给您任何答复,也不会再听您的任何倾诉,除非您起身。"

"先生,我不会起来,"不幸的小姐回答说,"除非您先出于教养答应我的请求。"

"我答应您,"堂吉诃德说,"只要履行这个诺言不会对我的国王、我的国家,以及那位占据我心灵、主宰我自由的小姐造成伤害或有损其名声。"

"不会的,好心的先生。"伤心的公主回答。

这时桑丘凑到主人耳边小声说:

"主人,您完全可以答应她的请求,因为那只是件不值一提的小事:不过是请您杀死一个巨人而已。而且此刻向您提出请求的不是别人,正是高贵的米可米可娜公主,埃塞俄比亚米可米可王国的女王。"

"不管她是谁,"堂吉诃德回答,"我会牢记骑士道使命,尽到骑士的义务,遵从我的本心。"

他转向多萝泰阿说:

"美丽的小姐,您请起,我答应您提出的任何请求。"

"那么我别无他求,"小姐说,"只求伟大的骑士您随我一同前往我的国度,并承诺在替我向篡位者报仇雪恨之前,不介入任何其他冒险或接受他人的托付。我的仇人违背了一切神圣的法规和人类的权利,抢走了我的王国。"

"我保证一定按照您的吩咐去做。"堂吉诃德回答说,"公主,这样从今往后您就可以抛开令人备受折磨的忧伤,重燃微弱的希望之火,并借此振作精神和力量。上帝的眷顾加上我臂膀的力量,您将很快就能返回自己的王国，重新坐上那个古老而伟大国家的王位宝座，不管那些恶棍如何努力阻止这一切。咱们最好即刻启程，免得夜长梦多。"

那位落难的小姐坚持要亲吻他的双手，然而堂吉诃德作为一名虔诚而谦恭的骑士，无论如何也不肯同意。他将小姐扶起，彬彬有礼地拥抱了她，接着命令桑丘检查罗西南多的肚带并立刻把马备好。桑丘从一棵树上解下武器——这些武器是作为胜利的纪念被挂上去的——又检查了坐骑，然后迅速帮主人披挂起来。堂吉诃德全副武装，慨然说道：

"出发吧！以上帝的名义，帮助这位高贵的小姐。"

此时咱们的理发师还在地上跪着呢，他得强忍着不笑出来，还得小心不让胡子掉下来，因为万一胡子掉了，大家的一番好意就付诸东流了。此刻见堂吉诃德已经答应了多萝泰阿的请求，而且已经认认真真准备付诸行动，便站起身来，扶住了女主人的另一只手。多萝泰阿在两人的搀扶下骑上了骡子，堂吉诃德骑上罗西南多，理发师也在自己的坐骑上坐定，只有桑丘步行。为此他又想起了丢失的毛驴，因为此时正当用。不过他对目前的状况还算满意：主人已经整装待发，而且离皇位只有一步之遥。在他看来，主人一定会跟这位公主结婚，然后成为米可米可的国王。他唯一发愁的事情就是，既然那个王国位于黑人的土地上，那么将来自己领地的臣属和仆从都是黑人。不过对于这个问题，他很快就在心里想好了对策。他对自己说：

"臣民都是黑人又有什么打紧的？把他们装上船带到西班牙来不就行了？这完全不是问题：我可以在这里将他们卖掉，坐等数钱，然后用这笔钱买下某个爵位或某个钱多事少的肥缺，这样就能悠闲地度过下半辈子了。只管睡大觉吧！不需要拥有处理各种问题的能力，也不需要一下子卖掉三万或一万臣民的本事！看在上帝的分上！我得把他们搭配着卖，比如买大送小，或者想出其他可行的办法。哪怕是一堆黑人，我也能把他们变成黄的和白的，也就是真金白银。哦！快点吧！我可不是什么傻子！"

他边走边想，洋洋得意，眉开眼笑，连徒步而行的烦恼都抛到九霄云外了。

卡尔德尼奥和神父透过荆棘丛把这一切都看在眼里，但是发愁如何与他们会合而不露痕迹。神父一向足智多谋，略思片刻便心生一计。他从箱子里取出随身携带的剪刀，快速将卡尔德尼奥的胡子剪掉，并给他穿上自己带来的一件棕褐色短上衣，外罩黑色短斗篷，自己脱得只剩下紧身坎肩和衬裤，使卡尔德尼奥看上去与之前判若两人，甚至如果他照镜子的话，连自己都认不出自己了。正当他们乔装改扮的工夫，其他人已经走出很远。不过他们却轻而易举地抢先走上官道，因为那地方杂草丛生，骡马难以通行，骑马的人反而不如走路的人行动灵活。事实上，神父和卡尔德尼奥就在山林出口的平地上等着，当堂吉诃德一行走出山口时，神父假装仔细地打量他，露出逐渐认出他的表情，盯了他好一会儿之后，才张开双臂朝他走去，大声说道：

"这真是意外之喜！居然在此遇见骑士道之楷模、我善良的同乡堂吉诃德·德·拉曼查，风度翩翩、风流倜傥的侠客，受苦受难者们的保护神和救星，游侠骑士的典范！"

他一边说，一边上前抱住堂吉诃德的左腿膝盖。堂吉诃德听到这番话，又见他扑过来，被吓了一跳。端详之下，终于认出了神父，大大吃了一惊，赶紧翻身下马，却被神父拦住了。堂吉诃德说：

"硕士先生，您让我下来吧！我骑在马上，而像您这样如此令人尊敬的人却站在地上，这成何体统！"

"这是我无论如何也不能答应的。"神父说，"伟大的骑士就该坐在马背上，只有这样才能完成我们这个时代能够见证的最伟大的事业和传奇！而我虽然忝在教士之列，只要与您同行的这些先生肯让我搭坐在某头骡子的鞍后就足够了，当然前提是他们对此不感到恼怒。坐在骡背上，我简直感觉自己像个骑士般驾驭着双翼神马佩嘉索，或者著名的摩尔人穆萨拉盖所骑的花斑马，或者其他健壮剽悍的骏马。您知道，那个摩尔人直到今天还被魔法困在与大孔普鲁多城相距不远的苏莱马山坡上。"

"我的硕士先生，这个您不用担心！"堂吉诃德回答说，"我知道，看在我一片赤诚的分上，我的公主殿下一定会发善心命令她的侍从把骡子的鞍椅让给您。如果这骡子能承受得住的话，他自己可以坐在鞍后。"

"它当然能承受这分量，我相信这点。"公主回答说，"我也确信，无须我向侍从先生下达任何命令，因为他是如此礼貌而有教养，不会同意一位教会人士在可以骑马的情况下徒步而行。"

"正是如此。"理发师回答。

他立刻下了马，邀请神父坐在马鞍上，神父也毫不客气地接受了。不过糟糕的是，这畜生是租来的，光是这一点就说明这是头劣骡。当理发师爬上骡子屁股时，这畜生稍稍活动了一下后腿，朝空中踢了两脚，要是这两蹶子踢中尼古拉斯师傅的胸口或者脑袋的话，他这趟来找堂吉诃德可算是把命都送了。尽管没发生这样的不幸，他还是吓了一大跳，摔到了地上。因为没有注意保护好，所以连胡子也掉在了地上。一看胡子没了，理发师别无他法，只得用双手捂住脸，假装嚷嚷着说槽牙都磕掉了。堂吉诃德看到那团乱糟糟的胡子离摔倒在地的侍从隔得老远，上面既没有皮肉也没有血迹，便说：

"上帝万岁！这真是个奇迹！他脸上所有的胡子都被干干净净扯下来了，就好像有意剃掉的一样。"

神父担心一旦计谋被识破，不免功败垂成。见尼古拉斯师傅还在地上哭喊，便立刻捡起胡子送到他身边，将他的头摁到胸口，猛一下就给他安上了胡子，嘴里还对着他嘟囔着什么。后来神父解释说，这是一种适用于粘胡子的咒语，它的效力大家将亲眼见证。胡子粘好以后，神父就走开了，而那位侍从不但胡子恢复如初，人也跟原先一样活蹦乱跳了。对此堂吉诃德感到惊讶万分，并请求神父在方便的时候把这个法术教给他，因为他确信这个咒语的效用一定远远不只粘胡子。因为在胡子被扯掉的地方肯定会留下溃烂的皮肉和伤口，既然一切都痊愈了，说明这法术不只对胡子有效。

"没错。"神父说，并保证一有机会就教给他。

最后大家达成了一致，神父先骑上骡子，跟另外两人分段轮流骑，直到到达客栈，距离那里大约两里格。于是堂吉诃德、公主和神父三人上马，卡尔德尼奥、理发师和桑丘·潘萨三人步行。堂吉诃德对多萝泰阿说：

"尊贵的小姐，请您带路去往您要去的地方。"

多萝泰阿还没开口，硕士说：

"小姐阁下想要带我们去到哪个王国？难道我们如此幸运，是去往米可米可吗？应该是的，除非我对各个国家过于孤陋寡闻。"

多萝泰阿对神父的提醒了然于胸，明白自己必须给出肯定回答，因此说道：

"是的，先生，我选择的路的确通往那个王国。"

"如果是这样的话,"神父说,"半路肯定得经过我的村子,您可以从那里取道前往卡塔赫纳,如果幸运的话,再从卡塔赫纳登船。只要一切顺风顺水,海上没有狂风骤雨,用不了九年时间就可以望见美欧纳大湖,我是说,美欧提德斯,那里距离阁下您的王国不过百日的路程。"

"我的先生,您可能弄错了,"她说,"因为我从那里出发到现在不过两年时间,而且事实上我从未遇到过好天气。但无论如何,最终得偿所愿,见到了堂吉诃德·德·拉曼查先生。我一踏上西班牙的土地就听说了他的事迹,正是这些传闻激励我前来寻找他,把自己托付于他的谦逊,把复仇的希望寄托于他不可战胜的有力臂膀。"

"够了!切莫再妄加赞美。"堂吉诃德打断她,"无论何种阿谀奉承都是我的敌人。虽然您这不是谄媚,但过分的谬赞对于我纯洁的耳朵而言仍是一种冒犯。我只想说,我的小姐,不管是否拥有传说中的力量,我都将誓死为您效力。暂且把这个话题留到合适的时候再谈,此刻我要恳请硕士先生告诉我,他为什么孤身一人来到这个地方,既没有随从也没有行李,这令我十分惊骇。"

"此间情由容我简要地说明。"神父回答,"堂吉诃德先生,您知道,我跟尼古拉斯师傅,也就是我们共同的理发师朋友,一起去塞维利亚收一笔款子。那是一个多年前去往美洲的亲戚寄给我的,至少有六万银比索,换成这里的货币就是翻倍的金额。昨天我们经过此地时,跳出来四个强盗,把我们洗劫一空,连胡子都拔光了,理发师甚至不得不装上假胡子。连这位年轻人,"他指着卡尔德尼奥说:"弄得简直谁都认不出来了。不过有意思的是,在这一带人人皆知袭击我们的是几个在逃苦役犯。据说几乎就是在这同一个地方,有一个大胆鲁莽的人从押送的法警和警卫手中把他们全都释放了。毫无疑问,这个人不是疯了,就是跟他们一样的大恶棍,要么就是一个没心没肺的人,竟然突发奇想在羊群中放出狼,在鸡窝里撒开狐狸,往蜂蜜里赶苍蝇。他竟敢扰乱公平秩序,这分明是与国王和天主作对,因为这种行为违背了国王公正的命令。他不但夺走了战舰的船桨,使之失去手脚,还让多年来风平浪静的神圣兄弟会陷入一片混乱。总而言之,他做了一件既迷失灵魂,也无益于肉体的事情。"

此前桑丘已经向神父和理发师讲述过关于苦役犯的奇遇,并声称他的主人从中获得了无上的荣耀。为此神父故意提起这件事,以试探堂吉诃德会如何反应。而堂吉诃德听了神父的话,脸色变了又变,最终也不敢承认自己就是那个解救了那些"好人"的人。

"好了,"神父说,"这就是我们被抢劫的前因后果。上帝慈悲!原谅那个阻碍犯人们被带去接受正当刑罚的人吧!"

第三十回
多萝泰阿秀外慧中,和其他令人愉快的逸事

神父话音刚落,桑丘便插嘴说:

"硕士先生,我敢以我的信仰发誓,做出这件惊天动地大事的正是我的主人!而且我在事前就告诉过他,提醒他好好想想自己做的事,放那些人自由是个大罪过,因为他们都是犯了大罪才来到这里的。"

"蠢货!"堂吉诃德怒道,"在路上遇见遭遇痛苦的人,戴着镣铐、受人胁迫,游侠骑士没有义务去调查他们身陷如此境地究竟是因为自身的罪过还是美德,其原因也跟游侠骑士无关,我们只管把这些人当作受苦受难者来施以援手,亲眼看见他们的痛苦,而不必揣测他们的邪恶心思。我不过是恰好碰见那些愁眉苦脸的人们,像玫瑰经佛珠一样被穿成一串,于是按照自己的信仰履行了应尽的义务,别的我一概不管!至于对此持有异议的人,除了代表教会神圣尊严并拥有正直品性的硕士先生之外,我可以说其他人对于骑士精神一无所知,而且像婊子养的贱民一样满口胡言!我会用手中的剑让他们明白这一点,谁都可以想象到其结局。"

说着,他蹬住马镫,往下拉了拉头盔。那个在他看来是曼布里诺头盔的理发师钵子还一直在前鞍架上挂着,因为被苦役犯们砸扁了,还等着找机会修复呢。

多萝泰阿一向聪明机警,又十分风趣。她已经完全明白堂吉诃德的疯狂,也看出来除了桑丘·潘萨,所有人都在嘲弄他。于是她也不甘落后,见堂吉诃德如此恼怒,便凑趣说:

"骑士先生,请不要忘记您对我的承诺。按照诺言,无论发生多么紧急的事情,您都不能投身于另一场战斗之中。请您平复一下心绪吧!如果硕士先生早知道正是您这双战无不胜的臂膀释放了那些苦役犯,他在说出这番对您有所冒犯的话之前一定会三缄其口,甚至闭口不言。"

"我发誓正是如此!"神父说,"甚至拔掉半边胡子我都愿意。"

"好了,我的小姐。"堂吉诃德说,"我会克制住已经在胸中燃起的怒火,虽然我有充分的理由发怒。我会保持安静平和,直到履行完对您的承诺。但是作为对这份善意的回报,我恳请您告诉我,您的怨仇是何情由?如果您了解的话,请告诉我需要对付的有多少人、都是些什么人、都姓甚名谁?我很乐意给予他们理所应当的惩罚,让您痛痛快快地报仇雪恨。"

"乐意之至!"多萝泰阿回答,"不过您千万别因为听到我的悲伤和不幸遭遇而生气。"

"不会的，我的小姐。"堂吉诃德回答说。

对此，多萝泰阿回答说：

"既然如此，请容我细细道来。"

她刚说完这话，卡尔德尼奥和理发师立刻走到她身边，很想听听这位天才的多萝泰阿如何编造她的故事。桑丘也同样好奇，他跟主人一样对她深信不疑。于是多萝泰阿在马鞍上坐好，清了清嗓子，以非常优雅的姿态开始讲述：

"首先，先生们，请诸位周知，我的名字叫……"

说到这里她停顿了一下，因为突然忘了神父给她安的名字了。不过神父猜到了她的心思，立刻上来解围说：

"我的小姐！您在讲述自己不幸遭遇的时候有些慌乱和停顿，这毫不奇怪。因为苦难如此深重，很多时候会让受到折磨的人一时失忆，有时甚至连自己的名字都想不起来。阁下您此刻就是这种状况，忘记了自己是米可米可娜公主，伟大的米可米可王国的合法继承人。通过这样稍加提示，阁下就很容易在令人痛心的记忆中回想起您要讲述的内容。"

"没错。"姑娘回答说，"我相信从现在开始不需要任何其他提示了，我会一口气讲完我的真实经历。米可米可王国的国王，也就是我的父亲，人称'无所不知的提那克里奥'，在被称为魔法的这门学问上十分渊博。他通过研究魔法发现我的母亲哈拉米亚皇后会先于他撒手人寰，而他自己也将不久于人世，到那时我就将成为无依无靠的孤儿。然而据他说，这件事带来的痛苦，比不上另一件让他气得发昏的事：他确定无疑地预测到，有一个体型异乎寻常的巨人，是一座几乎跟我们的王国一样美丽的大岛的主人，名叫'斜眼'潘达费兰多。据考证，虽然他的双目长在正常的位置，也就是脸部的正面，但他一直是斜着眼睛看东西的，仿佛天生斜视一般，而他这样做有着险恶的居心，是为了让被他盯着看的人们感到惊惶害怕。

"我刚说到，父亲预见这个巨人一旦得知我成为孤儿，就会以雷霆之势席卷我的王国，夺走我的一切，不给我留下哪怕是一个小村庄的容身之所。但是如果我愿意嫁给他，那么所有这一切毁灭和灾难都可以避免。当然，他也明白我绝不会愿意接受这样一桩身份悬殊的婚姻。他是对的：我从未想过要跟那个巨人，或者跟任何一个巨人结婚，不管他有多么可怕。我父亲还说，等他死了以后，只要一发现潘达费兰多开始侵袭我的王国，不要试图做任何抵抗，因为那不过是以卵击石、自寻死路。如果我不想让善良而忠诚的臣民们遭受灭顶之灾，就该主动放弃这个王国，因为我不可能抵挡这个巨人魔鬼般的力量。然后，他嘱咐我带上一些随从前往西班牙，在那里可以找到脱离困境的办法。只要找到一位在整个西班牙王国声誉渐隆的游侠骑士，如果我没记错的话，他的名字叫堂阿索德或堂吉戈德。"

"应该是堂吉诃德，小姐。"桑丘·潘萨说，"别号愁容骑士。"

"没错，就是这个名字。"多萝泰阿说，"父亲还说，这位骑士应该个子很高，脸颊消瘦，而且在左肩的右下方或附近的位置，应该有一颗棕褐色的痣，上面还有像马鬃一样的几根毛。"

堂吉诃德听到这里，对他的侍从说：

"你过来，桑丘，帮我脱掉衣服。我想验证一下自己是不是那位睿智的国王所预言的骑士。"

"怎么？阁下您为什么要脱衣服？"多萝泰阿问。

"为了看看我有没有您的父亲所说的那颗痣。"堂吉诃德回答说。

"您不需要脱衣服。"桑丘说，"我知道您背上中间位置有一颗这样的痣,这是一个男人强壮的标记。"

"这就够了。"多萝泰阿说,"朋友之间本就该不拘小节,至于是在肩膀上还是在背上,那无关紧要:有痣就够了,在哪儿都一样,都是同一块肉。毫无疑问我善良的父亲看准了一切,而我也的确将自己托付给了堂吉诃德先生。他正是我父亲所说的那位骑士:不但容貌相符,而且美名远扬,不只是在西班牙,而且流传于整个拉曼查地区[1],因为我刚一在奥苏纳[2]登陆,就听说了他无数的英雄事迹,当时立刻就预感到他就是我要寻找的那个人。"

"可是,我的小姐,阁下您怎么会在奥苏纳上岸呢?"堂吉诃德问,"它并不是一个海港啊?"

在多萝泰阿回答之前,神父抢着说:

"我想公主小姐的意思是,当她在马拉加上岸之后,是在奥苏纳第一次听说您的事迹的。"

"我正是此意。"多萝泰阿说。

"毫无疑问。"神父说,"请阁下您继续讲吧。"

"别的没什么可说了。"多萝泰阿回答说,"总而言之我很幸运地找到了堂吉诃德先生。他出于礼节和高尚的人格已经答应帮助我,一同前往我的王国。有了他的承诺,这片土地必将失而复得,我将重新成为整个王国的女王和主人。他将出现在'斜眼'潘达费兰多面前并杀死这个伤天害理的恶棍,把他从我手中抢走的东西完璧归赵。无所不知的提那克里奥——我的好父亲,预言说这一切只要我开口相求就能实现。他还用迦勒底语还是希腊语,反正是我不认识的

---

[1] 此处应是多萝泰阿故意说反了,把西班牙说成拉曼查的一部分。
[2] 奥苏纳位于西班牙南部安达鲁西亚地区塞维利亚省,为内陆城市。

文字，写下遗诏：如果这位预言中的骑士，在将巨人斩首之后想与我成婚，我应毫无异议地顺从并举办仪式成为他的合法妻子，将整个王国的统治权连同我自己本人一起交给他。"

"怎么样？桑丘老兄。"堂吉诃德说，"你听明白怎么回事了吗？我不是信口开河吧？你看我们真的有了将要统治的王国和可以结婚的女王。"

"谁说不是呢！"桑丘说，"在砍断'潘达希拉多'先生的脖子以后，谁不结婚谁就该死！我敢发誓，这女王可真不赖！我简直等不及了，像被床上的跳蚤咬了似的浑身痒痒！"

他喜不自禁，乐得一蹦三尺高，上去拉住多萝泰阿的骡子缰绳，请她停下来。接着在她面前双膝跪地，恳求她伸出手让他亲吻，以示接受她作为自己的女王和女主人。看到这一对疯癫的主人和愚蠢的仆人，在场的人谁能忍住不笑？多萝泰阿把双手递给了他，并承诺只要上天赐福，让她能夺回并掌管自己的王国，就一定为他加官晋爵。桑丘对她的话感恩戴德，让所有人又笑了一阵。

"先生们，"多萝泰阿继续说，"这就是我的故事。剩下唯一值得一提的就是，我从王国带出来的众多随从中，只剩下这位好心的大胡子侍从。就在港口已经在望之时，我们经历了一场暴风雨，其他所有人都不幸罹难，只有他和我靠两块木板漂到了陆地，这真是个奇迹！所以，正如你们已经注意到，我这一生的经历几乎全部都是奇迹和谜团。如果在某件事情上我有所失礼，或者某些事情做得不够完美，请相信那一定是因为硕士先生在这个故事开头所说的缘由：接踵而来又异乎寻常的痛苦会让承受的人记忆模糊。"

"高贵而勇敢的小姐，"堂吉诃德说，"不管为您效力要经历多少艰难险阻，都不会使我失去记忆，不管这些艰险有多么可怕，多么闻所未闻。所以,我再次重申对您的承诺,并发誓追随您到天涯海角,直到与您的那位野蛮敌人当面对决。我相信,在上帝的帮助下,凭借我的臂膀,用这把……我不敢说是宝剑,因为希内斯·德·帕萨蒙特抢走了我的宝剑[1]……这把剑的剑刃砍下他狂妄的头颅!"

这几句话他说得咬牙切齿,然后换了语气接着说道:

"在取下敌人首级之后,您可以在女王宝座上稳坐无虞,到时您本人的归宿完全取决于您自己的意愿,您可以自由选择。因为我的心已经被人占据、我的意愿已经被人俘虏,而我的理智早已为她而丧失……这方面我不想多说。但是,要我承担与您的婚姻是不可能的。想都不用想!哪怕对方是天上的凤凰,我也不会考虑。"

主人的最后一句话声称不肯结婚,让桑丘感到十分不悦,他非常恼怒地抬高了声音说:

"我敢打赌!我也敢发誓!堂吉诃德先生,您一定是昏了头了!怎么能对于同这样一位高贵的公主结婚感到犹豫不决呢?过了这个村,就没这个店了!难道说杜尔西内亚小姐比她更美丽吗?当然没有,连一半都比不上,我甚至还要说,连面前这位小姐的脚指头都比不上!您要是非得捡芝麻丢西瓜,我什么时候才能如愿以偿得到领地啊?结婚吧!赶紧结婚吧!让杜尔西内亚见鬼去吧!快抓住这个白白送上门来的王国,当上国王,然后封我当个侯爵或总督,哪怕最后被魔鬼带走,我也认了!"

堂吉诃德听到他如此亵渎自己的杜尔西内亚小姐,忍无可忍,一言不发,连嘴都懒得张一下,举起长矛就重重地打了他两下,把

---

[1] 本书中从来没有提到这件事。

他打翻在地。要不是多萝泰阿大声喝止，桑丘·潘萨非得送命不可。

"无耻的贱民！"过了一会儿堂吉诃德才说，"你以为可以一直反反复复谈论我的隐私，可以一错再错而我却一味容忍吗？你想错了！你这种卑鄙小人该被逐出教会！你这是什么蠢念头，竟敢侮辱举世无双的杜尔西内亚！你这个奴才、狗腿子、无赖！难道你不知道，若不是她为我的双臂注入力量，我连杀死一只跳蚤的本领都没有吗？你这个恶毒奸诈的诽谤之徒！你说说看：你以为是谁赢得了这个王国，砍下了那个巨人的头，还把你封为伯爵的？难道不是杜尔西内亚的力量，是她借助我的臂膀实现的丰功伟绩？当然了，我相信所有这一切都是十拿九稳，而且是合情合理将要发生的事情。我是她战斗和胜利的化身，而她是我性命和气息之源，有了她我才有了生命，有了自我！下贱的恶棍，你真是狼心狗肺！别人将你从一地烂泥中提拔出来成为有爵号的贵人，你却干出诋毁恩人这样的好事！"

桑丘还没有伤到听不见主人说话的地步，他立刻敏捷地从地上爬起来，躲在多萝泰阿坐骑后面，对他的主人说：

"先生，请您告诉我：如果阁下您已经决定不同这位伟大的公主结婚，那显然那个王国就不会是您的。既然不是您的，您又能给我什么恩赐？这就是我生气的原因。既然这位女王自己送上门来了，就像天上下了场及时雨，您就咬咬牙跟她结婚吧！此后您一样可以重新回到杜尔西内亚小姐身边呀！因为全世界没有哪位国王没有姘头的。至于美貌程度，我就不多说了，因为说实话，这两人我都觉得挺好，虽然我从来没见过杜尔西内亚小姐。"

"满口胡言的背主之人！你怎么会没见过她？"堂吉诃德说，"你不是刚刚从她那里给我带回来口信吗？"

"我的意思是，我还从来没有仔仔细细地瞧过她，"桑丘回答说，

"没能特别注意到她的美貌和桩桩件件优秀品质。不过,就这样粗粗看上去,我觉得不错。"

"现在我原谅你。"堂吉诃德说,"也请你原谅我对你的粗暴,因为人类都无法控制自己的第一反应。"

"我看出来了。"桑丘回答,"在我身上也一样,开口说话永远都是我的第一反应,到嘴边的话我实在没办法忍着不说,一次也不能。"

"无论如何,"堂吉诃德说,"桑丘,你说话得仔细了,因为瓦罐不离井台破……不用我再多说了。"

"没错,"桑丘回答说,"上帝高高在上,能看穿一切诡计,他会判断谁作恶更多:我不说好话,而您却不干好事。"

"快别说了。"多萝泰阿说,"桑丘,过去亲吻你主人的手,并请求他的原谅。从今以后再夸人或者贬人的时候,你得小心点,不要再说那位托博索小姐的坏话了。我虽然不认识她,却对她景仰有加。你要相信上帝,一定会有一个国家让你过上亲王一般的生活。"

桑丘低着头走过去,请求主人伸出手,主人也泰然地向他伸出手去。在桑丘行完吻手礼节之后,堂吉诃德又为他祈福,并叫桑丘凑身过来,因为他有话要问,有非常重要的事情要谈。桑丘遵命,于是两人离开众人,往前走了一段。堂吉诃德对桑丘说:

"自从你回来,我还没有时间和机会详细询问你这趟差事和带来的回信。现在,既然上天给了我们这个时间和场合,请不要辜负了这份给我带来好消息的运气。"

"您随便问吧,"桑丘回答,"我保证一字不差地如实相告。但是主人啊,我请求阁下您从今往后不要这么睚眦必报了。"

"桑丘,你为什么这么说?"堂吉诃德问。

"因为我觉得,"桑丘回答,"此刻我挨的这几下,主要还是由于某天夜里魔鬼使坏让咱们俩吵架了,而不是因为我说了女主人杜尔西内亚的坏话。对于她,我可是像对待圣迹一样既爱戴又尊敬,当然了,这份爱戴和尊敬不是因为她本人,而是因为您。"

"桑丘,看在你性命的分上!不要再提这件事了,"堂吉诃德说,"这个话题让我感到痛苦。此前的事我已经原谅你了,不过你知道的,常言道:屡教不改,罪加一等。"

* * * * * * * * *[1]

正在此时,远远望见路上迎面过来一位骑着毛驴的绅士,走近一看,似乎是个吉卜赛人。但桑丘·潘萨每次一看到毛驴就两眼发直,魂不守舍,所以他一直盯着那位男士,并立刻就认出那是西内斯·德·帕萨蒙特。他的乔装改扮颇为蹊跷,顺着这条线索,毛驴的谜团也水落石出了:事实上,帕萨蒙特骑的正是桑丘的毛驴,他为了不暴露身份又能卖掉毛驴,故意打扮成吉卜赛人的样子,因为他精通吉卜赛语和其他很多语言,说得都像母语一样好。桑丘一认出他,便大声喊道:

"啊!小偷西内斯!快留下我的宝贝儿,我的命根子!你会被贪心噎死的!快放开我的毛驴,我的心肝儿!滚吧,王八犊子!滚!你这个强盗!把不属于你的东西留下!"

其实他根本无须多费口舌,更不必咒骂连连,因为他刚一开口,西内斯就跳起来,跟赛跑似的一路飞奔,转眼就溜得无影无踪了。

---

[1] 如前所述,书的第二版中加入了以下片段,用以解释毛驴的再次出现。

桑丘上前抱住毛驴，对它说：

"你怎么样？我的宝贝，我最心爱的毛驴，我的伙伴？"

他一边说，一边把它当成个人似的亲吻着、抚摸着。毛驴呢，任凭桑丘亲吻摩挲，沉默不语，一声不吭。这时所有人都赶上来了，纷纷恭喜他的坐骑失而复得。堂吉诃德还承诺不会因此而取消赠予他三头壮驴的文书，桑丘对此感激不尽。

* * * * * * * * *

正当主仆二人秘密交谈的时候，神父对多萝泰阿说，她的故事编得非常机智，不但叙述简明扼要，而且跟骑士小说中的故事极其相似。她回答说，自己曾长时间阅读那些小说消遣，只是不清楚书里提到的省份、海港都在哪里，所以只能含糊其词地说自己是在奥苏纳登陆的。

"我注意到了。"神父说，"所以才能立刻替您圆过去，这样一切都说得通了。但是，您不觉得奇怪吗？这位倒霉的贵族竟如此轻易地相信了这些子虚乌有的故事和谎言，仅仅因为故事的情节和风格跟他书里那些荒唐行径如出一辙。"

"没错，"卡尔德尼奥说，"这真是奇怪，简直闻所未闻。我真不明白，某些人凭空编造的虚假情节，居然会让一个这么聪明的天才对此执迷不悟。"

"这其中还有别的原因，"神父说，"我们这位好绅士，除了在这件事情上有些疯疯癫癫，在处理别的问题时可都是十分理性的，学识渊博、思维清晰。所以，只要不涉及骑士道，谁都会认为他是一个很有见识的人。"

他们这样谈论的时候，堂吉诃德也在继续跟桑丘交谈：

"潘萨老兄，让我们冰释前嫌吧，把这些不愉快的争吵都扔到海里去。现在，不要再抱有任何恼怒或怨恨，告诉我：你是在何时何地、如何找到的杜尔西内亚？当时她在做什么？你对她说了些什么？她又是怎么回答你的？她在读信的时候是什么表情？谁帮你抄写的信？把这件事情中你认为值得我知道、值得提及或会让我高兴的一切都告诉我，既不要添油加醋，也不要为了取悦我而胡编乱造，甚至也不要因为怕我不高兴而省略掉什么内容。"

"先生，"桑丘回答说，"说实话，谁也没帮我抄信，因为我根本就没带什么信。"

"这一点你没说谎。"堂吉诃德说，"因为你走了两天之后，我才发现写信的记事本还一直在我身边。一想到当你发现没带信的时候会如何手足无措，我就痛苦难当。我一直以为，你一发现信不见了，就会立刻返回。"

"要不是把您念给我听的那些话都背了下来，我可能就真的回来了。"桑丘回答说，"后来我凭着记忆口述内容，一位教士帮忙誊写出来，一字不差。他说他读过无数教会法令，却一辈子都没见过或读过这样美妙的信。"

"桑丘，那你现在还能背下来吗？"堂吉诃德问。

"不能，先生。"桑丘回答说，"因为我把内容口述下来以后，见既然不会再有什么用了，就把它给忘了。如果说我还记得什么只言片语的话，就是那个'真高无上'，不对，'至高无上的小姐'，还有落款：'至死不渝的愁容骑士'。而这两句话之间，我还加入了三百多个什么心肝宝贝儿、命根子、眼珠子儿之类的词语。"

第三十一回

堂吉诃德与侍从桑丘·潘萨之间有趣的对话,以及发生的其他事情

"这一切都还算差强人意。接着说吧。"堂吉诃德说,"你到达的时候,那位美貌之主在做什么?你一定看见她正把珍珠穿成串,或者正用金丝银线为我这位裙下之臣绣某个徽记。"

"我找到她的时候,"桑丘回答说,"她不过是在自家院子里筛两个法内加的麦子。"

"那么,你得知道,"堂吉诃德说,"只要被她的手触碰过,那些麦粒就成了一颗颗珍珠。老兄,你有没有注意到那个麦子是精白小麦,还是春播小麦?"

"都不是,而是荞麦。"桑丘回答说。

"那么我可以向你保证,"堂吉诃德说,"经她之手筛过的,毫无疑问会做成精白面包。不过,继续说吧:当你把信交给她的时候,她亲吻这封信了吗?把信放在头顶上了吗[1]?或者她有没有做什么与这封信般配的仪式?她到底是怎么做的?"

"我把信交给她的时候,"桑丘回答说,"她正奋力晃动一大筛子的麦子。她对我说,老兄,你把信放在那个口袋上面,我现在没法读,得先把这里所有的麦子都筛完。"

"稳重的小姐!"堂吉诃德说,"那一定是为了随后能够从容地读信,细细品味。桑丘,接着说吧,她干活的时候都跟你说了什么?

---

[1] 西班牙古时礼仪,收到尊贵人物的来信,在开启前会放到头顶上,以示尊敬。

她问起我什么了？你又是怎么回答她的？快说吧，一口气说完，别拖泥带水的了。"

"她什么都没问我，"桑丘说，"但是我告诉了她您是如何为了效忠于她而在此赎罪的：光着上半身，像野人一样躲在深山老林，席地而睡，不在桌布上吃饭，也不梳理胡子，整天为自己的命运哭泣、诅咒。"

"诅咒命运这个说法不对，我之前一直在祈福，"堂吉诃德说，"而且在未来生命的每一天都将祈祷，感谢上天让我成为骑士，有资格爱上像杜尔西内亚·德尔·托博索一样高贵的小姐。"

"没错，她是很高，"桑丘回答说，"比我高出四指。"

"怎么？桑丘，"堂吉诃德问，"你还跟她比了身高？"

"是这样的，"桑丘回答，"我上前去帮她把一口袋麦子放到毛驴背上，当时我们俩离得那么近，可以发现她比我高出一个手掌还多。"

"那么毫无疑问，"堂吉诃德回应道，"与她的高个子相得益彰的是灵魂的博大和优雅。桑丘，有一件事情你不要试图否认：当你靠近她身边时，一定闻到一股熏香的味道，一种馥郁的芬芳，或者是我叫不出名字的什么好闻的味道？我是说，一种气味或者气息，就好像置身于一个卖精致手套的商店？"

"我只能说，"桑丘回答，"我闻到的是一种男人般的味道，不过应该是她的。因为干了不少活，她一身臭汗，浑身肮脏。"

"不是这样的，"堂吉诃德反驳道，"你一定是感冒了，或者是闻到的是你自己的味道。因为我很了解她的气息：她好似一朵带刺的玫瑰、一株旷野中的百合、一块溶解的琥珀。"

"都有可能，"桑丘回答说，"我自己常常散发出这种味道，也许那个时候我错误地认为是杜尔西内亚小姐阁下的味道。不过这也没什么可惊奇的,所有的魔鬼都是相似的。"

"很好,"堂吉诃德继续说,"在她筛净麦子,送上磨盘之后,她是怎么读信的?"

"她没有读那封信,"桑丘说,"因为她说自己既不会读也不会写,最好是把信撕了,撕得越碎越好。她不愿意让任何人替她读信,因为不想让村里人知道这个秘密。我已经告诉她的那些话,关于阁下您对她的爱,还有您因为她所进行的异乎寻常的忏悔,这些就足够了。最后她让我转告您,命您前去亲吻她的双手,比起写信给您,她更想见到您。因此,她恳请您,也是命令您,一接到口信立刻离开这荆棘丛生的地方,别再胡闹了。如果没有发生其他更重要的事情的话,也不要再有任何耽搁,立刻前往托博索,因为她非常想见到阁下您。当我告诉她说,阁下您别号愁容骑士时,她笑个不停。我问她,咱们的老熟人比斯开小伙是否去拜见过她,她说是的,那是一个很正直的人。我又问起那些苦役犯,但她说到那时为止一个都还没见到呢。"

"到目前为止,一切都令人满意。"堂吉诃德说,"不过告诉我:在你告辞离去时,她给了你什么珠宝来酬谢你带去我的消息?向送信的侍从、侍女或侏儒赠送某件珍贵的珠宝作为礼物是游侠骑士和女士们之间一个古老的传统习俗,不管是女士们向游侠们传递,还是游侠们给女士们传递,都要酬谢他带来口信。"

"要真是这样就好了!我觉得这真是个好传统!不过,这应该是古代的事儿了,现在的习俗也就是给一块面包加一块奶酪吧,因为这就是在我告辞的时候,女主人杜尔西内亚在院子的土墙边给我的东西。要说得更详细一点的话,还是一块羊奶酪。"

"她很慷慨,"堂吉诃德说,"如果她当时没有给你什么金银首饰,一定是因为当时手边凑巧没有。不过俗话说得好,有总比没有强;我会看着办,你的愿望都会实现的。桑丘,你知道最让我惊奇的是什么吗?我感到最惊讶的是你竟然来去如风,从这里到托博索打个来回只用了三天多一点的时间,两地隔着三十多里格呢!对此我的理解是:必定有一位对我友善的魔法师在时刻照应我,若没有这样一个人,我就当不成一个优秀的游侠骑士。我的意思是,一定是这位魔法师在帮助你疾走如飞,而你却对此一无所知。曾经有一位游侠骑士正在家里睡觉,却不知为何、不知如何,第二天早上已经离家千里之遥,这正是魔法师的功劳。如若不是他们相助,游侠骑士们就无法拯救芸芸众生。别看游侠骑士们似乎每走一步就能救一个人,事实的版本可能是:一位骑士在亚美尼亚山上跟某个神怪或者野蛮妖魔打斗,或是跟另一位骑士战斗,却在争斗中落了下风,危在旦夕;而此时他的另一个骑士朋友不期而至,驾着祥云或坐着火焰车从天而降;此人不久前还在英格兰,此刻却来到亚美尼亚助阵并救朋友于危难之际;而到了晚间,这位骑士又回到自己的住处享用丰盛的晚餐。一地跟另一地之间往往相距两三千里格,所有这一切都是靠着魔法师们的聪明和智慧才能实现,正是他们在照应着勇敢的骑士们。所以,桑丘老兄,我完全相信在这么短的时间内你已经在这里和托博索之间来回了一趟,因为正如我已经说过,一定是某个友善的魔法师在你毫无察觉的情况下带着你腾空来去的。"

"也许是这样吧,"桑丘说,"因为事实上,罗西南多走得慢慢腾腾,好像吉卜赛人的驴子,耳朵里被灌了水银一样。"

"何止是灌了水银!"堂吉诃德说,"哪怕是藏了众多的魔鬼呢!

魔法师们都可以让它随心所欲、不知疲倦地奔走。不过这事暂且不提，心上人命令我前去见她，你觉得我现在该怎么办？因为，虽然我有义务听从她的命令，同时却也不可能这样做，因为我已经承诺帮助那位同行的公主。骑士道要求我必须履行自己的诺言，而不是按照自己的心意为所欲为。一方面，对心上人的思念在催促我、烦扰我；另一方面，在这场伟大事业中必须得到、也必将得到的名声和荣耀激励着我、召唤着我。不过我打算快快赶路，尽早到达那个巨人的国度，速战速决，取他首级，将公主安安稳稳地扶上王位，然后我就即刻返回，去拜见那照亮我内心的光芒。我会苦苦哀求她的原谅，直到她最终明白我的迟到是件好事，因为这一切都将增加她的荣耀和名声。我这一生中用武器所获得的、正在获得的和将要获得的一切，都来自她对我的恩赐，都是因为我属于她。"

"唉呀！"桑丘叫道，"阁下您一定是脑子进水了！主人，请您告诉我：难道您想白白地走这条路，放弃这样一场又富有又高贵的婚姻？新娘的陪嫁可是一个王国啊！我千真万确听说过，这个王国方圆两万里，比葡萄牙和卡斯蒂利亚加起来还要大，而且维持生活的各种物产都十分丰富！看在上帝的分上！别再说了，您说的话连上帝听了都要感到羞愧！原谅我，但听我一句忠告：一找到有神父的村子就赶紧成婚吧。再说，咱们的硕士先生就在这里，他可以把一切都办妥。要知道，我这年纪已经足够给人忠告了，而且现在给您的忠告完全符合您目前的情况：到手的小鸟比抓不到的神鹰值钱；不知好歹，好运不来。[1]"

---

[1] 桑丘记得不准确，准确的谚语应为"不知好歹，倒霉莫怪"。

"你看,桑丘,如果你劝我结婚是为了让我在杀死巨人以后当上国王,并有机会赏赐我所承诺的东西,那么你要知道:无须结婚,我也能轻而易举满足你的愿望。在投入战斗之前,我可以提前与公主约定:假如我在战斗中胜出,即使不与她成婚,也要得到王国的一部分作为奖赏,以便能将它按照自己的心意赠予他人。一旦得到这块土地,如果不赏赐给你,你想让我给谁?"

"那是当然的。"桑丘回答说,"不过阁下您得留心选一块沿海的土地,这样的话,万一我不喜欢那里的生活,就可以把黑人臣民装上船,带到西班牙来卖掉。此刻您先别忙着去见我的女主人杜尔西内亚了,先去把巨人杀了,咱们这笔交易算是了结了。感谢上帝!从中我将得到的是无限的荣耀和丰厚的利益。"

"桑丘,我告诉你,"堂吉诃德说,"你是对的,我会听从你的忠告,先跟公主回国,而不是去见杜尔西内亚。我请求你,不要对任何人提起我们在此时此地所交谈和提及的任何内容,连跟我们同行的那些人也不要说。因为杜尔西内亚是那样洁身自好,不想让自己的心事为人所知,所以我自己不能泄露,也不能允许其他任何人泄露。"

"如果是这样的话,"桑丘问,"阁下您为什么要强迫所有被您的英勇臂膀战胜的人都去拜见我的女主人杜尔西内亚呢?这不是等于公开宣布您爱她至深,您是她的恋人吗?而且那些前去拜见的人还必须得在她面前双膝跪地,声称他们是阁下您派遣而来顺从于她的。你们两人的心事怎么可能瞒得住别人?"

"你真傻,真幼稚!"堂吉诃德说,"桑丘,难道你没看到,所有这一切都为她带来了更多赞美?要知道,按照骑士道的惯例,如果一个女人拥有很多游侠骑士效忠于她,那是多大的荣耀!他们唯一的期望就是为她效力,而没有任何其他杂念。他们纯洁的爱慕只因为她是她,除了希望她欣然接受他们为她的骑士,不需要任何其他奖赏。"

"这种程度的爱,"桑丘说,"我听教士布道时说过,爱上帝只因他是上帝,而不要因为企盼荣耀或担心痛苦。当然了,我热爱上帝并为他效力可有很多原因。"

"你简直是魔鬼而不是乡巴佬!"堂吉诃德说,"你有时候说话之尖刻,就好像上过学一样!"

"那么我以自己的名义发誓,我一个字都不认识。"桑丘回答说。

这时候,尼古拉斯师傅大声喊着让他们稍等一下,大家想停下来在旁边的小泉中取水喝。堂吉诃德停了下来,桑丘也乐得休息,因为扯了这一大篇谎他早就累了,而且总是提心吊胆怕被主人戳穿。他虽然知道杜尔西内亚是托博索的一个农家女,但一辈子都没见过她。

这时候卡尔德尼奥已经穿上了多萝泰阿在被发现时所穿的衣服,虽然不是什么精致衣物,也比他脱下来的那些强多了。大家都下马来到泉水边,而神父从客栈里带出来的食物虽然不多,却也解了众人的饥肠辘辘。

正在此时,恰好有一个过路的小孩从此经过,他十分专注地打量着泉边的那些人,突然朝堂吉诃德扑过来,抱住他的腿放声大哭:

"啊!我的先生!您不认识我了?您好好看看我,我是安德雷斯,就是您从那棵栎树上解下来的那个孩子,当时我被主人绑在那里。"

堂吉诃德认出了他,便拉住他的手,转身对在场的人们说:

"为了让你们明白游侠骑士在这个世界上有多么重要,他们如何在世间解救苦难、除暴安良,惩戒骄横、邪恶的人们所犯下的暴行,我想告诉诸位:前段时间,我路过一片树林时听到几声痛苦的叫喊。出于骑士的义务,我循声而去,找到了呻吟声传来的地方,发现咱们面前的这个男孩子被绑在一棵栎树上。他此刻能在这里,我发自内心地感到高兴,因为他可以证明我所言非虚。我是说,他当时被绑在栎树上,光着上身,一个恶棍用马的缰绳把他鞭打得皮开肉绽,后来我知道那是他的主人。我一见此景,就上前责问为何要这样残暴抽打孩子。那个粗鄙的主人回答说,这孩子是自己的仆人,弄丢了羊不是因为他疏忽大意,而是因为他就是个小偷。对此孩子辩解说,主人打他不为别的,只是因为自己向主人讨要薪水。那个主人不知费了多少口舌争辩又苦苦告饶,字字句句落入我耳中,我却不为所动。总而言之,我让那个乡巴佬解开了孩子,并让他发誓带着孩子一起回去,把薪水一个子儿、一个子儿地付给他,还得是香喷喷的钱。安德雷斯,我的孩子,这一切不都是真的吗?难道你没注意到,我对他下的命令具有多大的权威,他又是如何唯唯诺诺地保证听从我的吩咐和警告?回答我,不要发愣也不要犹疑,把事情的经过告诉这些先生,这样他们才会思考我说的话,明白游侠骑士们闯荡四方能造福天下!"

"阁下您所说的一切都是千真万确,"男孩回答说,"不过这桩公案的结局却跟阁下您的想象正相反。"

"正相反?"堂吉诃德反问道,"怎么?那个乡巴佬没付钱给你?"

"不但没付钱给我,"男孩子回答说,"而且阁下您一离开树林,只剩下我们两个人的时候,他又把我绑在同一棵栎树上暴打了一顿,打得我像个被剥皮的圣巴多罗买。每打我一下,他就取笑您一句,以至于要不是因为疼痛难忍,我都被他的话逗笑了。事实上,就因为您的搅和,我被那个坏乡巴佬打得奄奄一息,在医院里养伤直到现在。所有这一切都是阁下您的责任,要是您只顾自己赶路,没有来到不相干的地方,也没有多管闲事,主人可能打我个十几二十下就满意了，然后也许就把我放了，把欠我的钱付了。可是因为阁下您无缘无故地侮辱他，对他说了这么多粗话，他气坏了，又没法报复阁下您，等您走后就把一腔怒火都发泄到我身上了。那经历太可怕了，我感觉这辈子都没法再做人了。"

"主要问题在于我离开了，"堂吉诃德说，"在他付清你的钱之前我不应该走的。从多年的经验中我早该知道：如果履行诺言对自己没什么好处，没有哪个乡巴佬会遵守自己说出的话。不过安德雷斯，你要记住：我曾发誓如果他不付钱给你，我会去找他，哪怕他藏到鲸鱼肚子里，我也会把他找出来！"

"没错，"安德雷斯说，"但这有什么用呢？"

"有没有用，你马上就知道了。"堂吉诃德说。

说着，他急急忙忙站起来，命令桑丘给罗西南多戴上马嚼子。众人用餐的时候，罗西南多正在旁边吃草。

多萝泰阿问他意欲何为。他回答说要去找那个乡巴佬，惩罚他的恶劣行径，并让他向安德雷斯付清所有的薪水，不管全世界有多少乡巴佬出来阻拦！对此她回答说，请他注意：按照他自己的承诺，在完成她的事情之前，不能插手任何其他纠纷，这一点他应该比任何人都更清楚，所以请他尽快冷静下来，直到从她的王国凯旋。

"您说得有道理。"堂吉诃德回答说，"正如小姐您所言，安德雷斯必须有耐心等我回来。我再次向他保证：一定为他报仇，并让他得到偿付。"

"我可不相信这些誓言，"安德雷斯说，"我不稀罕什么报仇，我现在需要的是去塞维利亚的盘缠。您要是有什么吃的用的，就给我点。别的好意，您还是留给上帝吧！还有所有的游侠骑士，希望他们好好行侠仗义，别再管我这样的闲事！"

桑丘从自己的口粮中拿出一块面包和一块奶酪递给了男孩，对他说：

"拿着，安德雷斯兄弟，你所遭遇的不幸我们每个人都遭受过一部分。"

"那么，您遭遇的是哪一部分？"安德雷斯问。

"就是给你奶酪和面包的这部分，"桑丘回答说，"上帝知道！我也需要它们。朋友，告诉你吧：作为游侠骑士的持盾侍从，我们常常忍受饥饿和厄运，还有其他不幸，这些都要亲身经历才能感受而不是道听途说。"

安德雷斯接过他的面包和奶酪，见没有人再给他别的东西，便低下头走了，正如俗话说的，自寻出路去了。不过在离开前，他对堂吉诃德说：

"看在上帝的分上！游侠骑士先生，如果您再次遇见我，哪怕是见我被大卸八块，也不要来救我，不要来帮忙，让我自己承受自己的不幸吧！您对我的帮助只会给我带来更大的不幸。愿上帝诅咒您！诅咒全世界所有的游侠骑士！"

堂吉诃德正要站起来惩罚他，他却一溜烟跑了。看他那个样子，谁也没追上去。堂吉诃德因为安德雷斯所讲的故事又羞又怒，其他人都不得不非常努力地忍住不笑出来，免得让堂吉诃德更加尴尬。

第三十二回
堂吉诃德一行在客栈中的遭遇

大家吃完了美味的食物，备好马鞍，一路无话。第二天到达了令桑丘·潘萨担惊受怕的客栈。他虽不情愿进去，但也无可奈何。老板娘、老板、他们的女儿还有玛丽托尔内斯，看到堂吉诃德和桑丘进来，欢天喜地出来迎接。堂吉诃德非常庄重地接受了欢迎并表示赞许，还嘱咐他们给自己准备一张比上次好一点的床。对此老板娘回答说，只要他别像上回一样赖账，就能享受亲王般的待遇。堂吉诃德答应了，于是众人给他收拾了一张还过得去的床，就在我们早已熟知的同一个小房间里，堂吉诃德立刻就睡了，因为他早已全身伤痛，昏昏沉沉了。

他刚走，老板娘就来找理发师，揪住他的胡子说：

"看在十字架的分上，我的尾巴不能再用来当胡子了！快把尾巴还给我，我老伴那玩意儿总随手乱扔真是丢人。哦，我说的是以前总挂在这条好尾巴上的梳子。"

无论她怎么撕扯，理发师就是不愿意把尾巴给她。直到硕士吩咐理发师归还，因为现在已经不需要继续玩这个把戏了。理发师完全可以露面，自然而然地出现就行了，对堂吉诃德可以说，他是在遭到苦役犯强盗抢劫的时候逃到这座客栈来的。如果骑士问起公主的侍从，就说公主派遣侍从先行一步，把她将要回国并带来救星的消息通知臣民。理发师这才心甘情愿把尾巴还给老板娘，还把所有借来用于解救堂吉诃德的东西都如数归还。

整个客栈的人都对姑娘多萝泰阿的美貌和小伙卡尔德尼奥的风度惊奇不已。神父吩咐用客栈里现有的材料给他们做点吃的，店老板见有利可图，便精心烹制了一顿相当不错的饭菜。这期间堂吉诃德一直在睡，大家一致同意不要叫醒他，因为这个时候睡觉比吃饭对他更有好处。

吃完饭，当着客栈老板、老板娘和他们的女儿、玛丽托尔内斯，还有所有住客的面,他们聊起了堂吉诃德奇怪的疯病,以及找到他时的情景。老板娘讲了堂吉诃德跟那个脚夫之间的战斗,又四处张望了一下,见桑丘不在旁边,便把他被裹在毯子里抛的事情原原本本讲了一遍,在场的人听了无不大笑。神父说堂吉诃德是因为读了太多的骑士小说才会精神错乱,店老板反驳说:

"我可不相信有这样的事!要我说,世界上没有比这更好看的书了。我这里有两三本这样的书,还有一些其他的手稿,给我带来了不少人生乐趣。不只是我,其他很多人都一样。每到收获季节,很多收割的帮工都在这里欢庆节日,他们中总有人识字的,从这些书里拿出一本捧在手里读,我们三十多个人围着他,听得津津有味,忧虑全消。至少我自己是这样,每当听到那些骑士大展拳脚,我也恨不得这样大干一仗,甚至愿意日日夜夜一直听下去。"

"我也希望这样。"老板娘说,"因为这家里没有哪一刻比你们听书听得入神的时候更消停的了,只有那个时候你们才会忘了吵闹。"

"这话没错。"玛丽托尔内斯说,"说实话我也很喜欢听那些东西,多美妙啊!尤其是他们讲到一位女士在甜橙树下被她的骑士拥入怀中,有一位嬷嬷替他们把风,让人一边嫉妒得要命,一边又替他们担惊受怕。我的意思是,这一切都十分甜蜜。"

"那您呢?小姐,您怎么看?"神父问店老板的女儿。

"先生,我不知道。"她回答说,"我也听,虽然其实我不太明白,但也喜欢听。不过我爱听的不是父亲喜欢的那些打斗场景,而是骑士们在远离心上人时的嗟叹,说实话,有时我会因为同情他们而流下眼泪。"

"那么,小姐,如果他们是为你而哭泣,"多萝泰阿问,"你会满足他们的愿望吗?"

"我不知道该怎么办。"姑娘回答说,"我只知道有一些女士是如此残忍,被骑士们称为老虎和狮子,或其他可怕的东西。耶稣啊!我真不明白那些女人怎么能那样没心没肺、没有良知,就因为看不上一个正直的男人而任他死去或者疯掉。我也不明白她们为什么要这么矫情:如果是为了贞洁名声,跟他们结婚就行了,他们要的不就是这个吗?"

"丫头,闭嘴!"老板娘说,"好像你对这些事情懂得很多似的,女孩子家不该知道也不该谈论那么多。"

"既然这位先生问我,"女儿顶嘴说,"我不能不回答。"

"没错。"神父说,"老板,请把那些书拿来,我想看一看。"

"乐意之至。"老板回答说。

他走进自己的房间取出一个旧箱子,打开上面的小链条锁,箱子里有三本大部头书,还有一些零散纸张,上面是非常工整的手书字迹。他打开的第一本书是《堂西隆希里奥·德·特拉希亚》,另一本是《菲里克思马尔特·德·伊尔卡尼亚》,还有一本是《大将军冈萨罗·埃尔南德斯·德·科尔多瓦[1]的故事及迭戈·德·帕雷德斯的生平》。神父一看到头两本书的书名,便扭头跟理发师说:

"咱们现在很需要那位朋友的女管家和外甥女。"

"不需要。"理发师回答说,"我也能将它们扔到院子里或者烟囱里,顺便说一句,这可是烧火的好东西。"

"怎么,您还想烧掉什么书?"店老板说。

"就这两本,"神父说,"堂西隆希里奥和菲里克思马尔特这两本。"

---

[1] 冈萨罗·埃尔南德斯·德·科尔多瓦(1453—1515),西班牙将领,在驱逐摩尔人的战争中功勋卓著。

"怎么？"店老板说，"难道我的书是异端邪说？还是开裂主义？你竟然想烧掉它们？"

"朋友，你是想说分裂主义吧？"理发师说，"不是开裂主义。"

"没错。"店老板回答，"但是如果一定要烧掉某一本，那也该是大将军和迪戈·加尔西亚这个。我宁可让人烧死一个儿子，也不肯让人烧掉另外两本里面的任何一本。"

"我的兄弟，"神父说，"这些书谎话连篇，满纸都是胡说八道和凭空捏造，但是大将军这部却是真实的历史，里面包含冈萨罗·埃尔南德斯·德·科尔多瓦的事迹，他因为无数的丰功伟绩值得被全世界称为'大将军'，只有他当得起这样响当当的名头。而这位迪戈·加尔西亚·德·帕雷德斯则是一位高贵的骑士，是特鲁西约城人，这座城市位于埃斯特雷马杜拉，他是一位勇敢无比的战士，天生神力，一个手指就能让正转得飞快的石磨停下来，他若手握长剑守住桥的入口，千军万马也别想从那儿通过，所谓一夫当关，万夫莫开，还有其他类似的功绩。他的传记是他自己作为编年史家来讲述并撰写的，难免过于谦虚。若由其他人从容、自由地写出来，他的惊人事迹必定能盖过赫克托尔、阿喀琉斯和罗尔丹的风头。"

"这种话也就哄哄我爹那样的人吧！"店老板说，"您真是大惊小怪！让一个磨盘停下算什么？看在上帝的分上！您还是赶紧读读菲里克思马尔特·德·伊尔卡尼亚都做了些什么吧！他一个反手就腰斩了五个巨人，仿佛他们都是孩子们用蚕豆做的小人儿。还有一次，他一个人对阵一支人数众多、战力强劲的军队，面前站着一百六十万名全副武装的士兵，结果他把人家打得屁滚尿流，就像一群绵羊。还有，书中描写的堂西隆希里奥·德·特拉希亚那样英勇果敢，您又怎么说？书里说，有一次他正在河里航行，水中突然蹿出一条火蛇，而他一见到火蛇就扑上去，骑在它满是鳞甲的背上，双手用力扼住它的咽喉，火蛇见快要窒息而死，没有别的办法只好往河深处跑，背上还坐着骑士，因为他无论如何不肯松手。当他们到达水底下，发现几座美丽得如同神话般的宫殿和花园，接着那条蛇变成了一个老头，对他说了很多话，那都不必细说了。好啦，先生，您要是听到这些一定会乐疯的！您所说的这个大将军和这个迭戈·加尔西亚都是小菜一碟啦！"

多萝泰阿听到这些话，低声对卡尔德尼奥说：

"我们这位店老板几乎能写出堂吉诃德第二部了。"

"我也有同感。"卡尔德尼奥回答说，"因为他看上去完全相信书里说的那些事情都是丝毫不差真实发生的，恐怕连赤足教士们也无法改变他的看法。"

"您看，这位兄弟，"神父又说，"世界上没有菲里克思马尔特·德·伊尔卡尼亚，也没有堂西隆希里奥·德·特拉希亚，也没有骑士小说中讲述的其他类似的骑士，因为一切都是那些才华横溢的闲人虚构的。他们编造这些故事的目的，用你们的话来说就是打发时间，比如收割帮工们就爱听这些书。事实上，我向您发誓！世界上从未存在过这样的骑士，也没有发生过这样荒唐的事情。"

"这话留着去哄别人吧！"店老板回答说，"你以为我连几加几得五都不知道吗？自己的鞋子夹脚，难道我不知道吗？看在上帝的分上，别拿土豆羹糊弄我，我可不是傻子！您看，您一个劲儿地说这些好书里面全是胡言乱语、一派谎言，可这些书明明都是经过皇家顾问团成员先生们的许可才印刷出来的。如果这些真的是会让人失去理智的谎言、战争、巫术，怎么可能得到允许呢？"

"朋友，我已经告诉过您了，"神父回答说，"这都是为了让闲人有所消遣。正如大家一致公认,在井然有序的共和国内应该存在国际象棋、球类游戏和桌面游戏,以便没有工作、无法工作或无须工作的人们得到娱乐。批准这些书的出版和流通也是出于同样的理由。顾问团相信没有人会无知到把任何一本这样的书当作是真实的历史,事实上也的确如此。如果此刻身处适当的场所,并且在场的听众们感兴趣的话,关于好的骑士小说中应该包含的内容,我有很多话可以讲,也许对于某些人来说会是既有益且有趣的话题。不过我希望有朝一日能够与有能力解决这个问题的人直接交流。与此同时,店老板先生,请您相信我的话,您的书您还是拿走吧,无论书中所述究竟是事实还是谎言,只希望能对您有益。愿上帝保佑您不要重蹈您的客人堂吉诃德的覆辙。"

"这您放心。"店老板回答说,"我可不会疯到那个程度,去当一个游侠骑士!我看得很清楚:古时候那一套现在行不通了。我说古时候,指的是那些著名的骑士行侠天下的那个时代。"

他们说这番话的时候桑丘也在场。听说游侠骑士那一套在当代行不通了,而且所有的骑士小说都是胡言和谎言,他感到非常困惑,陷入了沉思。最后他决定等着看看主人这趟旅程结果如何,如果最终没有自己想象的那么好,就离开主人回到老婆孩子身边去,重新做回老本行。

店老板把箱子和书都收拾起来,但是神父对他说:

"等等,我想看看那些手写纸张是什么,字迹如此工整。"

他取出纸张,开始读起来。手稿有八个整开的篇幅,标题以很大的字体写着:《执迷不悟的好奇心》。神父读了三四段,说:

"我觉得这部小说的开头相当不错,很想一览全文。"

对此店老板回答说:

"阁下请便。要知道，有一些住店的客人读了这部小说以后非常喜欢，还极力向我索取。不过我可不能给他们：我还想着把这个箱子连同这些书和纸一起归还失主，也许他很快就会回到这里来。虽然我知道自己会想念它们，但必须保证物归原主，因为我虽然是个生意人，却也是个基督徒。"

"朋友，您说得非常有道理，"神父说，"不过无论如何，如果我喜欢这部小说，您会同意我抄写下来吧？"

"非常乐意。"店老板回答说。

两人说话的工夫，卡尔德尼奥已经拿起这本小说读了起来。他的看法也跟神父一样，便恳求神父大声读出来，让所有人都听一听。

"我会的，"神父说，"如果大家不着急午休，更愿意用读书来打发这点时间的话。"

"我已经休息够了，"多萝泰阿说，"听个故事打发时间更好。心情尚未平复，恐怕难以入睡。"

"如果是这样的话，"神父说，"恭敬不如从命了。即使是出于好奇，此书也值得一读，何况也许其中还有一些有趣的内容。"

尼古拉斯师傅也连声附和，提出了同样的请求，连桑丘也表示想听。神父见此，明白大家都有此意，自己也会得到乐趣，便说：

"既然如此，大家听好了，小说是这样开头的——"

第三十三回
小说《执迷不悟的好奇心》讲述的故事

在意大利的托斯卡纳省，有一座闻名遐迩的富裕城市佛罗伦萨，那里生活着两位富有而高贵的绅士安塞尔莫和罗塔里奥，两人亲密无间、形影不离。因为他们的出类拔萃，出于尊敬避免直呼其名，所有认识他们的人都称之为"一对挚友"。两人都是单身，又是同龄的年轻人，趣味相投，这一切都使他们有充足的理由结下深厚友谊。相较而言，安塞尔莫更喜欢花前月下的浪漫，而罗塔里奥则更享受打猎的乐趣。但安塞尔莫常常会自愿放弃自己的爱好去顺从罗塔里奥的心意，而罗塔里奥也会让步去投安塞尔莫所好。这两人情投意合、步调一致，甚至没有哪两个时钟能走得像他们一样合拍。

安塞尔莫爱上了同城一位高贵美丽的小姐。她的父母为人正直，姑娘本人温柔善良，他决定向小姐的父母求娶她为妻。这当然是经过了他的朋友罗塔里奥的同意，没有罗塔里奥他简直什么都做不成。最后他将这个愿望付诸了行动，而替他出面求亲的正是罗塔里奥。罗塔里奥不负好友所托，很快安塞尔莫就得偿心愿，而新娘卡米拉也很高兴能够得到安塞尔莫作为丈夫。她不停地感谢上天，也感谢罗塔里奥，因为正是通过他才结成这桩美满姻缘。跟所有的婚礼一样，最初的几天都是喜气洋洋、热闹非凡。罗塔里奥也照常去他的朋友安塞尔莫家，尽一切努力增添气氛、为他庆祝、逗他开心。但是等到婚礼结束，客人们迎来送往的恭贺和拜访逐渐稀少，生活归于平静，罗塔里奥就开始刻意减少上门拜访的次数。作为谨慎持重之人，他合情合理地认为，对于已经结婚的朋友，不该还像单身时候那样继续常来常往，即便是最真挚、最诚实的友谊也不该在任何方面受到猜疑。因为无论如何，已婚者的忠贞名声是如此脆弱，甚至连亲兄弟之间都可能冒犯，更别提朋友之间了。

安塞尔莫注意到了罗塔里奥的冷淡，便开始有所怨言。他对罗塔里奥说，如果早知道结婚会成为他不再一如既往对待自己的原因，那自己一定不会结婚的。既然在单身的时候因为两人之间的亲密关系得到了"一对挚友"这样甜蜜的外号，而如今只是为了慎重起见而没有任何其他原因，就失去这流传甚广的美好名声，他无法接受。因此他哀求罗塔里奥——如果所谓"哀求"的语气适用于两人之间这种关系的话——重新成为家里的常客，跟以前一样随意出入，并向他保证，自己的妻子卡米拉不会有任何意见，只会完全顺从丈夫的意志。况且，她也了解他们之间的感情有多么深厚，所以见他们产生隔阂，同样会感到难过。

为了劝说罗塔里奥像以前一样常去他家，安塞尔莫列举了种种理由，对此罗塔里奥谨慎矜持而小心翼翼地表示了赞同。安塞尔莫对朋友的态度感到满意，于是两人约定，罗塔里奥每周两次去他家一起吃饭，另遇节日也要一起吃饭。然而虽然口头应允，罗塔里奥心里却打定主意，自己的所作所为绝不能有损于朋友的名誉，因为他珍惜朋友的名节更胜于自己的声誉。他的一番话颇有道理：作为一位已婚男士，既然上天赐予他一个美丽的妻子，那么在带哪些朋友回家的问题上他应该非常小心，同样也应该细心观察妻子都跟什么样的女性朋友交往。因为有些场合，丈夫没有理由禁止妻子出现，比如市场上、教堂里、公共节日庆典或节日祈祷典礼上，但往往在这些场合不会做也做不成的事情，反而在她最信任的女朋友或女亲戚家里却有条件暗度陈仓。

罗塔里奥还说，所有已婚的人都应该有各自的朋友，在他们行为出现疏漏时及时提醒。做丈夫的常常因为太爱妻子，为了不让她生气就选择不去提醒或告知她该做或不该做某些事情。而妻子做不做这些事情很可能关乎丈夫的荣誉或耻辱。在这种情况下，如果他的朋友能够适时警示，就很可能避免出现麻烦。不过，如罗塔里奥所言，如此审慎、忠诚又如此真挚的朋友，世上能有几人？这一点不得而知。然而罗塔里奥正是如此：他用全部的热心和警觉保护着朋友的名誉。为了不让那些闲极无聊的好事者以及到处捕风捉影的恶意目光寻到话柄，对于约好去安塞尔莫家的日子，他总是努力十中取一，不是拉开间隔，就是缩短时间。毕竟，一个富有、英俊、出身高贵，又自恃德行美好的年轻人，频繁出入像卡米拉那样美丽女人的家门，实在不妥。虽然她的善良和矜持足以止住所有流言蜚语，但即便如此，他也不愿让自己或朋友的名声受到任何猜疑。因此，在约定的大部分日子里，他都忙于其他事情，而且似乎是不可推脱的事情。就这样，这对朋友一个满腹怨言，一个万般推托，过了很长时间。

有一天，两人正在城外的一片草地上散步，安塞尔莫对罗塔里奥说了下面这番话：

"亲爱的罗塔里奥，你知道吗？感谢上帝恩赐，让我拥有那样的父母，他们的双手为我创造了丰厚的财富，这其中既有理所当然，也有好运加持，但我所能回报的感激却比不上所接受的恩惠。甚至对于你成为我的朋友、卡米拉成为我的妻子——这是我视若珍宝的两个人——这样的恩惠，即使无法给予相应的回报，至少应该在力所能及的范围内去感恩。这些财富和朋友、家人几乎是人生的全部，拥有这些，人就应当能够快乐地生活。可是我却活得如同是广袤世界中最不快乐、最索然无味的人，因为最近不知从什么时候开始，有一种无缘无故而不合常理的欲望在逼迫着我，以至于连我自己都感到惊讶。我暗自愧疚，内心也在拼命挣扎，甚至试图闭口不谈，极力压制这种想法。可是这个念头挥之不去，呼之欲出，好像在逼着我公之于众。既然这个秘密终究瞒不住，我还不如对你倾诉，你一定会为我守口如瓶。我相信一旦说出这个秘密，你作为真正的朋友一定会积极帮助我寻找解决的办法，这样我很快就能摆脱这个念头带来的烦恼。有了你的热心帮助，我的快乐也将能够抵消疯狂念头所引起的不快。"

一席话说得罗塔里奥心神不宁，满腹狐疑，不明白这一番拐弯抹角究竟是何用意。无论他如何揣测，也猜不出让好朋友如此烦恼的愿望究竟是什么。安塞尔莫欲言又止，罗塔里奥反而被勾起了强烈好奇，他抗议说，这样绕着弯子而不直接倾诉最真实的想法，无疑是对两人之间友谊的侮辱，因为安塞尔莫明知可以全然信任自己，不管是需要安慰来缓解焦虑，还是寻求办法来实现愿望。

"没错。"安塞尔莫回答说，"罗塔里奥好朋友，我当然相信你，可以对你推心置腹：我想知道我的妻子卡米拉是否真像我认为的那样完美无瑕，这个念头一直折磨着我。而这个真相谁也无法得知，除非设计去试验她。所谓真金不怕火炼，只有通过测试才能检验出她的美德有多少克拉。我的朋友！我认为如果没有被追求过，没有哪个女人能证明自己完美无缺，只有在山盟海誓、礼物、眼泪和殷勤爱慕者们的纠缠不休面前也绝无二致的女人才是坚定的。"

他又说：

"如果没有受到过任何堕落的诱惑，一个女人的美德有什么值得欣赏的？而一个从没有机会放纵的女人，一个知道自己有丈夫、只要被抓住一次过失就会丧命的女人，她的幽居和矜持又有什么值得褒奖的？所以，那些只是因为害怕或缺少机会而不得不做个好女人的女人，与那些被殷勤追求、纠缠不休却最终戴上胜利花环的女人，我无法给予相同的珍视。除了这些原因，我还可以说出很多理由来印证和强化我的观点。所以我想让卡米拉——我的妻子——经受那些考验，通过一个胆敢对她抱有觊觎之心的人，在被爱慕、被追求的烈火中受到铸炼并检定成色。如果她能胜出，当然我相信她会胜出，在这场战役中高举胜利之手，那么我的运气将无人能及，可以说是幸甚至哉，我此生将再无所求。正如先知所言，如此坚贞的妻子，几人有福消受？如果测试的结果出乎意料，我也乐于见到自己的见解正确无误，并将毫无遗憾地承担付出如此昂贵的代价所换来的痛苦。

"所以，罗塔里奥好朋友，不管你提出多少反对的理由阻止我这样做，都将是徒劳的。希望你能助我一臂之力，完成这项任务。我会给你机会，为你创造所有必须的条件，去追求一个正直、贞洁、幽居、冷淡的女人。把这个艰巨的任务交给你，是出于多方面的考虑，其中最重要的原因就是万一卡米拉真的缴械投降，那么这件事情可以不必进入最后阶段，以至于弄假成真。出于善意，我权将她有可能会做出的事情当作既成事实。这样，她不过是产生了不忠的念头，我不会受到实质性的侮辱，而这桩丑事也会因为你保持缄默而不为人知。我很清楚，若是污名真的落到头上，将会像死亡一样永恒。所以，如果你希望我能过上安生日子，必须从此刻开始就投入这场爱情的战役，既不要推托，也不要懈怠，而应该充满激情、尽心勤勉，不负我对你的期望，我对咱们之间的友谊可是信心十足。"

对于上面这番话，以及安塞尔莫其他滔滔不绝的陈述，罗塔里奥一直全神贯注地听着，一直到安塞尔莫讲完，他也没有开口。见安塞尔莫再没有别的话可说，罗塔里奥盯了他好一会儿，仿佛在看什么又奇怪、又恐怖，而且从未见过的东西一样，然后才说：

"哦！安塞尔莫好朋友！你这不是在开玩笑吧？我真的无法相信！如果一开始就知道你说这些话都是认真的，我不会同意你说这么多。不等你发表这番长篇大论,早就拂袖而去了。我甚至在想:是你不认识我?还是我不认识你?可是,不!我清楚地知道你是安塞尔莫,你也知道我是罗塔里奥。而令人伤心的是,我想你不是以前的那个安塞尔莫,而你也一定以为我不是那个真正的罗塔里奥。因为你对我说的这些,既不是我的朋友安塞尔莫应该提出的请求,也不是应该向你认识的那个罗塔里奥开口的事情。即使好朋友之间要相互试探,相互掂量对方的价值,也该如一位诗人所说"可登祭坛[1]",也就是说,友谊不能用违逆上帝的事情来考验。连一个异教徒都对友谊有如此清醒的认识,作为基督徒的见识不是应该更加高明?要知道,不能因为任何俗世的友谊而失去对上帝的爱。

"如果一个人为了朋友误入歧途、越陷越深,以至于把对上天的尊重都抛诸脑后,那么必定不是因为什么无关痛痒的小事,而是为了关乎朋友名誉或生命的大事。那么请你告诉我,安塞尔莫,此刻你的名誉和生命,哪一样有危险?竟要我按照你的心意、按照你的要求,冒险去做一件如此大逆不道的事?你没有遇到任何危机,这是确定无疑的。如果我没有理解错的话,你是在要求我想方设法让你失去名誉和生命,顺便把我自己的名誉和生命也一并葬送!名誉扫地之人可谓生不如死,一旦毁掉你的名誉,你的生命也岌岌可危。而我自己,如果按照你希望的那样对你做出如此不堪的事情,难道不是同样声名狼藉,进而失去生命吗?听着,安塞尔莫好朋友,你先不要着急回答我,听我说完:关于你的愿望和打算,有很多话我必须一吐为快。此后你有的是时间反驳我,我会听你说。"

---

[1] "可登祭坛"是古代雅典政治家伯利克雷斯的名言,曾被罗马作家普卢塔克引用。

"愿闻其详。"安塞尔莫说,"你但说无妨。"

罗塔里奥继续说:

"安塞尔莫啊!我认为,你现在的智力水平还不如摩尔人。对于摩尔人来说,无论是《圣经》的评论,还是理智的思辨,抑或是建立在信仰结构基础上的道理,都不可能让他们明白自己的宗教是错误的。他们只能理解实实在在的、有形的、简单的、明白易懂的、可证明的,而且是毫无异议的例子,再加上不可否认的数学证明,比如说:相等之数减去相等之数,余数依然相等。如果他们无法通过语言明白某个道理,事实也确实如此,就必须向他们当面展示,甚至就连这样也不足以让任何人有能力说服他们信奉我们神圣的宗教。你此刻的状态与他们如出一辙,因为在你心里产生的这个愿望是如此错误而荒谬,完全与理性背道而驰。我甚至觉得,要让你明白自己的愚蠢是白费功夫。除了愚蠢,暂时我还不想以其他词语谴责你这种心思。我真想由着你去胡闹,最后自食其果。可是对你的友情不允许我这样冷酷,我不能任凭你陷入如此显而易见的迷途危险而袖手旁观。

"安塞尔莫,清醒一点!你想想看:你不是要求我去追求一个矜持的女人、征服一个忠贞的女人、笼络一个冷淡的女人,纠缠一个谨慎的女人吗?没错,你就是这么说的。那么,既然你已经知道了你的妻子矜持、忠贞、冷淡而谨慎,那还想怎样呢?如果你认为她会在我的攻势下胜出,当然毫无疑问她一定会的,难道你还能给她比她如今已经拥有的美誉更高的赞美吗?或者说难道她以后还能变得比现在更美好吗?除非你对她的看法其实并不像你说的那样好,要么就是你根本不知道自己在做什么。如果你认为她实际上并没有你想的那么完美,又何必试验?不如直接将她当作坏女人,按照你的心意处置她。但如果她确实跟你相信的一样好，那么用事实本身去做试验是一件毫无意义的事情，因为在做完试验以后，你对她的评价跟以前毫无二致。

"由此可以得出结论：只有空洞而鲁莽的大脑才会试图去做有百害而无一利的事情，尤其是当这种事情并非无奈或必要之举。而且无须细想就能发现，这种尝试是显而易见的疯狂行为。只有两种人会去尝试艰巨的事业：要么为了上帝，要么为了俗世利益，或两者兼而有之。那些为上帝献身的人，也就是投身于神圣事业的人，致力于以人类的身体去过天使的生活；那些追求俗世利益而奋不顾身的人，跋涉过千山万水、历经各种不同气候、见识各样奇人怪事，是为了获得被称为财富的东西；而既为了上帝也为了俗世利益的就是那些勇敢的战士，当敌人的城墙被炮弹打出圆洞，他们放下所有的恐惧，将显而易见、时时威胁生命的危险置之度外，为了捍卫自己的信仰、民族和国王，以信念为双翼，无所畏惧、勇往直前，尽管死亡正以无数种方式等待着他们。这些才是人们应该努力去做的事情！这些事业虽然危机重重，却能够带来名誉、荣耀和利益。然而你想要尝试并实施的事情，既不能带来上帝的荣耀，也不能带来俗世的财富，更不能带来人间的名声。即使一切如你所愿，你也不会变得更加自豪，不会变得更加富有，更不会变得比现在更有声望。而万一结局不遂人愿，你就将陷入人世间最大的悲剧。到那时，即便你的不幸遭遇不为人所知也无济于事，因为你自己知道这个结果就足以折磨你、摧毁你。

"为了证明这个事实,我想给你朗诵著名诗人路易斯·谭西洛[1]的一段诗歌,在《圣彼得的泪水》第一部分的结尾,他是这样写的:

白昼悄然而至,
佩德罗满心羞耻;
于无人处愧疚如是,
皆因罪孽自知。
高贵的胸膛歉意难辞,
决不因为被人注视;
哪怕只有天知地知,
也从不掩盖自己的过失。

"所以,即使保守秘密也无法免除你的痛苦。你会不停地哭泣,若非眼中落泪,便是心中滴血。正如我们的诗人[2]讲述过一位愚蠢的博士,他真的去试验魔杯[3]的功效,结果只能是悲泣,而慎重的雷伊那尔多却通过理性的思维避免了悲剧。这虽然只是诗歌的虚构,里面却包含着道德的秘密,值得引以为戒,值得领悟和模仿。此外,我还有另外一番道理要讲,你听过以后会明白自己将犯下一个多大的错误。安塞尔莫,请告诉我:如果上天赐福,命运垂青,让你通过正当的途径得到了一颗无比珍贵的钻石,它的精美程度和克拉数

---

1 路易斯·谭西洛,16 世纪意大利诗人。塞万提斯的朋友路易斯·加尔维斯·台·蒙塔尔伏曾把他的《圣彼得的泪水》以及其他一些诗译成西班牙语。
2 指意大利诗人卢多维克·阿里奥斯托,《疯狂的奥尔兰多》的作者。
3 指传说中可测妻子贞洁与否的魔杯,妻子若不忠,用它饮酒时,酒到嘴边必定泼洒。

足以让任何一个见到它的珠宝商由衷赞叹。所有人都异口同声,一致认为:这颗钻石无论是在大小、品质还是切割精度上都达到了完美。而你自己也是这么认为的,因为没有任何理由能推翻这个观点。难道你会任性地拿起这颗钻石放到铁砧板和锤子之间,用锤打的蛮力测试它是否像人们说的那样坚硬而细腻?这样做公平吗?何况,即使你真的那样做了,假设这块石头经过如此愚蠢的试验仍安然无恙,也不会因此而增加更多的价值或得到更大的名气;但如果它破碎了——这也是可能的——你不就失去了一切?这是多么显而易见的事实,而且还会让钻石的主人留下荒唐的名声,所有人都会认为他幼稚可笑。

"所以,亲爱的安塞尔莫,你要知道:卡米拉就是最精致的钻石,你是这样认为的,别人也都是这样认为的,没有理由将她置于破碎的危险之中。就算她意志坚定、忠贞不贰,她的价值也不会比现在有所增加;而一旦她没能抵挡住诱惑,你现在就可以想一想,失去了她,你会怎么样?你将有千万种理由责怪自己,因为你就是导致她堕落和你自己迷失的罪魁祸首。你看,世界上没有哪件珠宝的价值能够比得上一个纯洁忠贞的女人,而女人的全部名誉都维系于人们对她的赞赏。既然你妻子的名声已经达到了你所知美德的极限,又为什么要让这个事实受到质疑?朋友,女人是一种不完美的动物,不应该给她们设置障碍,把她们绊倒、让她们摔跤,反而应该帮她们消除障碍、扫平道路,不要留下任何坎坷,以便她们轻松获得所缺失的完美,这种完美就是贞洁。

"自然学家们说,银鼬是一种浑身雪白的动物。猎人们捕猎银鼬时会使用这样的计谋:先摸清它们经常出入的地方,用烂泥挡住,然后通过围捕驱赶把它们赶到那个地方;而银鼬到了有烂泥的地方会停下一动不动,任凭人们将它们捉拿捕获,宁可成为猎物也不肯从烂泥中通过而使自己的洁白受到玷污——它们珍惜纯洁更甚于自由和生命。忠贞纯洁的女人就是银鼬,而贞洁的美德比雪还要纯净无瑕。如果男人不希望女人失去贞洁,除了保护她、捍卫她,还要采用跟捕猎银鼬相反的方法:不能让她暴露在纠缠不休的爱慕者们用礼物和甜言蜜语堆成的烂泥面前。因为也许,或者没有也许而是肯定,女人天生没有足够的美德和力量能独自克服并穿越所有障碍,所以必须要帮助她,将她置于美德和纯洁带来的美好名声中。

"好女人也像是一面闪闪发光、清澈明净的水晶镜子,触摸和哈气都会使它受到玷污,变得暗淡无光。对于忠贞的女人,必须要像保护圣迹一样对待:珍爱,但不要触碰。保护和珍视一个好女人应该像保护和珍视一座开满了鲜花和玫瑰的美丽花园,花园的主人不允许任何人穿越或抚摸——透过铁篱笆远远地享受它的芬芳和美丽就够了。最后,我想告诉你此刻浮现在我脑海中的几行诗句,那是在一部现代喜剧中听到的,我认为用在当下正在谈论的这件事上再合适不过。一个谨慎的老者忠告另一位老者,也是一位小姐的父亲,要保护女儿,让她谨门慎户、离群索居。他讲了很多理由,其中有一条就是:

女人是脆弱的水晶,
无法测试是否坚硬。
她将破碎还是幸存,
任何结果都有可能。
切莫将她置于险境,
此举绝非人之常情。

无价之宝一旦破损，
永世再难修复伤痕。

这个道理无人不信，
何况此言有据有凭：
若达娜厄[1]美人尚存，
黄金化雨定不负人。

"安塞尔莫，到现在为止我对你所说的一切都是从你的角度出发的，现在不妨来听听这件事情对于我有何利弊。如果这番话说得太长，请原谅我。你误入了迷宫，而我想把你从中解救出来，所以不得不这样做。你把我当作朋友，却想要毁掉我的名声，这是一件完全违背友谊的事情。不仅如此，你还试图让我毁掉你自己的名声。你分明是想让我颜面无存！因为如果我按照你的要求去做，卡米拉发现我追求她，一定会认为我是一个厚颜无耻的小人，竟然做出这样的事，不但违背我的身份，更辜负你的友谊。而你想让我毁掉你自己的名誉这一点也是毫无疑问的。当卡米拉发现我在追求她，会以为我从她身上看到了某些轻佻举止，以至于敢暴露自己邪恶的欲望，她会认为是自己的不检点才让你遭遇朋友的背叛。

"事情往往都是这样的：虽然丈夫对于妻子的出轨并不知情，也

---

[1] 达娜厄是希腊神话中阿尔戈斯王阿克里西俄斯与欧律狄克的女儿。神谕说她的儿子将弑杀外祖父，国王命人将她关进铜塔。然而天神宙斯爱上了达娜厄，便化身成金雨水，通过房顶渗入屋内，落在达娜厄的膝盖上。最终达娜厄为宙斯生下了希腊神话中的另一英雄珀尔修斯。

没有给过妻子那样的机会，甚至无法控制事情的发生，然而粗心大意并不能成为不幸的借口。一旦发生这种事，所有人都会用侮辱和低贱的字眼称呼这位丈夫，知情人都会对他冷眼相待，而不会因为他自身的无辜、因为他是堕落伴侣追求欢愉的受害者而抱以同情。不过我想告诉你，为什么这样做是公正的：堕落女人的丈夫即便对妻子的所作所为一无所知，既没有过错，也没有参与，更没有给她堕落的机会，也同样理所应当失去名誉。不要厌烦听我的话，这一切都是为你好。据《圣经》记载，上帝在人间天堂养育我们的第一位父亲。他让亚当感到困倦，趁他睡着的时候，从他身体左侧取出一块肋骨，并用它做成了我们的母亲夏娃。亚当醒来看到她说，这是我的肉中肉、骨中骨。上帝说：为了她，男人会离开自己的父亲和母亲，男人女人将灵肉合一。就这样，男人和女人缔结了神圣的婚姻，这种联结是如此紧密，只有死亡才能将他们分开。而这个神奇的誓约具有如此强大的力量，能够让两个不同的人合为一体，甚至在恩爱夫妻之间还不止于此：他们虽然有各自的灵魂，却永远心意相通。这就说明，既然妻子的肉体与丈夫的肉体合二为一，那么妻子身上的污点或她犯下的错误最终也会成为丈夫的污点和错误，即便，正如前面已经说过的，他并没有提供造成这种伤害的机会。正如人体，无论是脚还是其他任何部位的疼痛，全身都可以感觉到，因为肉体本身是一个整体，虽然脑袋本身并不是疼痛的原因，却能感觉到脚踝的伤痛。同样的道理，妻子的不贞，丈夫也是参与者，因为他们共用同一副肉身，而世界上的所有的贞洁和不忠都产生于血与肉的欲望。既然女人的不忠关乎肉体，那么丈夫必须要承担其中的一部分，并且在不知情的情况下也会失去名誉。

"所以你看，安塞尔莫，你的好妻子本来心如止水，你却非要破坏这种安宁，给自己制造危机。你想想你的好奇心是多么无聊而过分！竟然想要在你娴静矜持的妻子心中搅起早已归于平静的激情。要知道，这样冒险而为，不会有所收获，只会失去更多。就此我不再赘言，因为已理尽词穷，不知道还能如何进一步阐明这个道理。如果我所说的这一切还不足以让你放弃这个可怕的打算，请你尽管去寻找其他人来帮你达到自毁名誉、自寻死路的目的。我可不想充当这个工具，哪怕为此失去你的友谊——最大的损失莫过于此。"

说完这些，善良而稳重的罗塔里奥便沉默了。安塞尔莫犹豫不决，陷入了沉思，很长时间一言不发。然而最后他回答说：

"亲爱的罗塔里奥，你也看到了，对你的话我确实在用心倾听。你所说的一切，不论是语言、举例还是比喻，都表现出你审慎的美德，以及你对我无可比拟的友谊。我明白，我也承认：如果不遵从你的意见一意孤行，无异于推开幸运而去追逐厄运。话虽如此，你要知道，我此刻像是患上了某种女人的通病：突发奇想、任性而为，比如现在流行吃土、吃石膏、吃炭或者其他更糟糕的东西，这些东西看起来就恶心，却非要吃下去。我这个病必须要想办法医治，而治疗的唯一方法就在于你着手去追求卡米拉，哪怕只是含含糊糊、虚情假意，这样才能医好我的心病。她不会如此脆弱，几个回合就把自己的贞洁抛诸脑后。只要有这个开端我就心满意足，而你也尽到了对于这段友谊的责任，不但让我起死回生，而且避免了我名誉受损。你对这件事情负有义务，一个理由就足以证明：既然我已下定决心要将这个试验付诸行动，就有可能把自己的糊涂打算泄露给其他人，这一点你绝不能坐视不理，因为这会让我的名誉岌岌可危，而这正是你应该努力保护的。在你追求卡米拉的过程中，即便她对你产生一时的误解，看轻了你，也不甚要紧，或者说根本无关紧要。

因为用不了多久,只要看到她如我们期望的坚定,你就可以把我们的谋划如实相告,这样你的信誉就会恢复如初。只要你肯冒险,就可以带给我一点点风险和无穷多的快乐,所以即使面临着诸多不便,你也不能拒绝。正如我刚才已经说过,只要你稍做尝试,我就当这个试验已经完成。"

罗塔里奥见安塞尔莫心意已决,不知还能举出什么样的例子,还要怎样苦口婆心才能阻止他,而且安塞尔莫还威胁说要把自己的险恶居心告诉其他人。为了避免更大的麻烦,他决定同意按照朋友的要求去做,并设法将这桩事情圆满解决,既不动摇卡米拉的心志,又能满足安塞尔莫的好奇。于是,他请求安塞尔莫不要对任何人泄露心事,他会找适当的时候去做这件事情。安塞尔莫感谢他的相助,十分亲热地拥抱他,仿佛受了他天大的恩情。两人约定从第二天就开始着手,安塞尔莫将提供时间和场所以便罗塔里奥能跟卡米拉单独谈话,也会提供钱和珠宝用于他向她献殷勤。安塞尔莫还建议他为卡米拉演奏音乐,写赞美她的诗句,而且假如他不愿意付出这些辛劳的话,自己可以代劳。但罗塔里奥表示这一切自己可以完成,虽然他的真实意图跟安塞尔莫的猜测大相径庭。

计议已定,两人回到了安塞尔莫家。卡米拉正焦急地等待着丈夫,因为那天他回来得比往常都晚。

此后罗塔里奥回家去了,安塞尔莫则留在自己家里。他有多称心快意,罗塔里奥就有多忧虑不安,冥思苦想如何妥善解决这件棘手的事情。当天晚上他想出了一个办法,既能欺骗安塞尔莫又不会冒犯卡米拉。第二天他来到朋友家吃饭,得到了卡米拉的热情欢迎。她竭尽所能地殷勤款待,但这完全是出于丈夫与他之间的深厚情谊。

吃完饭,撤下餐具,安塞尔莫便对罗塔里奥说,请他跟卡米拉一起留在这里，自己有不得已的事情要办，一个半小时以后回来。卡米拉恳求他不要走，罗塔里奥也自告奋勇要陪他一起去，但安塞尔莫都执意不肯，反而坚持要罗塔里奥留下来等他，声称之后还有很重要的事情要跟他说。他还特意吩咐卡米拉，在他回来之前，不要留罗塔里奥一个人待着。事实上，他如此善于表演，谁也没有看出来其中有假。安塞尔莫走了，家里的用人都去吃饭了，卡米拉和罗塔里奥两人单独留在桌旁。罗塔里奥陷入了朋友刻意安排的战况，而敌人就在面前——她甚至只凭美貌就能征服一个中队的武装骑士：您说罗塔里奥是不是有理由感到害怕？

但是他所做的只是把胳膊肘支在椅子扶手上，以掌托腮。他说在安塞尔莫回来之前他想要休息一会儿，并为自己的不礼貌请求卡米拉原谅。卡米拉回答说，坐在椅子上不如去会客厅休息，便恳请他去偏厅小憩。但罗塔里奥执意不肯，就坐在那里睡着了，一直到安塞尔莫回家。安塞尔莫见卡米拉在自己的房间，而罗塔里奥却睡着了，便相信自己在外逗留的时间足够久，既然都有时间睡觉，就一定有时间交谈。他恨不得罗塔里奥立刻醒来，并跟他出门交谈，问问自己运气如何。

一切都如他所愿：罗塔里奥醒了，两人立刻离开了家。安塞尔莫询问计划进展如何，罗塔里奥回答说，他觉得一上来就直接表白过于唐突，所以只是称赞了卡米拉的美丽，告诉她全城的人都对她的美貌和矜持津津乐道。罗塔里奥认为这是一个好的开端，这样下一次她就会很乐意听他说话，借此可以逐渐赢得她的芳心。这种方法与魔鬼手段如出一辙：为了欺骗一个站在瞭望塔上警戒的人，黑暗之魔需要化身为光明天使的样子，以善良的外表出现在此人面前，到最后关头才现出原形。只要一开始谎言不被揭穿，诡计就能得逞。

这番话让安塞尔莫大为高兴,并表示以后每天都会提供同样的便利,即使不离开家,也在家里忙一些其他事情,这样卡米拉就不会发现他们的阴谋。

就这样过了很多天,罗塔里奥一句话也没有对卡米拉说过,却告诉安塞尔莫说自己同卡米拉攀谈,但从未能从她身上发现哪怕是最微小的迹象,表明她有任何顺从的心思,也没有给过他一丝一毫可乘之机,反而威胁说,如果他不断了这种邪恶的念想,她就去告诉自己的丈夫。

"很好。"安塞尔莫说,"到现在为止卡米拉抵御了甜言蜜语,不过有必要验证她是否能抵御馈赠和贿赂。明天我会给你两千个金币,你用这些钱来向她献殷勤。此后我会再给你两千个金币,你去买一些珠宝送给她作为诱饵。女人都喜欢这些,尤其是美丽的女人,无论有多么矜持,都喜欢打扮得漂漂亮亮的。如果她能够抵御这种诱惑,我就心满意足了,不会再给你增加任何烦恼。"

罗塔里奥回答说,事已至此,他一定会完成这个任务,虽然他心里明白自己最后一定会心力交瘁,落荒而逃。第二天他收到了四千个金币,每一个金币都令他手足无措,因为不知道该如何对安塞尔莫把谎言进行下去。最后他决定告诉好朋友,卡米拉在面对馈赠和山盟海誓的时候跟面对甜言蜜语一样坚定,所以安塞尔莫没有理由再继续操心下去,此前所有这些时间都是白白浪费了。

然而命运却偏偏最爱捉弄人。这一次安塞尔莫跟往常一样留下罗塔里奥和卡米拉单独相处,此后却把自己偷偷关在一个房间里,从锁孔偷看、偷听两人的对话。他发现半个多小时里罗塔里奥一句话也没有对卡米拉说,而且看上去即使在那儿待上一个世纪,也没有跟她攀谈的意思,才发觉原来好朋友对他所说的关于卡米拉的答复全都是虚构和谎言。为了验证这一点，他走出房间，把罗塔里奥叫到一边追问有什么新进展，卡米拉心情如何。罗塔里奥回答说，不想再继续演戏了，因为她的回答如此严厉、生硬而粗暴，他再没有勇气跟她交谈了。

"啊！"安塞尔莫说，"罗塔里奥！罗塔里奥！你就是这样尽到对我的义务、回报我对你如此的信任吗？我刚才一直在透过钥匙孔观察你，看到你跟卡米拉一句话都没说。所以我明白了，连最初的那些话都是你编造的！如果是这样话……不，不用如果，事实正是如此，你为什么要欺骗我？为什么蓄意破坏我完成计划的希望？"

安塞尔莫没再多说什么，但这番话足以让罗塔里奥又羞又愧。对他来说，谎言被突然戳穿几乎是一种耻辱。他向安塞尔莫发誓说，从那一刻开始，一定按照他的要求认真对待这件事情，决不骗他。如果安塞尔莫实在好奇，只要偷偷监视就能证实这一点，当然他根本不需要刻意这样做，因为自己已经下决心完全按照他的心意行事，让他消除一切猜疑。安塞尔莫选择了相信他，而且为了提供更加安全无虞的便利环境，决定离开家，去城郊一个朋友家小住几日。为了在卡米拉面前证明这趟出门的合理性，他还特意跟那个朋友约好，派人来殷切邀请。

不幸的安塞尔莫！执迷不悟的安塞尔莫！你在干什么？你在谋划什么？又在指挥什么？你分明是跟自己过不去，谋划着毁掉自己的名誉，令自己越陷越深。你的妻子卡米拉是个好女人，你们的生活平静而祥和，没有任何人觊觎你的珍宝。她的所思所想不会逾越家中的四墙——你就是她的世界，是她的天，是她唯一的愿望，也是她全部的乐趣。你是她衡量自己意愿的标尺，她全心全意顺从你和上天。如果她的荣誉、美貌、贞洁和幽居是一座宝藏，你能毫不费力地得到她所拥有的，以及你所渴望的全部财富，又何苦冒着颠覆人生的危险去掘地三尺，寻找新的矿层中前所未见的新奇珍宝，将一切维系于单薄人性的脆弱支撑？你看，追求不可能的人，连可能的东西都得不到，这很公平。一位诗人说得好：

> 我向死亡寻求生命，
> 向疾病索取健康，
> 在囚禁中渴望自由，
> 在封闭中寻找出口，
> 又向背叛提出忠诚的要求。
>
> 但我的一生
> 从不指望好运降临，
> 因为上天已经注定，
> 别说是不可能的奢求，
> 连最平常的希望也心愿难酬。

第二天，安塞尔莫就去了城郊村庄，并给卡米拉留下话说，他不在的时间里，罗塔里奥会过来照看他们的家，跟她一起吃饭，要她悉心对待如同他本人。作为一个矜持而贞洁的女人，卡米拉对于丈夫留下的命令感到很痛苦。她提醒丈夫，他不在的时候，不该让任何人坐在餐桌旁属于他的椅子上。如果他是因为不相信她能管理好这个家才这样安排的话，这一次权当考察，通过这次他会明白她的才能足以照管更大的家业。安塞尔莫反驳说他乐意如此，她除了低头顺从没有别的选择，卡米拉只得违心应承。

安塞尔莫离开了，第二天罗塔里奥上门，卡米拉真心诚意、以礼相待。她处处小心，让自己永远都被簇拥在下人和女仆们中间，从不出现在让罗塔里奥有机会跟她单独相处的地方。尤其是一位名叫莱奥奈拉的侍女深受卡米拉宠爱，她们自小在卡米拉父母家中一起长大，卡米拉出嫁时便把她一起带了过来。头三天中，罗塔里奥一直沉默不语，虽然他本来有攀谈的机会。每当撤下餐桌，仆人们便去用餐，卡米拉总是命令他们快去快回。她还吩咐莱奥奈拉提前吃饭，这样就能守在自己身边寸步不离。然而莱奥奈拉总是有些心不在焉，有时候不知道在哪里忙些什么事情，并不是每次都按照女主人的吩咐去做。她会留下女主人和客人单独相处，就好像受了主人的指使一般。但是卡米拉的态度如此坚定，面色如此庄重，整个人都十分拘谨沉稳，让罗塔里奥实在难以启齿。

卡米拉如此盛德，虽然让罗塔里奥的舌头保持了缄默，最终给两人带来的却是更大的伤害。因为虽然他沉默不语，思绪却从未停止，并有机会越来越深入地了解到卡米拉无比的善良和美丽，这些品质足以让一尊大理石雕像怦然心动，更何况是一颗血肉之心。

罗塔里奥在本该与她攀谈的场所和时间默默注视着她，想着她是多么值得被爱。而这个想法开始一点一点地侵噬他对于安塞尔莫的尊重。他无数次地想离开这座城市，去一个安塞尔莫永远见不到他、他也永远见不到卡米拉的地方。然而光是默默凝望她就感受到如此幸福，他实在流连难舍。为了强迫自己假装对这种欢愉麻木无感，他内心展开了激烈的斗争：一面暗自对自己的迷失感到愧疚，认为自己是不合格的朋友，甚至是坏基督徒；一面又不停地为自己辩解，将安塞尔莫与自己作比较，认为这种事情的发生更多的是因为安塞尔莫的疯狂和过度信任，而不是因为自己的不忠诚。如果这种欲望在上帝面前能够得到同样的辩白,他不会害怕由自己的过失带来的痛苦。

事实上,卡米拉的美貌和贤德,再加上那位糊涂丈夫亲自创造的机会,已经完全瓦解了罗塔里奥的忠诚。安塞尔莫离开的前三天,他还一直在挣扎着抵御自己的欲望。然而三天以后他不再犹豫,只想满足自己的私欲,为所欲为。他开始慌乱地向卡米拉献殷勤,说了无数柔情蜜意的话。卡米拉猝不及防、手足无措,不得不从所在的地方离开,躲进了自己的房间,一句话也没说。然而希望总是随着爱情一起产生,罗塔里奥不但没有因为她的冷淡而气馁,反而更加渴望得到她。卡米拉见罗塔里奥做出如此出人意料的举动,不知所措。但她认定,再给他攀谈的机会或场所,是一件不安全也不明智的事。她决定当天晚上派一名仆人给安塞尔莫送信,信是这样写的——

第三十四回
小说《执迷不悟的好奇心》下篇

俗话说军不可一日无将,城不可一日无主,依我看,若不是万般无奈,一个已婚的年轻女人没有丈夫在身边,比这些情形糟糕百倍。没有你,我心中难过,只觉软弱无力,再也无法忍受这样的分离。如果你不马上回来,我就不得不回娘家一段时间,哪怕留下你的家无人照管也无可奈何。因为你指定的托管人,如果他还值得被如此称呼的话,我认为他考虑的只是他自己的意愿,而不是你该享有的权益。你是个聪明人，我不再多说，也不该多说什么了。

安塞尔莫收到这封信，明白罗塔里奥已经开始行动了，而卡米拉的回应也正如他希望的那样。他对这一消息高兴之至，便遣了信使回复卡米拉，叫她无论如何也不要离开家，因为他很快就回来。卡米拉对安塞尔莫的答复感到惊讶，而且比之前愈加困惑。她既不敢留在家里，更不敢回娘家去：留下的话可能难保贞洁，而离开的话又违背了丈夫的命令。

最后她做了几乎是最坏的决定，就是留下来。为了不让仆人们猜疑，还下决心不再回避罗塔里奥。她甚至都后悔给丈夫写了那封信，担心他会不会认为是罗塔里奥在她身上发现了什么不检点之处，才不顾脸面、抛弃廉耻。不过她对自己的品性有充分的信心，相信上帝、相信自己的忠贞善良，足以抵御任何侵扰，让罗塔里奥把所有要对她说的话咽回去，从而不再让丈夫察觉更多，免得他被卷入任何争端或麻烦。她甚至还想，如果丈夫问起为什么写那封信，一定要千方百计替罗塔里奥开脱。所有这些想法虽然出于忠诚和善意，却未免不够明智，有弊无利。第二天她一直听着罗塔里奥说话，他步步追逼，以至于卡米拉的坚定渐渐开始动摇。虽然她出于忠贞的本能极力掩饰着目光，不在罗塔里奥的眼泪和甜言蜜语面前流露出内心任何含情的怜悯，这些细微之处却被罗塔里奥尽收眼底，也让他的热情更加如火如荼。

最后，他认为必须趁安塞尔莫不在的时间和便利，进一步缩小对这座城池的包围圈。他开始大胆地称赞她的美貌，满口谄媚，因为没有任何事物能比虚荣本身更快地征服和摧毁美人们虚荣的堡垒。事实上他全情投入，用高强度的装备逐渐消磨她的坚定之石，即便是纯铜之身也被熔化了。他哭泣、恳求、贿赂、奉承,他再三坚持,装模作样,表现出如此丰富的感情和如此执着的爱恋,终于瓦解了卡米拉的矜持,赢得了完全出乎意料却又梦寐以求的东西。

卡米拉投降了,被征服了……但是,又怎能怪罪罗塔里奥把友谊抛诸脑后呢?这是一个显而易见的例子,说明面对爱的激情唯有逃避,爱无可战胜,没有人能够与如此强劲的敌人一战,因为只有神的力量才能战胜人的本能。只有莱奥奈拉知道女主人的秘密,无论是两个坏朋友还是一对新情人都没能瞒过她的眼睛。罗塔里奥不愿意将安塞尔莫的意图告诉卡米拉,也没告诉她是安塞尔莫故意给他制造的机会让他达到目前的成果。她若得知真相,一定会以为他的追求只是逢场作戏,缺乏诚意。

没过几天安塞尔莫回家了。他并没有注意到家里有什么东西永远失去了,而那正是他无法拥有却最为珍视的。接着他去了罗塔里奥家,两个朋友相互拥抱。安塞尔莫问起最新的进展,对他而言这是生死攸关的消息。

"亲爱的安塞尔莫,我唯一能告诉你的,"罗塔里奥说,"就是你有一位完全值得成为所有好女人榜样和典范的妻子。我所有的甜言蜜语她都置若罔闻,我的殷勤献媚她不屑一顾,我的馈赠她不肯接受,而对于我装出来的一些眼泪,她则公然嘲笑。总之,正如她的容颜集天下美貌于一身,她身上也集中了贞洁、谦恭、节制、矜持,以及能让一个忠贞的女人值得赞颂、生活幸福的所有美德。把你的钱拿回去吧,朋友,在我这里它们毫无用武之地,因为卡米拉的坚定心志不会屈从于礼物或誓言这样毫无价值的东西。满足吧!安塞尔莫,不要再想着对事实进行更多试探。女人常常受到猜疑,如今你已经安然渡过了这片困难的汪洋,就不要再自寻新的麻烦,那又将是一片深不可测的大海。你已经幸运地得到了上天赐予的船舰，助你渡过人生苦海，不要再借另一个水手去测试这艘船是否完美坚固。要知道，你已经安全着陆，此刻应该紧紧抓住理性的船锚，听从命运的指引，直至生命走到尽头：这才是人类都需偿付的债务，任何贵族身份都无法幸免。"

安塞尔莫听了罗塔里奥的回答非常高兴，他对这番话深信不疑，以为是某种神谕。不过无论如何，他恳求罗塔里奥暂时不要放弃这件事，哪怕是出于好奇，权当戏弄。当然从此以后也不用像之前一样苦苦纠缠，罗塔里奥只需要给她写几行赞美的诗，而且可以假借"科洛丽"的名义。他会告诉卡米拉说，罗塔里奥爱上了一位女士，并给她取了个名字叫"科洛丽"，以赞美她的贞洁和端庄。如果罗塔里奥不愿意费力写诗，他可以代劳。

"不必了。"罗塔里奥说，"缪斯女神还不至于如此慢待我，有幸承她时时垂青。你就把刚才说的假装我爱上别人的事告诉卡米拉，诗我会写的。即使达不到理想的水平，至少我尽力而为。"

执迷不悟的丈夫和背信弃义的朋友就此约定。安塞尔莫回到家，问卡米拉为什么给自己写了那封信。此前她还很惊讶丈夫没有问这个问题，此刻便回答说，她当时感觉罗塔里奥看她的神情比安塞尔莫在家的时候稍稍放肆了一些，不过她现在已经清醒过来，明白那不过是自己的错觉，因为罗塔里奥现在总是避免见到她或者跟她单独在一起。安塞尔莫对她说，完全不必疑心，因为他知道罗塔里奥爱上了城里一位高贵的女士，还以"科洛丽"的名字赞颂她。而且即便是他并没有爱上别人，也不用对罗塔里奥的忠诚以及他们两人之间的深厚友谊产生任何怀疑。如果不是卡米拉事先知道，所谓罗塔里奥爱上科洛丽是假装的，而且罗塔里奥这样告诉安塞尔莫不过是找个借口为她写赞美诗,她一定会醋意大发,甚至感到绝望。不过因为早已知情,这件事没有给她带来任何痛苦。

第二天,三人同桌吃饭时,安塞尔莫恳请罗塔里奥念一些他为心上人"科洛丽"写下的文字。他还说,反正卡米拉不认识这位女士,他可以毫无顾虑畅所欲言。

"即使认识也无关紧要。"罗塔里奥回答说,"我无须掩饰,因为一个爱慕者赞美心上人的美丽和残忍,对她的好名声不会造成任何玷污。不过无论如何,昨天我作了一首关于这位科洛丽冷漠薄情的十四行诗,是这样的——

十四行诗

深夜静谧幽暗,
凡人睡梦正酣。
我却向上天和科洛丽
倾诉无穷无尽的苦难。

清晨的太阳芳容初绽
在东方玫瑰色的栅栏,
我用不一样的语调,
重复着古老的哀叹。

当太阳从光辉的宝座,
向大地投下光芒似火,
我声声长叹泪眼婆娑。

至夜我又开始悲伤诉说，
　　上天置之不理我的执着，
　　科洛丽也一样绝情冷漠。

卡米拉觉得这首诗写得不错，安塞尔莫更是拍案叫绝。他对此大加赞赏，还评论说这位女士真是太狠心了，居然对如此真挚的表白无动于衷。卡米拉听了问道：

"那么，难道恋爱的诗人们说的话都是真的？"

"诗人往往不说真话，"罗塔里奥回答说，"但坠入爱河的人却总是既羞怯又真诚。"

"这是毫无疑问的。"安塞尔莫附和说。他的态度简直成了罗塔里奥对卡米拉爱意的支持和证明。卡米拉对于丈夫的诡计一无所知，而且已经真正爱上了罗塔里奥。

于是，因为爱屋及乌，更因为明白他的爱意和写下的诗句都是献给自己的，她才是真正的"科洛丽"，卡米拉便恳求罗塔里奥再念一些其他的诗句。

"还有一首，"罗塔里奥回答说，"但是我认为没有第一首那么好，或者更准确地说，比第一首更差，你们完全可以自己判断。是这样的——

十四行诗

　　我自知已命在旦夕，
　　你若不信，死亡更加步步紧逼。
　　哦！忘恩负义的美人！

我在你脚下死去，却从不后悔爱你。

我终将被人世遗弃，
失去生命、荣耀和你的青睐，
我愿剖开胸膛表明心迹，
你美丽的面容已被深深刻在心里。

这份印记我必将永世珍藏，
有朝一日因痴心不改走向死亡，
你越冷酷无情，我越伤心绝望。

啊！澄澈夜空下我漂泊在大海苍茫，
沿着未知的航道，没有指路的星辰，
没有港湾停靠，不知将驶向何方！

　　跟第一首一样，安塞尔莫对这第二首十四行诗也大加褒奖。就这样，如同链条环环紧扣般，他即将颜面无存这一点成为越来越牢固的事实。他越自认为荣耀的时刻，正是罗塔里奥伤他越深的时刻；而卡米拉朝着令丈夫蒙羞的方向走下的每一级台阶，在安塞尔莫的观念中却是在一步步地攀登美德和美誉的顶峰。

　　卡米拉常常跟她的侍女单独相处，有一次她对侍女说：

　　"亲爱的莱奥奈拉，我感到很羞愧，自己实在不够持重，竟然让罗塔里奥不费吹灰之力就占有了我的整个意志。过快地给予他这个权利，我担心他会认为我过于急切或轻浮而看轻了我，反而忘记了是他苦苦追求才使我无力抵抗。"

"不用难过，我的小姐。"莱奥奈拉回答说，"只要得到的东西真正美好、值得珍爱，到手的快慢不会影响珍爱的程度，既不会增加也不会减少。不是有句话叫'及时给予，双倍恩遇'吗？"

"可人们也常说，"卡米拉说，"越容易得到的就越不值得珍惜。"

"这句话在您身上可不适用，"莱奥奈拉回答说，"据我所知，爱情有时候来得快，有时候来得慢；有些人冲动，有些人慢热；有些人在爱情面前冷静理智，有些人却热情似火；有人受伤，还有人命丧。欲望产生于某一点，却又终结于同一点。一座城堡早上受到围攻，常常到夜间就已经投降，因为没有任何力量能与爱情相抗。既然如此，您又害怕什么呢？或者担心什么呢？罗塔里奥利用男主人不在的机会攻陷我们，不也是同样的道理吗？所以爱情这件事早有定论，毫无例外。罗塔里奥不能等到安塞尔莫回来，因为男主人的出现会让他无法得逞。把愿望转化为行动的机会是爱情最好的催化剂；所有的爱情故事都要依靠机会来成就，尤其是在故事开头。

"对这一切我都非常了解，并且是出于个人经验而不是道听途说。有一天您会知道，小姐，我也是个有血有肉的姑娘。此外，卡米拉小姐，如果不是从罗塔里奥的目光里，他的叹息、表白、誓言和馈赠中看到他全部的灵魂，又从他的灵魂和美德中发现他是多么值得去爱，您也不会如此仓促地缴械投降，将自己双手奉上。既然如此，您就不该这样思来想去、顾虑重重，而应该确信罗塔里奥爱您跟您爱他一样，开开心心、心满意足地享受爱情。既然已经坠入了情网，就认定他是那个珍惜您、爱护您的人。何况，他不但拥有人们常说的模范恋人应该具有的四种美德——智慧、单身、殷勤和隐秘，甚至连整个字母表都不足以概括他的优点！不信您听着，我能一口气数出他的好处：在我看来，他安全可靠（A）、彬彬有礼（B）、持重老成（C）、多才多艺（D）、恩深爱重（E）、富可敌国（F）、高风亮节（G）、好善乐施（H）、殷勤有加（I）、家世显赫（J）、慷慨大方（K）、灵心慧性（L）、美名远扬（M）、年轻有为（N）、呕心沥血（O）、剖肝沥胆（P）、情深义重（Q）、仁礼存心（R）、善良正直（S）、堂堂仪表（T）、游刃有余（U）、文武双全（V）、无拘无束（W），字母'X'不适用于他，因为那是个粗糙的字眼，'Y'是跟'I'同音的，已经说过了，还有'Z'：忠诚守护。"

卡米拉被侍女的字母表逗得哈哈大笑，并认为她在谈情说爱这件事情上比她自诩的还要专业，而莱奥奈拉也大方承认，并告诉卡米拉说自己正在跟同城一个出身很好的年轻人谈恋爱。卡米拉对此深感不安，担心消息会通过这个渠道泄露，进而伤及自己的名誉，于是逼问她，两人的交往有没有逾越谈情说爱的界限，而她却恬不知耻、肆无忌惮地表示了肯定。毫无疑问，女主人们的不检点会泯灭女仆们的羞耻心。连女主人都失足了，女仆们又何必介意自己瘸腿呢？

卡米拉无可奈何，只得恳求莱奥奈拉不要把自己的心事告诉她的恋人，而且一定要保守秘密，既不要让安塞尔莫察觉，也别让罗塔里奥知道，莱奥奈拉回答一定照做。然而她最终并没有履行诺言，卡米拉的担心变成了事实：自从看到女主人的表现不同以往，莱奥奈拉的放荡行为就变本加厉，竟大胆让她的情人出入这个家门，因为她相信就算女主人看到也不敢揭发。很多类似的情形，都是行为不端的女主人们咎由自取：她们反而成了女仆的奴隶，还不得不替女仆们遮掩放荡和不贞的行径，卡米拉正是如此。虽然在府中多次撞见莱奥奈拉跟她的情人躲在某个房间里，卡米拉不但不敢责骂她，反而为她创造条件隐瞒真相，清除幽会的障碍，以瞒过丈夫的耳目。

然而百密一疏。有一天天刚亮时，罗塔里奥撞见了这位情人。

因为素不相识，他的第一反应是遇见了某个鬼魂。但是当他发现这个人鬼鬼祟祟、遮遮掩掩、躲躲藏藏，便放弃了这个愚蠢的念头，并萌生了另一种想法——要不是卡米拉足够机智力挽狂澜，这种想法差点毁掉一切。罗塔里奥怎么会知道，在这样一个暧昧的时间离开安塞尔莫家的男人是莱奥奈拉的情人呢？他甚至都不记得还有莱奥奈拉这么一个人！他想当然地认为，卡米拉既然曾经如此轻易地接纳自己，如今一定是以同样的方式委身给了另一个人。轻浮是放荡女人的邪恶天性，这样的女人，无论谁去恳求和纠缠，都会置声名于不顾，心甘情愿地献身。他一直认为俘获卡米拉的芳心过于轻而易举，所以一旦在这方面对她产生任何猜疑，在他心中都会蕴酿为确凿无疑的事实。此时罗塔里奥仿佛失去了全部理智，抛却了一切谨慎，变得盲目而莽撞，根本不考虑做一件事情是否有利，甚至是否有道理。虽然卡米拉没有做任何对不起他的事情，然而嫉妒的怒火啃噬着他的内心，他急不可耐地想要报复她。安塞尔莫还没起床，罗塔里奥就找到他说：

"你要知道，安塞尔莫，我跟自己斗争了很久，内心挣扎着是否应该告诉你事情的真相，因为到现在为止，把这件事情继续对你隐瞒下去是不可能也不公平的。事实上，卡米拉的城堡已被征服，如今完全听命于我的心意。我没有及时告诉你这一点，是为了继续观察，她这样做到底是因为轻浮任性，还是为了试探我，看看我对她突如其来的爱情和你的默许纵容是不是有特殊的目的。我也相信，如果她真的如同我们料想的那样恪守妇道，早该把我的不当举止告诉了你。然而她迟迟不这样做，我便明白她对我的那些承诺都是认真的。下次你再出门，她会在你收藏珠宝的小房间跟我密谈。"卡米拉过去经常在那里跟他说话确是事实，"我不希望你着急去实施什么报复，因为她并没有犯下任何实际的罪过，目前还只是想法而已。有可能在把想法付诸行动的过程中，她又感到后悔，改变主意。所以，既然你一直或多或少都会听从我的忠告，此刻请你采纳我的另一个建议，以便你能在完全弄清事实、并做好最坏心理准备的情况下，采取对自己最有利的行动。你就假装像以前那样离开两到三天，然后藏在那个房间里。里面的挂毯或其他东西都可以让你舒舒服服地藏身。到那时你和我都可以亲眼见证卡米拉究竟是何用意。如果结局真的令人难过而不是值得期待，你就可以见机行事，悄无声息而谨慎妥当地为你受到的侮辱复仇。"

一番话说得安塞尔莫目瞪口呆、心神不宁。这个消息实在太出乎意料，因为他早已把卡米拉看成是抵挡住了罗塔里奥伴攻的胜利者，并十分享受战胜的荣耀。他沉默了许久，眼睛一眨不眨地盯着地面，最后说：

"罗塔里奥，你的所作所为无愧于我们的友情。我会完全遵从你的忠告：你可以按照自己的想法去做，但这个突如其来的消息让我很意外，请一定要保守秘密。"

罗塔里奥答应了。但是一离开安塞尔莫，他就对自己所说的话后悔莫及，责怪自己行事鲁莽。就算能够以此报复卡米拉，也不该通过这样残忍而阴暗的方法。他咒骂着自己的愚蠢，那点本就不坚定的决心也瓦解了。然而他想不出什么办法弥补自己已经做出的事情，也找不出什么合理的借口来推翻自己说过的话。最后，他决定把一切都告诉卡米拉。他完全有这样的机会，因为当天就能跟她单独相处。一见面，卡米拉便对他说：

"亲爱的罗塔里奥，你知道吗？我心中十分痛苦。有件事让我紧张得这颗心仿佛要在胸口爆裂，若我能安然无恙度过，倒真是个奇迹了。不知廉耻的莱奥奈拉如今越发猖狂,每天晚上都把她的情人带到这个家里,跟他鬼混到天明。这终将以毁灭我的名声为代价,因为任何人如果撞见这个男人在那种不寻常的时刻从我家里出去,都会如此猜测。而最令人沮丧的是,对她我既不能惩罚也不能责骂,因为她对我们之间的秘密了如指掌。因为害怕引起什么不好的后果,我不得不对他们的私情保持缄默。"

听到卡米拉这番话,罗塔里奥起初还以为这是她的诡计,目的是把被自己撞见的那个男人推说成莱奥奈拉的恋人而不是她自己的情夫。然而见她痛苦哭泣,不住哀求自己想想办法,罗塔里奥才相信这是她的肺腑之言。这样一来,他对自己之前的所作所为更加追悔莫及、不知所措。不过无论如何,他劝卡米拉不要难过,自己会想出办法制止莱奥奈拉的放肆行为。同时也向她坦白,自己因为嫉妒和冲动已经把真相告诉了安塞尔莫,而且二人商定,让安塞尔莫躲在房间内,以便从那里看清楚她不忠的事实。他为自己的疯狂之举请求她的原谅,并请她想想办法如何补救,才能安然度过这个迷宫般错综复杂的困境,这个局面正是他的鲁莽和愚蠢造成的。

卡米拉闻言又惊又怒,对他大加责备,列出了种种无可辩驳的理由,斥责他的想法过于卑劣,以及他当时的决定多么幼稚阴暗。不过,女人往往比男人更加敏锐,虽然她们并不擅长将直觉整理成逻辑思维,却对复杂局面有一种与生俱来的洞察力。所以卡米拉立刻想到了办法来解决这桩看似无解的麻烦事。她吩咐罗塔里奥第二天尽量让安塞尔莫躲在他们约定的地方,并打算利用这个机会一劳永逸地解决问题,这样他们两人从此可以尽情相爱而不必再担惊受怕。她没有把全部的计划都告诉他,只是提醒他在安塞尔莫藏身时要小心行事,她会让莱奥奈拉去叫他,听到召唤他就得立即赶来,并如实回答她所有的问题,就当不知道安塞尔莫正在偷听。罗塔里奥坚持要求她说清楚意图,这样才能更细致、更有把握地完成这个计划中他所承担的部分。

"听我说,"卡米拉劝道,"你不用做任何其他事情,只需要回答我问你的问题。"她不肯把自己的计划提前告诉他,因为担心他不同意这个在她看来最好的办法,而贸然去寻找其他不利的途径。

就这样罗塔里奥走了。第二天,安塞尔莫借口说要去上次那个朋友的村庄,便出了门,又偷偷折回藏了起来。他轻而易举地做到了这一点,因为卡米拉和莱奥奈拉故意给他创造了便利。

安塞尔莫隐身在房间内,可以想象此时他内心的恐慌——他正等待着亲眼看到自己的名誉毁于一旦,而他一向以为亲爱的卡米拉所具有的那些美德也将在顷刻间化为泡影。当卡米拉和莱奥奈拉确信安塞尔莫已经藏好,便走进了那个房间。一进门卡米拉就深深叹了口气说:

"啊!亲爱的莱奥奈拉,我不想让你知道我的计划是因为怕你试图阻止。我不是吩咐你带上安塞尔莫的短剑吗?在我把计划付诸实施之前,你用它刺穿我这个已经失去清誉的胸膛,难道不是最好的结局吗?不!你还是不要这样做,我不该为别人的罪过而惩罚自己。在此之前,我想知道罗塔里奥那双肆无忌惮、寡廉鲜耻的眼睛到底在我身上看到了什么,以至于他竟敢以这样的方式向我表白他无耻的欲望,蔑视自己的朋友,侮辱我的名誉?莱奥奈拉,你去,到这扇窗前喊他进来,他一定就在街上,还以为自己的邪恶意愿即将得逞。不过我会让他明白:我其实是个冷漠而贞烈的女子。"

"啊!我的小姐!"早已知情的莱奥奈拉机智地回答说,"您想拿这柄短剑做什么？难道是想要了自己的命，或者要了罗塔里奥的命？这两件事情，不管您想做哪一件，结果都会让您失去名誉和名声。最好还是忍气吞声吧！此刻不要让这个坏男人进到这个家里来，毕竟咱们俩势单力薄。您看，小姐，我们只是瘦弱的女人，而他是个男人，而且是个强壮的男人。他本就不怀好意，加上盲目和冲动，也许在您能实施自己的计划之前，他就做出了对您来说比送命更糟糕的事情！我的主人安塞尔莫真是糊涂透顶！居然信任这个不要脸的人，听凭他在家里惹是生非！而且，小姐，我猜您是想杀了他，但如果他真的死了，我们该拿尸体怎么办？"

"怎么办？"卡米拉回答说，"妹妹啊，尸体就留在这里，等着安塞尔莫回来。这件事情将使他声名狼藉，为了把此事永远埋藏，不管多么费事都不该嫌麻烦。叫罗塔里奥上来吧，该结束了。对自己受到的侮辱，我理所应当采取报复，而在这件事情上耽搁的每一秒钟，对于我对丈夫应尽的忠诚而言都是一种冒犯。"

安塞尔莫听到了这一切。卡米拉每说一句话，他的心情就随之起伏变化。当他明白卡米拉已经下定决心要杀死罗塔里奥，便想立刻现身阻止。然而，他又实在想看看卡米拉这样英勇而贞洁的决心究竟如何实施，便决定等到紧要关头再及时出来阻止她。

这时卡米拉突然晕了过去，倒在房间的床上，莱奥奈拉开始伤心哭泣，边哭边说：

"啊！我真是太不幸了！如果她真的如此不走运，就在此时此地死在我的怀里……她是全世界忠贞的化身、好女人的典范、矜持的楷模……"

她说了许多这样的话，任何人听到都会忍不住觉得她是世界上最可怜、最忠诚的侍女，而认为她的女主人好比不堪被纠缠的佩涅洛佩[1]。很快卡米拉醒了过来，刚恢复清醒便说：

"莱奥奈拉，你为什么不去？快去叫他，那个普天之下被太阳照耀过、被黑夜荫蔽过的最不忠诚的朋友。快去吧！跑过去！快点！不要让拖延磨灭我心中的愤怒之火，不要让我等待的公平报复沦于单纯的威胁和咒骂。"

"我的小姐，我这就去叫他。"莱奥奈拉说，"但是您得先把这柄短剑给我，为了防止我不在的时候您做下傻事，不要用它让所有深爱您的人哭泣终生。"

"亲爱的莱奥奈拉，你放心去吧，我什么都不会做的。"卡米拉回答说，"虽然在你看来，我为了保住自己的名誉不惜放胆做出蠢事，但还不至于像那位卢克雷西亚[2]一样傻。据说她在完全没有任何过错的情况下自尽了，而且死前还没有先杀死那个给她带来不幸的人。我会死的，不过要死也要先报仇，然后心满意足地死去。我要给他机会来到这个地方，为自己的放肆哭悔：我没有做错任何事情导致他产生不轨之心。"

莱奥奈拉在离去之前又苦苦哀求，不过最后她还是听从了女主人的吩咐。在她回来之前，卡米拉仿佛自言自语地说：

"我的上帝！我是不是应该像以前很多次那样将罗塔里奥斥离，而不是像此刻所做的那样，让他有机会认为我堕落放荡？哪怕不得不等待很长时间才能让他醒悟！那样的话当然是更好的结局，但既

---

1 佩涅洛佩，希腊传说中奥德修斯的妻子，在丈夫远征特洛亚失踪后，拒绝了所有求婚者，一直等待丈夫归来，忠贞不渝。
2 卢克雷西亚，传说中的古罗马烈女，被国王小儿子塞克斯图斯奸污后，要求父亲和丈夫为其报仇，然后自尽。

然是邪恶念头将他拖入泥潭，如果就放他如此不痛不痒地顺利脱身，我就无法为自己报仇，也无法保全丈夫的名誉。就让背叛者为他的好色之心付出生命的代价吧！让全世界知道，如果万一能让全世界知道的话，卡米拉不但保持了对于丈夫的忠贞，还替他向胆敢冒犯的人复了仇。

"不过无论如何，如果我早点把这件事情告诉安塞尔莫就好了。其实在派人送到村庄的那封信里我已经透露了这个消息，我相信他没有赶回来设法避免这种伤害完全是出于善意和信任。他不愿意也无法相信，最坚定的朋友心中居然会存有伤害自己荣誉的念头，就连我都一直无法相信。如果不是他的无礼举动日益放肆，如果不是那些赤裸裸的馈赠、长篇大论的誓言和绵绵不绝的眼泪，如果不是这些无可辩驳的证明，我永远也不会相信这件事！不过，此刻想这些还有什么意义？难道还需要任何忠告才能果敢下定决心吗？不，当然不！所以，滚吧！背叛者！复仇女神就在这里，在伪装中等待！来吧，到这里来，然后去死！就让一切都结束，让该发生的事情发生吧！我干干净净地投入上天赐予我的夫君的怀抱，就得同样干干净净地离开。哪怕沐浴着自己贞洁的鲜血和罗塔里奥污浊的鲜血，他是在世间所有友谊见证下的最虚伪的朋友。"

她一边说，一边在房间里走来走去，手里拿着出鞘的短剑。她的脚步如此茫然、凌乱，姿势和表情又是如此异常，看上去仿佛失去了理智。不像是一个脆弱的女人，反而像一个绝望的无赖。

安塞尔莫藏身在几块壁毯后面，把这一切都看在眼里，感到十分惊奇。他觉得自己所看到、所听到的一切都足以消除哪怕是更大的疑虑，甚至希望别再让罗塔里奥进来接受考验，因为担心会发生什么不幸。他正要跳出去拥抱妻子并向她坦白，却看见莱奥奈拉带着罗塔里奥进来了。卡米拉一见到罗塔里奥，便用短剑在面前的地上画了一条线，对他说：

"罗塔里奥，你听着，如果你胆敢越过这道线，不等你过来，只要发现你有这样的意图，我就立刻把手里的这柄剑刺入自己的胸膛。在你开口之前，先回答我的问题，然后你可以畅所欲言。首先，罗塔里奥，请你告诉我：你是否认识我的丈夫安塞尔莫，又是怎样看待他的？其次，我也想知道，你是否认识我？请回答我这两个问题，不要犹豫也不要多费思量，我所问的并不是什么难题。"

罗塔里奥并不愚钝，从卡米拉嘱咐让安塞尔莫如约藏起来那一刻起，就隐隐猜到她的计划。所以他谨慎而适时地配合着她的意图，以至于这个谎言被演绎得比真正的事实还要逼真。他这样回答：

"美丽的卡米拉，没想到你叫我来是为了问这样的问题，这跟我前来见你的意图毫不相关。如果你这样问是为了推迟履行承诺于我的恩赐，你尽可以继续用各种花招来搪塞，因为所有梦寐以求的东西，越到了令人焦灼的时刻，离实现拥有的距离就越近。但是，为了不让你认为我不肯回答你的问题，我可以说，我认识你的丈夫安塞尔莫，我们两人自幼相识，对于我们之间的友谊我不想多说，对此你完全了解，不要让我亲口承认自己对他的侮辱，因为这一切都是出于爱情，而爱情这个理由足以成为哪怕是更大过失的借口。我也认识你，我对你的看法跟他对你的看法一样。若非如此，我对你的爱也不会达到如今的程度，以至于做出这样有辱自己身份的事情，而且违背了真正的友谊那神圣的法则。此刻这份友谊已经被我粉碎、被我辜负，因为它遭遇了一个如此强大的敌人，比如爱情。"

"既然你承认这一点，"卡米拉回答说，"你就是这个世界上一切值得被爱之物的死敌，又有何脸面出现在我面前？你明知我是安

401

塞尔莫的一面镜子,而他又是你的镜子,从中你可以看到自己应有的模样,怎么能为了如此微不足道的理由而侮辱他?啊!我真是不幸!我想知道,你本应自重自爱,是谁让你如此看轻自己、作践自己?难道是因为我的不检点吗?我不想称之为放荡,因为这绝不是出于故意,而是源于疏忽。如果认为没有需要矜持相待的人,女人往往会失去警觉,疏忽大意。如若不然,你这个背叛者,请告诉我:对于你的苦苦纠缠,我有哪一次回答过只言片语或流露出任何迹象,能够在你心中激起希望,误以为可以实现你卑鄙的欲望?你的甜言蜜语有哪一次不是受到我冷酷的拒绝和严厉的指责?你的信誓旦旦和昂贵的馈赠有哪一次被我相信或接受?

"然而我认为,若不是心存希望,没有人能够长时间执着追求,所以我把你的无礼举动归咎于自己——一定是我的疏忽才让你一直纠缠不休。我要惩罚自己:你有多大的罪过,我就要接受多大的惩罚,为了让你明白,你如此不人道地对待我,必将受到同样的对待!我叫你来是为了见证我打算做出的牺牲,以弥补我那正直的丈夫受到的名誉冒犯。你对他的侮辱是处心积虑的,而我对他的侮辱则在于没有足够矜持以及时逃离不适当的场合,从而助长了你的卑劣念头,如果说曾有过这种场合的话。我再说一遍:我怀疑是自己的某个疏忽导致你产生如此误入歧途的想法,这是最让我沮丧,也是我想要以自己的双手惩罚自己的最大理由。何况如果假他人之手来惩罚自己,也许我的过错将会被世人皆知。不过我不想仅仅惩罚自己——我要与你同归于尽,这样才能了却自己报仇的心愿。在另一个世界,或者在任何地方,接受公正无私的正义所加诸的刑罚,而且这种正义不会屈服于让我陷入如此绝境的邪恶。"

话音刚落,她以惊人的力量和速度把出鞘的短剑向罗塔里奥刺去，而且直指他的胸口。那一瞬间他甚至怀疑这番痛斥究竟是真情还是假意，因为他不得不凭借灵活的身手，费了很大的气力才逃脱了卡米拉的剑锋。她把这个奇怪的谎言和骗局演绎得如此逼真，为了进一步增加真实色彩，甚至不惜以自己的鲜血为它染色。见无法或假装无法刺中罗塔里奥，她说：

"既然命运不肯让我实现如此公正的愿望，至少我还有能力完成其中一部分！"

她将握着短剑的那只手从罗塔里奥手中使劲挣脱，把剑尖对准自己肯定会受伤但伤势不会很重的部位刺了进去，短剑没入腋窝与左肩之间。接着她便倒在了地上，仿佛晕了过去。

莱奥奈拉和罗塔里奥被这一幕惊得目瞪口呆，看到卡米拉躺在地上浑身是血，还在犹疑这件事情是不是真的。罗塔里奥惊恐万状，差点喘不过气来。他立刻赶上去，拔出短剑，见伤口很小，才松了口气，并再次对卡米拉的机智、慎重和深思熟虑钦佩不已。为了配合她，并努力演好自己的戏份，他在卡米拉身旁进行了一番冗长而悲伤的哀叹，仿佛她已经死了。除了咒骂自己，还咒骂那个将他拖进如此窘境的罪魁祸首。当然，这番话都是故意说给好朋友安塞尔莫听的。无论是谁，即便是以为卡米拉死了，听到这番话都会认为他比卡米拉更值得可怜。

莱奥奈拉抱起卡米拉放在床上，哀求罗塔里奥去找人来偷偷地治疗。还向他讨主意，如果男主人在女主人痊愈之前就回来的话，该如何解释她的伤。罗塔里奥回答说，随便她们怎么解释，他可不打算给予什么忠告。他只吩咐她尽量给女主人止血，称自己将去往谁也见不到的地方。他装出非常伤心痛苦的样子离开了，当独自来到无人之处，便开始不停地画十字，对卡米拉的计谋和莱奥奈拉如此得体的表演惊讶不已。他还想到,安塞尔莫将如何确信自己的妻子如同珀尔西亚[1]再世,而且急切地跟自己见面,共同庆祝这场天底下编织得最精妙的谎言。

正如前面提到,莱奥奈拉为女主人止住了血,又用酒稍稍清洗了伤口,然后尽可能地包扎好。卡米拉流的那点血刚够让她的谎言显得真实。莱奥奈拉一边为卡米拉疗伤,一边诉说悲情,以至于即便没有发生刚才的那一幕,也足以让安塞尔莫相信卡米拉就是贞洁的化身。

配合着莱奥奈拉的一番话,卡米拉又责怪自己懦弱、胆怯,明明早已生无可恋,却竟然在最关键的时候失去了结束生命的勇气。她问侍女是不是应该把这件事告诉她亲爱的丈夫,莱奥奈拉回答说不要这样做,因为这样他就有义务去找罗塔里奥报仇,从而不得不冒巨大的危险,而好女人有责任避免自己的丈夫卷进争斗,尽可能为他排除任何可能产生的纠纷。

卡米拉回答说她的意见非常中肯,自己会听从她的忠告,不过无论如何,还是要考虑好如何向安塞尔莫解释这个伤口,因为他不可能看不到。对此,莱奥奈拉回答说自己可不会撒谎,哪怕是开玩笑说谎也不会。

"可是,妹妹,"卡米拉反驳说,"难道我会吗?我既不敢编织谎言,也不敢掩盖谎言,哪怕是整个身家性命都维系于此。如果找不到妥善的解决办法,最好还是把事实原原本本地告诉他,免得被他当众戳穿。"

---

[1] 珀尔西亚,古罗马政治家布鲁托之妻,丈夫密谋刺杀恺撒,她以苦肉计获得这一机密。

"不要伤心,小姐,从现在开始到明天,"莱奥奈拉回答说,"我会想好怎么跟他说的,而且也许你可以把伤口位置遮盖起来不让他看见。上天慈悲,一定会保佑我们如此公平又正直的想法。放心吧,我的小姐,尽量平复不安的情绪,不要让我的主人发现你的惊慌,其他的事都交给我、交给上帝,上帝总是成全善良的愿望。"

安塞尔莫十分专注地观看着这出关乎自己名誉存亡的悲剧,剧中人物的表演产生了如此奇特而强大的效果,似乎她们所假装的事情已经变成了事实本身。他盼着夜晚来临,有机会溜出家门去跟好朋友罗塔里奥见面,一起庆祝在检验妻子美德的闹剧中发现的珍宝。主仆二人想办法创造了这样的机会,让他能够很容易溜出去。而他也没有错失这个机会,立刻离开了家前去寻找罗塔里奥。见到好朋友,安塞尔莫给了他无数的拥抱,激动之情溢于言表,对卡米拉也赞不绝口。罗塔里奥听到这一切,却没有流露出任何兴奋之意,因为他想起了好朋友还被蒙在鼓里,而自己加之于他的侮辱对他来说是多么不公平。安塞尔莫见罗塔里奥不高兴,还以为他是因为害卡米拉受伤而自责。安塞尔莫说了一大堆安慰的话,还告诉他,不必为发生在卡米拉身上的事情而难过,因为既然她还打算要隐瞒这个伤口,那么毫无疑问伤势很轻,这样一来就没有什么可担心的了。从此以后,大家可以一起安稳享受快乐生活,因为通过这一番设计布局,他已经攀登到世人能够企求的幸福顶点。从此他将别无所求,全部的休闲时间都将用来写下赞美卡米拉的诗句,让她在未来的时代中永垂不朽。罗塔里奥称赞了他这份决心,并表示会从自己的角度帮助他共同筑起这座杰出的丰碑。

就这样,安塞尔莫成为全世界前所未有的被欺骗得最彻底的人:他亲手把敌人迎进家门,以为将成就自己的荣耀,谁知却断送了自己的名誉。卡米拉迎接他时，面色不太自然，心里却十分欢喜。这场欺骗被隐瞒了一段时间，然而几个月之后，命运的车轮回转，如此处心积虑掩盖的骗局终于真相大白，而安塞尔莫也为自己执迷不悟的好奇心付出了生命的代价。

第三十五回
小说《执迷不悟的好奇心》大结局

小说还剩下一点没读完，桑丘·潘萨突然慌里慌张地从堂吉诃德睡觉的房间跑出来，大声喊：

"快来啊！先生们，快来救救我的主人！他正跟人打得难解难分，我从来没见过这么激烈的战斗！上帝保佑！那是米可米可娜公主的敌人啊，主人像削萝卜似的一刀就连根砍掉了他的脑袋！"

"兄弟，你在胡说什么呢？"神父放下手中的小说，"桑丘，你没糊涂吧？该死的！那怎么可能呢？那个巨人离此地两千里格之远呢！"

就在这时房间里传来一声巨响，只听堂吉诃德高声喊道：

"站住！强盗！卑鄙小人！懦夫！我抓住你了！你的弯刀也不管用了！"

听声音似乎他正在用刀猛砍墙壁，桑丘说："你们不该就这么听着，应该进去劝架或者去帮我的主人。不过算了，已经没有这个必要了，因为那个巨人一定已经死了，正在向上帝忏悔他腐朽邪恶的一生呢！我亲眼看见他的血流到地上，脑袋被砍了下来垂在一边，足有一个大皮酒囊那么大。"

"真要命了！"店老板说，"堂吉诃德，或者干脆叫堂魔鬼算了，肯定是砍了装满红酒的酒囊！漏出来的红酒看上去像是那个好家伙的血。"

于是他走进房间，所有人都跟在后面。堂吉诃德这身奇怪打扮堪称世界之最：衬衣前襟的长度都不够盖住大腿，背后的长度更短了六指左右；两腿又长又瘦，长满了汗毛，而且不太干净；头上戴着一顶油腻腻的彩色睡帽，那是店老板的；左臂缠着床上的毛毯——桑丘对这条毯子十分厌恶，至于是什么原因，他自己心里最清楚；而右胳膊正拿着出鞘的长剑到处乱砍，嘴里还念念有词仿佛真的在跟某个巨人打斗。不过好在他眼睛还没有睁开，只是在睡梦中梦见自己正在同巨人战斗：他对于将要完成的冒险是如此朝思暮想，以至于梦见自己已经到达了米可米可王国，已经在同敌人战斗了。他对着那些酒囊左劈右砍，还以为是砍在巨人身上，搞得整个房间一片汪洋。店老板见了火冒三丈，提起拳头扑向堂吉诃德，对他拳打脚踢，如果不是卡尔德尼奥和神父上前把他拉开，堂吉诃德的这场巨人之战就由店老板来了结了。尽管如此，这位可怜的骑士也没有醒来，直到理发师从井里取来一大锅冷水，猛地泼到他身上，堂吉诃德才醒过来，但是还没有清醒到能够明白自己所处的状态。

多萝泰阿见他衣衫不整，便不愿意进去观看自己的"保护者"跟对手之间的打斗。

桑丘满地寻找巨人的头，却怎么也找不到，便说：

"我早就知道，整个这栋房子都被施了魔法。上次我就在这同一个地方挨了好一顿拳脚和棍棒，都不知道是谁打的我，一个人也没看见。而现在，明明从那个身体里流出来的血淌得像小溪一样，我亲眼看着被砍下来的那颗脑袋却不见了。"

"你说的什么血？什么小溪？你这是与上帝为敌，与圣人们为敌！"店老板说，"你没看清楚吧？强盗！你说的鲜血和小溪不是别的，正是这些酒囊被洞穿了，里面的红酒全流到房间里，简直可以游泳了！打破我酒囊的那个人，但愿他的灵魂到地狱里去游泳！"

"我什么也不知道，"桑丘回答说，"我只知道自己真是太不幸了，要是找不到那颗脑袋，我的领地也鸡飞蛋打了，就像盐溶于水一样。"

桑丘醒着还不如他的主人睡着了清醒呢：他对主人的承诺念念不忘。店老板看着神志不清的侍从和精神错乱的主人简直绝望了，他发誓一定不能像上次那样，让他们没付账就离开。这次只消费不花钱的骑士特权在他这里可不管用了，连修补酒囊的花费都得找堂吉诃德要出来。

神父双手拽住了堂吉诃德，堂吉诃德却以为冒险已经完成，自己正在米可米可娜公主面前，便跪倒在神父脚下说：

"高贵而美丽的小姐！伟大的公主殿下！从今天开始，您再也不用担心这个出身低贱的家伙带来的伤害，而我从此也将从对您的诺言中解脱。因为上帝无所不能，在他的帮助下，在我为之生、为之呼吸的那位小姐的保佑下，我幸不辱命，履行了诺言。"

"我不是早就说了吗？"桑丘听见这话喊道，"没错，我没喝醉！你们听听，我的主人不是已经把那个巨人泡进卤水里去了吗？这下没问题了，我的领地没跑儿了！"

听到这主仆二人的疯言疯语，谁不是忍俊不禁？所有人都哈哈大笑，除了店老板，因为他已经气得七窍生烟。最后，理发师、卡尔德尼奥和神父几人合力，费了好大的劲儿才把堂吉诃德弄到床上。他显得极度疲倦，又睡着了。大家留他酣睡，纷纷回到客栈的门厅去安慰桑丘·潘萨，因为他没有找到巨人的脑袋。然而众人不得不花更多工夫去安抚店老板，他因为酒囊的损失快气疯了。老板娘也大声喊道：

"这真是个倒霉透顶的日子！这位游侠骑士竟然又闯进我家！真希望这双眼睛从没见过这个人，遇到他我真是亏大发了！上一次他走的时候还欠了我们一晚住宿、一顿晚餐、一张床，还有干草、饲料的费用，那都是他自己、他的侍从、一匹瘦马和一头毛驴实际享用的开销。他还声称自己是冒险骑士！愿上帝保佑全世界所有的冒险家都倒八辈子大霉！还说什么，因为这个身份他没有义务为任何东西付钱，还说这是游侠骑士证书上明文写清！因为他，这位先生又来拿走了我的牛尾巴，还回来的时候已经被折腾得光秃秃的了，我丈夫也没法再挂梳子了，这可是两个四分之一金币都不够赔的！最过分的是，今天还打破了我的酒囊，弄洒了我的酒！我真恨不得这地上淌的都是他的血！不过，别打错了如意算盘！我以父亲的骸骨和母亲的荣誉发誓！今天不让他们一个子儿、一个子儿地赔给我，我就不叫这个名字！就不是我爹妈的女儿！"

老板娘怒气冲冲，牢骚不断，她的好仆人玛丽托尔内斯也在一旁帮腔，女儿却沉默不语，还时不时面露微笑。神父总算把她们安抚住，承诺尽量弥补他们的损失，包括酒囊和酒，但主要是赔偿那条尾巴的损害——尾巴在这出好戏中功不可没。多萝泰阿安慰桑丘·潘萨说，只要他的主人真的砍下了巨人的脑袋，她可以保证，一旦自己的王国恢复和平，就把王国里最好的封地赐给他。桑丘立刻破涕为笑，信誓旦旦说公主可以放心，巨人的脑袋是自己亲眼看见的，脑袋上好像还拖着一把长及腰际的胡子。至于为什么此刻这颗脑袋遍寻不着，是因为这座房子里发生的一切都被施了魔法，他上次住在这里的时候已经吃过苦头了。多萝泰阿说她完全相信这一点，劝桑丘不要难过了，一切都会好的，到时只要他开口请求愿望就会实现。

等所有人都平静下来，神父想要读完小说里所剩无几的章节，卡尔德尼奥、多萝泰阿和其他所有人都有同样的愿望。为了让所有人高兴，也因为自己迫切想知道究竟，神父继续念道——

最后，安塞尔莫对卡米拉的美德推崇备至，过上了无忧无虑的幸福生活，而卡米拉却故意对罗塔里奥冷眼以对，避免丈夫看出她对情人的真实态度。为了进一步强化安塞尔莫的错误看法，罗塔里奥还请他允许自己不再登门拜访，因为卡米拉的目光清清楚楚地流露出她受到的伤害。然而蒙在鼓里的安塞尔莫坚决不允。就这样，安塞尔莫想方设法、千方百计亲手葬送了自己的名誉，还以为那是他的幸福。

此时莱奥奈拉在主人的纵容下，愈发不管不顾、胡作非为，因为她相信女主人会为自己遮掩，甚至会帮她出谋划策，怎么样可以不用担惊受怕地去幽会。终于有一天晚上，安塞尔莫感觉到莱奥奈拉房间里有脚步声，便想进去看看是谁。当他发现门上了闩，便越发想要破门而入。他用力打开门，冲进房间的那一瞬间，正好看到一个男人从窗口跳出去跑上街道。他迅速赶上去，想抓住他或至少认出是谁，然而莱奥奈拉抱住他说：

"我的主人！您消消气，不要吓唬也不要追赶从这里跳出去的那个人：这是我的私事，事实上，那是我丈夫。"

安塞尔莫不相信她的话，盛怒之下拿出短剑威胁说，她若不说实话，就立刻取她性命。莱奥奈拉吓得魂飞魄散、口不择言，对男主人说：

"不要杀我,主人,我会告诉您一件重要的事情,一定超乎您的想象。"

"赶紧说。"安塞尔莫说,"否则,你死定了。"

"暂时我还做不到。"莱奥奈拉说,"我现在已经完全慌了神。求您饶我到明天,到那时您就会从我嘴里知道让您大吃一惊的事情。也请您相信,从窗户跳出去的是本城一个年轻人,他承诺要娶我为妻。"

于是安塞尔莫强压怒火,同意等到明天。他对卡米拉的美德深信不疑,压根没想到会听到任何对她不利的事情。于是他离开了房间,把莱奥奈拉关在里面,命令她在说出重要事情之前不得离开房间。

接着他回到卡米拉身边,把自己跟她的侍女之间发生的一切都告诉了妻子,还说侍女有重大事情要告发。卡米拉此时的恐慌自然无须赘言,她胆战心惊,竟信以为真,以为莱奥奈拉真的打算把自己出轨的事情告诉安塞尔莫。她甚至都没有勇气等待这个猜疑被验证,当天晚上趁安塞尔莫睡着以后,就收拾了自己最好的珠宝,带上一些钱,神不知鬼不觉地溜出家门去找罗塔里奥。她把发生的事情告诉了他,恳求他搭救自己,或者两人远走高飞去到能够躲开安塞尔莫的地方。罗塔里奥一听这个消息心慌意乱,话都说不出来,更别提拿出什么应对之策。

最后,他决定把卡米拉送往一座修道院,他的一个姐姐是那里的院长,卡米拉对此也表示同意。事出情急,罗塔里奥立刻把她带到修道院并留在了那里,接着自己也离开了这座城市,没有告知任何人。

天亮了,安塞尔莫并没有发现卡米拉已经不在身边,而是满心急切想知道莱奥奈拉究竟打算说什么重要的事情。他起了床,径直去了关她的那个房间。然而当他打开门进去，屋里早已不见了莱奥奈拉，只有几条床单系在窗户上，说明她是从窗口滑下去逃走的。他十分沮丧，想把这件事告诉卡米拉，这才发现她并不在床上，而且整座府邸里里外外都没有她的踪影。他心里一沉，找来家里的仆人询问，然而谁也说不清是怎么回事。

他四处寻找妻子，碰巧发现她的首饰盒打开着，里面大部分珠宝都不翼而飞了。此时他终于察觉到自己的不幸，明白给他带来厄运的并非莱奥奈拉。他失魂落魄、伤心不已，于是心事重重、衣冠不整地去找好朋友罗塔里奥准备倾诉自己的不幸。然而连罗塔里奥也消失了，仆人们告诉安塞尔莫，主人头天晚上就离开了家，而且随身带走了家里所有的钱。安塞尔莫只觉天昏地暗，而这还不是全部——最终让他真正发狂的是回到自己家里，发现众多的仆人竟然一个都不见了，只留下一座空空荡荡像被遗弃的房子。

他已经不知道该想什么，说什么，或做什么，渐渐地精神恍惚以致错乱了。顷刻间失去了妻子、朋友、仆人，在他看来不啻失去了曾经笼罩的上天庇护，而最糟糕的还是失去了名誉，因为卡米拉的逃离让他明白她早已失贞。

考虑了很久，最后他决定前往朋友的村庄。自己一手策划的悲剧发生之时，他也身处同样的地方。他掩上家门，骑上马，颤颤巍巍地上路了。然而还没走到一半，实在心乱如麻，便不得不下马，用缰绳把马拴在一棵树上，自己则倒在树下，发出低声而痛苦的叹息。他在那里盘桓到将近天黑，看见一个人骑着马从城里出来。他上前问候，并询问佛罗伦萨有什么新闻。那个城里人回答说：

"城里有很多传闻，其中最耸人听闻的是据说罗塔里奥，也就是住在圣胡安附近的富翁安塞尔莫的好朋友，昨天晚上带走了安塞尔莫的妻子卡米拉，同时连安塞尔莫也失踪了。这些都是卡米拉的一个女仆说的，这位女仆昨天晚上顺着一条床单从安塞尔莫家的窗口逃出来，结果被市长抓住了。事实上这件事情究竟是怎么发生的，我知道得也不太确切，只知道全城的人都深感惊讶。谁也想不到，以这两人之间如同家人般的深厚友谊，竟然会发生这样的事情！据说他们的交情好到所有人都称他们为'一对挚友'。"

"您是否碰巧知道，"安塞尔莫说，"罗塔里奥把卡米拉带到哪里去了？"

"怎么可能知道！"那人说，"连市长都在到处找他们呢。"

"愿上帝伴您同行，先生。"安塞尔莫说。

"愿上帝与您同在。"城里人说着就走了。

这消息如同晴天霹雳，安塞尔莫差点就走上了绝路，不是发疯，而是性命不保。他勉力站起来，到达了朋友家里。这位朋友还未听说他的不幸遭遇，但是见他上门来如此憔悴、颓废、毫无生气，明白他一定是受了什么严重的打击。安塞尔莫说想躺一会儿，并请朋友找些笔墨来。朋友照做了，照料他躺下，并按照他的意愿留他一个人待着，还替他关上了门。此时独自一人，安塞尔莫满脑子想的都是自己的不幸，他还清楚地感觉到自己将不久于人世，于是决定公开这离奇的死因。他立刻动笔，然而还没有来得及把所想的内容都写下来就断了气。执迷不悟的好奇心给他带来了无尽的痛苦并最终夺去了他的生命。

这家的主人一直等到下午都不见安塞尔莫有任何动静，便决定进去看看他是否病情加重了。然而他看到的是安塞尔莫趴着，半边身子在床上，另半边身子压在文具匣上，匣上铺着写了一半的纸，手中还握着笔。主人叫了他几声，见没有回应，便赶上前来拉他的手,发现他全身冰冷,才明白他已经死了。主人吓了一跳,又非常伤心,他叫来仆人们一起见证安塞尔莫的不幸。最后他读了那张纸,上面正是安塞尔莫的笔迹:

"一个愚蠢而阴差阳错的念头夺走了我的生命。如果我死去的消息能够传到卡米拉那里,希望她知道:我原谅她,因为她没有义务创造奇迹,我也不该期望她创造奇迹。我就是那个让自己名誉扫地的罪魁祸首,而且毫无缘故……"

安塞尔莫只写到这里,由此人们知道他的生命就在那一刻结束了,没有能够完成他的遗书。第二天,朋友将安塞尔莫的死讯通知了他的亲戚,大家都已经得知了他的遭遇。消息也传到了卡米拉所在的修道院,她差点陪丈夫一起走上那条不可避免的死亡之路,不过不是因为听说丈夫的死讯,而是因为得知了他那位逃走的朋友的消息。据说,在成了寡妇以后,她还是不愿意离开修道院,但也不愿意皈依教会。然而没过多久,她听说罗塔里奥在一场战役中阵亡了。那时罗特莱[1]先生正在那不勒斯王国向大将军冈萨罗·费尔南德斯·德·科尔多瓦发动战争,那个追悔莫及的朋友当时就是投奔他而去。卡米拉知道了这个消息,立刻皈依当了修女,但是没几天就因深沉的悲痛和忧伤郁郁而终。这就是所有人的结局,而这个结局始于一个如此阴差阳错的开端。

"我觉得这部小说写得很好,"神父说,"不过我可不相信这是真的。即使是杜撰,也有违常理——无法想象会有这么愚蠢的丈夫,居然像安塞尔莫那样非要做一件代价如此昂贵的事情。这样的情节

---

[1] 罗特莱,当时的法国元帅。

安排在一对情人之间，尚有合理之处，但在丈夫和妻子之间，就有点不可思议了。至于这个故事的叙述方式，我觉得不错。"

第三十六回
堂吉诃德同红酒囊之间异乎寻常的激烈战斗，以及客栈中发生的其他怪事[1]

就在这时，站在客栈门口的店老板说：

"来了一队威风凛凛的武装客人。如果他们在这里停留，可有热闹看了。"

"是什么人？"卡尔德尼奥问。

"四个骑马的男人。"店老板回答说，"都是短镫骑法，拿着长矛和盾牌，所有人都戴着黑色的面罩。跟他们一起的是一个穿着白衣服的女人，坐着一顶巨大的轿椅，同样也蒙着脸。还有两个步行的仆人。"

"他们离得很近了吗？"神父问。

"可不，"店老板回答说，"这就到了。"

多萝泰阿闻言立刻遮住面容，而卡尔德尼奥则躲进了堂吉诃德的房间，几乎是同时，店老板描述的那队人马也进了门。四位骑手纷纷下马，个个如玉树临风。接着他们去扶白衣女人下轿，其中一位伸出双臂将她抱到一张椅子上，就在卡尔德尼奥藏身的房间门口。

---

[1] 本回标题不够准确，跟红酒囊的战斗已经在前一回叙述过了。

然而在整个过程中，无论男人还是女人都没有取下面罩，也没说过一句话。只有女人在椅子上坐下的时候深深叹了口气，无力地垂下胳膊，仿佛生病晕厥了一样。步行的仆人们把马带去了马厩。

神父见状，很想知道这些装束奇特、一言不发的究竟是什么人，便找到那两个仆人，向其中一个打听，这人回答说：

"老天！先生，我可没法告诉您他们是什么人。我只知道看上去是非常高贵的人，尤其是抱着那位女士的那个，您也瞧见了。我这么猜测是因为其他人都对他毕恭毕敬，完全听他的安排和命令行事。"

"那位女士又是谁呢？"神父问。

"这个我也说不上来。"仆人回答说，"因为一路上都没见到她的容貌。不过我确实听到她常常叹息，还呻吟过几声，而且每一次呻吟都痛苦得仿佛想放弃自己的灵魂。除了这些我们一无所知，不过这也不稀奇：我们俩刚刚跟着他们两天，是在路上碰见的，他们叫我们跟着一起去安达鲁西亚，还主动提出要给我们非常丰厚的报酬。"

"你们听到过其中某个人说出她的名字吗？"神父问。

"没有，肯定没有。"仆人说，"因为所有人在赶路时都默然不语，这真的很奇怪。在他们中间，除了那位可怜的女士令人黯然的叹息和啜泣之外，什么都听不到。我们相信她一定是受人逼迫去那个地方的。而且从她穿的法衣上来看，不是修女，就是要去当修女的，后者可能性更大一些。也许因为她知道自己永远也无法脱离修道院了，所以很悲伤，这一点不难看出来。"

"很有可能。"神父说。

他离开了仆人们，回到多萝泰阿身边。多萝泰阿听到那位遮面女士的叹息，出于天然的同情心，便来到她身边说：

"我的女士,您哪里不舒服?如果是女人们常常可以借习惯和经验治疗的某种病痛,我非常乐意为您效劳。"

然而悲伤的女士对这番话置若罔闻,一言不发。多萝泰阿再次劝慰,口气更加殷切,她却依然沉默不语。于是刚才那位仆人所说的四人中地位最高的蒙面绅士走过来,对多萝泰阿说:

"小姐,您不用费心了,不用向她提供任何帮助,她一向对别人的任何付出都不懂得感恩。您也不用指望她回答您的问话,除非您想从她嘴里听到谎言。"

"我从来不说谎。"这时一直保持缄默的女人说,"相反,就因为我如此诚实,不懂虚伪、毫无心机,此刻才会遭受如此灾难。在这一点上我想请你自己做证,正是我的诚实更映衬出你的虚伪和谎话连篇。"

这番话卡尔德尼奥听得清清楚楚、真真切切,因为说话的人近在咫尺,中间只隔着堂吉诃德的房门。他闻言立刻大声惊呼道:

"我的上帝!我听到了什么?这是谁的声音?"

那位女士听到叫喊声吓了一跳,回过头去却没有看到是谁在说话,便站起来想要走进房间。身旁的绅士见状立刻阻止了她,一步也不让她离开。女子因为惊慌和激动,用来遮住面容的塔夫绸掉了下来,露出无与伦比的美貌和奇迹般的面容。她面色苍白,神情惊惶,急切地四处打量所有目力所及之处,仿佛失去了理智。多萝泰阿和其他所有在场的人虽然不明就里,女子的这些动作却在他们心中引起了巨大的同情。绅士从背后紧紧地抓住她,连自己的面罩滑落也腾不出手去拉,结果整个掉了下来。多萝泰阿正抱着那位女士,抬头一看,发现对面也抱着她的那个人正是自己的丈夫堂费尔南多。大惊之下,她从五脏六腑的最深处发出一声极度悲伤的"啊——",

接着就仰面晕了过去。如果不是理发师正好在她身边用双臂接住，她就直接倒在地上了。

神父立刻赶上来为她摘掉面纱，往她脸上洒水。她一露出面容，堂费尔南多——就是怀抱另一位女士的绅士——就认出了她，立刻面如死灰。然而无论如何，他并没有因此松开露丝辛达，她正奋力挣脱他的怀抱。露丝辛达和卡尔德尼奥从叹息和语声中认出了彼此。卡尔德尼奥听到多萝泰阿晕倒时发出的那声惊叫，还以为是他的露丝辛达，便慌慌张张地从房间里跑出来。他第一个看到的人正是抱着露丝辛达的堂费尔南多。堂费尔南多也立刻认出了卡尔德尼奥。露丝辛达、卡尔德尼奥和多萝泰阿三个人都茫然无措，说不出话来。

所有人都面面相觑，默默无言。多萝泰阿看着堂费尔南多，堂费尔南多看着卡尔德尼奥，卡尔德尼奥看着露丝辛达，露丝辛达也回望着卡尔德尼奥。最后还是露丝辛达打破了沉默，她对堂费尔南多说：

"堂费尔南多先生，请放我去他身边，虽然无论从哪方面考虑您都不会愿意这样做，但是您的高贵身份使您负有这样的义务。他若是篱墙，我便是墙上的洋常春藤。他是我的依靠，无论您如何纠缠、威胁、发誓或是馈赠都无法让我离开他。您看，上天以多么离奇的方式，通过多么隐秘曲折的道路，让我与真正的丈夫重逢。我们付出了无数昂贵的代价，您很清楚：只有死亡才足以将他从我的记忆中抹去。我再次明明白白地澄清这件事，是为了请求您：若您不肯成全我们，请将爱变成恨，将希望转化成绝望，并以此结束我的生命。只要能在我的好丈夫面前死去，对我来说就是一件幸事，因为只要我死了，我对他的忠贞就得到了保全，直到生命的最后一刻。"

此时多萝泰阿已经清醒过来，她听到露丝辛达的这番话，终于明白了她是谁。见堂费尔南多依然不肯放开露丝辛达,也不回答她的话,便挣扎着站起来,跪倒在他脚下,流下无数美丽而令人心痛的眼泪,对他说:

"我的夫君!在你的怀抱中如日食般被遮住光芒的这个太阳,如果她的光没有遮蔽或迷惑你的双眼,你应该已经发现:此刻正跪在你脚下的就是不幸的多萝泰阿,她的命运全盘掌握在你的手中。我就是那个卑微的农家女——无论出于善良还是出于任性,你曾承诺将她扶上神坛,使她能够自称为是属于你的。我就是那个女人——深居简出,守身如玉,无忧无虑,直到在你无休止的纠缠以及貌似正直而诚恳的追求下,向你打开了矜持的大门,交出了她自由的钥匙。然而这份馈赠却得到你如此无情的回报,迫使我此刻不得不出现在这里。你与我此时以这样的方式相见,也清清楚楚地表明了你的薄幸。

"不过无论如何,我不希望你有所误解,以为我是拖着身败名裂的脚步来到这里。不!我只是带着被你遗弃的痛苦和悲伤。曾经是你苦苦恳求我成为你的妻子,既然如此,即便此刻你抱有相反的愿望,也不可能改变你属于我这个事实。你看,我的先生!你为了她抛弃了我,然而对你无可比拟的爱,也许能补偿我不及这位小姐的美貌和高贵。你不能属于美丽的露丝辛达,因为你是我的丈夫;她也不能属于你,因为她是卡尔德尼奥的妻子。只要你认真思考一下就会明白,对你来说,爱上爱你的人才是最好的选择,而不是引导憎恶你的人去爱上你。是你的苦苦纠缠导致了我的疏忽,是你的山盟海誓动摇了我的坚定,你并非不知我的品质,也很清楚我是如何委身于你;你无法否认这一点,也不能声称受了欺骗。既然如此,那么作为基督徒,又是贵族绅士,你给了我一个美好的开端,为什么偏不肯给我一个美好的结局?如果你不爱我是因为我身份低微,不配成为你真正的、合法的妻子,至少请你爱我、承认我是你的奴隶。只要在你的羽翼下,我就认为自己是幸福的、幸运的。不要让我在被抛弃、无依无靠的同时,还要承受各种流言蜚语;不要让我的父母在风烛残年还要面对晚景凄凉,他们是你忠良的臣民,一辈子忠心耿耿,不该得到这样的回报。

"如果你认为,将自己的血液跟我的血液混杂在一起有辱于你的门第血统,请你想一想,世界上几乎没有哪个高贵的血统不曾走过这条路——即使是在显赫的世系中,女性也不是血统的继承者。更何况,真正的高贵在于美德。如果你缺少美好的品质,不肯承认自己于情于理都对我有所亏欠,那么在高贵这一点上我反而远胜于你!总之,先生,我最后想对你说的是,无论你愿不愿意,我都是你的妻子:你自己说过的话就是见证,那并不是、也不该是谎言。如果你因我的出身而轻视我,就更该珍视你自己的门第,切莫失了身份。你的签名是见证,苍天也是见证,是你亲口恳求上天为你的山盟海誓做证。即便没有这一切,难道你不会良心不安吗?只要回想起我的控诉,即使在欢欣中也会突然沉默,无论多大的幸福和快乐都将残缺。"

伤心的多萝泰阿这番话句句在理。她是如此动情、声泪俱下,以至于连堂费尔南多的随从们也跟在场的其他人一样陪着掉眼泪。堂费尔南多凝神听着,一句也没有反驳。多萝泰阿说完,便开始不住地呜咽、叹息,除非是铜铸之心,谁能不被她流露出的巨大痛苦所打动?露丝辛达望着她,既同情她的遭遇,更敬佩她的理性和美貌。她想走过去安慰几句,堂费尔南多的双臂却不肯放开她,仍然紧紧抱着。他一脸茫然,失魂落魄地凝视了多萝泰阿很长时间,终于松开双臂放了露丝辛达。他说：

"你赢了，美丽的多萝泰阿！你赢了，因为谁也不可能有勇气同时否认这么多事实。"

露丝辛达一离开堂费尔南多的怀抱就晕了过去，差点倒在地上，幸好卡尔德尼奥正在她身边。此前为了不被认出来，他躲到了堂费尔南多身后。此时他已放下一切恐惧、不计任何危险，赶上来托住露丝辛达，将她抱在怀中说：

"我忠贞的、坚定的、美丽的小姐！如果上天慈悲，让你能稍事休息，我想没有任何其他地方会比这个怀抱更加安全。此刻我张开双臂迎接你，正如一次拥你入怀时，在命运的安排下你成为我的妻子。"

听到这番话，露丝辛达将目光落在卡尔德尼奥身上，也认出了他。从嗓音和面貌，确定是心上人无疑，再不顾任何端庄体面，情不自禁用双臂环住他的脖子，将自己的脸贴在他脸上说：

"我的先生！你才是我这个囚徒真正的主人。无论命运如何百般阻挠，无论生命受到多少威胁，此身永远只维系于你身。"

对于堂费尔南多和所有在场的人来说，这都是令人惊奇的一幕，大家都被这闻所未闻的奇事惊呆了。多萝泰阿感觉到堂费尔南多脸上已经失去了血色，又见他把手伸向长剑，显然是要报复卡尔德尼奥。她一想到这一点，便以迅雷不及掩耳之势抱住他的膝盖，一边亲吻着，一边将他紧紧抱住，使他动弹不得。她泪如雨下，对他说：

"在这样的意外关头你要做什么？你是我唯一的庇护人！此刻你脚下跪着的就是你的妻子，而你希望娶为妻子的那个女人在她真正丈夫的怀中。你想一想：天意难违，难道应该去改变上天的安排吗？又怎么可能改变呢？你想去扶起那个女人，让她跟你双宿双栖，

421

这样做合适吗？你看她不顾任何艰难险阻，忠贞坚定、不改初心，此刻她的双眼就在你面前，她为爱情流下的泪水已经把丈夫的面容和胸口都打湿了。那才是她真正的丈夫！看在上帝的分上，考虑一下你的身份，我恳求你：如今真相大白，不要因为如此显而易见的事实而气愤难平，反而应该平息怒火，心平气和地允许这一对恋人不受阻挠、倾心相爱，由上天来决定他们爱情的期限。这样才能表现出你显赫而高贵的胸膛所蕴藏的慷慨大度，全世界都会看到，在你身上理性比感性更强大。"

在多萝泰阿说这番话的同时，卡尔德尼奥虽然怀抱着露丝辛达，目光却没有离开过堂费尔南多。他下决心如果堂费尔南多做出什么伤害自己的举动，就奋起自卫，并全力反击任何试图攻击他的人，哪怕付出生命的代价。然而此时堂费尔南多的朋友们都赶来了，神父和理发师也来了，大家都亲眼看到了这一切，其中当然也少不了好心人桑丘·潘萨。所有人都围着堂费尔南多，请求他发发善心，想想多萝泰阿的眼泪。既然她所言句句属实，就不要辜负她如此合情合理的期望。大家又恳请他想一想，今天的这一幕并非表面上那样事发偶然，而是上天的特意安排，将所有人都聚集到这个谁也想不到的地方。

神父又劝道，他应该明白，只有死亡才能从卡尔德尼奥身边夺走露丝辛达，即便是被剑刃夺去生命，他们也会将死亡视为最幸福的事。如果任何举动都已于事无补，那么最明智的做法就是强迫自己、战胜自己，展示出大度的胸怀，允许两人自由、自主地享受上天对他们的恩赐。神父还请他把目光放在美丽的多萝泰阿身上，他会发现她的美貌、谦卑，以及对他毫无保留的爱，是几乎没有人能够与之比肩的，更别提有人能更胜一筹。尤其他该明白：若珍视自己作为绅士和作为基督教徒的身份，除了履行自己的承诺，他别无选择。履行这些承诺也是在履行对上帝的义务，即使再保守的人也会赞同，因为他们明白这是美貌的特权——即使出身卑微，美貌再加上忠贞品质可以提升女人的地位并与任何高贵门第比肩，这对于提携她的那个人来说没有任何损害。爱是至高的法律，只要没有罪过牵涉其中，遵从这个法律的人不应受到任何指责。

事实上，除了上面这些道理，大家还举出了其他很多强大而又充分的理由，以至于堂费尔南多慷慨的心终于被打动了——说到底，他身体里毕竟流淌着显赫高贵的血液。他不得不向事实投降，因为即使有意抵赖，也无法否认真相。为了表明自己已经心悦诚服，遵从大家的善意忠告，他扶起多萝泰阿，拥抱她并对她说：

"请起来吧，我的小姐！让最心爱的女人跪在自己脚下是不公平的，而我直到现在才认识到这一点。也许是天意如此，为了让我明白你以怎样的忠贞爱着我，从而让我懂得珍惜你，因为你值得我去珍惜。我要请求你：不要因为我愚蠢和无礼的行为而责备我，因为促使我接受你成为妻子的那种机会和力量，同样也正是唆使我试图摆脱你的机会和力量。为了让你相信此言千真万确，请回头看看那已经破涕为笑的露丝辛达的眼睛，看着这双眼睛，你会原谅我犯下的所有错误。既然她已经找到真爱并实现了自己的愿望，而我也在你身上找到了对我来说真正重要的东西，就祝愿她跟她的卡尔德尼奥一起无忧无虑地度过漫长而幸福的岁月。而我则恳求上天，让我跟我的多萝泰阿生活在一起。"

说着，他再次拥抱她，怀着万般柔情蜜意把自己的脸贴在她的脸上，而且不得不强忍住才没有让泪水最终泄露出他无可置疑的爱与后悔。露丝辛达和卡尔德尼奥也止不住地流泪，当时在场的所有人都热泪盈眶。有的人是为自己高兴,有的人是为别人高兴,大家哭成一片,就好像某件重大的不幸降临到所有人头上。甚至连桑丘·潘萨都哭了,虽然他后来说,自己掉眼泪不是因为别的,而是因为看到多萝泰阿并不是自己以为的米可米可娜女王,他还指望着从她那里得到丰厚恩赏呢!伴着一片哭声,大家啧啧称奇,接着卡尔德尼奥和露丝辛达来到堂费尔南多面前跪下,以大礼感谢他的恩情。堂费尔南多不知如何回答,便把两人扶起并拥抱他们,表现出深厚的爱与情谊。

接着他问起多萝泰阿是如何来到这个地方的,因为这里离她的家乡相隔迢迢。她简明扼要地讲述了之前向卡尔德尼奥讲述的一切,对此堂费尔南多非常赞赏,而他的同伴们甚至还希望她的故事讲得更长一些:听多萝泰阿讲述自己的遭遇真是趣味盎然。等她讲完,堂费尔南多也讲述了自己从露丝辛达胸口发现那张字条后发生的事情:露丝辛达在纸条上留言,宣布自己属于卡尔德尼奥,而不能成为他的妻子。他说自己曾想过杀了她,而且如果不是她的父母阻拦,自己当时就这么做了。后来,他离开了她家,羞愤交加又不知所措,最后决定找最合适的时机复仇。第二天他听说露丝辛达离开了父母家,谁也不知道她去了哪里。

几个月之后,他查到她躲在一座修道院中,还说如果不能跟卡尔德尼奥在一起,便决意在那里度过余生。他一听说这件事,便挑选了三名骑士陪伴自己去到她所在的那个村子。他并不打算去找她理论,因为担心一旦她知道自己在那里,修道院中会加强戒备。就这样,直到有一天他发现修道院的门开着,便留下两个人在门口望风,他带着另一个人进去寻找露丝辛达,当时她正在回廊跟一位修女谈话。他们劫持了她,不给她任何逃脱的机会,带着她去了另一个村子。在那里他们把路上所需要的东西全都打点齐备。所有这一切他们都可以毫无危险地从容完成，因为修道院在乡下，离那个村子有很长一段距离。他说，当露丝辛达发现自己落在他的手里，便晕了过去，等她醒来以后，除了哭泣和叹息，一句话也不说。就这样，伴着沉默和眼泪，一行人来到了这家客栈，对他来说就是来到了天堂，因为在这里，世界上所有的不幸都结束了。

第三十七回
著名的米可米可娜公主故事的后续，以及其他有趣的冒险

桑丘听到这一切，精神受了不小的打击，因为他光宗耀祖的希望又是竹篮打水一场空。美丽的米可米可娜公主变成了多萝泰阿，巨人变成了堂费尔南多，可他的主人却还在无忧无虑地呼呼大睡，对发生的事情全然不知。多萝泰阿无法肯定此刻拥有的幸福是不是一场梦，卡尔德尼奥也有同样的想法，露丝辛达的感受也如出一辙。堂费尔南多为得到的恩赐感谢上天，感谢它将自己从这个错综复杂的迷宫中解救出来：他差点在其中失去了名声和灵魂。最后，客栈中的所有人都为这桩虽多灾多难，却终成正果的好事感到高兴。

神父一向为人练达，他向每一个人表示祝贺，贺词各个不同，分寸又拿捏得恰到好处。不过最喜出望外、继而欢呼雀跃的要数客栈的老板娘了，因为卡尔德尼奥和神父都保证要赔偿她由堂吉诃德造成的所有损失。正如前面所说，桑丘是在场唯一伤心的人。他满脸沮丧地去找刚睡醒的主人，对他说：

"愁容骑士先生，您完全可以想睡多久就睡多久，不用再操心

杀死什么巨人，也不用将什么王国归还公主，因为一切都完了，完蛋了！"

"我也是这么认为的。"堂吉诃德回答说，"因为我已经跟那个巨人较量过了，那是我这一生中能想象到的最惊人、最激烈的战斗！我一个反手，噌！一下子就把他的脑袋砍掉在地上，他流了那么多血，地上血流成河就像溪水一样。"

"更确切地说就像红酒一样，"桑丘回答说，"如果您还不知道的话，我来告诉您吧：那个被砍死的巨人不过是破了洞的皮酒囊，那鲜血是酒囊肚子里六个阿罗瓦的红酒，而砍下来的脑袋是生我的婊子！统统见鬼去吧！"

"你在说什么？你疯了吗？"堂吉诃德怒道，"你脑子正常吗？"

"您起来吧！"桑丘说，"看看您干的好事，还有我们必须付的钱！您会看到女王已经变成了一个叫作多萝泰阿的平民姑娘，还有其他事情，您听说了一定会感到惊讶的。"

"对此我一点儿也不感到惊讶，"堂吉诃德反驳说，"因为，如果你还记得的话，上次在这里借宿的时候我就对你说过，这里发生的一切都是巫师使的障眼法，所以此刻发生的事情也是一样，这并不奇怪。"

"如果被兜在毯子里颠也是属于这类魔法的话，"桑丘说，"我会相信这一切的。可事实不是这样，而是真真切切、实实在在发生的：我亲眼看见这家店老板扯着毯子一角把我抛向天空，动作又潇洒又敏捷，他有多用力，笑得就有多开心。所以我就算再傻再笨，也明白在这些事中间起作用的不是什么魔法，而是没完没了的折磨和坏运气。"

"好吧，上帝会有办法的。"堂吉诃德说，"帮我穿上衣服，我想出去看看你说的那些事情和变化。"

桑丘帮他穿上衣服。就在他们穿衣服的当儿，神父向堂费尔南多和其他人讲述了堂吉诃德的疯狂事，讲他在"苦岩"整天想象着自己被心上人抛弃，以及大家为了让他离开那里所使用的计谋。神父还转述了桑丘讲过的几乎所有的奇遇，对此大家都感到十分惊奇，哈哈大笑。所有人都觉得，世上的疯病千奇百怪，最稀奇的也莫过于此。神父还说，既然多萝泰阿小姐的事情已经解决，她无法再继续执行这个计划，所以有必要制订另一个计划以便能够将堂吉诃德带回家乡。卡尔德尼奥自告奋勇说，可以按原计划进行，露丝辛达可以代替多萝泰阿的角色。

"不。"堂费尔南多说，"不必如此，我希望多萝泰阿继续扮演她的角色。如果这位优秀骑士的村子离这里不是太远，我很乐意帮忙解决他的问题。"

"离这里不会超过两天的路程。"

"即便是超过两天，我也愿意一同过去，也算是做了一件善事。"

这时堂吉诃德出来了，他把所有的武器都披挂在身上：头上戴着摔瘪的"曼布里诺头盔"，怀里抱着圆盾，拄着他的树枝，也就是"长矛"。这奇特的容貌装扮让堂费尔南多和其他人都目瞪口呆：那张脸简直有半里格长，又干又黄，武器破破烂烂，却神气凛然。谁都不说话，等着他发表意见。于是他把目光落在美丽的多萝泰阿身上，一本正经、心平气和地说：

"美丽的小姐，我的这位侍从告诉我，您的尊贵身份已然分崩离析，从曾经的女王和高贵的小姐变成了平民姑娘。如果这是您父亲，通晓巫术的国王，因为担心我不肯为您提供必要而合理的帮助而下的命令，我只能说，他实在是见识短浅，对骑士精神知之甚少。因为如果他读过骑士小说，而且像我一样投入而细致地翻阅的话，就应该发现，甚至连那些名气远不如我的骑士也能轻而易举地完成比这更加艰巨的任务，杀死一个小小的巨人实在算不得什么大事，不管他有多么嚣张。其实数小时前我就曾与他交手，而且……这话暂且不提，免得有自吹自擂之嫌。时间会证明一切，我会在大家最意想不到的时候公布真相。"

"跟您交手的是两个酒囊，不是什么巨人。"店老板插嘴说。

堂费尔南多命令他闭嘴，无论如何不许打断堂吉诃德的话。堂吉诃德继续说：

"总而言之，被剥夺了王位继承权的高贵小姐，我的意思是，如果您的父亲在您身上施的魔法是出于我刚才说的原因，您大可不以为意，因为世界上没有任何危险是我这把剑无法解除的。我既然能用这把剑砍掉您敌人的脑袋，也定能很快把王冠戴回您头上。"

堂吉诃德说完便静静等待着公主的回答，而多萝泰阿因为已经明白了堂费尔南多的心意，同意她继续演戏直到将堂吉诃德带回家乡，所以非常严肃而优雅地回答说：

"英勇的愁容骑士，无论是谁，如果告诉您说我的身份已经发生改变，那他所言并非实情：今天的我还是昨天的我。不可否认，好运在我身上造成了某些变化，让我得到了最梦寐以求的东西。但是并不因此我就不再是之前的那个我，不再抱有我一直以来抱有的希望，那就是依靠您刀枪不入的英勇臂膀来实现我的价值！所以，我的先生，您胸怀宽广，请不要误解生我养我的父亲，请相信他是一位稳重的智者，他以自己的学识找到了简单又准确的途径来拯救我于水火。我相信若不是因为您，先生！我永远无法得到此刻拥有的好运。在这一点上我绝无半句虚言，在场的诸位都可以做证。今日天色已晚，只要明天继续赶路，我在其他事情上所期待的好运，就全部委托给上帝，委托给您胸中的勇气。"

听了聪明的多萝泰阿这番话，堂吉诃德十分恼怒地转向桑丘说：

"我告诉你，桑丘！你是西班牙最卑鄙的小人！小偷！无赖！你说，你刚刚是不是告诉我，这位公主已经变成了名叫多萝泰阿的姑娘？还说，我以为自己砍下的是巨人的脑袋，其实是生下你的婊子！还有其他胡言乱语，搞得我这辈子都没有这么困惑过！我发誓……"他望向天空，咬着牙说，"我要好好教训教训你，让从此刻到世界末日的所有游侠骑士谎话连篇的持盾侍从都长点记性！"

"您消消气，我的主人，"桑丘回答说，"在米可米可娜公主小姐变成平民这件事情上，我完全可能弄错了。但是在巨人脑袋这件事情上，或者至少在酒囊的破洞和鲜血其实是红酒这一点上，我可没弄错！上帝永在！那些破了的酒囊就在您的床头呢，红酒也在房间里流了一地。摊鸡蛋的时候才知道丢了煎锅，我的意思是，等这里的店老板先生阁下为这个烂摊子找您算账的时候您就知道了！至于别的，女王小姐又变回跟以前一样，我心里也很高兴，因为这其中也有我一份儿，就像每个邻家儿子一样。"

"现在我告诉你，桑丘，"堂吉诃德说，"你就是个笨蛋！原谅我的粗言，够了！"

"够了！"堂费尔南多说，"不要再说了！既然公主小姐说了今日天色已晚，明天再上路，就照她的话去做吧！今天晚上大家可以好好聊天，明天我们大家都可以陪着堂吉诃德先生一起动身，因为我们也想亲眼见证，在他一力承担的这桩伟大事业中，必将完成的前无古人的英勇壮举。"

"应该陪伴您、为您效力的人是我。"堂吉诃德回答说，"非常感谢您的好意和对我的高度评价。借您吉言，我将努力使之变成事实，除非失去生命。甚至还要超越您的期待，如果人还能付出比生命更大的代价的话。"

堂吉诃德和堂费尔南多之间又说了许多客套和恭维的话，然而此时走进客栈的一位客人令所有人都打住了话头。从服饰上看，这是一名刚从摩尔领地回来的基督徒俘虏：他穿着一件蓝色毛呢短外套，下摆很短，袖子半长，也没有领子；裤子也是蓝色棉布的，圆帽也是同样颜色；脚穿一双海枣色高筒皮鞋；横穿过胸前的肩带上挂着一柄受洗摩尔人的弯刀。跟在他后面进来的是一个骑着毛驴、摩尔人打扮的女子，蒙着面，戴着头巾，头戴一顶锦缎花帽，长袍从肩膀一直盖到脚上。

那个男人身材健壮，十分英俊，四十出头的年纪，面色微黑，长长的髭须梳理得整整齐齐。总之，从他所表现出来的风度仪态来看，如果有一身得体的衣着，一定会显得品位高雅、气派十足。

男人走进来说想要一个房间，当得知客栈没有空房时，他显得十分沮丧，接着走到一身摩尔服饰的女人面前扶她下马。露丝辛达、多萝泰阿、老板娘、老板女儿还有玛丽托尔内斯都没见过那样新奇的衣服，立刻被吸引住了，纷纷围到她的身边。而多萝泰阿一向大度、谦和而稳重，见摩尔女人和同行的男人都因为没有房间而十分烦恼，便对她说：

"不要太难过了，我的女士，这里缺少舒适的设施，不过就客栈来说也是正常。无论如何，如果您愿意跟我们一起住，"她指着露丝辛达，"很可能这一晚会比你们一路上留宿过的某些地方稍好一些。"

蒙面女郎没有回答，只是站起身来，双手交叉在胸前，低下头，弯下腰，表示感谢。见她沉默不语，大家便猜到她一定是个摩尔女人，不会说基督徒的语言。这时一直在忙其他事情的俘虏走了过来，见所有的女宾都围着自己带来的女人，而她却一直不言不语，便说：

"女士们，这位姑娘不太懂我们的语言，也不会说除了母语之外的任何语言，因此她无法回答你们提出的问题。"

"我们没有向她提出任何问题。"露丝辛达回答说，"只是告诉她，今天晚上我们愿意与她分享住宿的房间，并且陪伴她，她会享受到舒适的睡眠。我们乐意这样做因为人人有义务为遇到困难的外国人效力，尤其是一位女士。"

"我替她，也替我自己感激莫名。"俘虏回答说，"我要亲吻您的双手，因为显然您的慷慨恩赐在此时此刻对我们非常重要，尤其是出自像您这样一位仪态万方的贵人。"

"先生，请您告诉我，"多萝泰阿说，"这位女士是基督徒还是摩尔人？因为她服饰奇特，再加上语言不通，真希望她不是我们担心的那种人。"

"她的身体和衣服是摩尔人的，但是在灵魂深处她是一位伟大的基督徒，而且她非常想成为基督徒。"

"那么说，她还没有受洗？"露丝辛达问。

"自从她离开祖国阿尔及尔，还没有机会受洗。"俘虏回答说，"她应该首先学会我们慈母般的神圣教会所要求的宗教仪式，而且到目前为止也还没有遇到特别危急的生死关头，以至于在此之前就接受洗礼。不过上帝会保佑她很快受洗，她的高贵人品值得举行隆重的受洗仪式。我们的服饰虽然不堪，但她的品质远比外表更加优秀。"

听到这些话，所有人都很想知道这位摩尔女人和这位俘虏究竟是什么人，不过谁也没有发问，因为大家都明白此时此刻他们需要好好休息，而不是讲述自己的故事。多萝泰阿拉着摩尔姑娘的手，带她坐到自己身边，并恳求她摘掉面纱。姑娘看着俘虏，好像在问，她们对她说了什么，自己又应该做什么。他用阿拉伯语告诉她，女士们请求她摘掉面纱，而她应该照做。于是，姑娘摘掉了面纱，露出如此美丽的面容，以至于多萝泰阿认为她比露丝辛达还美，而露丝辛达则认为她比多萝泰阿还要美。在场的所有人都意识到，如果说有人能在容貌上跟这两位小姐媲美的话，那就是这位摩尔女人，甚至还有人认为她比她们俩更胜一筹。美貌向来是一种资本，更有一种令人情绪愉悦、心生怜爱的魔力，于是所有人都立刻为之折服，满心想要宠爱这位美丽的摩尔姑娘，为她效力，实现她的愿望。

堂费尔南多问俘虏，这位摩尔姑娘叫什么名字，俘虏回答说叫莱拉·索拉伊达。姑娘听到自己的名字，明白了人们向这位基督徒提出的问题，显得十分悲伤。她着急而不失优雅地辩解说：

"不！不是索拉伊达，是玛丽亚，玛丽亚！"她想让大家知道自己叫玛丽亚，而不是索拉伊达。

摩尔姑娘这句话，以及说话时流露出的深厚情感，让一些听到的人洒了不少眼泪。尤其是女士们，因为女人天生心软而富于同情心。露丝辛达非常怜爱地拥抱她，对她说：

"是的，是的，玛丽亚，玛丽亚。"

对此摩尔姑娘回答说：

"是的，是的，玛丽亚！索拉伊达 macange！"她的意思是"不"。

此时暮色降临，遵照堂费尔南多随从们的吩咐，店老板已经非常殷勤用心地安排了力所能及最好的晚餐。开饭时间到了，因为客栈里既没有圆桌也没有方桌，贵客们都只能像用人一样围着一个长桌坐下。大家把桌首的主位让与堂吉诃德，他推辞不过，便要求米可米可娜小姐坐在他身边，因为自己是她的保护者。接着坐下的是露丝辛达和索拉伊达，堂费尔南多和卡尔德尼奥坐在她们对面，挨着他们的是那位俘虏和其他绅士，神父和理发师坐在女士们那一边。就这样，大家高高兴兴地享用晚餐。而当堂吉诃德跟之前与牧羊人们一起用餐时那样兴致勃发地开始发表演讲时，大家感到这顿晚餐更有趣味了。他说：

"我的先生们！细想起来，从事游侠骑士事业的人们总能收获闻所未闻的伟大经历，这是千真万确的。否则，现今世上的凡夫俗子们，如果此刻走进这座城堡的大门，目睹此刻的场景，谁会认为或相信我们正是我们自己？谁会认出我身边这位小姐就是大家都熟知的伟大女王，而我就是声名远扬、口口相传的愁容骑士？游侠骑士这项艺术和事业超越了人类发明的所有艺术、所有事业，这已经是毫无疑问的事实。而这份事业越危险，就越应该受到敬仰。凡是声称文字比武器更厉害的人们，统统给我滚开！不管他们是谁，我会让他们明白根本不知道自己在说什么。那些人常用的理由，也是他们一贯坚持的观点，就是精神力量大于身体力量，而武器只能作用于身体。就仿佛游侠骑士们的事业只是一桩卖苦力的差事，从事这项事业不需要除了身强力壮之外的任何技能！或者就好像我们从事这项事业的人所称的'武力'，其刚强的行为中不包含实施这些行为所需要的广博学识！甚至就好像，负责指挥军队或负责守卫被包围城市的战士们，他们的勇气和坚韧是来自身体而不是精神！不服的话，他们可以试试，只动用身体的力量，能不能推测出敌方的意图、计策、阴谋、困难，或者预先设防、避免损失！事实上，所有这些都是思考的行为，而没有任何身体的参与。

"既然如此，说明武士跟文士一样都需要精神，那么我们就来讨论一下：武士和文士究竟谁的工作更费心力。其实只要看看每个人所追求的结局和终极目标，答案就十分明了，因为目标越高尚，这种追求就越值得敬重。文士们的结局和目标是……当然，此刻我谈论的不是那些神职文士，因为他们的目标是指引灵魂升入天堂，这样一个纯粹的目标，没有任何其他目的能与之相提并论，我指的是俗世的文人，他们的终极目标是制定赏罚分明的法律制度，让人人都各得其所，并确保法律得到遵守。这当然是一个慷慨、崇高，值得被大力称颂的目标，然而还是比不上武士们的追求——他们的终极目标是和平，这是人类终其一生值得向往的最大福利。所以，这个世界，以及世上的人们，收到过的最好消息就是在那个夜晚[1]——对我们来说也是白天——天使们带来的福音。他们在天空中唱道：在至高之处荣耀归于上帝！在地上平安归于他所喜悦的人！[2]而天上和地下最好的老师教给追随者和拥护者们的问候，就是无论进哪一家，先要说：'愿这一家平安！'[3]他也常常教育世人：我留下平安给你们，我将我的平安赐给你们[4]；愿我的和平与你同在！跟上帝之手馈赠或赏赐的宝物一样，这是一件珍宝，没有和平，无论是天上还是地下都不存在任何福祉。和平才是战争真正的目的，同样可以说是武力的真正目的。那么，假如武士的目标是和平，而且在这一点上高于文士的目标，就让我们来比较一下，投身于学问和投身于战争，究竟哪一项工作更艰巨。"

---

1 指耶稣诞生的日子。
2 《圣经·路加福音》2:14。
3 《圣经·路加福音》10:5。
4 《圣经·约翰福音》14:27。

堂吉诃德口若悬河，滔滔不绝，此刻在场的听众中，谁也没有把他当成疯子。相反，因为在座的大部分都是骑士，战争本身就是他们的职责之一，所以都饶有兴趣地聆听他的高论。堂吉诃德继续说：

"众所周知，求学之路需经历的磨难主要在于贫穷，不是因为所有学生都很穷，而是为了使这个例子尽可能地极端。说到陷入贫困，我认为对于学生的坏运气没有必要作更多的说明，因为穷人总是身无长物。贫困让他们遭受的，有时是饥饿，有时是寒冷，有时是衣衫褴褛，有时是三者叠加。不过无论如何，他们还没有到吃不上饭的地步，虽然有时不得不推迟用餐，或享用富人们剩下的残羹冷炙，这对学生来说是最悲惨的事，在他们中间称之为'喝施舍汤'。他们也不乏机会借他人的火盆或壁炉，即便不够取暖，至少能稍稍驱散寒冷。总而言之，夜里能在屋顶下安眠。其他鸡毛蒜皮的小事我不想再细数，比如缺少衬衣、没有多余的鞋子、衣服磨损破旧，或者当好运意外送来某顿盛宴的时候，那兴高采烈、吃到再也吃不下为止的劲头。

"这条路可用崎岖而艰难来形容，学生们在这条路上磕磕碰碰、跌跌撞撞，这里摔跤，从那里站起来，又在新的地方再次摔倒，直到最后到达终点。达成目标的例子数不胜数：穿越沙海，穿越墨西拿两侧乱石嶙峋的希拉斯和卡利布迪斯，当好运降临，就能平步青云。我的意思是，他们最终登上宝座，支配并统治着世界。此时饥饿已变成了丰足，寒冷变成了宜人的清凉，衣不蔽体变成了华美盛装，原本在草席上苦挨长夜，现在却安眠于洁白亚麻细布和锦缎之上，这正是他们的美德所应该得到的奖赏。然而对比来看，将他们的奋斗与参加战争的士兵们相比，在所有方面都存在巨大的差距，这一点我马上就要说明。"

第三十八回
堂吉诃德关于文才和武略的奇谈怪论

堂吉诃德继续说：

"那么这就开始吧。学生遭遇贫穷和各种困境，我们来看看士兵的处境是不是会好一些。然而我们发现，贫困程度几乎是一样的，没有谁比谁更穷，因为他们仅靠一点微薄的薪水过活，甚至这点薪水都常常被拖欠或者被赖掉。要想自己伸手捞点好处，还不得不冒着失去生命或失去自由的危险。有时他们不名一文，贫穷到一件磨损有破洞的皮革上衣既当作礼服也用作衬衣。严冬腊月不得不忍受着酷寒的天气露宿旷野，只有从嘴里呼出的气息相伴。这种气息仿佛是从空荡的地方吹出的寒风，虽然有悖于自然规律，然而我已经亲身验证过这样呼出来的气是冷的。那么请耐心等待，等到有那么一天晚上，他们身处容身的大床上，从所有那些不舒适中恢复过来。如果能顺利挨过死亡，大地这张床从来不会过于狭窄：可以用双脚在上面任意丈量，还可以随心所欲地在床上打滚，不用担心被床单绊倒。战斗的一天终于到来：对他们而言，这无异于职业生涯中硕士毕业或博士毕业的时刻。到那时他们会带上绷带做成的璎珞，为了包扎某个或许连太阳穴都打穿了的弹伤，或者因失去了一只胳膊或一条腿而留下创口。即使没有遭遇这样的灾难，依靠仁慈的上天保佑，他们健康地活下来，也有可能再次陷入一如既往的贫穷。这样就不得不参加一次又一次的战斗，投入一场又一场的战役。而想要出人头地，就必须在所有那些战斗中都取得胜利且全身而退，然而这样的奇迹很少发生。

"先生们，如果你们曾思考过这个问题，请告诉我：因为战争而得到嘉奖的人数，跟在战争中丧命的人数比起来，是何等悬殊！毫无疑问你们一定会回答说，哪怕是减少死亡人数来算，两者也没有办法比较，或者说，被嘉奖的幸存者的人数可以用三位数数过来。这种情况跟学生们的境遇恰恰相反：读书人通过各种关系（我不想说成是串通、勾结或贿赂那么难听）都能找到生计。所以，虽然士兵们的任务更加艰巨，他们得到的奖赏却少得可怜。不过这种现象也有一种合理解释：奖励两千名读书人总比奖励三万名士兵更容易些。奖励读书人只需给他们一个职位，而那些工作本来就是必须有人来从事的。而对士兵们的奖励只能来自他们所效力的主人自身的财富。这种不可能性也更加佐证了我的观点。不过这是一个很难找到出口的迷宫，暂且抛开这一点不论，我们回到武力相对于文字的优越性上来，这是一个直到今天仍须论证的话题，正反双方各自都能罗列出许多理由。

"在文人们所列举的理由中，有一条就是：没有文士，武力将无以维系，因为战争自身有一定的规律而且受制于这些规律，而这些规律都隐藏在文字和学问之下。对此武士们可以回答，没有武士，这些规律同样无从维系，因为是武力在捍卫着共和国秩序，保护着王国、守卫着城市、保障道路、消灭海上的强盗。总之，如果不是他们，所有的共和国、王国、皇室、城市、航道和陆地上的道路，在战争期间都将陷入与战争伴生的严酷和混乱，而战争也将凭借自己的特权和力量肆虐横行。付出代价更高的那一方，也理应受到更高的尊崇，这是早经证实的道理。在求学这条路上取得一定的成就需要付出时间、熬夜不眠、忍饥挨饿、窘迫拮据、头昏脑涨、消化不良，以及跟这些问题密切相关的其他不便，前面我已经提到过一部分。

"然而一个人想要凭借自己的努力成为一个优秀的士兵，不但要付出学生们所付出的全部代价，而且在程度上更加艰难，这是前者根本无法与之相提并论的，因为士兵每前进一步都冒着失去生命的危险。那么，跟身处某个堡垒附近，在塔楼或碉堡中站岗警戒的士兵相比，学生们对于生活和贫困的担忧何至于令人无法承受呢？士兵即便感觉到敌人正在自己所在之处开挖布雷暗道，却不能在任何情况下擅离职守，更不能逃离如此迫在眉睫的危险。他能做的只是向长官报告发生的事情，以便长官能够采取排雷措施，他自己却只能一动不动地在那里，担心着，同时也等待着，不知什么时候不用翅膀就飞上了云霄，或者不情不愿地坠入了深渊。

"如果这样的危机仍然微不足道的话，那我们来看看，有什么样的危险能够比肩或超过在辽阔的大海中，两艘战船从正面互相进攻时的局面。战船船头相接，士兵除了破浪板上双脚所站的位置之外没有任何多余空间。然而无论如何，见到面前站着无数死亡的信使，正咄咄威胁着自己；敌对阵营火炮的炮筒向他瞄准，距离他的身体不到一箭之遥；而脚下任何一个疏忽就会让他掉进海神尼普顿深不可测的怀抱……他以勇敢无畏的心挺身面对密密麻麻的火枪队，为荣誉感所激励、所驱使，试图越过狭窄的距离跳到对方的船上去。最值得惊讶的是：一个人刚刚倒下，跌入万劫不复的深渊，另一个人就立刻取代他的位置；如果这第二个人也掉进像敌人一样虎视眈眈的海里，还有前赴后继的士兵冲上来取代同样的位置，仿佛他们对于死亡都显得急不可耐，这是在战争的一切紧要关头能够展现的最大勇气和胆量。

"人类曾拥有过幸运的时代，那时还没有火炮这种冷血的武器和它恐怖的怒火。我认为这种东西的发明者此时一定正在地狱中接受奖赏，因为这项魔鬼般的发明使一双无耻而懦弱的臂膀能够杀死一位英勇的骑士，这太荒唐了！一颗勇敢的心被勇气和果敢所激励、所点燃，然而任何一颗不知来由的流弹就足以在一瞬间毫无缘故地结束他的生命、切断他的思想，甚至也许发射子弹的家伙会因为害怕那该死的机器在射击时迸射的耀眼火光而落荒而逃，而这位英烈本该福寿绵长。考虑到这一点，我想说，在灵魂深处，我很遗憾不得不在如今这样一个可憎的年代从事游侠骑士这项事业。虽然我不惧怕任何危险，但是想到火药和子弹会剥夺我通过双臂的力量和长剑的锋芒在全世界扬名的机会，还是不免感到担心。不过，上天会做出最好的安排：我比过去的游侠骑士们面临更大的危险，所以一旦完成使命，也必将受到更高的敬仰。"

堂吉诃德在晚餐时间发表了这番长篇大论，完全忘记了吃饭。虽然桑丘·潘萨几次提醒他，吃完饭他有的是时间表达自己的想法。在座的人听到他这番宏论，不免再次扼腕叹息：这位先生似乎在任何话题上都表现得学识渊博、思路清晰，然而只要一提到他那穷途末路、执迷不悟的骑士道，就完完全全丧失了理智。神父回应说，这种关于武力胜于学问的观点很有道理，自己虽然是个读书人而且取得了学位，也赞同他的看法。

大家吃完了晚饭，撤下了餐具。老板娘、老板女儿和玛丽托尔内斯去收拾堂吉诃德·德·拉曼查之前睡觉的房间，她们决定当天晚上用那个房间来安置女客。趁这个时间，堂费尔南多请求那位俘虏给大家讲讲他的故事。因为他既然是陪着索拉伊达而来，到目前为止的各种迹象都表明这一定是个有趣的朝圣故事。对此俘虏回答说，他很乐意服从这个命令，只是担心故事没有大家希望的那么有趣，不过无论如何，自己不会违背堂费尔南多的意愿。神父和其他人都对他表示感谢，并再次恳求他讲述。见大家再三邀请，俘虏表示盛情难却,非常乐意效劳。

"那么,各位就请听好了。这个真实故事之离奇、之错综复杂,可能连精心编造的谎言都有所不及。"

这句话让所有人都不禁敛容危坐,屏息静气。俘虏见大家鸦雀无声,只等自己开口,便用动听的嗓音和平静的语调开始讲述下面的故事——

第三十九回
俘虏讲述平生和经历

我的老家在莱昂群山深处,自然赋予我们这个家族丰富的物产,幸运之神却并未对我们同样眷顾。尽管那是一片穷苦山区,我父亲却还得了个富人的名声,当然如果他能理财有道,存钱跟花钱一样在行的话,倒也名副其实。他这个慷慨而挥霍无度的性情是年轻时当兵期间养成的。军队是一所学校,经过这所学校的培养,小气的人会变得大方,而大方的人会变得更慷慨。吝啬的士兵会被视为洪水猛兽,当然这种事情很少有。我父亲的慷慨甚至到了挥霍无度的地步,而这对于一个已婚且有儿女的男人来说,是一件有百害而无一利的事情,因为这些儿女将会继承他的姓氏和身份。

我父亲有三个孩子,都是男孩,而且都到了可以自主选择生活和职业的年龄。父亲说,因为自己无法改掉挥霍和慷慨馈赠的习惯,所以打算彻底拔除这一习惯的根源,也就是放弃财产。失去了财产,连亚历山大大帝本人都会表现得吝啬贪婪。于是有一天他把我们兄弟三个单独叫到一个房间,说了下面的一番话:

"孩子们，你们是我的儿子，我对你们的爱毋庸置疑，然而我没有能够履行为你们保存财产的责任，足以表明我还不够爱你们。为了让你们今后明白，作为亲生父亲，我真的爱你们，不愿意像一个继父那样毁掉你们，此刻我要为你们做一件事。我已经过长时间的深思熟虑，对于此事不但下定了决心，也做好了准备。你们已经到了选择生活道路的年纪，或者至少选择一份职业，能让你们在年纪更大一些的时候得到荣耀和利益。我要做的就是把自己的财产平均分成四份，其中三份给你们每人一份，人人均等。最后一份留给我自己维持生活，靠上天的慈悲，度过余生。不过我希望你们每个人在得到自己那部分财产之后，从我说的几条道路里选择一条去走。在我们西班牙有一句谚语，在我看来很有道理，当然所有的谚语都是真理，因为都是从长期的智慧经验中提炼出来的。这句谚语是这样讲的：要么追随教会，要么漂洋过海，要么效力宫廷。说得更明白一点就是：谁想要实现价值并成为富人，要么投身于教会，要么去航海从商，要么进入国王的宫廷并为之效力。俗话说，国王掉下的面包渣也比主人的恩赐更值钱。我的意思是，希望你们三个人中，一个去求学，一个去从商，另一个去战争中为国王效力，因为进入宫廷的希望很渺茫。战争虽然不会带来很多财富，但常会大大提升人的价值和声望。八天之内，我会以现金的形式把你们各自应得的部分交给你们，一个马拉维迪也不会私吞克扣，这一点你们完全可以验证。现在请你们告诉我，是否愿意遵循我刚才的意见和忠告。"

作为长子，他要求我先回答。我首先恳求他不要拆分财产，而是按照自己的喜好去花掉，因为我们已经是成年人，懂得如何挣钱。不过最后我还是不得不遵从了他的心意，并选择了凭武力拼搏的道路去为上帝和国王效力；第二个兄弟也做了同样的劝说，最后选择了前往新大陆，用自己所得的那部分钱进行投资；最小的弟弟，也是我觉得最机灵的那个，说他愿意追随教会，或者去萨拉曼卡完成他已经开始的学业。当大家都同意了这个方案并选择了各自的职业，父亲拥抱了我们，而且很快就兑现了所有的承诺，把每人的财产分给了我们。我记得兄弟三人每人得到了三千杜卡多的现金，当时为了不让这些家产流落到家族以外，一位叔父买下了全部产业，并支付了现金。

就在那一天，我们辞别了善良的父亲，也就在同一天，我顾念父亲年迈，却只拥有那么一点微薄家产，心中实在不忍，便说服他从我的三千金币里留下了两千。因为对我来说，剩下的钱已经足够置办一个士兵所需要的装备。两个弟弟受我的感染，也每人分了他一千金币。这样父亲就有了四千金币的现金，加上他本来分得的价值三千金币的产业——那部分产业他不肯卖掉，而是作为固定资产保留下来。最后我们告别了父亲和刚才提到的叔父，所有人都十分动情，热泪长流。父亲要求我们，只要条件允许，不管是发达还是落魄，一定要让他得知我们的消息，我们一一答应。接着，在得到了父亲的拥抱和祝福之后，我们兄弟三人，一人踏上了去往萨拉曼卡的路，另一个前往塞维利亚，而我则前往阿利坎特。在那里，我听到消息说有一艘热那亚的船将运载羊毛返回热那亚。

今年是我离家的第二十二年，在整整二十二年中，虽然我写过几封信回去，却从未得到过关于父亲，或关于弟弟们的任何消息。这二十多年间的经历，我将简短地叙述：我在阿利坎特上了船，一帆风顺地到达了热那亚，又从那里到了米兰，在米兰购置了武器和军服，打算到皮埃蒙特去参军。当时我已经在去往亚历山德里亚·德拉·帕亚[1]的路上了，却得到消息说，伟大的阿尔巴公爵将前往佛兰德斯[2]。我改变了主意，前去追随他，在他的战役中冲锋陷阵，埃格蒙和奥尔诺斯两位伯爵[3]被处决时我也在场。后来，我在瓜达拉哈拉著名上尉迭戈·德·乌尔比纳[4]麾下当上了少尉军官。

在到达佛兰德斯一段时间以后，我又听说教皇庇护五世的教会已经跟威尼斯和西班牙结成联盟，对抗共同的敌人土耳其。如今回想起这位教皇真是令人幸福。那时土耳其大军已经攻占了著名的塞浦路斯岛，该岛原本是由威尼斯人控制的，这真是一个令人痛惜的损失。可以确信无比尊贵的堂胡安·德·奥地利，也就是我们的英明国王堂菲利普的亲兄弟，将作为这个联盟的将领前来坐镇。到处都在举行轰轰烈烈的战前动员，这一切都激励并鼓舞着我的精神和意愿，想要参加这场众望所归的征战。虽然那时我有希望，甚至几乎可以确定，只要一有授职的机会就将被提拔为上尉，却宁可放弃大好前程，执意如当年初出茅庐时那样前往意大利。

我的运气不错，当时堂胡安·德·奥地利先生刚刚到达热那亚，从那里他将去往那不勒斯与威尼斯的军队会合，后来两军在墨西拿相遇了。总之我参加了那次无比幸福的战役[5]，并成为步兵上尉，得到

---

1 亚历山德里亚·德拉·帕亚，意大利米兰大公国的一个要塞。
2 佛兰德斯是西欧的一个历史地名，泛指古代尼德兰南部地区，包括今比利时的东佛兰德省和西佛兰德省、法国的加来省和诺尔省、荷兰的泽兰省。
3 此二人因背叛西班牙于1568年被处死。
4 塞万提斯本人曾在此人麾下效力，并于1571年参加了著名的勒潘多战役。
5 指勒潘多战役。

这个荣耀的职位要感谢好运,而不是因为我的功勋。那一天,对于基督教徒们来说是多么幸福的一天!因为就是在那一天,我们向全世界和所有民族澄清了事实:人们一直错误地以为土耳其人在海上是无往不胜的。我的意思是,那一天,奥斯曼的骄傲和狂妄被粉碎了。我认为,当场牺牲的基督徒们比幸存下来的胜利者更幸运。然而在现场无数幸运的人中间,我却是唯一的不幸者。在这个举国欢庆的日子里,当夜幕降临,我不但没有等到像罗马世纪一样的海军桂冠,却被铁链锁住了双手和双足。

事情的经过是这样的:阿尔及尔的国王乌恰里是一个胆大而走运的海盗,他向马耳他军舰发动进攻并取得了胜利。这艘军舰上只有三名绅士活了下来,而且受了重伤。我和我的中队所在的胡安·安德雷阿军舰赶去救援。在类似的情形下,士兵应该跳上敌方的军舰,所以我就那样做了。谁知这艘敌船却正在掉头避开攻击的船舰,所以我的士兵们没有办法跟上来。就这样,我孤身一人落入敌人中间,寡不敌众,毫无抵抗之力。总之我被打败了,浑身是伤。正如你们后来听说的那样,先生们,最后这位乌恰里跟他所有的舰队都全身而退,我便成为受他控制的俘虏。

我是不计其数欢庆的人中唯一伤心人,也是成千上万获得自由的人中唯一失去自由的人。当天有一万五千名在土耳其船上划桨的基督徒获得了梦寐以求的自由,而我却被带到了君士坦丁堡。在那里,我的主人被土耳其大苏丹塞林任命为海军上将,因为他不但在战斗中履行了职责,而且为了炫耀战功,把马耳他教士团的旗帜也带了回去。

第二年，也就是七二年[1]，我到了那瓦利诺，在以三个信号灯为标识的战舰上划船。我亲眼见证了我方军队如何错失良机，没能在港口歼灭整个土耳其军队。当时军舰上所有的海军和土耳其皇帝的近卫亲兵都确信我军会在那个港口发动袭击，所以全都穿戴好战袍和"帕萨马克"，也就是战靴，以便在受到攻击时不至于坐以待毙，而是立刻从陆路逃跑。他们对我方军队的恐惧不言而喻，然而上天却另有安排。并非率军的将领有什么过错或疏忽，而是因为基督教徒们背负的罪恶，上帝才安排刽子手来惩罚我们。事实上，乌恰里就躲在紧临那瓦利诺的莫东岛[2]上，他往陆地上派遣人手，加强港口处的防卫，并保持蛰伏不动直到堂胡安先生撤军。

执行这次航行的船名为"囚徒号"，船长就是著名海盗"红胡子"的儿子。截住它的是一艘叫作"母狼号"的那不勒斯战舰，船长是圣克鲁斯侯爵堂阿尔瓦多·德·巴桑。他爱兵如子，总是鸿运高照、战无不胜，人称"战争闪电"。在此不能不提的是"囚徒号"船舰上囚徒们的所作所为："红胡子"的儿子生性残忍，对待俘虏们暴虐无道，所以当划桨的苦囚们见"母狼号"冲到面前，所有人都同时扔下船桨，一拥而上捉拿船长，那时他还在指挥台上大喊大叫责令他们加速划桨呢！囚徒们你传给我，我传给他，将船长从船艉传到船头，人人都对他拼命撕咬，刚传过桅杆，他的灵魂已经进了地狱。由此可见，他对待囚犯们的残忍以及囚犯们对他的仇恨到了何种地步。

之后我们回到了君士坦丁堡。第二年，也就是七三年，君士

---

[1] 即1572年。
[2] 莫东岛，今希腊麦西尼。

坦丁堡得到消息说堂胡安先生已经攻下了突尼斯,并把土耳其人赶出了那里,而且将突尼斯交与穆雷·哈梅特统治,这就断绝了穆雷·哈米达[1]重新统治这个国家的希望,此人是世界上最残忍也是最勇敢的摩尔人。土耳其大苏丹对这一损失感到非常难过,他利用麾下将士的聪明才智跟威尼斯讲和,因为威尼斯人比他更渴望和平。第二年,也就是七四年,他进攻了戈雷塔和堂胡安在突尼斯附近遗留的尚未完工的堡垒。

所有这些关键时刻我都在划桨,没有任何自由的希望,至少不指望有人来解救,因为我已下决心不把自己的不幸遭遇告诉父亲。后来,戈雷塔陷落了,堡垒也陷落了,进攻要塞投入的兵力十分庞大:光领俸的就有七万五千名土耳其士兵、四十万摩尔人和来自非洲的阿拉伯人。数量如此惊人的军队自然还得配备众多军资、战争装备和不计其数的工兵,以至于据说只要战士们双手握拳就能覆盖住戈雷塔和堡垒的地面。

首先陷落的是戈雷塔,虽然一直到那时为止它都被认为是坚不可摧的。而它的陷落也并非守城将士们的过失,因为在防卫上他们已经做了一切应该做的和能够做的。本来依照经验,在荒芜的沙地中建起战壕是轻而易举的,因为地面往下挖两掌的距离就应该有水,然而土耳其人一直挖到两竿[2]深都没有出水。于是他们用无数袋的沙子把战壕垒起来,高度超过了堡垒的城墙,从高处往下射击。这样的封锁线无人能够逾越,也无人能够驰援城内的防卫。

---

1 穆雷·哈梅特与穆雷·哈米达为同胞兄弟,1542 年哈米达篡夺父亲王位,1573 年堂胡安·德·奥地利将其击溃,迎接逃亡在外的哈梅特进入突尼斯。
2 古代西班牙长度计量单位,约合 0.8359 米。

当时大家一致认为，不该将我们的军队封闭在戈雷塔城里，而应该设法突围到开阔地带。其实持这种意见的人们对实际情况了解不足，也缺乏应对类似状况的经验：既然在戈雷塔和堡垒中只有不到七千名士兵，这么少的兵力即便是浴血奋战，也不可能冲出重围，又怎么可能冲进小堡垒，与数量上占绝对优势的敌人正面对抗？一座孤立无援的城池怎么可能不被攻陷？尤其是敌方兵力如此之众，又占尽主场地利。但是很多人认为上天会对西班牙特别眷顾、法外施恩，当时我也是这样认为的。那个邪恶的魔窟和其中贪得无厌的恶魔都会被摧毁，他像海绵吸水般搜刮无穷无尽的钱财，在战场上肆意挥霍却徒劳无功，只会令人愉快地回忆起所向披靡的查理五世的又一场胜利——他必将永垂不朽，值得永远镌刻在石块上。

堡垒最终也失守了，但那是土耳其人一点一点强攻下来的。守卫士兵们的抵抗如此奋勇激烈，在敌人发起的二十二次大规模进攻中，他们杀死了超过两万五千名敌兵。在最后幸存的三百名士兵中，被俘时没有哪个不是遍体鳞伤。这清楚确凿地证明，他们是多么努力而英勇地保卫着要塞。经过谈判，瓦伦西亚骑士、著名的战士胡安·萨诺盖拉在海湾中间一座小小塔楼上签署了投降书。土耳其人俘虏了戈雷塔城的将军堂佩德罗·普尔多卡雷罗，他为了保卫自己的城市做了一切可能的努力。这次失利令他如此痛苦，以至于在作为俘虏被带往君士坦丁堡的路上因悲伤过度而死。堡垒的将军、米兰骑士卡布里奥·塞尔维里昂也同时被俘，他还是伟大的工程师和英勇无比的士兵。

在这两座要塞中牺牲了很多重要人物，其中一位是圣约翰教团的骑士帕甘·德·奥利亚，他天性慷慨，这一点从他对待自己的兄

447

弟、著名的胡安·安德雷阿·多利亚的宽厚胸怀就可见一斑。令人遗憾的是，他死于几个阿拉伯人之手。见堡垒已然失守，那几个阿拉伯人自告奋勇要带他乔装打扮逃往塔瓦尔卡。那是一个海岸港口，也是聚集点，热那亚人在那里采挖珊瑚。他相信了那些阿拉伯人，可他们却砍下了他的头颅，并带到土耳其军队的将军面前。谁知这位将军正应了咱们卡斯蒂利亚的一句谚语：欢迎背叛，却不欢迎叛徒。所以据说将军下令绞死了那几个带着这份礼物而来的人，怪他们没有将帕甘·德·奥利亚活捉而来。

在堡垒中被俘的基督徒中，还有一位名叫堂·佩德罗·德·阿吉拉尔，是安达鲁西亚不知什么地方的人。他在堡垒中是一名少尉，声望很高，学识超群，尤其在诗歌方面卓有才华。我了解这些是因为命运安排他来到了我的战船，与我分享同一块划船坐板，成了跟我同一个主人的奴隶。在我们离开那个港口之前，这位骑士作了两首十四行诗作为墓志铭，一首献给戈雷塔，一首献给堡垒。事实上这两首诗我一直牢牢记在心里，此刻不妨朗诵一下，这样做不但不会带来痛苦，反而会增添趣味。

就在这位俘虏说出堂佩德罗·德·阿吉拉尔的名字时，堂费尔南多看了看他的同伴们，三个人都微笑了。而当他正要朗诵这两首十四行诗时，其中一个同伴说：

"在您继续讲述之前，我恳求您告诉我，您提到的这位堂佩德罗·德·阿吉拉尔后来怎么样了？"

"据我所知，"俘虏回答说，"在君士坦丁堡待了两年之后，他换上阿尔巴尼亚人的衣服跟一个希腊间谍逃跑了。我相信他获得了自由，虽然消息并不十分确切，因为在他出逃一年之后，我在君士坦丁堡碰见了那个希腊人,但是没能从他那里打听出那趟旅程的结局。"

"结局很不错。"这位骑士回答说,"因为这位堂佩德罗就是我的哥哥,此刻他就在我们村里,健康而富有,不但成了婚,还生了三个孩子。"

"感谢上帝!"俘虏说,"赐给他如此巨大的恩惠!在我看来,世界上没有什么喜悦能比得上失而复得的自由。"

"不仅如此,"骑士回答说,"我也知道我哥哥所作的那两首十四行诗。"

"那您来分享吧,"俘虏说,"您一定比我朗诵得更好。"

"乐意之至。"骑士回答说,"献给戈雷塔的那首是这样的——"

第四十回
继续讲述俘虏的故事

十四行诗

幸福的灵魂不会受到
死亡幽暗面纱的烦扰,
精忠之士将扶摇直上,
自平地到达天庭至高。
仇恨中怒火熊熊燃烧,
你们以血肉之躯为堡,
用生命和敌人的鲜血,

染红黄沙与海水滔滔。

死亡带走生命而非勇气。
英雄被战胜，奄奄一息，
疲惫的双臂仍高举胜利。

壮烈牺牲固然可歌可泣，
穿过枪林弹雨触手可及
人间美誉和天堂的名气。

"与我所知无异。"俘虏说。
"至于献给堡垒的那首，如果我没记错的话，"骑士说，"是这样的——

十四行诗

这片土地荒芜贫瘠，
只见遍地残垣断壁，
三千将士圣洁的灵魂
进入美好的居所永生。
他们在战场奋勇杀敌，
寡不敌众仍血战到底。
臂膀终于疲惫困顿，
将生命断送于剑刃。

无数痛彻人心扉的过往
在这片土地上记忆绵长
从过去到现在久久回响。

英雄亡魂升入澄澈天堂，
这一片坚硬的土地从未
将如此英勇的躯体埋葬。

这两首十四行诗令人赞叹，俘虏听到关于战友的消息也很高兴，便继续讲述自己的故事——

后来，在戈雷塔和堡垒陷落之后，土耳其人下令拆毁戈雷塔，至于要塞，已被夷为平地，没有什么可以推倒的了。为了在最短的时间内以最小的工程量完成这件事，他们从三个方向同时布雷。然而那些看上去摇摇欲坠的旧城墙，却没有哪一部分被轻而易举地炸毁，反而是"小修士[1]"建造的这座新的军事要塞，其中屹立的一切都迅速坍塌了。

总之，土耳其军队顺利凯旋，回到了君士坦丁堡，在那以后没几个月我的主人乌恰里就死了。人们一向称他为乌恰里·法尔塔克斯，在土耳其语中意思就是"叛教的癫痫头"，这个外号对他来说十分贴切。在土耳其人中有个习惯，就是以人身上的某些缺陷或某种美德来给他们取名。这是因为这个族群只有四个世袭的姓氏，都是

---

[1] "小修士"指哈克麦·帕雷阿罗，西班牙国王查理五世和菲利浦二世军事建筑工程师。

从奥托曼家族流传下来的。而其他人，正如我所说的，要么是以身体的毛病取名，要么就是以精神上的美德命名。这个"叛教的癫痫头"本是大苏丹的奴隶，划了十四年的船，到三十四岁的时候改宗了。就因为一个土耳其人在他划桨的时候打了他一个耳光，他心存怨恨，为了报仇放弃了自己的信仰。他是如此骁勇善战，一般人为了从大苏丹那里得到好处都不择手段，而他却没有依靠任何阴谋诡计就坐上了阿尔及尔国王的位置，后来又成为海军大统领，这是整个领地中的第三把交椅。从出身来讲他是卡拉布里亚人，是一位道德高尚的人，对待俘虏们也很人道，所以最后他的俘虏人数达到了三千人。在他死后，按照遗嘱，那些俘虏们就由大苏丹（他也是任何死者的合法继承人，跟死者的儿子们一起分割财产）和乌恰里手下的改宗者们瓜分。

我被分到一个威尼斯的改宗者那里，他曾是一条船舰上的见习水手，被乌恰里抓获并十分受他青睐，是乌恰里最善待的手下之一，然而他后来成了我曾见过的最残忍的改宗者。他名叫阿桑·阿加，最后变得非常富有并当上了阿尔及尔的国王。我高高兴兴地跟随他离开君士坦丁堡，因为阿尔及尔离西班牙近在咫尺。我并不打算把发生在自己身上的不幸写信告诉任何人，只是为了看看在阿尔及尔的运气会不会比在君士坦丁堡的运气好一些。在君士坦丁堡我尝试了无数种逃跑的方法，但是没有一次有机会或有运气逃脱。但我从来没有放弃过获得自由的希望，打算在阿尔及尔寻找其他方法实现这个梦寐以求的目标。每当有计划、有想法甚至开始实施的时候，只要发现事与愿违，我便立刻假装蛰伏，内心却并不放弃，而是寻找其他能让我重燃希望的机会，不管这个机会有多么微弱渺茫。我的生活就在这样的尝试中度过。

我被关在一座监狱中，其实就是个院子，土耳其人称之为"浴场"。被俘虏的基督徒们，不管是属于国王的，还是属于其他个人的，都被关在那里。还有一些被称为"羁押囚徒"，他们隶属于市政府，在城市中服务于公共建设和其他一些行业。这些俘虏们很难得到自由，因为他们是公共奴隶，没有特定的主人，即使有人能来救赎，也没有可以交易的对象。我刚才说过，村里的一些个人也常常把自己的俘虏带到浴场来，尤其是那些等着赎身的俘虏。他们会被稳妥地安置在那里，直到赎金到来。而国王的俘虏在等待赎身的时期也不跟其他的囚犯一起服苦役，除非赎金迟迟不到。如果等不到赎金，为了让俘虏们更加殷切地写信求援，就强迫他们劳作并跟其他人一起捡拾柴火，这可不是一件轻松的工作。

我当时就是等待赎身的俘虏之一。因为他们知道我曾经是个上尉，虽然我一再声称家里经济条件不好，也没有什么财产，但怎么也无法说服他们，不得不被算进等待赎身的绅士们的一员。他们给我套了一个锁链，但不是为了用它困住我，而更多地是作为赎身者的标记。我就在那个浴场跟很多人一起打发时日，他们都是被指认出来的绅士和重要人物，主人指望用他们索取高额赎金。虽然有时饥肠辘辘和衣不蔽体令人沮丧，甚至可以说是一贯如此，但没有什么能比时时刻刻听到或看到主人对待基督徒们那种闻所未闻的残忍更令人痛苦。每天都有人被绞死，有人被钉在尖木桩上，有人被割掉耳朵，而且这一切都是无缘无故、毫无情由的。土耳其人都知道他天性嗜杀，这么做不过是兴之所至。

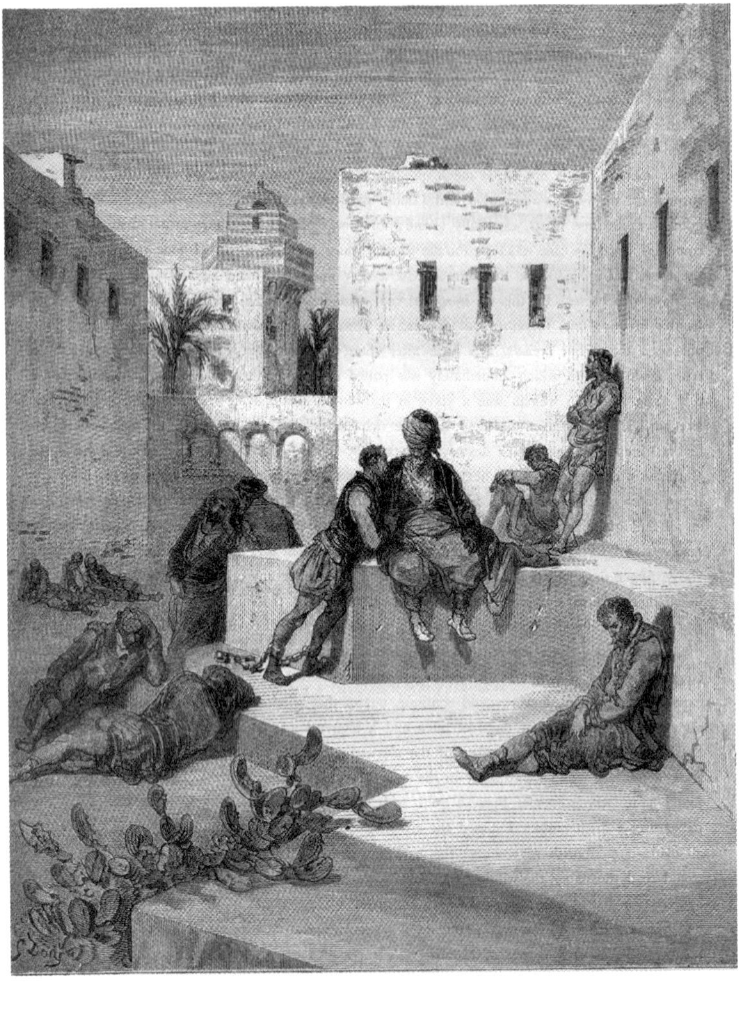

只有一个名叫某某萨阿维德拉[1]的西班牙士兵能免于这样的威胁。此人帮助很多人获得了自由,而那些人在很多年后仍对他记忆犹新。主人从不打他,也不命令别人打他,也不对他恶语相向。我们所有人都替他担惊受怕,因为他所做的一切,哪怕是最微不足道的事情,放到其他人身上也得被尖木桩穿透,甚至他自己也不止一次担心过。若不是时间有限,我此刻就可以讲讲这个士兵的故事,一定会让你们感到趣味盎然,远远胜过我自己的经历。

我继续讲:在监狱院子上方有几扇窗户,那是一个非常富有而显赫的摩尔人家。不过就跟摩尔房屋普遍的建筑风格一样,那不像是窗户,倒像是几个洞,外面用密实压紧的百叶窗遮住。有一天,为了打发时间,我正在监狱的平屋顶上跟另外三个同伴一起尝试戴着脚镣跳。当时院里就我们几个人,其他基督徒都出去干活了。我偶然抬起头,看见从刚才说的那些紧闭的小窗户里出现了一根秸秆,一头系着块亚麻布。有人挥动着那根秸秆,仿佛在示意我们上去抓住它。我们靠拢过去,其中一个同伴站在秸秆底下,想看看它会不会掉下来或者到底要干什么。但是他一站过去,秸秆就升了上去,左右摆动,仿佛在摇头说"不"。这个基督徒走回来,秸秆便再次降了下来,跟之前一样挥动。另一个同伴上去,但他的遭遇跟第一个一样。接着第三个人也上去了,但他的收获跟第一、第二个人没有区别。见此情形,我可不想放弃机会试试运气。我一站到秸秆下面,它就掉了下来,落在浴场内我的脚下。

我迅速上去解开亚麻布上的结,里面包着十个西亚尼,那是摩

---

[1] 指塞万提斯本人。

尔人使用的一种低成色金币，每一个金币价值我们的十个雷阿尔。对于这个发现，我的喜悦无以言表，当然好奇也跟兴奋一样强烈，很想知道这桩好事因何从天而降，尤其是居然落到我头上。既然只有当我出现的时候那根秸秆才肯掉下来，无异于明明白白地宣布这是赏赐给我的。我收好钱，折断秸秆，转身面向那个小小的平屋顶。我看着窗户，只见从窗口伸出一只雪白的手，匆匆忙忙打开又关上窗户。因此我们明白，或者说我们想象，一定是住在那栋房子里的某个女人对我们发了慈悲。我们以摩尔人的礼节向她致意，低下头，弯下腰，双手放在胸前表示感谢。

不一会儿，从同一扇窗户中出现了一个用秸秆做成的小小十字架，但立刻又缩了回去。这个迹象让我们确信，某个基督徒女人被囚禁在这座房子里，就是她恩赐给我们金币。但是那只洁白如玉的手和腕上戴的手镯又让我们否定了这个想法。我们猜想这也许是一个被迫改变信仰的女基督徒，摩尔主人往往娶她们为合法妻子，甚至认为这是一种福分，喜爱那些女子甚于本族的女子。当然我们所有的猜测都跟事实真相相去甚远。

于是，从那天开始，我们的娱乐就是注视着曾经出现过那根"天降福星"般秸秆的窗户，就像在追寻着北斗星。但是整整十五天过去了，再也没有看到秸秆，也没有看到那只手，也没有其他任何信号。不过在那期间我们到处打听谁住在那座房子里，里面是否有一个改变信仰的女基督徒。不过收集到的消息仅限于那里住的是一个非常显赫有钱的摩尔人，名叫阿吉·莫拉托，曾经当过帕塔要塞的将领，这在他们中间是一个非常有分量的位置。但是当我们日渐失去希望，不再幻想从那里掉下更多的金币雨时，秸秆突然出现了，上面拴着另一块亚麻布，打着比上次更大的结。

和上次一样，事情发生在整个浴场空无一人的时候。这天跟我在一起的还是那三个人，我们又试验了一下，每个人都比我先上去。然而这根秸秆对谁都不投降，只等我一过去，就扔了下来。我打开结，发现里面有四十个西班牙金币，还有一张写着阿拉伯语的纸，信的结尾处画了一个大大的十字。我亲吻了十字，收起金币，回到平屋顶。我们所有人都行礼致意，那只手又出现了，做了个手势让我们读那张纸，接着关上了窗户。所有人都对发生的事情感到既困惑，又开心，急切想知道纸上写的是什么。但是我们中没有人懂得阿拉伯语，所以必须要找到一个能为我们读信的人。

最后，我决定相信一个改宗者，他是穆尔西亚人，一向与我过从甚密，也表示过有义务对我告诉他的任何事情都守口如瓶。因为有一些改宗者在试图返回基督教领土的时候，往往会带上几个有名望的俘虏的签名信，以此证明自己虽然改变了信仰，但还是一个好人，一直在利用力所能及的方式帮助基督徒们，而且一直谋划着一有机会就逃走。有些人努力得到这些证明确是出于善意，但另一些人却心怀鬼胎，只是为了以防万一：在前去掠夺基督教领土的时候，如果不巧落单或被俘虏了，就拿出这些签名信证明自己的来意就是留在基督教的领地，而不是真心跟随土耳其人一起前来劫掠。通过这种诡计他们得以逃脱最初的激烈冲突，并跟教会和解而不受到任何伤害。然而一有机会他们就又回到柏柏尔[1]重新作威作福。当然真心向善的人们就凭借这些证明信留在了基督教的领地。我刚才提到的朋友就是改宗者之一，他拥有我们所有同伴的签名，这在适当的

---

[1] 柏柏尔人是西北非洲的一个说闪含语系柏柏尔语的民族，此处指北非地区。

时候当然能够成为对他有利的证明，但是如果摩尔人发现这些信件的话，一定早就把他活活烧死了。

我知道他精通阿拉伯语，不只会说，而且会写。不过在向他和盘托出之前，我只说请他读一读这封信，这是偶然在牢房的洞里发现的。他打开信，看了好一会儿，嘴里喃喃地念着。我问他能不能看懂，他回答说完全明白，如果我想听的话，他可以一个字一个字地翻译给我听。不过他还是让我拿来笔墨，这样翻译出来会更详尽。我们立刻照做了，他便逐字翻译了出来。完成的时候他说：

"这张摩尔人信纸上的所有内容都翻译成西班牙语了，一个字也不少。要注意一下，里面提到蕾拉·玛丽安的地方，指的就是我们的圣母玛利亚。"

我们读了这张纸，上面是这样写的——

当我还是个小女孩的时候，我的父亲有一位女奴，她用我的语言教我祈祷，也就是基督教的祷告，还告诉我很多关于蕾拉·玛丽安的事情。那个女基督徒死了，我知道她并不是坠入了地狱之火，而是跟随安拉去了，因为后来我又见过她两次，她叫我去基督教领地寻找深爱我的蕾拉·玛丽安。可是我不知道怎样才能到达。透过这个窗口我见过许多基督徒，但是在我看来，除了你没有人像个绅士。我年轻美丽，还有很多钱可以随身带走。如果你能想出办法带我逃走，只要你愿意，到了那里你将成为我的丈夫。如果你不愿意也没关系，蕾拉·玛丽安会为我安排结婚的对象。你要仔细考虑找谁帮你读这封信，不要相信任何一个摩尔人，因为他们都很虚伪。对此我感到非常痛苦，因为我多么希望你不要让任何人知道这件事！如果我的父亲知道了，他会立刻把我扔进井里用石块砸死！我会在秸秆中穿一条线：你把回信系在上面。如果没有人能帮你写阿拉伯语的信，就通过符号回答我，蕾拉·玛丽安会保佑我明白你的意思。圣母和安拉会保佑你，还有这个我亲吻了无数次的十字架，这都是那个女俘虏教给我的。

先生们，你们说当时我们几个人是不是有理由因为信上的这些话感到又惊又喜呢？种种迹象令那位改宗者明白这封信不是偶然发现的，而是千真万确写给我们中间某个人的。他恳求我们直言相告，请我们信任他，承诺一旦知道实情，他会冒着生命危险帮助我们获得自由。他一边说，一边从胸口取出一个金属的耶稣受难像。他泪如泉涌，说这个受难像就代表着上帝，他以上帝的名义发誓（自己虽然罪孽深重，但是一直虔诚地信仰着上帝），他将对我们保持忠诚，并对我们将要告诉他的一切都守口如瓶。他感觉，甚至几乎是肯定，通过写这封信的姑娘，他和我们几个都将得到自由。这样他就能实现自己梦寐以求的愿望：回到神圣教会母亲的怀抱。作为一名已经堕落的成员，他一直因为无知和罪行而孤单失群。

他说这番话时流了那么多眼泪，表现出无尽的追悔，以至于我们都一致同意对他据实相告。于是我们把一切都告诉了他，没有任何隐瞒，还把出现秸秆的那扇窗户指给他看。他默默记下了那座房子，然后答应小心翼翼地去打听谁住在那里。大家一致同意应该给那个摩尔女人回信，因为现在我们有人会写阿拉伯语了。改宗者很快就按照我的口述写好了回信，我将一字不差地告诉你们信的内容，因为在这桩发生在我身上的事情中，每一次的紧要关头，没有任何细节从我的记忆中溜走过，而且在有生之年也永远不会忘记！

事实上，那个摩尔女人得到的回答是这样的：

愿真主安拉保佑您，我的小姐，还有仁慈的玛丽安，她是上帝真正的母亲，也是指引您前往基督教领土的人，因为她非常爱您。您既然发愿要遵从她的指引，圣母大慈大悲，一定会启示您如何做到这一点。就我而言，以及跟我同仇敌忾的这几个基督徒，我们保证竭尽全力为您效劳，赴汤蹈火也在所不惜。请继续给我写信，告诉我们您的计划。我会给您回信，伟大的安拉赐给我们一位被俘虏的基督徒，他懂得您的语言，读和写都很精通，正如您从这封信中看到的那样。所以不要害怕，您可以把任何想法告诉我们。至于您提到的，一旦到达基督教领土您将成为我的妻子，我作为一个忠实的基督徒发誓绝不辜负您。您知道，跟摩尔人相比，基督徒总是履行承诺的。安拉和圣母玛丽安会保佑您，我的小姐。

信写好封好，我又等了两天，直到像前几次一样单独留在浴场，才来到了常去的平屋顶，期待着秸秆的出现。没过多久秸秆就探了出来，虽然看不到是谁放下来的，我立刻拿出字条，示意上面的人放出丝线，不过随即发现秸秆里面已经放好了线，便把字条系上。不一会儿，我们的星辰再次出现：小小的包裹像一面象征和平的白旗。包裹掉了下来，我接住了，发现里面包着各式各样的金币和银币，一共有五十多埃斯库多，我们的喜悦之情也仿佛翻了五十倍，获得自由的希望已触手可及。当天晚上，那位改宗者回来了，告诉我们他已经调查到在那栋房子里的确住着那位我们已经听说过的摩尔人阿吉·莫拉托。他富可敌国,只有一个独生女儿,是他全部财产的继承人,而且被全城公认为柏柏尔最美丽的女人。据说有很多总督都上门求亲,但是她从来都不肯应允。改宗者还打听到他曾关押过一个基督徒女囚,不过已经死了。这一切都跟信上的内容都吻合。

我们立刻就跟改宗者商量如何将摩尔女孩救出来,然后大家一起逃往基督教领土。最后我们一致同意应该先等候索拉伊达的第二次通知——此刻想改名玛丽亚的姑娘以前就叫这个名字。因为我们发现,除了她没有人能想办法解决所有这些困难。在达成这一共识之后,改宗者劝我们不要难过,他即使是失去生命也会让我们获得自由。那几天浴场一直有人,因此秸秆晚了四天才出现。四天以后,浴场跟往常一样寂静无人,于是秸秆出现了,上面系着一个鼓鼓囊囊的布包,好像孕妇一般,预示着一次幸福之至的分娩。秸秆朝我伸过来,我接过包裹,在里面发现了另一张字条和一百个金币,这次全是金币而没有其他等级的货币。

那位改宗者也在那里,我们让他在囚室中读信,他翻译道:

> 我的先生,我不知道如何才能前往西班牙,虽然我已经问过蕾拉·玛丽安,她也没有告诉我。现在唯一的办法就是我从这扇窗户给你们很多很多金币:您和您的朋友们用这些钱赎身,然后让一个人前往基督教领地,在那里买一艘船回来接其他人。至于我,你们可以在我父亲的花园别墅找到我,就在巴巴松城门旁边,紧挨着沙滩。今年整个夏天我都会在那里跟父亲和仆人们一起。在那里,你们可以趁夜间放心大胆地把我接出去,带我上船。请记住,您必须成为我的

丈夫，否则我会请玛丽安惩罚您。如果您不能相信其他人去买船，那就先把自己赎出来，亲自前往，因为我相信您胜过相信其他人：您是绅士又是基督徒。请试着去打听花园别墅，下次您再走到这里来时，我就知道浴场没有别人了，我会给您很多很多钱。愿安拉保佑您，我的先生。

这就是第二封信上所写的内容。听到这些，每个人都自告奋勇要当那个先被赎身的人，并承诺快去快回，我自己也做了同样的承诺。但是那位改宗者表示反对，他无论如何也不同意任何一个人获得自由离开，除非所有人都一起走。因为他的经验表明，自由的人常常无法忠于履行在囚禁中做出的诺言：有一些身份高贵的囚徒经常使用这种方法，先赎出一个人，让他带着钱去瓦伦西亚或马约尔卡，安排一条船回来接帮他赎身的人。然而从来没有哪个逃出去的人又回来过，因为自由来之不易，谁都害怕再次失去，所以不得不将全世界所有的义务都从脑海中抹去。为了证明自己说的都是事实，他给我们简短讲述了一件发生在几个基督教骑士之间的事情，时间大约就在那个时候，那真是一桩前所未有的奇事，简直让人胆战心惊。

事实上，他最后建议，此刻唯一的办法就是把这些用来为基督徒赎身的钱交给他，他可以找借口说要在得土安[1]和沿海一带做生意，去阿尔及尔买一条船。他作为船主人，很容易想出计谋把所有人都从浴场救出来并全都装上船。如果那位摩尔姑娘，正如她自己所说，能拿出足够的钱赎出所有人，那事情就更容易了，因为只要恢复了

---

1 得土安，摩洛哥西北部城市。

自由,哪怕在光天化日之下登船也是易如反掌的事。不过此事最大的困难在于,摩尔人不允许任何改宗者购买或拥有船只,除非是用于抢掠的大船。因为他们担心改宗者,尤其是西班牙改宗者,购买船只不过是为了逃往基督教领地。但这个问题也并非无法解决:找一个塔加林摩尔人[1]居间代理,在船的交易和货物利润上提供分成,通过这个间接办法他就能够成为船的主人,这样其他的问题都迎刃而解了。

虽然我和同伴们都觉得,摩尔姑娘说的派人去马约尔卡买船这个办法更好,但我们不敢违背改宗者,担心如果不照他说的做,他会揭发我们,使我们有失去生命的危险。而且如果索拉伊达的计谋被发现,我们所有人都会跟着她一起丧命。于是我们决定把一切都托付给上帝和这位改宗者,并立刻给索拉伊达写了回信,告诉她我们十分赞同她的主意,一定会按照她的建议去做,仿佛是蕾拉·玛丽安在冥冥中指引,而这件事情是延迟执行还是立刻实施只取决于圣母的安排,此外我再次承诺成为她的丈夫。

得到这个承诺,当浴场再次空无一人的时候,她用秸秆和布包裹分几次给了我们两千个埃斯库多金币,还有一张字条,上面写着,下星期五胡玛日[2],她将跟父亲一起前往花园别墅,如果这些钱还不够的话,出发之前她还会给我们更多。请我们告诉她需要多少,她就会准备多少,因为她父亲富可敌国,绝对不会发现少了这些,何况所有财产的钥匙都在她手里。

于是我们给了那位改宗者五百金币用于购买船只,我用八百金

---

[1] 塔加林人,在当时的北非地区对来自西班牙阿拉贡王国的摩尔人的称呼。
[2] 胡玛日,伊斯兰教的礼拜日。

币给自己赎了身。我把钱给了一位当时恰巧在阿尔及尔的瓦伦西亚商人，他将我从国王手中赎出来，并立下承诺，只要从瓦伦西亚过来的第一艘大船到达，他就支付我的赎金。因为如果当时立刻支付这笔钱，国王会怀疑我的赎金早已到达阿尔及尔，而这位商人一直隐瞒不说，一定是有什么阴谋诡计。此外，我的主人生性多疑，无论如何我也不敢当时就掏出这笔钱。在美丽的索拉伊达将要去往花园别墅的那个周五的前一天，她又给了我们一千个埃斯库多金币，并通知我们她即将出发，恳求说只要我一赎身，就立刻进入她父亲的花园别墅，最好是寻找机会前去见她一面。我用简短的几句话回答说我会这样做的，请她专心用女囚教给她的所有祷词向蕾拉·玛丽安祷告。

做完这些，我又安排替那三位同伴赎身，一方面是为了便于一起离开浴场，另一方面也是因为担心他们见我获得自由，而在钱还有剩余的情况下自己却没有被救赎，难免感到慌乱，说不定在魔鬼的鼓动下会做出什么不利于索拉伊达的事。虽然鉴于他们高贵的身份我不该产生这样的顾虑，但无论如何在这件事情上不能冒险。所以我也通过同样的操作方式把他们赎了出来，把所有的钱都给了那个商人，以便他能够确定而保险地履行担保。当然我们并没有把计谋和秘密告诉他，因为这样做风险太大了。

第四十一回
俘虏的故事后续

不到半个月时间，我们这位改宗者就买了一艘很好的船，能容下三十多个人。为了证明船只的商业用途，以此作为掩护，他策划并实施了一次前往萨尔赫尔[1]的航行。那个地方在奥兰方向,离阿尔及尔大约三十里格,有很多成熟的无花果交易。在上文提到的那位塔加林人的陪伴下,他往返航行了两三次。在柏柏尔,人们管那些来自阿拉贡的摩尔人叫塔加林人,来自格拉纳达的摩尔人叫作穆德哈尔人,而在菲斯王国,又管穆德哈尔人叫作埃尔切人,这些都是国王在战争中征用得最多的士兵。就这样,每次经过的时候他都把船停泊在一个离索拉伊达所在的花园别墅不过两箭之地的小海湾。在那里,他故意让那些划桨的摩尔人要么祈祷,要么假装演习他真正的意图。他还前往索拉伊达的花园别墅向他们收购果干,她的父亲并不认识他,所以把果干卖给了他。

他后来告诉我,他本想找机会跟索拉伊达说话,告诉她自己就是那个受我的托付接她前往基督教领地的人,叫她放宽心。不过他从没有找到机会,因为摩尔女人不能让任何摩尔男人或者土耳其男人看到,除非她的丈夫或父亲命令她这样做。但是跟被俘虏的基督徒她们反而可以自由交往和交流,甚至自由程度超乎常理。而对我来说,如果他真的能够跟她说上话,我反而会感到担心,她可能会因为听到自己的秘密竟然从一个改宗者嘴里说出来而惊慌。不过上帝保佑,没有让我们这位改宗者的好意有机会实现。

此时他已确信往来于萨尔赫尔安全无虞,而且可以在他指定的任何时候、以任何方式、在任何地点停船抛锚。他的塔加林同伴对他言听计从,而我也已经赎身,只差找几个划桨的基督徒了。他让我考虑一下,除了那几个已经赎出来的,还想带哪些人一起走,并

---

[1] 萨尔赫尔,今舍尔沙勒,阿尔及利亚北非线航线的主要港口。

在下个周五之前跟他们谈妥，那是他决定出发的日期。于是我找了十二个西班牙人分别密谈，他们全都是划桨的好手，而且可以自由离开城市。在那个时期要找到那么多人并不容易，因为当时有二十艘大船同时出海劫掠，带走了所有的划桨手。如果不是那个夏天正好有一个船主人为了完成造船厂的一艘小双桅船而留下来没有去劫掠，连这些人也凑不齐。我没有对他们吐露详情，只说到周五下午，让他们各自偷偷地躲在阿吉·莫拉托的花园别墅后面，就在那里等着我过去。我挨个分别通知了他们，并命令他们即便是在那里见到了其他基督徒，也不许多言，只说是我让他们在那里等待。

做完这件要紧事，还有一件事要做，也是我最想做的事：把我们筹备的进展通知索拉伊达，以便她做好准备，时刻警觉。她还以为我们派基督徒回去买船，所以设想的出发日期一定晚于我们临时决定的日期，所以我要通知她，免得我们突然提前出现她会感到恐慌。于是我决定前往花园别墅，假装去摘野菜，看看有没有机会跟她说话。在出发前某一天我来到了那里。我遇到的第一个人是她的父亲。当时在柏柏尔，甚至在君士坦丁堡，俘虏和摩尔人之间有一种通用的语言，既不是摩尔语，也不是卡斯蒂利亚语，甚至不是任何民族的语言，而是所有语言的混杂，但大家都能明白。他用那种语言问我来花园别墅干什么，是什么人。我事先已经知道他有个非常好的朋友名叫阿尔努特·马米[1]，便回答说自己是此人的奴隶，前来寻找各种野菜用于拌沙拉。他就问我是不是被赎身的人，我的主人

---

[1] 阿尔努特·马米，阿尔巴尼亚人，塞万提斯曾是他的俘虏。

为此要了多少钱。

正在谈话间,美丽的索拉伊达走出了花园别墅的大门,她已经很长时间没有看到我了。摩尔女人是绝对不能在基督徒面前卖弄风情的,但是也无须回避,正如我刚才说的,来到她父亲跟我所在的地方是没有关系的。她父亲一看到她,便远远地叫住她并让她过来。此刻要说起我亲爱的索拉伊达展现在我面前那惊人的美貌、优雅的仪表、婀娜的姿态和富丽的装饰,那真是难以尽述。我只想说,她美丽的脖子、耳朵和头发上佩戴的珍珠比头上的头发还要多。按照摩尔人的习俗她裸露着脚踝,戴着两个纯金的卡尔卡赫(在阿拉伯语中指的是戴在脚踝上的脚链或脚镯),表面上镶着不计其数的钻石。

她后来告诉我,她父亲估计这一对脚镯价值一万多布拉金币,而她戴在手腕上的手镯也价值相当,珍珠数量众多、质地上乘。对摩尔女人来说,最隆重、最昂贵的装饰就是众多的珍珠和小米珠,所以摩尔人拥有的珍珠和小米珠比其他所有民族加起来都多。而索拉伊达的父亲一向以拥有阿尔及尔最多、最好的珍珠闻名,同时还拥有二十万西班牙埃斯库多金币,这位小姐就是所有这一切的女主人,此刻她也是我的女主人。至于戴上所有这些装饰是否真的美丽动人,从她历经苦难后还留存下来的服饰就能推测出在她最辉煌时期该是多么光芒四射。大家都知道,有些女人的美貌是分时间、分场合的,周围的环境会减少或增加她们的美貌,而且精神状况也能够强化或弱化这种美貌,这是很自然的事情,当然在大多数情况下环境都会有损于美丽。

总而言之,那个时候她来了,盛装华服,貌若天仙,至少在我看来,她是我到那时为止见过的最美丽的女人。想到我此行的目的,那一刻站在面前的仿佛是上天遣来的神明,来到凡间满足我的愿望、解决我的困境。她一走过来,她的父亲便用他们的语言告诉她,我是他的朋友阿尔努特·马米的奴隶,是来找野菜的。她走近我,用我刚才说的那种混杂的语言问我是不是绅士,为什么没有被赎身。我回答说自己已经被赎身了,而且从赎金价格可以看出主人对我何其重视,因为他竟然向我索取了一千五百个索尔塔尼小金币。

对此她回答说:

"事实上,如果你属于我的父亲,我会劝他即便是双倍的价格也不放你走。因为你们这些基督徒总是出尔反尔、不守信用,用最卑鄙的手段欺骗摩尔人。"

"小姐,有些人是这样的,"我回答说,"但我对主人说的都是实话,而且会对全世界所有的人说实话,将来也一直说实话。"

"那你什么时候走?"索拉伊达问。

"我打算明天就走。"我说,"因为有一艘法国大船在这里,明天就要扬帆出海,我打算跟那艘船走。"

"为什么不等着有西班牙大船过来?"她问道,"跟他们走不是更好吗?法国人可不是你们的朋友。"

"不,"我回答说,"虽然据说确实有一艘西班牙的大船将要到达,不过夜长梦多,还是明天就出发更加保险。回到故土、跟深爱我的人们团聚,这个愿望是如此迫切,我不愿意再等待下一个机会。不管未来的机会有多好,也不能再耽搁下去。"

"那你在故乡一定已经结婚了,"索拉伊达说,"所以才急着回去跟妻子团聚。"

"没有。"我回答说,"但是我已经承诺一回到家乡就结婚。"

"你承诺的那位小姐漂亮吗?"索拉伊达问。

"她太美了,"我回答说,"如果要赞美她的话,说实话她跟您非常像。"

对此她的父亲哈哈大笑说：

"安拉！基督徒，如果很像我的女儿，那应该是非常美丽的，因为她可是这个王国中最美的姑娘。不信的话，你仔细看看她就知道我说的是不是实话。"

虽然索拉伊达也会说我刚才提到的那种通行的低俗语言，但大部分对话还是由她父亲为我们充当翻译的，他对我们的语言更了解，她则更多是以手势而不是语言来表达自己的意图。我们正聊着，突然有个摩尔人跑过来大声报告说，有四个土耳其人翻过了花园的围栏到处偷摘果子，这时果子还没成熟呢。老人吓了一跳，索拉伊达也是，此地摩尔人都害怕土耳其人，对他们有一种自然的畏惧，尤其害怕土耳其士兵，因为那些人横行霸道，对于依附于他们的摩尔人具有不可挑战的权威，对待他们比对待奴隶还要恶劣。

于是她父亲对她说：

"女儿，你快回家去，把自己关起来，我去跟那些无赖理论。而你，基督徒，去找你的野菜，找完赶紧走吧，愿安拉保佑你平安回到故土。"

我弯腰行礼，他便去找那些土耳其人了，把我跟索拉伊达单独留下来，她正假装服从父亲的命令准备离去。但是父亲刚消失在花园的树丛里，她就向我转过身来，眼中充满泪水，问道：

"阿麦克西，基督徒，阿麦克西？"（意思是：你要走了吗？基督徒，你要走了吗？）

我回答说：

"小姐，是的，但是绝对不会抛下你：下一个胡玛日那天你等着我，我们出现的时候你不要害怕，我们一定能回到基督教领地。"

469

交谈时我说话的方式使她完全明白我的意思。她把一只胳膊搭在我脖子上，迈着虚弱的脚步开始往家走。然而事出意外，若不是上天慈悲及时补救，当时就要坏事：我们两人正以刚才提到的方式相携而行，她的手臂还搂着我的脖子，她父亲却已经赶跑了土耳其人回来了，迎头撞见我们，我们也看到了他。幸好索拉伊达十分冷静机警，不但没有把胳膊从我脖子上拿开，反而更加靠近我，把头靠在我的胸前，双膝稍稍弯屈，假装晕了过去。同时我也赶紧解释说，扶住她并非我的本意。她父亲赶紧跑到我们身边，看到女儿这个样子便问她怎么了，然而她没有回答，父亲便说：

"毫无疑问，这些无赖闯进来把她吓坏了，所以才晕了过去。"

他从我怀中把她接过去，将她贴近自己胸口。而她却叹息了一声，眼中的泪水还未干，便说道：

"阿麦克西，基督徒，阿麦克西。"（你走，基督徒，你走。）

她的父亲回答说：

"没事的，女儿，这个基督徒走不走不重要，他没有对你做任何不好的事情。土耳其人已经走了，不要害怕任何事情，没有什么会给你带来痛苦，因为我已经告诉你，那些土耳其人在我的恳求下已经从进来的地方离开了。"

"您说得对，先生，那些人把她吓坏了，"我对他说，"但是既然她说了让我走开，我不想增加她的烦恼。不打扰您了，如果您允许的话，有需要时的我会再来这个花园找野菜，因为我主人说，没有哪个花园的野菜比这里的更适合拌沙拉。"

"你任何时候想来就来吧，"阿吉·莫拉托回答说，"我女儿这么说不是因为你或者任何一个基督徒冒犯了她，她其实是想说叫那些土耳其人走开，或者意思是你该去找你的野菜了。"

于是我立刻辞别了他们,而她魂不守舍地跟着父亲走了。以找野菜的借口,我随心所欲、认认真真地把这个花园别墅转了个遍:仔细查看了入口和出口,房子的防卫设施,以及一切能为我们的计划提供便利的设施。做完这些,我把得到的信息告诉了那位改宗者和同伴们,接下来就一心盼着能顺顺利利地把握住命运通过美丽的索拉伊达提供的机遇。总之,时间流逝,我们望眼欲穿企盼的日期和时间终于到了。事先经过细致的考虑和充分的策划,所有人都按部就班,依计而行。

就在我在花园别墅跟索拉伊达交谈的第二天,也就是周五,改宗者在傍晚的时候把船停在了指定位置,几乎就在美丽的索拉伊达屋子对面。叫来划桨的基督徒们已经按照预先安排藏身在周围几个不同的地方。所有人都既忐忑不安,又兴奋不已地等待着,早已摩拳擦掌迫不及待去进攻已经进入视线的那艘大船。他们并不知道改宗者的全部计划，以为只需要利用双臂的力量，杀掉船里所有的摩尔人就能赢得自由。当我和同伴们现身的时候，所有埋伏的基督徒都向我们靠拢过来。那时城门已经关闭，田野上空无一人。会合后，我们犹豫着应该先去劫走索拉伊达，还是先去制服船上雇来划桨的摩尔人。

正在踌躇间，改宗者找到我们，质问为什么还不动手，他说已经是时候了，所有的摩尔人都毫无防备，而且大部分都已经睡着了。我们对他说了刚才的顾虑，他回答说，最重要的是先控制大船，而且这件事情可以轻而易举、毫无危险地做到，然后再去接索拉伊达。大家都觉得他说得不错，于是不再犹豫，在他的带领下来到大船。他率先跳进去，手握弯刀，用摩尔语说："要想活命，谁也别动！"这时候几乎所有的基督徒都已经冲了进去。那些摩尔人本就无精打采，此刻听到船长这句话，都被吓呆了，谁也没有拔出武器。事实上也很少有人、甚至没有人携带武器，他们任由基督徒们捆住双手，一句话都没说。基督徒们做这一切非常迅速，并威胁那些摩尔人说，如果他们通过任何途径或方式高声叫喊，就立刻用刀捅死所有人。

做完这件事，我们留下一半人看守，其他人跟着作为向导的改宗者前往阿吉·莫拉托的花园别墅。我们运气很好，顺利到达并且轻轻松松地打开了门，容易得就好像根本没上锁。就这样，没有发出一点动静，我们神不知鬼不觉地进了那栋房子。美丽的索拉伊达正在一扇窗户前等着我们，当她感觉到有人的时候便小声问我们是不是"尼萨拉尼"，仿佛在问我们是不是基督徒。我对她说是的，请她下来。当她认出我的时候，一刻都没有耽搁，一言不发，马上下楼打开门，出现在所有人面前。她的美丽和华美盛装，简直无法用言语形容。我一看到她，就拉住她的手亲吻，改宗者也做了同样的事情，另外两个同伴也是。其他人不明就里，只是看到我们这样做，也纷纷照做了，以表达我们的感谢并承认她是赋予我们自由的女主人。改宗者用摩尔语言问她，她的父亲是不是在花园别墅里面。她回答说"是的，已经睡着了"。

"那么，我们必须叫醒他，"改宗者回答说，"带他跟我们一起走，还要带上这个美丽的花园别墅里面所有值钱的东西。"

"不！"她说，"无论如何不能动我的父亲。而且在这个家里，除了我带的东西之外已经所剩无几。我带的财富足以让所有人都心满意足。你们等一下，马上就会看到。"

说着她又走进房子，说自己马上就回来，叫我们不要动，也不要发出任何声音。我询问改宗者他们之间的对话，他把索拉伊达的话告诉了我，对此我回答说，一切都照她的心意去做。这时她回来了，带着一个装满金币的小箱子，里面装了太多，她几乎拿不动。不幸的是，她的父亲就在这个当口醒了，并感觉到花园别墅里面有动静。他从窗户探出身，立刻认出了院子里全是基督徒，便开始用阿拉伯语声嘶力竭地喊道：

"基督徒！基督徒！小偷！小偷！"

这几声叫喊让所有人都惊慌失措。只有那位改宗者见形势危急，而我们必须在被人察觉之前完成这个任务并离开，便以迅雷不及掩耳之势冲上阿吉·莫拉托的房间。我们中的几个人也跟着他冲了上去，而我不敢留下索拉伊达无人保护，她已经晕倒一般瘫在我的怀里了。冲上去的那些人手脚麻利，很快就带着阿吉·莫拉托一起下来了。他双手被捆住，嘴里也被塞了一块布，不能说话。人们威胁他，只要他一开口，就要了他的命。索拉伊达见此情形，掩上眼睛

473

不忍看他。而这位父亲吓坏了,没有注意到原来女儿是心甘情愿落入我们手中的。不过在这紧要关头最重要的是迅速撤离,于是我们立刻回船。

船上留守的伙伴们正在焦急等待,生怕我们发生什么意外。夜幕降临不到两个小时,所有人都已经回到船上就位。我们解开了索拉伊达父亲的双手,取出了他嘴里的布,但是改宗者再次警告他不要说话,否则就要了他的命。老人看到女儿也在那里,尤其是看到我紧紧地抱着她,她却既不挣扎,也不抱怨,更不躲避,反而一动不动,便不停地轻声叹息。不过无论如何,忌惮于改宗者的威胁,他一直保持沉默。索拉伊达见众人都已上船,即刻就要扬帆启程,又见父亲和其他被绑的摩尔人在一旁,便请改宗者传话给我,她无法忍受亲眼看到深爱自己的父亲因为她的缘故成为俘虏,恳求我发发慈悲放了那些摩尔人,也放她父亲自由,否则她就投海自尽。改宗者把话译给我听,我表示很乐意这样做。然而改宗者警示说万万不可,如果我们将这些人留在这里,他们会立刻示警,那么整个城市将会一片混乱,人们会派小型巡航舰出来搜寻我们,将我们堵截在陆地上或是海上,这样我们就功亏一篑了。唯一的办法就是当我们到达第一个基督徒领地时放他们自由。所有人都同意这个意见。我们向索拉伊达解释了为什么此刻不能按照她希望的那样去做,她也被说服了。

所有人都喜不自胜、意气风发,勇敢的桨手们立刻拿起船桨,我们全心全意地将自己委托给上帝,大船开始航行,朝着马约尔卡岛驶去,那是离此最近的基督教领土。谁知当时刮起了北风,海面动荡不安,无法继续沿着马约尔卡的航线航行,我们不得不改沿奥兰的海岸线航行。对此我们忧心忡忡,担心被萨尔赫尔镇上的人发现，这个小镇距离阿尔及尔六十海里。同时我们也担心在那里遇到某一艘从得土安运货过来的大船。不过大家都认为，如果真的遇到货船，而不是出来劫掠的海盗船，我们不但不会迷路，反而可以搭乘大船，更安全地完成这趟旅程。

航行过程中，为了不面对父亲，索拉伊达一直把头埋在我的手中，我感觉到她一直在呼唤蕾拉·玛丽安帮助我们。我们行驶了至少三十海里，天亮时突然发现偏离陆地大约有三个火枪射击的距离。陆地上整个城市已经苏醒，但没有任何人发现我们。尽管如此，我们还是齐心合力又往远海处划去，此时海面已经平静了一些。我们又往远海深入了大约两里格，便下令轮流划桨，大家吃点东西，因为船上的供给很充足。不过划桨的人们都说还不到休息的时间：不当班的人先吃东西吧，他们无论如何也不愿意把手从船桨上松开。大家照做了。这时开始刮起大风，因为无法朝其他方向航行，我们不得不立刻张开船帆，放下船桨，驶向奥兰。

这一切都迅速完成，此时一帆风顺，我们以每小时八海里多的速度疾驰。别的倒不担心，就怕遇到出海劫掠的大船。我们也把食物分发给雇来的摩尔人，改宗者安慰说他们不会成为俘虏，只要一有机会就放他们自由。他也对索拉伊达的父亲说了同样的话，老人回答说：

"基督徒们，在任何其他事情上，我也许能够指望并相信你们的慷慨和好意，但是在放我自由这件事情上，别以为我会这么天真，会相信你说的话。你们冒这么大的风险夺去我的自由，绝不是为了此刻慷慨地还我自由。尤其是你们知道我的身份，知道从我身上能够得到的赎金。为了我和我不幸的女儿，我已经准备好支付赎金了。如果不行的话，就只把她赎出去，因为她是我灵魂中最重要、最宝贵的部分,无论你们要多少,开个价吧!"

说着,他伤心地哭了起来,我们所有人都心生同情,索拉伊达也不得不朝他望去。她被父亲的哭泣深深地打动了,从我的脚下站起来,上去拥抱她的父亲。他们脸贴着脸,哭得如此凄切,在场的很多人都不禁陪着掉眼泪。但是当父亲看到她穿着节日盛装,身上戴着这么多珠宝,便用自己的语言问她:

"女儿,这是怎么回事?昨天傍晚,在这场可怕的灾难发生之前,我记得你穿的是家常便服。昨晚你既没有梳妆打扮的时间,也没有任何喜事值得如此精心修饰,为什么此刻你却穿我所知的最华丽的衣衫?那是命运垂青之时我能够给你的最好的衣物。回答我!这比我所陷入的这场灾难本身更令我惊疑。"

改宗者把摩尔老人对女儿说的话全都翻译了过来,但是她没有回答。这时老人又看到船的一侧放着她平时用来装珠宝的小箱子,更加迷惑不解,因为他很清楚这个箱子应该留在阿尔及尔,而不是带到花园别墅。他问这个箱子是怎么落入我们手中的,里面装的是什么。

对此,没有等索拉伊达回答,改宗者抢着说:

"先生,不要费力问你的女儿索拉伊达那么多问题了,因为我只需告诉你一个事实,其他的问题就都有了答案:要知道,她是基督徒,是我们镣铐的锉刀,是我们囚禁生涯的自由女神!她是自愿来到这里的,而且心满意足。在我看来,她就像是从雾霾中来到了阳光下,从死亡中得回了生命,从有罪判决变成了荣耀加身。"

"女儿,他说的是真的吗?"摩尔老人问。

"是的。"索拉伊达回答说。

"你真的是基督徒?"老人质问道,"是你将自己的老父亲交到敌人们的手中?"

对此索拉伊达回答说:

"我是基督徒没错,但并不是我让你落入如此境地的。我不过是想离开你,从未想过做出任何对你不利的事。我只是为了得到自己的利益。"

"那你得到了什么利益,女儿?"

"这个你去问蕾拉·玛丽安吧,她会比我解释得更好。"

索拉伊达话音刚落,摩尔老人便以惊人的速度一头扎进海里。若不是他身上冗长烦琐的衣服还有一部分浮在水面上的话,一定当时就淹死了。索拉伊达大声呼救,所有人都立刻赶上去,抓住长袍把他拉了上来。他已经淹得半死,失去知觉了。索拉伊达感到如此难过,就好像父亲真的已经死了一样,扑到他身上低声痛哭起来。我们将他面朝下翻过来,他吐出很多水,两个小时以后才醒了过来。

在这段时间里风向转变了,有利于船只往陆地回转,而为了避免一头撞上陆地,水手们还得用力划桨。不过我们运气不错,终于到达了一个小海湾,那是一块小小的岬角高地,摩尔人称之为卡瓦·卢米亚,用我们的语言表达就是"邪恶的女基督徒"。在摩尔人中流传着一个传说,那是堂胡利安的女儿卡瓦被关押的地方,西班牙正是因她而陷落的[1]。"卡瓦"在他们的语言中意为"邪恶的女人",而"卢米亚"的意思是基督徒。一般的船只,如果在到达这里时因为不可抗力不得不在此停泊,往往被视为凶兆,若非迫不得已,谁也不愿在此停留。不过对我们来说,这里不是什么邪恶女人的关押

---

1 传说胡利安就是因女儿卡瓦受到国王强暴,怀恨在心,才与摩尔人结盟,将其引入西班牙。

地，而是变幻莫测的大海上一个能够解救我们的安全港。

我们在陆地上安置了岗哨，船桨一刻也没有离手。大家吃了一些改宗者供应的食物，全心全意地向上帝和我们的圣母恳求垂怜，保佑我们这样一个幸福的开端能有美好的结局。索拉伊达哀求我们下令将她的父亲和所有被捆住的摩尔人都放到陆地上。她没有勇气眼睁睁地看着自己的父亲被绑，看着自己家乡的人们被囚禁，她柔软的内心无法忍受这样的悲痛。我们向她保证，在船出发之前一定放了他们，因为这个岛礁无人居住，将他们留在那里并没有什么危险。也许是我们的祈祷打动了上天，风向很快就转变为对我们有利，大海风平浪静，这让我们重新振奋起来，继续已经开始的航程。

接着我们解开了那些摩尔人，将他们一个一个地送上了陆地，对此他们感到非常惊讶。当轮到索拉伊达的父亲上岸时，他已经清醒过来，对我们说：

"基督徒们，难道你们以为这个邪恶的小畜生会因为你们放我自由而高兴？你们以为那是她对我的怜悯吗？不！当然不是！她这样做是因为我的存在会阻挠她作恶。也不要以为她改变信仰是因为理解你们的宗教优于我们的宗教，而是因为她知道：跟这里相比，在你们那里可以更自由地行不贞洁之事！"

接着他转身面向索拉伊达，我和另一个基督徒架住他的两个胳膊，免得他做出什么傻事。他对女儿说：

"卑鄙的姑娘！不听忠告的丫头！你要去哪里？你真是瞎了眼了，听凭这些恶狗摆布，他们天生就是我们的敌人！该死的！真不该生下你！我把你拉扯大，给你富足、逗你开心，统统都该死！"

我见他的样子不像是很快就能结束叫骂，便赶紧将他带上岸去。他在岸上继续高声谩骂、大声叹息，恳求真主、恳求安拉摧毁我们，让我们迷路,让我们完蛋。当我们已经扬帆出发,虽然听不到他的叫喊,却能看到他的动作:揪着胡子、捋着头发,在地上打滚。但有一句话他喊得如此用力,我们能听出来他在说:

"回来!我深爱的女儿!回到陆地上来!我原谅你所做的一切!把钱留给那些人,都给他们!回来安慰你悲伤的老父亲吧!如果你将他抛弃,他会死在这个不毛之地!"

索拉伊达听到这番话,一直在伤心哭泣,不知道该对他说什么,也不知道该如何回答,只是说:

"我的父亲!愿安拉宽慰你的悲痛!愿蕾拉·玛丽安保佑你!正是她指引我成为基督徒。安拉明白我别无选择,只能这样做。这些基督徒没有强迫我做任何事情,是我自己无法再留下来。我必须跟他们一起走,因为灵魂在催促我。这件事情在我看来如此美好,而你,我深爱的父亲,却认为是邪恶的。"

她说这些话的时候,她父亲已经听不到了,我们也看不到他了。于是,我安慰着索拉伊达,其他人都专注于航行。此时一切顺风顺水,我们都相信第二天天一亮就能到达西班牙海岸。

然而俗话说好事多磨,所谓福兮祸之所伏。也许是时运不济,或者也许是因为那个摩尔老人对女儿的诅咒,因为只要是父亲说的话,总是令人害怕。当我们的船驶入远洋时,几乎已经入夜三个小时。我们张开船帆,收起船桨,借着顺风无须费力便能全速航行。然而在清澈明亮的月光下,我们看到有一艘方帆大船就在我们附近,所有的帆都放了下来,船舵稍稍逆风,正从我们前面横穿而过。两船离得如此之近,我们不得不收起船帆避免撞上他们,而他们也不得不用力掌住舵好给我们留出通过的空间。对方跑到大船的船舷上问我们是什么人,从哪里来,到哪里去。但是听到他们说的是法语,改宗者说:"谁也别出声,这些人一定是法国海盗,见什么抢什么。"受到提醒,我们谁也没说话。

船又往前开了一段,那艘大船已经被抛在后面背风侧。然而他们突然朝我们开了两炮,而且似乎是连发炮弹。一颗打断了我们的船桅,从中间折成两半,跟船帆一起掉进了海里;随即而来的另外一发正打在船中间,船从头到尾裂开了。尽管没有造成伤亡,然而我们发现船正在下沉,便开始大声呼救,恳求那艘船上的人们救援,不然我们就会淹死。他们收起帆,将小艇放入海中,十二个全副武装的法国人带着火枪和点燃的火绳乘坐小艇来到我们船边。见我们人数不多,而且船正在下沉,便将我们接起来。他们还说,我们这完全是咎由自取,因为对他们太无礼,不回答他们的问题。改宗者趁大家不注意,拿起索拉伊达装财宝的箱子扔进了大海。

总之,我们所有人都跟着法国人一起上了大船。在问清楚我们的底细之后,那些人仿佛有深仇大恨般把我们洗劫一空,甚至让索拉伊达把脚踝上戴的脚镯都摘了下来,这让她非常难过。然而我的恐惧更甚于痛苦:我害怕那些人在抢走她无数昂贵的珠宝之后,还想夺取她最宝贵、最珍视的东西。所幸这帮人的欲望仅限于钱财。他们贪得无厌到如此地步,甚至如果有用的话,连我们穿的囚服都得扒下来。有人提议用一块船帆把我们所有人都包起来扔进海里,因为他们要假装布列塔尼人在西班牙的某个港口做生意,如果让我们活着,又被人发现赃物,他们会受到惩罚。但是他们的船长,也就是那个抢劫了我亲爱的索拉伊达的家伙,说他对这次的战利品已经心满意足,不想再开进任何一个西班牙港口,而是打算趁夜穿过直布罗陀海峡前往罗切拉,他们的船就是从那里出发的。

于是我们约定,他把大船上的小艇给我们,并替我们准备好剩下的短途航程中所需要的东西。第二天他果然没有食言。那时西班牙领土已经在望，一看到它，我们所有的痛苦和悲伤都立刻被抛到九霄云外，就好像从来没有发生过：重获自由的快乐无以言表。他们将我们赶上小船的时候已近中午，给了我们两罐水和一些硬饼干。而那个船长在送美丽的索拉伊达上船的时候，不知为何发了善心，给了她四十个金币，还阻止了他的手下脱掉她此刻所穿的这身衣服。我们上了船，并为这些恩赐向他们表示感谢——我们表现出的感恩多于怨恨。他们沿着海峡的航道驶入了大海，我们则径直驶向出现在面前的陆地。

桨手们都如此急切而卖力，到日落时分我们已经离陆地咫尺之遥，以至于大家一致认为在深夜之前就完全能够到达了。但是那天晚上没有月亮，天空一片漆黑，而且我们也不知身在何处。有人认为此刻登陆不太安全，但大多数人认为，只要我们到达陆地，哪怕是远离人烟的几块岩石，也会感觉更加安全。他们的恐惧是有道理的，因为此处常有得土安的海盗出没：他们夜晚从柏柏尔出发，天亮到达西班牙海岸，劫掠一番然后回家睡觉。两种相反的意见争执不下，最后我们决定逐步靠近陆地，如果海面风平浪静，有可能靠岸的话，就在最方便的地方下船。

大家依计而行，大约在半夜之前不久，便来到了一座高大巍峨的山脚下。山与海之间有一小段距离，所以我们有足够的地方能舒舒服服地登陆。大家冲上沙滩，来到陆地，亲吻着地面，流着欢喜的眼泪，感谢天父和上帝赐予的无与伦比的恩典。我们从船上取出日用物资，把船拖到岸上，接着爬了很长一段山路。虽然已经到了这里，我们还是无法平静地呼吸，也没能最终确信此刻脚下就是基督教领土。

我们翘首以盼，晨曦却姗姗来迟。那时我们刚刚登上山顶，想试试从那里能不能望见某个村落或者牧人的畜群。然而无论如何张望，既没有发现村落，也没有看见人；既没有发现大道，也没有看到小路。无论如何，我们决定继续往里走，因为相信很快就能遇到人，能给我们提供一些信息。此时最让我心疼的是看到索拉伊达行走在这样崎岖的地面。虽然有时我将她背在肩上，但她因为担心我过于劳累，也始终无法轻松地在我肩上休息，所以再也不愿意我去承受这个负担。我满怀欢喜，一直耐心地拉着她的手。走出大概不到四分之一里格，耳边传来小铃铛的声音，这清楚地表明附近有畜群。我们所有人四处张望，看是否有人出现，接着看到在一棵栓皮栎树下坐着一位年轻的牧人，看上去无忧无虑，十分悠闲，正用小刀削着一根木棒。我们大声喊起来，他一抬头，立刻惊跳起来。我们后来才知道，他第一眼看见的就是改宗者和索拉伊达，见他们都穿着摩尔人衣服，便以为全世界的柏柏尔人都在朝他扑过来。他以令人惊讶的敏捷身手钻进面前的树林，并用全世界最大的嗓门叫喊起来：

"摩尔人！海边有摩尔人！摩尔人，摩尔人！警报！警报！"

听到这些叫喊我们所有人都不知所措。但是考虑到牧人的叫喊声会惊动陆地上的人们，沿海的骑士团一定会立刻前来查看发生了什么事，我们一致同意让改宗者脱下土耳其衣服，我们中有人给了他一件囚衣，自己只着衬衣。就这样，我们一边向上帝祷告，一边沿着那位牧人逃离的方向往前走，等待着什么时候会迎面碰上沿海地区的骑士团。

我们的想法是对的：走了不到两个小时，我们便离开了杂草丛生的山野，来到一片平地，在那里遇到了五十多个身手矫健的骑士，正挽缰疾驰,朝我们冲过来。一看到他们,我们就停下来等着。他们来到近前,发现我们不是他们要找的摩尔人,而是一群可怜的基督徒,感到困惑不解。其中一个人问,那位牧人是不是见到我们才发出的警报。

"是的。"我回答说,正想向他讲述我的故事,解释我们从哪里来、是什么人的时候,同行的一位基督徒认出了提问的骑士,没等我多说一句话,就大声喊道:

"先生们!感谢上帝把我们指引到如此风水宝地!如果我没弄错的话,我们此刻正踩在贝雷兹·马拉加的土地上!先生,您问我们是什么人,然而如果囚禁岁月没有从我的记忆中抹去对于您的回忆,您就是我的舅舅佩德罗·德·布斯塔曼特!"

这个基督徒俘虏的话音未落,骑士就飞身下马,上去抱住那个年轻人说:

"我的心肝宝贝大外甥!我认出你了,我还曾因为你死去而落泪。我,我姐姐也就是你母亲,还有你所有的亲人,他们都还活着!上帝慈悲,让他们还能活着看到你平安回来,这真是莫大的幸福!从你和你同伴们的服饰来看,你们一定是在阿尔及尔受苦,此番又奇迹般地获得了自由。"

"正是如此。"年轻人回答说,"我们有的是时间把这一切都告诉您。"

骑士们听说我们是被俘虏的基督徒,便纷纷下马,每人邀请我们中的一个,要将我们带往贝雷兹·马拉加城里,离此地大约一里格半的距离。我们又指明船的位置,他们中的一些人返回去将我们的船带回城里,另一些人则将我们带在鞍后。索拉伊达由那位基督徒的舅舅带着。早有人先行一步前去报信,所有人都知道了我们到来的消息，整个镇子都出来迎接。见到恢复自由的囚犯他们并不惊奇，甚至见到被俘虏的摩尔人也不奇怪，因为对于沿海居民来说这些都已司空见惯。然而所有人都对索拉伊达的美貌惊奇不已：她的容貌在那个时刻美到极致，一方面是因为步行的疲惫，另一方面因为已经身处基督教的领地而欣喜若狂，再也无须害怕迷失。所有这一切都让她的面容散发出异样的红晕光彩，以至于如果那时我没有被爱情蒙蔽的话，我敢说，世界上再没有比她更美的女子了，至少我从未见过。

我们直接去了教堂，感谢上帝的恩典。一走进教堂，索拉伊达就说那里有一些跟蕾拉·玛丽安很相似的面容。我们告诉她那是圣母的画像，改宗者竭尽所能向她解释其中的含义，以便她能够将其中每一幅画像都当成给她神谕的蕾拉·玛丽安本身去爱戴。她本就冰雪聪明，加上天性单纯明澈，立刻就明白了这些画像的含义。

离开教堂，我们被分别带往镇上不同的人家。改宗者、索拉伊达和我，跟着同行的基督徒来到他父母家中。这是一个小康之家，他们像对待自己的儿子一样款待我们。我们在贝雷兹待了六天，六天后，改宗者打听到了想要的消息，便动身前往格拉纳达城，准备通过宗教法庭重新皈依神圣的教会。其他获得自由的基督徒也分别前往各自认为最合适的地方。剩下索拉伊达和我，身上只有法国船长出于礼节赠予的那些金币。用这些金币我买了这头牲口供她坐骑，然后一路陪伴直到现在，当然是作为父亲和随从，而不是作为丈夫。

我们想先去看看我父亲是否还在世，或者某个弟弟是不是比我更走运些。当然了，上天已经让我成了索拉伊达的伴侣，再没有其他任何好运值得我更加珍视了。索拉伊达毫无怨言地忍受着与贫穷伴生的种种不便，而她表现出的成为基督徒的强烈渴望更让我敬佩，我必将在有生之年永远为她效力！然而，能够与她结为连理，除了喜悦我更感到焦虑和担忧，因为不知道能否在家乡找到一个角落为她遮风挡雨，也不知道父亲和弟弟们这么多年中是否遭遇什么变故，是否积累了财富。如果他们不在了，我在这世上可算是举目无亲了。

先生们，我的故事就是这样，没有更多可讲的了。至于听来是否有趣，我们的朝圣之心是否虔诚，各位凭学识可自行判断。唯一需要说明的是，因为怕听者厌烦，我讲述得尽量简洁，所以略过了很多细节。

第四十二回
后来发生在客栈内的事以及其他值得一提的故事

俘虏说完这番话，堂费尔南多对他说：

"上尉先生，毫无疑问，您的讲述非常精彩，您的故事本身也十分离奇，闻所未闻，两者可说是相得益彰。您的遭遇跌宕起伏，朝圣之心又一片赤诚，无论谁听到都会啧啧称奇，又感到妙不可言。我们都听得津津有味，这个故事哪怕是一直听到明天早上，大家也会始终陶醉其中。"

堂费尔南多说完，卡尔德尼奥和其他所有人都向上尉表示愿竭尽所能帮助他。众人言辞恳切，情意真挚，使他不由感激涕零。尤其是堂费尔南多还提出，如果上尉愿意的话，可以跟他一起回去，请他的侯爵哥哥当索拉伊达受洗的教父，而他自己也将尽其所能安排他们的回乡事宜，确保他们的体面和尊贵配得上其人品。俘虏对这一切都彬彬有礼地表示感谢，但却不愿意接受任何慷慨的帮助。

此时已入夜，天完全黑了下来，又有一辆马车和几个骑马的人来到了客栈，要求留宿。老板娘回答说，整个客栈里连巴掌大的空地儿都没有了。

"即便如此，"骑马的人们已经走进客栈，其中一人说，"法官老爷驾到，怎么也不能没有他的地方。"

老板娘听到这个名头慌了神，忙说：

"先生，我的意思是没有多余的铺盖了。如果法官先生阁下带了铺盖，当然他一定带了，请他赶快进来，我和我的丈夫可以腾出自己的房间来安置法官阁下。"

"那就谢了。"随从说。

此时从马车中下来一位男子，从衣着一眼就能看出他的职位和身份：身着长袍，袖口有刺绣飞边，表明这是一位检察官或者法官，可知他的仆人所言不虚。他手里拉着一个十六岁左右的姑娘，一身旅行装束，英姿飒爽，秀丽雅致。看到她，所有人都惊呆了。若不是方才已经在客栈中亲眼看见了多萝泰阿、露丝辛达和索拉伊达出众的姿容，大家一定会认为世上很难找到另一个像她这么美丽的女子。堂吉诃德正巧在场，看到法官和小姐进来，便说：

"阁下您完全可以放心地走进这座城堡并在此休憩。虽然城堡狭小而简陋，但是世界上没有任何狭小或不便会将文韬武略拒之门外，尤其是当文韬武略前面还有美貌引路，正如阁下您无须展露学识，仅这位小姐的美貌就足以先声夺人。对她，不只是这些城堡要敞开大门，向她臣服，连嶙峋的巨石也将为她避退，巍峨的高山也将为她让路，低下头来提供庇护。阁下请进吧！我的意思是，这里仿若天堂，如果说阁下您带来了一片天空，您会见到点缀天空的星星和太阳：这里尽是与您的文才交相辉映的武略和人间极致的美貌。"

法官被堂吉诃德的一番话惊呆了，上上下下地打量他，而他的形象给人带来的惊讶一点也不亚于他的谈吐。法官还没有想好如何答话，又被眼前的露丝辛达、多萝泰阿和索拉伊达惊呆了。她们听说来了新客人，又听老板娘说那个姑娘美貌非凡，便都赶来迎接。堂费尔南多、卡尔德尼奥和神父又用通俗的礼节和语言表示了欢迎。事实上，法官大人走进客栈，对看到的和听到的一切都感到困惑不解。这时客栈中的美人们也纷纷向新来的美丽姑娘表示欢迎。

最后，法官大人终于弄明白客栈中都是些身份尊贵的人物，唯有堂吉诃德的外貌、表情和姿态让他仍然大惑不解。所有人都按照礼节谦逊客套了一番，考虑到客栈的设施有限，大家决定还是按照之前的安排：所有的女宾都住在上面提到的那个房间，而男士们则守在外面，权当站岗。法官大人很高兴他的女儿，也就是他手里拉着的那个姑娘，跟小姐们一起进去安歇。她自己对此也非常乐意。客栈老板那狭窄的床，再拼上法官自己带来的床，那天晚上她们的就寝条件远远超出期望。

那位俘虏从见到法官的那一刻起就感觉心脏怦怦直跳，认为此人正是自己的弟弟。法官随身带了几名仆人，他问其中一位，法官姓甚名谁，何方人氏。仆人回答说，这位是胡安·佩雷斯·德·别德马硕士，听说他来自莱昂深山中的一个村子。根据这个线索，再加上亲眼所见，他终于确定那就是当年听从父亲的建议去学习深造的弟弟。他喜出望外，将堂费尔南多、卡尔德尼奥和神父叫到一边，略述情由，并肯定地说那位法官就是自己的弟弟。仆人还告诉他，法官已受了委任，将前往新大陆掌管墨西哥法庭。还听说，那位姑娘是他的女儿，她母亲在分娩的时候死了，留下女儿和一大笔嫁妆，法官也因此变得非常富有。俘虏向他们寻求建议，应该如何向法官透露这件事情，或者如何才能知道，在自己表明身份之后，法官会因哥哥一贫如洗而感到羞辱还是会善良地接纳他。

"让我来试探一下吧。"神父说，"不过上尉先生，无须怀疑，您一定会受到非常热情的接纳。从您弟弟那美好的外表就能看出他的高贵与持重，不像是一个狂妄自大或忘恩负义的人，他一定懂得摆正钱财的位置。"

"无论如何，"上尉说，"我不想把这件事情直接告诉他，只想委婉地表明身份。"

"我已经说了，"神父回答，"交给我来筹划，一定让所有人都满意。"

此时晚餐已经摆好，除了那位俘虏和女士们，所有人都在餐桌旁落座，女士们在房间里单独用餐。晚饭吃到一半的时候，神父说：

"法官先生，我在君士坦丁堡被囚禁了几年，在那里有一位难友跟您同姓。他是一名上尉，是整个西班牙步兵团最勇敢的士兵之一，可惜他有多么努力、勇敢，就有多么不幸。"

"我的先生，这位上尉叫什么名字？"法官问道。

"他名叫鲁伊·佩雷斯·德·别德马，"神父回答说，"来自莱昂山区的一个村庄。他给我讲过发生在他父亲和弟弟们身上的事情，如果不是从他口中亲耳听到，而他又素来诚实，我一定会以为这是个天方夜谭的故事，是老太太们在冬天里烤火打发时间讲的。他告诉我：他的父亲将财产分给了三个儿子，并给了他们比加图的忠告更睿智的建议。我只知道他选择了投身于战争，而且事业如此顺利，没几年便凭借勇气和努力成为步兵上尉，甚至有希望很快晋升为军团长，这一切除了他自己本身的美德之外没有其他助力。然而时运不济，本该唾手可得、本可好好拥有的东西却一朝尽失。在幸运的勒潘多战役中，无数人重获自由，可他却失去了自由。我是在戈雷塔被俘虏的，后来因为各种机缘巧合，我们在君士坦丁堡成了难友。他又从那里去了阿尔及尔，后来我知道他在那里经历了世界上最离奇的事情之一。"

接着神父继续简明扼要地讲述了法官的哥哥跟索拉伊达之间发生的事情。对这一切，法官都聚精会神地听着——他还从来没有哪一次断案像此刻那样专注倾听。神父讲道，一帮法国人洗劫了船上的基督徒，他的同伴和那位美丽的摩尔姑娘因此变得一贫如洗。至于后来，就不知道结果如何了，也不知他们是到达了西班牙，还是被法国人带走了。

上尉在稍远的地方听到了神父所说的一切，并注意观察着他弟弟所有的表情和动作。法官见神父已经讲完了故事，便深深叹了口气，双目盈满泪水，说：

"啊！先生！您不知道您给我带来的是个什么样的消息！令我不顾矜持、不顾体面，情不自禁流下眼泪！您说的这位勇敢的上尉就是我的大哥，他比我和另一个弟弟更加强壮，也有着更高的理想，因此选择了光荣崇高的战争事业。正如您的同伴所说，那是我们的父亲所建议的道路之一，虽然在您听来仿佛天方夜谭。而我当年则选择了从文。在这份事业中，蒙上帝眷顾，再加上自己的勤勉，我得到了今天的地位，正如您所见。我们最小的弟弟如今在秘鲁[1]，早已富甲一方。他寄给父亲和我的钱不但远远超过了他当年带走的部分，甚至让父亲的手头宽裕到足以继续发挥慷慨的天性，我也得以更加

---

[1] 按照前文所述，去秘鲁经商的应该是第二个儿子，法官的二哥。

体面、更心无旁骛地致力于学业，并谋得了目前的职位。然而父亲还是特别渴望得到长子的消息，他不停地祈祷，恳求上帝让自己在合眼之前能见上儿子一面。我感到奇怪的是，长兄一向细致，经历了这些大起大落，又历经艰辛折磨，为何不把自己的消息传递给父亲？不管是父亲，还是我们兄弟中的任何一个，如果早知道这些事，根本就没必要等待秸秆的奇迹来营救他。不过我现在担心的是，那些法国人究竟有没有放他们自由，还是为了隐瞒赃物把他们杀了。听到这个消息，后面的旅程中我再也无法像刚上路时那么高兴了，反而充满了忧愁和悲伤。啊！我的好哥哥！谁知道此刻你在哪里？我要去找你，将你从苦难中解救出来，哪怕付出苦难的代价！如果能有谁给我们的老父亲带信说你还活着，哪怕被关在柏柏尔最隐秘的牢房，他也会用他自己的财产，加上我弟弟和我的财产，将你从那里解救出来！美丽而慷慨的索拉伊达！谁能报答你对我哥哥的恩情！谁能见证你的灵魂因为受洗而重生，见证你们那场让所有人都无比欢喜的婚礼！"

法官听到关于亲哥哥的消息心潮起伏，这一番肺腑之言，让在场的人都同情动容。

神父见自己的意图已经实现，上尉的期盼也得到了完美的回应，便不想让大家继续悲伤下去。他从餐桌旁站起来，走进索拉伊达所在的房间，拉着她的手，她身后跟着露丝辛达、多萝泰阿和法官的女儿。上尉正不知神父意欲何为，神父上来用另一只手拉住他，带着两人走到法官和其他骑士面前说：

"法官先生，不要伤心了，收起您的眼泪，平复您的内心，对您来说再没有什么幸运更值得期待了，因为您的好哥哥和好嫂子此刻就在您面前。这位就是别德马上尉，而这位美丽的摩尔姑娘就是他的救命恩人。我对您说起他们遭遇法国人、陷入困境，只是为了让您显露出伟大、慷慨的心胸。"

上尉上去拥抱弟弟，而法官为了能仔细打量他，伸出双手拦在哥哥的胸口。最后法官终于认出了哥哥，他紧紧地抱住上尉，洒下了那么多喜悦而深情的眼泪，令在场的人无不动容垂泪。兄弟俩的对话和流露出的感情超乎想象，更无法用语言描述。两人简短地交谈讲述各自的遭遇，毫不掩饰地表现出兄弟之间的深情厚谊。法官上去拥抱索拉伊达，表示愿意向她奉上自己的财产，又让她拥抱自己的女儿。美丽的基督徒女孩儿和美丽的摩尔姑娘又让所有人洒了一回泪。

整个这段时间堂吉诃德一直在旁聚精会神，一言不发，思索着这些奇事，并把一切都幻想成游侠骑士道的成就。此时兄弟二人已经达成一致：法官的行程无法改变，因为有消息说一个月后有一支船队将从塞维利亚出发前往新西班牙[1]，如果赶不上这趟船的话，会非常麻烦，因此上尉和索拉伊达跟弟弟一起前往塞维利亚，并把自己自由归来的消息通知父亲，以便请他尽快赶来参加婚礼和索拉伊达的洗礼。

总之，所有人都对俘虏否极泰来的结局感到欢欣鼓舞。此时夜晚已经过了三分之二，大家一致同意即刻就寝，利用所剩无多的残夜安歇。堂吉诃德却担心城堡中几位小姐的非凡美貌会引人垂涎，为了防备巨人或卑鄙小人的攻击，他自告奋勇值守城堡。了解他的人都为此向他表示感谢。大家也把堂吉诃德的奇怪病症告诉了法官，法官对此啧啧称奇。

1　新西班牙，今墨西哥。

只有桑丘·潘萨因为迟迟不得休息而感到绝望，不过他把自己安置得比其他所有人都更舒适：躺在了毛驴的鞍具上。不过这让他付出了昂贵的代价，后面我们会讲到。

女士们都在房间内就寝了，其他人也都尽可能舒适地安顿下来。堂吉诃德恪守承诺，来到客栈外面为城堡警戒。

天将破晓时，女士们突然听到一阵歌声，如此悦耳动人，让所有人都不禁竖起耳朵倾听，尤其是多萝泰阿，她早已醒了，睡在她身边的是堂娜·克拉拉·德·别德马小姐，也就是法官的女儿。这嗓音清朗无比，没有任何乐器伴奏，谁也猜想不出是谁拥有这样美妙的歌喉。歌声有时仿佛在院子里，有时候又像自马厩传来。正当她们一边疑惑，一边专注倾听的时候，卡尔德尼奥来到房间门口说：

"谁没睡着的，快听，有一个赶骡少年在歌唱，歌声令人陶醉。"

"我们已经听到了。"多萝泰阿回答说。

于是卡尔德尼奥离开了，而多萝泰阿凝神细听，那个人唱的是——

第四十三回
赶骡少年的有趣经历，以及客栈中发生的其他奇事[1]

我像水手般乘风破浪
在深邃的情海中启航，

---

[1] 第一版中此处缺少章节标题，后根据目录补齐。

无奈丝毫看不到希望
能抵达任何一个海港。

我追随一颗星星的光芒
一路上对她远远地瞻仰,
她比帕里努罗[1]所见星芒
都更美丽,更闪闪发光。

不知她将把我引向何方,
虽心有疑惑却不会迷航。
我的灵魂对她专注凝望,
虽小心翼翼却毫不设防。

你的矜持如铁壁铜墙,
你的贞洁也超乎寻常。
美德如浮云将你遮挡,
我努力拨开浓雾迷茫。
哦!那清澈明亮的星芒!
我受困于她罗织的情网。
当你从我面前闪身躲藏,
便是当众宣告我的死亡。

1　帕里努罗,罗马诗人维吉尔作品《埃涅阿斯纪》中的舰队舵手。

听到这里，多萝泰阿觉得应该让克拉拉也欣赏下如此美妙的嗓音。她推了半天才把小姑娘推醒，对她说：

"对不起，小妹妹，把你吵醒了，不过我这样做是为了不让你错过这歌声，也许是你这辈子听到的最美妙的嗓音。"

克拉拉迷迷糊糊地醒了，一开始没弄明白多萝泰阿在说什么，又问了一遍，多萝泰阿又解释了一遍，克拉拉这才竖起耳朵听。然而，她一听到歌者继续吟唱的诗句，还没听完前两句，就像得了严重的四日热一样奇怪地战栗起来。她紧紧地抱住多萝泰阿说：

"啊！小姐！我的灵魂！我的生命！你为什么要叫醒我？此刻我只想祈求上天让我闭目塞听，看不到也听不到那个不幸的歌者！"

"小妹妹，你在说什么？他们说唱歌的不过是一个赶骡少年。"

"不是的。"克拉拉回答说，"他是一位在城镇和地方上很有身份的先生。他固执地占据着我的灵魂，如果不肯主动放弃，就将永远拥有。"

多萝泰阿对姑娘充满感情的话感到惊奇，感觉她的理性好像远远超过了小小年纪应有的矜持，便对她说：

"克拉拉小姐，您说这话我就不懂了：您说清楚一点，什么灵魂？什么地方？还有那位让您惊慌失措的歌者……不过此刻您先暂时忍耐，一会儿再说，我不想为了平抚您的慌乱，而失去聆听这歌声所带来的愉悦，我感觉到他的歌词已经进入新的段落，变换出新的曲调了。"

"您请吧。"克拉拉回答。

因为不想听到歌声，克拉拉用双手捂住了耳朵。对此多萝泰阿再次感到惊讶，她自己正全情投入听着那位歌者的演唱，歌声是这样继续的：

甜蜜的希望

无坚不摧

忠贞不渝的心志

披坚执锐

即便死亡如影相随

也不必时时自危

懒惰的人们无缘体会

战胜的荣耀滋味

对幸福难以望其项背

对安逸生活弃甲丢盔

毫无抵抗，对命运

随波逐流，顺势而为

为爱情的荣耀

我不惜付出代价昂贵

不过这桩交易不失公平

奇珍异宝，难博美人一笑

唾手可得之物

显然不足可贵

坚持不懈的爱

能克服重重障碍

我执迷不悔

不怕爱的路转峰回

上天入地

勇敢无畏。[1]

歌声就此结束了，克拉拉又哭了起来。这一切引起了多萝泰阿的好奇，她很想知道为何如此温柔的歌声会引起她这样悲伤的哭泣，便追问克拉拉之前想告诉她什么。克拉拉害怕被露丝辛达听到，便紧紧抱住多萝泰阿，把嘴凑到她耳边，这样就可以从容地说话而不被任何人发现了。她对多萝泰阿说：

"我的小姐，这位歌者的父亲是一位阿拉贡王国出身的骑士，是两座城池的领主。在京城中，他家就住在我家对面。虽然我父亲房屋的窗户冬天挂着窗帘，夏天安着百叶窗，谁知鬼使神差，这位正在求学的少年骑士不知是在教堂还是在其他地方看到了我。总之，他爱上了我，并且从他家的窗户中向我表白。他传递了那么多讯息，流了那么多眼泪，令我不由得相信了他，甚至爱上了他，虽然还不确定他对我究竟是何心意。在他对我做的那些手势中，有一种就是用一只手握住另一只手，向我表明他要跟我结婚。虽然这正是我求之不得的事，但因为我独自一人又没有母亲，不知道该向谁倾诉，于是只能听凭他一腔热情，无法给他任何其他恩惠。只是偶尔，当我们两人的父亲都不在家的时候，我会稍稍卷起窗帘或者百叶窗，让他看到我整个人。对此他总是欣喜若狂。

"后来我父亲启程的日子到了。这件事当然不是我告诉他的，因为从来没有这样的机会。听说他病了，我猜是因为伤心过度，所以

---

[1] 这首诗是塞万提斯在《堂吉诃德》出版之前创作的，1591年由菲利普二世宫中的歌唱家萨尔瓦多·路易斯谱曲传唱。

出发那天没能见到他,甚至无法用目光向他告别。但是我们上路两天之后,在离这里大约一天路程的一个镇上,走进一家旅店时,我突然看到他在客店门口,穿着赶骡仆人的衣服。他的伪装十分巧妙,要不是他的音容笑貌深深地刻在我心中,都不可能认出他。

"见到他,我既惊讶又高兴。每当我们在路上相遇,他都背着我父亲偷偷地注视我,在我们下榻的客栈,他也一直回避着我的父亲。我既知他的身份,又想到他一路徒步而来,因为爱我而不惜经历如此艰辛,心中十分难过,他双脚走过的地方我都用目光追随。我不知道他一路跟来作何打算,也不知道他是如何从他父亲那里逃出来的。他父亲对他宠爱非常,一方面因为他是唯一的继承人,另一方面也是因为他值得受到这样的珍爱,这一点您将来见到他的时候就会明白。

"我还可以告诉您:这些歌曲都是他自己的创作,我曾听说他是一个非常优秀的学者和诗人。不仅如此,我每次看到他或者听到他唱歌,都会惊慌不已,全身发抖,害怕我父亲认出他,从而得知我们的秘密。虽然我一生中从未与他说过一句话,但我爱他,没有他我活不下去。我的小姐,这就是我能告诉您的关于这位歌者的所有事情。既然您如此陶醉于他的嗓音,那么光凭这一点您就应该发觉他不是一个你所说的赶骡少年,而是城池和灵魂的主人,正如我已经说过的那样。"

"克拉拉小姐,不用再说了。"多萝泰阿连连亲吻她,"我已经明白。请听我说,等新的一天到来,我相信上帝会将你们指引向幸福的结局,这也正是你们如此纯洁忠诚的开端所应有的结局。"

"啊!小姐,"克拉拉小姐说,"我还能期待什么样的结局?他的父亲是如此高贵、如此富有,一定会认为我给他儿子当侍女都不配,更别提做他的妻子了。至于说瞒着父亲偷偷结婚,无论何种情由,我断然不会做出这样的事情。我只希望这个少年离开我回家去。也许只有见不到他，与他相隔万水千山，我此刻所感受到的痛苦才能减轻。不过我想，即便如此我也无法释怀。真不知道自己怎么会如此鬼迷心窍，也不知道我对他的这份爱从何而来。我还小，他也还那么年轻，我们应该年龄相仿。我还不到十六岁，父亲说我要到圣米迦勒节那天才满十六岁。"

听到克拉拉小姐稚气未脱的话语，多萝泰阿忍不住笑了，对她说：

"我们休息吧，小姐，黑夜很快就会过去，上帝会让白天到来，我们都会好的，除非我连这点机智都没有。"

于是两人都安静下来，整个客栈一片寂静，只有老板的女儿和她的仆人玛丽托尔内斯没睡觉。她们知道堂吉诃德疯疯癫癫的，也知道他此刻全副武装、骑着马，正在客栈外面站岗，便决定跟他开个玩笑，或者至少听他说几句胡言乱语取乐一番。

事实上，整个客栈都没有朝向田野的窗户，只有草垛上留了一个洞，便于从外面扔稻草进来。这两个半大的姑娘摸到洞口，见堂吉诃德正骑在马上，斜倚着自己的长矛，时不时发出深深的叹息，显得十分痛苦，仿佛每叹一口气，灵魂就被摘掉了一部分。她们还听到他用温和、轻柔又充满情意的声音说：

"哦！我的杜尔西内亚·德尔·托博索小姐！你是全世界美貌的顶峰，是忠贞的完美和极致，集世上的优雅和贞洁于一身。总之，你是全世界一切有益、诚实和迷人事物的楷模！此刻你又在做什么？会不会正巧也在思念着被你俘虏的骑士？他发奋勤勉，不畏艰险，都是为了替你效力。哦！阴晴不定、变化无常的月亮！请把她的消息传递给我吧！也许此刻你正带着妒意望着她在豪华宫殿中某个长廊里徘徊,或正俯身倚靠在某个阳台上,思索着如何在保持贞洁和高尚的前提下,抚平我这颗悲伤的心中因她而起的风暴,或者该如何让我的痛苦变成荣耀,让我的矜持稳重得到抚慰。总之,给我的死亡以生命,许我的忠心以奖励。而你!太阳!此时应已匆忙备好马匹,为我们带来曙光,也为了去见我的小姐。我恳求你,一见到她就替我向她问好,不过切莫亲吻她的脸颊!因为这样的话我会嫉妒你,甚于你嫉妒那个忘恩负义的轻浮女子——她让你挥汗如雨地驰骋在特萨莉亚平原或皮尼奥丝河岸,我记不清那时你是在哪里坠入爱河、又因嫉妒而奔跑不休的[1]。"

堂吉诃德情辞凄切的演说正讲到这里,老板娘的女儿打断他说:

"我的先生!请帮我个忙,请您到这边来。"

此时月色清明,听到动静和呼唤的嗓音,堂吉诃德回过头,借着月光看到有人正透过洞口叫他。当然了,洞口在他眼中是一扇窗户,甚至还装有金色的栏杆,既然在他想象中这家客栈是座豪华的城堡,就应有如此华美的窗口。跟上次一样,他疯狂的脑袋立刻认为那美丽的小姐、城堡主人的女儿,因为对他心生爱慕,所以再次来向他表白。这样想着,为了不显失礼,或表现得不识抬举,便调转罗西南多的马头来到洞口前,对那两个姑娘说:

"美丽的小姐,我为您感到遗憾,因为您的柔情蜜意和一片痴心都将付诸东流,您出众的勇气和优雅无法得到应得的回报。然而在这件事情上您不应该归罪于这位可怜的游侠骑士,因为他已经心有所属,不能再爱上任何别的女人。那位心上人,从他见到她的第一

---

[1] 此处指希腊神话中太阳神阿波罗追逐女神达芙妮的故事。

眼起，就成了他灵魂的绝对主人。请原谅我，好心的小姐，请您回到自己的房间，若再继续向我表白您的心意，就别怪我表现得更加忘恩负义。为了报答您的爱，如果除了爱情本身我还有什么能够满足您，请尽管吩咐。我向您发誓，以我朝思暮想的甜蜜冤家的名义，一定慨然允诺，哪怕是取美杜莎[1]的一绺长发，它们每一根都是毒蛇，或者甚至是将太阳的光芒装在一个瓶子里。"

"骑士先生，这些东西我的小姐都不需要。"玛丽托尔内斯说。

"那么，稳重的侍女小姐，您的小姐需要什么？"堂吉诃德回答说。

"只需要您向她伸出一只优雅的手，"玛丽托尔内斯说，"这只手可以慰藉她心中的热望，正是出于这种感情她才来到这个洞口，虽然她的名誉为此承担着巨大的风险。如果她的父亲大人听到的话，可不是掉块肉那么简单！至少也得砍掉个耳朵！"

"这我绝不能袖手旁观！"堂吉诃德说，"不过他最好不要这么做，他的女儿爱上了我，如果他胆敢动女儿一根毫毛，就将成为全世界最悲惨的父亲。"

玛丽托尔内斯相信堂吉诃德一定会应她们所请伸出手，于是她在心里盘算好，悄悄离开洞口爬下马厩，牵住桑丘·潘萨的毛驴缰绳，又迅速回到洞口。这时堂吉诃德已经站在了罗西南多的马鞍上，以便够到他想象中竖着围栏的华美窗口，一片痴情的小姐正在那里等候。他一边伸出手，一边说：

"小姐，请握住这只手，或者更确切地说，这是全世界恶行的终

---

1 美杜莎，是希腊神话中蛇发女妖三姐妹之一，头上和脖子上布满鳞甲，头发是一条条蠕动的毒蛇，长着野猪的獠牙，还有一双铁手和金翅膀，任何看到她们的人都会立即变成石头。

结之手。请握住吧！要知道，没有任何其他女人触摸过这只手，甚至那位完完整整拥有我整个身体的小姐都不曾触碰。我把手伸给您不是为了让您亲吻它，而是为了让您看到它神经的脉络、肌肉的纹理和静脉血管的粗大，并从中推测出拥有这样一双手的臂膀应该是多么有力！"

"我们这就看到了。"玛丽托尔内斯说。

她把缰绳打了个活结，套住堂吉诃德的手腕，然后从洞口跳下去，把缰绳剩下的部分紧紧地系在草垛房门的门闩上。堂吉诃德感觉到手腕上粗糙的绳子，说：

"好像您正在磨刮我，而不是在用手抚摸。请不要对这只手如此粗暴，我拒绝了您，伤害了您，但它不该对此负责。您也不该将一腔怒火报复在这样的细节上。您看，好心不该得到恶报。"

但是堂吉诃德这番话谁也听不到了，因为玛丽托尔内斯一系好缰绳，两个姑娘就跑了，留他拴在那里挣脱不得，她们笑得喘不过气来。

刚才说过，堂吉诃德当时正站在罗西南多背上，整个胳膊都伸进了洞里，手腕被拴在门闩上。他小心翼翼，一动也不敢动，生怕罗西南多从一边向另一边歪过身子，这样的话他就会被拽着一个胳膊悬空吊挂起来，虽然按照罗西南多耐心而安静的脾气，完全可以期待它一百年静止不动。

总之，堂吉诃德见自己被拴住了，女士们又都不见踪影，便想当然认为这一切都是巫术所为，就跟上次一样：在同一座城堡，他曾被变成脚夫模样的摩尔巫师痛打了一顿。他只怪自己过于善良，心思单纯，前次已经遭遇如此祸事，这次居然又冒险踏入这座城堡。孰不知游侠骑士们如果尝试了一桩冒险而结局不妙，那无疑是一种信号，表明这不是为他们而设的事业，而是给他人预备的机会，所以没有必要进行第二次尝试。无论如何，他试着拽了拽自己的胳膊，看看能不能挣脱，但绳子系得太结实，所有的尝试都徒劳无功。当然了，因为怕惊动罗西南多，他不敢太使劲。他很想坐到马鞍上，可是除非把手砍掉，否则只能站着。

此刻他多么希望能得到阿马蒂斯的剑，因为任何巫术都无法对这柄剑发挥作用——他完全确信自己是被巫术困住了，只能狠狠诅咒自己的运气。他夸张地想到，自己被魔法缠身的这段时间内，世界是多么需要他。他又想起心爱的杜尔西内亚·德尔·托博索，呼唤着善良的持盾侍从桑丘·潘萨，可后者正躺在毛驴的驮鞍上做着美梦，此时连生他的亲妈都断然想不起来的。他祈求魔法师利尔甘德尔和阿尔及非来帮助他，召唤他的好朋友乌尔干达来救他。总之，一直到第二天早上，他困在那里又迷惑又绝望，只能如斗牛般咆哮。不过他倒没有指望白天的到来能解除这份痛苦，因为既然是被施了魔法，这份折磨将是永恒的。尤其看到罗西南多果真一动不动，他便更加坚信这一点，认定自己跟马儿会一直保持这个状态，不吃不喝不睡觉，直到星座运势水逆期过去，或者直到另一个更有智慧的魔法师来破解巫术。

但是这个想法显然大错特错了，因为天刚蒙蒙亮，四个骑马的人来到了客栈，个个衣冠楚楚，装备精良，鞍架上放着火枪。此时客栈尚未开门，他们便上前使劲摇门。堂吉诃德见状，仍不放弃自己作为守卫的职责，用傲慢的语气高声喊道：

"骑士们，或者侍从们，或者无论你们是什么人都一样！这个时间，不是城堡里的人还在睡觉，就是照规矩在太阳照耀整个大地之前城堡不会开门。你们离远一点，等到天亮以后吧，到时就知道是

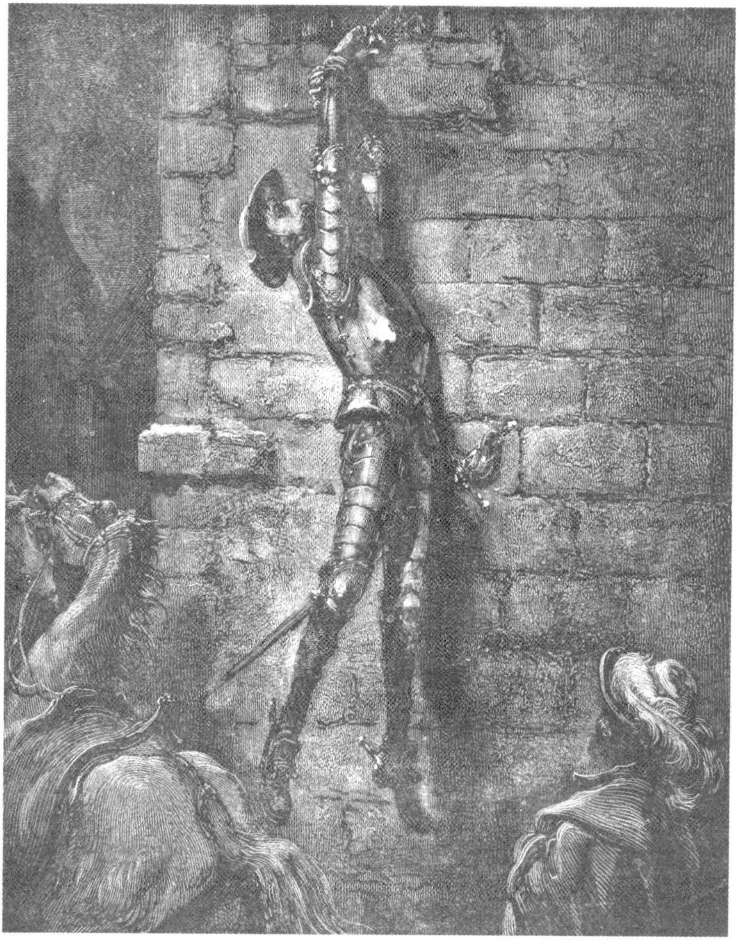

不是该给你们开门！"

"这是什么该死的城堡？"一个人说，"竟敢用这样的繁文缛节要我们等着？如果你是店老板，就快叫人给我们开门！我们不过是些过路人，只想给坐骑喂点饲料，然后接着赶路，我们着急着呢。"

"骑士们，难道你们觉得我长得像客店老板？"堂吉诃德反问道。

"我不知道你长得像什么。"另一个人回答，"但是我知道你把这个客栈叫作城堡完全是胡言乱语。"

"这本来就是城堡。"堂吉诃德反驳道，"而且是本省最高贵的城堡之一，里面的人们手握权杖，头戴皇冠。"

"应该是正相反吧！权杖打在头上，皇冠攥在手里！"路人说，"这里面是不是住了个滑稽戏班子啊？他们倒是常常有你说的这种权杖和皇冠。这么小的一个客栈，而且里面无声无息的，我可不相信里面住着有资格拥有皇冠和权杖的贵客。"

"你们真是太无知了！"堂吉诃德反驳说："对游侠骑士界的常情一窍不通。"

另外几个同伴对他跟堂吉诃德之间的对话感到厌倦，便再次一拥而上前去敲门。这回不但店老板醒了，客栈里所有人都醒了。店老板急忙起床去查看。

正忙乱间，这四个路人的坐骑中有一匹闻到了罗西南多的味道。罗西南多此时正忧伤地耷拉着耳朵，一动不动地支撑着它那被抻长了的主人。不过说到底，虽然它看上去形如枯柴，但毕竟也是血肉之躯，不可能感觉不到身后靠过来亲昵搭讪的同类，便忍不住转过身去闻了闻。它刚一动弹，堂吉诃德立刻脚下一滑，从马鞍上掉了下来，如果不是胳膊被吊着，这一下肯定摔地上了。不过手臂的疼痛简直撕心裂肺，他觉得手腕就要断了，甚至胳膊要被拽掉了。此时他离地面相差无几，脚尖都能点到地面，不过这对他来说可不是什么好事，因为越是感觉差那么一丁点儿就能把脚底板稳稳放到地面上，他便越是竭尽全力伸长了胳膊往地上够。就像受滑车吊刑的犯人一样，在着地与不着地之间来回摇摆。他们总有一种身体稍微再伸长一点就能够到地面的错觉，并且在这种希望的欺骗下急切地抻拉自己，而这种行为本身又增加了身体的痛楚。

第四十四回
客栈里发生的闻所未闻的奇事

事实上，听到堂吉诃德大喊大叫，店老板赶紧打开客栈的门，慌里慌张跑出来看是谁在吵闹，原本就在客栈外面的赶路人也纷纷跑过来看个究竟。玛丽托尔内斯也被这些叫喊声惊醒了，她心里明白是怎么回事，便偷偷摸进草料房，神不知鬼不觉地解开了拴着堂吉诃德的缰绳。于是店老板和赶路人眼睁睁地看着堂吉诃德突然掉到了地上，大家围上来问他怎么了，为什么这样大喊大叫。堂吉诃德一声不吭，从手腕上解下绳子，站起身来，骑上罗西南多，抱住盾牌，举起长矛，选了个最有利的战斗位置，半转过马头，说：

"无论是谁，胆敢说我被魔法所困是天经地义的，我要向他挑战，跟他决斗！以一场史无前例的激战让他清醒过来，只要我的女主人米可米可娜公主允许我这样做！"

几个新来的赶路人被堂吉诃德的话惊得目瞪口呆，店老板赶紧解释说，此人名叫堂吉诃德，不用理会他，他是个疯子。

那些人便询问店老板，有没有看到一个十五岁左右的男孩子来到店里，穿着赶骡人的衣服。听他们描述的相貌，正是克拉拉小姐的爱慕者。店老板回答说，店里住的人太多，没有注意过他们所问的人。不过同伴中有一位看到了法官乘坐的马车，便说：

"毫无疑问，肯定在这里了，据说他追随的就是那辆马车。咱们留一个人守在门口，其他人进去找他。或者最好再留一个人围着客栈巡逻，防止他从院子的矮墙上逃走。"

"遵命。"其中一个回答。

于是两个人进去，一个守在门口，另一个围着客栈巡视。客栈老板把一切看在眼里，却猜不透缘由，只知道他们是在寻找刚才描述过的那小伙子。

此时天已大亮。因为天色，也因为堂吉诃德的大吵大闹，所有人都醒了，纷纷起床。尤其是克拉拉小姐和多萝泰阿，前者因为恋人离自己咫尺之遥而惊慌失措，后者却很想一识庐山真面目，那天晚上两人都没睡好。堂吉诃德见四个骑手谁都没理会他，也没有回应他的挑战，自觉受了轻辱，气得睚眦欲裂。作为游侠骑士，他已经承诺只效忠于公主，不介入任何纷争直到完成这项事业，若不是在这种情况下参与或挑起另一场争端不合骑士道规矩，他早就向这些人发起进攻，用武力强迫他们回答了，至于后果如何，他才不管。考虑到在将米可米可娜公主送回她的王国之前，不应该也不适合再生事端，他不得不保持缄默，按兵不动，也等着看这些人如此兴师动众到底所为何事。此时其中一人已经找到了那位少年，他正在一个年轻的赶骡人身边酣睡，丝毫没想到有人在找他，更没想到有人能找到他。那名男子抓住他的胳膊说：

"堂路易斯先生，您这身行头真是完美衬托您的身份！您此刻睡的这张床跟您在母亲的养育下穿着的华服真是相得益彰！"

少年揉了揉蒙眬的睡眼，定定地看着那个拉着他的人，立刻认出来那是他父亲的仆人。他吓了一大跳，半天不知道说什么好，甚至根本说不出话来。那位仆人继续说：

"堂路易斯先生，您什么都不用做，只需稍加忍耐，赶快回家，除非您想让您的父亲，也就是我的主人，去到另一个世界。瞧瞧您的离家出走给他带来的痛苦，不可能有别的结果。"

"那么我父亲是怎么知道的？"堂路易斯问，"他怎么知道我走这条路、穿这样的衣服？"

"一个学生泄露了您的行踪，"仆人回答说，"看到您的父亲因为思念独子痛不欲生，他于心不忍，便把一切都和盘托出了。于是您父亲派了四个仆人一路找来，此刻我们所有人都甘心为您效力。这真是令人喜出望外，我们即刻返程，将您带回去，带到那双深爱您的眼睛前面。"

"不可能！除非我自己愿意，除非上天也这样安排！"堂路易斯回答。

"除了同意回家，您还有别的选择吗？上天还会怎样安排？这件事情不可能有其他的结果。"

堂路易斯身边的赶骡人听到了两人之间的所有对话，便站起来，赶着去把发生的事情告诉了堂费尔南多、卡尔德尼奥和其他人。此时所有人都已穿戴整齐，小伙子告诉众人，那个男子是如何对那个少年尊称为"堂"，又细细转述了两人之间的对话：仆人是如何劝说他回到父亲家中，而少年是如何不愿意。众人闻听此言，又想到昨夜令大家惊为天人的美妙嗓音，都急切想知道此人到底是谁，甚至如果有人强迫他做什么事情，都愿伸出援手。于是大家一齐循声前往。

这时多萝泰阿走出房间，克拉拉小姐跟在她身后，惶惶不安。多萝泰阿把卡尔德尼奥叫到一边，用简短的几句话把这位歌者和克拉拉小姐的故事告诉了他，而卡尔德尼奥也把少年跟前来寻他的仆人之间发生的事情转述给她。不过他们的交谈不够隐秘，克拉拉听见了，直吓得魂飞魄散，若不是多萝泰阿一把扶住，她早就倒在地上了。卡尔德尼奥叫她们先回房间，他会想办法解决这一切，两位小姐便回房去了。

那四个前来寻找堂路易斯的仆人正在客栈里围着他一刻不停地劝说，请他回去安慰他的父亲。而他却回答说无论如何也不会这样做，除非先了结一桩事情，这件事情关系到他的名声、荣誉和灵魂。然而仆人们只管紧紧抓着他，说无论如何都不会留下他而自行回去，不管他愿不愿意，一定要带他同行。

"你们做不到的，"堂路易斯反驳道，"除非把我的尸体带回去！不管你们用什么方式强行把我带走，都只能带回失去生命的我。"

这时几乎客栈中所有的人都赶来围观这场争执，卡尔德尼奥、堂费尔南多和他的同伴们、法官、神父、理发师，尤其是堂吉诃德，因为他认为此刻城堡已经不需要守卫了。卡尔德尼奥已经知道了少年的心事，便问那些仆人为什么要违背少年的意愿带走他。

"为了让他的父亲能活下去，"四个人中的一个回答说，"因为这位绅士离家出走，他父亲伤心欲绝，已经奄奄一息了。"

对此，堂路易斯说：

"没有理由把我的事情告诉别人。我是自由的！只要我愿意，自然会回去，如果我不愿意，你们任何人也不能强迫我！"

"是真理在强迫您，"仆人回答说，"也许对您来说真理尚不足惧，然而对我们来说，足以迫使我们完成此行的目的，尽到我们的义务。"

"还是请从头开始讲讲这是怎么回事吧。"法官插话说。

仆人正巧认识这位法官邻居，便回答说：

"法官先生，阁下您不认识这位绅士吗？他是您邻居的儿子。您也看到了，他穿着与自己地位如此不相称的衣服离家出走了。"

法官仔细打量着少年，终于认出了他，便上去拥抱他说：

"堂路易斯先生，究竟是年幼淘气，还是有什么天大的事故，竟让您以这样的方式、穿着这样的衣服跑出来？这与您的高贵身份太不相配了。"

少年眼中充满了泪水，一句话也说不出来。法官叫那四位仆人少安毋躁，保证一切都会妥善解决。接着他拉起堂路易斯的手，将少年带到一边，询问他究竟为何如此鲁莽行事。

他正盘问时，客栈门口传来一阵喧哗。原来是头天晚上的两个住客见到所有人都忙着探究那四人在寻找什么，就企图赖账，趁乱偷偷溜走。然而店老板对于自己的生意可比对别人的事情上心多了，就在两人溜出门的时候一把拽住他们，一边要账，一边用难听的话责骂他们的无良居心。这两人被激不过，竟对他报以拳脚。可怜的店老板被拳打脚踢，不得不放声求救。除了堂吉诃德，老板娘和女儿找不到其他闲人可以前去救援，客店小姐便对他说：

"骑士先生，请阁下救救他吧！看在上帝赐给您的勇力的分上，救救我可怜的父亲，有两个坏蛋正拿他当麦子那样打！"

对此，堂吉诃德非常平静而从容地回答说：

"美丽的小姐，此刻我无法答应您的请求，因为在完成已经承诺的那件事情之前，我被禁止卷入任何其他争斗。不过我能够为您做的事情就是，请您跑去告诉您的父亲，让他在这场战役中尽量多挨一阵,无论如何不要放弃。同时我会去请求米可米可娜小姐的允许,以便能够将他解救出来。只要获得公主首肯,我就一定助他脱离痛苦。"

"该死的!"跑在前头的玛丽托尔内斯喊道,"在您获得这个许可之前,我的主人早就一命呜呼了!"

"小姐,请允许我去恳请公主同意,"堂吉诃德回答说,"只要得到她的许可,您的父亲哪怕去了阴曹地府,我也会将他从那里拽回来;哪怕与全世界为敌,或者至少我可以替您报杀父之仇,一定让你们满意。"

他不再赘言,直接走到多萝泰阿面前跪下,以游侠骑士的语言恳请她发发善心,允许自己立刻赶去营救这座城堡的堡主,此人正身陷巨大的困境。公主欣然同意,他便没有片刻耽搁,抱着盾牌、手执长剑,赶到客栈门口,在那里两名客人还在继续折腾店老板。然而他刚一到达,就犹豫着停下了脚步。玛丽托尔内斯和老板娘忙问缘故,催他赶快去救她们的主人和丈夫。

"我踌躇不前,"堂吉诃德说,"是因为骑士对侍从之流拔剑相向实在不合规矩,快把我的侍从桑丘叫来,轮到他来锄暴安良、匡扶正义了,这也是他的应尽之责。"

这是此刻正发生在客栈门口的场景,而就在同一个地方,店老板还在挨打,拳拳打中要害,令玛丽托尔内斯、老板娘和女儿惊怒不已。又见堂吉诃德临阵退缩,不由得为她们的主人、丈夫和父亲的不幸遭遇感到绝望。

不过此事暂且搁下不提,因为总会有人去解救他的。或者更准确地说,谁不知天高地厚,非做自己力所不能及之事,就该他哑巴吃黄连,自食其果。且让我们后退五十步,去看看堂路易斯是如何回答法官问话的。前文说到，法官问他为何穿着如此低贱的衣服一路步行至此，少年紧紧抓住法官的双手，流露出心中巨大的痛苦，泪如雨下地说道：

"我的先生！我只有一件事情要对您说！那就是在上天的安排下，出于比邻而居的便利，从我见到克拉拉小姐，也就是您的女儿、我的主人那一刻起，她就成了我灵魂的主宰！而如果您，我此刻真正的主人和父亲，如果您不对我的意愿横加阻拦的话，就在今天她将成为我的妻子。为了她，我离开了父亲的家；为了她，我穿上了这身破烂衣裳，我愿追随她到天涯海角，如同箭寻找靶心，水手追随北极星一样！她对我的愿望并不知情，只是偶尔远远见过我眼中流泪而从中捕捉到某些信息。先生，您了解我父亲的财富和高贵，而我是他的唯一继承人。如果您认为这足以说服您冒险赐予我幸福，此刻就请接受我为您的儿子！即使我的父亲不满意我自己追求到的运气，在这方面另有打算，要相信在瓦解和改变想法这一点上，时间会比人类的意志更有力量。"

痴情少年说完这番话，法官早已目瞪口呆，既惊讶又困惑。一方面惊讶于堂路易斯吐露心事如此落落大方，有条不紊；另一方面困惑于在这桩突如其来、出人意表的事情上该如何决断。于是，他只是回答说请堂路易斯暂时冷静一下，设法挽留住仆人们，当天先不要带他回去，这样才有时间从长计议，考虑如何两全其美。堂路易斯坚持要亲吻法官的双手，他的泪水沾湿了这双手，见此情景，纵是大理石般的心肠都会为之心软。何况法官不但内心被打动，而且以他敏锐的洞察力，已经明白这桩婚姻对他的女儿来说是一件多么有利的事情。当然，如果可能的话，他希望能够在征得堂路易斯父亲同意的情况下使婚约生效，因为这位父亲一定会为儿子谋求贵族封号。

这时闹事的客人们已经跟店老板和解了,并且按照店老板要求的数目付了钱,这完全是因为堂吉诃德晓之以理,而非武力威胁。堂路易斯的仆人们正在等待他跟法官的谈话结束,等待少主人最后的决定。然而魔鬼可从不偷懒打盹:凑巧的是,就在这时,被堂吉诃德抢走"曼布里诺头盔",又被桑丘·潘萨调换了毛驴鞍具的那个理发师走进了客栈。他把毛驴牵到马厩,正撞见桑丘·潘萨在摆弄驮鞍上的什么东西。他一见到这个驮鞍就认出来了,便壮起胆子朝桑丘猛扑过去,喊道:

"啊!强盗先生,我可抓到你了!快还我的钵子和驮鞍,还有你们从我这儿抢走的所有鞍具!"

桑丘受此袭击,猝不及防,又听这人满口咒骂,便用一只手抓住驮鞍,另一只手回击理发师,把他打得满嘴是血。但是理发师并不因此就松开已经抓住的驮鞍,反而放开嗓门大喊大叫,以至于客栈中所有人都循声而来看他们的争吵。他说:

"国王在上!正义在上!我不过是想要回自己的财产,这个拦路抢劫的强盗就想要杀死我!"

"骗子!"桑丘回答,"我可不是什么拦路抢劫的强盗,这些都是我的主人堂吉诃德在正义的战争中赢得的战利品!"

堂吉诃德也已赶上前来,见自己的侍从无论是自卫还是进攻都颇有章法,感到沾沾自喜,从此便认为他是一个可造之材,并在心中暗暗打算,一有机会就封他为骑士,因为他的行为很好地诠释了骑士道精神。理发师一边打架,一边絮絮叨叨不曾住口,其中有一段说道:

"先生们,这个驮鞍是我的!这事正如我这条命是欠上帝的一样千真万确!我对它比对自己亲生的孩子更了解!在这点上我不可能撒谎:我的毛驴就在马厩里,你们不信可以试试看,如果装上不是严丝合缝，我就是个无赖！还不止如此：他们不但抢走了驮鞍，还抢走了我一个全新的黄铜钵子，这可是用都没用过的，值一个埃斯库多金币呢！"

此时堂吉诃德再也按捺不住，他站到两人中间，把两人分开，将驮鞍放在地上，以便在弄清楚事实之前不让它离开视线，然后说：

"诸位都听到了，这位好心人居然管曾经是、现在是，而且将永远是曼布里诺头盔的东西叫作钵子，那么他所犯的错误也就显而易见了！我既然通过正义的战争夺取了它，就合法正当地成为它的主人，享有所有权！关于这个驮鞍的纠纷，我不参与，在这件事情上我只能说：是我的侍从桑丘请求我允许他拿走这位手下败将的马具，用来装饰自己的毛驴。我同意了他的请求，他便取了马具，至于说马具怎么会变成了驮鞍，我也给不出其他解释，只有一个最稀松平常的理由：在骑士们的奇遇中，这样的障眼法屡见不鲜。为了证明我的话，桑丘，孩子，快去，去把这位好人说成是钵子的那个头盔取来。"

"天哪！主人！"桑丘说，"如果我们的行为除了您说的这个理由之外没有其他的证明，那么曼布里诺的头盔就是钵子，就像这个好人的马具就是驮鞍一样千真万确！"

"照我吩咐的去做，"堂吉诃德厉声说，"并不是这个城堡中所有的东西都受了魔法的影响。"

桑丘找到钵子并带了回来，堂吉诃德一见，便捧在手中说：

"诸位阁下，你们看看，这位侍从居然有脸说这是个钵子，而不是我说的头盔！我以自己所从事的骑士道发誓，这个头盔就是我从他那里赢得的，原原本本没有任何增减改动。"

"这话千真万确，"桑丘插嘴说，"自从我的主人赢了这头盔，到现在为止只戴着它参加过一次战斗，那次他解放了一些满身锁链的可怜囚犯。多亏了这个钵子头盔,要不他当时就遭殃了,因为打到激烈关头,好多石头朝他砸过来!"

第四十五回
曼布里诺头盔和驮鞍的疑问水落石出,以及其他冒险,全都千真万确

"先生们,你们觉得呢?"那个理发师问,"这两位大老爷竟然还坚持声称这不是钵子,而是头盔?"

"如果谁对此持有异议,"堂吉诃德说,"若是骑士,我会叫他明白自己在胡说;如果是侍从,我会让他澄清一千次!"

我们的理发师尼古拉斯师傅见此情形,因为深知堂吉诃德的脾气,就想将错就错,把玩笑继续开下去,以博众人一笑,便对喊冤的理发师说:

"理发师先生,或者不管您是何身份,要知道,我跟您是同行,二十年前就得到了理发师执照。我非常了解理发行业的各种器械,一个也不例外,而且年轻时还当过一段时间兵,所以也了解什么是头盔、什么是高顶盔、什么是面罩头盔,以及其他跟军事、武器种类相关的东西。我的意思是,照我看来,面前这位好心的先生双手捧着的东西,不但不是理发师的钵子,而且跟钵子差了十万八千里,就像白与黑、真相与谎言一样背道而驰。当然了,山外有山,人外有人,一定有人比我的见解更深刻。我还可以补充说明,这个虽然是头盔,但还不是完整的头盔。"

"当然不是。"堂吉诃德说,"因为还缺了一半,缺少保护下巴的部分。"

"没错。"神父也说，他已经明白了理发师的意图。

卡尔德尼奥、堂费尔南多和他的同伴们也都纷纷附和。甚至连法官，如果不是还在为堂路易斯的事情沉吟，也一定为这个玩笑添砖加瓦了。不过他此刻正在思考的事情确实令他过于投入，几乎或完全没有注意到这些风趣之语。

"我的上帝啊！"被捉弄的理发师惊呼道，"这怎么可能？这么多有头有脸的人都说这不是钵子而是头盔？这种事，不管多么有学问的人都会感到吃惊吧！够了！如果这个钵子是头盔的话，那么按这位先生说的，这个驮鞍也应该是马具了？"

"我看着像是驮鞍。"堂吉诃德说，"不过我已经说过了，就这件事我不发表意见。"

"这个到底是驮鞍还是马具，"神父说，"堂吉诃德先生说什么就是什么。在与骑士道相关的知识上，所有这些先生加上我，我们所有人都甘拜下风。"

"我的先生们！看在上帝的分上，"堂吉诃德说，"我两次借宿这座城堡，遭遇了那么多奇奇怪怪的事情，以至于如果有人问起关于城堡中事物的问题，我无法给出任何确定的回答，因为我猜想里面所有的东西都被施了魔法。第一次，城堡里一个中了巫术的摩尔人把我暴打了一顿，还跟他的几个追随者一起让桑丘吃足了苦头。而昨天晚上，我这个胳膊被吊起来将近两个小时，至于为何陷入这样的不幸，我完全摸不着头脑。所以，此刻要我就如此令人困惑的事情发表意见，完全是鲁莽之举。在钵子还是头盔这一点上我已经给出了明确的回答，但至于说要宣布这个是驮鞍还是马具，我可不敢给出确定的判断：只能将它留给你们各位的慧眼识别。也许因为你们不是像我一样的武装骑士,这个地方的巫术就对你们不起作用,所以你们的理解力是自由的,可以按照城堡中事物原本的和真实的面目去判断,而不会像我一样被它们的外表所蒙蔽。"

"没错,"堂费尔南多接过话头,"堂吉诃德先生说得非常好,这件事情应该由我们来裁决。为了在更加确凿的依据基础上做出判断,我来收集各位先生的秘密投票,然后我会把投票结果完整而明确地宣布出来。"

对于那些对堂吉诃德的状况了然于胸的人来说,这一切都是天大的笑料,然而对于那些不知情的人来说,这简直就是全世界最荒唐的胡说八道,尤其是堂路易斯的四个仆人和堂路易斯本人,还有另外三位偶然来到这家客栈的旅客,看上去他们是神圣兄弟会的成员,事实也确实如此。不过最绝望的还是那位倒霉的理发师,他眼睁睁地看着自己的钵子变成了曼布里诺的头盔,而他的驮鞍也毫无疑问也将要变成珍贵的马具。众人都笑着看堂费尔南多穿行于众人之间收集选票,跟每个人窃窃私语。各人都把各自的选择偷偷告诉他,那件被争来抢去的宝物究竟是驮鞍还是马具。最后,在收集完所有认识堂吉诃德的人的选票后,堂费尔南多大声说:

"好心人!事实上我已经懒得收集更多的意见了,因为在我问到的人中,不止一个人表示,如果谁说这是毛驴的驮鞍而不是骏马的马具,那纯是胡说八道,而且还应该属于品种高贵的马。所以,你只能委屈一下了,投票结果对你和你的老驴来说很不幸,这个是马具而非驮鞍,你方的举证和辩护相当不力。"

"这是老天不肯帮我!"这位理发师说,"如果诸位阁下你们都没弄错,尽管我确信这是个驮鞍而不是马具,就像我的灵魂将会出现在上帝面前一样肯定!那么我无话可说。俗话说,国王的话就是法律。我真的没有喝醉！我还在斋戒呢！虽然不是因为罪过。"

理发师这番倔头倔脑的话引起大家的笑声不亚于堂吉诃德的胡言乱语，对此堂吉诃德说：

"那么这桩公案就了结了，大家各自拿走各自的东西，不管上帝把这个东西给谁，圣彼得会祝福他的。"

堂路易斯的一个仆人说：

"这如果不是一次有预谋的玩笑，我无法相信：此刻在场的这些如此有学识的人，或者至少看上去很有学问的人们，竟然坚持说这个不是钵子，那个也不是驮鞍。不过既然众口一词，坚持的事情又跟事实和经验完全背道而驰，我猜想其中必有蹊跷。我以（此处略过他的完整誓词）发誓，全世界所有的人都没法让我相信与事实相反的事情，说这个不是理发师的钵子，而那个不是毛驴的驮鞍。"

"很有可能是旱驴。"神父说。

"骑上去是一样的。"仆人说，"问题不在这里，而在于这个到底是不是驮鞍，如你们所说。"

一名巡警正好走进来，他之前已经听到了争吵，此刻便怒气冲冲地说：

"这就是个驮鞍，正如我爹就是我爹一样！谁要说这是别的东西，他肯定是喝醉了！"

"你撒谎！你这个下贱的无赖！"堂吉诃德反唇相讥。

他举起长矛——这长矛他一直就没有撒手过——猛地朝这人头上砍下来，要不是巡警躲得快，一定被打倒在地了。长矛打在地上断成了碎片，其他的巡警见同伴受欺负，一齐提高嗓门要求大家给神圣兄弟会帮忙。

店老板正是神圣兄弟会的成员，他立刻进去取来了权杖和佩剑

517

与伙伴们同仇敌忾；堂路易斯的仆人们将小主人团团围住，怕他趁乱逃跑；理发师看到整座房子乱作一团，便再次抓住了他的驮鞍，而桑丘也做了同样的动作；堂吉诃德拔出长剑，朝巡警们攻去；堂路易斯大喊着叫仆人们不要管他，去救堂吉诃德；他又朝着卡尔德尼奥和堂费尔南多大喊，这两人也在为堂吉诃德助阵；神父大声呼喝，老板娘尖叫连连，老板女儿悲痛欲绝，玛丽托尔内斯恸哭流涕，多萝泰阿不知所措，露丝辛达目瞪口呆，而克拉拉小姐则晕了过去。理发师对桑丘拳打脚踢，桑丘以牙还牙；堂路易斯的一个仆人斗胆上前抓住他的胳膊免得他逃走，被少年一拳打得满口是血；法官赶紧上去拉架；堂费尔南多把一个巡警踩在脚下，肆意踢打；客店老板越发提高了嗓音，为神圣兄弟会求援……整个客栈充斥着呼喝、高喊、尖叫，人人都感到困惑、恐惧，又惊又怕。到处都是悲剧：刀剑、耳光、棍棒；拳打脚踢、鲜血迸流。而这场迷宫般的混乱和麻烦，在堂吉诃德的想象中却成了阿格拉满特军营内讧[1]，他正全力以赴地参与其中。于是他用震彻客栈的声音喊道：

"全都别动！全都住手！所有人都安静！都听我说！如果你们还想活命的话！"

听到这一声断喝，所有人都停止了动作。于是堂吉诃德继续说：

"先生们，我不是告诉你们了吗？这座城堡被施了魔法，简直有一个军团的魔鬼住在这里！为了证明这一点，我希望各位亲眼见证，此时此刻这里的状况无疑是将阿格拉满特战场的战斗移植到我们中间来了。如果说在那里是为剑而战，这里就是为了驮鞍而战；如果

---

[1] 骑士小说《疯狂的奥尔兰多》中的情节，但当时争夺的是一把剑、一匹马、一块盾牌和一只鹰，与头盔无关。

说那里是为鹰而战，这里就是为了头盔而战。我们所有人都打得不可开交，却谁也没明白这一点。那么好吧，您，法官大人，还有您，神父先生，请两位一个扮成阿格拉满特国王，另一个扮成索布里诺国王[1]，我们就此达成和解吧！看在无所不能的上帝的分上！在场的各位身份如此高贵，竟然因为完全不值一提的原因而互相残杀，这真是一个巨大的耻辱！"

巡警们可听不懂堂吉诃德这番咬文嚼字的话，见自己人被堂费尔南多、卡尔德尼奥和他们的同伴痛打，不肯就此罢手；那个理发师倒是同意了，因为他的胡子和驮鞍都在混战中损毁了；桑丘作为顺从的仆人，主人一开口他无不从命；堂路易斯的四个仆人也都住了手，因为看形势他们即使不停下来也讨不到便宜；只有店老板坚持说一定要惩罚这个疯子的胡作非为，因为他简直每走一步都会把客栈闹个底朝天。最后，各种嘈杂声终于渐趋平静，于是在堂吉诃德的观念中，驮鞍定格为马具，钵子成为头盔，而客栈就是城堡，直到末日审判的那一天。

在法官和神父的劝说下，所有人都消了火气，握手言和。接着堂路易斯的仆人们又开始坚持要他立刻跟随离开，正当双方相持不下的时候，法官咨询了堂费尔南多、卡尔德尼奥和神父，把堂路易斯讲述的内容向他们和盘托出，征求他们的意见。最后大家一致同意，让堂费尔南多向堂路易斯的仆人们亮明身份，并且告诉他们，自己打算带堂路易斯一起去安达鲁西亚，在那里他的哥哥侯爵大人一定会因为堂路易斯的才华而尊敬他、善待他。因为从之前发生的

---

[1] 这两个国王都是《疯狂的奥尔兰多》中的人物。

事情来看，堂路易斯即使被撕碎也绝不愿意在这种情况下回到他父亲面前。这四个仆人得知了堂费尔南多的高贵身份，又考虑到堂路易斯的坚定决心，最后决定其中三个人回去向他父亲报信，另一个人留下来服侍堂路易斯，一路跟随、不离左右，直到那三人再回来找他，或者他的父亲有其他命令。

就这样，在阿格拉满特国王的威压和索布里诺国王的恳劝下，一场混战终于结束，好戏收场。然而魔鬼一向视和谐为敌人，以和平为对手，见好容易把所有人都搅成一团乱麻却被轻易破解，自觉受了侮辱和嘲弄，决意再施展一下手段，挑起新的事端和波折。

巡警们听说跟他们打架的都是贵族，也不免忍气吞声，就此罢手。因为他们知道，不管这场打斗以什么样的方式结束，自己都难逃厄运。然而事情偏又节外生枝：其中一个巡警，就是被堂费尔南多踩在脚下的那位，突然想起在随身携带的司法追捕令里面，有一份是针对堂吉诃德的。神圣兄弟会下令追捕他正是因为他释放了一批划船苦役犯，可见桑丘曾经的担心是有道理的。

念及此，他想确认一下堂吉诃德的各个特征是否与追捕令的描述吻合，便从胸口掏出一份羊皮纸文件，找到需要的那一节。因为认字比较费劲，他开始慢慢地读起来，每读一个词就看一眼堂吉诃德，并将命令中描述的特征与堂吉诃德的容貌逐一比对，最后发现毫无疑问这就是要抓捕的那个人。一确定这个事实，他立刻收好文件，然后左手举起追捕令，右手紧紧抓住堂吉诃德外衣的领口，勒得他几乎无法呼吸，并大声喊道：

"拥护神圣兄弟会！为了让大家看到我的确是奉命行事，请读一读这份追捕令，上面说得明明白白要求我们抓住这个拦路抢劫的盗匪！"

神父接过追捕令,发现此人并非虚言,上面描述的特征跟堂吉诃德完全吻合。而堂吉诃德见受到卑鄙小人如此对待,恼怒到了极点,全身的骨头都咯咯作响,双手用尽全部力气扼住巡警的喉咙。要不是他的同伴们赶来相救,没等逮捕堂吉诃德,他自己就得一命呜呼了。客店老板出于相帮同志的义务,也迅速赶来助阵。老板娘见丈夫再次介入争斗,便又放开嗓门大吵大闹,她的女儿和玛丽托尔内斯也跟着一起嚷嚷,请求上天保佑、请求在场的人们帮忙。桑丘见此情景说:

"主人万岁!我主人说这座城堡被施了魔法,这可是千真万确!因为住在这里,真是片刻不得安生。"

堂费尔南多把巡警和堂吉诃德分开,并把他们的手也都掰开了,这正中两人下怀,因为他们一个正揪着对方的衣领,另一个正掐着对方的喉咙。不过那些巡警们并不因此就放弃要求逮捕他,反而请大家帮忙把他捆上,并按照他们的要求把人交出来,因为这才算是为国王和神圣兄弟会效力。他们代表神圣兄弟会请求大家援手,逮捕这个拦路抢劫的强盗。堂吉诃德听到这些理由哈哈大笑,非常平静地说:

"你过来!你这个下流低贱的人!还那些被锁链囚禁的人以自由、释放囚徒、救助困苦、扶起跌倒的人、助痛苦的人们脱离困境,你们把这叫作拦路抢劫?啊!卑鄙小人!你的见识过于卑微低下,上天不让你明白游侠骑士道中所包含的价值也是理所应当。你们也不明白自身背负着多大的罪孽,自己又是多么无知,居然不懂得连游侠骑士的影子都值得尊重,更别提他亲自现身了!你过来!警营里的强盗!你不是警察,倒是拿着神圣兄弟会许可证的拦路抢劫者!告诉我:是哪个无知的人签署了这张追捕令,居然针对像我这样的骑士?谁不知道,游侠骑士们是有权豁免于任何司法裁决的?

手中的剑就是他们的法律，英勇就是他们的司法裁决，顽强的意志就是他们的赦令！这个笨蛋到底是谁？还有，难道你们不知道，贵族们虽然享有天赋的优越特权或豁免权，但一名游侠骑士从受封为武装骑士并投身于艰苦的骑士事业那一天起，所获得的优越特权或豁免权远远高于贵族！有哪位游侠骑士支付过产业税、贸易税、王室婚嫁税、佃租、通行费或者行船费？哪个裁缝给游侠骑士做衣服还收钱？哪个城堡的主人留宿游侠骑士还要他支付自己的费用？哪个国王不想把游侠骑士请上自己的餐桌？又有哪位小姐不会全心全意地爱上游侠骑士，被他征服？更何况，你们倒说说看，在这个世界上，无论过去、现在和将来，无论哪位游侠骑士，哪怕只身对阵四百个警察，不是正义凛然、大展拳脚？"

第四十六回
巡警们的惊人冒险，以及好心的骑士堂吉诃德大发雷霆

就在堂吉诃德说这番话的时候，神父正在劝说那些巡警，堂吉诃德是个疯子，这一点从他的言行举止就能看出来，所以没有理由再继续抓捕他，因为就算把他抓起来带走，见他是个疯子也不得不立刻把他放了。对此，手持追捕令的巡警回答说，判断堂吉诃德是不是疯子不在自己的职责范围内，他只管执行上级的命令，只要把堂吉诃德抓回去，此后再释放他三百次也跟自己不相干。

"但无论如何，"神父说，"这一次你们不能把他带走。依我看，他也不会让你们得逞的。"

事实上，神父不厌其烦、不停劝说，再加上堂吉诃德的行事也

着实疯癫,要说那些巡警还没察觉到堂吉诃德的毛病,那岂不比他疯得更厉害?于是,他们一致商定就此罢手,甚至自告奋勇要充当理发师和桑丘·潘萨之间的调停人,帮助他们和解,因为两人还在纠缠不休。最后,他们作为司法机构的代表,制止了纠纷,并居中裁决,双方交换了驮鞍,但没有交换肚带和坐垫,这样双方即使不能说欣然接受,至少也都心满意足。至于曼布里诺的头盔,神父趁堂吉诃德不注意,偷偷地付给了理发师八个雷阿尔作为交换,理发师给他写了一张收条,保证永生永世不再要求归还钵子。

就这样,两场风波都平息了,这也是最主要、最重大的两桩纠纷。堂路易斯的仆人们对最后的决定也表示满意:三个人回去,留下一个人陪伴少主人追随堂费尔南多。此前幸运和福分已经化解了各种困难阻碍,让客栈中的几对恋人和勇士们皆大欢喜,此刻为了让事情更加圆满,又为这一切安排了一个幸福的结局。仆人们对于堂路易斯言听计从,对此克拉拉小姐几乎欣喜若狂。此时此刻无论是谁看到她的脸庞,都能看出她内心深深的喜悦。

索拉伊达虽然不太明白眼前这些事情,却时时注意着每个人的脸色,也大略随着众人时而悲伤,时而高兴。尤其是她的西班牙恋人,她的目光从未离开过他,她的灵魂也一直维系于他。神父偷偷给理发师的馈赠和补偿可没有逃过店老板的眼睛,他趁机要求堂吉诃德赔偿被毁坏的酒囊和损失的红酒,还发誓说,如果不把每一分钱都付清的话,不管是罗西南多,还是桑丘的毛驴都别想离开客栈。神父将他安抚下来,最后堂费尔南多付清了账,虽然法官也十分乐意地自告奋勇要付这笔钱。就这样,所有人都恢复了从容,此刻这个客栈再也不像堂吉诃德说的那样是硝烟滚滚的阿格拉满特战场,而是平静祥和的屋大维时代。大家一致认为,这一切都应该感谢神父先生的善意和口才，以及堂费尔南多无与伦比的慷慨。

堂吉诃德见纷纷扰扰都已厘清，不只是自己的，连侍从的麻烦也解决了，便认为应该继续已经开始的旅程，完成那场伟大的冒险——他就是被这个事业召唤并选择而来的。于是他神情坚定地上前跪在多萝泰阿脚下，但是多萝泰阿坚持请他起来，否则不许说一个字，于是他顺从地站起来说：

"美丽的小姐，有一句流传甚广的俗语叫作勤谨是好运之母，这句话在很多重要的事情上都得到了证明。经验表明，在协议不可靠的时候，商人的苦心经营能带来好的结果。但是这句话在任何事情上都不如在战争中得到的证明更确凿：所谓兵贵神速，迅速的行动能够预防敌方的进攻并在对方采取防卫措施之前取得胜利。高贵而可敬的小姐，我的意思是，我认为在这座城堡中继续停留下去已经没有任何意义，反而可能带来巨大的伤害，甚至某一天大家都会追悔莫及。谁知道有没有小心翼翼隐瞒身份的间谍已经向您的敌人通风报信？那个巨人一旦知道我将要去摧毁他，就有足够的时间加强某个坚不可破的城堡或要塞，如此一来，无论多么勤勉努力，我双臂的力量都将显得微不足道。所以，我的小姐，应该防患于未然，正如我所说的，让我们立刻启程，奔向美好前途。如您所愿，只要我与您的敌人一打照面，幸运就会到来。"

堂吉诃德说完便垂手默立，静静地等待着美丽的公主回答。而公主则以高贵的姿态，迎合堂吉诃德的矫揉风格，回答说：

"骑士先生，感谢您在我痛苦万分的时刻表现出无私相助的善意，这种善意正是骑士们的特质。对于他们来说，救助孤苦是分内之事、应尽之责。愿上天保佑您的愿望与我的愿望都能实现，也希望您明白世界上不乏懂得知恩图报的女人。至于何时出发，我的决定完全听凭于您的意志。您可以按照您的意愿和心情来安排我：一个已经将自身的防卫交付于您，将恢复山河的重任委托给您的女人，不会违背您出于谨慎而提出的任何吩咐。"

"感谢上帝赐福！"堂吉诃德说，"既然高贵的小姐您屈尊降纡，我也不想丧失尊崇您、将您扶上世袭宝座的机会。我们立刻出发吧！因为有一句人们常说的话在实现愿望的道路上不断鞭策着我：夜长梦多，越拖越险。上天还没有降生过任何人，地狱里也没有投生过任何鬼，能吓住我或者让我感到胆怯！桑丘，给罗西南多备鞍，再装备好你的毛驴和公主的坐骑，我们告别这座城堡和这些先生，立刻离开这里。"

一直在旁听着的桑丘脑袋摇得跟拨浪鼓似的，说：

"啊！主人，主人！村里的坏事比你听说的还要多得多！我说这话，可不是想冒犯规规矩矩的高贵女士。"

"在任何村子，甚至在全世界任何城市里，能有什么坏事？再说这跟我又有什么关碍？贱民！"

"如果阁下您生气了，"桑丘说，"我就闭口不言。有些话，作为一个好侍从、一个好仆人，有义务对主人说，但我还是不说了。"

"想说什么就说吧，"堂吉诃德训斥道，"只要你不是故意吓唬我。你要是害怕，就做与你的身份相符的事情，我毫无恐惧，行事自然与我的身份相配。"

"上帝啊，我作了什么孽！不是这样的！"桑丘回答说，"据我观察，可以肯定这位自称是伟大的米可米可娜女王的小姐，她根本就是假的！她要是女王的话，我妈都是女王了！只要别人一转身，她就在角落里跟某人腻在一起，她要是女王，那这事儿就讲不通了。"

听到桑丘的话，多萝泰阿脸红了，因为她的丈夫堂费尔南多确实有一次避开别人的眼睛，用嘴唇向她索取过爱情的奖励，而这事偏偏被桑丘看见了。桑丘认为这种放肆的行为更像是风尘女子而不是一个如此伟大王国的君主。多萝泰阿既不能也不愿对桑丘的话作出回应，只好任其继续说下去。于是他接着说：

"主人，我的意思是，我们走过了无数大路小路，经历了痛苦的夜晚和更难熬的白天，马上就要摘得辛勤劳作的果实，可这果实就在这客栈中待着呢！我可没有理由急着给罗西南多备鞍、装备我的毛驴或者收拾公主的坐骑。咱们最好是待着别动，婊子纺线，咱们吃饭！"

我的老天哪！堂吉诃德听到侍从说出这番没头没脑的话，是多么怒不可遏！可以说，他简直怒发冲冠，眼中几乎要冒出火来，用尖厉的嗓音结结巴巴地说：

"啊！无耻的贱民，狼心狗肺的东西，坏心眼的蠢货！你竟敢如此放肆无礼、出言不逊、说三道四、恶意诽谤！你竟敢当着我的面、当着这些高贵小姐的面说出这样的话！你这颗混乱的脑袋里居然会产生如此卑鄙放肆的想法！从我面前滚开！天生的魔鬼！鬼话连篇的骗子！满肚子谎言、行为卑劣、心术不正，还到处散布愚蠢的言论，对于尊贵的人们没有一点儿应有的尊重！你滚开！别再出现在我面前，气死我了！"

说着，他挑起眉毛，鼓起腮帮子，左顾右盼，又重重地一跺脚，难以抑制心中的熊熊怒火。听到这番话，见到主人暴怒的表情，桑丘惶恐不已，恨不得此时此刻脚下的土地裂开一条缝能把他吞进去。他不知该如何是好，只得背过身去，从怒气冲冲的主人面前消失。一向头脑清醒的多萝泰阿早已摸清了堂吉诃德的冲动秉性，为了平息他的怒气，便说：

"愁容骑士先生，您别因为好心的侍从说的那番蠢话而生气，也许他不是有意的，不要怀疑他的良好见识和作为基督徒的自觉，他不会对任何人信口开河的。骑士先生，既然您说在这座城堡中所有的事物都被施了魔法，那么您得相信，而且该深信不疑：桑丘可能是被施了障眼法，才看到了他声称的景象，而这种情景对我的贞洁名声是极大的玷污。"

"我以无所不能的上帝的名义发誓！"堂吉诃德说，"尊贵的阁下您这句话真是一针见血，显然有某种邪恶的场景出现在罪孽深重的桑丘眼前，若不是巫术作怪，他是不可能看到的：我很了解这个倒霉蛋的善良和无辜，他不会诬陷任何人。"

"是这样的，以后也还会发生这种事，"堂费尔南多说，"堂吉诃德先生，为此阁下您应该对他宽大为怀，既往不咎，所谓'sicut erat in principio（一如既往）'，免得他被这种臆想搞得失去理智。"

堂吉诃德回答说自己原谅侍从，于是神父把桑丘找来。桑丘恭恭敬敬跪下来请求主人伸出手，堂吉诃德把手伸给他，让他亲吻，接着又为他祝福，说：

"桑丘，孩子，现在你总算明白了吧？我告诉过你很多次了，这座城堡中所有的事情都被巫术控制了，这是真的。"

"我相信是这样。"桑丘说，"除了被裹在毯子里抛的那次，那是真实发生的普通事件。"

"不要这么想。"堂吉诃德回答说，"因为如果真是那样的话，我当时就替你报仇了，甚至现在也会这么做；但无论是当时还是现在，我都无法这样做，也没见到任何人应该为你受到的侮辱负责。"

所有人都想知道他们说的被裹在毯子里抛是怎么回事，于是店老板给大家原原本本讲述了桑丘·潘萨被抛在半空中的经历，对此所有人都哈哈大笑。若不是主人一再向他保证那只是魔法，桑丘就更难为情了。当然了，桑丘的笨脑筋还没有糊涂到相信自己是被梦见的或想象的鬼魂抛来抛去，正如他的主人相信并确定的那样，而是认定这事儿是有血有肉的人干的，是百分之百可以确认的事实，不存在丝毫的欺骗。

此时显赫的贵客们已经在客栈中耽搁了两天，大家认为是时候该出发了，便商量了一个计策，谎称米可米可娜女王获得了自由，以便神父和理发师能够如他们所愿带走堂吉诃德，然后在家乡想办法治好他的疯病，而不需劳烦多萝泰阿和堂费尔南多一起前往他们的村庄。正好有一位车夫赶着牛车经过，于是众人想出一条计策，用一种奇怪的方式把堂吉诃德带走：他们做了一个像笼子一样的东西，四面栅栏，能容下堂吉诃德安安稳稳待在里面。而为了让他认不出在"城堡"中见过的这些人，堂费尔南多和他的同伴们、堂路易斯的仆人们，以及巡警们，再加上店老板和所有人，都听从神父的安排遮住面容、乔装改扮，人人形容各异，无一相同。

此时堂吉诃德正在呼呼大睡，此前的打斗令他疲惫不堪。一切安排就绪，大家悄无声息地走进房间，来到他面前。骑士正在酣睡中，对发生的事情毫不知情。大家一拥而上用力抓住他，并把他的手脚结结实实地捆起来。当他吓了一跳醒过来时，已经束手就擒，浑身无法动弹，只能目瞪口呆地看着面前一副副奇形怪状的面具。他原本就对此地有着荒谬的想象，此刻立即认定眼前发生的事情正是如此——这个城堡中了魔法，所有这些人都是城堡中的幽灵。而且毫无疑问他自己也被施了魔法，因为他既不能动弹，也无法自卫。堂吉诃德的反应都在神父意料之中，他正是这个恶作剧的始作俑者。在场的所有人中，当时只有桑丘还神志清醒，也装扮如常。虽然他离主人的疯癫也相距不远，但还是认出了这些乔装打扮的人。可他既不敢张口说破，又好奇这些人袭击并囚禁他的主人究竟是何用意，便忍着一言不发。堂吉诃德同样沉默不语，一心关切自己这次不幸遭遇会有什么样的结局。最后人们把笼子抬过来，将他关在里面。周围的木栏钉得如此牢固，无论他如何猛力又推又拽也纹丝不动。

接着人们用肩膀将笼子抬起。就在众人离开房间的时候，传来一个可怕的声音，那是理发师尽其所能假装出来的，不是抢驮鞍的那位，而是咱们那位。他喊道：

"哦！愁容骑士！不要因为被囚禁而感到痛苦，因为这有助于您尽快完成这次冒险，您已为此付出巨大的努力！这桩事业功成之日，即是拉曼查的雄狮和托博索的白鸽同床共枕之时，彼时柔软的婚姻枷锁已套住那两个高贵的脖颈。通过这一对空前绝后的结鸾，世界上会诞生一群勇敢的幼狮，和他们英勇的父亲一样舞动利爪。这一切都将发生在太阳神追踪逃走的仙女时，在迅疾而自然的行程中两次拜访那些闪闪发光的星座之前。而你，最高贵、最忠顺的持盾侍从！你腰上佩剑，面有胡须，嗅觉灵敏。亲眼看到这位游侠骑士的楷模被这样带走，请你不要晕厥也不要生气。只要世界的创造者保佑，很快你就会变得身份高贵、受人称颂，不啻脱胎换骨。你好心的主人对你的所有承诺都会一一兑现。我以智慧的'谎言仙子'的名义向你保证：你的薪水会如数支付，而且你将亲眼见证。请你追随这位中了魔法的英勇骑士的足迹，这样才能达到你们二人皆大欢喜的结局。我无权再透露其他事情，愿上帝与你们同在，我将回到我来时的地方。"

这番预言堪称精彩：恰到好处地提高音量，接着语调又如此轻柔地低沉下去，以至于连对恶作剧知情的人们都差点把所听到的一切信以为真。

堂吉诃德听到这番话，放下心来，因为他立刻推测出了它的全部含义。他发现这个预言是在承诺他将跟深爱的杜尔西内亚·德尔·托博索结成神圣而正当的婚姻，而从她幸福的腹中会生出幼仔，也就是他们的儿子，以便让拉曼查的荣耀千秋万代。他对这一点深信不疑，便深深叹了口气，提高了嗓门说：

"哦！你！不管你是谁，你向我预言了如此美好的未来！我恳求你，替我请求那位负责管理我一切事务的魔法师，在刚刚被传达的如此美好而无与伦比的预言实现之前，不要让我死于此刻所受的囚禁之苦。等我事竟功成，一定会将被监禁的刑罚视为荣耀，将缠绕身躯的锁链视为安慰，而囚禁我的这副坚硬座榻，于我而言也将不再是战场，而是柔软的床和幸福的洞房。至于你对我持盾侍从桑丘·潘萨的抚慰，我相信他的善良和忠诚，无论运气好坏，他必将对我不离不弃。即便是因为他或我，无论是谁福分不够，最后我无法给他承诺过的小岛或其他价值相当的奖励，至少他的薪水不会遭受分毫损失，因为我已经在遗嘱中写明了必须要赠予他的财产，虽然也许不够慰劳他尽心尽力的服侍，却是尽我所能了。"

桑丘·潘萨非常谦恭地俯下身去，同时亲吻了他的双手——因为他的两只手绑在一起，不可能单独亲吻哪一只。

见此情景，人们不再耽搁，用肩膀抬起笼子并放上了牛车。

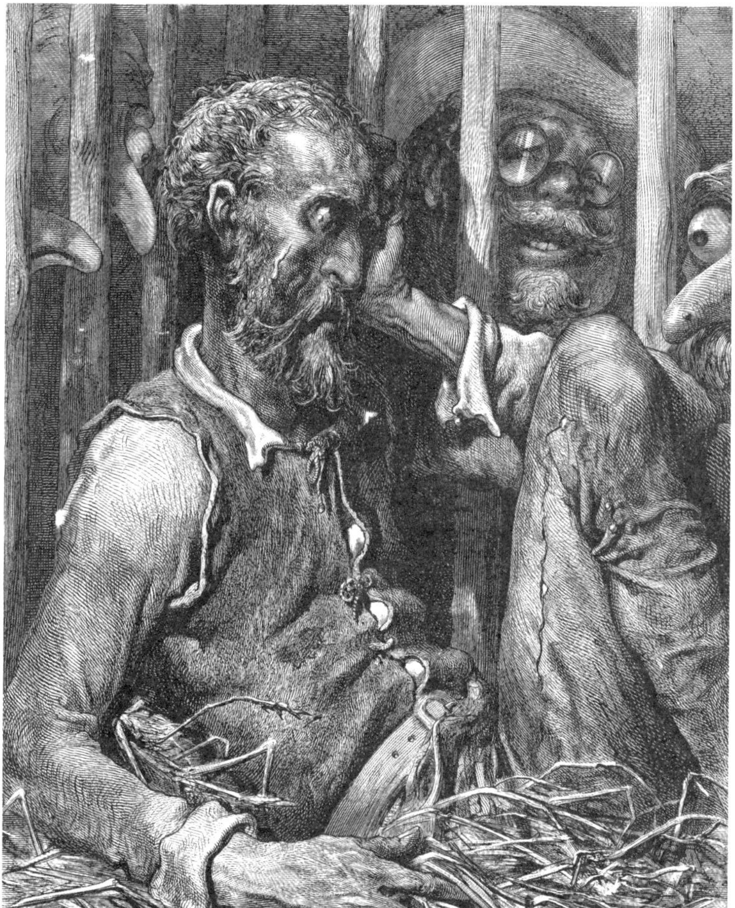

第四十七回
堂吉诃德·德·拉曼查被施了奇怪的魔法,以及其他著名事件

当堂吉诃德见自己被以如此奇特的方式关在笼子里,装在车上,说:

"我读到过很多关于游侠骑士的伟大故事,但是从来没有读到过、也没见过,甚至没听说过,游侠骑士被以这种方式带走,而且还要受制于这些懒惰、迟缓的动物那慢吞吞的速度。一般来说,他们都是奇迹般地身轻如燕,被带着在天上飞,要么锁闭在浓密的乌云中,或是某辆燃烧的车里,或骑在半鹰半马怪或类似的野兽背上。然而此刻他们却把我放在一辆牛车上!上帝啊!这可真让我迷惑不解!不过,也许我们这个时代的骑士道和魔法早已日新月异,跟古代的道理截然不同了。我作为当今世上的新晋骑士,也是复兴已被遗忘的游侠骑士道的第一人,相应的魔法也必然有所更新,运送骑士的方法当然也该另辟蹊径。这件事情你怎么看,桑丘?"

"我可不敢发表意见,"桑丘回答说,"在游侠小说方面我没有阁下您这么博览群书。不过,无论如何我敢肯定,也敢发誓:在旁边晃来晃去的这些鬼影子可不是什么天主教的正统货色。"

"天主教?我的亲爹啊!"堂吉诃德叫道,"他们都是魔鬼借幽灵的躯体来做这些事情,害我落到如此地步,怎么会跟天主教扯上关系?你要想验证这个事实,就去碰碰他们,触摸一下。你会发现他们的身体只是一片虚空,他们的存在不过是表面现象。"

"主人,看在上帝的分上!"桑丘说,"我已经摸过了!此刻走得正欢的这个魔鬼肌肉强健,他的特征跟我听说的魔鬼特征完全不一样。据说，魔鬼们闻起来都有硫黄石的味道，或者其他难闻的味道。但是这个呢，半里格外就能闻到他身上的龙涎香味。"

桑丘说的应该是堂费尔南多，因为他身份高贵，身上应该有这样的味道。

"桑丘老兄，你不用对此感到奇怪。"堂吉诃德回答说，"告诉你，魔鬼们懂得可多了，就算他们自己身上有味道，别人也闻不到，因为他们只是灵魂。就算有人能闻到味道，也不可能是什么好味道，只能是肮脏的恶臭。原因就是他们无论到哪儿，都无法脱离地狱，而且他们的痛苦折磨是无法以任何形式得到缓解的。相反，好闻的味道是令人愉悦和高兴的，所以他们闻起来不可能有好的味道。如果你觉得你说的这个魔鬼闻起来很香，要么就是你弄错了，要么就是他在骗你，怕你认出他是魔鬼。"

听主仆二人你一言、我一语，堂费尔南多和卡尔德尼奥感到桑丘快要发觉他们的诡计了，因为怕露了马脚，便决定提前离开。他们把店老板叫到一边，命令他去给罗西南多和桑丘的毛驴备鞍，店老板很快就办妥了。

这时神父已经跟巡警们说好请他们护送牛车到村里，按天算给他们一定的酬劳。卡尔德尼奥在罗西南多马鞍的鞍架上一端挂上盾牌，另一端挂上钵子，并用手势命令桑丘骑上毛驴，拉住罗西南多的缰绳，然后安排两个巡警带着火枪走在牛车两旁。但是在牛车出发之前，老板娘、老板女儿和玛丽托尔内斯跑出来向堂吉诃德告别，假装因为他的不幸而痛苦流泪，堂吉诃德对她们说：

"不要哭，好心的女士们，所有这些不幸都是从事我这项事业的人们必然要遭遇的。如果这些灾难没有发生在我身上，我就无法自认为是著名的游侠骑士。在寂寂无名的骑士身上从来不会发生这样的事情，因为世界上没人能记得他们。而那些勇敢的骑士会永远被人记住，也因此很多王公贵族和高贵绅士都嫉妒他们的美德和勇气，不择手段想要毁掉他们。但是，无论如何，美德是如此强大，以至于光凭美德这一点，哪怕巫术的开山鼻祖索罗亚斯特[1]使出所懂得的全部妖法，英勇的骑士也会在所有的紧要关头胜出，并在全世界大放异彩，就像太阳在天空中的光芒一样无法掩盖。请原谅我，美丽的女士们，若我因为疏忽而对你们有过任何失礼的行为，请相信我从来不是有意的，也绝非明知故犯。请你们祈求上帝，救我脱离囚笼，这定是某个不怀好意的巫师设计陷害我。我若能获得自由，必将永志不忘你们在这个城堡中对我的恩情，并将全力报答，正所谓滴水之恩，当涌泉相报。"

正当城堡的女士们在跟堂吉诃德寒暄的时候，神父和理发师也在跟堂费尔南多和他的同伴们、上尉和他的弟弟，以及所有那些得偿所愿的小姐，尤其是跟多萝泰阿和露丝辛达告别。所有人都跟他们一一拥抱，并约定互通消息。堂费尔南多告诉神父送信的地址，请神父务必告知堂吉诃德的结局。他保证说，没有比知道这个消息更让他高兴的事了，而他自己也会通知神父所有他可能感兴趣的事，不管是自己的婚事，还是索拉伊达的洗礼，或是堂路易斯事件的结局，以及露丝辛达回家。神父承诺一定照他的吩咐办，丝毫不差。大家再次拥抱，又说了很多殷勤客套的话。

店老板找到神父，送给他一些纸张，说是除了《执迷不悟的好奇心》，行李箱的衬里又发现了这些。老板还说，既然箱子的主人再

---

[1] 索罗亚斯特，传说是古代波斯拜火教的创始人。

也没有回来找过，请他们全都带走吧，反正自己也不识字，留着无用。神父对他表示感谢，当场打开了这些纸张，见上面写着：《林高奈特与戈尔达底略》[1]。从标题可以看出这也是一部小说，他想，既然《执迷不悟的好奇心》堪称杰作，这一部应该也不会差，因为这两部作品很可能是出自同一个作者之手。于是他收起了小说，打算在方便的时候读。

他骑上骡子，他的朋友理发师也骑上骡子，跟在牛车后面上路了。为了不让堂吉诃德认出来，两人仍戴着各自的面具。队列的顺序是这样的：牛车走在前面，牛车主人赶着车；巡警们走在牛车两边，正如上面说过的那样带着火枪；跟在牛车后面的是桑丘，他骑着毛驴，牵着罗西南多的缰绳；在所有这些人后面才是神父和理发师，骑着他们强壮的骡子，如前所述遮着脸，严肃而平静，慢悠悠地跟着黄牛们迟缓的脚步。堂吉诃德坐在笼子里，双手被捆，两脚伸开，靠着栅栏，显得沉默而耐心，仿佛不是血肉之躯，而是一座石雕。

就这样，队伍默默地走了两里格，来到一个山谷。赶牛人觉得这地方适合休息，让牛吃点草，便征求神父的意见。但是理发师主张再走一段路，因为他知道在离此不远的一个陡坡背后，有一个比此刻想要停留的地方牧草更多、更丰美的山谷。大家采纳了理发师的意见，继续赶路。

这时神父一回头，见身后来了六七个骑马的人，装备精良，很快就要赶上他们了。这些人骑的可不是迟缓从容的黄牛，而是受俸牧师的骡子，急着赶到离此不到一里格之外的客栈午歇。勤勉赶路

---

[1] 《林高奈特与戈尔达底略》是塞万提斯本人的作品，收录于《训诫小说集》，是带有流浪汉小说特点的现实主义作品。

的人们追上了懒散的队伍，礼貌地互相问候。其中有一位正是托莱多的教长，也是随行人中的首领。他看到牛车、巡警、桑丘、罗西南多、神父和理发师缓步前行，再加上堂吉诃德被关在笼子里，捆着双手，不由得上前询问这般奇特行状是何情由。当然，看到巡警的徽章，他猜测笼子里可能是某个拦路抢劫的强盗，或者是由神圣兄弟会负责惩处的罪犯。一个巡警见牧师发问，便回答说：

"先生，这位骑士究竟为何以这种奇怪的方式赶路，还是请他自己说吧！我们可不知道。"

堂吉诃德听到他们的对话，便说：

"骑士先生们，不知诸位是否碰巧对于游侠骑士这方面的事情有所了解？如果是的话，我会跟你们分享我的不幸遭遇，如果不是，那就没必要费力讲述了。"

这时神父和理发师见路人正在跟堂吉诃德·德·拉曼查攀谈，匆匆赶上来，以便随机应变，妥善作答，不让人发现他们的计谋。

教长听到堂吉诃德的话，回答说：

"兄弟，事实上我对骑士小说的了解比对维亚尔潘多所著的《逻辑学概论》[1]的了解还要深刻。所以，若非比这个更加深奥，你完全可以放心跟我交流任何话题。"

"感谢上帝指引！"堂吉诃德回答说，"既然如此，骑士先生，我希望您知道，一些邪恶的巫师出于嫉妒，用卑鄙的魔法手段把我关进了这个笼子。美德虽然受到好人的爱戴，却往往更受坏人的迫害。我是一名游侠骑士，而且不是一个寂寂无名、不足以令人永远铭记

---

1 《逻辑学概论》是当时阿尔卡拉大学使用的辩证法哲学教材。

其姓氏的游侠骑士之一,而是属于那些哪怕受到全波斯的魔法师、全印度的婆罗门和全埃塞俄比亚的裸仙人[1]嫉恨,其姓名也终将被铭刻于不朽圣殿的游侠骑士之列,我们作为未来的楷模和典范,让后世的游侠骑士们明白:想要达到武力的巅峰,攀上荣耀的至高点,应当追随谁的足迹!"

"堂吉诃德·德·拉曼查先生说得没错。"这时神父插嘴说,"他被关在这辆大车上,不是因为有责任或过错,而完全是受巫术所害,因为妒贤嫉能的小人实在居心叵测。先生,这位就是愁容骑士,也许您曾听人提起过,他的英勇功绩和伟大壮举将被铭刻在坚硬的黄铜和永恒的大理石上,无论嫉妒和邪恶怎样阴魂不散、如影随形,也无法使它黯淡或将它隐藏。"

教长听到不管是被囚禁的人还是自由的人都用这种奇怪的方式说话,惊讶得差点要画十字了。因为谁也无从知晓究竟,所有与他同行的人也都一样惊讶。桑丘·潘萨早已靠到近前,他听到这番对话,为了把事情弄个水落石出,此时便插嘴说道:

"先生们,现在不管你们是会爱我还是会恨我,我都得说了。实际上,说我的主人堂吉诃德中了魔法就像说我妈中了魔法一样可笑:他清醒着呢!他跟别人一样,也跟昨天被关进笼子之前一样吃喝拉撒。既然这样,你们怎么能让我相信他被施了巫术呢?我听很多人说过,中了魔法的人不吃不睡,也不说话。可我的主人呢?要是没人阻止他,他比三十个布道者更能说!"

接着他回头看看神父,继续说:

---

[1] 裸仙人指印度裸身隐居的哲人,而非埃塞俄比亚巫师。

"啊！神父先生，神父先生……您以为我认不出您吗？您以为我没看破也没猜出这些新的巫术是干什么用的吗？要知道，不管您怎么蒙面我也知道您是谁，不管你们如何掩饰，我也能拆穿你们的谎言。总之，在嫉妒的地盘上，美德毫无立足之地，而在卑鄙的势力范围内，慷慨也被赶尽杀绝。该死的魔鬼啊！要不是因为阁下您，这个时候我的主人早已跟米可米可娜公主结婚了！我早就当上侯爵甚至更大的官了！因为我的主人愁容骑士是如此善良，而我又如此忠心耿耿，这件事只能有这样皆大欢喜的结局。不过我发现有句话说得没错：命运的车轮转得比磨坊的磨盘还快，昨天还高高在上的东西今天就掉进烂泥。我真为我的老婆孩子们感到难过：好容易盼到他们的父亲稳稳当当迈向某座小岛或王国的领主或总督宝座，却又眼睁睁看着他落得个当马夫的下场。神父先生，我说这些只是为了请神父阁下您摸着良心问问自己，这样卑鄙地对待我的主人真的好吗？您可得小心上帝找您算账！您把我主人关起来，那么在他被囚禁的这段时间内没能完成的善事都得分派到您头上！"

"你胡说什么呀！"理发师忍无可忍，"桑丘，难道你跟你的主人是一伙的吗？上帝万岁！我看你这是要进笼子里去跟他做伴了，着魔的程度跟他不相上下！你怎么也跟他一样的脾气，跟他一样迷信骑士道！该死的，他的承诺是在你心里生根发芽了吗？你这该死的脑壳怎么想的？还对什么小岛念念不忘？"

"我可不会让任何人在我心里生根发芽，"桑丘回答，"我也不是个会让人随便在我心里生根发芽的人，哪怕是国王呢！再说，我虽然穷，可我是个老基督徒，不欠任何人的任何东西。我是想得到小岛没错，可有的人想要的东西还更过分哩！种瓜得瓜，种豆得豆，谁干了什么事儿就该结什么果。如果作为一个人我能当上教皇，那就更有理由成为一个小岛的统治者。何况我的主人虽然有能力赢得更多小岛,却连可以赠予的人都没有。理发师先生,您说话可得仔细了,不是什么事情都像刮胡子那样简单的,佩德罗跟佩德罗之间还差着老远呢!我的意思是,大家谁不认识谁呢?您可别想蒙我!至于我主人被施了魔法这件事,上帝知道是怎么回事。就这样吧,水只会越搅越浑。"

因为怕桑丘的蠢话揭穿自己和神父精心掩盖的计谋,理发师不肯接茬。神父也有同样的担心,所以对那位受俸牧师说,请他们走在队伍前头,借一步说话。他会解释这个神秘的笼子,和其他一定会让他们感到有趣的事情。受俸牧师接受了他的建议,带着仆人们一起,与神父并肩走在前面,全神贯注地听神父讲述堂吉诃德的禀性、平生、病症和行为。神父简要解释了堂吉诃德这番胡说八道的根源和原因,以及他此番遭遇的前前后后,一直讲到他被关进这个笼子为止。神父说,他们的目的是把他带回老家,看看能否通过什么方式找到办法治好他的疯病。受俸牧师和他的仆人们听到堂吉诃德的"朝圣"故事,再次被震惊了。听完故事后,教长说:

"神父先生,事实上我早已发现这些所谓的骑士小说在共和国是有害的。虽然因为惯常闲来无事,又似乎有那么点趣味,所以大部分的骑士小说我都读过开头,但从来没有能够把哪一本从头到尾读完的。因为我感觉从某种程度上来讲,所有的小说讲的都是同一件事情,没有哪一本能不落俗套。在我看来,这种写作和构思就像米利都[1]人称为神话的东西一样,都是一些胡说八道的故

---

[1] 米利都,位于安那托利亚西海岸线上的一座古希腊城邦,靠近米安得尔河口。今属土耳其,仍循旧称。

事，只适合消遣，毫无教育意义。在这一点上，骑士小说跟劝益神话不同，因为那些神话在供人消遣的同时还具有教育意义。骑士小说里面充斥着大量离经叛道的胡言乱语，即使假设这种书籍的主要意图就是消遣，我也不认为它们能达到这个目的。因为灵魂所能感受到的愉悦必须通过视觉或想象来实现，也就是从面前的事物上看到或体会到美与和谐，任何自身包含丑陋或腐烂的事物都不能引起愉悦。

"既然如此，描述一个十六岁的年轻人用刀刺穿铁塔般的巨人并将他劈成两半，仿佛面对的只是个病夫一样，这样的故事或者神话中能包含什么样的美？整体和部分、部分与整体之间又是什么样的关系？还有，每一场战役中，敌方的阵营必定有一百万名战士，而书中的英雄则必定以一敌无数，不管多么不合常理，读者也不得不接受这位骑士仅仅是通过强壮的双臂和勇气取得了胜利。至于说一个继承了王位的女王或王后又是多么轻而易举地向一位陌生的云游骑士投怀送抱，我们还有何话可说？除非愚昧无知，读到这样的情节谁会感到满意呢？比如一座装满了骑士的巨塔在海上乘风破浪，就像一帆风顺的船，今天晚上还在伦巴第[1]，明天一早就到了印度祭司王约翰的地界了，或者到了连托勒密[2]都没有描述过、马可·波罗都没有见过的地方。

"如果对此有人反驳说：这些书本就是杜撰，因此作者没有义务注意细节或真实性。那么我得说，比起伪装真实的故事，谎言反而更真诚。而越令人高兴的情节，越让人觉得可信。即使虚假的神

---

1 伦巴第，位于意大利半岛北部。
2 托勒密（约90—168），古希腊天文学家，提出了"地心说"。

话也应当配合读者的理解力,写作时力求让不可能的事情显得可信,剔除其中超自然的成分,使人保持兴趣不减,令人惊讶、悬心、兴高采烈,读者才能得以消遣,因此惊奇和开怀总是步调一致的。所有这些优点,离开了真实和模仿就无法做到:写作的完美性就在于此。我从没见过哪一部骑士小说创造过一个躯体完整、四肢健全的神话,比如中间情节呼应开头,而结尾又呼应中间和开头。所有这些小说都由纷繁杂乱的部位拼凑而成,更显得仿佛他们的意图是创造一个幻影或怪兽,而不是创造一个比例协调的人物。除此之外,这些作品在风格上也很生硬:功绩都是难以置信的、爱情都是淫荡的、礼仪都是不着边际的,打斗太多、理性太少、旅程荒谬。总之,跟任何令人钦佩的艺术都不搭边,因此在基督教共和国里,它们都应该被当作无用的拙劣作品埋葬。"

神父聚精会神地听着牧师的评论,并认为他是一位很有见地的人,这番话非常有道理。他告诉牧师,自己的看法跟他一样,对骑士小说十分反感,所以烧掉了堂吉诃德的所有小说,着实数量众多。他讲述了自己对那些书所做的审查,哪些被扔进了火堆,哪些幸存了下来,对此受俸牧师屡屡大笑,他说,尽管这些书籍有种种坏处,但其中至少还有一件好处,那就是提供了能够在作品中展示见多识广的机会,因为故事提供了广阔的空间,笔下可以随意驰骋而不会产生任何"消化不良",比如描写遇难、风暴、对阵、战斗,塑造一位英勇的将领,他身上具备成为英雄所需的所有品质:在预防敌人的诡计方面表现得小心谨慎,在对士兵进行劝说或动员的时候又表现得如同雄辩的演说家;提出建议时显得成熟,做决定时显得果敢,静候时机和果断进攻时又表现得同样刚毅。时而发生一件令人遗憾的悲剧,时而又描写一桩出人意料的喜事;那儿安插一位美丽无比的女士，忠贞、谨慎、矜持，这儿加入一位基督教骑士，勇敢而彬彬有礼；这篇描写一个无法无天的野蛮人，喜欢自吹自擂，那篇刻画一位优雅的王子，英勇善战又细心周到；一边演绎着庶民的善良与忠诚，一边诠释着贵族的伟大和慷慨。作者可以随心所欲，一会儿化身为占星术士，一会儿又变成杰出的地图学家；一会儿是音乐家，一会儿又精通治国理政，甚至也许有机会化身为巫师，只要他愿意。他可以展示乌利西斯的狡诈、埃涅阿斯的仁慈、阿喀琉斯的勇气、赫克托尔的不幸、西农的背叛、欧利亚洛的友谊、亚历山大的慷慨、恺撒的勇敢、图拉真的宽容、索皮罗的忠诚、加图的谨慎[1]……总之，所有那些能让一个显赫的男人显得完美的行为，一会儿集中在一个人身上，一会儿又分配到很多人身上。

如果这一切都通过非常和谐的风格和天才的构思实现，并使之尽量接近真实，毫无疑问会织出一块多条美丽线索交织的布料，完工的作品会显示出惊人的完美和华丽，以至于达到写作能期望的最好结果，那就是同时实现教育和娱乐的功能，正如我刚才已经说过。因为那些书籍无拘无束的写作给了作者尽情发挥的空间，使之能够展示出史诗的、田园的、悲剧的、幽默的，以及无比甜美、令人愉悦的诗歌艺术和演说艺术自身所包含的所有类似的品质：史诗能以散文笔法写就，跟诗歌一样美妙。

---

[1] 此处提及的有传说中的人物，也有真实的历史人物。

第四十八回
受俸牧师继续发表对骑士小说的看法,以及其他智慧之谈

"牧师先生,阁下您言之有理,"神父说,"正因如此,到现在为止创作这类书籍的作者才更应受到责备。他们不遵从任何标准或艺术规则,其实通过这些规则他们本来可以在散文方面成就不朽名声,堪与希腊诗歌和拉丁诗歌的两位王子[1]在诗句上的成就媲美。"

"其实,"教长说,"我打算写作一部骑士小说,不过其中会保留我刚才指出的所有关键点。如果一定要实话实说,我已经写了超过一百页了。为了验证是否与我的初衷相符,我把作品读给了爱好这类书籍的人们听,其中有些人博学智慧,有些人则胸无点墨,后者仅仅是因为听到一些荒诞不经的情节而感到有趣,但我从所有人那里都得到了非常令人愉快的肯定。不过无论如何,我没有再继续写下去,一方面是因为感觉自己是在做一件跟职业完全无关的事情,另一方面也是因为,我发现愚昧的人比睿智的人要多得多,而这类书籍中大部分是被前者读到的。我不愿受制于无知大众的混乱理智,因为很显然少数智者的欣赏也比多数愚人的喜爱更有价值。

"但是让我最终停笔,甚至放弃完成这部作品的想法,最大的原因还是我自己跟自己进行的一场辩论,思考目前正在上演的一众戏剧。我问自己:当今流行的这些戏剧,不管是架空的还是历史的,几乎都是人尽皆知的胡言乱语和没头没脑的胡编乱造,可普通

---

1 指荷马和维吉尔。

大众仍然看得津津有味,并一心认定它们都是佳作,虽然事实上它们与优秀的标准相距甚远。创作这些戏剧的作者们和表演这些戏剧的演员们也一致认为作品必须这样去创作和演绎,因为大众的口味就是如此。而按照艺术的内在要求进行创作并忠实追随神话的戏剧,却反而变得一无是处,只有少数博学之士懂得欣赏,其他所有人对于其中的艺术都一无所知。对于编剧们来说,在大量的观众中挣钱糊口当然比在少数人中沽名钓誉重要得多。如果我为了遵守上述的规则而绞尽脑汁,我的书也会有同样的遭遇,那不就成了时髦的裁缝,白白做嫁衣,还要倒贴丝线。虽然有时我也曾试图劝说那些商人:他们的看法不过是自欺欺人,演出遵从艺术规律的戏剧而非粗制滥造的作品会吸引更多观众,获得更大的名气。然而他们早已被大众的意见绑架,难以自拔,任何理性或证据都没有办法说服他们放弃这种观念。

"记得有一次,我对其中一个固执的人说:'请问您难道不记得几年前在西班牙曾上演过三部悲剧吗?是这个王国的一位著名诗人创作的。这几部悲剧让所有观众都惊叹不已,不管是无知白丁还是饱学之士,不管是普通大众还是贵族精英,都乐在其中,欲罢不能。这三部悲剧为演员们带来的回报比同时期上演的戏剧中最好的三十部加起来都更丰厚。''毫无疑问,'这位商人回答说,'阁下您说的是《伊莎贝拉》《菲利斯》和《亚力桑德拉》[1]。'

"是的,我说的正是这几部,"我回答,"您看,它们完全符合这种艺术自身的规则,不但没有为了遵守规则就失去了本来的趣味,

---

[1] 这三部戏剧都是西班牙作家卢佩尔希奥·雷奥纳多·阿尔艮索拉(1563—1613)的作品。

而且成功取悦了全世界的观众。所以错不在大众,不是观众喜欢看胡言乱语,而是那些不懂得表演艺术的人败坏了规则。当然了,《负心人的报应》[1]并非一味胡言乱语,《努曼西亚》[2]也无可指责,《商人情夫》[3]中也并没有过分杜撰,《欢喜冤家》[4]更无可厚非,另外还有一些颇有见地的诗人创作的其他作品,都兼顾了自己的名声威望和演员们的经济利益。

"除了这番说辞,我还列举了很多其他道理,经过这一番苦口婆心的劝说,我感觉到他似是有所动摇,但还没有到心悦诚服地意识到自己错误想法的程度。"

"教长先生,"神父说,"您这番话让我想起了自己曾经对于当今流行戏剧所怀有的憎恶,其程度之深跟现在我对于骑士小说的厌恶可说是不分上下。按照图里奥斯[5]的观点,戏剧之为戏剧,它是人类生活的镜子,是风俗习惯的典范以及真相的描摹,而现在上演的那些剧目,简直是胡言乱语的镜子、愚蠢狂妄的典范和淫荡的描摹。比如,第一场第一幕出场的尚在襁褓中的婴儿,在第二幕中已经成了满脸胡子的男人。就我们正在谈论的话题而言,还有比这更离谱的胡说八道吗?还有,描写老人很勇敢、年轻人却很懦弱;贩夫走卒博学多识、仆童听差善于进谏;国王卖苦力、公主当女仆……还有比这更荒谬的吗?如果看到一部戏剧,里面第一场战役始于欧洲,

---

1 作者为洛佩·德·维加(1562—1635),被誉为"西班牙戏剧之父"。
2 塞万提斯本人的作品。
3 西班牙作家加斯帕尔·德·阿基拉尔(1561—1623)的作品。
4 西班牙作家弗朗西斯科·德·塔拉加(1554—1602)的作品。
5 即马库斯·图里奥斯·西塞罗(前106—前43),古罗马著名政治家、雄辩家、法学家和哲学家。

第二场转战亚洲，第三场又终结于非洲，那么对于可能发生剧中那些事情的时代所信奉的时空一致的规则，还有何话可说？如果有第四场战役的话，是不是该终结于美洲，这样就把全世界所有的四个部分都占全了？

"如果说戏剧要素之一就是史实依据，那么对于任何一个有中等程度常识的人来说，怎么可能会对下面的情节感到满意？明明表演的是发生在佩皮诺王和查理大帝时代的一幕，可剧中主角的所作所为却属于希拉克略[1]皇帝时代，像戈多弗雷多·德·布永一样戴着十字架进入耶路撒冷并占领了圣殿，而这几个时代之间相距甚远[2]。如果说戏剧是建立在虚构基础上的，又为什么要加入历史事实，并混杂着不同的历史人物和不同时代的真实事件？何况这些也并非真实的架构，而有着显而易见的错误，因此无论从哪个方面来讲都没有足以开脱的理由。更糟糕的是，有一众无知的人声称这才是完美的，其他要求都是吹毛求疵。至于那些宗教喜剧呢？里面编造了多么虚假的奇迹！把多人的奇迹统统安到一个圣徒身上，是多么荒唐而见识短浅的行为！甚至连世俗剧里都敢插入奇迹，根本不尊重也不考虑事实。他们在意的只是在这个地方插入这样一个奇迹恰到好处，会产生更好的戏剧效果。正如他们声称的那样，是为了让无知的人们感到惊艳，继而蜂拥而至观看演出。

"所有这一切都有损于事实、有害于历史，甚至可说是西班牙才子们的耻辱。国外的作家们一丝不苟地遵循戏剧规律，见到我

---

[1] 希拉克略（约575—641），拜占庭皇帝。
[2] 佩皮诺王和查理大帝的在位时间约在8世纪，希拉克略在位时间是7世纪，而第一次十字军东侵攻占耶路撒冷则是1099年。

们创作的戏剧中荒诞、胡乱的情节，会把我们视为野蛮、无知的人。也有人声称，井然有序的共和国允许这些剧目公演，最主要的目的是为大众提供正当的休闲、娱乐的方式，并时不时分散大众的注意力，缓和他们因过于闲暇而产生的不良情绪。既然任何戏剧都能达到这样的效果，那么不管内容好坏，没有必要设置什么规则，也不需要对于创作者和表演者过于严格，一定要求他们遵守某种行为标准，因为反正，正如我已经说过的，用随便搪塞的内容就能达到利用戏剧所要达到的效果。然而这也并不能成为充分的理由，对此我的解释是，虽然能达到同样的目的，但显而易见优秀的戏剧作品所产生的社会效果是一般的戏剧作品无法比拟的。在欣赏富于艺术性而又条理清晰的喜剧作品时，听众不但会为其中的幽默讽刺而开怀大笑，更能通过其中的道理而受到教育；不但会随着情节感受跌宕起伏，更会受其理性感染而变得温和有礼，因洞悉其中的谎言而变得警觉，因模仿剧中的典范而变得精明，对于堕落义愤填膺，对于美德爱慕景仰。优秀的戏剧作品必须在观众的精神层面上唤起所有这些感情，不管这个观众有多么粗野或愚笨。而具有所有这些品质的戏剧是无论如何也不可能不令人感到愉悦、饶富趣味并令人心满意足的，在这一点上它们将远远超越那些缺少上述品质的戏剧。而现今正到处上演的戏剧中，大部分都缺少这些品质。

"这并非完全是戏剧创作者们的责任，因为其中有些作者非常清楚错在哪里，并对于什么才是正确的做法心知肚明。然而，戏剧不得不成为可以售卖的商品，据说除了这一类恶趣味的戏剧，其他作品无人问津，当然事实也确实如此，所以诗人们只好尽量适应商人们的要求，因为是他们在为作者的作品买单。这一点毋庸置疑，只需看到我们的王国中一位非常优秀的天才[1]创作的很多戏剧，词藻华丽、诗句优雅、理念高贵、标准严格，总之，风格高雅，声名远扬。然而，为了迎合商人们的口味，并非他所有的戏剧作品都达到了应该达到的完美程度。还有一些人在创作戏剧的时候，完全不考虑自己所作所为的后果，以致在剧目上演之后，演员们不得不逃亡，因为害怕受到惩罚而远走高飞。这种情形出现过不止一次，演员因为出演了对于某位国王有所诋毁，或有损于某些家族荣誉的戏剧而受到惩罚。

"事实上，如果在宫廷中有一个聪明而审慎的人能在戏剧上演之前对所有的剧本进行审查（不只是那些在宫廷中创作的作品，而是在整个西班牙计划上演的所有戏剧），那么所有上述问题，甚至很多我没有提到的其他问题都能得到解决。没有此人的批准、盖章和签字，任何当局都不得同意在其辖境内演出任何戏剧。通过这种方法，戏剧创作者们在将作品送往宫廷时就会格外小心，而演出的作品质量也都有了保证。写作剧本的人们会更加注意对剧中人物的所作所为进行斟酌，小心翼翼，务使自己的作品通过审查官的严格检视。这样一来，人们就会创作出好的戏剧，顺利地达到戏剧应该产生的效果：既能使民众得到消遣，又尊重了西班牙天才们的天赋，同时又保障了演员们的利益和安全，不必费神去施以惩戒。

"而如果任命另一个人，或者这同一个人来审查新创作的骑士小说，很有可能会出现一些像您说的那样完美的作品，不但以令人愉悦而又弥足珍贵的雄辩文字丰富了我们的语言财富，而且创造机会

1　指洛佩·德·维加（1562—1635），西班牙剧作家、诗人。

让旧有的小说在新作品的光芒下黯然失色。人们由此得以通过正当的方式获得消遣，不只是悠闲的人，也包括最忙碌的人，因为弦不可能永远紧绷着，一旦缺少了正当的娱乐，人类的脆弱天性就无法支撑下去。"

受俸牧师和神父正相谈甚欢，理发师赶上来与他们并肩，并对神父说：

"硕士先生，这里就是我刚才说的适合午休的地方，也可以趁此让几头牛享用新鲜丰美的牧草。"

"如此甚好。"神父回答。

他把稍事休憩的打算告诉了教长，教长陶醉于眼前一片美丽的山谷景色，也愿意跟他们一起歇息。当然享受美景是一方面，另一方面也为了继续与神父的交谈，因为这番对话引起了他极大的兴趣，想要更详细地了解堂吉诃德的桩桩件件丰功伟绩。他决定中午就在此地休息，并派几名仆人前往离此不远的客栈，给大家买些吃的回来。一个仆人禀报说，携带食物的骡子此时应该已经到达客栈了，它带着足够的口粮，不必从客栈中取用大麦以外的东西了。

"既然如此，"教长说，"那就把所有的坐骑都带去，带骡子过来吧。"

桑丘见自己怀疑是神父和理发师的那两人此时无暇持续在旁监视，有机会单独跟主人说话，便来到主人所在的笼子旁边，对他说：

"主人，为了免于良心不安，关于您中的魔法，我得告诉您真相：这两个蒙面人就是咱们村里的神父和理发师，而且我猜，他们这样装神弄鬼地把您带走完全是出于嫉妒，因为您现在大名鼎鼎，把他们甩开了一大截。假如真是这样，您就不是中了魔法，而是被当成傻子给骗了！您要是不信，我只问您一件事，如果您的回答不出我所料，就能证明这实实在在是个骗局，您会明白自己不是被施了魔法，而是被搅乱了神智。"

"桑丘，你想问什么尽管问吧，"堂吉诃德回答说，"孩子，我会满足你的要求，完全按照你的意愿作答。至于你说这两个跟我们同行的人是神父和理发师，也就是咱们的老乡和熟人，很可能那只是表面现象。无论如何，你千万不要相信他们真的是这两个人。要知道，即使如你所说相貌酷似，也不过是那些对我施魔法的人故意制造出这样的外表和相似性。你要相信对于巫师们来说，随心所欲地变换样貌是轻而易举的事，而他们变成我们这两位朋友的样子，就是为了给你机会，让你产生此刻的想法，掉进一个幻象的迷宫，即使拥有忒修斯[1]的线团也找不到出口。也有可能他们这样做是为了动摇我的信念，让我想不明白这种伤害到底所为何来。因为一方面你告诉我说，是咱们村里的理发师和神父与我一路同行，而另一方面我却被关在笼子里！更何况我了解自己，若非超自然的魔力，没有任何人类的力量足以将我困在笼中。所以只有一种可能：我中的巫术超出了我读到过的所有游侠骑士故事中已知魔法的范畴，不然你还指望我做何解释？所以你完全可以放心，不要再认为他们是你说的那两个人，如果他们真是神父和理发师的话，我就是土耳其人！至于你说想要问我什么，问吧，我会回答你的，哪怕你从现在一直问到明天。"

"我的圣母啊！"桑丘大声叫道，"这怎么可能？您这顽固的脑袋啊，难道连脑子也没有了？竟然不明白我说的完全是事实！您被关

---

[1] 忒修斯，传说中的雅典国王，靠线团走出了米诺斯的迷宫。

起来，又遭的这些罪，都是因为人心险恶，而不是因为巫术！不过，没事，我会清清楚楚地证明您没有中什么魔法。请您告诉我，难道这样下去上帝会将您拯救出这种折磨吗？这样下去您还能有机会投入我的女主人杜尔西内亚的怀抱吗……"

"不用再诅咒发誓了。"堂吉诃德说，"直接问你想问的事，我已经说过了，我会明明白白地回答你。"

"这正是我的请求。"桑丘回答说，"我想要知道的就是……请您如实告诉我，不要添油加醋也不要回避省略，而是完全照实说。大家都相信武士们说的都是实话，当然事实也确实如此，而正因为您也是以游侠骑士的名义从事这项事业的……"

"我跟你说了！我不会在任何事情上说谎！"堂吉诃德说，"赶紧问吧！说实话，桑丘，我烦透了你这些无谓的客套、唠叨和弯弯绕绕。"

"其实我的意思是，我相信主人的善良和真诚。所以，说到咱们的正事，我没有任何不尊重的意思，就是想问问，自从您被关进笼子以来，就是您认为的被施了魔法以来，在笼子里有没有……碰巧……感觉有方便的欲望？不管是大的还是小的，正如人们常说的那样。"

"我不明白你说的方便是什么意思。桑丘，如果你希望我直截了当回答你的话，就说清楚点！"

"您怎么可能不明白方便？大的或小的？小孩子一上学就得在这方面学会自理。我想问的是，您有没有感到想要做那事儿，就是谁也免不了要做的事儿……"

"啊！桑丘，我明白了！好多次呢，而且现在就想！快帮帮我，别把这里弄脏了！"

551

第四十九回
桑丘·潘萨跟他的主人堂吉诃德之间的理性对话

"啊!"桑丘叫道,"被我说中了!以灵魂和生命的名义发誓,这就是我想知道的!您看,主人,当一个人看上去没精打采的时候,人们常说'我不知道某某人怎么了,不吃、不喝、不睡觉,问他什么也不答话,就像中了魔法一样',这句话您不能否认吧?那么从这句话可以断定,那些不吃、不喝、不睡觉,也没有我所说的那件自然需求的,才是被施了魔法的样子,可不像您,不但有那样的欲望,而且给水就喝,给饭就吃,问什么说什么。"

"桑丘,你说得是没错,"堂吉诃德说,"不过我已经跟你说了,魔法本就千变万化,而且有可能随着时间流逝,方式方法都有变革,所以中了魔法的人像我这样仍一切正常,不过是现今这个时代的新创,以前是做不到的。因此跟不上时代的习惯不能作为论据,也不能从中得出任何结论。我知道,也确信自己中了魔法,这一点就足以让我心安理得了,否则定会疑虑不安,整天想着:既然并未着魔,怎能任凭自己懒散而懦弱地被关在笼子里,辜负一众受苦受难的人,就在此时此刻他们正急需我施以援手。"

"那么,无论如何,"桑丘仍不死心,"照我说,多留个心眼儿总不会吃亏,您最好试着从这个牢笼里出来,我保证一定尽我所能帮助您,甚至把您从里面救出来。您再试试骑上您的好罗西南多,它也像是被施了魔法一样,伤心极了。做完这些,咱们再试试运气去寻找更多的奇遇。如果事情进行得不顺利,完全有时间再回到笼子里来。我以善良忠诚这一侍从法则发誓:如果万一您真的倒霉透顶,而我真的笨到连这件事都做不成,到时我就跟您一块儿被关在里面!"

"桑丘好兄弟,我同意你的计划,"堂吉诃德回答说,"只要你发现有机会实现我的自由,我会对你毫无保留、言听计从。不过,桑丘啊,关于我的遭遇,你会发现自己确实搞错了。"

游侠骑士和他的倒霉侍从边走边聊,来到了休息的地方,神父、教长和理发师已经下马,正等着他们。赶牛人从车轭上卸下拉车的牛,放它们随意在这片碧绿宜人的草地漫步。此地的清新令人不禁陶醉其中,不过懂得利用天时地利的不是堂吉诃德这种邪迷心窍的人,而是他的持盾侍从那种精明人——桑丘恳求神父让主人从笼子里出来一会儿,因为如果不让他出来,那个囚笼在洁净方面就无法保持像他主人那样高贵的骑士所应有的体面。神父明白了他的意思,表示非常乐意答应他的请求,不过担心他的主人在做完了必要的事情之后为了重获自由,跑到谁也找不到的地方去。

"我可以担保他不会逃跑。"桑丘回答。

"还有我。"教长说,"如果他能以骑士的身份承诺不离开我们,除非我们要求他那样做,那就更好了。"

"我向您承诺这一点!"堂吉诃德听到几人的对话便回答说,"更何况,一个人被施了魔法以后,比如我,就没有自由对自己的身体为所欲为了。因为如果他逃走的话,巫师有本事施个定身法让他一动不动三个世纪,也能让他脚不沾地飞回来。"既然如此,当然放他出来也无妨,何况这是对所有人都有利的事情:堂吉诃德提醒大家,如果不放他出来,大家的鼻子就得遭殃了,除非他们躲得远远的。

教长接受了他的承诺,并拉住他还绑在一起的手。大家相信他的善意,把他从笼中放了出来,对此他感到无限欢喜,出了笼子以

后也兴高采烈。他做的第一件事就是舒展身体,接着走到罗西南多那里,拍拍它的屁股,对它说:

"对于上帝和他神圣的母亲,我依然充满希望。马儿啊,骏马中的典范和精英!很快我们就可以实现共同的愿望:你驮着你的主人,我骑在你背上,一起去践行上帝降我于人世所命定的事业。"

说完,堂吉诃德便跟桑丘一起远远避开众人,回来时已一身轻松,而且更急切地想把持盾侍从的计划付诸实践。

教长打量着他,惊讶地发现他这疯病不但严重,而且怪异至极:无论是发言还是答话,他都表现得极有见识,只有当提到骑士道的时候,正如之前所说,才会大放厥词。此时大家都在如茵绿草上坐定,等待餐食的到来。出于同情,受俸牧师对堂吉诃德说:

"绅士先生,有没有这种可能:您把闲暇时光全都用来孜孜研读骑士小说,以至于它们对您产生了如此强大的影响,使您神思恍惚,才会相信自己是被施了魔法,以及其他类似的事情。实际上这些事情与真相之间的距离,跟谎言本身与事实之间的距离一样遥远。有见识的人,怎么可能相信世界上真的存在延绵不绝的阿马蒂斯家族和一大批与他齐名的骑士?存在那样一个特拉布松皇帝,那样一个菲里克思马尔特·德·伊尔卡尼亚,还有骑士小说中描述的那些坐骑、侠女、毒蛇、怪物、巨人,诸多闻所未闻的奇遇、层出不穷的巫术、数不胜数的战役、剑拔弩张的冲突、奇形怪状的服饰,有不计其数坠入爱河的公主、当上公爵的侍从、逗人发笑的侏儒,还有那么多书信传情、甜言蜜语和放肆的女人……总而言之,那么多荒诞不经的事情?

"就我自己而言,可以说在读这些小说的时候,只要不想着这一切都是谎言和吹嘘,是能够感受到一定的快乐。然而每当发现它们的本质，即使是写得最好的书我都会扔到墙上去，甚至如果当时手头或附近有火堆的话，就扔到火里付之一炬。正如因为虚伪、欺骗、违反普遍自然规律而理该受到如此惩罚的罪人，或如新学说和新生活方式的发端者，又如处心积虑让无知大众竟然对书中所有的胡言乱语都信以为真的人，都应有如此下场。他们甚至厚颜无耻到竟敢去蒙蔽出身正派、学识出众的贵族天才们，比如阁下您，显而易见已受了他们蛊惑，走上了极端。您居然被强行关在笼子里，放在牛车上带着走，就像一头狮子或老虎被带着走街串巷，供人参观、收人钱财。

"啊！堂吉诃德先生，请您振作起来，清醒一下吧！上天仁慈，赐予您出众的才智，您就该懂得善加利用，把不可多得的才能用于阅读其他更加有利于增长学识、增添荣耀的书籍上！如果您天生热爱阅读关于骑士道及其丰功伟绩的书籍，那就在《圣经》中读一读《士师记》吧，您会在里面找到一些伟大的事实，那都是既真实又英勇的壮举。卢西塔尼亚出了个维里亚托，罗马有个恺撒，迦太基有汉尼拔，希腊有亚历山大，卡斯蒂利亚有费尔南多·冈萨雷斯，瓦伦西亚有熙德，安达鲁西亚有冈萨罗·费尔南德斯，艾斯特拉马杜拉有迭戈·加西亚·德·帕雷德斯，赫雷斯有加西亚·佩雷斯·德·巴尔加斯，托雷多有加尔西拉索[1]，塞维利亚有堂·米盖尔·德·莱昂[2]……阅读他们的英勇事迹，即便是最有天赋的读者也能既得到消遣又受到教育，既感到愉悦又拍案称奇。我的堂吉诃德先生，这样的阅读才配得上阁下您的卓越才华！通过这样的阅读您

---

1 此加尔西拉索·德·拉·维加并非诗人，而是格拉纳达战争中著名的骑士。
2 此处提及皆为真实的历史人物，是各民族战功卓著的英雄。

将成为精通历史的博学之士，崇尚美德，在品性方面受到教育，在习惯方面得到改善，更加勇敢无畏、刚毅不屈，而所有这些都有利于增添上帝的荣耀，有利于增加您和拉曼查的名声，据我所知，那里正是阁下您的籍贯和出生地。"

堂吉诃德全神贯注地倾听着受俸牧师的话，等他说完，又目不转睛地看了他好一会儿，才开口说道：

"绅士先生，据我理解，您说这番话是为了让我明白：世界上根本没有什么游侠骑士，所有的骑士小说都是假的、骗人的，而且对于共和国来说是有百害而无一利的。我读骑士小说是不对的，相信它们就更不对了；而模仿它们、追随它们，投身于游侠骑士这项无比艰巨的事业则是错上加错。您还否认这个世界上存在过阿马蒂斯家族，不管是高卢的，还是希腊的，或者其他任何一个见诸字里行间的骑士。"

"您所说的一字不差，完全正确。"受俸牧师说。

对此堂吉诃德回答说：

"您还补充说，这些书籍对我造成了很大的伤害，令我神志错乱，才会被关在这个笼子里。您认为对我来说最好的做法是改邪归正，改变阅读的对象，去钻研其他更加真实、更寓教于乐的书籍。"

"正是如此。"受俸牧师说。

"那么在我看来，"堂吉诃德反唇相讥道，"失去理智、中了魔法的人是阁下您！因为对于全世界公认的事情，被普遍认为真实性毋庸置疑的事情，您居然说出连篇累牍的诽谤之语！您刚才说读骑士小说感到恼火而对之施以惩罚，实际上，凡是否认这一事实的人，正如阁下您，才应该受到这样的责罚！想让任何人相信阿马蒂斯不存在，构成历史的其他所有冒险骑士都不存在，这无异于试图说服别人太阳不发光、寒冰不冷、大地不能承重。世界上有哪位天才能够让人信服弗罗里佩斯公主和古伊·德·博尔戈尼雅的事情纯属杜撰？还有发生在查理大帝时代的菲拉布拉斯跟曼提布勒大桥的故事，我发誓这件事跟此刻正是白天一样确凿无疑。如果连这些都是谎言的话，那么赫克托尔或者阿喀琉斯、特洛伊战争、法兰西十二骑士，统统都不该存在，连英格兰的亚瑟王也是子虚乌有，可他明明至今还保留着鹿的外形，而且随时有可能重返他的王国。甚至还有人胆敢宣称瓜里诺·梅斯季诺的故事是编造的，还有《求圣杯记》的故事，也就是堂特里斯坦和伊索尔达女王之间的爱情以及希内布拉王后和朗萨罗特之间的爱情都是臆造！明明当代还有人能回忆起见到金塔尼奥娜这位嬷嬷的情形呢！她是大不列颠历史上最好的斟酒师。这件事情可是千真万确，因为我还记得我的祖母，也就是我父亲的母亲，在看到某位可敬的戴着小檐礼帽的嬷嬷时对我说：'孙儿，那一位很像金塔尼奥娜嬷嬷。'

"由此我推测祖母应该认识她，或者至少见过她的肖像。况且，谁能否认皮埃尔和漂亮的玛加罗那的故事是真实的？直到今天，国王的兵器博物馆中还保存着勇敢的皮埃尔操纵他的飞天木马转向时所使用的发条，比陆锚稍大一点点。发条旁边就是巴别卡的鞍椅。而在龙塞斯山谷还保存有罗尔丹[1]的牛角号，体积与一根大梁不相上下。由此可以推测，不但十二骑士曾真实存在过，连皮埃尔、熙德和其他类似的骑士们也都存在过：

1　以上提及皆为骑士小说中的人物。

人们口口传颂的英雄，

为寻找冒险当先奋勇。

"否则，请您告诉我，难道游侠骑士、勇敢的卢西塔尼雅人胡安·德·梅尔洛也是杜撰的人物？他前往博尔戈尼雅并在阿拉斯城内与著名的查尔尼领主穆绅皮埃尔交战，接着又在巴西莱阿城内与穆绅恩里克·德·拉维斯坦交战，两次战役都大获全胜，得到了荣耀的名声。

"同样在博尔戈尼雅完成冒险和挑战的还有勇敢的西班牙人佩德罗·巴尔巴和古铁雷·吉哈达，鄙人正是后者家族的直接男性继承人，他们战胜了圣·珀尔伯爵的儿子们。此外，难道您能告诉我，堂费尔南多·德·格瓦拉未曾前去德国寻找冒险，并在那里与奥地利公爵家的骑士豪尔赫先生交战？难道您认为，苏埃罗·德吉尼奥内斯的那些骑士对决都是笑话？或者他光芒四射的闯关、路易斯·德·法尔塞斯穆绅与卡斯蒂利亚骑士冈萨罗·德·古斯曼[1]之间的战争，还有其他很多由天主教骑士完成的丰功伟绩，不管是西班牙各王国的，还是外国的，都不是千真万确的史实？所以我要再次重申，否认这一切的人完全丧失了理性和清醒的头脑。"

见堂吉诃德完全混淆了真实与虚构，在游侠骑士的壮举或与之相关的话题上又是如此博学，教长被他惊得目瞪口呆，便回答说：

"堂吉诃德先生，我无法否认阁下您所说的某些确是事实，尤其是西班牙游侠骑士们的事迹。此外我也愿意承认确实存在过法兰

---

1 以上提及皆为历史传奇人物。

西十二骑士，不过无法相信他们完成了图尔平大主教所描绘的所有事情。此事的真相是：他们是被法兰西国王挑选出来的骑士，将他们叫作十二骑士是因为所有人都一样勇敢、具有相同的优秀品质和同等的勇气（或至少即便事实并非如此，这也是对他们的激励，就如同我们现在使用的'圣雅各'或'卡拉特拉瓦骑士团'称号一样，因为按照章程从事这项事业的人都是或应该都是骁勇、果敢、出身高贵的绅士们）。而正如现在人们所称的圣·胡安骑士或阿尔坎塔拉骑士，那个时代人们称之为十二骑士，他们的品貌才德不相上下，被选中从事这项军事任务。至于说是否曾经存在熙德这个人，答案毫无疑问是肯定的，贝尔纳多·德尔·卡尔皮奥则更无可置疑，然而要说他们做出过人们传说的那些丰功伟绩，此事就大大可疑了。另外，阁下您说皮埃尔伯爵的发条就收藏在国王的军事博物馆中，被安置在巴别卡的鞍椅旁边，那么我得坦白自己的罪过：不是过于无知就是过于粗心，虽然见过那把鞍椅，却从未注意过那个发条，更何况如阁下您所说，它体积庞大。"

"它就在那里，这是毫无疑问的。"堂吉诃德坚持说，"更确切地说，据说为了防止生锈，它被收藏在一个熟牛皮套子里。"

"有可能。"受俸牧师回答说，"不过以我所接受的教职发誓，我可不记得见过。无论如何，即便承认它确实就在那里，我也并不因此就必须相信阿马蒂斯的浩瀚故事，或是小说中描写的一众骑士的故事。像阁下您这样正直、品性高洁又卓有见识的人，没有理由相信那些胡言乱语的骑士小说所声称的数不胜数又荒诞无稽的疯狂都是确有其事。"

第五十回
堂吉诃德与受俸牧师之间的博学论战及其他事件

"妙极了!"堂吉诃德回答说,"书籍的出版印刷都是得到国王们许可、审查者们批准的,而且无论老少、无论贫富、无论博学还是无知、无论平民还是绅士,以及不管什么阶层、什么品性,人人都在阅读而且乐在其中,这能是骗人的吗?更何况书中的描写多么细腻真实:除了骑士们的所作所为,还讲述了他们的父亲、母亲、家乡、亲戚、年龄、村庄和功绩,可谓事无巨细、面面俱到。阁下您闭嘴吧,不要再诽谤了,请相信我的忠告,想想在这方面怎么做才像是一个有学识的人。请读读那些书,您会发现趣味无穷。

"否则,您说说看:假设我们现在想象,就在此时此地,就在我们眼前,一片生机盎然的大湖正咕噜咕噜地沸腾,还有比这更大的幸福吗?无数大蛇、巨蟒、四脚蛇在里面游来游去,还有其他许多种吓人的猛兽。自湖中央传来一个极其悲伤的声音说:'你!骑士,不管你是谁,你正注视着的这片令人恐惧的湖泊,漆黑的水下隐藏着财富。如果你想要得到这些财富,就请展示出你强壮的胸膛所蕴藏的勇气,跳进这片黑色的、沸腾的液体中。否则,你就不配看到这片黑暗下面,七仙女的七座城堡中所隐藏、所保存的最惊人的奇迹。'

"这令人惊惧的话音刚落,这位骑士对自己可能面临的危险不假思索,连身上沉重的武器都不及卸下,只向上帝和他的心上人祈祷一番,便毫不犹豫纵身跳进翻滚的湖中,对于将来的结局一无所知。然而不知何时,他发现自己已经置身于一片开满鲜花的旷野之中,这些田野比起天堂也毫不逊色。在那里,他感觉天空更加澄澈,太阳的光辉更加耀眼。眼前出现了一片和煦的树林,树木郁郁葱葱,绿色十分宜人，无数色彩绚丽的小小鸟儿穿行在交错的树枝间，用甜美自然的歌声取悦人的耳朵。行走间，时而出现一条小溪，清澈的溪水如同液体水晶，奔流在细小的沙粒和洁白的小石子上，这些石子可以与碎金和无瑕的珍珠媲美；时而遇到一眼精致的彩色泉水，流过彩虹般的玉石和平滑的大理石；时而出现另一条溪流，如同装饰了奇花异兽般，细小的蛤蜊壳、白色或黄色弯弯的蜗牛壳，无一不是摆放得错落有致，闪闪发光的水晶块和祖母绿宝石夹杂其间，构成了一件多彩的作品，以至于艺术虽然是在模仿自然，却超越了自然。

"突然眼前出现一座高高的城堡，或者说是华丽的宫殿，墙壁是实心的金子筑就，墙堞是钻石镶成，大门是宝石打造。然而，它的构造是如此精妙绝伦，令人惊叹，以至于虽然钻石、黑玉、红宝石、珍珠、金子和祖母绿等建筑材料已经令人目不暇接，建筑上的巧夺天工却更加令人叹为观止。还有比这更令人惊讶的呢！在见到这一切之后，又从城堡的大门中走出一大群少女，她们的服饰之隆重华丽，如果我此刻按照书里的描写原原本本向大家讲述，那永远也讲不完了。其中为首的那位小姐，拉住这位勇敢跳进沸腾湖中的骑士的手，一句话也不说，便带他走进了那个富丽堂皇的宫殿或者城堡，为他宽衣解带，脱得如同初生婴儿般赤裸，然后用温水为他洗浴，为他涂抹芳香的油膏，又为他穿上极细的薄纱做成的衬衣，所有的一切都散发着浓郁的芬芳。接着又来了另一位姑娘，在他肩头披上一件斗篷。虽然衣物不多，却全都价值连城。

"也许还有更令人惊讶的！比如故事里说，做完上述这一切，他被带到另一个大厅，在那里餐桌已经摆放得整整齐齐，令他惊讶不已；或者，比如少女们向他手中洒水，那都是从芳香的鲜花中蒸馏出的馥郁之水；也许他被安排坐在一把象牙椅子上，也许我们看到所有的少女是如何保持着绝妙的沉默,殷勤服侍他;或者人们为他端上令人眼花缭乱的珍馐佳肴,都烹制得十分美味可口,以至于都不知道该吃哪一样。又或者,有美妙音乐佐餐,却不知出自谁之口,也不知其所源;以及在用餐完毕,撤下餐具以后,骑士斜靠在椅子上,也许正按习惯剔着牙,突然从大厅门口走进另一位少女,比先前的所有姑娘都更美丽。她在骑士身边坐下,开始向他讲述这是一座什么城堡,以及自己是如何被施了魔法幽禁其中,还有其他令骑士惊讶、令所有的读者艳羡的事情……

"就此我不想再长篇大论、多费口舌了。不过从中可以推测,任何人阅读游侠骑士的故事都会从某一个部分得到趣味和惊奇。请阁下您相信我,正如我之前已经说过,去读一读这些书,您会发现,若神思忧伤,它们能替您消愁,若精神萎靡,它们能助您振作。至于我自己,可以说自从成为游侠骑士以来,一向勇敢、有礼、慷慨有教养、大方知礼仪、大胆、温顺、耐心、任劳任怨,咬牙忍受囚禁和魔法。虽然我刚被当作疯子关进笼子还没多久,我想,通过双臂的力量,加上上天的眷顾,只要命运不故意作对,过不了几天我就将成为某个王国的国王,到那时就可以展示我知恩图报、慷慨大方的品质。

"先生,在我看来,可怜的人尽管拥有无尽慷慨的美德,却没有能力向任何人展示这份美德。有知恩图报的心胸却无法采取实际行动,就跟只说不做一样毫无意义。因此我希望命运很快会赐予某个机会,让我当上帝王,以便通过造福朋友们来展示我的宽广胸怀,尤其是可怜的桑丘·潘萨,也就是我的持盾侍从。他是全世界最好的人,我希望能赏给他一块领地,这是我很久以前就答应过他的,虽然我担心他没有能力统治自己的领土。"

桑丘一听到主人说的最后几句话，便插嘴说：

"堂吉诃德先生，阁下您加油吧！为了这块领地，您曾对我信誓旦旦，而我也曾对此殷殷期盼。我向您保证，我并不缺少统治领土的才干。就算我没有这个能力，也曾听说，有些人专门租用领主的领地，每年付一定的年金，领地上的一切都由他们负责打理，作为领主只需要悠闲地伸着腿，享受他们上缴的租金，而不用操心其他任何事情。我也会照此办理，不用到处讨价还价，而是对一切都不闻不问，像公爵老爷一样享受着租金，让他们自己去想办法管理吧。"

"桑丘兄弟，在这一点上，享受租金是可以理解的，"受俸牧师说，"但是在司法管理上，还是得由领地的领主亲自负责，而这就需要才干和规矩。其中最主要的是做出正确决定的良好意愿，如果缺少了这一条原则，方法和结果就将永远都是错的。正因如此，上帝常常帮助鲁钝的善良，而不庇护聪明的邪恶。"

"哲学什么的我不懂，"桑丘·潘萨回答说，"我只知道，一旦有了领地，我就会知道怎么管理它。我跟别人一样有脑子，也跟最强壮的人一样有健全的身体，我能成为自己领地的国王，跟其他任何一个领地上各自的国王一样。等当上国王，就可以想干嘛干嘛；既然能想干嘛干嘛，就能随心所欲；而既然能随心所欲，我当然就会一直开开心心；一个人只要开开心心的，就别无所求了；既然别无所求，那一切都结束了。就让领地快快到来吧！就像一个瞎子对另一个瞎子说，'再见，下次再见！'"

"你所讲的这些哲学都不赖，不过无论如何，在领地这个话题上还是有很多值得探讨的。"

这时堂吉诃德反驳说：

"我不知道还有什么别的可说。我只想追随伟大的阿马蒂斯·德·高卢的典范，他让自己的持盾侍从当上了费尔梅岛的伯爵。因此我可以毫无疑虑地让桑丘·潘萨当上伯爵，他是游侠骑士界有史以来最好的持盾侍从之一。"

教长再次被堂吉诃德震惊了：他的胡言乱语反而显得头头是道，他描述"湖泊骑士"时的激动情绪，以及书中精心编织的谎言居然对他造成了这么大的影响。同样令他惊讶的还有桑丘的一番蠢话，他是如此热切地期望得到主人曾许诺过的领地。

这时教长的仆人们回来了，从客栈带来了驮着食品补给的骡子。大家在草地上铺上一块毯子，就以绿草为餐桌，坐在几棵树的树荫下用餐，以便赶牛人能尽情利用此地的舒适便利。大家正吃着饭，突然听见一声猛烈的巨响，伴着铃铛的声音，是从旁边的黑莓地和稠密的灌木丛中传来的。接着他们看到从草丛中跑出来一只美丽的山羊，全身的皮毛都是黑白褐色花斑的。山羊后面跟着一个牧羊人，正用放牧的指令对它大声喊话，叫它停下脚步、回到羊群。那只逃跑的山羊战战兢兢、惊慌失措地向人群冲过来，又在他们面前停下了脚步，仿佛在寻求众人的庇护。牧羊人赶了上来，仿佛它有思考的能力，甚至颇有见识一般，抓住它的两只角对它说：

"啊！野孩子，野孩子！小花斑！小花斑！你看你，最近简直无法无天了！什么狼把你吓着了，丫头？你不会告诉我这是怎么回事的，对吗？美女？不过，还能是怎么回事呢？还不是因为你是母的，根本没法保持安静。你的脾气太坏了，你模仿的那些母羊脾气都太坏了！回来！回来！朋友，就算你不大高兴，至少在你的羊圈里，跟你的同伴们在一起会更安全。你是领头羊，要是连你都这么没有方向，慌不择路，她们会怎么样？"

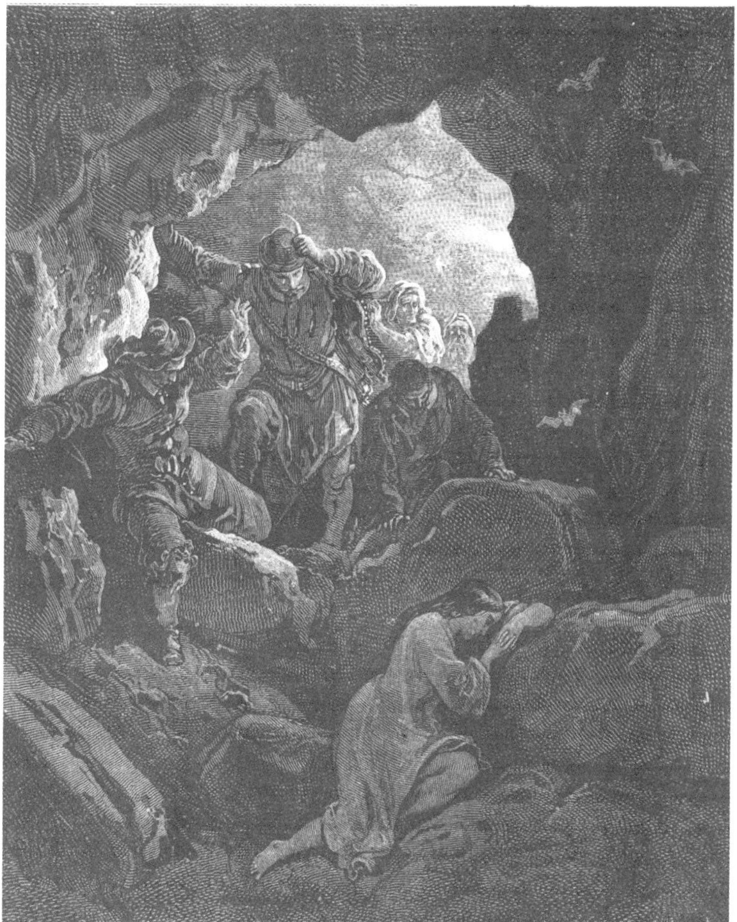

牧羊人的这番话让听者大感趣味，尤其是受俸牧师，他对牧羊人说：

"兄弟，你喘口气，歇一歇，不要急着把这只山羊带回羊群。如果正像你说的这是一只母羊的话，就必须遵循它的天性，不管你多么费力阻挠都无济于事。吃一口东西吧，喝口酒，消消气，也让山羊趁此时间休息一下。"

说着，他用刀尖扎起冷切兔里脊肉递给牧羊人。牧羊人接过去并表示了感谢。他喝了酒，平复了一下情绪，然后说：

"我希望，诸位不会因为我认认真真地跟这个小畜生说话，就把我当成傻子。事实上，我对它说这番话是有深意的。我虽是个乡野粗人，不过尚未粗鄙到不明白跟人打交道与跟野兽打交道的区别。"

"这点我完全相信。"神父说，"根据经验，我知道大山能养育有学问的人，而牧人的茅舍中蕴含着哲理。"

"先生，至少这些茅舍中住着吸取教训的人。"牧羊人回答，"为了让各位相信这个事实，并对此有切身的体会，虽然大家并没有要求我讲述，但如果各位愿意倾听，不会因此感到厌倦的话，请容许我自告奋勇讲一讲。先生们，请给我一点时间，我将向你们讲述一件千真万确的事，"他指着神父说，"能够证明这位先生的话，以及我的话。"

堂吉诃德插嘴说：

"这件事情听起来颇有种骑士冒险的意味，所以就我而言，非常乐意听您讲述。而且这里所有的先生都会这样做的，因为他们都是非常有见识的人，都喜欢令人惊奇、令人愉悦、赏心怡情的新奇事。我认为您的故事一定就是这样。那么，朋友，开始吧，我们所有人都洗耳恭听。"

"那么我先告退了。"桑丘说,"我要带着这块馅饼到小溪那边去,好好吃个饱,吃一顿顶三天。因为我曾听我的主人堂吉诃德说过,游侠骑士的持盾侍从在别人供给食物的时候必须得放开吃,直到吃不下为止。因为有可能他们会走进一片错综复杂的密林,五六天都走不出去。要是没有吃饱喝足,或者把褡裢装得满满的,可能就得永远留在那里了。这样的人不在少数,他们都变成了木乃伊。"

"你说得对,桑丘。"堂吉诃德说,"你想去哪儿就去哪儿,能吃多少就吃多少吧。我已经饱了,现在该让灵魂也饱餐一顿,听这位好心人的故事一定会让灵魂得到宽慰。"

"对我们所有人的灵魂都是一样。"教长说。

接着他便恳请牧羊人开始讲述他的故事。牧羊人拍了拍山羊背,手仍然握着它的角,对它说:

"过来挨着我,小花斑,咱们有的是时间回到羊圈去。"

那山羊仿佛听懂了他的话,牧羊人一坐下,它就非常平静地在主人身边趴下。看它的表情,人们就会明白,它也在全神贯注地听主人将要讲述的事情。牧羊人以这样的方式开始了他的故事——

第五十一回
牧羊人向勇敢的堂吉诃德及其同伴们讲述的故事

离这个山谷三里格远的地方有一个村庄,虽然很小,却是方圆十里最富裕的村庄之一。村里有一位非常正直的农夫。虽说正直是富有的伴生品,可他的正直却更是出于美德,而不是出于他所得到的财富。然而据他所说,让他感到更加幸福的是拥有一个如花似玉的女儿，而且具有罕见的稳重、优雅和娴淑的品质，所有认识她、见到她的人都惊讶于上天和自然赋予她的极端美好。

她还是个孩子的时候就很漂亮，成长过程中一直美丽出众，而到了十六岁，她的美貌更是无与伦比。她的名声开始在邻近的村庄传播……不过，说什么邻近的村庄啊！这个名声传到了遥远的城市，甚至传到了国王的殿堂中，传到了各种各样的人耳中。人们从四面八方慕名赶来看她，就像看什么稀奇景象，或者是看奇迹显灵。她的父亲守护着她，她自己也洁身自好，因为没有哪一把锁或哪种严密看守能够比自身的矜持更好地保护一个姑娘。

父亲的财富和女儿的美貌使很多人前来求娶她作为妻子，有本村的也有外乡的。然而手中的珠宝如此珍贵，父亲举棋不定，不知道该将女儿交给无数苦苦纠缠者中的哪一个。我也是怀有这样良好意愿的追求者之一，而且她的父亲对我知根知底，这个优势让我抱有很高的期望。我跟她出生于同一个村子，血统纯正，正值青春年华；财产丰厚，才干也毫不逊色。同村还有另外一个小伙子也在求婚，他拥有的品质与我不相上下，这也是那位父亲左右为难、无法决断的原因。在他看来，女儿跟我们俩中间任何一个人结婚都不错。为了解决这个难题，他决定把这一切都对莱昂德拉如实相告，这是那位让我沦落到如此悲惨境地的富家女的名字。他认为，既然我们两人旗鼓相当，最好是让他亲爱的女儿按照自己的意愿来选择：这是一种值得所有操心儿女婚嫁的父母效仿的做法。我的意思不是说听凭儿女们不分好坏、随意挑选，而是为他们筛选出合适的人选，再让他们从中选择最称意的。

我不知道莱昂德拉是怎么想的，只知道她的父亲后来对我们两人都敷衍搪塞，借口说女儿年纪还小。他言辞含糊，既不承诺，也不让我们绝望。为了让各位知晓这出悲剧中出现的人物名字，容我介绍：我的竞争对手名叫安塞尔莫，我叫欧赫尼奥。这出悲剧的结局至今依然悬而未决，但是毫无疑问将是不幸的。

就在那段时间，有一个名叫文森特·德拉·罗萨的人来到了我们镇上。他是同镇一个贫穷农夫的儿子，在意大利和其他很多地方当过兵。他十二岁时，一支部队恰巧经过这里，他就跟着带兵的上尉走了。又过了十二年，这个年轻人回来了，穿着花里胡哨的士兵制服，缀满了不计其数的水晶小饰物和细小的钢链。今天穿一套礼服，明天又换另一套。农夫们都有些坏心眼儿，如果再假以闲暇，他们简直就是邪恶本身。他们看穿了所有的礼服都是粗制滥造、华而不实、寒酸可笑，再一一盘点他的礼服和珠宝，发现其实一共就三套衣服，只是颜色不同，各自有配套的袜带和长筒袜。但是他如此精心打扮，在几套衣服之间进行各种搭配，如果不是仔细数着的话，一定会有人发誓说他拥有超过二十套的全身盛装，和二十多根羽毛什么的。

我喋喋不休地描述这些衣服并非不合时宜，也并非多此一举，因为它们在本故事中扮演了重要的角色。他坐在小镇广场一株大杨树下的石凳上，不停给我们讲述自己的丰功伟绩，让所有人都目瞪口呆、惊叹不已。世界上没有哪一片土地他没有踏足过，没有哪一场战役他没有参加过；他杀死的摩尔人数量超过了摩洛哥和突尼斯所有摩尔人的数量之和。而且据他说，他遇到过的挑战比甘特和鲁纳、迭戈·加西亚·德·巴雷德斯和其他成千上万有名有姓的英雄遇到的挑战都更加艰巨，而且在所有的考验中都大获全胜，一滴血都没有流过。可另一方面，他又向我们展示那些伤口的痕迹，虽然看得并不分明，但他解释说那是在战争中参加历次战役被火枪打伤的。总之,他以一种闻所未闻的傲慢态度,把同龄人和认识的人都称作"你",还声称他的父亲就是他的臂膀,他的家世全靠他的功劳,因为当过士兵,他对国王本人都无所亏欠。除此之外,让他更加得意忘形的是自己还懂点音乐,多少会拨弄几下吉他,甚至有些人认为他弹得如泣如诉。然而他的魅力还不止于此:还颇能写几首歪诗。每次镇上发生什么无聊的事,他写的民谣足有一里格半长。

我所描述的这位士兵,也就是那位文森特·德拉·罗萨,勇敢又英俊潇洒的音乐家、诗人,莱昂德拉从她家朝向广场的窗户看到过,也凝望过很多次。她爱上了他华丽衣服上的假珠宝;她喜欢他的诗,只要是他写的,每一首她都抄写二十遍;她听到了他自吹自擂的那些丰功伟绩;最后,一定是在魔鬼的安排下,在他想到要去追求她之前,她就爱上了他。爱情这件事情,没有比女方主动更容易成就了,所以莱昂德拉和文森特轻而易举地一拍即合。她没有母亲,却有亲爱的、深爱的父亲,还有众多追求者。然而在任何人觉察到她的心意之前,她却跟着士兵悄然逃离了村子,离开了家。这位士兵在这场战役中获得的胜利超过了他自己夸口的无数胜利。

这件事震惊了整个村子和所有闻讯的人。我手足无措,安塞尔莫目瞪口呆,她的父亲伤心欲绝,亲戚们备受折磨,连司法机构也插手了,警察们尽职尽责地拦截道路、搜查森林和一切可藏身之处。三天后,他们在山上的一个山洞里找到了任性的莱昂德拉,她衣不蔽体,从家里带出来的很多钱和极其珍贵的珠宝都已不见了踪影。人们将她带回伤心的父亲面前,询问她的不幸遭遇:她坦白说,文森特·德拉·罗萨欺骗了她,假意承诺成为她的丈夫,劝说她离家出走,声称他会带她去全世界最富有、最奢华的城市那不勒斯。她本就不甚精明,又深陷爱情,便信以为真。她偷窃了父亲的财物,趁有一天晚上父亲不在就去投奔了文森特。他把她带到了一座崎岖的山峰，关在人们发现她的那个山洞里。她还讲述了那个士兵是如何在没有夺取她贞操情况下抢走了所有的东西，并将她遗弃在那个山洞，自己逃之夭夭。

这件事情再次让所有人惊讶，因为我们实在无法相信那个小伙子竟然不为女色所动。但是她一口咬定确实如此，这在一定程度上使她伤心的父亲得到了一些安慰。因为对他来说，既然女儿最宝贵的财产完好无损，那么被抢走的那些财富都无关紧要了。那件珍宝一旦失去的话，就永远也没有希望找回了。莱昂德拉回来的当天，便从我们眼前消失了。她的父亲将她关在一个小镇的修道院中，离此不远。他希望时间能够慢慢磨灭人们对女儿的坏印象。

莱昂德拉的年幼也许可以作为她犯错的借口，至少对于那些不在乎她到底是好是坏的人来说是这样。然而对她的矜持和见识有所了解的人们，却并不认为她的过错只是出于无知，而应归咎于她的放肆和女人的天性——大部分女人都不够慎重、举止不当。莱昂德拉被关了起来，安塞尔莫仿佛双目失明了，至少再也没有什么东西能让他感到欢愉了。我的眼睛也变得暗淡，没有任何光线能够照亮它们，让它们注意到任何有趣的事物。莱昂德拉不在，我们的悲伤日甚一日，逐渐失去耐心。我们诅咒着士兵的礼服，痛恨莱昂德拉父亲的疏忽。

最后，安塞尔莫跟我一致决定离开村庄，来到这片山谷。在这里，他放牧一大群属于他自己的绵羊，而我则放牧自己数量众多的一群山羊。我们就在大树间度日，发泄着痛苦，或一起歌唱，赞美或咒骂着美丽的莱昂德拉；或独自叹气，向上天倾诉悲哀。莱昂德拉的很多其他追求者也都群起效仿，来到这片崎岖的山中，从事着同样的职业。因为人数众多，这个地方几乎变成了一派田园牧场，到处都是牧人和畜栏。在这片山中，没有哪个地方听不到美丽的莱昂德拉的名字。有人骂她任性、反复无常、不自爱；有人怪她愚蠢轻浮；有人宽恕她、原谅她，也有人批评她、谴责她；有人感叹她的美丽，也有人憎恶她的性情。

总之，所有人都批评她，所有人又都爱着她。疯言疯语在众人之间传播，有人因为从未能与她交谈而抱怨被忽视，甚至有人自怨自艾、醋意大发。其实她从未有机会让任何人感到嫉妒，因为正如前面已经说过，她的恶行比私情更早暴露。每一块山石间的空隙，每一条小溪的岸边，每一棵树的树荫下，都有某个牧人在向空气倾诉自己的坏运气；在任何能够形成回声的地方都回荡着她的名字：山峰间回响着莱昂德拉，小溪们窃窃私语着莱昂德拉。莱昂德拉让我们所有人都寝食难安又难以自拔，毫无希望地等待，又毫无缘由地担心。

在所有那些胡乱言行中，表现得最失去理智却又最保持清醒的就是我的竞争者安塞尔莫。他虽然有足够的理由值得抱怨，却只嗟叹相思。他的三弦琴弹得极好，伴着他的歌声，声声叹息，他的诗句又展示了他的博学多才。而我则选择了另一种更加容易的方式，而且在我看来是最正确的：那就是谴责女人的轻狂、善变、表里不一，她们的出尔反尔、她们支离破碎的忠诚。总之，就是控诉女人缺乏理性，不懂得如何处理内心产生的思想和意愿。

先生们，这就是为什么我来到这里时对这只山羊说这番话、作这番表达。虽然它是我羊圈中最好的羊，但是我看不起它，就因为它是只母羊。这就是我答应讲述的故事。如果我在讲故事的时候过于啰唆，我愿竭尽所能补偿各位：寒舍离此不远，备有鲜奶和美味的奶酪,还有多种多样成熟的水果,不但看起来令人愉悦,尝起来的味道也妙不可言。

第五十二回
堂吉诃德与牧羊人之间的战斗、苦修徒奇遇以及用汗水换来的幸福结局

牧羊人的故事让所有人都听得津津有味,尤其是受俸牧师认为格外有趣。他以极大的热情让大家注意到,牧羊人叙述情节的方式,不但完全不像是一个乡野粗人,反而几乎就是一位真正的宫廷学者。所以,他承认神父的话很有道理——大山养育着有学问的人。所有人都向欧赫尼奥致意,然而在这一点上表现得最慷慨的是堂吉诃德,他对牧羊人说:

"说真的,牧羊人兄弟,如果我此刻有投身某桩冒险的可能,一定立刻启程为你谋求幸福,把莱昂德拉从修道院中救出来。毫无疑问她一定不是心甘情愿待在那里的,不管修道院长和其他所有人如何阻拦,我一定会将她交到你手中,这样你可以按照自己的意愿和心情来处置她。当然,这种处置必须遵守骑士道法则,它不允许对任何一位姑娘做出任何不正当的事情。不过我希望上帝——我们的天父——会保佑我,一个邪恶的巫师无论法力如何高强,总有另一位好心的巫师能够超越他。到那个时候,我保证你会得到我的恩惠和帮助,这正是我的事业赋予我的义务:帮助弱势、受苦的人们。"

牧羊人看着他,堂吉诃德这副尊容令他感到惊讶,便向身边的理发师问道:

"先生，这个长相奇怪，说话也奇怪的男人是谁？"

"还能是谁？"理发师回答说，"当然是著名的堂吉诃德·德·拉曼查，锄强扶弱的斗士，淑女们的保护神，巨人们的克星，战争中的常胜将军！"

"这让我想起在游侠骑士小说中读到的东西，"牧羊人回答说，"阁下您说此人的所作所为跟那些游侠骑士如出一辙，那么在我看来，不是阁下您在开玩笑，就是这位绅士先生脑袋出了毛病。"

"你这个大无赖！"堂吉诃德怒道，"你才是脑袋有毛病的笨蛋！我脑袋好使着呢，比生下你的那婊子养的婊子还好！"

说时迟那时快，他抓起身边的一块面包朝牧羊人劈头盖脸扔过去。他使足了力气，把小伙子鼻子都打歪了。这位牧羊人可不爱开玩笑，见此人如此恶劣地对待自己，便顾不上什么毯子，什么桌布，也不管在场所有正在吃饭的人，朝堂吉诃德扑过去，双手掐住他的脖子。要不是桑丘·潘萨在那时及时抓住了他的背，他就把堂吉诃德给扼死了。桑丘跟牧羊人一起摔倒在餐桌上，摔了盘子，打碎了杯子，所有的东西全都洒了出来。堂吉诃德见自己侥幸逃脱，跑过去骑在牧羊人背上。牧羊人被桑丘暴打了一顿，满脸是血，手脚并用地到处找餐桌用的刀子，想刺他一刀作为报复。幸好受俸牧师和神父阻止了他，理发师又使了个心眼让牧羊人把堂吉诃德摁在身下痛打了一顿，直到这位可怜的骑士脸上同样血流成河才罢。

教长和神父哈哈大笑，巡警们乐得上蹿下跳，一会儿挑唆这个，一会儿挑唆那个，仿佛在看狗打架。只有桑丘十分绝望，因为受俸牧师的一个仆人死死拦着，他无法上去相帮主人。

总之，除了那两个正在激战的对手，所有的人都兴高采烈，喜气洋洋。这时突然传来一阵喇叭声，曲调如此悲伤，大家都不约而同回头望向声音传来的方向。不过，听到这个声音最激动的是堂吉诃德，虽然他还极不情愿地被压在牧羊人身下，而且伤得不轻。他说：

"魔鬼兄弟！你不可能不是魔鬼，因为居然有力量压制住我！我恳求你，咱们停战吧！哪怕是休战一小时！有一阵凄惨喇叭声传过来，我认为是某桩新的冒险在召唤我。"

那个牧羊人已经打累了，也被打累了，便放开了他。堂吉诃德站起来，也转向声音传来的方向，突然看见从一个斜坡上走下来很多人，皆着白衣，像是苦修忏悔徒的样子。

原来那一年，云彩不肯向大地洒下雨露，该地区的所有城镇都在举行游行、祈求和忏悔，恳求上帝打开慈悲之手，普降甘霖。也正是为了这个目的，附近一个村庄的人们列队而行，前往一座灵验的寺庙，就在那片山谷的斜坡上。

忏悔徒们的奇怪装束对于堂吉诃德来说应该并不陌生，然而他根本不假思索，便想象这又是一桩奇遇。而作为游侠骑士，完成这次冒险的任务非他莫属。而且一想到那些人携带的那幅覆着丧布的圣像定是某位高贵的女士，而且是被那些无法无天的泼皮无赖强行带走的，他就更加确信自己的幻想。打定这个主意，他步履轻快地走向正在吃草的罗西南多，从鞍架上卸下马刺和盾牌，很快装配好，又从桑丘那里要来自己的剑，便骑上罗西南多，抱着盾牌，对在场的所有人大声说道：

"现在，英勇的战友们，你们将看到在这个世界上从事游侠事业的骑士们有多么重要！我的意思是，等那位被他们俘虏的善良女士获得自由，你们立刻就会明白游侠骑士是否应该受到珍视！"

说着，因为没有马刺，他便双腿一夹马肚子，罗西南多迈着小碎步（在这个真实的故事中，从头到尾没有读到过罗西南多大步流星地奔驰），迎上了忏悔的队伍。虽然神父、受俸牧师和理发师纷纷上前阻拦，却拦不住他，至于桑丘朝他大声叫喊就更无济于事了。桑丘喊道：

"堂吉诃德先生！您去哪儿？您心里住着什么魔鬼！居然跟我们的天主教信仰过不去？你好好看看啊！难道是我有问题？那是忏悔者在游行，他们座上带着的那位女士正是圣母纯洁无瑕、神圣无比的画像！您看，主人，您这是干什么呀！这次他们的所作所为可真不是您看上去的那样！"

可桑丘完全是白费力气，因为他的主人意志坚定地走向浑身素缟的人们，决心解救穿着丧服的女士，根本听不到任何人说话。而且即便听见了，他也决不会回心转意，哪怕是国王命令他这样做。他来到队列面前，勒马止步，其实罗西南多早就想歇着了。他哑着嗓子沉声道：

"你们蒙着面，一看就不是好人！你们给我好好听着！"

首先停下脚步的是抬着圣像的几个人。而负责咏唱连做祈祷的四个教士，其中一个看到堂吉诃德奇怪的外表，罗西南多的羸弱，以及堂吉诃德身上处处令人发笑的地方，便回答说：

"兄弟，你想说什么就赶紧说吧，因为这些弟兄累得都掉了层皮了，我们不能也没有理由停下来听什么话，除非你两句话就说完。"

"我一句话就能说完。"堂吉诃德回答，"就是：立刻放了这位美丽的女士！她的眼泪和悲伤的面容清楚地表明你们带着她是违背她意愿的，而且显而易见你们一定对她做了什么不正当的事情。而我！我来到这个世界上就是为了铲除类似的恶霸欺凌，我决不同意你们再往前一步，除非给她想要的自由，也是她值得拥有的自由！"

听到这番话，所有人都意识到堂吉诃德是个疯子，纷纷开怀大笑起来。这笑声对原本就怒火中烧的堂吉诃德来说无异于火上浇油，他二话不说，拔剑而起刺向抬架。抬画像的一个人把架子交给同伴，便上来迎战堂吉诃德。他高举一根木叉或者叫手杖，那是在休息时用来支撑抬架的。堂吉诃德朝着手杖猛砍一刀，将它断成两段，而那个人则用手中剩下的那一段狠狠地打中了堂吉诃德一侧肩膀，正是持剑的那条胳膊——因为盾牌可扛不住千钧之力——以致可怜的堂吉诃德摔倒在地，伤势严重。

桑丘·潘萨气喘吁吁地追上来，见主人受伤倒地，便向他的对手大声喊着，请他不要再打主人了，因为主人不过是一个中了邪的可怜骑士，一辈子都没伤害过人。不过那个人停手不是因为桑丘的叫喊声，而是因为看到堂吉诃德手脚僵直，以为他断气了，便急忙撩起长袍别在腰上，像扁角鹿一样从田野上逃走了。

此时堂吉诃德的所有同伴都赶到了，队列中的人们见一群人蜂拥而至，其中还有一些巡警带着火枪，心想不妙，便围着圣像挤作一团，摘掉头上的高帽子，紧紧握着鞭子。连教士们也举着大蜡烛严阵以待，决心竭尽全力自卫，甚至攻击来犯之人。不过命运的安排超乎他们的预料，因为桑丘并没有别的举动，只是以为主人已经死了，便扑到主人身上号哭起来，洒下全世界最痛苦又最好笑的眼泪。

碰巧队列中的一个神父认出了堂吉诃德本村的神父。见有熟人，对峙的双方军团才消除了敌意。本村神父用简短的几句话告诉另一位神父堂吉诃德的身份，于是这位神父和所有惊慌的忏悔者一拥而上，看可怜的骑士是不是死了。他们听到桑丘·潘萨热泪滚滚地喊道：

"哦！骑士的典范！就这么一棍子，您这一世功名就完蛋了！哦！您是家族的骄傲，是拉曼查的名誉和荣耀，甚至是全世界的！这个世界上没有了您，一定到处都是干坏事的人，因为他们再也不担心自己的恶行会受到惩罚！哦，比所有的亚历山大都更慷慨的您！仅仅因为八个月的服侍[1]，您就保证要赏赐给我大海环抱的最好的小岛！哦！在狂妄的人面前谦卑，在卑微的人面前骄傲[2]，在危险面前奋不顾身。忍耐、痴情、向善、惩恶，您是卑鄙小人的克星……总之，游侠骑士，我不知道还有什么可说的了！"

在桑丘的哭喊和哀叹下，堂吉诃德醒了过来。他说的第一句话就是：

"最甜蜜、最美丽的杜尔西内亚，离开了你的那个人注定将要遭受比这些更大的灾难。帮我一下，桑丘好朋友，把我放到那辆被施了魔法的车上。此刻我再也没有办法骑在罗西南多的马鞍上了，估计这边肩膀已经碎成了好几块。"

"主人，我很乐意这样做。"桑丘回答说，"咱们就由这些先生陪着回村吧，他们都是为您好，在那里我们可以为下一次出行做准备。下次我们会有更好的运气，获得更多名气。"

"桑丘，你说得很对。"堂吉诃德回答说，"最谨慎的做法就是等我们现在受到的星座运势的坏影响过去。"

教长、神父和理发师一边纷纷表示赞同，肯定那样做是非常明智的，一边又对桑丘·潘萨的天真和无知感到十分好笑。大家把堂吉诃德抬到车上，跟来时一样。苦修忏悔的队伍也重新排好，继续上路了。牧羊人向大家告辞而去。巡警们不愿意再继续往前走，神父便向他们支付了应得的报酬。受俸牧师请求神父务必告诉他堂吉诃德的结局——到底他的疯病是治好了还是无可救药，得到了神父的

---

1 其实他们第二次离家出走刚十七天。
2 桑丘情急之下说反了。

承诺之后他才同意继续自己的旅程。最后,所有人都各奔东西,只剩下神父和理发师、堂吉诃德和潘萨,还有老实巴交的罗西南多,它跟主人一样耐心地承受着发生的这一切。

赶牛人套上牛车,把堂吉诃德安置在一捆干草料上,以一贯的迟缓按照神父指的路继续前进,六天后到达了堂吉诃德的村子。进村时正是中午,又恰逢周日,全村的人都聚集在广场上,堂吉诃德的牛车就从广场中间穿过。所有人都围上来看车里装的是什么,当他们认出这位邻居时,全都惊呆了。一个小男孩跑去把消息告诉堂吉诃德的女管家和外甥女,说她们的主人和舅舅回来了,又瘦又黄,被关在一辆牛车里,躺在干草堆上。听到这两位女士痛不欲生的哭喊,真是令人心酸。哀痛之下,她们抽打自己耳光,咒骂骑士小说。而当看到堂吉诃德从大门口进来的时候,这一切又重演了一遍。

听到堂吉诃德回来的消息,桑丘·潘萨的老婆也赶来了。她早已知道丈夫是作为持盾侍从跟堂吉诃德一起出走的。一见到桑丘,她问的第一件事就是毛驴有没有安然回来。桑丘回答说,它的状态比它的主人强多了。

"感谢上帝!"她回答说,"上帝慈悲!老兄,那么现在你告诉我,你当这个持盾侍从得到了什么好处?你给我和孩子们带了什么衣服、鞋子没有?"

"婆娘,这些我都没带,"桑丘说,"不过我带回了别的更重要、更有价值的东西。"

"这我倒很乐意接受。"女人回答说,"我的老兄,快给我看看这些更重要、更有价值的东西。让我看看吧,让我高兴一下,你走了几百年这么久,我一直都伤心得不行。"

"老婆,回到家再给你看,"桑丘说,"你快高兴点吧,要是上帝保佑我们能够再次出发去寻找冒险的话，你很快就能看到我当上伯爵，或者是某个岛屿的总督。不是那种一般的岛屿，而是世上最好的那个。"

"那么，但愿上天保佑吧，我的老公，这正是咱们需要的。不过告诉我岛屿是什么东西？我不明白。"

"这可不是往毛驴嘴里塞蜂蜜，光为了哄你开心的。"桑丘回答说，"到时候你就知道了，老婆，甚至到时候所有的属民都管你叫夫人阁下！你一定会吃惊的。"

"你在说什么啊？桑丘，什么夫人阁下、岛屿和臣民？"胡安娜·潘萨说。这是桑丘老婆的名字，虽然他们并非本家，不过在拉曼查有这样的风俗，妻子们都用丈夫的姓。

"胡安娜，不要急着马上就明白一切，我只要告诉你这件事就够了，现在把嘴闭上。顺便告诉你，世界上没有比为行侠仗义的游侠骑士当持盾侍从更体面、更愉快的事情了。没错，大部分冒险的结局都不如期望的那样好，比如遇到一百件事，往往九十九件都是倒霉的、不顺的。我是从自身经验中明白这一点的，因为我曾被裹在毯子里抛，也曾被痛打。不过无论如何，翻山越岭、深入密林、爬过巨石、进入城堡以及在客栈里白吃白住，一分钱都不用付……这些都是美妙的事。"

这番对话发生在桑丘·潘萨和他的妻子胡安娜·潘萨之间。此时，堂吉诃德的女管家和外甥女已经将他接了进去，脱了衣服，让他平躺在自己的床上。他斜着眼睛看着她们，一时还没弄明白自己身在何处。神父吩咐外甥女要精心照料她的舅舅，而且要保持警觉，别让他再次逃走了。要知道为了把他带回家，大家费了多少工夫！两个女人一会儿朝着天空大喊大叫，一会儿咒骂着骑士小说，一会儿又恳求上天把那些满口谎言和胡话的作者都扔进地狱。而且，她们依然十分担心各自的主人和舅舅身体稍有恢复就不见踪影，而事实正也如她们所料。

然而，虽然本故事的作者满心好奇，而且勤勉地四处寻找堂吉诃德第三次离家出走时的遭遇，却没有能够找到任何相关的信息，至少没有可信的书面材料。只有骑士的名声保存在拉曼查人的记忆中：据说堂吉诃德第三次离家出走以后去了萨拉戈萨，在那里他几次参与了该城市著名的比武，在那里还发生了一些其他事情，无愧于他的勇气和才智。至于他最终的遭遇和结局，却都无从知晓。幸运的是，从前有位医生拥有一个铅盒，据他说，是从一座正在重建的古老寺庙倒塌的地基中找到的。人们在盒子里找到了几张羊皮纸，上面用大写花体的卡斯蒂利亚语诗句讲述了关于堂吉诃德的很多事迹，还向人们描述了杜尔西内亚·德尔·托博索的美丽、罗西南多的羸弱形象和桑丘·潘萨的忠诚，以及堂吉诃德本人的墓地所在和人们赞美他一生事迹的墓志铭。

羊皮纸上可以辨认的内容就是作者在这个闻所未闻的新奇故事后所附录的内容。这位作者对本书读者们别无所求，只希望各位信任他，如同清醒的人们信任在全世界都受到追捧的骑士小说那样。为了调查和寻找那些拉曼查资料并将它公之于天下，他付出了无比艰辛的劳动，唯其如此，才算是得到了回报。他也将更有动力去寻找并整理其他故事，即便真实性不如本书，至少通过虚构能让读者得到同样的消遣。

在铅盒中找到的羊皮纸上写着如下内容：

拉曼查地区阿尔加马西亚镇的院士们[1]

谨以此纪念
堂吉诃德·德·拉曼查英勇的一生

阿尔加马西亚镇院士 | 摩尼·刚果[2]

致堂吉诃德
墓志铭

疯子为拉曼查赢得的胜利,
相较伊阿宋[3]有过之无不及。
此人时而疯癫时而又犀利,
该聪明的地方却愚蠢至极。

上天赐他英勇强壮的双臂,
从契丹到加埃塔[4]名动天地;

---

1 阿尔加马西亚只是一个村镇,所谓"院士"乃讽刺之意。
2 这几首献诗的作者都是塞万提斯杜撰且各有讽刺含义。
3 伊阿宋,古希腊神话中的英雄,忒萨利亚的王子。
4 加埃塔,意大利海港城市。

文笔出众不让缪斯之才气，
他的诗句被铭刻于青铜器；
他的浪漫爱情和神采俊逸
让阿马蒂斯家族望尘莫及，
加拉奥尔家族更不足为奇，
贝利亚尼斯家族不值一提。
他曾骑罗西南多行侠仗义，
如今长眠于这冰冷的墓地。

阿尔加马西亚镇院士 | 宠儿

十四行诗
赞美杜尔西内亚·德尔·托博索

眼前的这位女士有宽大的脸庞，
她虎背熊腰，顾盼间神采飞扬，
她是杜尔西内亚·托博索女王，
伟大的堂吉诃德对她情深意长。

他为她走遍黑山不惧峻岭苍茫，
在著名的蒙帖尔旷野漂泊四方，
水草丰美的阿朗胡埃思平原上，
他徒步而行，浑不觉疲惫彷徨。
罗西南多啊！命运的铁石心肠！

拉曼查的常胜将军和他的女王,
可叹双双在花样年华早早夭亡。

美人香消玉殒如鲜花永不绽放,
骑士功绩被玉石铭刻万古流芳,
却谁也逃不脱爱的希望与绝望。

阿尔加马西亚镇才华横溢的院士 ｜ 任性

赞美堂吉诃德·德·拉曼查之坐骑罗西南多

战神以滴血的双足踏过,
钻石般威严赫赫的宝座。
拉曼查的勇士气势磅礴,
摇旗呐喊朝圣热情如火。

他全身披挂,刀剑在握,
摧枯拉朽如秋风吹叶落。
如此英勇事迹从未有过,
是非功过留与后人评说。

高卢以阿马蒂斯家族为荣,
希腊拥有的后代英武神勇,
自古百战百胜,气势恢宏。

堂吉诃德由战神加冕推崇,
高贵的拉曼查将受人称颂,
更甚于希腊和高卢的光荣。

他的荣耀永远不会沉没。
罗西南多的英姿也胜过,
布里亚多罗和巴亚尔多[1]。

---

[1] 布里亚多罗和巴亚尔多分别为奥尔兰多和列纳尔多·德·蒙塔尔班的坐骑。

阿尔加马西亚镇院士 | 曲笑

十四行诗
致桑丘·潘萨

这位就是桑丘·潘萨,
个小胆大,一朵奇葩。
我敢拍着胸脯把口夸:
最单纯的侍从就属他。

离成为伯爵一步之差,
只怪这世道悭吝当家。
人心骄横皆亏待于他,
捉弄毛驴更不在话下。

这位侍从最是温顺听话,
骑着他的毛驴追随瘦马,
(抱歉此话弄虚作假)
跟着堂吉诃德四海为家。
希望总被绝望无情碾压
一心一意追逐富贵荣华,
终于黄粱一梦鸡飞蛋打!

阿尔加马西亚院士 ｜ 魔君

致堂吉诃德
墓志铭

骑士在此入土为安
伤痕累累皮开肉绽。
罗西南多任劳任怨
驮他走过万水千山。

桑丘·潘萨这个笨蛋
不离不弃泉下相伴,
史上侍从成千上万,
无人及他忠心一半。

阿尔加马西亚院士 ｜ 钟声

致杜尔西内亚·德尔·托博索
墓志铭

杜尔西内亚长眠家乡,
她虎背熊腰身强力壮,
一朝遇见可怕的死亡,
也难免化作尘土飞扬。

她在托博索土生土长，
要称贵妇却当仁不让。
吉诃德被她情火焚伤，
反为她故里增彩添光。

这些就是所有尚可辨识的诗句。其他的文字因为字迹被蛀蚀无法辨认，一位学者受邀通过分析推测进行解读。据说他在付出了无数个不眠之夜和艰巨的劳动之后最终做到了，并有意要将成果公开付梓，期待着讲述堂吉诃德的第三次出走。

歌谣经他人之口，或更胜一筹。[1]

[上卷完]

1　引用自《疯狂的奥尔兰多》。